Kontaktadresse nach EU-Produktsicherheitsverordnung:
produktsicherheit@droemer-knaur.de

AF136879

Von Michael J. Sullivan sind bereits folgende Titel erschienen:
Rebellion
Zeitenfeuer
Göttertod
Heldenblut
Drachenwinter

Über den Autor:
Michael J. Sullivan, geboren 1961 in Detroit, lebt heute mit seiner Frau
und drei Kindern in Fairfax in der Nähe von Washington D.C. als
freier Autor. Zunächst publizierte er sehr erfolgreich im Eigenverlag,
bis ein US-Verlag auf den Autor aufmerksam wurde. Inzwischen wurden seine Romane in 14 Sprachen übersetzt und haben mehr als 100
Preise gewonnen.

MICHAEL J. SULLIVAN

DRACHENWINTER

THE FIRST EMPIRE

ROMAN

Aus dem amerikanischen Englisch
von Carina Schnell

Die amerikanische Originalausgabe erschien 2019 unter dem Titel
»Age of Death« bei Riyria Enterprises, LLC.

Besuchen Sie uns im Internet:
www.knaur.de
Facebook: https://www.facebook.com/KnaurFantasy/
Instagram: @KnaurFantasy

Deutsche Erstausgabe Januar 2022
Knaur Taschenbuch
© 2019 Michael J. Sullivan
© 2022 der deutschsprachigen Ausgabe Knaur Verlag
Ein Imprint der Verlagsgruppe
Droemer Knaur GmbH & Co. KG, München
Alle Rechte vorbehalten. Das Werk darf – auch teilweise –
nur mit Genehmigung des Verlags wiedergegeben werden.
Die Nutzung unserer Werke für Text- und Data-Mining
im Sinne von § 44b UrhG behalten wir uns explizit vor.
Redaktion: Anika Beer
Covergestaltung: Nele Schütz Design, München
Coverabbildung: Collage von Nele Schütz Design unter
Verwendung von Motiven von shutterstock.com
Satz: Adobe InDesign im Verlag
Printed in Germany
ISBN 978-3-426-52037-6

2   4   5   3

1

DAS GROSSE TOR

———•◆•———

Die gute Nachricht ist, dass der Tod nicht das Ende ist. Aber
das ist gleichzeitig auch die schlechte Nachricht.

— Das Buch Brin

Oh, heilige Mari, was habe ich bloß getan? Der Gedanke kam
Brin zu spät. Sie versank bereits im Tümpel. Es schmatzte laut,
während sie unaufhaltsam tiefer nach unten gezogen wurde. Sie
spürte den schleimigen Sog an ihren Füßen, als würde sie von
einer zahnlosen Schlange verschluckt werden. Die eisige Kälte,
kälter als alles, was sie je zuvor empfunden hatte, kroch ihr an
Beinen und Hüfte hinauf. Sie war weder in einer Flüssigkeit
noch in Matsch gefangen, es fühlte sich vielmehr wie eiskalter
Teer an, der lebendig zu sein schien. Brin zitterte vor Angst,
während sich die klebrige Masse Stück für Stück über ihre Brust
schob, sodass ihr das Atmen stetig schwerer fiel.

Tesh schrie, als würde er ebenfalls sterben – als würde sein
Leben mit Brins enden.

Wie kann ich ihm das nur antun? Er liebt mich und ich …

Wie die Hand einer Leiche in einem Albtraum kroch der
Schlamm um ihren Hals. Brin sank tiefer, legte den Kopf in den
Nacken, um einen letzten verzweifelten Atemzug zu nehmen.
Doch als ihr der Schleim in Mund und Augen drang, konnte sie
einen Schrei nicht länger unterdrücken. Der Laut wurde vom
Matsch erstickt. Kein Laut drang über ihre Lippen. Tesh würde
nie erfahren, dass ihr letztes Wort sein Name gewesen war. Da-

nach weigerte Brin sich einzuatmen. Der Instinkt, unter Wasser die Luft anzuhalten, war stärker als ihr Verlangen nach Sauerstoff.

All die heldenhaften Gedanken, die ihr den Mut verliehen hatten, in den Tümpel zu waten, waren von gesundem Menschenverstand abgelöst worden. Einzelne Bilder zuckten durch Brins Geist: Sonnenschein auf Waldlaub, Regen in einem Eimer, klein geschnittene Karotten, das Lachen ihrer Mutter, ein gefrorener Teich. Als ihre Gedanken vor Panik erstarrten, begann ihr Körper seinen aussichtslosen Überlebenskampf. Sie schlug und trat um sich, reckte einen Arm in die Höhe. Ihre Finger durchbrachen kurz die Oberfläche. Luft – sie spürte Luft!

So nah dran.

Doch gleich darauf wurden ihre Finger bereits wieder verschlungen.

Ihre Arme wurden schwächer, die Bewegungen langsamer. Ihre Beine gehorchten ihr nicht mehr, hingen nur noch schlaff herab.

Neue Bilder blitzten auf: das Feuer im Langhaus, Schafe in einem Sturm, Teshs Hand in ihrer, Worte auf einer Seite.

Während Atmen sie eindeutig umbringen würde, schien ihr Körper davon überzeugt zu sein, dass es sie ebenfalls töten würde, wenn sie es nicht wenigstens versuchte. Also atmete Brin ein. Schlamm drang ihr in Mund und Nase. Sie musste husten, wollte ihre Luftröhre vom Matsch befreien, doch es war in etwa so nutzlos, wie wenn ein angsterfülltes Kind gegen einen Sturm anschrie.

Ihre Panik löste sich in Luft auf. Ruhe überkam Brin, als sie reglos in der kalten, zeitlosen Leere schwebte.

Langsam bekam sie wieder Zugang zu ihrem Geist. Gedanken formten sich einmal mehr. Der erste war der offensichtlichste.

Ich habe einen Fehler begangen – meinen allerletzten Fehler.

Brin wartete geduldig, in dem Wissen, dass der Tod sie längst hätte ereilen müssen.

Mehr Zeit verstrich. Nichts geschah.

Ist es vorbei? Bin ich …?

Die Dunkelheit war so allumfassend, dass Brin sich nicht sicher war, ob ihre Augen offen oder geschlossen waren. Der Gedanke war lächerlich, da sie gleichzeitig nicht mit Sicherheit sagen konnte, ob sie überhaupt noch Augen besaß.

Bin ich tot? Ich muss tot sein.

Eine seltsame Ruhe überkam sie, als Brin ihre Lage vollkommen akzeptierte. Es war eine merkwürdig vernünftige Reaktion auf eine höchst ungewöhnliche Situation. Ihre Schlussfolgerung war allerdings nur eine Vermutung, da sie immer noch keinerlei Anhaltspunkt dafür hatte, ob sie tot war oder nicht. Sie verspürte keine Panik mehr, glaubte nicht mehr zu ersticken und ihr war auch nicht mehr kalt. Doch das musste nicht zwangsläufig bedeuten, dass sie tot war. Brin zog in Erwägung, dass sie womöglich noch lebte, aber das Bewusstsein verloren hatte.

Sie versuchte, ihre Arme und Beine zu bewegen, und sie gehorchten ihr. Dadurch erkannte sie, dass sie sich in einer Art Flüssigkeit befand, die allerdings nichts mit dem dickflüssigen Schlamm des Tümpels gemeinsam hatte.

Wasser. Ich bin im Wasser.

Einen Augenblick später durchbrach ihr Kopf die Oberfläche. Brin atmete tief ein und begann, wild um sich zu schlagen.

Habe ich irgendwie überlebt? Bin ich …?

Um sie herum herrschte weiterhin nichts als Schwärze, einige Dinge waren dennoch offensichtlich. Sie befand sich nicht mehr im Teich, nicht mehr auf der Insel und schon gar nicht mehr in Gegenwart der Hexe. Auch Tesh war verschwunden – für immer außerhalb ihrer Reichweite.

Der Fluss des Todes.

Brin kannte die Geschichten. Jene, die beinahe gestorben

waren, sprachen von einem starken, düsteren Wasserlauf, der sie in Richtung eines hellen Lichts getragen hatte. Brin sah kein Leuchten, und sie fühlte sich auch nicht tot. Ihre Arme und Beine waren vollzählig vorhanden, und sie war immer noch eine miserable Schwimmerin. Brin hörte auf zu paddeln und ließ ihre Arme schlaff herabhängen. Anstatt unterzugehen, trieb sie auf der Oberfläche dahin. In diesem Zustand der Schwerelosigkeit nahm sie nichts wahr: kein Licht, kein Geräusch, keinen Geruch, keinen Geschmack und kein Gefühl. Brin schien in einem riesigen Nichts dahinzutreiben, und das ließ die Frage in ihr aufsteigen: *Bilde ich mir nur ein, Arme und Beine zu haben?* Wie konnte sie sich dessen sicher sein, wenn es nichts gab, womit sie interagieren konnte? Einmal mehr stieg Angst in ihr auf.

Existiere ich überhaupt noch? Dieser Gedanke führte zum nächsten, der noch beängstigender war: *Gab es überhaupt jemals eine Person namens Brin? Ist mein Leben wirklich so passiert, wie ich mich daran erinnere?*

Brin hatte keine Antworten. Um klar denken zu können, brauchte sie Rahmenbedingungen, Referenzen, etwas, worauf sie ihre Theorien gründen konnte. Doch sie hatte nichts. Es fühlte sich an, als würde sie sich langsam auflösen, genau wie all ihre Sinne.

Bin ich …?

Auf einmal war da kein Wasser mehr um sie. Das Gefühl dahinzutreiben verschwand.

Existiere ich?

Ohne jegliche Verbindung konnte Brin sich selbst nicht mehr fassen.

Ich gehe nicht unter. Ich löse mich auf.

Das letzte bisschen, das noch von ihr übrig geblieben war, zerfiel, brach auseinander, schmolz. Brin verblasste – doch dann …

Da war ein Licht.

Brin sah es. So klein wie ein Nadelöhr, ein weit entfernter Stern.

Etwas anderes existiert, also existiere ich wohl auch. Ich bin nicht vollständig verschwunden.

Das Schimmern wurde größer. In seinem Schein erkannte Brin den Fluss. Wie eine tintenschwarze Schlange wand er sich durch eine riesige, steinerne Schlucht. Dank der hohen, an ihr vorbeirauschenden Wände wusste Brin, dass sie sich bewegte. Diese Gewissheit verschaffte ihr einen Moment, um nachzudenken. Um sich zu erinnern. Sofort überkam sie das Bild von Tesh, der vor Gram geschrien hatte. Nie würde sie diesen schrecklichen Laut vergessen können. Sein Ruf war ihr den ganzen Weg bis hierher gefolgt.

Es tut mir leid, dachte Brin, während das Licht stetig größer wurde.

Es war weder gelb noch orangefarben, sondern eher blass und trüb wie die Sonne, die sich an einem späten Winternachmittag hinter einer dicken Wolkendecke verbirgt. Im Näherkommen konnte Brin im schwachen Licht mehr als nur die zerklüfteten Steinwände zu beiden Seiten erkennen. Der Fluss endete in einem See, der an einen hell erleuchteten Strand brandete. Brins Aufmerksamkeit wurde von Bewegungen am Ufer auf sich gezogen.

Da sind Leute! Ja, hier unten gibt es noch andere.

Da die Lichtquelle hinter den Personen lag, konnte Brin nur Silhouetten ausmachen. Hunderte drängten sich dort. Dahinter entdeckte Brin ein riesiges Tor mit zwei Flügeltüren. Sie waren verschlossen, doch das Strahlen dahinter war so hell, dass es durch die Öffnungen drang.

Plötzlich berührten Brins Füße sandigen Boden. Die Strömung trug sie noch ein wenig weiter, bis sie aus eigener Kraft stehen bleiben und sich aufrichten konnte.

»Brin!« Roan rannte auf sie zu. Sie wirkte ganz und gar nicht tot, sondern genauso, wie sie ausgesehen hatte, bevor sie in den

Teich gewatet war. Kein bisschen Schlamm klebte an ihr, als sie Brin aus dem Wasser half.

»Du dummes Mädchen.« Moya kam ebenfalls herbei und zog Brin fest an sich. Dann hielt sie Brin von sich und schob ihr eine Haarsträhne aus der Stirn. »Ich habe dir doch gesagt, dass du nicht mitkommen sollst. Befohlen habe ich es dir. Warum? Warum hast du nicht auf mich gehört?«

»Mir ist etwas aufgefallen, was mir schon viel früher hätte klar werden müssen. Muriels Name stand auf den Steintafeln in der Agave neben Ferrol, Drome und Mari. Wenn sie eine Göttin ist, muss ihr Vater auch ein Gott sein. Tressa hatte recht, was Malcolm angeht. Und er wollte, dass ich dabei bin.«

»Also glaubst du jetzt auch an den ganzen Unsinn? So sehr, dass du dich dafür umgebracht hast?«

»Das ist noch nicht alles. Malcolm hat mir auch erzählt, dass mein Buch in der Zukunft zu der wichtigsten Sache werden wird, die die Menschheit je erschaffen hat. Er wusste, dass ich alles aufschreiben würde. Er will, dass ich die Wahrheit erzähle, und er denkt, dass ich sie hier unten finden werde.«

»Du hättest es trotzdem nicht tun dürfen.« Moya klang angespannt. »Persephone wird mir niemals verzeihen.«

»Doch. Wenn unser Vorhaben gelingt.«

»Die Chancen dafür stehen nicht gut.«

Zusammen gesellten sie sich zu Gifford, Tressa und Regen, die abseits der großen Menge vor den Toren standen. Alle lächelten Brin an und nickten ihr zu, als teilten sie ein Geheimnis. Brin wusste, was es war. Sie waren wieder vereint, aber sie waren alle tot.

Regen hatte seine Spitzhacke dabei, Moya ihren Bogen und Tressa trug noch immer das viel zu große, an der Taille mit einem Seil zusammengehaltene Hemd von Gelston. Brin hatte die neue Kleidung noch nicht fertiggestellt, die sie Tressa im Gegenzug für den Unterricht im Lesen versprochen hatte. Ein schlechtes Gewissen überkam sie, als ihr klar wurde, dass Tressa nun ihre Ewigkeit in diesem schäbigen Hemd verbringen würde.

Moya musterte Brin und warf dann einen Blick über die Schulter in Richtung Fluss. Ihr Blick verdüsterte sich. »Tesh?«

Brin schüttelte den Kopf und rang sich ein Lächeln ab. »Er hat mich gehen lassen«, sagte sie leichthin, doch sie hörte, wie gezwungen es sich anhörte.

Moya nickte traurig.

»Zuerst hat er versucht, mich aufzuhalten. Es hat ein bisschen gedauert, ihn zu überzeugen. Ich hatte mir schon Sorgen gemacht, dass ihr ohne mich losgezogen wärt und ich euch hier unten nicht mehr finden würde.«

»Die Gefahr ist nicht sehr groß.« Gifford deutete auf die vor den Toren Versammelten. »Anscheinend warten alle darauf, eingelassen zu werden.«

Roan fuhr zu ihrem Ehemann herum. »Gifford?« Sie starrte ihn fasziniert an.

»Was ist denn?«

»Du hast … Was hast du gerade gesagt?«

Gifford zuckte mit den Schultern. »Ich denke bloß, dass es eine große Schlacht oder so gegeben haben muss, weil so viele Leute darauf warten, ins Nachleben gelassen zu werden.«

»Du hast es schon wieder getan!« Roan hüpfte vor Freude auf und ab.

»Was denn?«

»Gifford, sag meinen Namen.«

Er runzelte die Stirn und warf den anderen einen verwirrten Blick zu. »Roan, was …« Doch dann weiteten sich seine Augen, und sein Mund öffnete sich vor Staunen.

»Du sprichst auf einmal wie alle anderen.« Roan strich ihm sanft über die Lippen.

»Roan.« Er wiederholte es lauter. »Roan, Roan, *Rrr-oan!*«

Gifford schlang die Arme um seine Frau, und sie lachten gemeinsam.

Auch Brin bemerkte, dass sie lächelte. Alle grinsten sich an, doch da fiel ihr auf, dass jemand fehlte. »Wo ist Tekchin?«

»Er ist zum Tor gegangen.« Moya musste ihn in der Menge entdeckt haben, denn sie winkte mit ihrem Bogen. »Da kommt er ja schon.«

Der Fhrey bewegte sich mit derselben Grazie wie im Vorleben. »Die Tore sind fest verschlossen. Niemand kann hinein, und keiner weiß warum. Die meisten Leute nehmen an, dass etwas nicht stimmt.«

»Tja, so sieht's also aus.« Moya blickte finster drein. »Wir machen uns die Mühe zu sterben, nur um dann hier unten festzusitzen? Wissen wir überhaupt, wohin dieses Tor führt?«

»Ja. Nach Phyre. Und dieses Tor steht normalerweise offen«, erklärte Tekchin. »Das Licht im Inneren zieht die Verstorbenen an. Und wenn sie nahe genug herankommen, finden sie ihre Angehörigen und Freunde, die am Eingang auf sie warten.«

»Woher weißt du das alles?«

»Da drüben steht eine Frau, die schon mal hier war, aber sie ist wieder in ihrem Körper aufgewacht. Das hat sie mir zumindest erzählt. Und laut einem Kerl, der in Süd-Rhulyn an einem Fieber starb, ist das Tor schon seit langer Zeit verschlossen.«

»Und wie lange genau?«

Tekchin deutete vielsagend auf die Dunkelheit hinter ihnen. »Wer kann das schon wissen?«

Moya führte die anderen in Richtung des Tores. Die Menge, die davor wartete, bestand zu großen Teilen aus Rhunes, und es war beängstigend zu sehen, wie viele Kinder unter ihnen waren. Tekchin war der einzige Fhrey, doch es gab einige Zwerge. Eins allerdings hatten alle Anwesenden gemeinsam: Sie sahen verängstigt, verloren und verwirrt aus.

Alle hier sind tot.

Moya würde eine Weile brauchen, um sich daran zu gewöhnen. Niemand unter den Anwesenden sah aus wie ein Geist. Es waren einfach nur gewöhnliche Leute, auch wenn viele von ihnen merkwürdig gekleidet waren. Nur wenige trugen Reisekleidung wie Moya und ihre Gefährten. Die meisten Frauen trugen elegante Kleider, die Männer offenbar ihre besten Tuniken. Niemand hatte Umhänge oder gar Taschen dabei, doch alle trugen Steine bei sich. Manche hatten sie sich an Kordeln um den Hals gehängt, die meisten hielten sie in der Hand.

»Macht Platz, macht Platz!« Tekchin bahnte ihnen einen Weg durch die Leute, die sie klaglos passieren ließen. Er benutzte seine ausgestreckte Hand, um die Menge zu teilen, als wäre er ein Schiffsrumpf, der durch ein Meer aus toten Seelen pflügte. Seine grobe Art schien niemandem etwas auszumachen. Im Gegenteil. Durch das selbstbewusste Auftreten der Truppe schienen die Leute zu glauben, dass sie eine gewisse Autorität genossen, denn einige wandten sich mit Bitten an sie, als sie an ihnen vorübergingen.

»Das ist ein Fehler«, sagte ein in Lumpen gekleideter Mann zu ihnen. Im Gegensatz zu vielen anderen hatte er keinen Stein. »Ich sollte gar nicht hier sein. War nicht mal krank. Als ich im Wald unterwegs war …«

Doch sie gingen bereits weiter, und Moya war froh, dass sie sich nicht die ganze Geschichte anhören musste.

Als Nächstes kamen sie an einer schluchzenden Frau vorbei, die ihre Arme um sich geschlungen hatte und sich vor und zurück wiegte. »Meine Kinder, meine Kinder …«, weinte sie und sah Moya dabei direkt an. »Wie sollen sie ohne mich überleben?«

Eine in feine Stoffe gekleidete Dame hatte die Arme vor der Brust verschränkt und funkelte zuerst Moya und ihre Gefährten, dann das Tor an. »Sollen wir etwa ewig warten? Wenn immer mehr Leute sterben, wird es hier bald sehr eng werden.«

Tekchin nahm Moyas Hand, während sie sich weiter durch die immer dichter stehende Menge schoben. Im Näherkommen erkannte Moya, dass der Eingang noch riesiger war, als er aus der Entfernung gewirkt hatte. Über den Torflügeln waren drei Figuren in den Stein gehauen. Sie standen Schulter an Schulter und blickten auf sie herab: ein männlicher Zwerg und zwei Frauen, eine Rhune und eine Fhrey. Zu ihren Füßen waren mehrere Kreaturen dargestellt, die Steine warfen. Direkt unter den Figuren befanden sich die riesigen Torflügel. Sie schienen aus massivem Gold zu bestehen und waren sogar mächtiger als jene in Alon Rhist, größer noch als der Eingang nach Neith. Beide Flügel waren mit Reliefs von Personen verziert, die auf die eine oder andere Weise litten. Manche stürzten aus großer Höhe herab, andere hoben schützend die Arme, während sie von den Steinen der Kreaturen am oberen Torrand getroffen wurden. Viele weitere wurden erstochen, erwürgt oder geköpft.

Besonders eine Darstellung nahe dem unteren Torrand fiel Moya ins Auge, auf der eine Frau von riesigen Wellen verschluckt wurde. Sie hatte einen Arm nach oben gereckt, auf der Suche nach Hilfe, die nie kommen würde.

Durch die Ritzen zwischen den Torflügeln und den Scharnieren sickerte Licht und badete den Strand in weiches Glühen.

Als wäre der Mond dahinter gefangen.

»Was soll die Eile?«, fragte ein Zwerg, an dem Tekchin sich vorbeischob. »Habt ihr etwa noch was vor?«

Der Galantianer strafte ihn mit einem drohenden Blick, unter dem der Zwerg augenblicklich verstummte. Doch bis sie am Tor ankamen, musste Tekchin noch einige weitere Schubser und finstere Blicke verteilen.

Moya ging direkt darauf zu und berührte den kalten Stein des Torbogens. Dann fuhr sie mit den Fingern über das goldene Gesicht der Ertrinkenden. »Was für ermutigende Bilder. Da bekommt man doch gleich Lust einzutreten. Was glaubt ihr, wer sind wohl die drei Figuren ganz oben?«

»Keine Ahnung«, antwortete Tekchin. »Aber hast du einen

Plan, wie wir reinkommen?« Er schenkte ihr ein verwegenes Lächeln. Nahezu alles, was Tekchin sagte, wurde von irgendeiner Form von Grinsen begleitet. Für ihn war das Leben ein nie endendes Abenteuer. Der Tod hatte an dieser Einstellung offenbar nicht rütteln können, und Moya war froh darüber.

Er liebt mich. Der große Galantianer, der einstige Gott von der anderen Seite des Flusses, liebt mich – Moya, die unkontrollierbare Tochter von Audrey, der Wäscherin.

Sie konnte immer noch nicht fassen, dass Tekchin mehr als tausend Lebensjahre für sie aufgegeben hatte. In all den Jahren, die sie zusammen verbracht hatten, hatte er sich stets geweigert, »Ich liebe dich« zu sagen. Doch in diesem einen unglaublichen, aufopferungsvollen Moment, als er sie auf seine Arme gehoben und in den Teich getragen hatte, hatte er ihr seine Hingabe bewiesen.

Moya starrte zu den riesigen Toren auf und zuckte mit den Achseln. Sie wandte sich an die Umstehenden. »Hat es schon mal jemand mit Klopfen versucht?«

»Bist du verrückt?«, fragte die ungeduldige Frau.

Moya nickte. »Höchstwahrscheinlich.« Sie reckte sich, um eine glatte Fläche zu erreichen, und schlug dreimal mit der flachen Hand gegen das Tor.

Das Geräusch war lauter als erwartet, doch nichts passierte.

Moya versetzte dem Torflügel einen kräftigen Stoß, doch alles was sie damit erreichte, war, dass sie selbst zurückprallte.

Die Frau verdrehte gereizt die Augen.

»War 'nen Versuch wert.« Moya stellte sich auf die Zehenspitzen, um den Fluss hinter der Menschenmenge erkennen zu können. Immer mehr Leute kamen am Strand an. Auf dem Wasser hüpften die Köpfe der Neuankömmlinge auf und ab wie Treibholz.

»Es müssen ein paar Hundert Menschen hier sein, vielleicht sogar mehr.« Sie wandte sich an einen Mann im Nachthemd, der in der Nähe stand. Über seiner Brust und unter den Armen hatte sich der Stoff gelblich verfärbt. Sein Oberlippenbart war hart vor getrocknetem Schleim. »Wie lange müssen wir hier warten?«

»Als ob ich das wüsste.« Mit missmutiger Miene zupfte er an seinem Nachthemd. »Ich lag im Bett, hab geschlafen. Und dann wache ich auf und bin hier!«

Moya starrte nicht weniger unfreundlich zurück. »Oh, du armer Kerl. Du bist in deinem eigenen Bett gestorben? Wie traurig. Andere hier sind in ekligem Schleim ertrunken, und der arme Bastard da drüben«, sie deutete auf den zerlumpten Mann, der sie zuvor angesprochen hatte, »sieht aus, als wäre er von einem Bären angefallen worden. Und hast du dir mal diese Tore angesehen? Die Bilder hier? Du hättest durch sonst was den Löffel abgeben können.« Sie schüttelte den Kopf. »Im Bett gestorben. Ernsthaft?«

Der Schleimbart wich vor ihr zurück und verschwand in der Menge, sodass sie den Platz vor dem Tor nun für sich hatten.

Moya wandte sich an Regen. »Also, wie funktioniert das jetzt? Wir benutzen doch den *Du-weißt-schon-was*, oder?«

Der Zwerg versteifte sich, als hätte sie ihn bei etwas Verbotenem ertappt. »Was? Oh, äh …« Er sah sich ebenfalls um, wie um sicherzugehen, dass sich niemand in der Nähe aufhielt. Er senkte die Stimme. »Ein Schlüssel braucht immer ein Schloss.«

»Und was ist das?«, fragte Moya.

»Na ja, also das ist so eine kleine Öffnung, wie ein Loch, in das der Schlüssel perfekt hineinpasst.«

Auch die anderen musterten jetzt die riesige Oberfläche des Tores. »Hier gibt es Dutzende Öffnungen«, sagte Moya. Sie deutete aufwärts. »Da oben ist zum Beispiel eine Höhle und dort ein Türbogen. Welche ist die richtige?«

»Wir könnten alle ausprobieren«, warf Gifford ein.

Moya schüttelte den Kopf. »Wir haben zu viel Publikum. Vergiss nicht, dass wir den Schlüssel geheim halten müssen.«

»Ja, du hast natürlich recht«, sagte Tressa. »Lass uns lieber ewig hier rumstehen und warten. Übrigens ist *ewig* hier unten nicht nur eine Redensart.«

Moya warf ihr einen Todesblick zu. »Ich hatte gehofft, dass der Tod dich ein bisschen erträglicher machen würde, aber das war wohl zu viel verlangt.«

»Ich bin, wie ich bin.« Tressa fuhr dramatisch mit den Händen über ihren Körper, als würde sie ein neues Kleid präsentieren.

»Das Schloss wird sich nicht so weit oben befinden«, erklärte Regen. »Dann könnte man es nicht erreichen. Die meisten Schlösser befinden sich auf einer praktischeren Höhe. Wie dieses zum Beispiel.« Er deutete auf eine Öffnung nahe der Mitte des rechten Torflügels neben dem Relief eines Bären, der drei Männer verschlang. Daneben war die Sonne als ein Mann mit wild abstehendem Haar dargestellt. Sein Mund war weit aufgerissen, darin befand sich eine Öffnung. »Das da ist Eton, und wir haben seinen Schlüssel.«

Er wandte sich an Tressa. »Schieb ihn mit dem Bart voran hinein – das ist das gezackte Ende – und dreh ihn dann herum.« Er deutete eine Drehung im Handgelenk an.

»Vielleicht solltest lieber du das tun.« Tressa klang plötzlich ängstlich. »Du weißt, wie es funktioniert.«

»Nein«, warf Moya ein. »Malcolm hat den Schlüssel dir gegeben, und du hast uns überhaupt erst in diese Lage gebracht. Also versuch ja nicht, deine Verantwortung auf andere zu übertragen.«

Tressa schaute zu dem klaffenden Mund ein Stück über ihr, dann zurück zu der Menschenmenge. »Wenn ich mich da hochstrecke, wird es jemand sehen.«

Sie starrte Moya an, als hätte diese die Antworten auf alle Fragen des Lebens. Die hatte sie allerdings nicht, und selbst wenn es so gewesen wäre … waren sie jetzt tot, und das änderte alle Regeln.

Roan flüsterte Gifford etwas ins Ohr. »Ich kümmere mich darum«, verkündete er. »Macht euch bereit.«

»Wofür?«, fragte Moya, doch bevor sie nachhaken konnte, war Gifford bereits auf dem Weg den Hang hinunter.

Sie wandte sich an Roan. »Was macht er denn?«

Roan lächelte. »Sieh selbst.«

Gifford nahm seine Beinstütze ab und warf sie fort. Hoch aufgerichtet schritt er zurück zum Flussufer. »Hallo zusammen!« Er griff in seine Umhängetasche und zog drei Steine heraus. »Ich frage mich, ob mich vielleicht jemand von euch kennt. Ich bin Gifford aus Dahl Rhen. Früher war ich Töpfer.«

»Ich!«, rief eine Frau aus der Menge, als hätte sie einen Preis gewonnen. »In Vernes habe ich eine Schüssel von einem Töpfer namens Gifford aus Rhen gekauft. Eine wirklich gute Schüssel.« Dann runzelte sie verwirrt die Stirn. »Aber mir wurde gesagt, sie wäre von einem Krüppel gemacht worden.«

»Das ist richtig«, antwortete Gifford mit lauter Stimme. »Das war ich. Mein Leben lang konnte ich nicht richtig gehen. Ich hatte ein Sprachproblem. Konnte nicht mal den Namen meiner wunderschönen Frau aussprechen. Sie heißt übrigens Roan – RrrOOOAAN!«, brüllte er. »Als ich noch am Leben war, konnte ich keine Worte mit R aussprechen, wie *Regen*, *rennen* oder *ehrlich*.« Gifford strahlte über das ganze Gesicht. Viele Menschen in der Menge lächelten zurück.

Roan stand neben Moya und Brin, sie hatte die Hände vor den Mund geschlagen. Vor Aufregung wippte sie auf und ab, kurz davor, in Tränen oder lautes Gelächter auszubrechen.

»Ja, ich hatte wirklich kein schönes Leben. Mein Rücken war verdreht wie eine Karotte, die keinen Platz zum Wachsen hatte. Die Leute in meinem Dahl nannten mich Goblin, weil ich so herumtrampelte. Ich war ein armer Tropf, aber schaut euch das an!«

Gifford begann mit den drei Steinen zu jonglieren, die Suri ihm gegeben hatte. Die Zuschauenden drängten sich näher an ihn heran, verfolgten, wie die Steine hoch in die Luft flogen. Moya nahm an, dass sie sich über die Abwechslung freuten.

Viele von ihnen warteten sicher schon eine Ewigkeit an diesem Strand. Alle schauten Gifford zu, selbst Tressa.

»He!« Moya rüttelte sie am Arm. »Los! Tu es jetzt! Beeil dich!«

»Ach ja, richtig.« Tressa griff in ihren Ausschnitt und holte das winzige Stück Metall hervor, das an einer Kette um ihren Hals hing.

»Und jetzt – schaut euch das an«, rief Gifford am Strand.

Moya sah nicht, was er tat, doch die Zuschauer schienen beeindruckt zu sein, denn sie stießen bewundernde Laute aus.

Tressa steckte den Schlüssel in Etons Mund und drehte ihn. Ein lautes Klicken ertönte. Als Moya besorgt herumfuhr, waren aller Augen immer noch auf Gifford gerichtet, der die Steine nun hinter seinem Rücken auffing.

Tressa zog den Schlüssel zurück und verbarg ihn wieder unter ihrem Hemd.

Moya drückte vorsichtig gegen beide Torflügel, und sie schwangen nach innen auf. Das Licht wurde heller und zog die Aufmerksamkeit der Menge auf sich. Alle drehten sich um, um zu sehen, was dort vor sich ging.

Immer weiter öffnete sich das Tor, als würde es von Riesen aufgezogen. Als der Spalt zwischen den Flügeln endgültig aufbrach, blendete das Licht sie alle.

2

SCHULD UND SÜHNE

———— ◆ · ————

Für jeden Fehler gibt es einen Schuldigen, der zur Verant-
wortung gezogen und bestraft werden muss. Wer anders
denkt, der glaubt, dass wir nicht der Mittelpunkt des Uni-
versums sind und sich die Welt nicht um uns dreht.

– *Das Buch Brin*

Ein kalter Wind schnitt durch Persephones Breckon Mor, als sie
in der verhüllten Morgensonne stand. Vereinzelte Schneeflocken segelten wehmütig durch die Luft, verspielt und schön anzusehen. Durch die weißen Sprenkel auf der Wiese wirkte der
Hügel heller als sonst. Obwohl Persephone nicht weit vom Lager entfernt war, wusste sie, dass sie hier ihre Ruhe hatte. Sie
stand auf der windabgewandten Seite der Kreatur. Immer noch
fürchteten die meisten die riesige geflügelte Schlange, die auf
der Hügelkuppe lag, aber nicht schlief. Das riesige Wesen hatte
die Augen geschlossen. Der Drache regte sich nie, egal wie oft
Persephone ihn besuchte, und er hatte nur dieses eine Mal mit
ihr gesprochen. Doch dieses eine Mal war genug gewesen.

Persephone hielt Abstand. Auch sie hatte Angst vor dem
Drachen, besuchte ihn aber dennoch fast jeden Tag. In den frü-
hen Morgenstunden oder spät in der Nacht, wenn niemand sie
sah, erklomm sie den Hügel und stellte sich vor das Biest, um
ihm von ihren Ängsten und Sorgen sowie von ihren Hoffnungen und Träumen zu erzählen. Sie wusste, dass der Drache sie
hören und verstehen konnte. Und sie hoffte, dass *er* sie ebenfalls

verstand. Persephone hatte keine Ahnung, wie die Magie funktionierte, doch sie war davon überzeugt, dass Raithe zuhörte, wenn sie zu dem Drachen sprach.

»Sie hätten längst zurück sein müssen«, sagte sie. »Ich mache mir Sorgen. Sie sollten doch bloß den Sumpf erkunden und dann sofort hierher zurückkehren. Es hätte nicht länger als einen oder zwei, maximal drei Tage dauern dürfen.«

Sie rang die Hände. »Ich habe Moya mitgeschickt, damit sie auf die anderen aufpasst. Tekchin war auch dabei. Und dann natürlich Tesh, das hätte Schutz genug sein müssen. Also warum sind sie noch nicht zurück?« Sie hatte keine Antwort erwartet und bekam auch keine. Der Drache öffnete nicht einmal die Augen. »Warum habe ich sie bloß gehen lassen?«

Persephones Seufzer hinterließ eine weiße Wolke in der frostigen Luft. Sie richtete ihren Blick auf die riesigen Klauen des Drachen. »Weil ich Angst hatte, dass sich der Himmel mit vielen deiner Art verdunkeln würde. Deshalb. Und das fürchte ich immer noch.« Als sie diesmal in den grauen Himmel aufschaute und den sanften Kuss der Schneeflocken auf ihren Wangen spürte, stellte Persephone sich riesige schwarze Schatten vor, ganze Schwärme wie bei einer Heuschreckenplage. »Wir brauchen ein weiteres Wunder, Raithe.«

Persephone fiel auf die Knie, schlang die Arme um sich und senkte den Kopf, als würde sie beten. »Ich glaube genauso wenig an Nyphrons Pläne wie an meine eigenen. Wir haben Elysan nach Norden geschickt, um mit den Riesen zu verhandeln, und die Hälfte der Zweiten Legion marschiert nach Süden, um einen einfacheren Weg über den Fluss zu suchen. Beide Missionen sind nicht gerade Erfolg versprechend. In letzter Zeit scheinen wir nichts anderes zu tun, als unsere Leute in die Wildnis zu schicken, die sie dann verschlingt. Ich habe keine Ideen mehr. *Wir* haben keine Ideen mehr. Er würde es nie zugeben, würde es weder sich selbst noch mir gegenüber eingestehen, aber ich glaube, Nyphron ist genauso verzweifelt. Er spürt, dass sich das Blatt erneut gewendet hat – und dieses Mal nicht zu unseren Gunsten. Alles fühlt sich so hoffnungslos an, geradezu absurd. Als wir damals erfuhren, dass die Fhrey auf dem Weg waren, um unsere Dahls zu zerstören, war es nicht schwer, unsere Niederlage zu akzeptieren. In Tirre, als wir keine Keenigin und keine Waffen hatten, ergab es noch Sinn zu glauben, dass wir aussterben würden. Selbst in Alon Rhist schien der Sieg so unwahrscheinlich wie ein ferner Traum. Und doch haben wir jedes Mal überlebt. Oft war es sehr knapp – es gab so viele Wunder.«

Persephone dachte an all die Hungersnöte, Krankheiten und Auseinandersetzungen zwischen den Clans, die Rhen zu ihren Lebzeiten überstanden hatte. Nichts war auch nur annähernd mit den harten Zeiten vergleichbar, die sie in den letzten Jahren durchgestanden hatten. Die Menschen waren wie eine schwache Flamme, die der Wind unbedingt auspusten wollte, doch immer kam ihm etwas dazwischen – ein glücklicher Zufall, etwas, das unter normalen Umständen nie möglich gewesen wäre.

»Es ist fast, als ob ...«

Hinter sich vernahm Persephone schweres Atmen und knirschendes Gras. Als sie sich umdrehte, entdeckte sie einen dürren, hochgewachsenen Mann in einem Umhang. Er stützte sich auf seinen Speer wie auf einen Wanderstab, während er den Hügel erklomm. Ein bekannter, wenn auch unerwarteter Anblick.

»Malcolm?«

»Guten Morgen«, grüßte er sie heiter. »Dachte ich mir doch, dass ich dich hier antreffe.«

Persephone kam auf die Beine und starrte ihm entgegen. In ihrem Inneren rangen Freude und Verwirrung über sein Auftauchen um die Oberhand. »Ich habe dich seit Jahren nicht gesehen. Wo warst du denn?«

»An vielen verschiedenen Orten: Tirre, Caric, Neith und auf einer kleinen Landzunge, die ins Grüne Meer hinausragt.«

»Falls du es noch nicht gehört hast: Wir befinden uns im Krieg. Warum bist du fortgegangen? Wir hätten jeden fähigen Mann gebraucht.«

Malcolm hatte die Kuppe des Hügels inzwischen erreicht. Er lehnte sich auf seinen Stab und lächelte Persephone an. »Ich habe dich auch vermisst.«

»Ich ...« Plötzlich schämte Persephone sich. »Es tut mir leid. Ich wollte nicht vorwurfsvoll klingen. Ich habe dich wirklich sehr vermisst.«

Erst in diesem Moment wurde ihr bewusst, wie wahr ihre Worte waren. Darum umarmte sie ihn fest, wie es einem alten Freund zustand. Doch Malcolm war mehr als das. Vor seinem Verschwinden war Raithes unscheinbarer Gefährte zu Persephones geschätztem Berater geworden. Schon nach der Schlacht von Grandford hatte Roan ihr gegenüber erwähnt, dass Malcolm irgendwie besonders war, doch Roans Beobachtungen waren oft wirr und schwer zu verstehen.

Persephone hatte Malcolms verstecktes Talent zum ersten Mal bemerkt, als er die Geburt ihres Sohnes Nolyn vorhergesagt hatte. Er hatte nicht nur verkündet, dass sie bald ein Kind gebären würde, sondern sogar erwähnt, dass sie Nyphron in einem Zelt am Ufer des Flusses Bern im Hochspeertal während der ersten Schlacht des nächsten Frühlings einen Sohn schenken würde. Zu jener Zeit war das eine mutige Vorhersage gewesen, da Persephone sich immer noch in Alon Rhist aufgehalten hatte und nicht sicher gewesen war, ob sie Nyphron je wiedersehen geschweige denn heiraten würde. Persephone hatte bereits in der Vergangenheit mit Seherinnen zu tun gehabt, sodass sie sein scheinbar neu entdecktes Talent nicht beunruhigte. Suri und Tura hatten jedoch immer mit Knochen gearbeitet und nur vage, verwirrende Dinge vorausgesagt. Sie hatten nie genau gewusst, was passieren würde, wohingegen Malcolm jedes Detail beschrieb.

Persephone löste sich von ihm und lächelte traurig. »Es ist

nur so, dass es gerade nicht besonders gut läuft und, na ja, ich …«

Er nickte, ein wissendes Lächeln umspielte seine Mundwinkel. »Du hast panische Angst. Du fürchtest, dass die Fhrey die gesamte Menschheit auslöschen werden.«

Persephone blinzelte. »Tja, also … ja.«

»Aber das ist noch nicht alles, was dir Sorgen bereitet, nicht wahr?«

»Ist das nicht genug?«

»Für die meisten wäre es das wohl, doch die Chancen, dass die Rhunes gegen die Fhrey gewinnen, standen schon immer schlecht. Deine Ängste sind tiefer in deinem Herzen verwurzelt.« Malcolm schaute zu dem Drachen. »Du glaubst, dass Raithes Blut an deinen Händen klebt, dass es dumm war, Suri nach Avempartha zu schicken, und dass all deine engsten Freunde im Sumpf von Ith ums Leben kommen werden, weil du sie dorthin gehen lassen hast.«

Seine Worte versetzten ihr einen Stich. »Vielleicht war ich doch zu vorschnell, mich über deine Rückkehr zu freuen«, erwiderte sie scharf. Er hatte mit allem recht, doch die Worte laut ausgesprochen zu hören, war vernichtend – vor allem von einem Freund. »Bist du nur zurückgekommen, um mich daran zu erinnern, was für eine Versagerin ich bin?«

Er wandte sich von dem Drachen ab und schenkte ihr einen mitfühlenden Blick. »Ganz und gar nicht. Ich bin unter anderem hier, um dir zu zeigen, wie falsch du liegst.«

»Wie kannst du das sagen? Ich habe Vögel ausgeschickt, war dumm genug zu glauben, wir könnten Frieden aushandeln. Mir hätte klar sein müssen, dass der Fhan nicht mit Suri verhandeln wollte. Ich habe unsere kostbarste Waffe gehen lassen, und Lothian wird sie dazu bringen, ihr das Geheimnis zur Erschaffung von Drachen zu verraten. Ich habe diesen Krieg verloren, Malcolm. Ich habe alles kaputt gemacht.«

Er schüttelte den Kopf. »Dieser Krieg wird nicht durch Vögel oder Drachen und schon gar nicht durch Gier oder Hass entschieden werden, sondern durch den Mut und die Tugendhaftigkeit einiger weniger, die alles aufgeben werden, um die Zukunft zu retten. So wird es passieren. Weißt du, die Stolzen, Gierigen und Rachsüchtigen sind nie diejenigen, die die Welt verändern – zumindest nicht zum Guten. Sie können es nicht, denn ihnen stehen nicht die richtigen Werkzeuge zur Verfügung. Es ist, als würde man einen Fisch bitten zu fliegen. Es liegt nicht in ihrer Natur, sich für andere zu opfern. Aber jene, die in den Sumpf aufgebrochen sind, verstehen, wie wichtig es ist, zu tun, was getan werden muss, wenn die Zeit kommt. Und sie sind nicht die Einzigen.«

»Was meinst du damit?«

»Dich, Persephone. Deine Opfer haben einen Unterschied gemacht und werden es auch in Zukunft.«

Sie lachte traurig. »Ich? Vielleicht habe ich in der Vergangenheit ein paar gute Entscheidungen getroffen. Die Reise nach Neith, die Verlegung unserer Truppen nach Alon Rhist … aber ich habe seit Jahren nichts Wertvolles mehr getan.«

»Wirklich? Das ist es also, was du denkst?« Wieder warf er dem Drachen einen Blick zu. »Warum hast du Nyphron gewählt und nicht Raithe?«

»Ich verstehe nicht, wie sich meine Entscheidung, welchen Mann ich heirate, auf das alles auswirkt.«

»Ich aber schon, und ich glaube, du verstehst es auch. Warum zögerst du, es auszusprechen? Sag es mir.«

Sie wollte nicht antworten, doch es waren nicht mehr viele Leute übrig, mit denen sie frei sprechen konnte, und Malcolm war einer davon. Persephone seufzte peinlich berührt. »Weil er der Bessere für die Aufgabe war.«

»Für welche Aufgabe? Die des Liebhabers? Vaters? Vertrauten?«

»Nein.« Persephone sah zu Boden.

»Wofür dann?«

Persephone war überrascht, dass er so sehr darauf beharrte. Malcolm war früher nie so provokativ gewesen. »Weil er ein besserer Herrscher ist«, sagte sie schließlich.

»Ja.« Malcolm nickte. »Das ist nicht gerade der Charakterzug, nach dem viele Frauen in einem Ehemann Ausschau halten. Aber warum ist das wichtig? Die Rhunes haben doch ihre Stammesführer.«

»Die Welt hat sich gewandelt. Wir können jetzt nicht mehr zu unserem System der verstreuten Clans zurückkehren, da wir die Vorteile einer einzigen Anführerin erkannt haben.«

»Aber du bist doch schon Keenigin. Du bist die Herrscherin aller Rhunes, oder nicht? Wo kommt Nyphron ins Spiel?«

»Noch. Aber ich bin vierzig Jahre alt. Wenn ich Glück habe, erlebe ich gerade noch, wie Nolyn zum Mann heranwächst. Als ich noch dachte, wir hätten eine Chance, diesen Krieg zu gewinnen, sah ich Nyphron als verlässlichen und gerechten Anführer. Er ist zwar kein besonders guter Ehemann, kein leidenschaftlicher Liebhaber, aber er ist stark, denkt rational und stellte unsere beste Chance auf eine bessere Zukunft dar. Höchstwahrscheinlich wird er noch tausend Jahre leben. In dieser Zeit wird er uns Stabilität bringen und große Taten für uns Menschen vollbringen.«

»Und aus diesen Gründen hast du deine Zukunft geopfert – das Glück, das du mit Raithe hättest haben können. Du hast es zum Wohle der Welt getan, für alle zukünftigen Generationen. Und das wirst du weiter tun, bis zum Ende deines Lebens.«

Persephone atmete tief durch und schüttelte den Kopf. »Wenn es meine alleinige Bürde gewesen wäre, wäre es kein Problem, aber so ist es nicht. Raithe ist meinetwegen gestorben. Ich habe sein Leben gestohlen!«

»Nein, hast du nicht.« Gerade als Persephone ein besonders reges Interesse an dem Gras zu ihren Füßen entwickelte, blickte Malcolm in den Himmel, als kündigte sich schlechtes Wetter an. »Raithe ist nicht gestorben, weil du ihn abgewiesen hast.

Suri ist nicht nach Avempartha gegangen, weil du sie darum gebeten hast. Und Brin, Moya, Roan und Gifford sind nicht gegangen, weil du sie gelassen hast. Denk doch mal einen Moment darüber nach. Stell deine Reue und dein Selbstmitleid wenigstens für eine Weile hintenan und überlege, ob all diese Dinge nicht vielleicht so gekommen sind, weil sie so kommen sollten. Alle haben ihre Rolle zu spielen. Ihre *eigene* Rolle. Nicht deinetwegen, sondern *ihret*wegen. Zum Wohle aller anderen bringen sie Opfer, genau wie du es getan hast.«

»Also willst du damit sagen, dass sich die Welt nicht bloß um mich dreht?«

Malcolm lächelte. »So ungefähr. Viele Dinge sind zwar dank dir geschehen, aber die Niederlagen und Fehltritte sind nicht deine Schuld. Nichts davon. Nicht der Krieg, nicht Raithes Tod und auch nicht Suris Gefangennahme.«

»Wessen Schuld ist es denn dann?«

Malcolm zögerte und sah sich dann um, als hätte er etwas gehört. »Wo ist Nolyn?«, fragte er, als wäre ihm gerade erst aufgefallen, dass sie allein auf dem Hügel waren.

»Was?« Persephone war verblüfft über den abrupten Themenwechsel.

»Ich weiß, es ist noch früh, aber wachen kleine Jungen nicht immer zur Morgendämmerung auf?«

»Justine kümmert sich um ihn.«

Malcolm nickte. »Natürlich«, sagte er in einem vielsagenden Tonfall.

»Was denn?«

Malcolm runzelte die Stirn, drückte damit eindeutig sein Missfallen aus. »Ich habe mich nur gefragt … Verbringt Nyphron überhaupt jemals Zeit mit seinem Sohn?«

»Du weichst meiner Frage aus.«

»Hmm?«

Persephone verschränkte die Arme vor der Brust. »Wessen Schuld ist es, Malcolm?«

Der Mann mit dem Speer blickte finster drein. Dann ließ er jedoch die Schultern hängen und seufzte. »*Schuld*. Ein interessantes Wort, findest du nicht? Als du Keenigin wurdest, hast du auch nicht gefragt, wessen Schuld das war, oder? Aber ich bin mir ziemlich sicher, dass der Anführer der Gula es sich fragte. Die Schuld wird nur gesucht, wenn etwas Schlechtes passiert. Dem Erfolg wird diese Bürde nicht auferlegt. Vielleicht sollte man lieber abwarten, wie sich die Dinge entwickeln, bevor man nach dem oder der Schuldigen sucht.«

Tura hätte einfach gesagt: *Ich weiß es nicht.* Suri hätte wahrscheinlich etwas von Schmetterlingen oder Wolken oder etwas ähnlich Sinnfreiem erzählt. Malcolm kannte die Antwort, dessen war Persephone sich sicher, doch er wollte sie ihr nicht verraten.

Warum?, fragte sie sich.

Sie starrte ihn an, während sich eine neue Idee in ihrem Kopf formte. Seher waren Personen, die hin und wieder mystische Zeichen deuten konnten, die ihnen einen Einblick in die Zukunft gaben. Ihres Wissens war keiner von ihnen in der Lage, die Zukunft selbst zu gestalten.

Ist so etwas überhaupt möglich?

Als Tressa erwähnte, dass es Malcolm gewesen war, der ihr von einem Übergang erzählt hatte, durch den sie Suri möglicherweise retten konnten, hatte Persephone sich nichts dabei gedacht. Jetzt allerdings …

Malcolm war dabei gewesen, als Raithe Shegon tötete – jenes Ereignis, das dazu geführt hatte, dass die Rhunes die Göttlichkeit der Fhrey infrage zu stellen begannen. Als Persephone Raithe kennengelernt hatte, hatte Malcolm ihr geholfen, Raithe zur Rückkehr nach Dahl Rhen zu überreden – gerade rechtzeitig, um dort Nyphron und den Galantianern zu begegnen.

Und als Arion gekommen war, um Nyphron in Gewahrsam zu nehmen, hatte Malcolm sie mit einem Stein niedergeschlagen, was dazu geführt hatte, dass der Anführer der Galantianer und die Miralyith in Dahl Rhen geblieben waren.

Können das wirklich alles Zufälle sein?

»Malcolm? Woher hast du gewusst, dass Suri gefangen genommen werden würde – Jahre bevor es tatsächlich passiert ist?«, fragte sie.

»Das ist nicht das, was du wirklich wissen willst, oder?«

Er hatte recht. »Gibt es noch Hoffnung auf das Überleben der Menschheit?«

Er nickte. »Ich sage das nicht mit absoluter Sicherheit. Und während ich fort war, habe ich Dinge aufgedeckt, die alles verkomplizieren. Aber ich bin hier, um dir zu sagen, dass einige Ereignisse in Gang gesetzt wurden und dass ich immer noch an einen guten Ausgang glaube. Und ich möchte, dass du das auch tust.«

»Du sprichst von der Gruppe, die in den Sumpf ausgebrochen ist, oder? Geht es ihnen gut? Was ist mit ihnen geschehen?«

»Vielleicht möchtest du dich lieber zuerst hinsetzen.«

»Oh, bei Mari!« Persephone schwankte. Sie ließ sich wieder auf die Knie sinken, als würde sie auf die Axt des Henkers warten.

Malcolm kniete sich ebenfalls hin und nahm ihre Hände in seine. »Moya, Tekchin, Brin, Roan, Gifford, Tressa und Regen sind …«

»Was?«

Er verlagerte unbehaglich sein Gewicht.

»Sag es mir!«, schrie sie.

»Sie sind … tot.«

Persephone fühle sich, als würde ihr Herz stehen bleiben und zugleich auch die Zeit.

»Das ist unmöglich. Es kann nicht sein. Kann es einfach nicht. Sie sind doch nur gegangen, um den Sumpf auszukundschaften … sonst nichts. Ich habe sie nicht in einen Kampf geschickt.«

»Du hast recht. Es gab keinen Kampf. Sie sind ertrunken.«

Persephone schüttelte heftig den Kopf. »Alle auf einmal? Nein … nein …«

Oh, liebe Mari, nicht auch noch sie. Wie viele müssen noch sterben?

»Aber …« Malcolm hielt inne und schenkte ihr ein aufmunterndes Lächeln. »Es ist in Ordnung.«

Persephone war nicht sicher, ob sie ihn richtig verstanden hatte, doch sein Gesicht, sein schwaches Lächeln, bestätigten seine Worte. »Wie in Elans Namen, kann das *in Ordnung* sein?«

»Weil«, Malcolm straffte die Schultern, »die Chancen gut stehen, dass sie zurückkommen werden.«

Sie starrte ihn an. Diesmal fiel es ihr nicht schwer, ihm in die Augen zu blicken. »Hast du den Verstand verloren?«

Er schüttelte den Kopf und hob beschwichtigend beide Hände. »Es, äh … wird natürlich nicht leicht. Tatsächlich wird es sogar noch viel schwerer sein, als ich erwartet hatte.«

»Du *wusstest*, dass es passieren würde?« Langsam wurde Persephone klar, was das bedeutete, und ihr Atem ging keuchend. »Du hast es geplant.« Sie schüttelte wieder den Kopf. »Das alles ist nicht meine Schuld … sondern deine!«

»Ja.« Er nickte. »Alles. Aber ist es ist noch nicht vorbei. Erlaube mir, dir zu erklären, wohin sie gegangen sind. Ich habe sie nämlich geschickt, Persephone, und zwar nach …«

»In ihren Tod! Du hast sie alle in den Tod geschickt!«

»Das ist richtig.« Er hob einen Finger. »Aber ich schicke ihnen auch Hilfe.«

3

MEISTER DER GEHEIMNISSE

———— •◆• ————

Bildung ist nie umsonst. Alle wahren Lektionen hinterlassen eine Narbe.

– Das Buch Brin

Alle toten Fhane hatten ihre eigenen Krypten, die mit Darstellungen ihrer unzähligen großen Taten geschmückt waren. Diese heiligen Hallen waren nicht nur ewige Ruhestätten, sondern zollten den Verstorbenen auch Tribut. So war jede Krypta ein wahres Meisterwerk der Architektur und die Eilywin hatten beim Bau keine Kosten und Mühen gescheut. Alle fünf Grabkammern standen an einem geweihten Ort, nicht weit vom Florella-Platz entfernt im Herzen Estramnadons, wo jeder Fhrey sie besuchen und bestaunen und sich von den vergangenen Herrschern inspirieren lassen konnte.

Nur wenige kamen je vorbei.

Die fehlende Verehrung stimmte Imaly traurig und lieferte ihr weitere Beweise dafür, dass sich das Fundament der Fhrey-Gesellschaft im Zerfall befand, sodass es nur noch eine Frage der Zeit war, bis alles in sich zusammenfallen würde. Doch die selten besuchten Krypten besaßen auch einen nicht zu unterschätzenden Vorteil: Sie boten einen perfekten Ort für geheime Treffen.

»Warum sind wir hier?«, fragte Nanagal, als Imaly die Tür

des Mausoleums schloss, in dem Gylindora Fhans letzte Ruhestätte lag.

»Nanagal, du bist doch von der Sippe der Eilywin«, sagte Imaly heiter. »Würdest du bitte ein zusätzliches Feuer in dem Kohlebecken dort bauen? Es ist ziemlich finster hier drin, findest du nicht?«

»Man *baut* kein Feuer, man *macht* Feuer. Ich muss es nur entzünden.«

»Oh, ja, wie klug von dir. Kannst du dich darum kümmern, mein Lieber? Du bist so groß, du kommst am besten an das Becken heran.« Sie lächelte ihn an.

»Du hast Nanagals Frage nicht beantwortet, Imaly«, warf Hermon ein. Für einen Fhrey war er ungewöhnlich stämmig und stark behaart. Er musste sich dringend mal wieder rasieren. »Was sollen wir hier? Mit den Toten sprechen? Mit deiner Urgroßmutter?« Er warf Volhorik einen Blick zu. »Erlaubt Ferrol so etwas überhaupt?«

»Ganz und gar nicht.« Der Hohepriester verschränkte die Arme vor der Brust.

»Für so einen Unsinn sind wir auch nicht hier«, antwortete Imaly verärgert. »In Ferrols Namen, wir befinden uns in der Grabstätte meiner Vorfahrin. Erweist ihr etwas mehr Respekt.«

»Also, warum dann?«, bohrte Hermon nach.

»Wir halten eine Sitzung ab.«

Das Feuer in dem Kohlebecken loderte auf und erhellte die Krypta. Der flackernde Schein brachte die goldenen und silbernen Verzierungen zum Glühen. Auch der hintere Teil des Gewölbes wurde nun sichtbar, und mit ihm Gylindoras Sarkophag. Die in den Stein gehauene Darstellung darauf sah ihr überhaupt nicht ähnlich. Das Abbild war viel zu steif und ohne wahre Kunstfertigkeit gestaltet. Es fing nichts vom wahren Wesen der ersten Fhan ein.

»Eine Ratssitzung?«, frage Nanagal, als er sich von dem Becken abwandte, das an einer eisernen Kette über ihren Köpfen hin und her schwang. »Vielleicht ist es dir noch nicht aufgefallen, aber wir haben einen offiziellen Treffpunkt für solche Dinge, gleich die Straße runter. Es nennt sich Airenthenon. Ist wirklich hübsch dort, hohe Säulen, bequeme Bänke. Es wurde allein für Treffen wie diese gebaut.«

»Es ist keine offizielle Sitzung«, erwiderte Imaly.

Fast alle Vertreter der Fhrey-Sippen waren anwesend: Nanagal von den Eilywin, Osla von den Asendwayr, Hermon von den Gwydry und Volhorik von den Umalyn. Obwohl Vidar von den Miralyith fehlte, hatten sie genug Ratsmitglieder für eine Abstimmung beisammen. Der Beschluss wäre verbindlich, selbst wenn sie sich dafür nicht im Airenthenon trafen.

»Ich habe euch hierhergebeten, da unser erhabener Rat das Einzige sein könnte, das unsere Gesellschaft vor der totalen Vernichtung bewahren kann. Ich brauche eure Meinungen zu Fhan Lothian und seiner Fähigkeit zu herrschen – eure *ehrlichen* Meinungen.«

»Und du hältst es wirklich für notwendig, das hier unten zu tun?«, fragte Osla. Sie war dem Aquila erst vor Kurzem beigetreten und sprach nicht oft, weshalb Imaly es interessant fand, dass sie ihr jetzt als Erste antwortete. Die anderen, erfahreneren Ratsmitglieder hingegen warteten noch ab.

»Ja«, sagte Imaly. »Was wir im Airenthenon besprechen, ist öffentlich. Was wir hier besprechen, *bleibt hier.*« Die letzten zwei Worte betonte sie so nachdrücklich, dass sie durchaus als Drohung verstanden werden konnten.

»Was genau willst du von uns wissen?«, fragte Nanagal in unverbindlichem Tonfall. Er war nicht dumm, doch er machte sich nichts aus Spekulationen und Andeutungen. Er zog es vor, alle Fakten auf dem Tisch zu haben, klar verständlich und unwiderruflich.

»Wie viele von euch heißen die Handlungen des Fhans gut, seit er den Waldthron bestiegen hat?«

Niemand antwortete.

»Da stimme ich euch zu«, sagte Imaly. »Seit seiner Machtergreifung haben wir unter der Miralyith-Rebellion gelitten, durch die beinahe das Airenthenon zerstört wurde. Wir haben eine offene Revolte der Instarya-Sippe erlebt und einen Krieg angezettelt, der gut und gerne unsere gesamte Zivilisation auslöschen könnte. Und das alles, obwohl er erst seit ein paar Jahren an der Macht ist. Das ist kaum ein Herzschlag in der Herrschaftsspanne eines Fhans. Nichts davon war notwendig oder unumgänglich, und all diese Dinge sind auf seine Handlungen oder seine Unterlassung derselben zurückzuführen.«

Imaly strich ihre Asika glatt, um den anderen Zeit zu geben, den Duft des Festmahls in sich aufzunehmen, das sie ihnen soeben serviert hatte. »Und warum war seine Herschafft bisher ein derartiges Desaster? Weil Lothian nie unseren Rat einholt. Seit er den Thron bestieg, hat er das Airenthenon kaum mit seiner Anwesenheit beehrt. Wenn er kam, dann nur, um Verordnungen zu erlassen, ein Ultimatum zu stellen oder etwas zu verkünden, das er allein beschlossen hat. So sollte es nicht sein. Der Aquila wurde geschaffen, um dem Fhan zu assistieren, um seine Entscheidungen mit unserer vereinten Weisheit in die richtige Richtung zu lenken. Aber Lothian will keine Hilfe, keine anderen Ansichten als seine eigenen. Das Ergebnis spiegelt sein schlechtes Urteilsvermögen wider.«

»Worauf willst du hinaus, Imaly?« Wieder war es Osla, die die Frage stellte – weil sie die Einzige war, die es wirklich noch nicht verstanden hatte.

»Auf gar nichts – noch nicht. Im Moment stelle ich euch einfach nur eine Frage. Aber vielleicht sollte ich sie umformulieren: Wenn es möglich wäre, einen anderen Fhan auf den Thron zu setzen, würdet ihr das wollen?«

»Lothian wurde von Ferrol erwählt«, erwiderte Osla, als würde ihre offensichtliche Feststellung etwas an Imalys hypothetischer Frage ändern.

Imaly musterte die anderen, suchte in ihren Blicken nach

Anzeichen für ein ähnlich gedankenloses Klammern an die Traditionen. Doch sie fand keine. Da Volhorik den Plan mit ihr gemeinsam entwickelt hatte, brauchte sie sich um ihn ohnehin keine Sorgen zu machen. Alles hing davon ab, wie sich Nanagal und Hermon entscheiden würden. Keiner von beiden sagte ein Wort, doch sie beäugten Imaly misstrauisch.

»Ferrol hat Lothian nicht allein zum Fhan gemacht«, fuhr sie fort. »Und vielleicht sind wir es, die vor unserem Herrn versagten, weil wir keinen besseren Herausforderer als Zephyron gewählt haben. Aber heute geht es nicht um die Vergangenheit. Es geht um die Zukunft. Also, will niemand von euch meine einfache, harmlose Frage beantworten?« Imaly verschränkte die Arme vor der Brust und lehnte sich mit dem Rücken an die reich verzierte Wand.

»Du sprichst von Verrat«, sagte Osla.

»Nein, meine Liebe, ich stelle einfach nur eine Frage. Wir unterhalten uns. Niemand schlägt vor, dass wir uns bewaffnen und den Palast stürmen sollen – *das* wäre Verrat. Ich bitte lediglich um eure Ansichten und ersuche die vereinte Weisheit des Aquila. Genau dafür existiert unser Rat doch, oder etwa nicht?«

»Aber wir haben uns hier getroffen und nicht im Airenthenon, also tu nicht so, als wäre dies ein harmloser Meinungsaustausch«, beharrte Osla in anklagendem Ton.

Imaly neigte den Kopf, um ihr diesen Punkt zuzugestehen. »Das mag sein. Trotzdem: Ich habe immer noch keine Antwort erhalten.«

Nanagal trat vor. »Ich schätze, es käme darauf an, wer Lothian ersetzen sollte.« Im Gegensatz zu Imalys entspannter Haltung, die sie absichtlich zur Schau trug, um Selbstbewusstsein auszustrahlen, wirkte er steif und angespannt.

»Ein gutes Argument, aber lass mich dir eine Gegenfrage stellen: Was müsste Lothian tun, damit du *jeden* anderen Fhrey lieber auf dem Thron sehen würdest als ihn?«

Dafür erntete Imaly ein paar Lächeln und sogar unterdrückte Lacher von den anderen.

Nanagal jedoch zuckte anhand der Absurdität ihrer Frage nur mit den Schultern. »Ich weiß nicht. Vermutlich, wenn er den Verstand verliert und nicht mehr in der Lage ist, vernünftig zu denken.«

»Also gibst du zu, dass das Absetzen eines Fhans unter gewissen Umständen nötig sein könnte? Was, wenn er die bloße Existenz unseres gesamten Volkes bedrohen würde? Wärst du dann gewillt, Schritte einzuleiten, um ihn seines Amtes zu entheben?«

Nun lächelte niemand mehr.

Nanagal warf Volhorik einen Blick zu. »Wäre geistige Unzurechnungsfähigkeit ein Grund, das Bündnis mit Ferrol zu brechen? Würde unser Herr unter diesen Umständen nicht sogar verlangen, dass wir den amtierenden Fhan absetzen?«

Volhorik schüttelte den Kopf. »Streng genommen besagt Ferrols Gesetz, dass der Fhan tun und lassen kann, was immer er will, ob er geistig gesund ist oder nicht. Allein unsere Tradition besagt, dass er zum Wohl der Fhrey handeln muss. Theoretisch wäre es sogar rechtens, dass er jeden einzelnen Fhrey hinrichten lässt, wenn er Lust dazu hätte.« Er hob einen Finger. »Andererseits sind wir auch allein aufgrund unserer Tradition dazu verpflichtet, ihm zu gehorchen. In Ferrols Gesetz steht nichts davon, dass wir seinen Befehlen folgen müssen.«

Imaly setzte nach. »Also lassen wir Lothian trotz seiner Unfähigkeit zu regieren weitermachen, oder obliegt es unserer Verantwortung, einen gerechten und fähigen Herrscher an die Spitze der Fhrey zu setzen? Lothian könnte tatsächlich unser gesamtes Volk auslöschen, wenn wir ihn nicht in die Schranken weisen. Glaubt ihr, dass dies Ferrols Wille ist? Sollten wir nicht eingreifen?«

Die anderen tauschten unsichere Blicke aus.

Wonach suchen sie? Hilfe? Unterstützung? Führung?

In der Vergangenheit hatte Imaly es stets zu schätzen gewusst, wie fügsam die Mitglieder des Aquila waren, doch in diesem Moment wünschte sie sich, sie hätten ein wenig mehr Rückgrat gehabt.

»Ich bin mir nicht sicher«, sagte Nanagal schließlich. Er sah sich zu den anderen um. »Ferrols Wille ist in diesem Fall nicht eindeutig, oder?«

»Also würdest du über so ein Verhalten einfach hinwegsehen? Du willst zulassen, dass ein verrückter Fhan uns alle umbringt?«, fragte Imaly. »Wäre das nicht dasselbe, als würdest du dich selbst so verhalten? Hast du als Mitglied des Aquila nicht eine Verantwortung gegenüber der Sippe, die du vertrittst?«

»Na ja, ich …«

»Ich denke, unter solchen Umständen wäre es unsere Pflicht gegenüber unserem Herrn Ferrol, einzuschreiten und den Fhan abzusetzen«, sprang Volhorik ein.

»Ja.« Nanagal nickte widerwillig. »Ja, ich denke schon.«

Imaly wandte sich Hermon zu.

»Da muss ich Nanagal zustimmen«, sagte er.

Natürlich, dachte Imaly. *Das tust du immer.*

Osla schien tief in Gedanken versunken zu sein. Sie starrte auf ihre Füße und hatte die Hände vor dem Körper zu Fäusten geballt. »Ich stimme euch zu, aber … ich möchte noch einmal zu bedenken geben, dass wir rein hypothetisch sprechen. Die Gefahr, die von Lothian ausgeht, hat noch nicht die von Imaly beschriebenen Ausmaße angenommen. Er mag inkompetent sein, aber im Moment befindet sich der Krieg mit den Rhunes im Stillstand. Ich sehe keine Hinweise darauf, dass wir demnächst von ihnen überrannt werden. Es besteht aktuell keine ernst zu nehmende Bedrohung für unser Volk. Außerdem verstehe ich nicht ganz … Wie sollten wir überhaupt …« Sie stockte. »Gibt es eine Gesetzesregelung, die vorsieht, dass der Aquila den Fhan absetzt?«

»Nein«, antwortete Volhorik.

»Aber wie könnten wir dann …«

»Wir müssten ihn töten«, sagte Imaly, ohne zu zögern.

Oslas Kinnlade fiel herab. »Damit würden wir Ferrols Gesetz brechen.«

»Genau«, sagte Imaly. »Ein geringer Preis für die Rettung von ganz Erivan. Wir sind die Anführer unserer Sippen. Sie haben uns die Verantwortung anvertraut, unsere Zivilisation zu beschützen, und manchmal bedeutet diese Bürde eben, dass man mehr tut, als nur in einem pompösen Gebäude zu sitzen und den sichersten Weg zu wählen.«

Ihre Worte hallten noch einen Moment in der Luft nach, dann senkte sich Stille über die Gruppe, die Imaly entsetzt anstarrte.

Gylindora hatte Imaly einmal erzählt, dass einer der geheimen Kniffe beim Korbflechten war, vorherzusehen, wie weit man das Schilfrohr biegen konnte, bevor es brach. Besonders steife Rohre ließ man über Nacht einweichen oder sogar länger, falls nötig. So wurde das Material biegsamer.

Für heute ist es genug, dachte sie.

»Schön, das war doch eine gute Diskussion, nicht wahr? Ich stimme Osla zu. Die Situation ist noch nicht so schlimm, und wie ich bereits sagte, ist das bisher alles nur Spekulation. Wir müssen uns aktuell noch nicht damit befassen. Es ist ein Gedanke, mit dessen Umsetzung wir uns, so Ferrol es will, hoffentlich niemals eingehender auseinandersetzen müssen.« Imaly öffnete die Tür und ließ Tageslicht in die Grabstätte. »Ich danke euch allen, dass ihr gekommen seid.«

Mithilfe zweier Seile hoben Vaseks Helfer den Sarg langsam aus dem Loch im Boden. Volhorik hatte Vasek keinen Zugang zum Friedhof von Estramnadon gewährt, doch der Wald vor der Stadt taugte genauso gut für sein Vorhaben.

Die hölzerne Kiste, in die Vasek die Seherin gesperrt hatte, war ein waschechter, unten spitz zulaufender Sarg. Obwohl Lothian angeordnet hatte, dass Vasek die Rhune in *das Loch* werfe – ein paar kleine Zellen unter den Kasernen des Löwenkorps –, war dem Meister der Geheimnisse stattdessen eine andere, noch drastischere Idee eingefallen, wie er die Seherin *lebendig begraben* konnte. Ihre Abneigung für enge Räume erschien ihm die beste Methode, um sie zu brechen und dabei keine körperlichen Schäden zu verursachen.

Er hatte einen Sarg ausgewählt, der ihr besonders wenig Bewegungsfreiheit ließ. Je kleiner der Raum, desto besser die Ergebnisse. Er war sich sicher, dass das Geräusch und der Geruch der auf den Sargdeckel prasselnden Erde, der langsame Verlust des Tageslichts und die darauffolgende allumfassende Stille die Seherin zum Reden bringen würden.

Doch dabei musste der perfekte Moment abgepasst werden. Wenn er sie nicht lange genug eingesperrt hielt, würde die Rhune sich ihm weiterhin widersetzen, wenn sie hingegen zu viel Zeit unter der Erde verbrachte, wäre sie vielleicht nicht mehr in der Lage zu kommunizieren. Es war ein gefährliches Unterfangen, sowohl für die Rhune als auch für ihn. Wenn er die wichtigste Gefangene des Fhans brach oder gar tötete, würde Lothian als Nächstes *ihn* in diesen Sarg stopfen.

Der Meister der Geheimnisse fand keinen Gefallen an seiner Arbeit. Rhunes waren ihm schlicht egal. Die Erzählungen, die Rhunes seien nichts als wilde, bösartige und grausame Tiere, waren lediglich Propaganda. Vasek wusste dies, da er die meisten davon selbst verbreitet hatte. Seine Aufgabe war es, die Rhunes als möglichst unzivilisiert und den Fhrey unterlegen darzustellen.

Durch die richtige Mischung würden die Geschichten zwar Furcht unter den Fhrey auslösen, aber keine Verzweiflung. Sein Ziel war es, sie zu motivieren, nicht verzweifeln zu lassen. Denn Lothian brauchte die Unterstützung des Volkes, nicht dessen Wut. Der Fhan war der absolute Herrscher, Ferrols Verkörperung in Elan, doch Angst war so mächtig, dass sie selbst das heiligste aller Symbole zu Fall bringen konnte.

Dies war nur ein weiteres Problem, das Vasek für den Fhan aus dem Weg räumte. Er musste der Rhune ein Geheimnis entlocken. Wenn der Fhan ihm befohlen hätte, das Gelbe vom Ei zu trennen, wäre er mit derselben Logik vorgegangen. Und doch hoffte Vasek tief in seinem verdorbenen Inneren, dass die Rhune es überleben würde, in etwa aus demselben Grund, wie man es bedauerte, einen Marienkäfer zerquetscht zu haben, nachdem man feststellte, dass es sich nicht um eine Stechmücke gehandelt hatte.

Kein Laut drang aus dem Inneren des Sargs und Vaseks Herz sank.

Es waren doch nur zwei Stunden!

Stemmeisen wurden am Deckel angebracht, und Vasek bereitete sich innerlich auf den Anblick der toten Rhune vor – was den Tod seiner eigenen Zukunft bedeutet hätte. Der Sarg öffnete sich, und da lag sie. Sie hatte die Augen geschlossen, die Hände zu beiden Seiten ihres Körpers, und ihre Brust hob und senkte sich gleichmäßig.

Sie lebt!

Doch der Gedanke würde schnell von einem ebenso überraschenden ersetzt: *Sie schläft.*

Vieles im Leben kam nicht an die eigenen Erwartungen heran. Der Frühling war nie so schön, wie man ihn sich während des bitteren Winters vorstellte, ein gebrochener Knochen nie so schmerzhaft wie erwartet, und Suri vermutete, dass der Tod die größte Enttäuschung von allen sein würde. Alle Leute verbrachten einen Großteil ihres Lebens damit, darüber nachzudenken, was passierte, wenn sie starben. Man erzählte sich Geschichten darüber am Feuer, eine fantastischer und lebendiger als die andere, was ziemlich ironisch war, wenn Suri so darüber nachdachte. Die Realität konnte sich nie mit Jahrzehnten der Erwartung messen. Solcher Art waren die Gedanken, die Suri durch den Kopf gingen, als die Fhrey sie in den Sarg steckten.

Als sie den Deckel schlossen, war das schon schwer zu ertragen gewesen, doch es war noch schlimmer geworden, als sie begonnen hatten, Erde darauf zu schaufeln. Einige Brocken waren durch die Ritzen in den Sarg gefallen, manche direkt auf Suris Gesicht. Da ihre Hände rechts und links an ihren Körper gepresst wurden, blieb Suri nicht viel mehr übrig, als den Kopf zu drehen, um atmen zu können. In jenem Moment hatte sie gewusst, dass sie sterben würde. Der Gedanke kam nicht überraschend, vielmehr verblüffte sie die Tatsache, dass sie nicht schrie.

Zuerst dachte sie: *Das war's. Nun erlebe ich doch noch meinen schlimmsten Albtraum.*

Seit ihrem sechsten Lebensjahr hatte Suri sich unwohl gefühlt, wenn sie in Höhlen und anderen beengten Orten von Mauern umgeben war. Damals war sie in ein Loch gekrabbelt, aus dem sie nicht mehr herausgekommen war. Es war nicht viel mehr als ein schmales Grabloch am Rand eines Flussufers gewesen, höchstwahrscheinlich eine Fuchshöhle. Da Suri so jung und klein gewesen war, hatte sie angenommen, sie würde hindurchpassen, und sie hatte unbedingt sehen wollen, wie Füchse lebten. Sie hatte gehört, Füchse seien schlau, also stellte sie sich kleine Tische mit winzigen Tassen und Tellern im Inneren der Höhle vor.

Haben sie kleine Betten? Kerzen? Elegante Kleidung, die sie vor allen verbergen und nur zu besonderen Anlässen herausholen, zum Beispiel, wenn der Wald seine geheimen Feste feiert?

Suri hatte schon lange den Verdacht gehegt, dass die Bewohner des Sichelwalds private Feste feierten, über die sie jedoch nie sprachen, wenn Suri in der Nähe war. Dieses Loch stellte die Chance dar, der Wahrheit endlich auf die Spur zu kommen. Danach würde sie das erste Tier, das ihr über den Weg lief, fragen, warum sie noch nie eine Einladung bekommen hatte.

Das Problem war bloß, wie sie schon bald feststellen musste, dass sie nicht so klein war wie ein Fuchs. Auf halbem Weg in die Höhle hinein blieb sie stecken. Und als sie versuchte, sich wieder herauszuschieben, fiel der sandige Untergrund um sie herum zusammen. Je mehr sie versuchte freizukommen, desto schlimmer wurde es, und schließlich verschloss sich die Öffnung ganz. Alles wurde schwarz und die nach feuchter Erde riechende Luft stetig dünner. Suri schrie und schrie, bis sie nur noch krächzen konnte.

Tura rettete sie schließlich. Die alte Seherin fand Suri und grub sie frei … drei Tage später.

Seitdem hatte Suri entsetzliche Angst vor beengten Räumen, wenn sie nicht wusste, wo sich der Ausgang befand. In jenem Fuchsbau hatte sie einen Teil ihrer selbst verloren. Sie hatte etwas darin zurückgelassen oder vielleicht war dieser Teil von ihr auch gestorben, war von der Erde begraben worden. Von jenem Tag an hatte Suri nur noch unter freiem Himmel geschlafen und sich lediglich in den kältesten Nächten in Turas Haus gewagt.

Deshalb kam es ihr seltsam vor, dass sie nicht schrie, während Klumpen auf sie prasselten und sie immer tiefer in die Erde gelassen wurde. Die erwartete Panik war ausgeblieben.

Ich müsste völlig außer mir sein. Warum passiert das nicht? Warum bin ich so ruhig?

Diese Erfahrung stand auf Suris Liste der schlimmsten Albträume immerhin ganz oben.

Etwas hat sich verändert.

Suri hatte kein Problem damit, Wasserfälle hinunterzuspringen, sich mit einem Wolfsrudel anzulegen oder während eines Sturms auf hohe Bäume zu klettern, doch so war es nicht immer gewesen. Tief in ihrem Gedächtnis vergraben waren Erinnerungen an eine Zeit, als sie Angst vor solchen Dingen gehabt hatte. Es war Minna gewesen, die ihr den Mut dazu gegeben hatte. Das Wolfsjunge war furchtlos gewesen, und Suri hatte es sich nicht erlauben können, von einer kleinen Wölfin übertrumpft zu werden. Ihr Stolz hatte sie dazu gebracht, sich ihren Ängsten zu stellen, und so hatte sie herausgefunden, dass Furcht nicht viel mehr als Schall und Rauch war – sie existierte nur in ihrem Kopf. Nach einem einzigen erfolgreichen Sprung vom Wasserfall verstand Suri bereits nicht mehr, worüber sie sich solche Sorgen gemacht hatte.

Wenn sie in beengten Räumen gewesen war oder als sie in einem Käfig in die Hauptstadt der Fhrey gebracht worden war, hatte es sich jedes Mal *angefühlt*, als würde sie lebendig begraben. Doch wie sich etwas anfühlte, hatte nichts mit der Wirklichkeit zu tun. Es war die Angst, die Erwartung und Vorstellung der echten Erfahrung gewesen, die Suri in diesen Momenten gelähmt hatte. Erst als Vaseks Männer sie tatsächlich lebendig begruben, hatte sie sich der größten Angst ihrer Kindheit *wirklich* stellen müssen.

Was hat sich also verändert?

Sie brauchte nicht lange, um es herauszufinden. Suri war keine sechs Jahre mehr, und ihre Zeit in dem Sarg lehrte sie nun, was ihre Angst wirklich war: der Albtraum eines Kindes. Seit jenen Tagen im Loch unter der Erde hatte Suri sich weiterentwickelt – und gelernt, dass es noch viel Schlimmeres gab.

In Vergleich mit dem Erschaffen eines Gilarabrywn ist es wirklich ein Klacks, lebendig begraben zu werden.

Und fast zeitgleich mit dieser Erkenntnis überkam sie noch eine andere: Sie hatte seit Tagen nicht mehr richtig geschlafen. Und da Suri sowieso schon im Dunkeln lag, schloss sie die Augen und machte ein Nickerchen.

»Wie geht es ihr?«, frage Imaly. Die Kuratorin des Aquila sprach leise und hielt den Blick auf die Tür im Garten gerichtet.

»So gut, wie es dir gehen würde, nachdem du ohne Essen und Trinken gefangen gehalten worden wärst«, antwortete Vasek. Der Meister der Geheimnisse sprach mit seiner sorgsam neutralen Stimme, mit der er keins seiner wahren Gefühle verriet. »Sie hat schon bessere Zeiten erlebt, nehme ich an.«

Die beiden saßen auf einer der vielen Steinbänke in dem Garten im Herzen von Estramnadon. Imaly saß links und hatte einen Arm auf die Lehne gelegt, während Vasek weit rechts saß – gerade nah genug, dass sie sich leise unterhalten konnten, doch weit genug voneinander entfernt, um das Bild zu vermitteln, dass sie nicht zusammen hier waren.

Langsam wich der Herbst dem Winter. Die sonst grünen Bäume um sie herum hatten all ihr Laub verloren, sodass nur noch braune, schwarze und graue Zweige in den Himmel stachen. Abgesehen von ihnen hielten sich an diesem Tag keine anderen Besucher in dem kulturellen und religiösen Zentrum der Fhrey auf. Das war einerseits gut, um ihre Privatsphäre zu wahren, andererseits warf es die Frage auf, warum sie sich eine Bank teilten. Doch bis jetzt war niemand zugegen, der sich diese Frage stellen konnte – außer einer einzigen Person.

Trilos saß an seinem gewöhnlichen Platz. Das Wetter schien ihm nichts auszumachen und er schien die beiden nicht einmal zu bemerken, denn sie saßen so weit wie möglich von ihm entfernt.

»Es geht mir nicht um ihre körperliche Verfassung«, flüsterte Imaly. »Wie sieht es mental aus?«

»Das eine bedingt das andere, findest du nicht?«

»Wenn ich das mit Sicherheit wüsste, würde ich nicht fragen, oder? Sie ist eine Rhune. Ich weiß nichts über sie.«

»Ich bin auch kein Experte.«

Imaly hatte sich ihre Verbündeten sorgfältig ausgesucht. Volhorik war unabdingbar, da er den Zugang zum Horn kontrollierte. Makareta war ihre Geheimwaffe, doch wenn Imaly sich nur eine einzige Person an ihrer Seite hätte aussuchen dürfen, hätte sie Vasek gewählt, wenngleich er auch die größte Bedrohung für ihr Vorhaben darstellte. Er war intelligent und erfahren, weshalb das Risiko, dass er sie betrügen würde, bei ihm am größten war.

»Wie hoch stehen die Chancen, dass diese Rhune uns das Geheimnis zum Erschaffen von Drachen verrät?«, fragte sie.

»Nicht besonders hoch«, antwortete er mit sicherer Stimme. »Ich bezweifle sogar sehr, dass sie es überhaupt weiß. Es wäre mehr als dumm, eine Person herzuschicken, die das Geheimnis kennt, und laut meiner Quellen ist Nyphron definitiv nicht dumm. Es ist zu verdächtig, dass sie uns das Geheimnis auf dem Silbertablett servieren. Ich wittere eine Falle. Wahrscheinlich ist sie hier auf einer geheimen Mission. Entweder soll sie sich bei uns einschleichen, um Informationen zu sammeln, uns zu sabotieren oder jemanden zu ermorden. Obwohl ich nicht wirklich begreife, inwiefern diese Rhune eine Bedrohung für irgendjemanden darstellen soll, schon gar nicht für den Fhan. Trotzdem stört es mich, dass ich noch nicht dahintergekommen bin, wie sie uns gefährlich werden könnte.«

»Aber was, wenn sie es doch weiß?«

»Dann würde sie ihr Bestes geben, um es uns nicht zu verraten.«

»Glaubst du, dass du ihr das Geheimnis entreißen kannst?«

Vasek zögerte. »Heute Morgen hätte ich noch Ja gesagt. Aber jetzt bin ich mir da nicht mehr so sicher.«

»Warum? Was ist passiert?«

»Wir haben sie ausgegraben, und ich bin fest davon ausgegangen, dass sie alles tun würde, um nicht wieder in den Sarg zu müssen, aber ...«

»Ihr habt was?« Imaly vergaß für einen Moment so zu tun, als wären sie nicht zusammen hier. Sie fuhr herum und starrte ihn an. »Ihr habt sie *lebendig begraben*? Unter der Erde? Seid ihr wahnsinnig? Sie hätte sterben können!«

Vasek ließ seinen Blick nicht von der Tür und antwortete mit seiner frustrierend unbeteiligten Stimme. »Es waren nur zwei Stunden. Im Sarg war genug Luft für doppelt so viel Zeit. Mir wurde gesagt, dass die Rhune panische Angst vor beengten Räumen hat, aber dem ist anscheinend nicht so.«

»Das war ein unglaubliches Risiko. Woher weißt du, wie viel Luft in einem Sarg ist?«

»Du willst nicht wissen, woher ich das weiß, glaub mir.«

»Geht es ihr gut?«

»Es ist alles in Ordnung. Offenbar stimmt das Gerücht nicht. Die Rhune hat dort drin bloß ein Nickerchen gehalten.«

»Ferrol sei Dank. Sie könnte wichtig für uns sein, nachdem wir ... du weißt schon.« Imaly sah sich um. Sie befanden sich weit außerhalb von Trilos' Hörweite, aber Imaly fühlte sich trotzdem nicht wohl, solche Dinge in der Öffentlichkeit auszusprechen.

Vasek schien das ebenso zu empfinden, denn er antwortete ihr im Flüsterton. »Wie geht es mit *du-weißt-schon-was* voran?«

Imaly rieb ihre Hände aneinander, um sie zu wärmen. »Es gibt noch einiges zu tun, aber es sieht vielversprechend aus.«

»Solche Floskeln haben nicht den geringsten Wert«, erklärte Vasek. »Zeig mir Ergebnisse und ich werde in Erwägung ziehen, dich zu unterstützen.«

»Also würdest du dich auf Lothians Seite stellen? Glaubst du, dass er diesen Krieg gewinnen kann? Du hast doch eben erst bezweifelt, dass die Rhune das Wissen hat, das er so dringend braucht. Und selbst wenn sie es hat, haben deine Methoden, es aus ihr herauszubekommen, bisher nicht gewirkt. Lothian klammert sich nur noch an die Hoffnung, selbst Drachen erschaffen zu können. Glaubst du, wir können diesen Krieg ohne sie gewinnen?«

»Nein.« Imaly hatte mit dieser Antwort gerechnet, aber nicht damit, wie schnell sie aus Vaseks Mund schoss. Er hatte nicht einmal darüber nachgedacht. Er musste bereits lange vorher zu der Erkenntnis gekommen sein.

»Wirklich keine Chance?«

»Wir haben nicht genug Miralyith, um ganz Erivan zu verteidigen. Früher oder später wird Nyphron das erkennen – oder vielleicht hat er das sogar schon und will bloß noch seinen Sturkopf durchsetzen, indem er den Nidwalden überquert. Aber irgendwann wird seine Armee unsere Miralyith umgehen. Vielleicht sind sie sogar bereits auf dem Weg. Im Süden, Osten und Norden haben wir nur schwache Verteidigungskräfte. Unsere Bevölkerung schrumpft immer weiter, während die Rhunes sich in Avrlyn ausbreiten.« Er schüttelte den Kopf. »Solange Ferrol nicht persönlich in den Kampf eingreift, haben wir definitiv keine Chance.«

»Vasek, als Lothian fort war, um in Alon Rhist zu kämpfen, habe ich eine Nachricht von den Rhunes erhalten. Sie wollten um Frieden verhandeln. Wenn – und ich weiß, dass das ein großes *Wenn* ist – unser Plan aufgeht, müssen wir uns immer noch um einen Krieg kümmern. Einen, von dem du sagst, dass wir ihn nicht gewinnen können. Gesetzt den Fall, dass wir Erfolg haben, möchte ich sicherstellen, dass wir eine bessere Beziehung zu der Rhune aufbauen. Darf ich also vorschlagen, dass du sie besser behandelst?«

»Du willst, dass ich gegen den Befehl des Fhans handele?«

Imaly seufzte. »Nein. Der Fhan hat dir lediglich befohlen, ihr das Geheimnis zum Erschaffen von Drachen zu entlocken, aber du glaubst sowieso, dass sie es nicht weiß. Du kannst nichts aus ihr herauskitzeln, was nicht existiert. Aber wenn wir ohne Drachen nicht gewinnen können, wäre es dann nicht sinnvoll, eine friedliche Einigung mit den Rhunes in Betracht zu ziehen? Sollte Lothian deine Methoden infrage stellen, sag ihm einfach, dass du eine neue Taktik ausprobierst, weil alle anderen versagt haben. Erkläre ihm, dass man mit Freundlichkeit manchmal weiterkommt als mit Grausamkeit.«

»Also, was schlägst du vor? Dass ich sie zum Tee einlade?«

»Das wäre ein guter Anfang. Aber warum hörst du nicht erst mal auf, sie wie eine Feindin zu behandeln, und heißt sie als einen Gast willkommen? Du könntest ihr Essen und bessere

Kleidung geben, ein Bad einlassen, sie an einem angenehmeren Ort schlafen lassen.«

Vasek runzelte die Stirn. »Wo zum Beispiel?«

»Woher soll ich das wissen? Du bist doch der Meister der Geheimnisse.«

Vasek lehnte sich nachdenklich zurück. »Ich denke, ich könnte ihr ein besseres Zimmer im Palast besorgen.«

Imaly setzte sich abrupt auf. Rasch versuchte sie, ihre heftige Reaktion zu kaschieren, indem sie so tat, als würde sie ein Herbstblatt von ihrem Schoß streichen. »Nein«, sagte sie mit Nachdruck. »Nicht dort. Wir sollten sie von Lothian fernhalten.«

»Willst du sie etwa bei dir aufnehmen?«

»Auf gar keinen Fall.« Die Vorstellung, neben Makareta auch noch eine Rhune zu beherbergen, war entsetzlich. Und sie hatte Vasek außerdem noch gar nichts von Makareta erzählt. »Da sie dir anvertraut wurde, warum gibst du ihr nicht ein Gästezimmer in deinem Haus?«

»*Bei mir?*«

»Du lebst allein. Es wäre perfekt. Und wie könntest du ihr Vertrauen besser gewinnen, als dadurch, sie bei dir wohnen zu lassen?«

»Ich glaube nicht ...«

»Wir müssen alle Opfer bringen, Vasek.«

»Und welches Opfer wirst du bringen?«

Makaretas vertrauensvolles Gesicht tauchte vor Imalys innerem Auge auf. Obwohl es sie traurig machte, hatte sie ihre Miene unter Kontrolle.

»Mein Leben, das auf extrem schmerzhafte Weise enden wird, falls es mir nicht gelingt, Lothian seines Amtes zu entheben. Du weißt ja, wie gerne Lothian Verräter eigenhändig und öffentlich hinrichtet. Aber das ist nicht einmal meine größte Sorge.«

»Nein? Was dann?«

»Dass du falschliegst und die Rhune das Geheimnis doch kennt. Was, glaubst du, wird passieren, wenn das der Fall ist?«

»Nun, angenommen, dass ich es ihr auch mit all meinem Charme nicht entlocken kann, wird Lothian es selbst in die Hand nehmen. Und er hat besonders überzeugende *Methoden*. Dann wird sie ihm sagen, was sie weiß, und Lothian wird den Krieg gewinnen, der Held unseres Volkes werden, genau wie einst Fenelyus, und dir damit jede Möglichkeit rauben, die Miralyith von ihrer Machtposition zu verdrängen.«

Imaly nickte. »Und deshalb sollten wir herausfinden, was sie weiß oder nicht weiß.«

»Lebendig begraben! Ist sie tot?«, fragte Volhorik Imaly. »Hat dieser Narr Vasek sie umgebracht?«

Der Hohepriester hatte vor dem Garten auf sie gewartet und so getan, als würde er die Hecken schneiden. Zu seinen Füßen lag ein kleiner Haufen Zweige, und er fuchtelte mit einer winzigen Säge herum, während er sprach.

»Nein, anscheinend ist sie in Ordnung«, antwortete Imaly und wich einen Schritt zurück, damit Volhorik sie nicht aus Versehen verletzte.

»Wirklich? Wie könnte irgendjemand so etwas unbeschadet überleben? Wir brauchen sie auf unserer Seite. Sie ist unsere einzige Chance auf Frieden. Hast du ihm das erklärt?«

»Ja.«

Volhorik senkte die Säge und seufzte. »Was wird Vasek als Nächstes tun? Ihr nacheinander alle Finger abschneiden?«

»Das wäre vielleicht sein nächster Versuch gewesen, aber ich konnte ihn auf einen anderen Pfad lenken. Sie darf uns nicht hassen.«

Bedauernd betrachtete Volhorik seine Säge. »Ich glaube, dieser Baum ist bereits gefallen.«

»Wahrscheinlich hast du recht, aber die gute Nachricht ist, dass sie Lothian hasst, und das könnten wir zu unserem Vorteil nutzen. Allerdings haben wir erst noch etwas Wichtigeres zu tun.«

»Und das wäre?«

Imaly ging in die Hocke und klaubte ein paar der Zweige auf, die der Priester abgeschnitten hatte. »Wir müssen den gefallenen Baum wieder aufrichten. Und da kommst du ins Spiel.«

»Ich?« Er starrte die Zweige in ihrer Hand an. »Was soll ich tun?«

»Du bist der Vertreter der Umalyn. Und ich brauche die Hilfe einer Priesterin Ferrols. Sie muss mit der Rhune sprechen, damit sie sich sicher fühlt.«

»Ich nehme an, dass dir jemand Bestimmtes vorschwebt?«

»Ja.« Imaly schlug mit den Zweigen auf ihre geöffnete Handfläche. »Ich glaube, Nyree ist die Einzige in ganz Estramnadon, der die Rhune womöglich vertrauen könnte.«

Volhoriks Augen weiteten sich. »Meinst du das ernst?«

»Ja. Warum?«

Er fuhr sich mit einer Hand über das Gesicht. »Weil ich mir niemanden vorstellen kann, der schlechter für diese Aufgabe geeignet wäre.«

»Wieso? Was stimmt nicht mit ihr?«

»Sie ist übereifrig, unnachgiebig und so kalt wie der gefrorene Shinara-Fluss im Winter. Selbst wenn ich sie davon überzeugen könnte, dass sie Erivan retten kann, indem sie sich mit einer Rhune anfreundet, bezweifle ich, dass es ihr gelingen würde. Sie ist eine grauenhafte Lügnerin.«

»O nein! Sie darf nicht lügen.« Imaly ließ die Zweige fallen und hob beide Hände. »Die Rhune wurde bereits zweimal Opfer von Betrug. Sie wird es wieder erwarten. Nyree muss authentisch sein, also gib ihr keine Anweisungen, außer, dass sie zu Vaseks Haus kommen und tun soll, was er ihr sagt.«

Volhorik starrte Imaly verblüfft an. Er schüttelte den Kopf und ließ die Arme hängen. »Das kann nur in einer Katastrophe enden.«

»Ich habe gehört, dass die Rhune eng mit Arion befreundet war. Sie war sogar bei ihr, als die Miralyith starb. Ich hoffe, dass die Trauer über ihren Verlust die beiden einander nahebringen wird. Geteiltes Leid ist eine starke Verbindung.«

»Das einzige Problem dabei ist nur«, mit einer Handbewegung wischte Volhorik die verbliebenen Blätter von der Hecke, »dass Nyree Arion gehasst hat.«

»Aber Arion war ihre Tochter«, sagte Imaly fassungslos.

Volhorik nickte. »So kalt wie der Shinara, ich sage es ja.«

4

VOM VERLIEREN UND WIEDERFINDEN

———◆———

In der Welt hinter dem Schleier des Todes fanden wir heraus,
dass sich jene, die wir dachten, verloren zu haben, lediglich
an einem anderen Ort aufhielten.

– Das Buch Brin

Moya war zweiunddreißig, als sie starb. Für eine unverheiratete, kinderlose Frau war sie damit zwar nicht mehr jung, aber auch längst nicht alt genug, als dass sie sich um Dinge gekümmert hätte, die man vor dem Tod erledigte. Deshalb hatte Moya sich auch noch nicht besonders viel mit dem Thema *Leben nach dem Tod* auseinandergesetzt. Natürlich, sie kannte die Geschichten darüber. Die größten Krieger kamen nach Alysin, was einem Paradies glich. Alle anderen wurden zwischen Rel und Nifrel aufgeteilt. Die Guten kamen in Ersterem unter, die Bösen in Letzterem, und Gerüchten zufolge war Nifrel der Ort, an dem man seine gerechte Strafe erhielt und endlose Folterqualen erlitt. Moya hatte allerdings nie gedacht, dass Rel so viel besser wäre, vor allem, da es ihr als ein Ort ohne Sonnenlicht, voller Trauer und Reue beschrieben worden war.

All das hatte sie jedoch von ihrer Mutter gehört, und da Audrey für ihr schlechtes Urteilsvermögen und ihre negative Einstellung gegenüber der Zukunft der Menschheit bekannt gewesen war, hielt Moya es für möglich, dass ihre Mutter völlig falschgelegen hatte. Der Tod konnte sie genauso gut an einen wundervollen Ort mit Essen und Trinken im Überfluss führen. Und so hatte Moya in Wahrheit überhaupt keine Vorstellung davon, was sie erwartete. Es gab kein festes Bild vom Nachleben in ihrem Kopf. Vermutlich war es dort dunkel, vielleicht schummerig, höchstwahrscheinlich kalt. Jeder wusste, dass Phyre unter der Erde lag, und da Moya sich noch gut an ihre Reise nach Neith erinnerte, mussten wohl alle drei Dinge zutreffen.

Das Licht, das durch das Tor fiel, war daher bereits eine Überraschung für sie gewesen. Doch als sie zwischen den goldenen Flügeln hindurchging, war es, als würde sie in einer dunklen Nacht ein hell erleuchtetes Haus betreten. Von draußen und aus der Ferne sah das Innere aus wie ein glühender Stern. Im Inneren gleißte es nicht mehr ganz so stark, doch die Außenwelt verwandelte sich aus dieser Perspektive in eine undurchdringliche Schwärze.

Rel war, wie sich in diesem Moment herausstellte, keine dunkle, kalte Höhle. Es war auch kein Obstgarten voller Apfelbäume, mit Brunnen, aus denen fröhlich plätscherndes Bier strömte. In ihrer Jugend hatte Moya nie viel für ihren düsteren Nachbarn, den Sichelwald, übriggehabt. Doch seit sie Dahl Rhen verlassen und die karge, staubige Ebene von Dureya gesehen hatte, hatte sie eine innige Liebe für Bäume entwickelt. Eine Sehnsucht nach etwas, das sie in ihrer Kindheit nicht zu schätzen gewusst hatte und das ihr in ihren Erwachsenenjahren umso mehr ans Herz gewachsen war. Obwohl diese Bäume anders aussahen als jene in Rhen, fand Moya den Anblick der hoch aufragenden, uralten Stämme tröstlich und ermutigend, wie wenn man sich vor einer langen Reise einen alten Mantel überwirft.

Das Land war bewaldet und übersät mit sanft geschwungenen Hügeln, durch die sich ein Bach schlängelte. In der Ferne erhoben sich Berge, wie Moya sie noch nie gesehen hatte. Sie wirkten wie schneebedeckte Steinzähne, die eine Wand bildeten – als hätte der Berg Mador ein paar Kinder geboren, die ebenso riesig waren wie er. Der Himmel, wenn man ihn so bezeichnen konnte, war weder blau, noch war eine Sonne zu erkennen. Schwaches weißes Licht erhellte alles, gab allerdings keine Wärme ab und warf auch keine Schatten. Moyas Mutter hatte also zumindest mit einer Sache richtig gelegen: Im Nachleben gab es keine Sonne.

»Hmpf«, grummelte Regen, als die Gruppe ihren ersten Blick auf die ewige Welt warf.

Es war zwar nur ein Laut, nicht mal ein richtiges Wort, doch Moya fand, dass es ihre Gefühle perfekt zusammenfasste.

»Ich hatte ein bisschen mehr erwartet«, sagte Tekchin enttäuscht, während sein Blick in die Ferne schweifte.

»Ich hatte weniger erwartet«, erwiderte Tressa erleichtert. »Oder vielleicht mehr von etwas anderem.«

»Ich finde es toll.« Gifford verzog seine nun perfekten Lippen zu einem ebenso perfekten Lächeln.

»Es gibt keine Sonne … also woher kommt das Licht?«, fragte Roan leise. Wahrscheinlich sprach sie mit sich selbst.

Brin hatte nichts zu sagen, doch sie drehte den Kopf rasch hin und her und rang augenscheinlich darum, alles in sich aufzunehmen.

Auf der anderen Seite des Eingangstores begann eine weiß gepflasterte Straße, aus Kalkstein vielleicht oder Alabaster. An ihrem Rand wartete eine weitere Menschenansammlung – sogar noch größer als jene vor dem Tor. Moyas erster Gedanke war, dass diese Leute von hier zu fliehen versuchten, doch sie begriff schnell, dass das nicht stimmte. Als das Tor sich öffnete, strömten die frisch Verstorbenen herein und wurden von ihren Müttern, Vätern, Großeltern und Kindern in Empfang genommen. Der erste Schock war schnell überwunden und wurde von Umarmungen, Tränen und überwältigter Wiedersehensfreude abgelöst. Danach begannen die Leute, sich einander vorzustellen. Inmitten der Menge, die sie hin- und herschob, sah Moya diese Begegnungen weniger, als dass sie sie hörte.

»Das ist dein Urgroßvater, Kobalt Sire! Du hast ihn nie kennengelernt, aber wir haben dich nach ihm benannt. Er starb, bevor du geboren wurdest.«

»Ich bin deine Mutter. Ich starb im Kindbett. Es ist, als wäre es erst gestern gewesen, und nun sieh dich an!«

Moyas Angst, dass jemand gesehen haben könnte, wie Tressa den Schlüssel benutzt hatte, war verpufft. Durch das pure Glück der wiedervereinten Familien und Liebenden war ohnehin alles andere in Vergessenheit geraten.

»Brin! Brin!«, rief eine ihr bekannte Stimme.

Bevor Moya wirklich begriff, was geschah, war Brin bereits losgesprintet und hatte sich in die ausgestreckten Arme eines Mannes und einer Frau geworfen.

Moya hatte zwar schon zuvor rational akzeptiert, dass sie jetzt in Rel waren und dass dies das Nachleben sein musste. Doch bis zu diesem Augenblick war die wahre Bedeutung dessen nicht ganz bei ihr angekommen. Erst jetzt, als sie Delwin und Sarah ihre Tochter umarmen sah, spürte sie das tiefe Begreifen wie einen Schlag in den Magen.

Das hier ist real. Wir sind tatsächlich tot.

Sarah und Delwin waren nicht allein gekommen. Ein vertrauter schwarz-weißer Hund sprang fröhlich bellend um sie herum. Moya erinnerte sich an einen traurigen alten Hirtenhund, der zu alt zum Schafehüten gewesen war und deshalb ein gemütliches Leben geführt hatte. Doch dieser Darby war ein anderer. Er war jung und voller Leben. Sarah und Delwin hingegen sahen genauso aus wie kurz vor ihrem Tod. Moya wusste, dass ihr etwas entgangen sein musste – wahrscheinlich sogar mehr als eine Sache –, und sie vermutete, dass der Hund ein Hinweis war. Genauso wie Giffords Fähigkeit, plötzlich fehlerfrei zu sprechen.

Ich hab echt kein Talent für Rätsel.

Ein gut aussehender, in weiße Roben gekleideter Fhrey näherte sich ihnen und schlug Tekchin herzlich auf die Schulter. »Tekchinry!« Er grinste.

»Prylo?« Tekchin starrte den Fhrey schockiert an. Dann wandte er sich an Moya. »Das ist mein Vater. Er ist im Krieg gegen die Dherg gestorben.«

»Freut mich, Eure Bekanntschaft zu machen.«

»Prylo, wo ist Mutter?«

Der Fhrey verdrehte die Augen. »Sie lebt noch, du Dummkopf!«

Zu Moyas Linken wurde Regen von einem Dutzend Zwergen umringt. Sie umarmten ihn, verpassten ihm Ohrfeigen und schienen ihn auszuschimpfen.

»Also hast du endlich tief genug gegraben, was?«

»Seht nur! Er hat die Spitzhacke dabei! Was für ein Narr!«

»Diese Tage sind jetzt vorbei, Junge! Du bist endlich ganz unten angekommen.«

Die Kommentare klangen barsch und verletzend, was Moya Sorgen bereitete, doch sie wurden lächelnd und mit vielen Umarmungen vorgetragen.

Irgendwas stimmt wirklich nicht mit den Dherg.

Nachdem Sarah Brin losgelassen hatte, packte Delwin seine Tochter und wirbelte sie übermütig herum, wie er es zu seinen Lebzeiten tausendmal getan hatte. Diese vertraute Szene weckte den hässlichen alten Neid, von dem Moya gedacht hatte, sie hätte ihn vergessen.

Moya, die bei Brins Familie leben durfte und im Gegenzug für Sarah Wolle spann, hatte oft beobachtet, wie Delwin nach einem langen Tag bei den Schafen nach Hause kam. Sarah hatte ihn stets mit Küssen begrüßt, und Brin war angerannt gekommen, um ihm irgendetwas zu zeigen. Die Kombination aus dem Essensduft, der Freude, dem Lächeln und all dieser Liebe hatte Moya oft zur Flucht nach draußen getrieben – damit niemand sie weinen sah und vielleicht nach dem Grund fragen würde.

Sie hatte nicht erklären wollen, wie leer es sich anfühlte, zu wissen, dass sie niemals erleben würde, was die drei miteinander teilten.

Als sie nun ihr großes Wiedersehen verfolgte, fühlte Moya erneut die altbekannte Leere in sich aufsteigen. Sie hielt Ausschau nach ihrer eigenen Mutter, konnte Audrey jedoch nirgends entdecken.

Einige Dinge ändern sich eben nie.

In diesem Moment fiel Sarahs Blick auf Moya. Sie war Moya stets mehr eine Mutter gewesen als Audrey, und auch jetzt zeigte sich sofort ein mitfühlender Ausdruck auf ihrem Gesicht, ehe sie zu ihr gerannt kam und Moya fest an sich zog. Als sie in Sarahs Armen lag, konnte Moya ihre Tränen nicht länger verstecken.

»Ist schon in Ordnung«, sagte Sarah. »Jetzt ist alles gut.«

Sie hielt Moya fest, und es war ein Moment voller Nostalgie, voller Erinnerungen an das knisternde Herdfeuer und den tröstlichen Duft von Wolle und frisch gebackenem Brot. An den Zufluchtsort, den Moya vor sehr langer Zeit im Heim ihrer Nachbarn gefunden hatte.

»Deine Mutter kommt noch«, sagte Sarah. »Wenn jemand stirbt, mit dem dich ein starkes emotionales Band verbindet, dann spürst du das. Deshalb sind wir hier. Es ist wie ein Klingeln, wie das Geräusch, das man hört, wenn man kurz davor ist, das Bewusstsein zu verlieren. Audrey war vorhin noch hier, aber sie … na ja …«

»Sie hasst mich«, antwortete Moya. »Sie hat mir nie verziehen, eine so schreckliche Tochter zu sein.«

Sarah sah beschämt aus, als hätte sie unangemeldete Gäste bekommen und keine Zeit gehabt, vorher aufzuräumen. »Ich bin mir sicher, dass das nicht stimmt. Das Tor war bloß so lange verschlossen, und niemand wusste, wie lange es noch dauern würde. Also sind einige wieder gegangen. Ich bin mir sicher, dass Audrey zurückkommen wird.« Sie wischte Moyas Tränen fort. »Außerdem sind wir ja auch hier. Du kannst auf jeden Fall bei uns bleiben, bis deine Mutter dich findet.«

»Oh, Mama ...« Brin wischte sich über die feuchten Augen und Wangen. »Tut mir leid, aber wir können nicht bleiben. Wir sind nur auf der Durchreise.«

Daraufhin erntete sie überraschte Blicke von ihren Eltern.

»Äh, mein Schatz ...«, begann Sarah.

»Du verstehst aber, dass du ... dass du *gestorben* bist, oder?«, fragte Delwin.

»Natürlich, und ich muss zugeben, dass ich nicht besonders erpicht darauf bin, es ein zweites Mal durchmachen zu müssen.«

»Ein zweites Mal?« Mit verblüfftem Gesichtsausdruck warf Sarah ihrem Mann einen Seitenblick zu.

Moya lachte verlegen. »Ach, ihr kennt doch Brin und ihre Witze.«

Sarah strafte sie mit dem Blick, mit dem sie Moya schon früher angesehen hatte, wenn sie und Brin von oben bis unten mit Schlamm bespritzt nach Hause gekommen waren – den *Was-habt-ihr-jetzt-schon-wieder-angestellt-Blick*, der außerdem ausdrückte: *Ich weiß, dass es deine Schuld ist.*

Doch dann schlug sie sich die Hände an die Wangen, als hätte sie sich gerade erst daran erinnert, dass etwas schon zu lange über dem Feuer kochte. Sie sah die anderen an. »Warum seid ihr denn alle gleichzeitig hier angekommen? Haben die Fhrey das Drachenlager angegriffen?«

»Nein, nichts dergleichen. Es ist nur ... Moment mal. Woher weißt du denn von dem Lager? Ich bin doch erst dorthin gezogen, nachdem ... nachdem ihr ...« Brin konnte die Worte nicht aussprechen.

»Nachdem wir gestorben sind, ja.« Sarah nickte.

Um sie herum zerstreuten sich die Leute allmählich, folgten der gepflasterten Straße in Richtung einer Häuseransammlung, die Moya gerade erst entdeckte. Es waren kleine runde Hütten wie in Dahl Rhen. Moya kannte die meisten Leute nicht, doch einige Gesichter zupften an ihrer Erinnerung. Es mussten Personen aus ihrer Kindheit sein, die sie nun nicht mehr zuordnen konnte.

»Ihr seid nicht die Einzigen, die sterben, mein Schatz. Wir haben hier ständig Neuankömmlinge, und sie bringen Neuigkeiten mit.« Sie hielt inne, und ein trauriger Schatten huschte durch ihren Blick. »Wegen des Krieges sind in letzter Zeit viele Leute gestorben. Wir haben Geschichten über dich und Persephone, Moya, Roan und Gifford gehört. Über deine Beziehung zu einem dureyanischen Jungen namens Tesh, obwohl er inzwischen wahrscheinlich kein Junge mehr ist. Wir hatten gehofft, bald zu hören, dass wir Großeltern werden. Aber das wird jetzt wohl nicht passieren.«

»Und wo wir schon davon sprechen, dass jemand kein Junge mehr ist ... der hier ist auch keiner mehr.« Delwin klopfe Gifford so freudig auf den Rücken, dass er schwankte.

»Ja, das stimmt.«

»Gehen wir doch alle zusammen zu uns nach Hause«, sagte Sarah und scheuchte sie mit ausgestreckten Armen in Richtung der Straße, als wären sie Schafe. »Wir können vor dem Feuer sitzen, und ihr könnt uns erzählen, was draußen in der Welt passiert. Wir wohnen gleich da drüben.« Sie deutete in Richtung des Dorfes, und Moya glaubte, dort einen Brunnen auszumachen, der genauso aussah wie jener, der früher mitten in Dahl Rhen gestanden hatte – wo der legendäre Eimerüberfall stattgefunden und wo sie Tekchin dazu gebracht hatte, Wasserschläuche für sie aufzufüllen.

»Ich bin Tekchin, der bestaussehendste und geschickteste Galantianer.«

»Das scheint mir nicht gerade zutreffend, wenn ich mir diese Narbe so ansehe. Keins von beidem.«

»Dieser Brunnen sieht genauso aus wie der in unserem alten Dahl. Wie ist das möglich?«, fragte Moya.

»Weil wir uns alle daran erinnern«, erklärte Sarah. »Er ist immer noch unser Gemeinschaftsbrunnen, aber jetzt holen wir etwas anderes als Wasser heraus. Etwas Tiefgreifenderes und Lebensnotwendigeres. Erinnerungen sind hier etwas sehr Kostbares. Sie helfen uns, die Welt um uns herum zu formen.«

Sie wandte sich an Brin. »Deine Großmutter Brinhilda wartet mit den Kindern. Ich habe sie gebeten, zu Hause zu bleiben. Manche bringen die ganze Familie mit zum Tor, aber ich wollte dich nicht überrumpeln. Ich weiß, wie verwirrend es sein kann, wenn man hier ankommt. Ich hatte im Gefühl, dass du es sein würdest. Die Intuition einer Mutter endet nicht mit dem Tod, und ich erinnere mich daran, dass du nie kopfüber ins Wasser gesprungen, sondern immer vorsichtig hineingewatet bist.«

Sarah nahm Brins Hand und führte sie die Straße entlang.

»Wartet!«, rief Gifford.

Alle blieben stehen und drehten sich zu ihm um. Gifford starrte angestrengt in die sich auflösende Menge, aus der sich jetzt eine schmächtige Frau herausschälte. Sie war jung und dünn und hatte glattes, kurzes Haar. Langsam trat sie vor, dann schien sie jedoch zu zögern. Ihre Hände zitterten, und Tränen glitzerten in ihren Augen. Ihr Blick fiel auf …

»Roan?«, fragte Reanna sanft, während sie sich ihr näherte.

Mutter und Tochter sahen sich unglaublich ähnlich, obwohl Roan beunruhigenderweise etwas älter wirkte. Moya erinnerte sich, dass Roans Mutter jung gestorben war.

Sie umarmten sich nicht, zumindest nicht sofort. Und als sie es schließlich doch taten, fehlte ihrer Umarmung der wilde Übermut, mit dem Sarah und Brin sich begrüßt hatten. Stattdessen näherten sie sich einander vorsichtig mit ausgestreckten, jedoch zu Fäusten geballten Händen. Schließlich überbrückte Roans Mutter die letzte Distanz zwischen ihnen und nahm Roan so behutsam in den Arm, als wäre sie eine Porzellanfigur. So blieben sie eine Weile stehen, bis Reanna begann, Roan langsam übers Haar zu streichen.

Da fing Roan an zu weinen. So hatte Moya ihre Freundin selten gesehen. Roan weinte nicht einfach nur, sie schluchzte herzzerreißend.

Die beiden schmiegten sich mit hängenden Schultern und gebeugten Rücken aneinander. Ihr lebenslanges Kauern hatte diesen Frauen, die unter anderen Umständen wunderschön und stolz hätten sein können, vieles genommen.

Als sie noch am Leben waren, haben sie nicht nur kleine Schatten auf die Welt geworfen, sondern sie waren selbst Schatten.

Moya packte ihren Bogen fester, während sie den Blick über die Gesichter schweifen ließ, die sie umgaben. Sie deutete auf Roan und Reanna. »Weiß irgendjemand, wo Iver der Schnitzer gelandet ist?« Sie sah die gepflasterte Straße entlang, in der Hoffnung, einen Blick auf das Monster zu erhaschen, das sie viel zu lange fälschlicherweise für einen Mann gehalten hatten. »Ich würde gern einen Pfeil, oder gleich sechs oder sieben, in diesen lächerlichen Witz eines Mannes jagen.«

»Was ist denn ein Pfeil?«, fragte Delwin.

»Das.« Sie hielt einen hoch.

»Und damit kann man Schmerzen verursachen?«

»Dafür sind sie bekannt, ja.«

»Aber nicht hier«, erklärte Sarah. »In Rel werden Schmerzen gedämpft, genau wie das Licht. Und ich habe Iver nicht gesehen – zumindest nicht hier bei uns. Vielleicht ist er tiefer nach Rel hineingewandert. Die meisten von uns gehen nicht weit. Wir mögen unseren kleinen Dahl. Kommt, wir zeigen ihn euch.«

Gifford wollte sich nicht aufdrängen. Er gab Roan Zeit mit ihrer Mutter und schloss sich den anderen an, die über die Straße zum Dahl gingen. Beim Brunnen blieb er stehen, um seine Frau nicht aus den Augen zu verlieren. Sie mit ihrer Mutter wiedervereint zu sehen, war ebenso schön wie niederschmetternd – eine Art tragisches Wunder. Ja wirklich, ein Wunder, wie ein zerbrochener Berg, in dessen Trümmern die Schönheit einer nun freigelegten Klippe zutage kam. Gifford beobachtete sie, wie er einen Regenbogen bewundern würde, während er versuchte, das Naturschauspiel zu begreifen. Als ihm klar wurde, dass er sie anstarrte, wandte er sich ab, um ihnen etwas Privatsphäre zu geben.

Ihm fiel auf, dass dieser Ort dem alten Dahl Rhen verblüffend ähnelte. Viele Häuser sahen genauso aus wie jene, an die er sich erinnerte. Der einzige Unterschied war, dass sie perfekter und nicht ganz so mitgenommen wirkten. Alle bestanden aus dicken, geraden Holzlatten und mit hellem, frischem Stroh gedeckten Dächern. Kein einziger Giebel war schief. Der andere große Unterschied war die schiere Anzahl der Häuser. Es waren Tausende, wenn nicht Zehntausende, die sich von dem Brunnen in alle Richtungen ausbreiteten. Bei allen handelte es sich um typisch rhulyn-rhunische Rundhäuser und doch wieder nicht. Gifford entdeckte Kochfeuer vor vielen Häusern, wie er es aus dem Dahl kannte, doch er roch kein Essen, nicht einmal Rauch.

Viele Leute winkten Gifford zu. Die meisten, die an ihm vorbeikamen, lächelten freundlich. Niemand war dürr, blass oder kränklich. Niemand hinkte oder hustete. Er suchte die Menge nach dem Gesicht seines Vaters ab, an den er sich nur vage erinnern konnte, und er hoffte, endlich seine Mutter kennenzulernen. Alles, was er über sie wusste, hatte er von anderen erfahren. Laut den Erzählungen war Aria erstaunlich. Sie war im Alter von sechzehn Jahren gestorben, hatte aber eine tiefe Lücke im Leben aller hinterlassen, die sie gekannt hatten. Mutig, liebenswürdig und weise waren die Worte, mit denen die meisten sie beschrieben, und über die Jahre hatte Gifford die Mutter, die ihr Leben geopfert hatte, um ihm seins zu schenken, immer mehr verehrt. Er wollte sie unbedingt treffen, um sich bei ihr zu bedanken, doch er wusste nicht, wie sie aussah, und sie würde ihn ebenfalls nicht erkennen.

Ist sie vielleicht zum Tor gekommen, ohne zu wissen für wen? Womöglich sind wir aneinander vorbeigekommen, ohne es zu bemerken.

Nein. Delwin und Sarah kannten Aria und hätten Mutter und Sohn einander vorgestellt. Nun, da Gifford darüber nachdachte, fragte er sich, warum Brins Eltern Moya versprochen hatten, dass Audrey für sie zurückkommen würde, jedoch kein Wort über seine Familie verloren hatten.

Was hat das zu bedeuten? Ist ihnen etwas passiert?

Vielleicht waren seine Eltern wie Mieks und wanderten durch Elan, ohne je ihren Weg nach Phyre zu finden. Bei dem Gedanken fühlte Gifford sich plötzlich einsam.

Brin war ins Haus ihrer Eltern gegangen. Moya stand neben Tekchin, in ein Gespräch mit einigen Fhrey vertieft, die fasziniert und leicht irritiert von Moya zu sein schienen. Regen plauderte weiterhin mit seiner Zwergenfamilie. Merkwürdigerweise sprachen alle Rhunisch.

Oder sprechen sie möglicherweise ihre Muttersprachen, aber ich kann sie verstehen, weil ich tot bin? Vielleicht hören sie ja Fhrey oder Belgriclungreianisch, wenn ich spreche.

Der Gedanke, dass er Fhrey sprechen konnte, brachte Gifford zum Lächeln. Während er sich noch fragte, wie er sich wohl anhören würde, entdeckte er Tressa, die neben dem Brunnen saß und sich ausruhte. Er ging zu ihr und setzte sich auf einen umgedrehten Eimer. »Die Außenseiter wiedervereint. Es ist, als würden wir wieder vor dem Haus der Hoffnungslosen sitzen.«

»Nein«, antwortete Tressa. »Du wurdest aus unserem Haus verbannt.«

»Was? Warum das denn? Weil ich jetzt besser sprechen kann?«

Tressa schüttelte den Kopf. »Nein. Wir haben dich vor Jahren rausgeschmissen.«

»Wirklich? Und wen meinst du mit *wir*?«

»Mich. Ich bin wohl die Einzige, die noch übrig ist. Du hast jetzt schließlich *sie*.« Tressa deutete auf Roan, die mit ihrer Mutter sprach, während sie ihre Stirn an ihre lehnte. »Ach ja, und dann war da noch diese Sache, als du vor ein paar Jahren die gesamte Menschheit gerettet hast. Das hat deinen Status als wertloser Nichtsnutz wirklich ruiniert. Die Leute glauben jetzt, dass du ein Held bist. Im Haus der Hoffnungslosen haben Helden keinen Platz.«

»Du bist nicht wertlos, Tressa.«

»Ich sehe hier niemanden Schlange stehen, um mir für all das Gute zu danken, das ich in meinem Leben getan habe.«

»Es ist noch nicht vorbei.«

»Doch, das ist es«, sagte Tressa mit schrecklicher Endgültigkeit. »Und habe ich es nicht unfassbar versaut?«

»Was hast du denn so Schlimmes getan? Du hast den Falschen geheiratet – das muss Millionen anderen ebenso passiert sein.«

Tressa schüttelte den Kopf. »Ich kann nicht alles auf Konniger schieben. Ich habe zwar nicht gewusst, was er plante, aber ich hätte es wissen *sollen*. Ich meine, was für eine Ehefrau merkt nicht, wenn ihr Mann Leute umbringt? Und schon lange bevor ich ihn kannte, bin ich Leuten schlecht aufgestoßen. Seit meinem achten Lebensjahr nennt man mich schon Ziege – acht! Keine Ahnung warum. Ich wusste damals nicht mal, was das bedeutet. Ich habe versucht, ein guter Mensch zu sein, habe die Kuh der Killians zurückgebracht, als sie verloren ging. Habe die ganze Nacht draußen verbracht, mein Kleid zerrissen und danach Prügel von meinem Vater bezogen. Das dumme Tier hatte sich in einem Dornengestrüpp verheddert. Hätte sich wahrscheinlich ein Bein gebrochen und wäre da draußen verreckt. Aber keiner hat mich gesehen, also weiß bis heute niemand, was ich getan habe. Ich war es auch, die Heath Coswall dazu gebracht hat, Tope sein Messer zurückzugeben. Weißt du noch, was er für ein schönes Messer hatte? Ich habe Heath gesagt, dass ich allen verraten würde, dass er es hat, wenn er es nicht zurückgibt. Hat er auch getan und ich habe mein Versprechen gehalten, es niemandem zu verraten. Natürlich wusste deshalb wieder keiner, dass ich dahintersteckte. Ich dachte, dass wäre etwas Gutes, verstehst du? Aber da lag ich wohl falsch. Ich habe sehr oft falschgelegen. Ist schon lustig, wie klar man die Dinge sieht, wenn es zu spät ist, sie besser zu machen.«

Roan blickte in ihre Richtung und winkte Gifford zu sich.

Er stand auf und freute sich darüber, wie leicht es ihm nun fiel. Er machte einen Schritt, hielt dann jedoch inne. »Komm mit mir«, sagte er zu Tressa.

»Du musst nicht nett zu mir sein, Gifford. Ist schon in Ordnung.«

»Nein, ist es nicht. Und doch, muss ich.«

»Warum?«

»Weil ich dich mag.«

Tressa lachte. »Ich habe Persephone den Zweiten Stuhl weggenommen, weißt du nicht mehr? Konniger und ich waren völlig nutzlos als Stammesführer. Und ich habe versucht, Moya mit dem Stumpf zu verkuppeln. Das hast du doch sicher nicht vergessen, oder?«

Gifford runzelte die Stirn. »Du gibst dir wirklich Mühe, den Leute auszureden, dich zu mögen, Tressa.«

»Dann tu es eben nicht.«

»Aber ich –«

»Lass es einfach sein.« Tressa stand auf. »Ich weiß, du glaubst, dass ich bekomme, was ich verdiene. Das tut ihr alle. Ein paar Leute sind nur ein bisschen höflicher als andere – wie du. Aber ich will euer Mitleid nicht. Ich werde lieber gehasst.« Sie stürmte davon.

Das Innere von Brins Elternhaus ähnelte dem, in dem Brin aufgewachsen war, auf unheimliche Weise. Selbst ihre Wandmalereien und kindlichen Handabdrücke waren immer noch da.

Die Details waren beeindruckend, und wenn all das aus den Erinnerungen ihrer Eltern entsprang, verstand Brin endlich, woher sie ihr Talent zur Hüterin hatte.

Sobald sie eintrat, wurde Brin erneut von einer Menschentraube umringt. Fünf Kinder warfen sie fast um. Sie trugen Wollkleidung, alle im Stil von Dahl Rhen. Alle brachten ihr dieselbe nervöse Aufregung entgegen.

»Hört alle her, das ist eure kleine Schwester Brin«, verkündete Sarah. Dann deutete sie auf ein Kind nach dem anderen, um sie vorzustellen. »Das ist Will, das ist Dell, da drüben steht Wren, dann Dale und die Kleine hier ist Meadow. Sie sind vor deiner Geburt gestorben. Wren hat am längsten gelebt.«

»Ich bin krank geworden«, sagte das kleine Mädchen. »Du hast meinen Rekord um vierzehn Jahre geschlagen.«

Brin erkannte die Familienähnlichkeit. Jedes Kind sah ihr ein bisschen ähnlich, die gleichen Augen, der gleiche Mund, und doch waren alle einzigartig – wie Gemälde, die alle der Hand desselben Künstlers entsprungen waren. Brin wusste, dass sie Brüder und Schwestern gehabt hatte, obwohl die tragischen Details zu den Mythen ihrer Kindheit geworden waren. Doch nun standen sie vor ihr und sprachen mit ihr.

»Ich …« Das war alles, was Brin hervorbringen konnte, bevor Meadow sie an sich drückte. Sie war die Jüngste, mit Pausbacken und großen Augen.

»War es … war es schrecklich?«, fragte Dell. »Ich meine, als du gestorben bist. War es brutal?«

»Dell!«, schalt Sarah ihn. »Was ist das denn für eine Frage?«

Brin erinnerte sich an Geschichten über Dell, Sarahs Erstgeborenen. Er war nach ihrem Vater benannt worden, und alle hatten ihn immer den Kleinen Dell genannt, was ihm Zeit seines Lebens missfallen hatte.

»Entschuldige. Ich war bloß neugierig.«

Brin wusste nicht, was sie sagen sollte. Sie durfte keine Details über ihren Tod verraten, weil diese unweigerlich zu dem

Schlüssel führen würden. Es war am besten, ihn gar nicht zu erwähnen, nicht einmal ihrer eigenen Familie gegenüber.

Glücklicherweise kam sie nicht in die Verlegenheit, sich erklären zu müssen, da ihre Mutter das Thema wechselte. »Das ist deine Großmutter Brinhilda.« Sie stellte Brin einer Frau vor, die überhaupt nicht ihren Erwartungen entsprach. Brin hatte sie sich immer als böse alte Hexe vorgestellt, wie die hässlichere Schwester der Hexe von Tetlin. Doch diese Frau war hübsch und jünger als Sarah.

»Ich wäre ja mit zum Tor gekommen«, sagte Brinhilda, aber du hättest mich sowieso nicht erkannt, obwohl du meinen Namen trägst. Ich warte schon lange darauf, deine Bekanntschaft zu machen, Liebes.« Und schon wurde Brin abermals umarmt.

»Deine Onkel werden später mit ihren Familien vorbeischauen«, sagte Sarah. »Alle wollen wissen, was es Neues aus der Welt gibt, also stell dich darauf ein, ausgefragt zu werden. Dann hast du wenigstens erst mal etwas zu tun. Hier ist leider meistens ein Tag wie der andere. Es wird recht langweilig, wenn man so wenig zu tun hat.«

»Und warum ist das so?« Brin schaute sich um.

»Dies ist ein Ort des Wartens.« Ihr Vater sprach laut und ließ sich dabei auf einem Stuhl vor dem brennenden Feuer nieder, als wollte er damit seine Worte unterstreichen. »Ein Ort ohne Bedürfnisse. Ohne Mangel.«

»Aber das ist doch gut, oder nicht? Ich meine, ihr müsst nicht mehr schuften, nicht wahr? Niemand muss mehr Holz hacken oder Felder bestellen. Ihr beiden habt in eurem Leben so hart gearbeitet, ihr habt es verdient, euch auszuruhen. All eure Probleme und Ängste sind fort.«

»Und wir haben nichts zu tun«, sagte Sarah. »Ich habe mich immer auf die Zeit gefreut, wenn unsere Kinder groß sind und dein Vater und ich uns endlich ausruhen können. Irgendwann ist mir klar geworden, dass das nie passieren wird. Es gibt immer etwas, worum man sich kümmern muss. Das ist das Leben.

Man löst ein Problem, nur um sich mit dem nächsten zu befassen. Man strebt nach etwas, hat Ziele, und wenn man eins erreicht, wartet schon das nächste. Ich dachte immer, das Leben wäre elendig aufgrund der endlosen Leiden und Proben, aber jetzt erkenne ich, dass es diese Herausforderungen sind, die das Leben ausmachen. Ohne sie ergibt nichts mehr Sinn. Es ist, als wäre das Leben ein Spiel und plötzlich gibt es keine Gegenspieler mehr. Wir sitzen bloß hier und warten auf Neuigkeiten von denen, die immer noch im Spiel sind. Es ist nicht furchtbar, aber es ist auch nicht besonders angenehm.«

»In gewisser Weise ist es besser«, sagte Delwin. »Wir hatten es fast schon vergessen, aber du hast recht. Unsere Ängste und Sorgen sind fort. Man hat viel Zeit, um sich auszuruhen, sich zu unterhalten und nachzudenken.«

Brin hatte das Gefühl, dass ihr Vater versuchte, ihr eine schlechte Idee als großartig zu verkaufen.

»Und vielleicht ist Rel ja genau dafür geschaffen: um uns Zeit zu geben. Um uns auszuruhen und darüber nachzudenken, was wir falsch gemacht haben oder hätten besser machen können.«

Sarah wischte sich die sauberen Hände an einem fleckenlosen Handtuch ab. »Diese Welt und unsere Existenz hier waren nie dafür gedacht, so zu sein. Etwas ist kaputtgegangen, und nun müssen wir so weitermachen, bis es repariert wurde. Zumindest ist es das, was die Leute sagen. Eigentlich sollten alle unendlich leben – und zwar da oben.« Sie deutete zur Decke hinauf.

»Brin?« Moyas Stimme kam von draußen. »Wir müssen los.«

Einen Moment hatte Brin das Gefühl, sie wären wieder Kinder und Moya käme vorbei, um sie auf ein Abenteuer mitzunehmen. Auf eine Wanderung am Flussufer oder dem Waldrand voller Glühwürmchen entlang. Sie hatte nichts davon in ihrem Buch beschrieben und dachte nun, dass sie es vielleicht hätte tun sollen.

Mein Buch! Ich habe ihnen noch gar nicht davon erzählt!

»Ich schreibe alle Geschehnisse der Welt auf!«, entfuhr es ihr, doch dann schüttelte sie anhand ihrer eigenen Dummheit den Kopf. Ihre Familie konnte das unmöglich verstehen. »Ich habe Zeichen entwickelt, mit denen –«

»Brin!«, brüllte Moya, diesmal nicht in dem Tonfall einer Waise, die früher mal bei Brins Eltern gewohnt hatte, sondern dem des Schildes der Königin.

»Was ist denn?« Brin ging zur Tür und war überrascht, fast ihre gesamte Reisegruppe vor dem Haus vorzufinden.

»Wir müssen jetzt wirklich dringend weiter.« Moya warf ihr einen vielsagenden Blick zu. »Wir sind in Schwierigkeiten«, fügte sie leiser hinzu und deutete mit dem Kopf auf Regen. »Unter den Zwergen gibt es ein Gerücht, dass der Herrscher dieses Reichs nach den Personen sucht, die das Tor geöffnet haben, das auf seinen Befehl hin geschlossen wurde.«

»Rel hat einen Herrscher?«

Moya nickte. »Und anscheinend ist er nicht gerade glücklich darüber, dass das Tor nun offen steht.«

»Wo ist Tressa?«, fragte Brin.

»Ich hatte gehofft, sie wäre bei dir.«

Brin schüttelte den Kopf. »Du glaubst doch nicht etwa, dass sie … Ich meine, denkst du, dass sie …«

»Ich weiß es nicht, aber wir müssen sie finden … und zwar schnell.«

Tressa war zurück zum Tor geschlendert. Sie suchte nicht wirklich nach jemandem, und sie war dankbar, dass Konniger und ihre Eltern nicht aufgetaucht waren. Sie wollte sie nicht sehen. Tressa ließ sich ins Gras sinken und tat so, als müsste sie einen Lederstreifen an ihrer Sandale richten, der in Wahrheit völlig intakt war. Wenn sie so aussah, als wäre sie beschäftigt, würde sie hoffentlich niemand belästigen. Doch vielleicht sah sie auch nur aus wie eine unfähige Person, die nicht mal eine Sandale reparieren konnte. Wie sie so allein dasaß, fühlte Tressa sich wie das einzige Kind, das zum Jahreswechsel keine Geschenke erhalten hatte. Sie fühlte sich bloßgestellt – nicht, weil sie leer ausgegangen war, sondern weil allen anderen etwas bekommen hatten.

Tressa wusste, was die Leute dachten, wenn sie in ihre Richtung sahen.

Wie ist sie hierhergekommen?

Sie gehört nicht nach Rel.

Es gibt einen anderen Ort für Leute wie sie.

Mein nächstes Ziel, dachte sie und fragte sich, warum sie nicht bereits in Nifrel war.

Tressa konnte nicht genau sagen, warum sie sich so sicher war – vielleicht auf die gleiche Art, wie sie gewusst hatte, dass Malcolm ein Gott war. Jedenfalls war sie sich sicher, dass sie das nächste Reich von Phyre nie wieder verlassen würde, sobald sie es einmal betreten hatte. Denn das war der perfekte Ort für sie: *Nif*-Rel – *unter* Rel – am Boden. Dort würde sie viele Freunde wiedertreffen. Freunde *und* Familie.

Wie funktioniert es wohl normalerweise? Tauchen die Leute, die für Alysin und Nifrel bestimmt sind, einfach dort auf, wenn sie durch das Tor hier in Rel schreiten? Vielleicht dauert es ein wenig, bis alle Neuankömmlinge richtig zugeordnet sind. Oder womöglich kommt bald jemand und eskortiert mich zu meiner letzten Ruhestätte.

Tressa glaubte nicht, dass sie mit einer dieser Vermutungen richtig lag. Eher war es möglich, dass der Schlüssel um ihren Hals den natürlichen Lauf der Dinge in Phyre durcheinanderbrachte. Vielleicht. Aber sie würde die Wahrheit mit ziemlicher Sicherheit sowieso nicht herausfinden. Roan hätte das möglicherweise gelingen können, aber nicht ihr.

Was passiert wohl, wenn ich einfach nicht nach Nifrel gehe?

Sie könnte Moya den Schlüssel geben und für immer in Rel bleiben, dem Tod von der Schippe springen – mehr oder weniger. Das Problem daran war, dass dieser Plan viel zu sehr nach etwas klang, das Konniger sich ausgedacht hätte. Und seine Pläne hatten nie funktioniert. Außerdem …

Malcolm hat mich hergeschickt. Das muss doch für irgendetwas gut sein, oder nicht?

Sie trug den Schlüssel. Tressa wusste immer noch nicht, warum Malcolm ihn ausgerechnet ihr gegeben hatte, oder warum die anderen ihn ihr nicht weggenommen hatten. Sie wollte glauben, dass dies ihre zweite Chance sein konnte, eine Möglichkeit, ihr Schicksal zu verändern. Aber sie gestand sich auch ein, dass das vermutlich nur Wunschdenken war. Malcolm hatte nichts dergleichen gesagt, es noch nicht einmal angedeutet. Tressa hatte nichts als ein Gefühl, das in starkem Kontrast zu ihrer Überzeugung stand, dass sie in Nifrel enden würde.

Wird es entweder auf das eine oder das andere hinauslaufen?

Sie seufzte und runzelte die Stirn. Wahrscheinlich *erst* das eine und *dann* das andere. Das ergab mehr Sinn. Malcolm brauchte sie, und wenn sie erst einmal ihre Aufgabe erledigt hatte, würde er sie wegwerfen wie einen sauber abgenagten Hühnerknochen.

Und daran ist niemand schuld außer mir.

Tressa fielen auf Anhieb viele Gründe ein, warum das nicht stimmte. Aber ihr war auch klar, dass sie damit nur versuchte, sich selbst zu belügen. Sie war vieles, aber nicht dumm. Alle Menschen waren so. Sie rechtfertigten ihre Taten und fanden ihr eigenes Verhalten akzeptabel, selbst wenn sie andere für dieselben Dinge hassten. Doch Tressa konnte diese Art der Selbsttäuschung nicht mehr so leicht aufrechterhalten. Als sie in den Teich im Sumpf gewatet war, hatte sie alles so klar vor sich gesehen. Doch jetzt, wo neue Gedanken und frische Zweifel in ihr aufstiegen, verschwamm ihre Wahrnehmung wieder.

Wenn Malcolm ein Gott ist und alles weiß, warum hat er dann überhaupt zugelassen, dass die Welt an diesen Punkt gekommen ist? Warum müssen gute Menschen sterben? Warum hat er zum Beispiel …

»Tressa?« Sie hörte die Stimme, stand auf und drehte sich um. Gelston stand ein paar Schritte entfernt und starrte sie an. Er sah genauso aus wie jedes Mal, wenn sie ihn im Haus der Hoffnungslosen besucht hatte. Sie hatte stets angeklopft, doch er hatte nie geantwortet. Trotzdem war sie eingetreten. Und wenn er sie dann angesehen hatte, war da keine Wiedererkennung auf seinen leeren Zügen gewesen. An guten Tagen erinnerte er sich an ihren Namen, aber an sonst nichts. An schlechten Tagen erkannte er sie überhaupt nicht. Dann schrie und tobte er und befahl ihr, sein Haus zu verlassen. Letzteres hatte sie immer verblüfft, da es nicht *sein* Haus war.

Tressa machte sich auf das Schlimmste gefasst, da Gelston seinen typischen verwirrten Gesichtsausdruck aufgesetzt hatte. Dem war meistens dieses laute Gebrüll gefolgt. Doch das geschah diesmal nicht. Stattdessen tat Gelston etwas Unerwartetes und so Erstaunliches, dass es Tressa die Sprache verschlug.

Er weinte.

Tränen liefen ihm über die Wangen. Er versuchte nicht, sie aufzuhalten, wischte sie nicht einmal fort. Er stand einfach nur dort, bis auch Tressa Tränen in die Augen stiegen. Da trat Gelston ohne Vorwarnung zu ihr, nahm sie in die Arme und drückte sie an sich. Er war groß und ihr Gesicht wurde dabei an seine Brust gepresst. Tressa spürte Gelstons schwere Hand auf ihrem Hinterkopf. Sein Körper wurde von Schluchzern geschüttelt, er zog sie noch enger an sich und umarmte sie, als ob er …

»Danke, Tressa«, brachte er flüsternd hervor, als er kurz Luft holte – obwohl er an diesem Ort eindeutig nicht zu atmen brauchte. »Ich habe versucht … Ich wollte … ich wollte dir das schon so lange sagen.« Wieder keuchte er. »Oh, Große Mutter, danke, dass ich sie noch erwischt habe. Ich kann gar nicht ausdrücken, wie dankbar ich dafür bin, was du für mich getan hast, Tressa. Ich hatte solche Angst, dass du auf deinem Weg durch Rel geradewegs zur Tür rennen würdest. Und dass ich keine Chance haben würde, dir das zu sagen.«

Er ließ sie los und Tressa hob den Kopf, um ihm in die Augen zu sehen.

»Du weißt es?«

»Ich war dabei, als Malcolm dir alles erklärt hat, weißt du noch?«, sagte er mit zitternder Stimme. »Ich war dort, aber ich konnte nichts sagen. Seit meinem Unfall habe ich mich so allein gefühlt. Es war mehr als Furcht einflößend. Und dann bist du gekommen. Ich war so schrecklich zu dir. Ich konnte meinen Körper nicht kontrollieren. Ich habe geschrien und Dinge nach dir geworfen. Ich habe dich sogar geschlagen, oder? Nein.« Er schüttelte den Kopf. »Es war noch viel schlimmer. Ich habe dich *verprügelt*. Ich erinnere mich, dass du einmal kaum noch die Augen öffnen konntest. Aber am nächsten Tag bist du wiedergekommen, obwohl du fast nichts mehr sehen konntest.« Entsetzt verzog er das Gesicht.

Tressa wischte sich über die Augen, schniefte und nickte. »Das war nicht deine Schuld. Du hattest Angst und dachtest, ich wäre eine Einbrecherin. Du … du hast geglaubt, ich wäre eine Verrückte, die in dein Haus eingebrochen wäre. Warum solltest du das auch nicht von mir denken?«

Gelston schüttelte den Kopf, und abermals rannen ihm Tränen über die Wangen. »Es tut mir *so* leid. Oh, Tressa. Und du hast es nie jemandem erzählt.«

Sie zuckte mit den Schultern. »Mir hört sowieso niemand zu. Außerdem ging es niemanden etwas an. Nur uns. Du warst nicht du selbst. Das war mir bewusst.«

»Und du bist zu mir zurückgekommen, jeden Tag. Ich hatte solche Angst, dass du irgendwann nicht mehr kommen würdest. Aber du bist nie fortgeblieben. Keinen einzigen Tag. Du warst mein Licht in einem Ozean aus Dunkelheit. Tressa …« Er nahm ihr Gesicht in beide Hände. »Ich liebe dich, Tressa.«

Er umarmte sie wieder, und diesmal fiel Tressa auf, dass sie nicht allein waren.

Sie löste sich von ihm, und dort standen sie alle. Roan, Gifford, Brin, Tekchin, Regen und Moya beobachteten sie.

»Und auf einmal ist alles verschwunden«, sagte Moya zu ihr. »Die Jahre, die du damit verbracht hast, dir sorgfältig deinen Ruf als herzlose Ziege aufzubauen – puff –, einfach weg. Fortgewaschen von einem einzigen Akt der Nächstenliebe.«

»Leck mich am Arsch, Moya!«

Im selben Moment hörte sie ein Klingeln in ihren Ohren. So laut, dass es alles andere übertönte. Die überraschten Mienen der anderen verrieten Tressa, dass sie es ebenfalls hörten.

Jemand, den sie kannten, war gestorben und kam durch das Tor herein.

5

DIE SCHWANENPRIESTERIN

———— •◆• ————

Suri und Arion hatten beide komplizierte Beziehungen zu
ihren Müttern. Vielleicht war dies einer der Gründe für ihre
enge Bindung zueinander. Die Seherin verbrachte nach ihrer
Geburt nur wenige Stunden mit ihrer Mutter, und die Mira-
lyith wünschte, sie hätte dasselbe von sich behaupten kön-
nen.

– Das Buch Brin

Suris neues Zimmer, in das man sie nach ihrem kurzen Ausflug
als Baumsamen im Wald verlegt hatte, war die bisher schönste
Unterkunft dieser Reise. Es war nicht so prunkvoll wie ihre Gemächer im Turm von Avempartha, das gefiel ihr. In diesem
Zimmer war auf angenehme Weise zu spüren, dass schon vor
ihr jemand hier gelebt hatte. Das Bett besaß eine bequeme Matratze und eine braunweiß karierte Decke. Der Boden war aus
Holz, dessen Politur abgetreten war, besonders auf dem Weg
von der Tür zum Bett. Die Wände bestanden aus Balken und
Putz, die Fenster aus einer einzelnen dicken Glasscheibe. Die
einzigen anderen Möbel waren ein Tisch und ein paar Regalbretter, die jedoch alle leer waren. Suri waren einige blanke Stellen auf den staubigen Oberflächen aufgefallen, wo vermutlich
einige persönliche Gegenstände hastig weggeräumt worden
waren. Suri wäre glücklicher mit einem Bett aus Gras und einer
Decke aus Sternen gewesen, aber ihre Panik hatte sie hinter sich
gelassen.

Auf einem der Regalbretter fand sie ein Stück Schnur, das sie zu einer Schlaufe knüpfte. Es war lange her, dass sie dieses Spiel gespielt hatte, und es machte Spaß, auf dem Bett zu sitzen und verschiedene Muster zu knüpfen. Sie wurde unterbrochen, als sich die Tür öffnete und Vasek eine Frau hereinführte.

Suri fand die Frau recht klein, selbst für eine Fhrey. Ihr langer Hals, die zarten Gesichtszüge und eleganten Bewegungen erinnerten an einen Schwan. *Genau wie Arion.* Als Suri näher hinsah, fiel ihr auf, dass es noch mehr Gemeinsamkeiten gab. Die Fhrey hatte die gleiche kleine Nase, dünnen Lippen, ausdrucksstarken Augen und hohen Wangenknochen. Nur ihr Haar war anders. Arion hatte sich stets den Schädel rasiert, doch diese Frau hatte langes, weißes Haar.

Eindeutig ein Schwan.

Das Echo von Arion betrat den Raum mit einem mit Garn umwickelten Bündel in der Hand. Vasek wirkte riesig und ungelenk, als er sich neben sie stellte. Suri kletterte vom Bett und hoffte, dass es als respektvolle Geste aufgefasst würde – ein erster Schritt auf ihrem Weg, Arions Plan auszuführen.

»Das ist Nyree«, stellte Vasek die Fhrey vor. Wie immer klang er weder freundlich noch abweisend, lediglich auf höfliche Weise gleichgültig. Dies war nur eine weitere Aufgabe für ihn, von denen er viele hatte. Wahrscheinlich hielt er abgesehen von Suri noch Hunderte andere Gefangene in Gewahrsam. »Der Vertreter unserer religiösen Sippe dachte, dass du sie vielleicht gern kennenlernen würdest. Sie ist Arions Mutter.«

Nyree blickte Vasek verwundert an. »Es kann dich nicht verstehen. Es ist ein Rhune.«

Sie ist Arions was?

Ein paar Mal hatten Suri und Arion über ihre Mütter gesprochen. Sie hatten einander Geschichten erzählt und sich darüber ausgetauscht, was sie an der Beziehung zu ihren Müttern bedauerten. Arion hatte gesagt, dass das Verhältnis zwischen ihr und Nyree ... *distanziert* war.

Suri bemerkte erstaunt, dass Nyree zwar beinahe die gleiche Stimme wie Arion hatte, jedoch völlig anders klang. Arions Ton war immer warm und offen gewesen, während Nyrees Worte vor frostiger Überlegenheit troffen. Die Fhrey war verärgert darüber, hergebracht worden zu sein, und sie wollte, dass Vasek das wusste.

Ihr Verhältnis war distanziert.

»Ich versichere dir, dass *sie* Fhrey spricht, aber das findest du schon noch selbst heraus.« Vasek deutete auf Suri.

Nyree sah entsetzt aus. »Du erwartest doch nicht etwa von mir, dass ich mit *ihm* spreche?«

»Doch.«

Nyrees Brauen schossen in die Höhe, und ihr Mund formte ein affektiertes O. »Sei nicht absurd. Ich werde nicht so tun, als würde ich ein Gespräch mit einem Tier führen!«

Da entschied Suri, sich einzumischen. »Ich bin kein Tier, obwohl ich mich schon mit vielen unterhalten habe. Die meisten sind sehr nett. Natürlich trifft man manchmal einen Dachs, der gerade schlecht gelaunt ist, oder ein Eichhörnchen, das keine Zeit für Unterhaltungen hat, aber meistens sind sie wirklich freundlich.«

Nyree machte einen Schritt rückwärts.

Als sie den schockierten Gesichtsausdruck der Fhrey sah, gönnte Suri sich ein seltenes Lächeln. Sie verstand, dass Vasek versuchte, sie zu manipulieren. Er wollte sie zum Sprechen bringen und sie war nur zu gewillt, ihm diesen Wunsch zu erfüllen. Jedoch nicht, um Nyree zu schockieren oder weil sie so lange allein gewesen war. Nein, Suri tat es, weil es Arions Wunsch gewesen war, dass sie mit den Fhrey sprach. Persephone hatte Suri gebeten, als Friedensvermittlerin zu den Fhrey zu reisen, doch Arion hatte einen tiefergehenden Sinn dieses Auftrags vorhergesehen. Sie hatte geglaubt, dass Suri die Fhrey dazu bringen könnte, ihre Meinung über die Rhunes zu ändern, dass sie all die falschen, auf reiner Unwissenheit basierenden

Vorstellungen zerstreuen könnte. Selbst wenn Persephone den Krieg gewann oder es ihnen gelänge, einen zerbrechlichen Frieden auszuhandeln, würde der Hass zwischen den Rhunes und Fhrey weiterexistieren; vielleicht würde er sogar noch stärker werden. Die Fhrey würden den Waffenstillstand lediglich hinnehmen, aber nie wirklich befürworten, weil sie die Menschen nicht als gleichwertig ansahen. Der erste Schritt zu einer echten Verständigung zwischen den beiden Völkern war also, den Fhrey zu zeigen, wie falsch sie damit lagen. Und Nyree schien dafür die perfekte Gelegenheit zu sein. Arions distanzierte Mutter war das ideale Beispiel des *wahren* Krieges, den vielleicht nur Suri und Arion wirklich sehen konnten.

»Ich lasse euch beide allein, damit ihr euch kennenlernen könnt.« Vasek ging zur Tür und wollte sie hinter sich schließen.

»Nein!«, riefen Nyree und Suri wie aus einem Mund. Dann wechselten sie einen überraschten Blick. Nyree starrte Suri angewidert an, als ob allein die Tatsache, dass sie in diesem einen Wort scheinbar einer Meinung gewesen waren, den Ruf der Fhrey befleckt hätte.

Suri hatte sich allerdings nicht aus Angst beschwert, sondern weil es im Zimmer viel zu warm war und der angenehme Luftzug, der durch die offene Tür hereingekommen war, versiegen würde, sobald Vasek sie schloss.

Sie vermutete allerdings, dass Nyree andere Gründe für ihren Protest hatte. Die Fhrey zog sich langsam zum Ausgang zurück.

»Du wirst mich nicht allein mit diesem Ding hier einschließen! Es ist ekelerregend – pervers! Ein perfektes Beispiel dafür, was passiert, wenn man einen gottlosen Miralyith zum Fhan hat.«

Vasek sah sie stirnrunzelnd an. »Es war Volhorik, der dich hierherbeordert hat. Soll ich ihn holen, damit er dich an deine Schwüre erinnern kann?«

Nyree blieb stehen. Ihre Hände umklammerten das Bündel fester, während sich ihre Miene verdüsterte.

»Bleib hier und sprich mit *ihr*«, befahl Vasek.

»Was soll ich denn sagen? Und warum ich? Ich weiß gar nichts über diese ... Rhunes. Ich bin eine Priesterin und wurde nicht dazu ausgebildet, jemanden zu verhören. Ich weiß nicht, was du von mir willst. Das ist *absurd*.«

»Es ist ganz einfach, Nyree«, sagte Vasek in geduldigem Tonfall. »Ich will, dass du mit ihr sprichst. Worte wechselst. Konversation betreibst. Dieses Konzept verstehst du doch, oder? Ich will, dass ihr euch kennenlernt.«

»Es ist ein Rhune! Ein *Rhune*! Was soll es denn bringen, mit ihm zu sprechen?«

»Sie war mit deiner Tochter befreundet. Volhorik denkt, dass du vielleicht eine Art Brücke sein kannst. Warum sprichst du nicht mit ihr über Arion?«

»Das kann nicht dein Ernst sein.« Nyree sah Vasek an, als würde sie sich jeden Moment übergeben. Sie schüttelte den Kopf.

Er schenkte ihr ein mitfühlendes Lächeln. »Es ist deine Pflicht. Tu es für Ferrol.«

»Maße dir nicht an, den Willen unseres Herrn zu kennen, du ignoranter kleiner Wurm!«

Die Beleidigung prallte an Vasek ab wie an einer Festungsmauer. »Volhorik und andere Mitglieder des Aquila sind der Überzeugung, dass das hier wichtig ist, also wirst du tun, was sie sagen. Tu es für unseren Fhan, für unser Volk, für Erivan, für Volhorik. Es ist mir ehrlich gesagt egal, woher du deine Motivation nimmst, aber du *wirst* es tun. Wir erwarten ja gar nicht von dir, ihr irgendwelche Geheimnisse zu entlocken. Wir wollen nur, dass ihr euch kennenlernt. Sei höflich. Sieh dich selbst als Vertreterin unseres Volkes. Benimm dich.«

»Wie lange muss ich bleiben?«

»Solange es eben dauert.«

Nyree stand steif da, drückte nach wie vor das Bündel an ihre Brust und starrte Suri nervös an.

Vasek war bereits vor einer Weile verschwunden, doch die Fhrey hatte sich seither nicht gerührt und kein Wort gesagt. Suri drängte sie nicht. Nyree erinnerte sie an einen in die Enge getriebenen Hasen, und es war am besten, darauf zu warten, dass sie sich so wohl wie möglich fühlte.

Suri war beeindruckt, dass Vasek dem Wunsch der beiden Frauen entsprochen und die Tür offen gelassen hatte. Sie nahm das als ein gutes Zeichen, selbst wenn es vielleicht kein besonders großer Vertrauensbeweis war und er sich nur bis um die nächste Ecke entfernt hatte. Suri würde der Tür jedenfalls nicht zu nahe kommen. Mit einem Fluchtversuch würde sie seinen guten Willen mit Füßen treten, und sie wollte sich seiner Geste würdig erweisen.

Nyree hingegen hatte sich bisher so oft zur Tür umgedreht, dass Suri inzwischen glaubte, die Fhrey wäre diejenige, die jeden Moment die Flucht ergreifen würde.

Wäre das nicht ironisch? Suri lächelte.

»Was grinst du so?«, fuhr Nyree sie an, als ob ein Lächeln ein Verbrechen wäre.

»Ich dachte gerade nur, dass die meisten wohl eher damit rechnen würden, dass *ich* diejenige bin, die von hier fliehen will.«

Nyrees düstere Miene verwandelte sich in ein misstrauisches Stirnrunzeln. »Es ist eine Art Magie, oder?« Sie sah sich im Zimmer um, musterte die Decke und die Wände. Dann beugte sie sich zur Seite, damit sie um Suri herumschauen konnte, ohne sich vom Fleck zu bewegen. »Irgend so ein Miralyith-Trick. Sie verstecken sich hier irgendwo und lassen es so aussehen, als könntest du sprechen.«

»Miralyith benutzen keine *Tricks*. Und es ist auch keine Magie. Man nennt es die Kunst, obwohl ich kein Webmuster kenne, das jemanden zum Sprechen bringen könnte. Trotzdem können Künstler sehr viele Dinge tun: Berge versetzen, das Wetter kontrollieren, Flüsse umleiten. Oh, wusstest du, dass

Arion das einmal getan hat? Ja, sie hat mir erzählt, dass sie von einem Pferd in einen Bach fiel und so wütend wurde, dass sie sich nicht zurückhalten konnte. Ich glaube, du verwechselst Künstler mit Magiern. Die benutzen nämlich Tricks und nennen es Magie.«

Nyree legte den Kopf schief und verengte die Augen. »Du hörst dich an wie …« Sie hielt inne, sah plötzlich unsicher aus.

»Arion hat mir von dir erzählt. Sie sagte, ihr hättet euch nicht gut verstanden, weil sie die Umalyn verlassen hat, um eine Miralyith zu werden. Sie sagte auch, du hättest eine hohe Position in deiner Sippe inne. Deine Aufgabe ist es, mit Ferrol zu reden, oder so ähnlich.«

»*Oder so ähnlich?*«, wiederholte Nyree mit so viel Stolz, dass sie damit einen ganzen Ozean hätte füllen können. »Ich bin eine *Priesterin* unseres Herrn Ferrol.«

»Ja.« Suri nickte. »Das war es, was Arion gesagt hat. Sie hat auch erwähnt, dass du dich betrogen gefühlt hast, weil sie nicht den Weg eingeschlagen hat, den du für sie wolltest. Das tat ihr leid. Sie sagte, dass sie dich vermisst.«

Nyree funkelte sie an. Sie sah wütend aus, obwohl Suri nicht verstand, warum. Vielleicht hatte sie einen Nerv getroffen, also versuchte sie, die Richtung des Gesprächs zu ändern. »Arion hat mir geholfen, Fhrey zu lernen. Am Anfang war ich nicht sehr gut, aber sie war eine hervorragende Lehrerin, auch wenn sie mich manchmal genervt hat. Sie hat mich ständig korrigiert, obwohl sie genau wusste, was ich sagen wollte. Ist doch egal, ob es vollkommen korrekt ist.«

»Es ist nicht *egal*.« Nyree straffte die Schultern. »Gedankenlosigkeit ist inakzeptabel – in allen Bereichen.« Sie musterte Suri vielsagend. »Genau wie Nachlässigkeit.«

Suri blickte an dem viel zu großen Kleid herab, das Treya ihr geschenkt hatte. Es war nie schön gewesen, doch mittlerweile hing es in Fetzen von ihrem Körper. Nachdem Vasek sie aus dem Grab geholt hatte, hatte er Suri plötzlich ungewohnt nett behandelt. Nun bekam sie zwei Mahlzeiten am Tag, wohnte in diesem schönen Zimmer und hatte viel mehr Privatsphäre. Das Einzige, was man ihr nicht gegeben hatte, war neue Kleidung.

Suri musterte Nyrees makellos weiße Asika. Keine Falte, die nicht genau an ihrem Platz lag. »Du badest jeden Tag, oder?«

»Zweimal am Tag – wie jede zivilisierte Person.«

Suri nickte und zupfte an ihren Lumpen. »Du denkst, dass ich so herumlaufe, weil ich eine Rhune bin. Vielleicht hast du noch gar nicht darüber nachgedacht, dass man mir nicht erlaubt zu baden, dass man mir meine hüscheren Kleider weggenommen, mich in einen Käfig gesperrt und mich gegen meinen Willen hierhergeschleppt hat. Du sähst womöglich auch so aus, wenn dir jemand dasselbe angetan hätte. Arion hat mir erzählt, dass du sehr schnell darin bist, andere zu verurteilen, und ich verstehe dass du dich vor mir ekelst. Aber wie konntest du deine eigene Tochter hassen? Arion war nahezu perfekt, mehr als irgendjemand sonst, aber sie war trotzdem nicht gut genug für dich.«

Nyree funkelte sie weiter an.

»Sie hat sich bloß gewünscht, dass du sie als die anerkennst, die sie war. Arion hat mir von eurem letzten Gespräch vor ihrer Abreise erzählt. Wie sie versuchte, die Wogen zwischen euch zu glätten. Sie befürchtete, dass ihr euch nie wiedersehen würdet, und sie hatte recht. Bereust du etwa nichts? Nun, da sie für immer fort ist, wünschst du dir nicht, du könntest ihr sagen, dass es dir leidtut?«

Nyree blieb wie versteinert, die Lippen fest aufeinandergepresst.

Wenn es sich so anfühlt, eine Mutter zu haben – dann bin ich froh, dass ich meine nicht gekannt habe.

»Sie hat nicht verstanden, warum du dich geweigert hast, sie zu akzeptieren.«

Nyree fuhr auf dem Absatz herum und machte einen Schritt auf die Tür zu – dann hielt sie noch einmal inne. Mehrere Herzschläge lang stand sie mit dem Rücken zu Suri, bevor sie sich wieder zu ihr umdrehte. Ihr Gesicht war so rot wie ein Apfel. »Arion hat mich hintergangen! Ich habe sie ordentlich erzogen, ich habe ihr alles gegeben. Sie sollte die erste weibliche Hohepriesterin der Umalyn werden. Dafür hätte ich gesorgt. Sie war intelligent, schön, charmant und fähig. Arion hätte die Beste unsere Sippe werden können. Sie hätte Fhan werden können. Die erste Umalyn-Herrscherin unseres Volkes! Aber stattdessen ...«

Nyree begann zu weinen. Sie biss die Zähne zusammen und wischte sich heftig über das Gesicht. »Stattdessen wurde meine *Tochter*« – sie sprach das Wort voller Ekel aus –, »der ich eine ganze Lebensspanne gewidmet habe, eine *Miralyith*.« Zornig schüttelte sie den Kopf. »Ich kann das nicht. Ich kann hier nicht bleiben.« Nyree machte einen weiteren Schritt in Richtung Ausgang.

»Sie hat dich geliebt«, sagte Suri.

»Hör auf! Lass es einfach sein!« Nyree schrie so laut, dass Suri zurückzuckte und gegen die Wand stieß.

Tränen liefen Nyree nun so schnell über das Gesicht, dass sie sie nicht mehr wegwischen konnte.

»Ich hab doch nur gesagt, dass –«

»Sie hat mich nicht geliebt. Niemals! Ich war es, die sie geliebt hat. Ich hätte mein ganzes Sein, alles, was ich erreicht hatte, für sie aufgegeben. Aber sie hat meine Hilfe abgelehnt und mich und unsere Sippe zurückgewiesen.«

»Nein, so war es nicht. Sie wollte einfach nur die Person sein, die sie wirklich war, und nicht die, zu der *du* sie machen wolltest.«

»Du weißt gar nichts! Nichts über mich oder meine Tochter. Du bist eine gottlose Wilde. Glaub ja nicht, du könntest mir erzählen, wer Arion war oder nicht war.«

Nyree schleuderte Suri ihr Bündel entgegen und floh aus dem Zimmer.

»Hat Arion jemals von *dir* verlangt, eine Miraylith zu werden? Hättest du gedacht, sie hätte dein Bestes im Sinn, wenn sie das getan hätte?«, rief Suri ihr hinterher.

Sie wartete, doch es war Vasek, der kurz darauf in der offenen Tür auftauchte. »Das ist nicht so gut gelaufen«, sagte er.

»Ich werde euch nicht verraten, wie man Drachen erschafft.«

»Das habe ich dich auch nicht gefragt.« Er deutete auf das Bündel. »In ihrer Hast hat Nyree vergessen, dir ihr Geschenk angemessen zu überreichen. Es sind neue Kleider. Oh, und von jetzt an wird dir ein Bad eingelassen, wann immer du es wünschst. Du musst nur darum bitten.«

»Das wird mich auch nicht umstimmen. Es ist egal, wie gut ihr mich behandelt.«

Vasek dachte eine Weile darüber nach. Dann warf er einen Blick in die Richtung, in die Nyree geflohen war. »Ich verstehe nicht ganz, wie du einen Besuch von Nyree dahingehend interpretieren kannst, dass ich nett sein will. Ich an deiner Stelle hätte es als gut kalkulierten Plan aufgefasst, um dich zu quälen. Und obwohl du mir wahrscheinlich nicht glauben wirst, möchte ich betonen, dass das nicht unsere Absicht war. Vielleicht war Volhorik zu naiv. Anders als ich hat er nicht viel Erfahrung mit Leuten wie Nyree und ihren Reaktionen.«

Er schüttelte den Kopf und seufzte traurig. »Wie die meisten Umalyn ist auch Nyree sehr festgefahren in ihrem Denken. Wenn sie erst einmal von etwas überzeugt ist, können keine Argumente und nicht einmal Beweise sie davon abbringen. Wie du gerade gesehen hast, wird sie immer defensiver, je mehr man sie drängt. Ein verschlossener Geist ist wie eine Tür, die man nicht öffnen kann – es könnte genauso gut eine Wand sein.« Er wandte sich zum Gehen, hielt jedoch inne. »Du sollest vielleicht darüber nachdenken, dass Wände zwar dafür geschaffen sind, uns zu beschützen und Angreifer abzuwehren, uns aber gleichzeitig auch isolieren, sodass sie langfristigem Frieden im Weg stehen.«

6

DIE EINLADUNG

————— ◆ —————

*Seltsam, dass manche Dinge genau so sind, wie man sie sich
vorgestellt hat, und andere gar nicht. Und noch seltsamer
sind jene, die beides sind.*

– Das Buch Brin

Die Menge, die sich vor dem großen Tor von Rel versammelte,
war riesig. Zuerst fürchtete Moya, dass es eine große Schlacht
gegeben haben musste, in der viele auf einmal gestorben waren.
Doch sie hatte nur ein Klingelgeräusch vernommen, und ihre
Intuition sagte ihr, dass es nur ein Tod war. Und zwar der einer
wichtigen Person, wenn so viele Leute kamen, um sie zu begrüßen.

Da sie nun wussten, dass der Herrscher von Rel nach ihrer
Reisegruppe suchte, zog Moya in Erwägung, den Aufruhr am
Tor als Ablenkungsmanöver zu nutzen, um sich davonzuschlei-
chen. Was sie davon abhielt, war eine Lektion, die sie von den
Schäfern in Dahl Rhen gelernt hatte. Es war allgemein bekannt,
dass stets die Schafe den Wölfen zum Opfer fielen, die dumm
genug waren, sich von der Herde zu entfernen.

Und dann waren da noch Moyas Neugier und Beklommenheit. Sie wollte wissen, wer durch das Tor hereinkommen würde, hatte aber gleichzeitig große Angst davor. Moya war nicht
die Einzige, die das Signal gehört hatte, was der erste Hinweis
auf die Identität der verstorbenen Person war. Brin, Gifford,
Tressa und Roan hatten es ebenfalls vernommen. Regen und

Tekchin nicht, sodass nur wenige Personen infrage kamen. Und darunter war niemand, den Moya tot sehen wollte.

»Es ist Suri, nicht wahr? Wir haben versagt.« Brin klag besorgt, als sie sich eng aneinandergedrängt unter die Wartenden mischten.

»Das wissen wir nicht mit Sicherheit«, antwortete Moya, während sie bei sich dachte: *Es könnte Persephone sein, und ich weiß nicht, was schlimmer wäre.*

Moya führte sie zum hinteren Teil der Menge, um zu verhindern, dass sie von allen Seiten eingeschlossen wurden. Sie mussten ja lediglich schnell in Erfahrung bringen, wer eingetroffen war. Danach konnten sie sich im Schutz der Versammelten unbemerkt auf den Weg machen. Sie war sich nicht sicher, wohin sie genau gehen sollten, doch es war vermutlich ein guter Anfang, der Straße zu folgen.

»Sie hat ihnen das Geheimnis verraten, und sie haben sie getötet.«

»Beruhige dich, Brin. Wir wissen nicht –«

Moya entdeckte Tura, die zwischen den Wartenden stand, und ihre Hoffnung schrumpfte. Während sie die Menge absuchte, entdeckte sie Cobb, Bergin, Filson, Tope Hochland und seine Söhne und die gesamte Familie Killian – ohne ihren einzigen noch lebenden Sohn Brigham. Außerdem waren da die Bäckers, die Whipples, die meisten Wedons und Holiman Jäger. Letzterer stand neben einem gut aussehenden jungen Mann, den Moya nicht kannte.

Holiman kennt Suri nicht. Also muss es Persephone sein.

Da erst wurde ihr bewusst, dass es tatsächlich eine schlimmere Alternative gab und die Götter hatten sich dafür entschieden.

Im selben Moment entdeckten einige der Versammelten Moya. Zuerst zeigte sich Schock auf ihren Gesichtern, gefolgt von Verblüffung und sogar einem Hauch Verärgerung, als hätte Moya etwas Schändliches getan, indem sie gestorben war.

»Moya?«

Sie drehte sich um, und vor ihr stand Arion. Die Fhrey sah genauso aus wie immer. Sie trug die Asika, in der sie sie begraben hatten. »Bist du hier, weil Suri –«

»Das sind sie.« Der übel zugerichtete Mann, den sie vor dem Tor getroffen hatten, sprach mit einer kleinen Gruppe in grauen Roben. Er deutete auf Moya. »Kurz nach ihrer Ankunft hat sich das Tor geöffnet.«

Die sechs in Grau gekleideten Personen kamen direkt auf ihre Gruppe zu. Es waren keine Fhrey, doch sie bewegten sich mit derselben Eleganz und Grazie. Ihre Gesichter waren glatt rasiert und sie waren hochgewachsen, also waren es auch keine Dherg, obwohl sie dieselben typisch ausgeprägten Kiefer und steinharten Blicke hatten. Es waren Wesen, die Moya noch nie zuvor gesehen hatte.

Der Herrscher von Rel hat Leute ausgeschickt, die nach uns suchen.

Tekchin stellte sich dicht neben sie, als einer der sechs vortrat. Der Mann – Moya hatte beschlossen, ihn so zu bezeichnen, weil er dem am nächsten kam – hatte die gleichen grünen Augen wie Muriel. Sein dickes Haar war glatt und schwarz, als hätte er es in eins von Brins Tintenfässchen getaucht. Seine Haut war alabasterweiß, und die graue Robe bauschte sich hinter ihm, obwohl kein Lüftchen ging.

»Seine höchst makellose, durchlauchtigste und ruhmreiche Majestät, der Herrscher von Rel, hat sich entschieden, euch eine Audienz zu gewähren. Ihr werdet uns folgen, um sein bewunderungswürdiges Antlitz zu erblicken.«

»Wie nett«, antwortete Moya. »Aber wir sind gerade beschäftigt, also sagt bitte *Seiner Majestät*, dass wir uns ein andermal treffen müssen.«

Der Mann hob überrascht die Brauen und verengte dann misstrauisch die Augen. »Das ist keine Bitte.«

»Und nicht mal besonders höflich«, fügte Moya hinzu. Sie mochte, wie er seine Brauen bei ihren Worten erneut hob.

»Halte deine Zunge im Zaum. Seine Majestät ist der uneinge-
schränkte Herrscher dieses Reiches.« Der graugekleidete Mann
machte eine ausladende Armbewegung, um sie aufzufordern,
die Straße in Richtung des Dorfes zu nehmen.

»Schön für ihn.« Moya rührte sich nicht.

Die anderen blieben ebenfalls, wo sie waren. Moya spürte,
dass jetzt alle Blicke auf ihr lagen. Sie lenkte die Aufmerksamkeit von dem eigentlich Ereignis ab, für das alle zum Tor gekommen waren. Einen Moment lang sagte niemand etwas.
Vielleicht verging nur ein Herzschlag, doch Moya konnte es
nicht sagen, denn ihr Herz schlug ja nicht mehr.

»Ihr werdet eurem Herrn Gehorsam leisten«, sagte der Tintenkopf mit beleidigender Gewissheit.

Moya wusste, dass sie nicht besonders schlau war. Ihre Mutter hatte sie das seit ihrer Geburt nicht vergessen lassen. Sie war
weder kreativ noch körperlich stark und sie konnte keine Kleider nähen, Schafe hüten oder eine ordentliche Mahlzeit kochen. Bevor sie den Bogen für sich entdeckt hatte, war Moya nie
gut oder gar genügend in irgendetwas gewesen, außer darin,
Unruhe zu stiften. Sie machte es nicht mit Absicht und bereute
ihre Taten meistens im Nachhinein, doch etwas tief in ihr weigerte sich, sich verbiegen zu lassen. Moya gehörte niemandem.
Kein Mann, keine Frau, kein Fhrey, kein Dherg und auch kein
Regent des Nachlebens konnte sie zum Niederknien zwingen.

»Sag *deinem* Herrn, dass er nett fragen muss, wenn er unsere
Gesellschaft genießen will. Ich bin es gewöhnt, mit *bitte* und
danke angeredet zu werden.«

Der unheimliche, blasse Mann – obwohl er vielleicht nur
blass wirkte, weil sein Haar so unfassbar dunkel war – starrte
sie verwirrt an. »Ihr werdet mir *jetzt sofort* folgen.« Er drehte
ihnen den Rücken zu.

»Du kannst mich mal«, sagte Moya.

Brin legte eine Hand auf Moyas Rücken. Obwohl sie nur
leicht tätschelte, schien Brin sie mit dieser Geste anzuschreien.

Der Mann fuhr zu ihr herum und funkelte Moya so hasserfüllt an, dass sie beinahe einen Pfeil auf ihren Bogen gelegt
hätte. Tekchin verlagerte sein Gewicht neben ihr und legte eine
Hand auf seinen Schwertknauf.

»Was will dein Herr von ihnen?«, mischte sich Arion ein.

»Das geht dich nichts an, Fhrey«, antwortete der Tintenkopf,
ohne sie eines Blickes zu würdigen.

Moya wusste, dass die Regeln hier im Totenreich anders waren, doch es schockierte sie trotzdem, dass jemand so abweisend mit Arion sprach. Vielleicht war sie seit ihrem Tod nicht
länger die Furcht einflößende Miralyith, die sie einst gewesen
war, oder diese Leute kannten sie nicht gut genug.

»Sie sind meine Freunde, also geht es mich sehr wohl etwas
an«, erklärte Arion mit ihrem unglaublich neutralen Tonfall,
der nichts als Kultiviertheit und Grazie ausstrahlte. »Außerdem
habe ich keine Einladung erhalten, mich im Ruhm seiner Majestät zu sonnen, nachdem ich hier angekommen bin. Das brüs-
kiert mich ein wenig.«

»Sie werden Seiner Majestät gehorchen«, erwiderte der Tintenkopf drohend.

»Sonst was?«, fragte Arion. Sie sprach die Worte gelassen
aus, doch die Bedeutung war unmissverständlich. Die schockierte Miene des Mannes verriet, dass er zumindest von Arion
gehört haben musste.

»Seiner Majestät wird es nicht gefallen, dass du dich ein-
mischst, *Fhrey*.«

»Ezerton, wir haben das doch schon besprochen. Ich ziehe es
vor, wenn man mich Arion nennt, und wenn Drome ein Problem mit mir hat, kann er das persönlich mit mir austragen. Ich
führe keine Gespräche über Mittelsmänner.«

»Hast du gerade Drome gesagt?«, fragte Regen. »Du meinst
doch nicht etwa …«

Arion nickte. »Ja, ich meine den Gott der Belgriclungreianer.«

Regen, der sonst so unerschütterlich war wie eine hundertjährige Ulme, schwankte plötzlich.

Ezerton funkelte Arion an. »Unser Herrscher wird dich für deine Einmischung bestrafen.«

Arion lächelte ihn an. Wenn Moya zu weit entfernt gestanden hätte, um ihre Worte zu verstehen und nur ihre Körpersprache hätte lesen können, hätte sie geschworen, dass die beiden ein völlig anderes Gespräch führten. »Ezerton, dir ist doch klar, dass in dieser Aussage kein Funken Wahrheit steckt. Er ist nicht *mein* Herrscher, und ich bezweifle, dass er seine beste Skib-Partnerin über etwas so Belanglosem verlieren möchte.«

»Es ist nicht belanglos, und du hast mich gefälligst mit meinem Titel *Dromes Wort* anzusprechen.«

Arion verdrehte die Augen. »Verschwinde und suche dir jemand anderen, den du belästigen kannst. Siehst du nicht, dass wir auf eine geliebte Person warten?«

Mit einem Schnauben fuhr Ezerton, oder *Dromes Wort*, herum und führte sein Gefolge in raschem Tempo die Straße zurück.

Arion sah ihnen nach und wandte sich dann stirnrunzelnd Moya zu. »Das war womöglich nicht sehr weise.«

Moya schnaubte. »Ich kann es nicht leiden, wenn Leute denken, sie könnten mir vorschreiben, was ich zu tun habe.«

»Wisst ihr, was mich an der Sache stört?«, fragte Tekchin.

Roan, die seit ihrer Wiedervereinigung mit Reanna nichts gesagt hatte, antwortete: »Dass sie alle eine ungerade Anzahl Schnüre an ihrem linken Stiefel hatten, aber eine gerade am rechten?«

Alle wandten sich ihr so abrupt zu, dass Roan einen Schritt zurück machte. »Das war es nicht?«

»Nein, äh, das hatte ich nicht im Sinn«, antwortete Tekchin. »Ich wollte sagen, dass keiner von ihnen Waffen trug – und sie hatten auch keine Rüstungen.«

»Alle hier sind bereits tot, und Sarah hat gesagt, dass man

auch keine Schmerzen spürt«, erinnerte Moya ihn. »Also warum sollten sie sich die Mühe machen? Sie können uns ja sowieso nicht ernsthaft etwas antun.«

Tekchin grinste. »Schätze, das gilt dann auch umgekehrt. Eigentlich hatte ich geplant, ihnen die Köpfe abzuschlagen, wenn die Lage sich zuspitzt. Selbst wenn es keine anhaltende Wirkung hat, müsste es sie eine Weile aufhalten, oder?«

»Was stimmt bloß mit euch nicht?«, fragte Arion entgeistert.

»Schlechte Erziehung.« Moya zuckte mit den Achseln. »Zumindest ist das meine Entschuldigung.« Sie schenkte Roan ein Lächeln. »Weißt du, das mit den Stiefelschnüren ist mir gar nicht aufgefallen.«

»Wirklich?«, fragte Roan ungläubig. »Ich konnte an nichts anderes mehr denken. Es macht mich immer noch ganz kribbelig. Warum sollte jemand das so binden?«

»Moya, ich weiß, dass ich gerade sehr locker mit Ezerton umgegangen bin, aber ihr müsst wirklich vorsichtig sein«, warnte Arion. »Drome ist der Alleinherrscher hier. Normalerweise ist er gutmütig und verbringt seine Zeit damit, sich in seinem Schloss zu vergnügen, aber er ist ein Aesira, und ich glaube, es ist kein gutes Zeichen, dass er Interesse an euch zeigt.«

Moya war nicht besonders beeindruckt. »Ist doch egal. Wenn ihm meine Einstellung nicht gefällt, kann er mich ja töten. Ach nein, Moment mal, kann er nicht. Ich bin ja schon tot.«

»Na ja, also …« Arion zögerte.

Moya gefiel ihr Tonfall nicht. »Also *was*?«

»Der Tod in Rel ist nicht so schlimm. Du wirst mit deinen Lieben wiedervereint, musst dich nicht mehr um Krankheiten oder das Altwerden sorgen, aber es gibt auch sehr reale Gefahren in Phyre. Mit dauerhaften Konsequenzen.«

»Wie zum Beispiel?«

»Du könntest aufhören zu existieren.«

»Wie funktioniert das denn?«, fragte Gifford.

»Wir existieren nur, solange wir daran glauben, doch wenn du den Glauben verlierst, kannst du dich auflösen.«

»Wie könnte jemand nicht daran glauben, dass er oder sie existiert?«, fragte Moya.

»Das ist leichter, als du denkst.« Moya gefiel es nicht, dass Arions Tonfall noch eine Spur ernster wurde. Gerade noch hatte sie so fröhlich geklungen. Es war, als würde plötzlich eine kühle Brise heranwehen. »Wenn man am Leben ist, erinnern einen kleine lästige Dinge wie Hunger oder Müdigkeit daran, dass man lebt. Aber in Rel gibt es das alles nicht, also besteht die Möglichkeit, dass man die eigene Existenz infrage stellt. Hier werden wir einzig und allein durch unsere Interaktionen mit anderen daran erinnert. Wenn man uns diese Möglichkeit nimmt, besteht die Gefahr, dass wir die Verbindung zu uns selbst verlieren.«

»Das brauchst du mir nicht zu erklären«, sagte Tressa.

Moya ignorierte sie. »Aber Drome kann uns das nicht antun, oder?«

Arion zuckte mit den Schultern. »Nicht wirklich. Ehrlich gesagt, ist Drome gar nicht so schlimm. Im Gegensatz zu seiner Schwester ist er immerhin nicht verrückt. Ich glaube, er hat Angst vor ihr. Drome gefällt es, in seinem ruhigen, friedlichen Reich zu leben, wo alles im Gleichgewicht ist. Ihr seid gerade erst angekommen und habt bereits Unruhe gestiftet. Ich meine ja nur, dass es nicht schlau ist, einen Bären zu verärgern, während ihr euch in seiner Höhle aufhaltet.«

»Das ist ja schön und gut, aber wir bleiben sowieso nicht.« Moya grinste sie an. »Wir ziehen nach Nifrel weiter.«

Arion schien nicht überrascht zu sein. Moya fragte sich, warum. »Du weißt nicht zufällig, wo sich der Eingang dorthin befindet?«

»Alle wissen das. Also, alle, die schon etwas länger hier sind.« Arion deutete in Richtung der graugekleideten Truppe, die sich auf der Straße von ihnen entfernte. »Diese Straße endet an der

Tür. Sie verbindet ein Ende von Rel mit dem anderen. Tatsächlich befindet sich der Eingang nach Nifrel direkt neben Dromes Schloss.«

Moyas Grinsen erstarb.

»Da ist sie ja!« Der Ruf kam von ganz vorne aus der Menge, und alle wandten sich dem Tor zu. Der junge Mann, der neben Holiman Jäger stand, deutete auf den Fluss dahinter.

Moya schob sich an allen vorbei, bis sie die frisch Verstorbene aus dem Wasser waten sah. Es bestand kein Zweifel, wer da kam, und obwohl es Moya traurig machte, war sie gleichzeitig froh, dass es weder Persephone noch Suri war.

»Padera, meine Liebste. Du hast so lange gebraucht!«

Der gut aussehende junge Mann eilte ihr entgegen, und sie umarmten und küssten sich wie Liebende.

Alle applaudierten.

Moya wartete und beobachtete das Wiedersehen mit einem erleichterten Seufzen. Brin gesellte sich zu ihr. Sie sah verwirrt aus. Als sich die Liebenden voneinander trennten, entdeckte Padera die beiden. »Moya? Brin? Bei der Großen Mutter, was macht ihr denn hier?«

»Das Gleiche könnten wir dich fragen«, antwortete Moya.

»Ach, ich hätte längst hierherkommen müssen. Das sollte keine Überraschung sein.« Der Rest ihrer Reisegruppe gesellte sich zu ihnen, und die alte Frau sah schockiert aus. »Ich habe gehört, dass ihr alle in den Sumpf aufgebrochen seid, aber ehrlich gesagt, dachte ich nicht, dass es dort so gefährlich ist.« Sie warf Brin einen tadelnden Blick zu. »So hörte sich das aber nicht an, Brin.«

»Das ist eine lange Geschichte«, erwiderte Brin. »Aber du … Es ging dir gut, als wir aufbrachen. Du hattest eine leichte Erkältung, aber nichts Ernstes. Und jetzt bist du hier und siehst so …«

»Brin.« Padera brachte sie mit einer Handbewegung zum Schweigen. »Vielleicht findest du es merkwürdig, aber ich habe eine Botschaft für dich. Also, anfangs dachte ich, sie wäre nur für dich bestimmt, aber da ich euch jetzt hier zusammen sehe ... tja ...«

»Sie ist von Malcolm, oder?«, fragte Tressa.

Padera sah sie überrascht an. »Ja. Woher wusstest du das?«

»Ach, ist doch egal! Was hat er gesagt?«

»Reg dich ab! Offensichtlich bist du tot immer noch genauso unausstehlich wie lebendig.«

»Nun spuck's schon aus, alte Frau.«

Padera wandte sich von Tressa ab und wieder Brin zu. »Ich war müde – mein Körper und meine Seele – und ich wollte gerade ins Bett gehen, als er hereinkam. Ich war überrascht, weil er jahrelang verschwunden war und die meisten Männer nicht einfach so uneingeladen ins Zelt einer Frau laufen würden.«

Der hübsche junge Mann, der Padera geküsst hatte, blickte düster drein.

Sie tätschelte seine Hand und schenkte ihm ein warmes Lächeln. »So war es nicht. Keine Sorge. Oh, ihr alle, das ist mein Ehemann. Melvin, das sind Brin, Roan, Gifford, Moya und Tressa. Die beiden Fremden da drüben sind Tekchin und Regen.«

Der Mann sah nicht viel älter als achtzehn aus, seine Schultern waren so breit wie eine Dherg-Festung und sein schönes, langes Haar hatte die Farbe von spät gereiftem Ahornsirup.

»*Das* ist dein Mann?«, fragte Moya.

Padera verzog die Lippen zu ihrem zahnlosen Lächeln und nickte. »Ist er nicht eine Augenweide?«

»Er ist so ...« Moya schluckte. »Jung. Nichts für ungut, Padera, aber der Anblick, wie du dein altes, runzliges Gesicht gegen seins drücktest, um ihn abzuknutschen, war kein schöner.«

Melvin sah verwirrt aus. »Sie sieht genauso aus wie an unserem Hochzeitstag.«

Padera lachte und blickte auf ihre Hände herab, fuhr mit einer über den Handrücken der anderen. »Ja, so glatt wie ein Kinderpopo. Ich bin froh, die Flecken und die dünne Haut los zu sein. Ich war die Moya meiner Zeit und Melvin war …« Sie sah ihren Mann an und schüttelte den Kopf. »Nein, es gab nie einen anderen Melvin.«

»Wovon sprecht ihr beiden? Padera hat sich überhaupt nicht verändert«, entgegnete Moya.

»Keiner von uns hat Melvin je getroffen, also sehen wir ihn offenbar so, wie Padera sich an ihn erinnert«, murmelte Roan, die wie gewöhnlich mit sich selbst sprach. »Oder vielleicht sehen wir Melvins eigene Version seiner selbst. Könnte beides sein. Aber das erklärt nicht, warum Moya Padera immer noch als alte Frau wahrnimmt. Für mich sieht sie jung und wunderschön aus.«

Tressa wurde immer gereizter. »Bei Maris fettem Arsch, es ist mir egal, wer wie aussieht. Du hast gesagt, du hättest eine Nachricht von Malcolm. Was hat er gesagt, alte Frau?«

»Ach ja. Wie schon erwähnt ist er in der Nacht, in der ich starb, zu mir gekommen. Es ging mir nicht gut, und ich hatte keine Lust auf Besucher. Also habe ich mich einfach ins Bett gelegt, und er stand nur da und hat mich angestarrt. Es wurde wirklich seltsam, und er blickte ziemlich traurig drein. Dann sagte er: Wenn du Brin das nächste Mal siehst, sag ihr *Wenn Bäume laufen und Steine sprechen können* …«

»Und was noch?«, fragte Brin.

»Das ist alles. Ich dachte auch, dass da noch mehr kommen müsste, aber er meinte, das sei die ganze Botschaft.«

»Aber das ergibt doch keinen Sinn. Ich muss bestimmt etwas tun, wenn der besagte Fall eintritt. Es muss noch mehr geben.«

»Nein, das ist alles. Ich dachte mir, dass er wahrscheinlich betrunken war. Denn danach hat er etwas sehr Seltsames getan.« Padera warf Melvin einen kleinlauten Blick zu und Moya sah, wie sie errötete. »Er hat mich geküsst.«

Melvin öffnete den Mund, um etwas zu sagen, doch Padera kam ihm zuvor.

»Nicht *so* ein Kuss. Er war …« Sie zögerte, und ihre Augen wurden feucht. »Ist ja auch egal. Nachdem er gegangen war, bin ich eingeschlafen. Und dann bin ich mit einem Stein in einem Fluss aufgewacht, während ich auf ein Licht zutrieb, und jetzt bin ich hier.«

Moya dachte an den Sumpf und die Diskussion mit Muriel zurück.

»*Unser kleiner Malcolm, dem es schwerfällt, sich die eigenen Stiefel anzuziehen, kann uns Hilfe in Phyre besorgen?*«

»*Wenn er will, ja.*«

In Rel waren Abschiede so selten wie Geburtstagsfeste. Sarah und Delwin waren verblüfft, als ihre Tochter wieder abreiste, und fragten sie, wo sie hinwollte. Anstatt sich an einer langen und unbeholfenen Erklärung zu versuchen, bat Moya Padera um Hilfe. Die Frau, die Moya immer noch als eine uralte Matriarchin sah, versicherte allen, dass jene, die mit Moya unterwegs waren, dringend an einem anderen Ort erwartet wurden. Wie erhofft, beendete das jegliche Diskussionen. Obwohl Dahl Rhens älteste Bewohnerin gerade erst in Phyre angekommen war, nahmen alle ihre Weisheit wie selbstverständlich an. Also verabschiedeten sie sich mit Umarmungen und winkten ihren Lieben, während Moya sie über die weißen Pflastersteine scheuchte.

Sie verließen sich auf Arions Anweisung und folgten der Straße tiefer nach Rel hinein. Gifford hatte vorgeschlagen, Arion zu fragen, ob sie sie begleiten wolle, doch Moya argumentierte, je weniger Leute von dem Schlüssel wüssten, desto besser. Tressa gab zu bedenken, dass Malcolm etwas erwähnt hätte, wenn er gewollt hätte, dass Arion sie begleitete.

Moyas Stiefelabsätze klapperten bei jedem Schritt angenehm auf den weißen Pflastersteinen. Nachdem sie so lange durch Felder und einen Sumpf gestapft waren, war es eine willkommene Abwechslung, über eine ebene Straße zu spazieren. In

Moyas Vorstellung konnte nichts schlimmer sein, als in einem Hexenteich zu ertrinken, also blickte sie der Zukunft optimistisch entgegen.

Sie kamen an unzähligen Häusern und Seitenstraßen vorbei und ließen Rhen schließlich hinter sich. Kurz darauf tauchten neue Dörfer auf, darunter die vertrauten verputzten Häuser aus Nadak. Schließlich entdeckten sie dureyanische Hütten aus Schlammziegeln, die zu beiden Seiten der Straße standen und neben den blendend weißen Pflastersteinen fehl am Platz wirkten.

Gifford deutete auf einen Mann, der gerade Holz hackte, als sie vorbeikamen. »Warum, glaubt ihr, tut er das wohl? Holz hacken, meine ich. Es ist nicht kalt, und ich bezweifle, dass man hier essen muss, also gibt es keinen Grund, ein Feuer zu machen.«

»Für die Dureyaner muss es eine große Freude sein«, erklärte Brin. »Tesh hat sich immer darüber ausgelassen, wie wenig Feuerholz es in Dureya gab und dass sie es als Luxus ansahen.«

»Trotzdem ist es ziemlich … langweilig«, sagte Tekchin. Er verfolgte stirnrunzelnd, wie ein anderer Mann die Holzscheite aufstapelte. »Ich liebe guten Wein, aber deshalb will ich ihn nicht ständig trinken.«

Brin sah Tekchin an, als hätte er etwas sehr Tiefgründiges gesagt. »Meine Mutter hat sich auch über die Eintönigkeit beschwert. Sie sagte, dass es nicht so sein sollte. Anscheinend stimmt hier irgendetwas nicht.«

»Was soll denn nicht stimmen?«, fragte Gifford.

»Sie sagte nicht, was. Nur, dass etwas kaputt ist. Vielleicht weiß sie nicht, was genau.«

»Malcolm weiß es«, verkündete Tessa stolz.

»Lass es doch mal gut sein, Tressa«, sagte Moya in erschöpftem Tonfall. »Du hast uns schon hundertmal von dem Wunder erzählt, das wir Malcolm nennen. Es wird langsam anstrengend.«

»Nein, sie hat recht«, widersprach Roan ihr. »Er hat es erwähnt. In der Schmiede, als Suri den Gilarabrywn schuf, hat Malcolm gesagt, die Welt wäre zerbrochen.«

Tekchin schnaubte. »Das wäre ja wirklich eine Leistung. Inwieweit soll sie denn kaputt sein? Mir erscheint sie recht intakt.«

»Das hat er nicht erklärt.« Roan sah zu den anderen. »Aber ich erinnere mich, dass er meinte, er wäre derjenige, der sie kaputt gemacht hat.«

Moya lachte. »Also hat Malcolm die gesamte Welt zerbrochen, was?«

Roan nickte mit ernster Miene, doch sie hatte auch früher mal verkündet, die Welt sei rund. Bei ihr konnte man sich nie sicher sein, wo man die Grenze zwischen Fantasie und Wirklichkeit zog.

»Hat er gesagt, wie er das angestellt hat?«, fragte Tekchin mit amüsiertem Interesse.

Alle, die in der Schmiede gewesen waren, schüttelten den Kopf.

»Und ihr habt nicht weiter nachgefragt?«, fragte Moya.

»In jener Nacht war ziemlich viel los«, erwiderte Tressa. »Die Fhrey waren drauf und dran, die Stadt anzugreifen, Suri machte sich bereit, um ihren besten Freund zu töten, und Raithe war kurz davor, zu sterben, also –«

»Raithe!« Moya blickte sich zwischen den Schlammziegelhütten um.

»Siehst du ihn?«, fragte Brin.

»Nein. Aber mir ist gerade aufgefallen, dass er nicht am Tor war. Findet ihr das nicht merkwürdig?«

»Vielleicht ist er ja nicht wirklich tot«, warf Tressa ein. »Vielleicht steckt ein Teil von ihm noch in dem Drachen.«

»Oder wir haben ihn verpasst«, gab Tekchin zu bedenken. »Moyas Mutter war auch nicht dort. Um ehrlich zu sein, verstehe ich nicht, wie die Leute sich überhaupt finden. Dieses Klingeln verkündet, dass jemand gestorben ist, den du kennst, aber du weißt nicht wer oder wie die Person aussieht. Stellt euch doch mal vor, wie viele Millionen Rhunes, Fhrey, Dherg, Moklins, Grenmorianer und wer weiß, was noch alles, über die letzten Jahrtausende hier durchgekommen ist. Phyre müsste längst überfüllt sein. Ich weiß, dass ich einen großen Anteil eigenhändig hierherbefördert habe. Die Galantianer haben Hunderte getötet, und wir waren nur acht Krieger. Denkt nur an Kriege! Es müsste schier unmöglich sein, sich hier zu bewegen und doch … seht euch doch nur um. Hier ist viel Platz, es gibt freie Flächen, und alle Leute, die wir kennen, hielten sich komischerweise nahe am Tor auf.«

»Haare und Fingernägel«, sagte Roan.

Alle drehten sich zu ihr und Gifford um, die Hand in Hand hinter den anderen herliefen. »Wie bitte, Roan?«, fragte Moya.

»Was?« Roan hatte auf ihre Füße gestarrt und konzentrierte sich darauf, nicht in die Lücken zwischen den Pflastersteinen zu treten.

Moya lächelte sie an. »Du hast das laut ausgesprochen, Liebes. Haare und Fingernägel? Was soll das bedeuten?«

»Oh, äh … Ich dachte bloß, die Tatsache, dass Rel nicht überfüllt ist, kommt daher, dass es sich immer weiter ausdehnt. Wenn mehr Platz benötigt wird, entsteht er einfach an der Quelle. In diesem Fall muss das der Fluss sein.«

»Und alles verschiebt sich einfach? Das kann so nicht stimmen.«

»Das weiß ich nicht mit Sicherheit. Vielleicht zieht sich der Fluss zurück, aber wie Tekchin schon gesagt hat, würde sich Phyre rasch füllen, wenn es sich nicht ausdehnen kann. Es muss irgendwie wachsen, das würde auch vieles andere erklären, oder nicht?«

Nach Jahren der Erfahrung wusste Moya, dass Roan stets davon ausging, alle sähen, was sie sehen konnte, und Moya fand es seltsam, dass Roan – der sonst nichts entging – nie auffiel, wie falsch sie damit lag. »Was würde es denn noch erklären, Roan?«

»Na ja, ständig werden mehr Kinder geboren und sie sterben alle irgendwann, was bedeutet, dass es eine unendliche und stetig wachsende Menge an Seelen gibt. Wenn alle Neuankömmlinge jedes Mal bis zum Ende von Rel wandern müssten, wäre das wirklich unpraktisch. Es wäre schlauer, den neuen Platz dort zu erschaffen, wo die neuen Seelen ankommen. Deshalb ist die Umgebung des Tores voller Leute, die vor Kurzem gestorben sind, während jene, die weiter weg wohnen, vor längerer Zeit gestorben sind.« Sie deutete auf die Schlammziegelhütten. »Nadak wurde erst nach Dureya zerstört, und Rhen danach. Deshalb sind wir in umgekehrter Reihenfolge an diesen Orten vorbeigekommen. Es ist, als würden wir rückwärts durch die Zeit reisen, zumindest von der Perspektive der Toten aus.«

»Aber meine Eltern wurden vor dem Krieg getötet, und viele Leute sind in der Schlacht von Grandford gestorben«, warf Brin ein. »Warum mussten wir dann nicht an ihnen vorbei, um zu meinen Eltern zu kommen?«

»Vielleicht sind wir ja an manchen von ihnen vorbeigekommen. Aber wie in Elan reisen die Leute hier umher und lassen sich in verschiedenen Siedlungen nieder. Wenn deine Eltern vor hundert Jahren gestorben wären, würden sie sich vielleicht irgendwo in Rel aufhalten, wo es einen Wald wie den Sichelwald gibt. Womöglich haben sie einen Spaziergang gemacht, dort alte Nachbarn getroffen und sind in deren Nähe gezogen. Das wäre weiter entfernt, aber nicht zu weit, wenn man bedenkt, wie viel Zeit seit der Entstehung der Welt vergangen ist. Dann wären sie immer noch recht nahe an dem Ort, an dem sie angekommen sind. Wenn wir aber nach Gath von Odeon suchen würden, nehme ich an, dass es schwieriger wäre und wir weiter reisen müssten.«

»Deswegen wohnen Brins Eltern und Bauer Wedon nebeneinander, obwohl sie einige Jahre nacheinander gestorben sind«, schloss Gifford.

»Ganz genau.« Roan lächelte.

Sie liefen weiter. Dörfer tauchten auf und verschwanden wieder. Nicht alle Bewohner waren menschlich. Einige waren Dherg oder Fhrey. Unzählige Pfade gingen von der Hauptstraße ab wie Äste an einem Baum und schufen ihr eigenes Netzwerk abseits des weißen Weges. Moya bemerkte, dass einige Dörfer abgelegen waren, ohne Verbindung zur Hauptstraße, im fernen Weideland, in Wäldern und Sümpfen. Obwohl sie zu weit entfernt waren, um mehr erkennen zu können, vermutete sie, dass die Häuser dort anders gebaut waren als jene, die sie bisher gesehen hatten.

Warum sollte man sich entschließen, in einem Sumpf zu leben?, fragte sie sich.

Moya erinnerte sich daran, was Tekchin über die Verstorbenen gesagt hatte, und ihre Neugier siegte. »Was sind eigentlich Moklins?«, fragte sie ihn.

»Es bedeutet *Blinde Wesen*. Ihr kennt sie als Goblins.«

»Glaubst du, dass *Goblins* hierherkommen, wenn sie sterben?«, fragte sie schockiert. »Denkst du, die haben Seelen?«

»Woher soll ich das wissen?«

Moya blickte wieder zu dem Sumpf. *Vielleicht haben sie wirklich welche.*

Die Straße, die vom Eingangstor und dem Fluss fortführte, verlief ununterbrochen bergauf. Moya fand das seltsam, da jeder wusste, dass Nifrel unter Rel lag. Vielleicht lag aber bloß der Eingang hoch, während Nifrel selbst sich womöglich sehr weit nach unten erstreckte.

Oder es hat gar nichts mit der Lage der Reiche zueinander zu tun. Vielleicht ist Nifrel auf eine ganz andere Weise unter *Rel.*

Als sie bereits ein gutes Stück an Höhe gewonnen hatten, drehten sie sich um und sahen, dass das Tiefland rund um das Eingangstor tatsächlich bei Weitem am stärksten bevölkert war. Eng beieinanderstehende Rundhäuser zogen sich in scheinbar willkürlicher Anordnung an der weißen Straße entlang. Sie wirkten wie der Schlick, den die Flut am Ufer zurückließ. Zwischen den

Menschensiedlungen fanden sich auch einige kleine Dherg-Gemeinden mit Steinhäusern, und hier und da einige Gebäude aus Holz und Backsteinen, wie die der Fhrey in Alon Rhist.

Während sie all das betrachtete, dachte Moya über Roans Theorie nach, dass Rel sich mit der Zeit ausdehnte. Sie musterte die dicht besiedelten und die beinahe leeren Flächen. *Sind das die Ergebnisse von Hungersnöten und fetten Jahren? Von Krieg und Frieden?*

Je weiter sie ins Landesinnere vorstießen, desto höher stiegen sie und desto dünner war die Umgebung bevölkert. Selbst die Behausungen wurden primitiver.

»Ich verstehe nicht, wo all das Zeug herkommt«, sagte Brin und deutete auf die unzähligen Häuser, die sich tief unter ihnen erstreckten, soweit das Auge reichte. »Das Haus meiner Eltern sah genauso aus wie das, in dem ich aufgewachsen bin.«

»Nicht ganz«, erwiderte Gifford. »Es war noch schöner.«

Brin nickte. »Ja, das stimmt. Aber wie stellen die Leute es an, sich Dinge einfach herbeizuwünschen?«

Roan zupfte an einer Haarsträhne und starrte weiter auf ihre Füße, während sie ging. »Arion hat gesagt, wir existieren, weil wir daran glauben.« Sie dachte kurz nach. »Als wir gestorben sind, haben wir unsere Körper in Elan zurückgelassen, und trotzdem …« Sie tippte sich auf die Brust. »Ich habe einen Körper.« Sie blickte auf. »Moya hat ihren Bogen und Regen seine Spitzhacke. Aber sie sind nicht echt. Sie haben diese Dinge, weil sie daran glauben, sie zu haben – und wir sehen aus demselben Grund so aus, wie wir aussehen. Weil wir es glauben. In einer Welt, die keine Substanz hat, sind Willenskraft und Glaube die Werkzeuge, die unsere Umgebung gestalten.«

»Und warum sind dann alle Häuser hübscher, als sie im echten Leben waren?«, fragte Gifford.

»Stolz«, erklärte Tressa. »Niemand würde sich mit einem weniger als perfekten Zuhause zufriedengeben, wenn man die Wahl hat, oder?«

»Wirklich?« Moya grinste boshaft. »Wie kommt es dann, dass du immer noch dieses grässliche Hemd trägst? Oder sehe ich nur, was ich von dir erwarte?«

Tressa blickte an sich herab und zuckte mit den Schultern. »Du siehst, was ich bin.«

»Wir sehen, was du glaubst«, sagte Gifford.

»Vielleicht«, warf Regen ein, »aber jede Wand hat zwei Seiten, nicht wahr?«

Roan nickte. »Alles, was wir wahrnehmen, konstruiert sich aus unseren eigenen Erfahrungen – aber auch aus den Erwartungen der anderen.«

»Du hast mich abgehängt, Roan«, sagte Moya.

»Oh … hm. Es ist wie bei Padera, glaube ich.«

»Ist es das?«

»Ja!« Gifford grinste breit. »Das ist es. Roan, du bist ein Genie. Deshalb hat Moya Padera als alt gesehen, während sie uns anderen als junge Frau erschien.«

Moya funkelte Tekchin an, der ebenso verwirrt aussah, wie sie sich fühlte. »Wehe du verstehst das, bevor ich es tue.«

Der Fhrey schüttelte den Kopf. »Keine Chance. Ich war nie als der schlaue Galantianer bekannt – nur als der bestaussehende.« Er zwinkerte ihr zu.

»Moya, du hast Padera als alt wahrgenommen, weil du dich so an sie erinnerst«, erklärte Gifford. »Deine Erinnerung ist stärker als Paderas Bild von sich selbst. Das ergibt Sinn, weil deine Willenskraft … na ja, Moya … du bist eben sehr …«

»Dickköpfig«, schlug Tekchin vor.

Gifford schluckte und sah peinlich berührt aus. »Ich hätte *stark* gesagt.«

»Wie hast du Padera gesehen?« Moya funkelte Tekchin weiterhin an.

»Oh, wir haben beide sehr dicke Köpfe.«

Roan nickte zustimmend, doch dann wurden ihre Augen groß, und sie stieß ein Keuchen aus.

»Was ist denn?«, fragte Moya.

»Mir ist gerade ein Gedanke gekommen.«

»Ja, das wissen wir. Die Frage ist, *welcher*?«

»Ach so … Ich dachte an den Brunnen mitten auf der weißen Straße. Habt ihr ihn gesehen?«

»Ja, ich glaube, den haben wir alle gesehen. Was ist damit?«

Roan sah Moya verwirrt an. »Er steht mitten auf dem Weg – *auf* den Pflastersteinen.«

Moya runzelte die Stirn und schüttelte den Kopf. »Bin wirklich nur ich so dumm? Versteht irgendjemand von euch, was sie sagen will?«

Ratlose Gesichter waren die Antwort, und Moya fühlte sich etwas besser. Roan blinzelte mehrmals, sie schien verwirrt.

»Warum ist es wichtig, dass der Brunnen auf der Straße steht?«

»Weil ich nicht glaube, dass diese Straße realer ist als Sarahs Haus oder dein Bogen.«

Moya sah erneut zu den anderen und war erleichtert festzustellen, dass sie immer noch genauso überfordert aussahen, wie sie sich fühlte. »Wir brauchen ein bisschen mehr als das, Roan.«

»Wirklich?«

»Äh, ja.«

»Oh, na gut. Der Brunnen steht auf den Pflastersteinen, also wurde er erst nach dem Bau der Straße erschaffen. Und ich nehme an, dass der gepflasterte Weg vom Herrscher dieses Reichs persönlich erschaffen wurde.«

Tekchin nickte. »Also willst du sagen, dass jemand Dromes Arbeit verändert hat. Und das bedeutet, dieser Jemand muss mächtiger sein als ein Gott. Wer in Rhen könnte das gewesen sein?«

»Oh, ich weiß es!«, rief Brin. »Alle zusammen. Das meinte meine Mutter damit, als sie sagte, dass sie etwas anderes als Wasser aus dem Brunnen holen. Sie meinte, es wäre etwas Tiefgreifenderes und Lebensnotwendigeres. Es ist die Gemeinschaft. Sie alle zusammen.«

Moya wollte gerade fragen, was genau Brins Mutter aus dem wasserlosen Brunnen schöpfte, als sie einmal mehr das Klingeln vernahm.

»Jemand ist gestorben«, verkündete Gifford. »Ich habe das Klingeln gehört.«

»Ich glaube, wir haben es alle gehört«, sagte Moya.

Selbst Tekchin und Regen schienen es diesmal vernommen zu haben. Kein gutes Zeichen, fand Moya.

»Wer ist es wohl?« Brin sah verzweifelt aus.

»Nicht Suri«, beharrte Moya. »Sie kann es nicht sein. Und wir gehen nicht zurück, um nachzusehen. Wir haben eine Aufgabe und bereits viel zu viel Zeit verschwendet. Kommt weiter.«

Eine Weile liefen sie schweigend voran, alle hingen ihren eigenen Gedanken nach. Moya konnte sich gut vorstellen, worüber sie nachdachten. Sie wollte nicht wissen, wer da gerade vor dem Tor aus dem Fluss watete. Wer auch immer es war, Moya konnte nichts für diese Person tun. Doch für Suri, falls sie noch am Leben war, würde sie etwas tun können. Sie waren für Malcolms und Tressas Mission gestorben, und die einzig richtige Entscheidung war, weiter vorwärtszugehen.

»*Du bist mutig*«, hatte Muriel zu ihr gesagt. »*Das sehe ich, obwohl ich dich erst seit Kurzem kenne. Das, was euch in Phyre erwartet, ist genau deine Stärke. Jemand wie du wird dort gebraucht.*«

Die Stille beunruhigte Moya. Es war mehr als nur das Fehlen von Geräuschen. Es war die Abwesenheit jeglichen Lebens. Als Moya noch lebendig gewesen war, hatte sie die Welt selbst in einem geschlossenen Raum nicht ausgrenzen können: Der Wind raschelte im Strohdach, trug Stimmen und Vogelgesang durch die Fenster herein. Selbst in Neith, tief unter der Erde, waren da noch ihr Herzschlag und Atem gewesen. Früher waren sie Moya nie wirklich aufgefallen, doch nun trieb ihre Abwesenheit sie schier in den Wahnsinn. Nachdem sie den letzten steilen Hügel erklommen hatten, hätte Moya nach Luft schnappen müssen. Doch ihr Atem ging nicht einmal schneller.

Schließlich brach sie die bedrückende Stille. »Habt ihr auch Schwierigkeiten damit, euch daran zu gewöhnen, dass wir nicht mehr atmen?«

»Es fühlt sich so an, als würde ich atmen«, antwortete Tekchin.

»Aber du musst nicht.« Moya drehte sich um, sodass sie rückwärtsging, und streckte ihre Arme weit aus, um den anderen zu verdeutlichen, wie weit sie gekommen waren. »Seht euch das an. Wie hoch wir geklettert sind. Ist jemand von euch müde? Tun eure Füße weh? Es ist unheimlich, ich sage es euch.«

Sie kamen nie von der weißen Straße ab, und sie nahm kein Ende. Weiter oben schlängelte sie sich in Serpentinen den Berg hinauf. Trotz der engen Kurven legten sie die Distanz zwischen dem Tor und den Bergen in kurzer Zeit zurück – das glaubte Moya zumindest. Ohne eine über den Himmel wandernde Sonne, körperliche Erschöpfung oder einen Herzschlag war es unmöglich, die Zeit zu messen. Vielleicht hatten sie Stunden, Tage oder Wochen gebraucht. Moya konnte es nicht sagen. Das Einzige, was ihr einen Anhaltspunkt gab, waren die vielen Meilensteine, die sie auf ihrem Weg passiert hatten. Mit Sicherheit wusste sie nur, dass sie weit gekommen waren und dass sie sich hoch über dem Tal, den Ebenen und Hügeln befanden. Vor ihnen ragten zerklüftete, schneebedeckte Steinwände auf.

Ab und zu kamen sie noch an Dörfern vorbei, doch hier waren sie winzig und ganz anders als jene im Tal. Im Hochland waren die Menschen kleiner und haariger, und ihre primitiven Hütten bestanden aus Tierhäuten und gebogenen Ästen. Die Ohren der Fhrey waren weniger spitz, sie trugen einfache Tücher und lebten in Schlammziegelhütten. Die Dherg waren ungewohnt groß und wohnten in Höhlen. Und dann waren da noch andere Wesen, die mit ihren riesigen Augen und langen Armen äußerst merkwürdig aussahen. Sie trugen rote Roben und starrten die Gefährten mit wütenden Blicken an, während sie Steine schlugen und Stöcke anspitzten. Schließlich stießen sie eine lange Zeit auf gar keine Dörfer oder Lebewesen mehr. Die Höhen von Phyre waren eine unbewohnte, unberührte Wildnis.

Im Gebirge wurde die Straße zunehmend schmaler. Zuvor hatten sie zu fünft nebeneinander herlaufen können, doch nun mussten sie sich hintereinander einreihen, um durch schmale Öffnungen zu klettern und sich an steilen Abhängen entlangzuschieben, die ihnen atemberaubende Ausblicke auf das Tal boten.

Was passiert wohl, wenn ich stürze?, fragte sich Moya. *Werde ich tausend Fuß tief fallen, auf dem Boden aufschlagen und dann was? Werde ich abprallen und wieder aufstehen? Fange ich dann einfach wieder von vorne an?*

Als sie höher kletterten, sah Moya Schnee am Boden. Sie blickte zum blassen Himmel auf.

Ist der Schnee gefallen? Oder war er schon immer hier?

Hinter einer weiteren Kurve kam eine riesige Festung in Sicht. Sie bestand vollständig aus Stein, schien jedoch weder in den Berghang gehauen worden zu sein wie in Neith, noch aus dem Gestein herausgelockt, wie man es sich über Avempartha erzählte. Schloss Rel war der Berg selbst. Doppelt so groß wie der Mador erhob sich die Festung in die Wolken, die Moya bis dahin nicht einmal bemerkt hatte. Das Schloss bestand aus weißen und schwarzen Alabaster- und Obsidiantürmen, die sich dem grauen Himmel frech entgegenreckten wie eine unverkennbare Beleidigung. Die speerartigen Türme sahen aus wie Waffen, die gegen die Essenz der Unterwelt ankämpften. Dem Bau lag Wut zugrunde, es war ein haarsträubendes Symbol des Widerstandes. An einem Ort der friedlichen Kapitulation war Schloss Rel ein steinerner Fluch. Und Moya musste zugeben, dass es wunderschön war. Die Linien der Festung waren gerader als alles, was sie je gesehen hatte. Die Kurven waren präzise, und das gesamte Gebäude war so perfekt ausbalanciert, dass Moya unwillkürlich lächeln musste. Nie hatte sie etwas so Schönes und gleichzeitig so Verstörendes gesehen – eine wunderhübsche Blume, die ganz und gar aus Dornen bestand.

Tekchin pfiff durch die Zähne und legte den Kopf in den Nacken, in dem Versuch, die Turmspitzen zu sehen. »Das nenne ich mal *etwas*.«

Regen bewegte sich mit weit aufgerissenen Augen an die Spitze der Truppe. »Es ist perfekt.«

»Es ist Furcht einflößend«, sagte Brin.

»Da muss ich dir recht geben«, sagte Gifford.

»Da drüben ist das Tor nach Nifrel.« Roan deutete zum Ende der Straße.

Direkt gegenüber dem Eingang zum Schloss umspannte ein großer Torbogen etwas, das wie eine Scheibe aus schwarzem Glas aussah. Davor versperrte ein Trupp der grau gekleideten Männerwesen den Zugang.

»Jetzt wünschst du dir wohl gerade, Ezerton nicht beleidigt zu haben, was?«, fragte Tressa.

»Als ob du es an meiner Stelle anders gemacht hättest.«

»Ach, bist du auf einmal stolz darauf, so dumm zu sein wie ich?«

Moya öffnete den Mund, doch ihr fiel auf, dass sie nichts zu entgegnen hatte.

»Was wollen wir tun?«, fragte Brin.

»Wie viele sind das wohl? Zwanzig? Dreißig?«, fragte Moya.

»Wie viele Pfeile hast du?«, entgegnete Tekchin.

»Acht.«

»Und sie haben jetzt Waffen«, merkte Gifford an.

Die Männer vor dem Torbogen formierten sich in geraden Linien und kamen auf sie zu. Sie rannten nicht, sondern bewegten sich langsam und in perfekter Formation.

Moya runzelte die Stirn und drehte sich seufzend zu Tekchin

um. »Arion hat gesagt, dass Drome normalerweise gutmütig ist, oder?«

»Ja.«

»Und wir wissen nicht, warum er uns sehen will, also ist es womöglich gar nicht so schlimm.«

»Stimmt.«

Als die Soldaten näherkamen, erkannte Moya, dass Ezerton unter ihnen war. Wie Gifford gesagt hatte, trug er nun ein Schwert.

»Ihr werdet mir jetzt folgen«, befahl er und wandte sich dem Schloss zu.

Die Formation teilte sich in zwei Reihen auf. Ezerton ging in der Mitte.

Moya nahm Tekchins Hand. »Bleib nah bei mir.«

»Wie eine Zecke am Ohr eines Jagdhundes.«

Sie sah ihn an.

Tekchin zuckte mit den Schultern. »Das habe ich immer zu Nyphron gesagt. Da hat es sich besser angehört.«

Sie wandten sich in Richtung des Schlosses und die Soldaten folgten ihnen. Als sie das große Schlosstor wie ein Maul vor sich aufragen sah, das sie gänzlich verschlucken würde, wurden Moya drei Dinge klar. Viele Leute hatten die Fhrey als Götter bezeichnet. Ein paar Miralyith sahen sich selbst als göttliche Wesen. Doch wenn eine Fhrey, die noch dazu eine Miralyith war, jemanden als Gott bezeichnete, sollte man besser auf sie hören. Moya drückte Tekchins Hand und trat über die Schwelle.

7

DAS ENDE EINER ÄRA

———◆·———

Wäre ich an Nyphrons Stelle gewesen, hätte ich einen Baum gewählt. Bäume lösen keine Angst im Herzen der Feinde aus und ermutigen zu nichts anderem als Frieden und Wachstum – ich schätze, genau deshalb hat er sich wohl für einen Drachen entschieden.

– Das Buch Brin

Ein dünner Schneeschleier bedeckte den Boden, nur der Haufen frisch umgegrabener Erde war frei davon – eine dunkle Narbe, die das Land verunstaltete. Der Karren, der vor Persephone stand, war einer von vielen, die die einst ebene Wiese in ein aufgewühltes Feld verwandelt hatten, als hätte hier eine Seuche gewütet. Auf gewisse Weise war es auch so. Das Ergebnis der vielen Kriegsjahre war eine reichlich bittere Ernte.

»Kalt«, beschwerte sich Nolyn und zog an ihrem Finger.

»Still, kleiner Mensch«, sagte Justine, die hinter ihnen stand. *Kleiner Mensch? Ist das neu?*

Persephone konnte sich nicht erinnern, es vorher schon einmal gehört zu haben. Es gefiel ihr. *Gut, dass er daran erinnert wird. Sodass er diesen Teil von sich nicht eines Tages vergisst.*

»Soll ich ihn zurückbringen, Herrin?«, fragte Justine.

Persephone sah ihren Sohn an. Seine Wangen und Ohren waren rot vom Wind, seine Nase tropfte, die Mundwinkel hatte er unzufrieden nach unten gezogen. Nolyn hatte den Abschied hinter sich gebracht und seine Handvoll Erde in das Loch geworfen. Seine Pflicht war getan. Es war egoistisch, ihn hier zu behalten, doch seine Hand in ihrer hatte ihr geholfen.

»Ja«, antwortete sie Justine. »Danke.«

Sie spürte, wie er ihre Hand losließ, und hörte ihren Sohn kurz darauf davonschlurfen.

»Bleibt nicht zu lang, Herrin«, sagte Justine. »Es ist kalt.«

»Ja«, sagte Persephone, ohne sich umzudrehen. »Das ist es.«

Nachdem Justine und Nolyn gegangen waren, stand nur noch Persephone auf dem Feld. Nur wenige waren überhaupt gekommen. Persephone hatte immer geglaubt, dass viele zu Paderas Beerdigung erscheinen würden, doch als die alte Frau schließlich gestorben war, waren nicht mehr viele am Leben gewesen, die sie gekannt hatten. Ihr Tod war das Ende einer Ära. Sie war die letzte Verbindung zur Vergangenheit gewesen – einer Zeit von Steinwaffen und Göttern auf der anderen Seite des Flusses.

Bauer Wedons zwei Söhne Brent und Oskar, die nun Männer waren, und Viv Bäckers Tochter Hest, die mit einem der Killians verlobt war, waren zur Beerdigung gekommen. Und natürlich Habet, der wohl immer eine tröstliche Konstante im Universum darstellen würde. Sie alle waren in Dahl Rhen geboren, doch sie waren zu jung, um sich daran zu erinnern, wie es gewesen war. Sie standen lediglich mit einem Fuß in der alten Welt, während das meiste Gewicht auf dem anderen Bein lastete. Die Zeiten, während derer sie sich im Langhaus versammelt und Maeves Geschichten über Gath von Odeon gelauscht hatten, waren vorbei. Niemand saß mehr Schulter an Schulter mit Freunden und Nachbarn im flackernden Feuerschein und teilte sich geröstetes Lamm. Und die Unschuld, die mit der Gewissheit einherging, dass am nächsten Tag alles wieder genauso sein würde, war für immer verloren.

Sie sind alle fort.

Persephone fiel auf die Knie und zog den Stoff ihres Breckon Mor fest um ihrem Hals zusammen.

Padera, Reglan, Mahn, Maeve, Sarah, Delwin, Gelston, Aria und … Nein, nicht sie auch noch!

Persephone schüttelte den Kopf. Sie hatte immer noch Hoffnung, dass alle, die in den Sumpf aufgebrochen waren, zurückkehren würden. Malcolm hatte gesagt, es wäre möglich. Diese seltsame Vorhersage gab ihr einen sehr dünnen Faden, an den sie sich klammern konnte. So absurd es sich auch anhörte und so unmöglich es schien.

Persephone umklammerte diese letzte Hoffnung, als würde allein dieses Gefühl sie davon abhalten, den Verstand zu verlieren. Doch mit jedem verstreichenden Tag geriet die Hoffnung ins Wanken, der Faden wurde noch ein bisschen dünner.

Persephone blickte zum Lager zurück und seufzte.

Warum fühle ich mich mitten in einem riesigen Lager voller Leute so allein?

Sie liebte Nolyn, Justine war ein Segen und Habet spendete ihr Trost. Diese Leute gaben ihr die Kraft weiterzumachen, doch jene, die sie am meisten geliebt hatte, mit denen sie gekämpft und geblutet hatte, waren fort. Ohne sie fühlte Persephone sich schwach und nackt.

Der Winter war gekommen, und selbst die alte Padera hatte sie verlassen. Plötzlich erkannte Persephone die Wahrheit.

Padera ist nicht die Letzte dieser Ära, sondern ich. Ohne Brin und ihr Buch wird alles, was ich je kannte und liebte, vergessen werden. Nach meinem Tod wird unsere Zeit in Dahl Rhen zu einem Zeitalter der Mythen werden.

»Wie geht es ihnen dort, Padera?«, fragte sie die nackte Erde. »Sag ihnen bitte, sie sollen sich beeilen. Sag ihnen, sie müssen zurückkommen, weil ich sie brauche. Ich brauche sie alle.«

Persephone begann zu weinen, doch sie war nicht sicher, für wen die Tränen waren.

Nyphron lief über die weite, leere Ebene zwischen dem Drachenlager und dem Wald.

Ein Drache. Das sollte mein Zeichen sein.

Er hatte nichts mit dem Biest zu tun, hatte es weder herbeigerufen, noch seine Erschaffung in Auftrag gegeben. Wenn er gewusst hätte, dass so etwas möglich war, hätte er zwanzig erschaffen lassen. Sie hatten nur einen, doch das geflügelte Monster hatte alle in Alon Rhist gerettet und beschützte das Drachenlager bereits seit Jahren. Es war zu einem Symbol geworden, das den Leuten Stärke und Schutz vermittelte.

Nyphron runzelte die Stirn. *So sollten sie eigentlich* mich *sehen.*

Das war der ursprüngliche Plan gewesen, doch Nyphrons Pläne waren nicht so gelungen, wie er es sich gewünscht hatte.

Er unterbrach sein zielloses Schlendern, als er einen Knochen entdeckte. Es war eine Hand – oder was davon übrig war –, die nun hauptsächlich mit Gras und ein wenig Schnee bedeckt war. Nur die Fingerspitzen ragten hervor, als wäre der Besitzer unter der Erde gefangen und versuchte, sich an die Oberfläche zu graben. Dies war der Schauplatz der letzten offenen Schlacht, bei der die Truppen des Fhans dumm genug gewesen waren, sie vom Betreten des Waldes abhalten zu wollen. Wie immer hatte Nyphron mit seinen Streitwagen die Schlacht für sich entschieden.

Aber nicht den Krieg.

»Wer warst du wohl?«, fragte er die Hand. »Rhune oder Fhrey? Freund oder Feind?«

Egal, wer die Person gewesen war, Nyphron verspürte eine sie verbindende Kameradschaft. Die Pläne des Toten hatten ebenfalls nicht funktioniert.

Als er zurück zu seinem Streitwagen kam, lehnte Nyphron sich an das Rad und blickte zum Wald. Er war hergekommen, um allein zu sein, um nachzudenken – aber nicht über Drachen, zumindest nicht mehr. Was sich einst als mögliche Rettung präsentiert hatte, würde nun sein Untergang sein. Bald würde der Fhan seine eigenen Drachen haben, daran zweifelte

Nyphron nicht eine Sekunde. Doch noch war es nicht so weit. Auch dessen war Nyphron sich sicher. Lothian würde keine Zeit verschwenden und seine Waffen über den Fluss schicken, sobald er sie hatte. Und der Fhan würde so viele erschaffen lassen, wie er wollte. Da sich bislang aber weiterhin nur Schneeflocken und keine ledernen Schwingen am Himmel zeigten, blieb Nyphron noch Zeit ... aber wofür?

Was soll ich als Nächstes tun?

Der Schneefall tauchte alles in waberndes Grau. Es waren noch keine dicken Flocken, nur ein geisterhafter Vorgeschmack auf den bevorstehenden Winter. Nyphron sah nichts als die nahen Bäume.

»In letzter Zeit hatte ich wirklich viel Pech«, sagte er zu sich. Dann wandte er sich wieder den Knochenfingern zu. »Du kannst das verstehen, oder? Was war es bei dir? Ein Schwert? Ein Pfeil? Bei mir werden es wahrscheinlich Drachenfänge sein.«

Ja, dachte er erneut. *Ich hätte wirklich einen Drachen als Wappentier wählen sollen.*

Er hätte bereits vor Jahren darauf kommen müssen. Das Wahrzeichen seiner Herrschaft musste Stärke und Macht ausdrücken. Typisch waren Löwen und Bären, doch er sollte schließlich über Könige und Fhans herrschen. Sein Emblem musste bedeutender sein als alle anderen, und welches Wesen war wohl mächtiger als ein Drache? Wenn die Rhunes sich entschieden hatten, die Verehrung, die eigentlich ihm zustand, einem aus dem Nichts beschworenen Monster zu schenken, konnte er sich damit abfinden. Er hatte seine Macht über die zehn Clans durch die Hochzeit mit Persephone gewonnen, und so würde er auch die Anerkennung bekommen, die ihm zustand: indem er den Drachen zu seinem Wahrzeichen machte. In ein paar Jahrhunderten würde niemand mehr wissen, wie es dazu gekommen war. Nyphron, der Drache, der Verteidiger des Volkes. Soweit er die Rhunes kannte, würde es nur wenige Jahrzehnte dauern. Sie waren ein sehr vergessliches Völkchen.

Nyphron fiel eine Bewegung auf. Eine in einen Umhang mit hochgeschlagener Kapuze gekleidete Person näherte sich ihm vom Lager. Sie war allein – und ein Mensch. Das erkannte Nyphron an der holprigen Gangart.

»Entschuldige die Störung«, sagte Malcolm im Näherkommen. Dann hielt er inne, schlug seine Kapuze zurück und eine riesige Frostwolke tanzte vor seinem Gesicht, als er mühsam Atem schöpfte.

Nein, doch kein Mensch.

Tatsächlich wusste Nyphron nicht, was Malcolm war. Er sah aus wie ein Rhune, bewegte sich wie einer, doch er war keiner. Seine wahre Identität blieb ein Mysterium. Nyphron hatte den Nicht-Menschen allein deshalb nicht aus dem Lager verbannt, weil er auf eigene Faust verschwunden war.

»Ich dachte, du wärst fortgegangen.«

»Ich bin für die Bestattung zurückgekommen und ... für andere Dinge.«

Da entdeckte Malcolm die Knochenhand. »Ein Freund von dir?«

Nyphron war nicht nach Scherzen. »Also warum bist du dann nicht bei der Beerdigung?«

»War ich. Sie ist vorbei.«

»Erwartest du wirklich, ich würde dir abkaufen, dass du so viele Jahre verschwunden warst und nur für die Beisetzung einer alten Frau zurückgekehrt bist?«

»Ihr Name war Padera«, erinnerte Malcolm ihn. »Aber wie schon gesagt, bin ich auch aus anderen Gründen hier.« Er betrachtete die Knochenfinger. »Um euch ein bisschen unter die Arme zu greifen, wo ich kann. Mir anzusehen, wie es so läuft, und um ein paar Verbesserungen vorzunehmen, wenn nötig.«

»Du wirst mich doch nicht bitten, noch einen Pakt mit dir

einzugehen, oder? Denn beim letzten Mal habe ich etwas geschworen und warte immer noch darauf, dass du im Gegenzug dein Versprechen erfüllst.«

Malcolm schüttelte den Kopf und lächelte traurig. »Nein, das ist es nicht. Würdest du es seltsam finden, wenn ich dir sagte, dass ich mir Sorgen um dich mache?«

Das brachte Nyphron zum Lachen, obwohl seine Stimmung gerade an einem absoluten Tiefpunkt war.

»Glaube, was du willst, aber dein Wohlergehen und Erfolg sind mir sehr wichtig.«

»Seit wann das denn?«

»Seit dem Tod deines Vaters.« Malcolm starrte noch immer auf die Skeletthand. Es irritierte Nyphron, wie ernsthaft besorgt er dabei aussah.

Wie gelingt es ihm, so brav und bieder zu wirken? So menschlich?

»Willst du damit sagen, dass ich Gefahr laufe, sein Schicksal zu teilen? Denn das ist mir nicht neu. Der Krieg hat sich sehr schlecht entwickelt und es ist nur eine Frage der Zeit, bis Lothian mir dasselbe antut, was er meinem Vater angetan hat. Also, wenn es dir nichts ausmacht, wäre ich jetzt gern allein. Ich bin hergekommen, um Abstand von allen zu gewinnen, und das schließt dich mit ein, was auch immer du bist.«

Malcolm hob den Blick und sah Nyphron an. »Du bist hergekommen, um nachzudenken. Und ich bin hier, um dir dabei zu helfen.«

»Ich bin mir sehr sicher, dass ich das auch allein schaffe.«

»Du bist desillusioniert, enttäuscht und niedergeschlagen, weil du glaubst, alles sei verloren. Aber das Schlimmste ist, dass du das Vertrauen in mich verlierst.«

»Ich hatte *nie* Vertrauen in dich.«

Malcolm hob beide Arme und ließ sie seufzend wieder fallen. »Das war schon immer mein Problem, weißt du? Warum kann die Welt nicht voller Tressas sein?«

»Was?«

»Vergiss es. Ich habe dir versprochen, du würdest einst über Elan herrschen, und das wirst du auch.«

»Du warst lange weg, also ist dir möglicherweise entgangen, dass Suri Lothian demnächst verraten wird, wie er Drachen erschaffen kann.«

»Nein, Suris Gefangennahme ist mir nicht neu. Ich weiß schon sehr lange davon. Tatsächlich schon bevor es überhaupt passiert ist.«

Nyphron war sich nun sicher, dass Malcolm nichts als Unsinn redete. Aber es machte ihn stutzig, dass er ihm nicht widersprochen hatte, was Lothian und die Drachen anging. Nyphron hatte Widerspruch erwartet. Dass er ausblieb, verwirrte ihn und er verlor einen Moment den Faden.

Er mag es, mich aus dem Konzept zu bringen. Aber warum?

Die Erfahrung hatte Nyphron gelehrt, niemandem zu vertrauen – oder zumindest nur so weit, wie es sicher war. Und das wiederum war nur zuverlässig abzuschätzen, wenn er die Person kannte. Doch obwohl Malcolm bereits in den Diensten seines Vaters gestanden hatte, als Nyphron noch jung gewesen war, wusste er nichts über ihn.

Er nahm den Faden wieder auf. »Wir können uns nicht gegen Drachen verteidigen, und ohne Suri haben wir keine Hoffnung zu überleben.«

»Wieder richtig. Du bist wirklich gut.«

Nyphron blickte finster drein. »Bist du hergekommen, damit ich mich noch schlechter fühle? Um dich an meinem Leid zu weiden?«

Malcolm seufzte. »Ich hasse es, wenn die Leute mich nicht hören. Nein, ich nehme an, sie hören mich, aber sie hören nicht zu. Sieh mal, ich habe dir gesagt, dass ich hier bin, um zu helfen, aber ich werde das nicht schaffen, indem ich dich anlüge.« Er sah sich nach etwas um, worauf er sich setzen konnte, entdeckte nichts und runzelte die Stirn. »Also ja: Der Krieg ist noch nicht entschieden, und ich glaube, du solltest dich entspannen und die Dinge sich entfalten lassen, so hart das auch für dich sein mag. Ich kann keine weiteren Einmischungen deinerseits gebrauchen.«

»Einmischungen? Wie kommst du darauf, dass ich etwas plane?«

»Weil du Nyphron bist und nicht Petragar. Und weil ich weiß, dass du Elysan auf eine Geheimmission nach Norden geschickt hast.«

»Nicht wirklich geheim, wenn du davon weißt.«

Malcolm sah ihn auf diese verstörende Weise an, die nicht ganz menschlich war, da kein Mensch sich je getraut hätte, Nyphron so unverblümt anzustarren. Denn das hätte vorausgesetzt, dass sie den Tod nicht fürchteten.

»Ich habe versucht, eine Brücke zu bauen«, sagte Nyphron. »Das hat nicht funktioniert. Persephone hat einen Tunnel vorgeschlagen, aber die Dherg haben das abgelehnt. Sie meinten, sie würden lieber von ihren eigenen Leuten begraben werden als von den Miralyith. Das kann ich ihnen nicht verdenken.«

»Ja, und du hast außerdem einen Trupp nach Süden geschickt, um nach einem Weg über den Fluss zu suchen. Siehst du? Du hast dich eingemischt. Und deshalb wird es nur noch mehr unnötige Verluste geben, weil keiner der beiden Trupps überleben wird.«

»Das kannst du nicht wissen.«

»Ghazels im Süden und Riesen im Norden. Beide haben eine Schwäche für Menschenfleisch und sind dafür bekannt, ab und zu auch den einen oder anderen Fhrey zu verspeisen.«

»Ich habe sehr viele Männer geschickt – um genau zu sein, die Hälfte der Zweiten Legion.«

»Das wird keinen Unterschied machen.«

»Dann werde ich meine Hoffnungen in Elysan setzen. Weißt du, das Problem ist nämlich nicht der Fluss, sondern das Wasser. Man kann keine Dherg-Runen auf Wasser zeichnen – das wurde zum Mantra aller, die ich in den Harwald geschickt habe. Aber was, wenn ich das Wasser verschwinden lasse?«

Malcolm schüttelte den Kopf. »Es wird ihm nicht gelingen, die Riesen dazu zu bringen, den Fluss im Norden zu dämmen.«

»Dämmen, umlenken, trinken – ist mir doch egal, was sie damit tun, solange der Fluss trocken bleibt, bis ich meine Truppen ans andere Ufer geführt habe. Furgenrok hat ein paar wirklich riesige Verwandte. Er ist ja selbst schon sehr groß, aber einige seiner Onkel, die seit Jahrhunderten schlafen, könnten das Wasser stoppen, indem sie bloß eine Hand in den Fluss halten. Wenn Elysan sie überzeugen kann, uns zu helfen, würde der Fluss zumindest kurzweilig austrocknen, die Techlyors könnten den Angriff auf Avempartha anführen und die Miralyith dort vernichten. Dann führe ich unsere Armee über das leere Flussbett, und wir fallen in Erivan ein.«

»Und du hoffst, dass dir all das gelingt, bevor Lothian Drachen erschafft.«

»Das ist der Plan.«

»Und wie sieht die Chance auf Erfolg aus?«

»Schlecht. Die Riesen von Hentlyn hassen uns. Sie haben keinen Grund, uns zu helfen. Also habe ich Elysan gesagt, er soll ihnen alles versprechen, was sie wollen.«

»Alles?«

Nyphron zuckte mit den Schultern. »Was kümmert es uns? Wenn sie das Wasser anhalten, werde ich die einzige Streitmacht Elans besiegen, die uns etwas anhaben kann. Und nachdem der Fhan tot ist, werde ich die Riesen in Knechtschaft zwingen oder sie auslöschen, sollte sich das als zu umständlich herausstellen.«

»Und hat Persephone diesem Plan zugestimmt?«

Obwohl Malcolm ihm bei der Hochzeit mit Persephone geholfen hatte, wusste Nyphron, dass er Persephone lieber mochte als ihn. Er lächelte Malcolm an. »Sie muss nichts davon erfahren.«

»Glaubst du nicht, dass sie das ein oder andere über die Auslöschung eines gesamten Volkes zu sagen hätte, da die Fhrey ihrem Volk gegenwärtig dasselbe antun wollen?«

»Ich glaube nicht, dass sie es erfahren muss, da der Krieg gegen die Riesen erst lange nach ihrem Tod stattfinden wird.«

Malcolms Augenbrauen schossen in die Höhe. »Du willst doch nicht etwa sagen, dass ...«

Nyphron lachte, was sich überraschend gut anfühlte. Seit Monaten hatte er nicht mehr so viel Spaß gehabt, wie in diesem Moment, als er Malcolms verblüffte Miene sah. »Ich habe nicht vor, sie zu töten. Sie ist immerhin meine Frau.«

»Männer haben ihre Frauen in der Vergangenheit schon wegen viel geringerer Verbrechen getötet, als ihre letzte Hoffnung in die Arme des Feindes zu schicken.«

»Aber ich bin kein gewöhnlicher Menschenmann, sondern ein Fhrey.«

Malcolm erwiderte nichts. Er starrte ihn nur weiter wenig überzeugt an.

Nyphron verdrehte die Augen. »Um ehrlich zu sein, mag ich Persephone. Sie ist eine gute Frau und Mutter.«

»Und Keenigin?«

Er nickte. »Auch das.«

»Weil sie dir die militärischen Entscheidungen überlässt?«

»Das ist nur logisch. Ich hasse es zuzugeben, dass du recht hattest, aber wir sind wirklich ein gutes Paar. Sie hat keine größeren Ambitionen, und ich muss mich nicht mit ihrem Ego herumschlagen. Wenn ich mich mit einem anderen Mann, selbst einem Instarya wie Sikar oder Tekchin hätte zusammentun müssen, hätten wir uns längst die Köpfe eingeschlagen. Persephone ist weiser, als ich gedacht hatte. Nein, was ich meinte, ist, dass ich mich erst in etwa fünfzig bis sechzig Jahren um das Problem mit den Grenmorianern kümmern muss, und bis dahin weilt Persephone nicht mehr unter uns.«

Malcolm nickte nur.

»Aber du glaubst nicht, dass Elysan erfolgreich sein wird«, sagte Nyphron.

»Die Fhrey, vor allem die Instarya, haben im Norden keinen guten Ruf.«

»Und was ist mit der Armee, die wir gen Süden geschickt haben?«, fragte Nyphron. »Wir haben ihnen lediglich aufgetragen, eine sichere Route über den unteren Fluss zu finden und die Klippen auf der anderen Seite zu erklimmen. Warum sollte ihnen das nicht gelingen?«

Malcolm wandte sich nach Osten, als könnte er im wirbelnden Schneegrau etwas erkennen, das Nyphron nicht sehen konnte. »Die Gebrochenen Länder und Inseln im Südosten sind die vernarbten und gefluteten Überreste eines uralten gebrochenen Reichs. Es gehört den Uber-Ran. So war es schon immer.«

»Uber-Ran?«

»Ihr nennt sie Moklins – *die Blinden Wesen*. Die Menschen kennen sie als Goblins, die Belgriclungreianer tauften sie Ghazel. Aber sie nennen sich selbst Uber-Ran – die Treuen Kinder von Uberlin dem Großen. Sie sind die treuen, untergebenen Untertanen, die den ersten Herrscher von Elan nie im Stich gelassen haben.«

»Und wer war das?«

»Rex Uberlin.«

Nyphron grinste. »Sie mögen die Kinder eines bösen Gottes sein, aber sie sind immer noch nur Goblins. Primitiv und wild.«

»Wie alle waren sie einst anders. Ihrem König treu ergeben. Doch er vergalt ihnen ihre Treue nicht. Er verließ sie und ohne einen Anführer wurden sie genauso egoistisch und grausam, wie er es ihnen gezeigt hatte. Wenn genug Zeit vergeht, senkt sich der Teesatz zum Boden jeder Tasse.« Malcolm starrte noch einen Moment weiter nach Osten und wandte sich dann mit einem entschuldigenden Lächeln wieder Nyphron zu. »Nenn sie, wie du willst, aber der Trupp, den du dorthin geschickt hast, wird gefressen werden. Darauf kannst du wetten.«

»Wir werden sehen.«

Der Wind frischte auf und heulte über die Ebene. Die Schneeflocken fielen dichter und tanzten zwischen den Felsen. Nyphron blickte wieder zum Wald. »Ich kann den Fluss nicht sehen. Es macht mich verrückt, auf ein Zeichen von den Techylors zu warten.«

»Warum gehst du dann nicht selbst dorthin?«

Nyphron schüttelte den Kopf und zog die Brauen zusammen. »Ich wage es nicht. Einen Krieg aus den hinteren Reihen zu führen ist so«, er seufzte, »frustrierend. Viel mehr, als ich es mir je vorgestellt hätte. Aber wenn ich dort am Flussufer stünde und das Wasser wirklich versiegte …« Er legte eine Hand an sein Schwert. Dabei fiel ihm auf, dass er sich nicht an das letzte Mal erinnern konnte, als er es gezogen hatte.

»Ferrols Gesetz ist ein Problem, nicht wahr?« Malcolm lächelte selbstgefällig. »Aber du solltest dir darüber nicht zu viele Gedanken machen. Wie versprochen wirst du der Herrscher der Welt sein. Wir hatten doch eine Abmachung, schon vergessen?«

»Wirst du mir je sagen, was du von mir willst?«

»Bald. Vergiss einfach nicht, dass ich damals recht hatte und sich seitdem nichts verändert hat. Du wirst Imperator werden.«

»Ich werde *was*?«

»Ist dir der Begriff *Imperium* nicht geläufig? Wahrscheinlich nicht. Er kommt von der Sippe der Eilywin und hat nichts mit Eroberung zu tun. Es bedeutet vielmehr *etwas zusammenfügen, aufbauen, vereinigen*. Die Eilywin führen ein Leben im Gleichgewicht. Dieses Wort symbolisiert das Schaffen einer Umgebung, in der die Leute in Harmonie mit der Natur, den Göttern und miteinander leben können. Das möchte ich erreichen. Du wirst mir helfen, dieses Reich für alle zu schaffen.«

»*Du* willst etwas erschaffen?«, fragte Nyphron.

Malcolm ignorierte ihn. »Stell dir nur mal vor, was erreicht werden könnte, wenn die Kriege in der Vergangenheit liegen und alle zusammenarbeiten würden.«

»Klingt langweilig.« Nyphron musterte Malcolm von Kopf bis Fuß. Der große, dürre Nicht-Mensch verspürte offenbar keine Furcht, zeigte aber keine Hinweise darauf, warum das so war. Er war verstörend, als würde ein Fisch sprechen. So etwas sollte nicht möglich sein, und doch stand er vor ihm, dieser sprechende Fisch, und versprach Nyphron, seine kühnsten Träume zu erfüllen … zu einem Preis. »Warum habe ich das Gefühl, dass es etwas gibt, das du mir nicht verrätst? Du bist wie einer dieser Dämonen, die Wünsche erfüllen, aber nie so, wie man es sich erhofft. Wenn du dir wünschst, nie alt zu werden, töten sie dich. Ist es so etwas?«

Malcolm setzte sich seine Kapuze auf und lächelte. Doch es war kein fröhliches, sondern ein bedauerndes Lächeln. »Das Leben verläuft nicht immer, wie wir es uns wünschen, aber das bedeutet nicht, dass es nicht am besten so ist. Vergiss das nicht. Es könnte dir helfen.« Er blickte zum Himmel auf. »Nein … wird es wahrscheinlich nicht. Es ergibt keinen Sinn, dass der Dämon erklärt, warum der Tod besser ist als Unsterblichkeit. Das muss man selbst erleben, damit man es verstehen kann.«

8

UNBEANTWORTETE FRAGEN

———•◆•———

Ich verstehe jetzt, dass Aesira ein anderes Wort für Gott ist.
Es gibt fünf davon, was zu viel und gleichzeitig zu wenig
scheint.

– *Das Buch Brin*

Als Moya Dromes Heim betrat, wurde sie von zwei Reihen aus
je fünf riesigen Säulen begrüßt. Zwei Marmortreppen flankierten die große Eingangshalle und schmiegten sich wie die Arme
eines Riesen um den Saal. Alles war in Schwarz und Weiß gehalten, vom karierten Fliesenboden bis hin zu den hoch aufragenden Wänden. Selbst die Flammen der Fackeln leuchteten
nicht gelb, sondern strahlten ein seltsam blasses Licht aus. Es
erinnerte Moya an Schnee, der den grauen Winterhimmel reflektierte. In all ihren Schauergeschichten über Phyre hatte ihre
Mutter nie erwähnt, dass die Unterwelt von einem tyranni-
schen Schwarz-Weiß-Liebhaber regiert wurde. Moya hätte Audrey zwar sowieso nicht geglaubt, doch im Nachhinein hätte sie
die Warnung zu schätzen gewusst.

Es war niemand zu sehen. In der pompösen Eingangshalle
gab es nichts als Stein. Die Soldaten blieben im Vestibül zurück,
während Ezerton sie eine der Treppen hinaufführte. Beide
führten zu demselben Balkon und trafen an einem Torbogen
aufeinander. Der polierte Boden davor bestand aus kupferfar-

benem, in geometrischen Mustern ausgelegtem Stein, in dessen Mitte die Sonne dargestellt wurde. Ihre Strahlen fächerten sich auf eine bestimmte Art aus, die Moya an die Kunst in Neith erinnerte. Statuen standen zu beiden Seiten. Links hielt ein Mann ein Kurzschwert in einer und eine Fackel in der anderen Hand. Rechts stand derselbe Mann, doch dieser hielt ein dreieckiges Gerät in einer und einen Hammer in der anderen Hand. Aus der Kammer dahinter drang helles Licht.

Obwohl es kein weiter Weg bis zu dem Balkon gewesen war, fühlte Moya sich erschöpft. »Ist noch jemand so außer Atem?«

»Ich fühle mich … schwer«, antwortete Tekchin. »Ja, fast schon müde.«

Die anderen nickten.

»Wir haben keinen Körper, also wie können wir dann erschöpft sein? Roan? Was ist hier los?«

»Ich weiß es nicht.«

»Es ist, als würden sich die Regeln plötzlich gegen uns wenden«, sagte Moya.

»Und was hat es wohl mit diesem Licht auf sich?«, fragte Gifford, der blinzelnd durch den Torbogen blickte.

»Wir haben keine Augen, also ist es nur etwas, das wir so interpretieren«, sagte Roan. »Vielleicht eine Art höhere Macht?«

»Es ist Drome«, erklärte Regen.

»Echt? Er ist seine eigene Lichtquelle?« Moya verdrehte die Augen.

»Warum nicht? Schließlich ist er ein Gott.«

»Malcolm glüht nicht.« Moya warf Tressa einen herausfordernden Blick zu, doch sie machte sich nicht die Mühe zu antworten.

Ezerton blieb neben dem Tor stehen. »Erblicket den Herrn und Gott Drome von Rel.« Er bedeutete ihnen einzutreten.

Moya fühlte sich weniger selbstbewusst als je zuvor, als sie langsam vortrat. Das Licht blendete sie, und sie hob eine Hand, um ihre Augen abzuschirmen. Als sie durch ihre gespreizten

Finger spähte, erkannte sie, dass sie einen weißen Thronsaal aus purem Marmor betraten. Statt von Säulen wurde die Decke – wenn es denn eine gab – von Statuen getragen, die Riesen darstellten. Ihre Muskeln spannten sich, um den Himmel an Ort und Stelle zu halten. Fälle aus flüssigem Gold und Silber rauschten aus unbeschreiblichen Höhen herab und ergossen sich über die verzierten Wände. In der Mitte des Saals stand ein großer Stuhl auf einem Podest, zu dem weitere Treppenstufen führten.

Darauf saß Drome.

Riesig, breit grinsend und Furcht einflößend, wie er war, sah er so schwer und fest aus, als wäre er eine weitere Statue. Nur die Energie, die von ihm ausging, strafte diesen Eindruck Lügen. Seine hohen Wangenknochen und weit auseinanderstehenden Augen, die platte Nase und die zu einem fröhlichen, erwartungsvollen Grinsen verzogenen Lippen wurden von einer struppigen Mähne und einem Bart eingerahmt. Sein Haar war golden, aber mit silbernen Strähnen durchzogen, die sein fortgeschrittenes Alter verrieten. Doch Moya hätte auch ohne dieses Zeichen gewusst, dass er uralt war.

»Welche Seelen Elans haben mein Haus betreten?«, fragte der Gott.

Das hätte schlimmer laufen können, dachte Moya. *Er hat uns nicht sofort vernichtet. Vielleicht habe ich Tintenkopfs Absichten falsch eingeschätzt. Und vielleicht sollte ich ihn nicht mehr Tintenkopf nennen oder am besten gleich ganz aufhören zu denken.*

Niemand sprach, Moya stand nur dort und lauschte dem Rauschen der Gold- und Silberfälle.

Drome verlagerte sein Gewicht, zog die Füße näher an seinen Thron, um sich vorzubeugen, sodass sich die langen Zöpfe seines Bartes auf dem Boden ringelten. Er deutete auf jeden Einzelnen ihrer Gruppe, als er sie zählte. »Moya, Tekchin, Brin …« Er zögerte. »Ach ja, Roan! Ja, Roan und Gifford.« Sein Blick blieb an Tressa hängen, und er verengte die Augen. »Hmm, und wer bist … ah, Konnigers Frau.« Da fiel sein Blick auf jemand anderen, und er wurde sofort abgelenkt. »Und natürlich Regen!« Er betrachtete den Zwerg eine Weile, und sein Lächeln wurde breiter. »Wie schön, einen der meinen zu sehen.«

Der Gott lehnte sich wieder zurück und schlug die Beine übereinander, wobei er den Blick auf kräftige, haarige, muskulöse Waden freigab, die unter seiner golden, silbernen und purpurnen Robe hervorlugten. »Normalerweise würde ich euch in meinem Reich willkommen heißen, aber selbstverständlich seid ihr nicht … *willkommen*. Ihr seid Eindringlinge, Unbefugte, Störenfriede – Unruhestifter, die nichts Gutes im Schilde führen und eindeutig aus schändlichen Gründen hier sind. Nie zuvor habe ich das Tor nach Rel geschlossen, doch als meine Schwester mich vor eurem Kommen warnte, habe ich ihren Rat beherzigt. Als Zwillinge haben wir alles, was uns ausmacht, untereinander aufgeteilt. Sie hat die Klugheit abbekommen und ich alles andere.« Sein Blick bohrte sich wieder in Regen. »Du weißt, wovon ich spreche.«

Regen zeigte keinerlei Reaktion, er schien zeitweilig zu Stein erstarrt zu sein.

»Kommen wir jetzt zu dem Grund eures Besuchs.« Drome beugte sich abermals vor, doch diesmal legte er seine beiden nahezu quadratischen Hände auf den Stuhllehnen ab und drückte den Rücken durch. »Wie seid ihr hereingekommen?«

Drome wartete, doch niemand sagte ein Wort.

»Hat euch jemand geholfen? Jemand im Inneren? Vielleicht Arion?« Als Drome die Stimme erhob, wuchs auch Moyas Furcht.

Sie erinnerte sich an Arions Worte. »*Drome ist der Alleinherrscher hier … er ist ein Aesira, und ich glaube nicht, dass es ein gutes Zeichen ist, dass er Interesse an euch zeigt.*«

Was ist ein Aesira?, fragte sich Moya. *Und warum habe ich das Gefühl, dass das etwas Schlechtes ist?*

Allein ihn anzusehen, und sein Licht, das laut Roan womöglich ein Ausdruck seiner Macht war, ließ Moya vermuten, dass es keine gute Idee war, Drome zu verärgern.

Ihr erster Impuls war, ihm die Wahrheit zu sagen. Es war mehr als nur ein Gedanke, es war ein Zwang, ein beinahe unwiderstehliches Verlangen. Ihm zu geben, was er wollte, würde sie retten – sie alle. Der Drang, ihm zu gehorchen, war so stark, dass Moya den Mund öffnete. Doch ihre Neigung, aufzustehen, wenn man ihr befahl, sich zu setzen, oder zu verneinen, wenn alle anderen Ja sagten, hielt sie auf.

Ihrem Ruf zum Trotz hatte Moya definitiv nicht mit allen Jungs in Dahl Rhen geschlafen. Sie hatte nur ein einziges Mal Ja zu Heath Coswall gesagt. Er hatte ihr leidgetan, weil er sie weinend und auf Knien angefleht hatte. Er hatte ihr seine Liebe gestanden und gesagt, dass der Schmerz, nicht mit ihr zusammen zu sein, einfach unerträglich war. Jung und dumm, wie sie gewesen war, hatte Moya die falsche Entscheidung getroffen, und Heath hatte sich als gemeiner Bastard herausgestellt. Er hatte Gerüchte darüber verbreitet, dass sie ihn verführt hatte, weil er nie die Wahrheit über jene Nacht verraten würde. Moya war wütend gewesen, ihre Mutter außer sich. Als sie sah, wie sehr ihre Mutter darunter litt, hatte Moya aufgehört, gegen die Gerüchte anzukämpfen, die sich wie Fingerhirse im Garten verbreitet hatten. Kurz darauf waren alle davon überzeugt gewesen, dass sie Ja zu jedem sagen würde, der sie fragte, auch wenn das nicht stimmte. Nach Heaths Lüge sagte sie hundertmal Nein. Jedes Mal brachte ihr das verblüffte Blicke ein, was ihr gefiel. So wurde es ein Teil ihres Charakters, Nein zu sagen, sich nicht zu beugen, nicht zu gehorchen, niemandem gefallen zu wollen. Sie hatte einen Weg gefunden, diesen einen dummen Fehler aus ihrem Kopf zu löschen. Aufsässigkeit wurde eine der Säulen ihres Ichs. Selbst nach ihrem Tod hatte sich das nicht verändert. Und trotz seiner Macht und Glorie war Drome nur ein weiterer Mann, der etwas von ihr wollte. Nein, er befahl ihr sogar, zu gehorchen.

Gott oder nicht – Moyas Lippen verzogen sich zu ihrem typischen trockenen Lächeln. »Man kommt nach Rel, wenn man stirbt. Wir sind gestorben. Ihr seid ein Gott, deshalb dachte ich, Ihr wüsstet, wie es funktioniert.«

Drome verengte seine Augen, doch anstatt zu explodieren, umspielte der Anflug eines Lächelns seine Mundwinkel. »Nur wenige Leute ertragen es, vor meinem Licht zu stehen, noch weniger trauen sich, mir gegenüber frech zu werden. Ihr wisst ganz genau, was ich wissen will. Ich habe das Tor verschlossen. Wie habt ihr es geöffnet?«

Moya schenkte ihm einen unschuldigen Augenaufschlag. »Vielleicht war es nicht ganz so fest verschlossen, denn es schwang auf, als ich dagegengedrückt habe. Aber nun, da Ihr es angesprochen habt, warum habt Ihr es überhaupt abgeschlossen? Ich habe gehört, Ihr wärt der Alleinherrscher hier. Wie merkwürdig, dass Ihr Befehle von Eurer Schwester entgegennehmt.«

»Es war kein Befehl, nur eine Empfehlung.« Der Gott musterte sie lange Zeit, dann sagte er beeindruckend gefasst: »Du bist ein Einzelkind, Moya, Tochter von Audrey. Du kannst nicht einmal annähernd begreifen, was es bedeutet, eine Schwester zu haben, und schon gar nicht einen boshaften Zwilling. Ferrol ist – tja, wenn ich ehrlich bin –, sie ist schrecklich. Ein hässliches, grässliches, abscheuliches, heimtückisches, grausames Wesen. Aber sie ist klug. Sie war die Erste, die Erebus verließ, und dabei nahm sie all die anderen schlauen Köpfe mit sich. Aber sie ist nicht so gerissen, wie sie denkt. Ferrol glaubte, ihr Exodus würde Uberlin tödlich verletzen.« Drome grinste und brach dann in Gelächter aus. Er schlug sich auf einen Oberschenkel. Das Geräusch brachte die Halle zum Beben, sodass Moya schwankte. »Wir hätten beinahe nicht bemerkt, dass sie fort war! All diese großen Denker – wir brauchten keinen von ihnen.« Er lachte weiter, so sehr, dass er sich dabei hin und her wiegte. Dann bekam er sich wieder in den Griff, verzog die Lippen und wandte sich abermals seinen Gästen zu. »Aber sie hat so ihre Momente, wenn sie weise und scharfsinnig ist. Also, nein, kleine Rhune, ich habe keine Befehle von ihr entgegengenommen, aber ihr Vorschlag hat mich neugierig gemacht. Wenn sie euch haben will, muss es einen guten Grund dafür geben. Ich bin hingegen derjenige, der im Besitz des Preises ist … und dafür solltet ihr dankbar sein. Nun stellen sich mir zwei Fragen: Was will meine Schwester von euch, und wie habt ihr das verschlossene Tor geöffnet? Wer von euch würde mir gerne dabei helfen, dieses Rätsel zu lösen?« Drome sah jeden einzeln an.

Niemand sprach oder hob die Hand.

Der Gott sah aufrichtig enttäuscht, wenn nicht sogar getroffen aus.

»Ich kann verstehen, dass ihr euch fürchtet. Ihr glaubt, ich wäre eine Art Monster, was?« Drome klang verletzt, als hätten sie ihn grundlos verurteilt. »Das kann ich nachempfinden. Vor allem, nachdem ich gerade erst von meiner schrecklichen Schwester gesprochen und euch verkündet habe, dass wir Zwillinge sind. Aber ich bin nicht grausam wie sie. Ihr seid alle so jung. Ihr wisst nicht, was wahre Furcht ist. Ihr habt nicht erlebt, wie Uberlin die Welt mit rasiermesserscharfen Fingern und Steinstiefeln regierte. Sein Wort war das Gesetz, bindend und unumgänglich. Seine Vergeltung kam rasch und brutal.«

Drome lehnte sich zurück und lachte leise. »Das Lustige ist, dass ihr und ich viel gemeinsam haben. Ihr widersetzt euch mir, genau wie ich mich einst gegen Uberlin stellte. Während seiner Herrschaft waren wir – meine Geschwister und ich – die Heldinnen und Helden, die die Welt vor dem bösen Tyrannen beschützten. Aber Trilos wurde getötet und Ferrol floh. Da sie die Erste war, bekam sie ein so hübsches Stück Land.« Er lachte wieder, sodass der Marmor vibrierte.

Voller Stolz fuhr er fort. »Ich war der Zweite, der fortging, und ich nahm alle Handwerker in Erebus mit mir. *Das* wurde nicht übersehen.«

»Also ist Erebus ein Ort?«, fragte Brin. Moya glaubte nicht, dass sie es absichtlich laut ausgesprochen hatte. Sie klang so leise, als hätte sie nur mit sich selbst geredet, wobei ihre Aufregung mit ihr durchgegangen war.

Drome hatte Brin gehört und beugte sich erneut vor, um auf sie herabzuschauen. Er lächelte sie an wie ein freundlicher alter Mann, der sich freute, dass ihm ein Kind zugehört hatte. »Du bist die Hüterin, nicht wahr?«

Brin antwortete nicht, wich aber auch nicht zurück und ließ den Blick nicht von dem Gott. Sie hätte sich wohl zum Tee mit einem Rauh getroffen, wenn sie eine gute Geschichte witterte, und diese versprach, die beste aller Zeiten zu werden.

»Oh, ja! Erebus war eine Stadt – nein, das stimmt nicht ganz. Erebus war *die* Stadt, der Geburtsort aller Lebewesen. Nun gut, nicht aller. Die Typhone waren zu jener Zeit bereits weggesperrt, und ihre Kinder wanderten irgendwo anders herum und fraßen Steine oder Ähnliches. Sie waren Eton egal. Aber alle anderen hielten sich in Erebus auf. Was für ein wunderschöner Ort, ein perfekter Ort. Doch dann zerstörte Uberlin alles mit seiner Habgier und Arroganz.«

»Was hat er getan?«, fragte Brin.

Drome sah sie mit zusammengezogenen Brauen an. »Das würdest du wohl gerne wissen, was? Alles über den großen Rex Uberlin und noch viel mehr – die ganze Geschichte. Wüsstest du gern, wie Eton und Elan Licht, Wasser, Zeit, den Vier Winden, den drei Typhonen und natürlich der am meisten geliebten Alurya das Leben schenkten? Oder soll ich dir erzählen, warum Eton die Unterwelt erschuf und Erl, Toth und Gar darin vergrub? Nein, vermutlich würdest du lieber zuerst hören, warum Elan fünf von Etons Zähnen stahl und was aus ihnen wurde. Das ist der wahre Anfang der Geschichte. Sie handelt davon, wie sich eine Familie gegenseitig so sehr bekriegte, dass eine Mutter völlig allein, unfruchtbar und von ihrem Mann getrennt zurückblieb. Und das, mein liebes Mädchen, ist wahrlich eine traurige Geschichte.«

Drome schlug mit den Handflächen auf seine Armlehnen. »Uberlin war der Erste, der je einen Thron baute, wusstest du das? Er hat das Konzept erfunden. Rex Uberlin – der Große König. Ich habe im Ersten Krieg gekämpft. Oh, Brin, wir könnten einen Tauschhandel eingehen. Du erklärst mir, wie ihr mein Tor geöffnet habt, und ich erzähle dir alles, was du wissen musst. Fülle all die Schatten mit Licht. Wenn du mir sagst, was ich wissen muss, sage ich dir, was du wissen musst. Wie hört sich das an?«

»Verzeihung.« Moya schüttelte den Kopf. »Es gibt nichts, was wir wissen wollen. Wir sind bloß gekommen, um uns für Eure Einladung zu bedanken. Schön, Euch kennenzulernen. Bitte verabschiedet Euch in unserem Namen von *Dromes Wort*, wenn Ihr ihn seht. Oh, und macht Euch nicht die Mühe, aufzustehen. Wir finden den Weg nach draußen schon selbst.«

Moya machte einen Schritt, doch mehr schaffte sie nicht. Ihre Füße hielten einfach an, und beinahe wäre sie gefallen. Als sie an sich hinabblickte, sah sie, dass sie bis zu den Knöcheln im Marmorboden versunken war. Lautes Keuchen erklang hinter ihr, und als sie sich umsah erkannte sie, dass sich die anderen in derselben misslichen Lage befanden, als wäre der Marmorboden kurzzeitig geschmolzen, nur um sich sofort wieder zu verfestigen.

»Beantwortet meine Fragen!«, donnerte Drome so laut, dass die Wände wackelten.

Moya hörte das Schlagen ihres unechten Herzens in ihren nichtexistenten Ohren, und einmal mehr überkam sie das starke Verlangen, Drome den Schlüssel auszuhändigen.

»Geht es um den Golrok?«, fragte der Gott.

Alle schwiegen, und natürlich bewegte sich niemand.

Drome rieb sich über den Bart, während er die Gefährten eindringlich musterte. Dann stand er auf und kam die Stufen seines Podiums herunter, um sich vor Regen zu stellen. Regen beobachtete den Gott mit der für ihn typischen steinernen Miene, als würde Drome ihn langweilen. Erst jetzt, als sie in der Unterwelt gefangen war und sich einem strahlenden Gott voll unbegreiflicher Macht gegenübersah, fiel Moya auf, dass Regens stoische Miene schon immer seltsam gewesen war. Vielleicht war sein steinerner Ausdruck eine von den Zwergen geschätzte Tugend, die Regen meisterhaft beherrschte. Das hätte zumindest erklärt, warum viele Leute glaubten, die Dherg würden von Steinen abstammen.

»Ich bin dein Gott, Regen. Sag mir, wie du in dieses Reich gekommen bist.«

Moya zuckte zusammen. *Wie könnte er sich seinem eigenen Gott widersetzen?*

»Durch das Tor«, sagte Regen, ohne zu zögern. »Es war offen, als ich dort ankam.«

Drome verengte seine Augen zu Schlitzen und musterte den Zwerg. »Aber *wie* wurde es geöffnet?«

Alle starrten Regen als, als der Gott einen drohenden Schritt auf ihn zumachte. »Wie?«

Moya hätte es ihm nicht übelnehmen können, wenn er nun nachgab. Sie wollte genau dasselbe tun, und Drome war nicht einmal *ihr* Gott. Fast wünschte sie sich, Regen würde es ihm verraten, damit es endlich vorbei wäre. Sich in der Gegenwart des Gottes aufzuhalten wurde immer schmerzhafter, als würde man jemandem dabei zusehen, wie er auf einer Messerklinge herumkaute. Es waren zwar nicht ihre Zähne, aber sie betete trotzdem, es wäre endlich vorbei.

Los, sag es ihm schon! Tu es, damit wir …

Über ihnen ertönten Flügelschläge, und alle, selbst Drome, blickten auf.

Ein Vogel flog in den Saal aus poliertem Marmor und rauschenden Edelmetallfällen. Eine Krähe. Die Flügelschläge hallten laut und bedrohlich wie Trommeln von den Wänden wider. Der Vogel flog einmal im Kreis und landete dann auf dem Thron. Er betrachtete sie auf unheimliche Weise mit schief gelegtem Kopf, wie Vögel es so an sich haben. Dann krächzte die Krähe, worauf ein weiteres Echo folgte.

Drome musterte den Vogel einen Moment und blickte dann finster drein.

»Na schön«, sagte er und wandte sich wieder seinen in dem schwarz-weiß karierten Boden steckenden Gefangenen zu. »Ich habe es nicht eilig, ihr aber vielleicht schon.« Moya war sich nicht sicher, ob er mit ihr oder dem Vogel sprach.

Drome lächelte. »Ich habe eine ganze Ewigkeit. Bleibt hier, so lange ihr wollt. Es macht mir nichts aus zu warten. Aber ihr dürft nicht gehen, bevor ihr mir nicht erzählt, was ihr und anscheinend auch meine Schwester« – er drehte sich zu dem Vogel um – »mich nicht wissen lassen wollt.«

Er klatschte in die Hände. Aus dem Boden erhoben sich Steinwände, die sich um die Truppe schlossen. Als sie doppelt so hoch wie Moya waren, schlossen sie sich über ihren Köpfen zu einer Kuppel zusammen. Ein winziges Fenster öffnete sich auf einer Seite. Es war zu klein, um eine Faust hindurchzustecken, und nur ein einziger Lichtstrahl fiel hindurch – direkt auf Moyas Gesicht. Sie glaubte nicht, dass dies ein Zufall war.

»Wenn ihr bereit seid, meine Fragen zu beantworten, sagt einfach Goll Bescheid und er wird mich informieren.«

Goll? Ist das der Vogel? Oder Tintenkopfs Nachname? Oder jemand ganz anderes?

Moyas Füße waren immer noch im Boden gefangen, sodass sie nun für alle Ewigkeit gezwungen war, Dromes Thron anzusehen.

Wie viel Zeit ist vergangen, seit wir gestorben sind? Wie viel Zeit bleibt uns noch, bis Suri dem Fhan ihr Geheimnis verrät? Wann werden sich unsere Körper im Schlamm des Tümpels auflösen? Wie lange noch, bis wir unwiderruflich tot sind?

Von außerhalb ihrer Gefängniszelle hörte sie die Krähe krächzen.

9

EIN GERECHTER HANDEL

———•◆•———

Für viele ist es selbstverständlich, die Wahrheit zu sagen. Für andere sind Gespräche wie eine Suche nach Lügen und versteckten Bedeutungen.

– Das Buch Brin

Die Tür öffnete sich, und Nyree trat zum zweiten Mal ein. Sie war allein und trug dieselbe schneeweiße Asika wie beim letzten Mal. Doch ihre Miene hatte sich verändert. Sie hielt den Kopf gesenkt und warf Suri verstohlene Blicke zu, wie ein Kind, das sich einem wütenden Elternteil näherte.

»Ich, äh …« Sie zögerte und schloss die Tür. Worum auch immer es ihr diesmal ging, es sollte offenbar unter ihnen bleiben. Dann machte sie drei Schritte in den Raum hinein. »Bei meinem letzten Besuch, habe ich … äh …« Nyree hatte weiterhin Mühe, sich auszudrücken. Ihr Gesicht verzog sich immer wieder vor Unbehagen. »Du hast mich unvorbereitet erwischt, und ich habe schlecht darauf reagiert.« Ihr Tonfall war entschuldigend, und sie klang aufrichtig. Nyree machte drei weitere Schritte, zwei mehr als bei ihrer letzten Begegnung. »Du, äh … du siehst besser aus als letztes Mal.«

Suri blickte an sich herab. Vasek hatte sein Versprechen eingehalten und Suri baden lassen. Sie hatte das Angebot einerseits angenommen, weil sie völlig verdreckt gewesen war, und andererseits, weil sie immer noch hoffte, einen guten Eindruck bei den Fhrey zu hinterlassen. Die neue Kleidung, die sie als Geschenk von Nyree ausgegeben hatten, die aber in Wahrheit von Vasek gekommen war, bestand aus einfachem Leinen. Sie passte Suri zwar nicht gut, war allerdings sauber und bequem.

»Du fragst dich wahrscheinlich, warum ich zurückgekommen bin«, sagte Nyree.

Das hatte Suri sich zwar nicht gefragt, doch sie freute sich über ein zweites Gespräch. Trotz allem hatte sie die Hoffnung, Arions Plan auszuführen, noch nicht aufgegeben, und sie sah Nyree als beste Kandidatin dafür an.

Die Fhrey presste sich beide Hände auf die Brust und verschränkte die Finger ineinander. »Ich bin gekommen, weil ich wissen will, warum Arion uns hintergangen hat. Diese Frage konnte ich mir nie selbst beantworten, aber vielleicht kannst du es. Warum hat sie ihrem Erbe und Ferrol entsagt? Wie konnte sie sich den Rhunes anschließen und ihr eigenes Volk verraten? Du hast recht, dass es mich wütend macht, dass sie sich für das Leben einer Miralyith entschied. Das war verwerflich, aber ich kann ihre Entscheidung verstehen. Sie sind die herrschende Klasse und Arion hat schon immer nach Macht und Ansehen gestrebt.«

»Ich glaube nicht, dass wir über dieselbe Person sprechen«, sagte Suri. »Arion wollte diese Dinge nicht. Sie mochte Fadenspiele, Bäder und eine gute Tasse Tee. Und sie ist keine Miralyith *geworden,* um sich jenen anzuschließen, die an der Macht sind, sondern weil sie schon immer eine war. Sie war die erstaunlichste Person, die ich je getroffen habe. Ich wünschte, du hättest sie so gekannt, wie ich sie kannte.«

»Aber das erklärt nicht, warum sie sich gegen ihr eigenes Volk gewandt hat. Warum hat sie das getan?«

»Hat sie nicht.«

Nyrees offenes, willkommen heißendes Verhalten löste sich in Wut auf. »Doch, natürlich! Sie tötete Hunderte ihrer eigenen Leute!«

Suri schüttelte den Kopf. »Nein. Das stimmt nicht.«

Nyree deutete mit einer heftigen Armbewegung auf eine der Wände, sodass ihr Ärmel bis zum Ellbogen hochrutschte. »Sie hat einen Drachen erschaffen, der eine gesamte Armee abschlachtete und beinahe den Fhan tötete!«

Abermals schüttelte Suri den Kopf. »Nein. So etwas hätte Arion niemals getan. Selbst wenn sie es gekonnt hätte, und das war nicht der Fall.«

Nyree öffnete den Mund, sagte jedoch nichts. Sie stand nur dort, verschränkte die Arme vor der Brust und starrte Suri eine Weile mit offenem Mund an.

Suri zögerte weiterzusprechen. Sie wollte Nyree nicht noch mehr aufregen. Doch sie musste das Risiko eingehen. Dieses Schweigen mochte ihre einzige Chance sein. »Als deine Tochter nach Rhulyn kam, deckte sie ein erstaunliches Geheimnis auf«, begann sie sanft. »Denn genau wie du und alle anderen hier glaubte sie, Rhunes seien wie Tiere. Sie sah, dass sie falschlag, dass wir genauso denken, fühlen, hoffen, träumen und uns fürchten können wie ihr. Es überraschte sie. Doch was Arion wirklich schockierte, war, dass wir die Kunst benutzen können.«

Nyree verengte die Augen und runzelte die Stirn. »Du meinst, wie die Miralyith?«

»Ja, ganz genau. Arion hat mich unterrichtet, aber ich wusste schon ein paar Dinge, bevor sie zu uns kam.« Suri fuhr sich mit den Fingern durchs Haar und lächelte schief. »Sie wollte mir die Haare abrasieren, aber ich habe mich geweigert. Es war schon schlimm genug, dass ich baden musste.«

Nyree sah skeptisch aus.

»Du glaubst mir nicht, oder?«

»Nein. Wenn du Magie benutzen könntest, warum solltest du dann zulassen, dass man dich gefangen hält?«

Suri zog an dem Ring um ihren Hals. »Der hier ist mit Symbolen versehen, die man Orinfar nennt. Sie schaffen eine Blockade zwischen mir und der Kunst. Solange ich ihn trage, kann ich sie nicht benutzen. Ich habe zugestimmt, dass mir der Ring angelegt wird, weil es der einzige Weg war, eine Audienz bei eurem Fhan zu bekommen. Arion glaubte, dass Lothian, wenn er uns sehen, wenn er *mich* sehen könnte, verstehen würde, dass Rhunes ebenso ein Recht auf Leben haben wie Fhrey. Ich kam mit guten Absichten hierher, um über das Ende des Krieges zu sprechen. Ich habe mein Leben riskiert, um Frieden zwischen unseren Völkern zu stiften, denn das war es, was deine Tochter wollte.«

Nyree schüttelte den Kopf. »Nein. Nein, das kann nicht sein. Sie hat gegen unsere Armee gekämpft. Sie hat Ferrols Gesetz gebrochen! In Alon Rhist tötete sie Hunderte Soldaten des Fhans mit ihrem Drachen.«

»Das stimmt nicht. Das Wesen, das du als Drache bezeichnest, wurde von mir erschaffen. Arion hat kein einziges Leben genommen, von keinem Fhrey und keinem anderen Lebewesen. Ja, sie verteidigte die Rhunes, aber sie griff nie selbst an. Niemals. Dasselbe kann ich nicht von Lothian und seinem Sohn behaupten. Ich war dabei, als deine Tochter starb. Sie hat mich zur Seite geschubst und mir das Leben gerettet. Mawyndulë hat sie angegriffen und getötet.«

»Der Prinz? Er war es, der –«

Suri nickte. »Er hat sie als Verräterin ermordet, aber sie war nie eine. Alles, wonach Arion strebte, war Frieden.«

Nyree musterte Suri lange, dann trat sie langsam näher und beäugte den Ring um ihren Hals.

»Also … wenn dieses Band abkäme …« Sie deutete auf Suris Hals. »Was würde dann passieren?«

Suri lächelte. »Dann stünden die Dinge ganz anders.«

Imaly saß auf dem Schemel vor dem Kamin, um die Kälte zu vertreiben, die ihr auf dem Weg durch den eisigen Regen zu Vaseks Haus in die Glieder gekrochen war. Dabei lauschte sie Nyrees Bericht über ihr letztes Treffen mit Suri. Das Haus des

Meisters der Geheimnisse – eine kleine, bescheidene Residenz für einen Person mit einem solch ehrenvollen Posten – war eine halbe Meile vom großen Platz im Zentrum Estramnadons entfernt. Imaly stellte sich vor, wie frustrierend es für Vasek sein musste, jeden Tag zum Palast laufen und den Fhan mit seinen täglichen Berichten versorgen zu müssen.

Die meisten Leute vermuteten, dass Vaseks schlechte Meinung über Lothian daher kam, dass der Fhan ihn beleidigt und bloßgestellt hatte. Imaly glaubte hingegen, dass es vielmehr die Summe Tausender kleiner Schnitte war, die das Band zwischen den beiden über die Jahrhunderte durchtrennt hatten. Doch es war nicht wichtig, was am Ende der Wahrheit entsprach. Sie war froh, Vasek auf ihrer Seite zu haben – zumindest für den Moment.

Das Haus war schmucklos, ohne jegliche persönlichen Gegenstände, wie man es von einem Meister der Geheimnisse erwarten konnte. Doch das erklärte nicht, warum es zwar keinen Schnickschnack, keine Gemälde oder dekorativen Kissen, aber auch keine Pflanzen und nur wenige Möbel gab. Der Hocker, auf dem Imaly saß, war die einzige Sitzgelegenheit. Es gab keinen Tisch und nur ein einziges kleines Regal, auf dem eine leere Tasse stand. Vasek lebte wie ein Mann, der jederzeit bereit war, rasch zu verschwinden – ein Baum ohne Wurzeln.

Im Gegensatz dazu war Nyree eine ganz andere Spezies. Sie bestand ganz und gar aus Wurzeln. Die Priesterin lebte immer noch in dem kleinen Dorf, in dem sie geboren worden war, und verließ es selten. Imaly hatte sie seit über einem Jahrhundert nicht gesehen, doch das machte keinen Unterschied. Nyree war eine dieser Personen, die sich nie veränderten. Fhrey waren mit einem langen Leben gesegnet, das sich über Tausende von Jahren hinziehen konnte, doch die wenigsten machten viel aus ihrer langen Lebenszeit. Selbst Vasek, der sich von seiner Rolle entfernt zu haben schien, war nicht wirklich von seinem Kurs abgekommen. Die meisten Fhrey suchten sich ein bequemes

Plätzchen, ließen sich dort nieder und bewegten sich nur, wenn sie dazu gezwungen wurden. Nyree war ein extremes Beispiel. Sie hatte früh im Leben Erfolg in der Sippe der Umalyn gehabt und der Glaube ihrer Kindheit verschmolz auf so perfekte Weise mit ihrem Erwachsenenleben, dass man ihre Karriere wohl als göttliches Schicksal bezeichnen konnte – Nyree hätte es mit Sicherheit so formuliert. Wenn etwas so gut zusammenpasste, warum sollte man sich dann nach etwas anderem umsehen? Doch damit ging auch absolute Überzeugung einher. In Nyrees farblosem Haus mit den zugezogenen Vorhängen und verschlossenen Türen blieb die Welt auf angenehme Weise schwarz-weiß.

»Danke, Nyree«, sagte Vasek, nachdem die Priesterin ihren Bericht abgeschlossen hatte. »Wir wissen deine Hilfe wirklich zu schätzen und werden Volhorik erzählen, wie hilfreich du gewesen bist. Ich glaube nicht, dass du noch einmal herkommen musst.«

Seine Worte überraschten Imaly, doch sie wollte Einigkeit demonstrieren. Also nickte sie. »Ja. Du kannst nach Hause gehen. Wir übernehmen ab jetzt.«

Sie warteten, aber Nyree rührte sich nicht vom Fleck. Die Priesterin fuhr sich mit der Zunge über die Schneidezähne.

»Hast du noch etwas zu sagen?«, fragte Vasek.

»Äh … nur noch eine Sache. Suri hat gesagt, dass Arion …« In der kurzen Pause, die folgte, konnte Imaly mit Erstaunen sehen, wie die zweitausend Jahre alte Überzeugung der Priesterin unter Zweifeln zu wanken schien.

Suri? Das ist das erste Mal, dass Nyree ihren Namen benutzt.

»Na ja, sie hat gesagt, dass Arion sich nur verteidigt hat. Angeblich hat meine Tochter nie Ferrols Gesetz gebrochen. Das bedeutet, dass sie keine Verräterin war. Wenn das stimmt, kann der Fhan eine Kundgebung veröffentlichen, in der der Name meiner Tochter reingewaschen wird?«

Um damit auch deinen Ruf wiederherzustellen?, dachte Imaly.

»Wir werden darüber nachdenken«, sagte Vasek. »Danke dir nochmals für deinen Einsatz, Nyree. Auf Wiedersehen.«

Sobald die Priesterin die Tür hinter sich geschlossen hatte, wandte Imaly sich an Vasek. »Warum hast du sie heimgeschickt?«

»Weil Lothian langsam die Geduld verliert. Ich konnte ihm bisher keinen Fortschritt vermelden, und bald wird er die Dinge selbst in die Hand nehmen.«

»Das wäre katastrophal, da wir nun wissen, dass die Rhune mit der Absicht hierherkam, Frieden zu schließen.«

»Wissen wir das wirklich? Wie kannst du dir sicher sein, dass die Rhune die Wahrheit sagt? Ich glaube ihr kein Wort und sehe keinen Grund, warum du es tun solltest.«

»Aber sie hat bestätigt, was Lothian gesagt hat. Sie kann Drachen erschaffen.«

»Was nichts anderes bedeutet, als dass sie die Lüge aufrechterhält, die sie von Anfang an erzählt hat. Ich sehe keinen Grund, meine Meinung diesbezüglich zu ändern.«

»Ich muss zugeben, dass ich nie sicher gewesen bin, wem ich glauben soll. Du hast gute Argumente vorgebracht, aber Lothian und Mawyndulë haben schon lange vorher davon gesprochen, dass es eine Rhune war, und nicht Arion, die den Drachen erschuf. Und die Rhune, die wir gefangen halten und der man diese Tat vorwirft, hat diese Behauptung bestätigt.«

»Ich glaube, das Schlüsselwort ist in diesem Fall *Behauptung*. Die bloße Existenz einer Rhune-Miralyith ist bereits schwer genug zu glauben, aber wie könnte eine wie sie darüber hinaus mehr Wissen besitzen als der Fhan – der Sohn der ersten Künstlerin? Arion hingegen war eine Meisterin der Kunst, eine Lehrerin an der Akademie. Sie hat Gryndal besiegt, und Fenelyus hat sie oft Cenzylor genannt. Wäre es nicht logischer, davon auszugehen, dass der Drache ihr Werk ist? Aber auch ganz ohne die Spekulationen darüber, wer weiß, wie man Drachen erschafft, gibt es eine unbestreitbare Tatsache.«

»Und die wäre?«

»Es gibt nur einen einzigen davon. Und warum? Offensichtlich, weil Arion Nyphron nach ihrem Tod keine weiteren Drachen zur Verfügung stellen kann. Wenn die Rhune wirklich dazu in der Lage wäre, würden wir diese Diskussion gar nicht führen. Dann würden die Drachen längst den Himmel über uns verdunkeln und unser Volk auslöschen. Wie erklärst du dir, dass wir noch am Leben sind?«

Imaly schüttelte den Kopf. »Ich kann es nicht erklären. Aber das ist nicht das Einzige, was ich nicht verstehe.«

»Was noch?«

»Nyree hat einen Halsring erwähnt. Gibt es einen?«

»Ja, aber das bedeutet nicht zwingend, dass er ihre Magie unterdrückt. Ich könnte auch behaupten, meine Schuhe hielten mich vom Fliegen ab, aber das heißt nicht, dass es wahr ist.«

»Aber warum trägt sie ihn dann? Ich dachte, sie wäre in einem Käfig hierhergebracht worden. Dann bräuchte sie doch kein Halsband. Wurde es je benutzt, um sie in Schach zu halten? Wurde sie zuvor angekettet und jemand hat vergessen, ihr den Ring abzunehmen?«

Vasek dachte kurz darüber nach, während sein Blick hin und her huschte. »Wenn ich so darüber nachdenke … Der Ring sieht nicht aus, als könnte man eine Kette oder ein Seil daran befestigen. Es gibt keine Vorrichtung dafür.«

»Und hast du den Schlüssel?«

»Nein, aber ich brauche auch keinen.«

»Wenn es keinen Grund gibt, ihn ihr abzunehmen, dann hätte es auch keinen Grund geben sollen, ihn ihr anzulegen. Oder was meinst du?«

Vasek antwortete nicht.

»Gibt es Markierungen?«

»Ich habe keine gesehen.«

Einmal mehr hörte Imaly Trilos' beunruhigende Stimme. *Du übersiehst, dass du nicht genug Figuren auf dem Spielbrett hast, um dein Ziel zu erreichen. Du wirst einen zweiten Miralyith brauchen, Imaly, sonst wird es nicht funktionieren. Was du nicht siehst, was du einfach nicht verstehst, ist, dass die andere Miralyith nicht unbedingt eine Fhrey sein muss.*

Wenn jemand anderes diese Worte zu ihr gesagt hätte, hätte Imaly sie vergessen. Doch nun dachte sie an nichts anderes mehr.

Sie bemerkte, dass Vasek tief in Gedanken versunken war. Im Gegensatz zu Nyree schloss er keine Möglichkeit aus, egal wie absurd sie erscheinen mochte. Imaly stand auf und ging zum Fenster.

Draußen hagelte es immer noch. Mittlerweile glitzerten Äste und Straßen unter einer Eisschicht.

»Was denkst du?«, fragte Vasek.

»Dass es an der Zeit ist, dass ich mich mit dieser Rhune unterhalte.« Imaly nickte, als sie die Entscheidung für sich traf, die sie gerade laut ausgesprochen hatte.

»Und was hoffst du, herauszufinden?«

»Die Wahrheit.«

Die Fhrey waren ein ruhiges Völkchen. Suri hörte nie Schritte, obwohl ihr klar war, dass ununterbrochen jemand vor ihrer Tür Wache hielt. Die Zimmertür war geschlossen, doch soweit sie wusste, war sie nicht verriegelt. Das war genug, um sie zu beunruhigen, wenn auch nicht mehr so stark wie zuvor. Suri verspürte nicht mehr die überwältigende Furcht, die sie sonst in geschlossenen Räumen überkommen hatte, doch die Erinnerung daran war zurückgeblieben wie der schale Nachgeschmack von etwas, das sie einst krank gemacht hatte. Das Zimmer war gemütlich und Sonnenlicht fiel durch ein Fenster herein. Doch das konnte nicht darüber hinwegtäuschen, dass sie hier eingesperrt war, und niemand mochte es, gefangen zu sein.

Durch das schlechte Wetter war das Licht der Nachmittagssonne schwach. Suri konnte das Trommeln des Hagels auf dem

Dach und den Glasscheiben hören. An einem solchen Tag wäre sie wahrscheinlich sowieso drinnen geblieben, doch es wäre ihre eigene Entscheidung gewesen. Die Wahl zu haben, machte den großen Unterschied.

Als die Tür sich öffnete, erwartete Suri, Nyree oder Vasek wiederzusehen. Stattdessen trat eine hochgewachsene, stämmige Fhrey mit grauem Haar und einem breiten Gesicht ein, deren Asika am Türriegel hängen blieb.

Überhaupt nicht wie ein Schwan.

»Guten Tag, mein Name ist Imaly«, sagte sie mit lauter, tiefer Stimme. »Ich bin Kuratorin des Aquila, und ich würde mich gerne mit dir unterhalten. Darf ich hereinkommen?«

Darfst du was? Suri blinzelte sie verwirrt an und nickte.

Die Fhrey schenkte ihr ein angenehmes Lächeln und tat dann etwas, was noch kein Fhrey vor ihr getan hatte. Sie kam durch den Raum auf Suri zu und hielt ihr eine Hand hin. »Du heißt Suri, nicht wahr?«

Suri starrte auf die ausgestreckte Hand der Kuratorin. Sie war groß und fleischig, verfärbt und runzelig.

»Mir wurde gesagt, dass Rhunes sich so begrüßen«, erklärte Imaly. »Ihr zeigt damit, dass ihr keine Waffen bei euch tragt – ein Vertrauensbeweis.«

Suri hatte noch nie die Hand von jemandem geschüttelt, doch sie versuchte es. Imalys Finger umschlossen ihre, wärmer und weicher als erwartet. Die Frau schüttelte Suris Hand kräftig, bevor sie sie wieder losließ. Für zwei Personen, die dieses Ritual noch nie vollzogen hatten, fand Suri, dass sie sich gut geschlagen hatten.

Imaly deutete auf das Bett. »Darf ich mich setzen?«

Suri nickte, und die seltsame, wenn auch höfliche Fhrey ließ sich am Fußende nieder. Sie faltete die Hände ordentlich im Schoß. »Bitte, setz dich doch zu mir. Es könnte etwas dauern.«

Es? Suri fragte sich, was dieses *es* wohl sein mochte.

»Bevor wir beginnen, habe ich etwas für dich.« Imaly zog

eine kleine, aber vertraute Tasche aus den Falten ihrer Asika.
»Vasek hat gesagt, dass du dies bei dir getragen hast. Jerydd muss geglaubt haben, dass es nützlich ist. Es gehört dir, oder?«

Suri nickte und nahm die Tasche entgegen. Sie öffnete die Verschlussklappe, griff hinein und holte die kleine Wollmütze heraus, deren Anblick sie sofort zum Lächeln brachte.

»Zunächst möchte ich mich dafür entschuldigen, wie du bisher misshandelt wurdest. Ich hatte keinen Anteil daran, und als ich davon hörte, habe ich es sofort in die Hand genommen. Ich hoffe, dieses Zimmer ist gemütlich. Haben sich deine Mahlzeiten verbessert?«

»Ja«, antwortete Suri, während sie ihre Finger über die kleinen Löcher des Strickmusters von Arions Mütze wandern ließ.

»Gut.« Imaly senkte den Kopf und betrachtete kurz ihre ineinander verschränkten Finger. Dann wandte sie sich Suri wieder zu. »Soweit ich verstanden habe, bist du hierhergekommen, um über den Frieden zu verhandeln. Dieses Treffen wurde zwischen eurem Anführer und meinem Herrscher über Brieftauben organisiert, aber wie sich herausstellte, hat Lothian gelogen. Das Ganze war nur eine Falle, um das Geheimnis zum Erschaffen von Drachen zu erlangen. Ist das richtig?«

Eine misstrauische Erleichterung überkam Suri. *Zuerst fragt sie, ob sie hereinkommen darf und jetzt das?*

»Das ist korrekt«, sagte sie. »Und du bist die Erste, die es zugibt.«

Imaly lächelte. »Das liegt daran, dass ich ebenfalls Frieden zwischen unseren Völkern anstrebe, und ich hoffe« – sie schüttelte den Kopf und seufzte, als wäre sie zutiefst entrüstet –, »dass ich noch retten kann, was Lothian gegen die Wand gefahren hat.«

Suri kannte diese Redewendung nicht, aber sie dachte, dass es wohl am besten war, ihre Unwissenheit zu überspielen, jetzt da sie mit der ersten Fhrey sprach, die sie wie eine Person behandelte.

»Lothian ist es, der dem Frieden im Weg steht. Er hört nicht auf unseren Rat und wird keine friedliche Lösung akzeptieren. Der Fhan wird sich mit nichts als der völligen Vernichtung der Rhunes und Instarya zufriedengeben. Als Miralyith und Fhan sieht er sich als Gott, und Götter gehen keine Kompromisse ein.« Imaly senkte die Stimme. »Das ist einer der Gründe, warum ich und einige andere hoffen, ihn seines Amtes zu entheben und jemand anderes auf den Thron zu setzen. Leider ist das kein einfaches Unterfangen.«

»Wenn ihr mir das hier abnehmen würdet, könnte ich helfen.« Suri zog an dem Ring um ihren Hals, der gerade locker genug saß, um sie nicht zu würgen, ihr aber dennoch das Schlucken erschwerte.

Imalys Blick fiel auf das Halsband. »Was würdest du dann tun?«

»Du willst wissen, ob ich dann dieses Haus in die Luft jagen und Feuer auf die Stadt regnen lassen würde?«

Das freundliche Lächeln verschwand, und die Kuratorin setzte sich mit geweiteten Augen auf. Sie nickte sehr langsam. »Ja, das ist es, was ich wissen will.«

Suri blickte an ihr vorbei aus dem Fenster, wo der Hagel fiel. Sie hatte mehr als nur einmal darüber nachgedacht. Oft fantasierte sie davon, wie es wäre, endlich wieder Zugang zur Kunst zu haben. Wie herrlich es sich anfühlen würde, die Macht zu spüren, sie in sich wachsen zu lassen und sie dann plötzlich von sich zu schleudern.

Damit wäre mir ihre Aufmerksamkeit sicher. Dann würden sie mir Respekt entgegenbringen, mir zuhören, wie Gronbach es tat. Da ist nur ein Problem ...

»Ich bin aus einem bestimmten Grund hier, und dieser ist es nicht.«

Imaly musterte sie aufmerksam. »Ich wünschte, ich könnte dir glauben.«

»Dasselbe könnte ich von dir sagen, und ich habe viel mehr

Gründe, deine Aufrichtigkeit anzuzweifeln. Du hast gerade erst zugegeben, dass man mich belogen und misshandelt hat. Ich habe eurem Fhan vertraut, und er hat mich hintergangen. Wenn du die Lage wirklich retten möchtest …« Sie zupfte wieder an dem Ring. »Dann wäre der erste Schritt, mir dieses Ding abzunehmen.«

Stirnrunzelnd starrte Imaly den Metallring an. »Das wäre schwieriger, als du vermutlich denkst.«

»Mit Hammer und Meißel oder einer Säge sollte es klappen.«

Imaly lächelte. »Das meinte ich nicht.« Sie zögerte und zog die Brauen zusammen, während sie Suris Hals musterte. Ihr Blick fiel auf etwas, das sie gerade erst entdeckt zu haben schien. Sie hob eine Hand, hielt jedoch in der Bewegung inne. »Darf ich?«

Schon wieder so höflich.

Suri zuckte mit den Schultern.

Imaly berührte den Ring. Suri spürte, wie er sich leicht bewegte, und hörte das Metall leise klicken. Im ersten Moment fragte sie sich, ob Imaly ihn geöffnet hatte, doch der Ring fiel nicht von ihrem Hals. Nichts hatte sich verändert.

»Wie merkwürdig«, sagte Imaly, nachdem sie ihre Hand zurückgezogen hatte. »Es gibt kein Schlüsselloch.«

»Was bedeutet das?«

»Dass der Ring nicht geöffnet werden kann oder nur, wenn man ihn aufschneidet, wie du sagtest.«

Imaly presste die Lippen aufeinander, sie wirkte plötzlich besorgt.

Suri wusste nicht warum und nahm an, dass die Fhrey nicht bereit war, es ihr zu sagen. Also wartete sie.

Imalys Miene glättete sich – sie hatte eine Entscheidung getroffen oder aufgeschoben. Sie warf einen Blick zur Tür. »Suri, warum hat Nyphron dich geschickt? Er ist nicht dumm, und dich herkommen zu lassen, obwohl du das Geheimnis der Drachen kennst, ist ein taktischer Fehler. Warum sollte er eine so wertvolle Person aufs Spiel setzen?«

Suri schnaubte. »Nyphron hat mich nicht geschickt und mich auch nie als wertvoll angesehen. Jahrelang sagte er, ich wäre wertlos, weil ich mich geweigert habe, mehr Gilarabrywn zu erschaffen. Ihr nennt sie Drachen. Er und der Fhan haben viel gemeinsam. Sie sind beide nicht am Frieden interessiert. Aber Arion war es, und Persephone ist es, und sie hat mich geschickt. Also, *geschickt* ist wahrscheinlich nicht das richtige Wort. Sie hat mich gefragt, und ich habe zugestimmt. Weil Arion es so wollte.«

»Wer ist Persephone?«

»Die Anführerin unseres Volkes. Wir nennen sie Keenigin, was so viel wie Fhan bedeutet. Nyphron ist der Kommandeur *ihrer* Armee.«

Imaly bemühte sich, eine unbeeindruckte Miene aufzusetzen, doch Suri entdeckte die Überraschung in ihren Augen. Die ältliche Fhrey schwieg einen Moment, bevor sie weitersprach. »Aber hat diese Persephone nicht befürchtet, dass wir dich zwingen würden, uns das Geheimnis zu verraten?«

»Vielleicht. Ich weiß es nicht. Sie schien sich nur darum zu sorgen, dass ich getötet werden könnte, aber ich habe ja die Kunst, also hatten wir beide keine allzu große Angst. Ich glaube, die Hoffnung darauf, Leben zu retten und endlich in Frieden zu leben, war zu groß, als dass wir sie wegen unserer Furcht aufgegeben hätten. Natürlich haben wir beide nicht diesen Ring vorhergesehen. Und das Geheimnis zum Erschaffen von Drachen, wie ihr sie nennt, ist nicht so wertvoll, wie du vielleicht denkst. Man muss einen grausamen Preis dafür bezahlen.«

»Was meinst du damit?«

»Ein Opfer. Kein Lamm und keine Ziege, sondern das Leben einer unschuldigen Person, einer guten Person. Man muss jemanden opfern, der einem viel bedeutet.«

Imalys Augen weiteten sich. »Willst du damit sagen, dass der Fhan jedes Mal, wenn er einen Drachen erschafft, einen Fhrey opfern muss? Einen unschuldigen Fhrey?«

»Ja, ich denke schon.« Suri nickte. »Ich bezweifle, dass Lothian viel für Rhunes oder Zwerge übrig hat.«

Imaly wirkte aufgebracht. Sie sog scharf die Luft ein, und ihr Blick huschte durch den Raum, als würde sie überall Dinge entdecken, die zuvor versteckt gewesen waren. »Suri, als ich hier hereinkam, befürchtete ich zwei Dinge. Erstens, dass du nicht weißt, wie man Drachen erschafft, und dass Lothian dich töten würde, während er versucht, dir die Information zu entlocken, die du nicht hast.«

»Und zweitens?«

»Dass du das Geheimnis kennst, Lothian es dir entlockt und es benutzt, um dein Volk zu vernichten.«

»Ich verstehe, warum das schlecht für uns wäre, aber warum ist das ein Problem für dich?«

»Weil dieser Konflikt, dieser Krieg, eine hervorragende Möglichkeit bietet, um Lothian zu entthronen. Sollte er siegen, wäre diese Chance vertan. Er ist ein Fluch für unser Volk, weil er seine Sippe über alle anderen stellt. Das ist nicht Ferrols Wille. Schon lange bevor du hier ankamst, schon vor dem Krieg, suchte ich nach Möglichkeiten, ihn loszuwerden und unsere Zivilisation wiederherzustellen, aber ich hatte ein unumgängliches Problem, und ich glaube, dass du es gerade gelöst hast. Wenn Lothian unschuldige Fhrey tötet, liefert er mir einen Grund, ihn loszuwerden. Nur wenn er kein Fhan mehr ist, können wir in Frieden leben. Du musst ihm nur das Geheimnis verraten, und seine Machtgier und Arroganz werden alles Weitere richten.«

»Das sagst *du*.« Suri runzelte die Stirn. »Aber ich fühle mich wie das Eichhörnchen, das dem Wolf nicht glaubt, wenn er sagt, sein Maul sei ein sicherer Schlafplatz.«

»Aber ich biete dir das, wofür du hierhergekommen bist. Frieden.«

Suri lächelte und schüttelte den Kopf. »Aber du würdest nicht nur Frieden, sondern auch die Möglichkeit bekommen, uns zu erobern. Wenn ich eine Schale mit Erdbeeren anbiete, akzeptiere ich im Gegenzug nicht nur ein paar Eicheln.«

»Also, was schlägst du vor?«

Suri zuckte mit den Schultern. »Drachen würden Lothian die Macht verleihen, über die Rhunes zu herrschen. Ich würde etwas Ähnliches brauchen – etwas, das mir dieselbe Macht über die Fhrey gibt.«

Imaly dachte einen Moment darüber nach. »Es gibt da etwas, aber …« Sie seufzte.

»Was ist?«

»Ich kann dir geben, wonach du verlangst, aber dafür müsstest du dem Fhan trotzdem zuerst geben, was er will.«

Suri blickte finster drein.

»Es tut mir leid, aber es wird nur in dieser Reihenfolge funktionieren«, sagte Imaly.

»Du klingst wie Jerydd, bevor er mir den Ring umgelegt hat.«

Imaly zog ein finsteres Gesicht und streckte ihren Rücken durch. »Ich bin nicht Jerydd.« Sie schien ernsthaft gekränkt zu sein.

»Ich weiß nicht, wer du bist.« Suri fuhr einmal mehr mit den Fingern über Arions Wollmütze. »Wir haben uns gerade erst kennengelernt. Aber ich weiß, dass du mir ein Versprechen im Gegenzug für große Macht anbietest und dass dein Volk mich bereits zweimal betrogen hat. Entweder hältst du mich für eine ahnungslose Rhune, die mit Leichtigkeit ausgetrickst werden kann, oder ich habe ein schlechtes Erinnerungsvermögen. Wie könnte ich dir je vertrauen?«

Wieder musterte Imaly das Halsband. »Was, wenn ich es dir abnehmen würde, bevor du Lothian das Geheimnis verrätst? Dann hättest du wieder Zugang zur Magie, oder? Du wärst so stark wie die Miralyith, nicht wahr? Du könntest mich mühelos töten. Dann würde ich tun, was du getan hast: Mein Leben in der Hoffnung auf Frieden in Gefahr bringen. Würdest du mir dann vertrauen?«

Suri zögerte, doch es war nur gespielt. Imaly ahnte nicht, dass Suri ohne diesen Ring noch zu viel mehr in der Lage war. Sie würde sicherstellen können, dass Imaly ihren Teil der Abmachung einhielt. Die Machtverhältnisse würden sich verschieben. Die Fhrey hätten dann Zugang zu Drachen, doch Suri wäre der Drache an ihrer Türschwelle – eine Türschwelle, die derzeit nicht von Miralyith bewacht wurde. Beide Seiten besäßen dann die Macht, sich gegenseitig zu vernichten.

»Ja, das würde funktionieren. Nimm mir den Ring ab, und wir gehen einen Handel ein. Also, was ist es, das du mir anbietest?«

»Hat Arion dir je von einem Artefakt namens Gylindoras Horn erzählt?«

10

GOLL

———◆———

Zunächst war es furchterregend, aber spannend, unange-
nehm, aber auszuhalten, schwierig, aber machbar gewesen.
Doch dann ... veränderte sich alles. Jetzt erinnere ich mich
an nichts anderes als an die Schreie und Tränen.

– Das Buch Brin

Brin hatte Mühe, alles im Kopf zu wiederholen, was Drome ge-
sagt hatte. Es war so viel, dass sie fürchtete, etwas zu vergessen.
Maeve hatte ihr beigebracht, Dinge zu wiederholen, um sie im
Gedächtnis zu behalten.

Als würdest du schwere Strohballen heben. Je öfter du es tust,
desto einfacher wird es.

Brin hatte gerade ein Gespräch mit Drome, dem Gott der
Belgriclungreianer und Herrscher von Rel miterlebt.

Ein echter Gott! Erebus war eine Stadt – eine Stadt! *Der Ort, an*
dem die Menschheit und alle anderen Völker Elans entsprangen.

Sie war schockiert und überwältigt. Zuerst hatte sie ihm kein
Wort geglaubt, doch es war nur ihrem Stolz und ihrer Sturheit
zuzuschreiben, dass sie sich weigerte, ihr jahrhundertealtes falsches Wissen zu hinterfragen. Als sie es endlich über sich
brachte, passten die verschiedenen Teile perfekt zusammen.

»*Manche glauben, dass die Fhrey, Rhunes und Dherg mitei-*
nander verwandt sind.« Das hatte Malcolm vor Jahren in Roans
Rundhütte zu ihr gesagt, als alle noch dachten, er wäre nur ein
ehemaliger Sklave mit einem großen Appetit.

Die Kinder von Erebus lehnten sich auf und kämpften gegen ihren Vater. Diese Information hatte Brin von den Steintafeln in der Agave übersetzt. Ursprünglich hatte sie die Worte Erebus und Vater mit einer Person in Verbindung gebracht und nicht mit dem Ort, von dem sie kamen, dem Heim, in dem sie geboren worden waren. Brin fühlte sich ganz benommen von all dem neuen Wissen.

Wenn Erebus ein Ort ist, kann man ihn dann finden? Die Stadt müsste weit im Osten liegen. In allen Legenden heißt es, dass unsere Vorfahren aufgrund einer uralten Bedrohung von dort flohen. Der erste Keenig, Gath von Odeon, soll in einer Zeit großer Not alle Menschen-Clans über das Meer nach Rhulyn geführt haben.

Brin hatte große Angst zu vergessen, was sie gerade erst gelernt hatte, da sie wusste, dass Dromes beiläufig dahingesagten Worte mehr als nur eine Erzählung der Vergangenheit waren. Sie befürchtete, dass sie auch etwas über die Gegenwart und womöglich sogar eine Warnung für die Zukunft enthielten. Ohne ihre Feder und Pergamentseiten war sie auf die alte Methode angewiesen.

»Du musst dich gut organisieren«, hatte Maeve gesagt. *»Der Geist einer Hüterin ist wie ein Haus mit vielen Räumen, und jede Wand ist von oben bis unten mit kleinen Schubladen bedeckt. Um dich an eine bestimmte Sache erinnern zu können, musst du sie an einem bestimmten Ort ablegen. Am besten gruppierst du sie. Einzelne Worte werden zu einem Satz, mehrere Sätze ergeben eine Geschichte. Aus dem Kontext entsteht der Ort, an dem du die Geschichte ablegst, und es ist wichtig, dass sie in der richtigen Schublade landet. Wenn du weißt, wo du zu suchen hast, kann alles wiedergefunden werden.«*

»Regen?«, fragte Roan. »Wie schätzt du unsere Lage ein?«

Der Gräber starrte auf seine Füße, die im Steinboden steckten. »Du hast gesagt, wir können alles an diesem Ort mit unseren Gedanken verändern, richtig?«

»Regen«, sagte Moya. »Ich habe gesehen, wie du dich in Neith in weniger als ein paar Minuten durch eine Felswand gegraben hast.«

»Das ist nicht dasselbe.« Er kratzte sich am Bart und fuhr sich mit der Zunge über die Unterlippe, während er weiter seine Füße begutachtete.

»Nein, ist es nicht«, sagte Moya. »Das hier ist nicht mal wirklicher Marmor. Der Boden existiert eigentlich gar nicht, oder?«

»Jap«, sagte der Zwerg. »Er existiert nur in unseren Köpfen.«

»Vielleicht verhält es sich wie mit der Kunst«, warf Gifford ein. »Arion hat mir beigebracht, wie wichtig es ist, an sich selbst zu glauben. Wenn man davon überzeugt ist, etwas zu können, hat man es schon fast geschafft.«

»Dasselbe gilt fürs Kämpfen«, erklärte Tekchin. »Diese Gewissheit hat mir in den Jahrhunderten an Nyphrons Seite oft den Arsch gerettet.«

Regen nickte. »Mit solchen Dingen kenne ich mich nicht aus, aber es gibt nichts, was ich besser kann, als mich durch Gestein zu graben.« Er holte seine Spitzhacke vom Rücken und hob sie an. »Und das sieht für mich nach Gestein aus.« Mit einem eleganten Schwung schlug Regen zu.

Da Brin sich immer noch mühsam auf Dromes Erzählungen zu konzentrieren versuchte, riss der laute Knall sie aus ihren Gedanken. Das von den Wänden ihres kleinen Gefängnisses widerhallende Geräusch glich weniger Metall auf Stein, sondern eher zwei aufeinanderprallenden Ideen: der Wille eines Gottes und der Wunsch nach Freiheit eines seiner Untertanen. Daraus entstand eine winzige Kerbe im Marmorboden.

»Das ist ja nicht gerade vielversprechend«, sagte Moya.

»Nein, aber besser als nichts.« Regen hob erneut seine Hacke. Der göttliche Marmor gab weiter nach. Steinsplitter zischten durch den kleinen Raum und prallten von den Wänden ab. Mit jedem Schlag wurde das Loch im Boden größer, bis Regen einen und kurz darauf auch den anderen Fuß befreit hatte.

Er grinste. »Jetzt, da ich mich bewegen kann, wird es um einiges leichter.«

Er stapfte zu Moya, die zusammenzuckte, als er auf den Boden zu ihren Füße eindrosch. »Vorsicht, ich brauche meine Zehen noch.«

Brin versuchte, die anderen auszublenden, um sich zu konzentrieren. Sie hatte eine wichtige Aufgabe zu erfüllen. Wenn sie es je zurück in die Welt der Lebenden schaffte, wäre das neu erlangte Wissen wertvoller als jeder vergrabene Schatz. Doch es war so viel und sie verstand so wenig davon. Sie spürte, dass sich eine Idee im hintersten Winkel ihres Geistes formte – ein furchterregender und schwer greifbarer Gedanke, der am Rande ihres Bewusstseins schwebte. Es ähnelte dem Gefühl, zu wissen, dass man etwas vergessen hatte, sich aber nicht erinnern konnte, was es war.

»Bei Tetlins Arsch!«, fluchte Moya.

Brin dachte, Regen hätte sie erwischt, doch stattdessen war Moya frei. Sie stand bereits an dem kleinen Fenster und spähte hinaus.

»Was?«, fragte Tekchin, während Regen sich daran machte, die Füße des Galantianers aus dem Marmor zu befreien.

»Die Wände sind ungefähr fünf Fuß dick.«

»Na toll, und die Zeit läuft uns davon«, antwortete Tekchin.

Moya drückte ihr Gesicht an das kleine Fenster, sodass für einen Moment kein Licht mehr hereinfiel.

»Was siehst du da draußen?«, fragte Tekchin.

»Drome ist fort. Ich sehe ihn nirgendwo, aber … oh, hallo!« Moya zuckte zurück, als etwas klirrend gegen die Wand schlug.

Alles bebte. Moya fiel rückwärts, sodass wieder Licht hereindrang, doch das Fenster wurde kurz darauf von etwas anderem ausgefüllt. Brin konnte im langsam schwindenden Licht gerade so ein riesiges Auge erkennen, das hineinspähte. Es blinzelte zweimal und zog sich dann zurück.

»Was, in Ferrols Namen, war das denn?«, rief Tekchin.

»Ich glaube, das war Goll«, erwiderte Moya.

»Los, befrei mich, Regen«, sagte Tekchin. »Ich will das mit eigenen Augen sehen.«

Regen verdoppelte seine Anstrengungen. Er arbeitete schnell und präzise, in einem stetigen Rhythmus.

Kling, kling, kling.

Die Schläge machten Brin die Konzentration auf ihre Hüterinnenpflichten noch schwerer.

Erebus war eine Stadt, der Geburtsort von allen.

Doch Brin wusste, dass etwas daran noch nicht stimmte. Es gab noch etwas, das davor kam. Etwas, das Drome erwähnt hatte ...

Kling, kling, kling.

Brin ballte frustriert die Hände zu Fäusten, während sie sich an Dromes Worte zu erinnern versuchte.

Wer war nicht dort?

Als Regen auch Tekchins zweiten Fuß befreit hatte, schlich sich der Galantianer vorsichtig an das Fenster heran und blickte mit gebührendem Abstand hinaus. »Also haben wir jetzt einen Wächter? Na klasse.«

»Und er hat Krallen und scharfe Zähne.« Moya machte keine Anstalten, sich dem Fenster erneut zu nähern. »Keine Nase, große Ohren und nur ein Auge. Ein sehr *großes* Auge.«

»Ich glaube nicht, dass ich Goll mag«, sagte Gifford.

Tressa zuckte zusammen, als Regen sich an ihren Füßen zu schaffen machte. »Er klingt jedenfalls nicht besonders nett.«

»Grenmorianer?«, fragte Regen zwischen zwei Schlägen.

Tekchin zuckte mit den Schultern. »Vielleicht, aber ich bezweifle es. Grenmorianer haben zwei Augen, keine Klauen und stinken. Das weiß ich, weil ich mir früher ein Zimmer mit einem geteilt habe.«

»Ein Typhon?«, fragte Regen.

Das ist es! Brin grinste erleichtert. *Die Typhone waren nicht in Erebus!*

»Was sind Typhone?«, fragte sie.

»Das weißt du nicht?« Tekchin sah sie überrascht an. »Aber du bist doch die …«

Brin schüttelte peinlich berührt den Kopf. »Meine Mentorin ist unerwartet gestorben. Entweder wusste sie es nicht, oder sie hat es mir nie erzählt.«

Tekchin zuckte mit den Achseln. »Grygor hat mir einiges erklärt. Er meinte, es gäbe drei: Erl, Toth und Gar. Gemeinsam haben sie die Grenmorianer erschaffen. Die Typhone sind die Götter der Riesen – angeblich älter als unsere. Aber darauf würde ich nicht wetten. Laut Grygor war alles, was mit Grenmorianern zu tun hatte, größer und besser.« Tekchin schüttelte den Kopf. »Aber nein, Goll kann kein Typhon sein. Er sieht nur wie ein ungewöhnlich großer Riese mit merkwürdigem Gesicht aus. Grygor beschrieb die Typhone weniger als Riesen, sondern vielmehr als Naturgewalten – und sie würden niemals jemandem wie Drome dienen.«

Moya nickte. »Das ist doch gut, nicht wahr?«

Nach diesen Informationen fiel Brin noch mehr wieder ein. *»Wüsstest du gern, wie Eton und Elan Licht, Wasser, Zeit, den Vier Winden, den drei Typhonen und natürlich der am meisten geliebten Alurya das Leben schenkten?«* Brin grinste triumphierend über die zurückgewonnene Erinnerung, doch das Hämmern der Spitzhacke hallte weiterhin zu laut in ihrem Kopf, als ob sich dort noch etwas anderes zu befreien versuchte.

»Oder soll ich dir erzählen, warum Eton die Unterwelt erschuf und Erl, Toth und Gar darin vergrub? Nein, vermutlich würdest du lieber zuerst hören, warum Elan fünf von Etons Zähnen stahl und was aus ihnen wurde. Das ist der wahre Anfang der Geschichte. Sie erzählt, wie sich eine Familie gegenseitig so sehr bekriegte, dass eine Mutter völlig allein, unfruchtbar und von ihrem Mann getrennt zurückblieb.«

Brin wusste nicht wie, aber sie hatte im Gefühl, dass all diese Dinge miteinander verknüpft waren. Drome hatte sie nicht nur mit einigen spannenden Geschichten locken wollen. Er hatte ihr eine Botschaft übermittelt. Etwas, das eine Hüterin eigentlich hätte verstehen müssen. Brin wusste nicht, warum er so kryptisch gesprochen hatte, anstatt es ihr direkt zu sagen. Vielleicht hatte er gedacht, sie würde es ihm dann nicht glauben. Nur wenige wussten den Wert eines Geschenks zu schätzen, doch etwas, das man sich selbst erarbeitet hatte, wurde hoch angesehen.

»Also, angenommen, Regen kann diese Wände durchbrechen, wie kommen wir dann an unserem guten alten Freund Goll vorbei?«, fragte Moya.

»Er hat nur ein Auge, und es ist groß, also könntest du ihn mit einem Pfeil ausschalten«, schlug Tekchin vor. »Wir müssen ihn nur dazu kriegen, noch mal hier hereinzuschauen. Dann schießt du durch das Fenster, wir rennen raus und die Treppe hinunter.«

»Aber was ist mit den Soldaten, die uns hierher eskortiert haben?«, fragte Tressa. »Werden die uns nicht an der Treppe abfangen? Wie sollen wir an denen vorbeikommen?«

Moya warf ihr einen finsteren Blick zu. »Verdammt, Tressa, jetzt mach mal halblang«, zischte sie. »Das ist meine erste Reise ins Nachleben, also entschuldige, wenn ich nicht sofort alle Antworten parat habe.«

»Um ehrlich zu sein, hatte ich wirklich gedacht, du wüsstest es.«

»Oh.« Moya klang, als wäre sie unabsichtlich gegen die Wand gelaufen. »Äh, entschuldige ... ich habe mich noch nicht an die freundliche Version von dir gewöhnt.«

Einmal mehr versuchte Brin, ihre Umgebung auszublenden. Sie fand einfach keine Antwort auf die bohrende Frage in ihrem Unterbewusstsein, und mit jedem verstreichenden Moment schien es wichtiger zu werden, dass es ihr gelang.

Regen kümmerte sich derweil um Giffords Füße. Als er ausholte, zuckte die Erinnerung daran, wie Drome auf seine Stuhllehnen schlug, durch Brins Geist.

»Uberlin war der Erste, der je einen Thron baute, wusstest du das? Er hat das Konzept erfunden.«

Brin hielt verwirrt inne. *Warum hat Drome das erwähnt? Warum ist das wichtig?*

»Rex Uberlin – der Große König. Ich habe im Ersten Krieg gekämpft. Du erklärst mir, wie ihr mein Tor geöffnet habt, und ich erzähle dir alles, was du wissen musst.«

Was ich wissen muss? Warum sollte ich etwas über Throne, die erste Stadt und einen bösen Gott namens Uberlin wissen müssen?

Nachdem Gifford befreit war, wandte Regen sich Roan zu. Brin war die Letzte. Sie hoffte, dass Regen seine Technik perfektioniert hatte, bis sie an der Reihe war. Wie Moya wollte sie gerne ihre Zehen behalten – auch wenn es sich bei ihnen nur um zehn kleine Hirngespinste handelte, die in Wahrheit gar nicht existierten.

Regen stellte seine Hacke ab, um kurz durchzuatmen, was Brin verwirrte. Die Last, die sie in Dromes Gegenwart auf sich gespürt hatte, war fort, und Regen müsste sich eigentlich nicht ausruhen. Der Zwerg streckte sich und hob seine Hacke wieder auf. »Wahrscheinlich tue ich das alles umsonst. Wird Drome uns nicht einfach an seine Seite beschwören, wenn wir fliehen? Als Gott müsste das ein Leichtes für ihn sein.«

»Meiner Erfahrung nach sind Götter – und sowieso alle – nie so mächtig, wie man denkt.« Moya warf Tekchin einen Blick zu. »Ich dachte früher mal, *er* wäre ein Gott, wo wir gerade von Enttäuschungen sprechen.«

Tekchin hob die Augenbrauen und öffnete den Mund in gespielter Empörung.

Regen machte sich an Brins Füßen zu schaffen. Brin fuhr bei jedem Schlag zusammen, aber es waren nur winzigste Marmorsplitter, die umherflogen. Der Zwerg hielt inne, betrachtete die Spitze seiner Hacke und schnaufte. Sie war eindeutig stumpfer geworden.

»Was ist los?«, fragte Brin.

Regen seufzte und schüttelte den Kopf.

»Kannst du sie nicht befreien?« Moya kam zu ihnen herüber.

»Ich denke, das klappt noch, aber hast du nicht gerade gesagt, dass die Wände fünf Fuß dick sind?« Regen beäugte den Stein neben ihm. »Ich glaub nicht, dass meine Hacke das mitmacht.«

Moya runzelte die Stirn und kaute auf ihrer Unterlippe herum. »Mach weiter. Gib einfach dein Bestes.«

Regen hob seine Hacke erneut, und bei jedem Schlag prasselten scharfe Splitter auf Brins Waden ein.

Sie konnte nicht hinsehen. Die Spitzhacke so nah bei ihren Knöcheln einschlagen zu sehen, war einfach zu viel, auch wenn es nicht wirklich ihre Knöchel waren. Bei jedem weiteren Schlag zuckte sie unkontrolliert zusammen. Sie brachte es nicht über sich, Regen weiter zuzusehen. Stattdessen konzentrierte sie sich auf die Person, die sie klar sehen konnte: Moya.

Sie hielt ihren Bogen mit beiden Händen fest und starrte aus dem Fenster ihres Verlieses, in dem sie scheinbar für immer gefangen sein würden. Licht fiel auf ihr Gesicht, sodass es als einziger heller Fleck losgelöst in der schummrigen Dunkelheit zu schweben schien.

So mutig.

Ein Muskel mahlte in Moyas fest zusammengebissenem Kiefer, und sie hatte den Blick fest auf ihr Ziel gerichtet. Wahrer Mut war die Kraft und Entschlossenheit, auch im Angesicht von Todesängsten weiterzumachen. Keine Angst zu haben, war dumm. Wenn ihnen die Flucht nicht gelang, wenn sie es nicht nach Nifrel schafften, würde Suri sterben. Sie würden den Krieg verlieren und die Menschheit würde ausgelöscht werden.

Sie alle hier waren in dem Glauben in den Tümpel gesprungen, dass sie etwas bewegen und vielleicht sogar wieder zurückkommen konnten. Nun sah es nicht mehr danach aus. Eher hatten sie ihre Zeit im Nachleben, die sie irgendwann vielleicht hätten genießen können, für immer zerstört. Anstatt mit ihren Familien und Freunden ein Leben im ewigen Dahl Rhen zu führen, würden sie nun für immer in einem Marmorkäfig fest-sitzen. Moya wusste das alles, doch nichts davon zeigte sich auf ihrem Gesicht. Das war Mut.

Brin war nicht mutig, und sie war froh, dass sie nicht im Licht stand. Zwar weinte sie nicht, doch sie musste trotzdem elend aussehen. Wenn sie in einem Sturm auf dem Meer um-hertriebe, wäre Moya der rettende Felsen, auf den sie zu-schwimmen würde.

»Ich frage mich, wie weit wir gekommen sind.« Gifford blick-te in die Dunkelheit hinauf. »Ich meine, wie weit wir wohl in Elan gereist sind. Meint ihr, wir haben den Nidwalden über-quert? Oder vielleicht kann man die Distanzen nicht auf diese Weise vergleichen.«

»Gifford!« Moya fuhr herum und deutete auf ihn, als hätte er ein Verbrechen begangen. »Kannst *du* nicht etwas tun? Magie benutzen, um das Loch zu vergrößern oder etwas in der Art?«

Gifford schüttelte den Kopf. »Hier gibt es keine natürliche Kraft, die ich anzapfen könnte.«

Moya nickte. »Wie in der Agave. Aber Arion hat es trotzdem geschafft …«

»Sie hat unsere Lebenskraft benutzt«, erklärte Roan. »Aber jetzt sind wir ja nicht mehr am Leben.«

»Also … warte mal.« Moya blickte mit zusammengezogenen Brauen auf ihre Hände. »Wie hat Drome diese Wände errichtet? Wie hat er unsere Füße im Boden gefangen? Das scheint doch Magie zu sein.«

»Er ist Drome«, erwiderte Regen, als würde dies die Diskus-sion beenden. »Er ist ein Gott. Dies ist sein Reich.«

Brin blickte an sich herab und entdeckte, dass ihr linker Fuß beinahe frei war.

»Also war es das jetzt?« Tekchin warf ergeben die Hände in die Luft. »Entweder geben wir Drome, was er will, oder wir bleiben für immer hier drin?«

»Das können wir nicht tun«, sagte Tressa.

»Wir haben keine Wahl. Es ergibt keinen Sinn mehr, *ihn* zu behalten.«

Moya warf ihm einen scharfen Blick zu. »Ohne *ihn* können wir nicht weiterreisen.«

»Mit ihm aber auch nicht.«

»Ohne ihn könnten wir Phyre nie mehr verlassen«, gab Brin zu bedenken. »Drome zu geben, was er will, wäre unser Todesurteil.«

»Seid doch nicht so töricht.« Tressa klang inbrünstig. »Malcolm hätte uns nicht geschickt, wenn …«

»Drome ist genauso ein Gott wie Malcolm!« Moya schüttelte den Kopf. »Ich kann nicht glauben, dass ich das gerade gesagt habe.«

Malcolm ist ein Gott. Die Worte hallten so laut in Brins Kopf wider wie das Hämmern zu ihren Füßen.

»Ich kenne keinen Gott namens Malcolm. Ist er neu?«, hatte Muriel gesagt.

»Wovon ist Malcolm eigentlich der Gott?«, fragte Brin.

Moya sah sie an, als hätte Brin sich auf einmal in Roan verwandelt.

»Das hat Muriel uns gefragt, wisst ihr noch? Alle Götter herrschen über etwas. Ferrol ist der Gott der Fhrey, Drome der Gott der Belgr… Belgric… äh, Regens Volk. Mari ist unsere Göttin. Die Typhone sind die Götter der Riesen, Eton ist der Gott des Himmels. Elan die Göttin der Welt. Also, wovon ist Malcolm der Gott? Was oder wen hat er erschaffen?«

»Interessante Frage, Brin, aber ich sehe nicht, wie uns das gerade weiterhelfen soll.« Moya bedachte Tressa mit einem missbilligenden Blick. »Obwohl es die Vermutung aufwirft, dass Malcolm gar kein Gott ist.«

»Doch, ist er«, fuhr Tressa sie an. »Und er hat unsere Gefangennahme sicher vorausgesehen.«

Moya schlug gegen die Wand. »Dann hätte er uns auch sagen sollen, wie wir hier rauskommen!«

»Hat er doch.« Roan benutzte die Stimme, mit der sie sonst zu sich selbst sprach.

»Du fummelst und saugst an deinen Haaren herum, Roan.« Moya lächelte. »Sag mir, dass in deinem berühmten Kopf gerade etwas vor sich geht.«

Roan zuckte mit den Schultern. »Nicht besonders viel.«

»Ein *Nicht viel* von dir hat schon mal unser Blatt in einem Krieg gewendet. Wir sind hier gerade ziemlich verzweifelt, also vergib mir, dass ich ein klein bisschen aufgeregt bin.«

»Es ist nur …« Roan wandte sich an Tressa, als würde sie nur mit ihr sprechen. »Na ja, hast du nicht gesagt, dass der Schlüssel jedes *Schloss* in Phyre öffnet? Nicht nur Türen, richtig? Und wir sind *eingeschlossen*.«

»Sozusagen, ja«, sagte Regen. »Aber für einen Schlüssel braucht man ein wahrhaftiges Schloss.«

Tressa presste sich eine Hand auf die Brust, und ihre Augen weiteten sich. »Das muss es sein.«

Sie trat ins Licht und griff unter ihr zerlumptes Hemd.

Moya hielt sie auf. »Warte mal. Was hast du vor?«

»Ich weiß nicht. Werde wohl einfach den Schlüssel gegen die Wand drücken und beten.«

Moya leckte sich über die Lippen. »Warte noch.« Sie warf einen Blick aus dem Fenster und spannte ihren Bogen. »Gesetzt dem unwahrscheinlichen Fall, dass es funktioniert, müssen wir uns immer noch um Goll kümmern.«

»Es *wird* funktionieren«, sagte Tressa.

Moya runzelte die Stirn. »Ich beginne tatsächlich, dir zu glauben, aber es ist *so* frustrierend. Warum ist Malcolm nicht einfach mit uns gekommen?«

»Weil er nicht kann«, antwortete Tressa. »Das hat er mir erklärt. Er ist unsterblich. Genau wie Muriel. Hier unten sind nur die Toten erlaubt.«

Er hat mich mit dem Fluch des ewigen Lebens gestraft, hörte Brin Muriels Stimme in ihrer Erinnerung sagen. *Ich hasse ihn.*

Es war dieser Gedanke, der im nächsten Moment den riesigen Erdrutsch auslöste. In Brins Kopf purzelte alles durcheinander, um sich dann endlich zu einem perfekten Stapel zu ordnen, den sie ordentlich ablegen konnte.

Muriel hatte gesagt, dass sie Malcolm mit jeder Faser ihres Seins hasste.

Brins Mutter hatte Folgendes gesagt: »*Diese Welt und unsere Existenz hier war nie dafür gedacht, so zu sein. Etwas ist kaputtgegangen, und nun müssen wir so weitermachen, bis es repariert wurde.*«

Drome wiederum hatte erwähnt: »*Doch dann zerstörten Uberlins Gier und Arroganz alles.*«

Doch am aufschlussreichsten war Malcolms Beichte gewesen, er sei derjenige, der die Welt zerbrochen hatte.

Brin keuchte, als sie endlich verstand. *Oh, Heilige Mari! Malcolm ist Uberlin!*

»Ich nehme an, dass das Sinn ergibt.«

Schockiert blickte Brin auf, erkannte jedoch schnell, dass Moya mit Tressa gesprochen hatte. Doch das war egal. Brin hatte endlich herausgefunden, was die Antwort des Rätsels war, das Drome ihr aufgegeben hatte.

Malcolm ist der Gott des Bösen.

Im selben Moment hielt Regen in seiner Arbeit inne und schaute zu ihr auf. »Du bist frei.«

Moya wartete und spähte durch den schmalen Spalt, bis sie Goll entdeckte. Das gigantische Wesen wanderte ohne erkennbares Ziel umher, hielt manchmal aus unerfindlichen Gründen an und lief dann weiter. Hin und wieder schlug der Einäugige sich gegen den Kopf, hustete oder wedelte mit den Armen in der Luft herum. Während sie ihn beobachtete, kam Moya zu der Einschätzung, dass er in etwa so intelligent wie ein Haufen Kohle war.

Es half auch nicht, dass er nur ein Auge hatte, denn das irritierte Moya sehr. Nicht nur fehlte das zweite, sondern das eine, das er hatte, war auch zu groß – und zwar nicht, weil es größer war als Moyas Kopf, sondern weil es nicht proportional zu *Golls* Kopf war. Es nahm zu viel Platz auf seiner Stirn ein und zog sich weit über den Punkt, wo sich eine Nase hätte befinden müssen. Sein eiförmiger Schädel und das Maul voller scharfer Zähne trugen noch zu dem schauerlichen Anblick bei.

Es war Roan, die das, was sie jetzt versuchen wollten, einen *Plan* nannte. So funktionierte eben ihr Gehirn. Moya hingegen fand, dass es ein verzweifelt riskanter Schuss auf gut Glück war, denn so funktionierte ihres. Der Großteil ihres Lebens – der beste Teil – hatte aus einem gewagten Risiko nach dem anderen bestanden. Für Leute, die auch aus kleinen Erfolgen Kraft und Zufriedenheit schöpften, wurden Wagnisse schnell zur Gewohnheit, und Moyas Vorliebe dafür hatte sie von der Dorfgöre zum Schild der Keenigin aufsteigen lassen – ein so respektabler Titel, dass Männer sie oft mit *Sir* ansprachen. Moya wusste nie, ob das einfach ein Versprecher war, oder ob sie fanden, eine weibliche Anrede sei nicht ehrenvoll genug. Doch sie respektierten Moya. Das konnte ihr niemand nehmen. Keine tote Mutter, kein Stammesführer oder Ehemann, nicht einmal ein einäugiger Rohling.

Seit Moya mit einem weiteren Risikosüchtigen zusammen war, hatte sich ihre Wagnisbereitschaft noch einmal verstärkt. Sie trieben sich gegenseitig an. Gähnen, Lachen, Weinen, von Klippen springen – all diese Dinge waren ansteckend. Vor allem den letzten Punkt konnten die meisten Leute nicht verstehen. Aber Tekchin und Moya verstanden es – und heute würden sie es wieder tun.

Moya legte einen ihrer acht verbliebenen Pfeile auf ihren Bogen, und ihre Lippen fanden Tekchins in der Dunkelheit. Seine waren feucht und fest. Keine Spur von Zögern, genau wie immer. Er war kein Gott, doch er kam dem ziemlich nahe.

»Ich möchte nur sagen, dass es mir eine Ehre war, mit euch

allen zu sterben.« Moya brachte sich in Position, trat mitten ins Licht. Sie nahm sich die Zeit, Regen, Roan, Brin, Gifford und schließlich auch Tressa anzusehen. »Und ich meine tatsächlich euch *alle*.«

»Wir werden das hier überleben«, sagte Tekchin.

»Er hat recht«, stimmte Tressa zu. »Wir haben Malcolm auf unserer Seite.«

»Natürlich«, sagte Moya. »Absolut. Warum, im Namen von Rel, eigentlich nicht?«

»Jetzt machst du mir langsam Angst«, sagte Tekchin, aber er klang kein bisschen ängstlich dabei.

Es war Brin, die von allen am wenigsten zuversichtlich aussah. Moya konnte nur einen Teil ihres Gesichts sehen, doch allein daran erkannte sie, dass die Hüterin sich womöglich jeden Moment übergeben würde. »Alles in Ordnung, Brin?«

Brin zögerte. »Nicht wirklich, aber das ist im Moment nicht so wichtig.«

»Na schön.« Moya nickte Tressa zu. »Wann immer du bereit bist.«

Sie spannte den Bogen fester, spürte, wie sich das Holz gegen ihre Bewegung stemmte. »Hol uns hier raus.«

Tressa machte einen Schritt in die Dunkelheit. Moya hörte das leise Klirren der Schlüsselkette.

»Es geht los.«

Alle warteten, sahen nichts und hörten nur das Kratzen von Metall auf Marmor. Mit jeder verstreichenden Sekunde war Moya überzeugter, dass es nicht funktionieren würde. Es überraschte sie nicht. Moya hatte natürlich auf Erfolg gehofft, doch sie war Enttäuschungen gewöhnt. Und was sie gerade versuchten, war von Anfang an aussichtslos gewesen.

»Bei Tetlins Titten!«, fluchte Tressa.

»Es ist nicht deine Schuld, Tressa«, sagte Moya und dachte sich gleichzeitig, wie merkwürdig es war und wie viel sie zusammen durchgestanden hatten, da sie nun Tressa tröstete.

Doch dann lachte Tressa hysterisch auf.

»Tressa?«, fragte Moya besorgt. *Ich hoffe, sie hat nicht den Verstand verloren.*

»Ich bin so dumm.«

Moya zog in Erwägung, einen ziemlich offensichtlichen Witz zu reißen, doch die nervöse, fast schrille Freude in Tressas Stimme, ließ sie zögern.

»Ich habe ihn falsch herum gehalten. Moment.«

Einen Augenblick später wurden sie geblendet.

Die Wände ihres Gefängnisses lösten sich auf, und das Licht des grellweißen Raumes strömte von allen Seiten auf sie ein. Nach vielen Stunden – oder waren es Tage? – im Dunkeln war das Leuchten überwältigend. Moya musste die Augen so fest zusammenkneifen, dass sie ein paar Sekunden lang gar nichts sehen konnte. Was schlecht war, da der *Plan* darauf basierte, dass sie Goll einen Pfeil ins Auge jagte. Währenddessen sollten die anderen zur Treppe laufen, in der Hoffnung, dass ihre Eskorte dort nicht auf sie warten würde. Es war nur eine schwache Hoffnung, doch sie war besser als nichts.

Wenn wir sowieso im Marmor eingesperrt sind, warum sollte Drome dann noch Wachen postieren?

Doch Moya war nicht optimistisch genug, um wirklich davon auszugehen, dass es keine Wachen gab. Mit ihrem Bogen würde sie jeden niedermähen, der sich ihnen in den Weg stellte. Die anderen würden das Überraschungsmoment nutzen, um zum Ausgang zu rennen. Tressa würde das Tor nach Nifrel offen halten, sodass alle hindurchspringen konnten. Dann würde sie es hinter ihnen schließen, und dann würden sie alle darauf hoffen, dass Goll und Drome nicht zwischen den beiden Reichen reisen konnten. Auch wenn dieses Wagnis definitiv auf zu vielen hoffnungsvollen Annahmen basierte – es war wenigstens nicht kompliziert. Über die Jahre hatte Moya gelernt, dass unkomplizierte Dinge gut waren. Trotzdem wusste sie, dass der

Plan bei all seiner Schlichtheit so nicht funktionieren würde. Das passierte zu einem gewissen Grad mit allen Strategien, selbst mit den einfachsten. Unerwartete, dumme oder willkürliche Momente führten dazu, dass jedes Vorhaben trotz ausführlichster Planung und Vorbereitung zum Scheitern verurteilt war. Genau deshalb waren simple Vorhaben besser als komplexere – es gab weniger mögliche Abweichungen und somit ein geringeres Risiko. Doch allzu oft gingen selbst die einfachsten Pläne schief. Theoretisch hörte es sich gut an, dem riesigen Kerl ins Auge zu schießen und zum Tor nach Nifrel zu rennen. Doch wie sich herausstellte, waren es nun Moya und ihre Reisegefährten, die ihre Augen zusammenkniffen, und Goll war es, der rannte. In ihre Richtung.

Moya konnte überhaupt nichts sehen. Das Frustrierende daran war, dass sie es ihrer eigenen Dummheit zuzuschreiben hatte. Das Gute hingegen war, dass sie immer noch hervorragend hören konnte und die Schritte des Riesen auf dem Marmorboden bebten. Ihr ganzer Körper wurde davon durchgeschüttelt. Im Falle von Komplikationen hatte Tekchin einen Alternativplan vorgeschlagen, in dem er Goll ablenkte, während die anderen entkamen. Er hatte sie mithilfe der trügerischen Logik davon überzeugt, dass sie darauf nur zurückgreifen müssten, wenn Moya den Riesen nicht traf oder die anderen nicht wegrannten. Beides war ihr höchst unwahrscheinlich erschienen. Tekchin hatte jedoch in mehr Schlachten gekämpft, und als Galantianer hatte er mehr Erfahrung mit Selbstüberschätzung.

Als Goll sich auf sie stürzte, hörte Moya, wie Tekchin mit seinem Schwert gegen etwas schlug. Sie konnte mittlerweile den Raum sehen, jedoch nur in Form von einzelnen Schemen vor einem weißen Hintergrund. Trotzdem erkannte sie Tekchin, der an Goll vorbeirannte und mit seinem Schwert gegen die Säulen schlug.

Essenszeit!

Moya wusste nicht, ob Goll Menschen fraß, aber Riesen taten

es. Natürlich schien niemand in Rel je zu essen, aber Moya vermutete, dass Goll das nicht davon abhalten würde, es zu versuchen. Er sah nicht wählerisch aus und auch nicht, als würde er schnell – oder jemals – aufgeben.

Goll hatte Tekchin fast erreicht, als Moya endlich ihre klare Sicht zurückerlangte. Der Grobian war riesig, größer als der Drache auf dem Hügel und als die meisten Bäume. Seine Arme und Beine wirkten wie riesige Felsblöcke. Sein Oberkörper war nackt und seine Brust so blass, dass sie farblich zu dem Marmor passte. Ein zeltgroßes Stück Stoff war um seine Mitte geschlungen und wurde mit einer speergroßen Brosche zusammengehalten. Er trug keine Waffen. Moya war sich sicher, dass er keine brauchte. Das Auge stand wie das Dotter vom Spiegelei aus seinem Gesicht heraus. Goll hatte keine Wimpern, doch er hatte eine einzelne, buschige Augenbraue. Somit hatte er nicht viel, das er für seine Mimik verwenden konnte, und Moya konnte nur erahnen, was er gerade empfand: Wut, Zorn, Entzücken oder vielleicht Hunger?

Auf jeden Fall hatte Goll Tekchin gehört und verfolgte ihn.

Moya stemmte ihre Füße in den Boden und zielte. Indem sie den Pfeil abschoss, gab sie ihrem Geliebten zu verstehen, dass sie wieder sehen konnte.

Niemand hatte die Bogenschießkunst je so gut gemeistert wie Moya, und niemand außer ihr hatte einen Bogen wie Audrey. Sie hatte ihn nach ihrer Mutter benannt, da beide unnachgiebig waren. Eigentlich hatte Moya die Waffe gar nicht bei sich, doch die Erinnerung daran war genug. Der Pfeil raste so schnell durch den Raum, dass sie ihn nicht mit dem Blick verfolgen konnte, und traf Goll mitten ins Auge. Er blieb bis zur Befiederung im Schädel des Riesen stecken.

Goll kreischte. Vielleicht vor Schmerz, obwohl Moya bis eben noch gedacht hatte, dass es in Rel keine Schmerzen gab. Vielleicht war es auch nur ein Wut- oder Angstschrei. Es war Moya egal, denn es war an der Zeit, von hier zu verschwinden.

»Los!«, brüllte sie, und ihre Truppe zerstreute sich wie Käfer, die unter einem angehobenen Stein hervorschossen.

Tekchin machte einen Bogen zur gegenüberliegenden Seite des Saals, während Moya die anderen zur Treppe führte.

Goll stolperte und hielt sich das Auge, stürzte jedoch nicht.

Brin erreichte die Treppe zuerst und nahm drei bis vier Stufen auf einmal. Gifford kam an zweiter Stelle, er zog Roan hinter sich her. Moya blieb am oberen Treppenabsatz stehen und legte einen weiteren Pfeil auf.

Goll stampfte auf.

Als sein gigantischer Fuß auf den Boden traf, bebte das gesamte Gebäude. Die Marmorsäulen brachen zusammen. Zwei der Statuen, die die Decke trugen, neigten sich gefährlich, und sie alle wurden ruckartig von den Beinen geschleudert, als hätte die Welt einen Schluckauf. Durch eine Wolke aus Marmorstaub sah Moya, wie Goll sich ihren Pfeil aus dem Auge riss wie einen Splitter.

»Los!«, rief Moya wieder. »Steht auf!« Sie packte Tressa und schubste sie in Richtung Treppe.

Auch Tekchin sprang auf die Beine und rannte – jedoch nicht auf die Treppe, sondern auf Goll zu.

»Tek! Hier entlang!«, brüllte Moya.

Der Galantianer war noch nicht weit gekommen, als Goll abermals aufstampfte.

Der Boden bäumte sich auf, und sie stürzten erneut. Doch das war nicht das größte Problem. Riesige Risse hatten sich im Boden aufgetan, die sich nun rasch ausbreiteten.

»Sohn der Hure von Tetlin«, fluchte Moya. »Alle raus hier! Sofort!«

Damit zog sie Golls Aufmerksamkeit auf sich, sodass er umschwenkte und nun auf die Treppe zukam. Das war zwar schlecht für den Plan, aber gut für Moya, die Goll einen weiteren Pfeil ins Auge schoss. Er stolperte, strauchelte und fiel. Goll mochte zwar kein Typhon sein, doch er war trotzdem riesig.

Als sein Körper auf den Marmor schlug, gab der Boden unter ihm nach.

Es krachte und quietschte, als Moya ein weiteres Mal stürzte – nur ein weiteres Hagelkorn in einem riesigen Sturm, der alles um sie herum zusammenbrechen ließ. Sie landete gut, und der ausbleibende Schmerz gab ihr die Illusion, alles wäre in Ordnung.

Während Brin die Treppe hinunter und aus Dromes Palast hinausgerannt war, hatte sie keine Wachen gesehen. Sie war die Erste, die den Palast verließ, und sie hatte schon den halben Weg zum Tor zurückgelegt, als sie erkannte, dass sie allein war. Sie blieb stehen und fuhr herum.

Gifford, Roan, Tressa und Regen kamen aus dem Gebäude gehastet – und kurz darauf fiel alles in sich zusammen. Eine gigantische Staubwolke rauschte aus dem Haupteingang und wehte kleine Steine vor sich her, als das Innere von Dromes Schloss in sich zusammenstürzte.

»Moya! Tekchin!« Brin wollte zurück in den Palast stürmen, aber riesige Marmorblöcke versperrten ihr den Weg.

»Brin?«, rief Roan. »Was sollen wir tun?«

»Ich weiß es nicht … ich … wir halten uns an den Plan. Los, auf zum Tor! Tressa, öffne es und halte es für uns auf. Ich hole Moya und Tekchin.«

Brin wedelte mit den Armen, um den wirbelnden Staub zu vertreiben. Die Marmorblöcke waren zu riesigen Schuttbergen zerborsten, zwischen denen sie hindurchkriechen musste.

»Moya! Tekchin! Wo seid ihr?«

»Brin!« Das war Moyas Stimme.

Brin kletterte über weitere zerbrochene Marmorbrocken und duckte sich unter gefallenen Säulen hindurch, bis sie Moya endlich am Boden liegend fand. »Moya, steh auf, wir müssen –«

»Ich kann nicht.«

Da erst erkannte Brin, dass Moyas linkes Bein vom Knie abwärts unter einem riesigen Marmorblock eingequetscht war.

»Und Tekchin ...« Mit feuchten Augen blickte Moya zu einem riesigen Steinhaufen, wo Goll und der erste Stock heruntergekracht waren. »Er ist darunter begraben.«

Staubwolken senkten sich auf sie herab, und kleine Steine prasselten wie Hagel auf sie.

»Tek!«, brüllte Moya mit weit aufgerissenen Augen. Ihre Wangen waren mit Tränen und Dreck verschmiert.

Brin versuchte, den Klotz, unter dem Moya lag, zu bewegen, doch er war doppelt so groß wie sie.

»Mach Platz!« Regen tauchte aus der Staubwolke auf. Er schwang seine Spitzhacke auf den Marmor nieder.

»Tekchin!«, schrie Moya erneut, als würde sie Schmerzen leiden.

Etwas Größeres schlug nicht weit entfernt vor ihnen ein, und Brin erkannte, dass es ein Speer war. Ein weiterer zischte heran und verfehlte Regen nur knapp.

»Bei Tetlins Arsch!« Moya schlug auf den Boden. »Er kommt. Brin, kannst du es spüren? Das Gewicht ist wieder da. Brin, Regen, ihr müsst gehen. Lasst uns zurück. Los, lauft!«

»Nein.« Brin schüttelte heftig den Kopf. »Das kann ich nicht.«

»Du musst.«

Durch die Dunstschwaden sah Brin Dromes Truppen, die sich formierten. Sie kamen aus einem anderen Teil des Palastes und hatten Mühe, einen Weg durch die Trümmer zu finden.

»Geht!«, rief Moya.

»Moya, ich kann dich nicht zurücklassen.« Brin sah Regen an, der nicht viel mehr als eine flache Delle in den Marmor gehauen hatte. Mit trauriger Miene schüttelte er den Kopf.

»Geht, verdammt noch mal«, knurrte Moya durch zusammengebissene Zähne. »Das ist ein Befehl!«

Brin zögerte, während Speere überall um sie herum einschlugen.

»Brin, bitte …«, weinte Moya. »Bitte. Ich flehe dich an. Lass uns hier. Geh und rette Suri. Bitte!«

Danach erinnerte sich Brin an fast nichts mehr. Es fühlte sich an, als wäre es jemand anderem passiert, während sie von oben auf sich herabsah. Sie wusste, dass sie Regen gepackt hatte und sie zusammen geflohen waren. Sie hatten Moya gefangen unter dem Felsblock zurückgelassen, auf dem einst schwarz-weißen Boden, der nun ein trübes Grau angenommen hatte.

»Geht durch das Tor!«, brüllte Brin den anderen zu, die davor warteten.

Niemand hörte auf sie.

»Was ist mit Moya passiert?«, fragte Gifford. »Und wo ist Tekchin?«

Brin schüttelte den Kopf. »Sie kommen nicht. Ihr müsst jetzt alle durchgehen! Sofort!«

Ein weiterer Schlag ertönte vom Schloss her, und Brin fühlte sich noch schwerer.

Der Herr des Hauses ist auf dem Weg.

»Wir können sie nicht einfach zurücklassen, Brin«, sagte Gifford.

Bevor er weiter nachdenken konnte, packte sie ihn am Ellbogen und zog. »Wir müssen! Er kommt!«

»Das Tor ist offen«, verkündete Tressa.

Durch den Bogen sah Brin nichts als Finsternis, doch es war ihr egal, vor ihren Augen verschwamm alles vor Tränen.

Wieder zog sie an Giffords Arm.

»Halt!«, ertönte Dromes Stimme von irgendwo – vielleicht von überall.

Brin sprang vor und zerrte fester an Gifford. Zusammen fielen sie durch das Portal und in die Dunkelheit dahinter.

11

DER HELD

————◆•◆————

*Ich kann mir kaum vorstellen, wie viel Furcht im Land der
Fhrey geherrscht haben muss, in den Jahren, in denen wir
Avempartha belagerten. In Rhulyn sahen wir uns seit jeher
jeden Tag unserem möglichen Tod gegenüber, doch für die
Fhrey war der Tod ein unwillkommener Fremder, der gera-
de erst bei ihnen eingezogen war.*

– Das Buch Brin

Früher war Mawyndulë der Gänge und Hallen des Talwara nie
müde geworden. Er hatte Jahre damit verbracht, sich dort zu
amüsieren. Er war über die polierten Böden geschlittert und
das Geländer der großen Treppe hinabgerutscht. Unzählige
Male hatte er vom Balkon des Kartenzimmers in den Fluss ge-
spuckt oder sich in der großen Halle von Vorhang zu Vorhang
geschwungen. Doch in letzter Zeit hatte ihn nichts davon interessiert.

*Vielleicht hat nichts davon mir je wirklich Spaß gemacht. Es
war bloß alles, was ich hatte.*

Schon nachdem er im Aquila gedient und Makareta getroffen hatte und in den Krieg gezogen war, hatte sich Mawyndulës
Horizont erweitert und die kleinen Freuden seiner Jugend hatten ihren Reiz verloren. Doch während seiner letzten Reise
nach Avempartha war ihm endgültig jegliches Interesse daran
abhandengekommen. In diesen sechs Tage war er zum ersten
Mal allein von zu Hause fort gewesen. Zwar hatte er Treya bei

sich gehabt, doch die zählte nicht. Genauso gut hätte er seine Decke und sein Pferd mitzählen können. Diese Reise war ein Vorgeschmack auf wahre Unabhängigkeit und Freiheit gewesen – Furcht einflößend, aber aufregend. Auch wenn der Ausflug nicht mit seiner Zeit mit Makareta mithalten konnte, war es besser gewesen, als durch Flure zu schlittern. Und er hatte noch etwas anderes für sich entdeckt: das Gefühl, etwas erreicht zu haben. Dies brachte eine neue Rastlosigkeit mit sich, das Gefühl, dass der Talwara, der ihm früher immer so groß erschienen war, ihn nun erdrückte.

»Du hast deinen Status als Held des Volkes gefestigt«, sagte Imaly, die gerade nach einer abgeschlossenen Aquila-Sitzung die Treppe des Airenthenon herunterkam.

Mawyndulë wohnte den Ratssitzungen nicht mehr bei. Es hätte zu viele schlimme Erinnerungen wachgerüttelt. Stattdessen wartete er draußen. Seit seiner Rückkehr hatte er keine Gelegenheit gehabt, mit Imaly zu sprechen, und er wollte unbedingt wissen, was sie von seiner erfolgreichen Exkursion und dem Preis hielt, den er mit nach Hause gebracht hatte. »Habe ich das?«

»Zuerst hast du den Aquila und das Airenthenon beschützt und jetzt das.« Imaly kam die Stufen reichlich unelegant herunter, doch das war keine Überraschung, da es all ihren Bewegungen stets an Grazie fehlte. »Komm mit. Gehen wir ein Stück.« Sie führte ihn von der Treppe fort.

»Was meinst du mit *das*?«

»Ich habe gehört, dass die Rhune, die du uns gebracht hast, das Geheimnis zu unserem Sieg kennt. Stimmt das?«

»Das wird sich noch herausstellen. Jetzt ist es Vaseks Aufgabe, ihr das Wissen zur Erschaffung von Drachen zu entlocken. Es ist ihm noch nicht gelungen, obwohl er bereits mehrere Tage daran arbeitet. Deshalb hat mein Vater damit begonnen, mit Dingen um sich zu werfen. Wenn Vasek nicht bald Erfolge verzeichnet, könnte der Meister der Geheimnisse zum nächsten

Weinglas werden, das demnächst an der Wand meines Vaters zerschellt.«

»Warum Vasek? Warum wird die Rhune nicht von Synne oder dir befragt? Mit der Kunst sollte es doch leichter sein, jemandem Geheimnisse zu entlocken.«

Mawyndulë nickte. »Eigentlich schon, aber die elende Kreatur trägt einen Ring um den Hals, der der Anwendung der Kunst entgegenwirkt.«

Imaly sah verwirrt aus. »Warum nehmt ihr ihn dann nicht ab? Wenn ihr einen Krieger gefangen genommen hättet, würdet ihr ihm doch auch nicht erlauben, seine Rüstung anzubehalten.«

»Oh, sie trägt ihn nicht freiwillig. Jerydd hat ihn ihr umgelegt. Denn das Halsband verhindert auch, dass sie die Kunst gegen uns einsetzt.«

»Also handelt es sich wirklich um eine Rhune-Miralyith?«

Mawyndulë zuckte mit den Schultern. »Es gibt einige Spekulationen. Jerydd glaubt daran, aber ich habe nie gesehen, wie sie die Kunst benutzt.«

»Trotzdem könnte sie gefährlich sein, oder? Ich meine, wenn man ihr den Ring abnähme?« Imaly schüttelte erbost den Kopf. »Und dein Vater hat dir befohlen, dieses Monster in unsere Stadt zu bringen? Was, wenn ihr jemand den Ring abnimmt? Wie viele würden sterben, bevor man –«

Mawyndulë schüttelte den Kopf. »Keine Sorge. Das Halsband kann nicht entfernt werden.«

»Dein Vater hat viele Feinde. Was, wenn irgendein fehlgeleiteter Dummkopf den Schlüssel stiehlt und –«

Abermals fiel Mawyndulë ihr ins Wort. »Es gibt keinen Schlüssel. Der Ring wurde mit der Kunst versiegelt.«

»Aber er könnte ihr trotzdem abgenommen werden, oder nicht? Mit einer Säge oder mit Hammer und Meißel?«

»Nein, er wird durch die Kunst davor geschützt.«

Imaly runzelte die Stirn. »Ich dachte, dieser Ring ist immun gegen die Kunst.«

»Ist er auch. Die Orinfar-Runen befinden sich aber auf der Innenseite. So kann er von außen manipuliert werden. Als würde man das Äußere eines hölzernen Möbelstücks lackieren, um es zu schützen.«

»Also kann er niemals abgenommen werden?«

»Nur von einem Miralyith, und die dienen alle meinem Vater. Er wird ihr nicht abgenommen. Nicht, solange die Kreatur am Leben ist. Deshalb muss Vasek die Drecksarbeit verrichten. Es geht nicht anders.«

Imaly dachte kurz darüber nach und nickte dann. »Ich verstehe. Wenigstens stellt sie keine Gefahr dar. Danke, dass du mir diese Sorge genommen hast. Ich wüsste nicht, was wir ohne dich tun würden.«

Die beiden kamen an den Krypten der ehemaligen Fhane vorbei. Vor Fenelyus' Grabkammer sagte Imaly: »Weißt du, viele sehen dich als ihren wahren Erben. Man sagt, dass das Talent zu Regieren eine Generation übersprungen hat.«

Das Wetter hatte sich verschlechtert. Es war kalt geworden, und die meisten Bäume hatten ihr Laub verloren. Ihre nackten Äste schienen auf trockene, hohle Weise zu applaudieren, während ihre Kleider auf den Straßen tanzten. Imaly schlug die Kapuze ihres Umhangs hoch.

Mawyndulë erinnerte sich an Vidars Warnung, Imaly nicht zu vertrauen. Er hatte gesagt, sie sei gefährlich, doch Mawyndulë glaubte nicht daran. Seit ihrer ersten Begegnung hatte sie sich bei ihm eingeschmeichelt. Sie war der wahre Felsen in der stürmischen Brandung seines Lebens. Wenn sie Worte aussprach, die er kurz zuvor selbst gedacht hatte oder wusste, dass er bald selbst darauf gekommen wäre, erkannte Mawyndulë jedes Mal, dass Imaly seine einzige wahre Freundin war. Schade, dass sie so alt und hässlich war.

Imaly ging weiter, doch ihre Stimme war nun leiser. »Dein Vater ist kein besonders guter Fhan, Mawyndulë. Aber du wirst es sein. Und das sehen alle anderen genauso.«

Mawyndulë wurde warm ums Herz. Er war solche Komplimente nicht gewohnt, obwohl er seit seiner Geburt von vielen umschmeichelt wurde. Doch die Leute hatten immer nur sein Aussehen und seine Kleidung gelobt, oder sein Glück, als Sohn des Fhans geboren worden zu sein. Die Worte waren stets übertrieben, laut und falsch gewesen – genau wie der Applaus der kahlen Bäume. Nichts davon hatte sich auf seine Errungenschaften bezogen und nichts war von jemandem gekommen, dessen Meinung er respektierte. Doch Mawyndulë bewunderte Imaly. Das taten die meisten Leute. Selbst jene, die sie hassten – und sie hatte viele Feinde –, achteten sie. Das war noch etwas, das ihm an ihr gefiel. Sie schuf ihre eigene Strömung, schwamm so lange gegen den Strom, bis das Wasser sich ihr anpasste. Die Feindseligkeit, die sie damit auf sich zog, beachtete sie gar nicht erst. Sie war im Recht, die anderen im Unrecht und es gab in ihrem Leben keinen Platz für Zweifel. Mawyndulë wollte so sein wie sie. Er würde so sein müssen, wenn er erst einmal Fhan war.

Mawyndulës Mundwinkel hoben sich zu einem stolzen Lächeln.

Imaly deutete auf die Straßen, die sie umgaben. »Alle wissen, was passiert ist. Sie haben mitangesehen, wie dein Vater hilflos im Wasser herumgeplanscht ist, das viel zu tief für ihn war. Er wäre beinahe ertrunken und hätte uns alle mit sich gerissen. Während der Schlacht von Grandford hast du geglänzt und er … tja, er ist geflohen. Die Stadt weiß, dass *du* die Rhune gefangen und hergebracht hast. Sie wissen, dass du es warst, der –«

»Aber ich war das gar nicht. Jerydd hat sie gefangen.«

»Papperlapapp.« Imaly winkte ab.

Papperlapapp?

Er mochte Imaly, doch manchmal sagte sie seltsame Dinge.

»Eine Rhune zu fangen ist nicht besonders schwer. Aber du! Du hast Arion getötet. Es schaudert mich, wenn ich daran denke, was womöglich passiert wäre, wenn du es nicht getan hättest. Wer weiß, wie vielen Drachen wir jetzt gegenüberstünden?« Sie lächelte, und ihm fiel auf, dass sie nicht gerade die besten Zähne hatte.

»Du weißt, dass ich das war? Das wissen nicht viele.«

»Oh, du wärst überrascht, wie schnell sich so etwas verbreitet. Ich bin die Kuratorin des Aquila, also höre ich alles, und die Leute sprechen in den höchsten Tönen von dir. Ich kann dir gar nicht sagen, wie gut das in diesen schweren Zeiten tut. Weißt du, was das Volk will? Was es braucht? Ich sage es dir: Helden, an die sie glauben können. Versuch erst gar nicht, ihnen Jerydd und Lothian schmackhaft zu machen. Niemand will einen alten Bürokraten oder einen hilflosen Feigling. Sie wollen von dem bezaubernden jungen Prinzen angeführt werden, der das Airenthenon und den Aquila während der Rebellion der Grauen Umhänge gerettet hat. Der sich seinem Vater widersetzte, um eine Rhune zu fangen, die das Geheimnis kennt, das uns alle vor der Vernichtung bewahren wird.«

»Ich habe mich meinem Vater nicht widersetzt. Er hat mich geschickt.«

»Die Details sind unwichtig. Die Geschichte klingt besser, wenn du auf eigene Faust losgezogen bist, und das werden die Leute glauben. Daran werden sie sich erinnern.«

»Aber es ist nicht wahr.«

»Mawyndulë, die besten Chroniken sind niemals wahr, niemals vollkommen. Es sind unsere Geschichten, die uns ausmachen – sowohl als Einzelpersonen als auch als Zivilisation. Lange nach unserem Tod werden die Leute sich mit ihrer Hilfe an uns erinnern. Und diese Erinnerungen sind das Fundament dessen, wer wir wirklich sind, was uns wichtig ist, woran wir glauben, wofür wir stehen und wogegen wir kämpfen. Die Wahrheit entsteht aus dem Bild, das wir von uns selbst haben – und aus dem, das andere von uns haben. Unsere Geschichten sind unser wichtigstes Vermächtnis. Je besser sie sind, desto größer wird das Erbe sein, das wir hinterlassen, und desto besser die Welt, die wir schaffen.«

Sie überquerten den großen Platz und gingen auf die alten Wohnhäuser zu. Zum ersten Mal fiel Mawyndulë auf, dass sie interessante Strukturen aufwiesen und aufgrund ihres Alters Charakter besaßen.

»Du wirst schon sehen«, fuhr Imaly fort. »Du wirst das Blatt in diesem Krieg wenden. Das ist es, was die Leute denken, was sie glauben wollen. Du warst es, und nicht dein Vater, der siegreich aus der Schlacht hervorging und mit der Lösung unserer Probleme zurückkehrte. Du bist Fenelyus' Erbe, derjenige, der uns in unserer dunkelsten Stunde zu Hilfe eilte.«

Imaly blieb vor einem der Häuser stehen, das früher einmal das bescheidene Heim der ersten Fhan gewesen war. »Ich kannte Fenelyus gut. Sie und ich waren nicht immer einer Meinung. Wir stritten oft, wenn es um Politik ging. Ich kritisierte die totale Macht der Miralyith und erinnerte sie an unsere Gesetze, die besagen, dass die Befehlsgewalt auf mehrere Personen verteilt werden soll. Ich sprach mich gegen die Gründung der Sippe der Miralyith aus, weil es laut Gylindora Fhan sechs und nicht sieben geben soll. Deine Sippe hat große Macht und eine Zeit lang war ich davon überzeugt, dass die Miralyith unsere Zivilisation zerstören würden. Oh, wie wir uns deswegen stritten! Fast wären wir ernsthaft aneinandergeraten. Doch dann lernte ich dich kennen, einen Miralyith, an den ich glauben kann. Du gibst mir Hoffnung, Mawyndulë. Dafür möchte ich dir danken.« Sie beugte sich zu ihm hinunter und küsste ihn auf die Wange.

Bevor er sie kennengelernt hatte, wäre ihm von dieser Geste schlecht geworden, doch nun spürte Mawyndulë Tränen in sich aufsteigen. Er fühlte sich geehrt. Von ihr.

Vielleicht sah sie seine feuchten Augen, denn sie nahm ihr Gespräch rasch wieder auf. »Weißt du was? Fenelyus hat sogar einmal eine Tasse nach mir geworfen. Kannst du dir das vorstellen?« Sie lächelte voller Wärme.

Mawyndulë begriff nicht, wie Imaly so positiv an ein solches Ereignis zurückdenken konnte. Arion hatte ihm dasselbe angetan, was nur eins der Dinge auf seiner langen Liste war, warum er sie hasste. Doch Imaly war so anders, dass er immer noch nicht ganz herausgefunden hatte, was sie ausmachte.

»Die Tasse zersprang an einer Wand des Airenthenon. Eine Scherbe traf mich an der Wange. Hier.« Sie deutete auf eine verblasste rote Narbe und lächelte erneut, was Mawyndulë nur noch mehr verblüffte. »Die alte Fhan, die den höchsten Berg der Welt geschaffen, Avempartha erbaut und beinahe eigenhändig die gesamte Dherg-Zivilisation ausgelöscht hätte, hat eine Tasse nach mir geworfen!« Imaly lachte. »Doch trotz all unserer Meinungsverschiedenheiten verstand ich ihre Größe. Fenelyus war besonders. Man hat es in ihrer Stimme gehört, in ihrem Gang und in ihren Augen gesehen. Sie war majestätisch.«

Imaly legte ihm beide Hände auf die Schultern. »Dasselbe sehe ich in dir. Du hast ihre Augen, aber es betrübt mich auch, dass ihre Größe eine Generation übersprungen hat.« Imaly senkte die Stimme zu einem Flüstern. »Beten wir zu Ferrol, dass wir so lange abwarten können, bis du an der Reihe bist. Ich weiß, es klingt furchtbar, aber auf gewisse Weise wünschte ich fast, die Rebellion der Grauen Umhänge hätte Erfolg gehabt. Makareta und die anderen waren vielleicht gar nicht so dumm, wie wir dachten. Ich frage mich oft, was wohl mit ihr passiert ist.«

»Ich auch«, flüsterte Mawyndulë. »Manchmal glaube ich, sie in einer Menge zu sehen.«

»Was würdest du dann tun?«

Es war eine Frage, die er sich selbst bereits gestellt hatte. Früher hatte er stets die Antwort gewusst, doch nun schüttelte Mawyndulë den Kopf. »Ich weiß es nicht.«

Nachdem Mawyndulë Imaly vor ihrem Haus verabschiedet hatte, wanderte er ziellos umher. Sein Vater hatte so schlechte Laune, dass er es nicht eilig hatte, in den Palast zurückzukehren, doch er wusste nicht, wohin er sonst gehen sollte – zumindest glaubte er das.

Vielleicht waren es Imalys Kommentare, die ihn dazu verleiteten, am Fluss entlang zurückzugehen, oder es war nur ein Zufall, doch Mawyndulë schlug den Weg zum Shinara ein.

An der Brücke blieb er stehen und dachte an die halb darunter vergrabenen Erinnerungen. Unter den tief hängenden grauen Wolken sah alles tot aus. Die Bäume glichen Skeletten, das Laub am Boden hatte die Farbe von Rost, das Gras war brüchig und gelb. Er versuchte, sich diesen Ort so vorzustellen, wie er vor langer Zeit im Frühsommer ausgesehen hatte. Als alles geblüht hatte und so voller Leben gewesen war. Hier hatten sie gelacht, gesungen, getrunken, Pläne geschmiedet und sich Träume gebaut. Er erinnerte sich an den Geschmack des Weins, die Klänge der Musik, ihre Hand in seiner – alles war fort. Mawyndulë spürte den Verlust so stark, als schlösse sich eine Faust um sein Herz und drückte fest zu.

Er zog in Erwägung zum Ufer zu gehen, doch dort sah der Boden matschig aus und es gab Dornenbüsche.

Es ist nicht mehr dasselbe. Nichts ist mehr wie früher.

Es war, als würde er ein Grab besuchen. Ein kalter Wind fuhr ihm in die Knochen. Mawyndulë zitterte und seufzte.

Zeit, in mein Zimmer zurückzukehren, dachte er, konnte den Blick jedoch nicht von der Stelle losreißen, an der Makareta ihn umarmt hatte. Er versuchte, sich zu erinnern, wie sie ausgesehen hatte – immer lächelnd, die Lippen rosig vom Wein. Er dachte an die Wärme ihres Körpers, daran, wie gut sich die Umarmung angefühlt hatte, wie sie gerochen hatte. Doch die Erinnerungen waren so flüchtig, dass ihm nur noch kälter und er immer trauriger wurde. Er stellte sich der Bitterkeit, um den letzten Tropfen jener längst vergangenen Süße zu finden.

Ich habe sie geliebt.

Die Erkenntnis ließ ihn nur noch mehr leiden, gab ihm

Rechtschaffenheit in seinem Schmerz. Er war ein Märtyrer. Und dieser Gedanke führte endlich zu dem letzten Tropfen Süße, den er gesucht hatte – Selbstmitleid. Er war ganz allein mit seinem Schmerz und seiner Trauer, und das machte ihn mutiger, edler und gab ihm das Recht, bewundert zu werden. Mit Makareta an seiner Seite hätte er ganz werden können. Das wusste er sicherer, als er je etwas gewusst hatte. Sie war die einzige Person, die ihn hätte vervollständigen können. Seine einzige Chance auf Glück. Doch ihre gemeinsame Zukunft war vorbei gewesen, bevor sie überhaupt richtig begonnen hatte.

Ich darf nicht mehr hierherkommen. Es schmerzt zu sehr.

Der Wind frischte auf.

Sie hat gesagt, ihrer Meinung nach würde ich einen besseren Fhan abgeben. Genau wie Imaly heute.

Mawyndulë zog sich seine Kapuze über den Kopf.

»Dein Vater ist kein besonders guter Fhan, Mawyndulë. Aber du wirst es sein. Und das sehen alle anderen genauso … Beten wir zu Ferrol, dass wir so lange abwarten können, bis du an der Reihe bist.«

Er zog den Umhang fest um sich.

Vielleicht war Makareta gar keine Verräterin.

Der Wind wehte heftiger vom Fluss heran.

Die Worte seines Vaters hallten in seinem Kopf wider: *»Zugegeben, ich hatte so meine Zweifel, als du in den Aufstand dieser Grauen Umhänge verwickelt warst. Ich meine, was hätte ich denn denken sollen? Mein Sohn war entweder ein Verschwörer oder ein Dummkopf.«*

Ein eisiger Regen fiel vom Himmel, wirbelte die Flussoberfläche auf und prasselte auf die kahlen Zweige.

Vielleicht hatte Makareta von Anfang an recht gehabt.

12

IN EINEM FINSTEREN WALD

———•◆•———

*Drome und Ferrol waren Zwillinge. Sie waren sich in etwa
so ähnlich, wie sich Tag und Nacht oder Gut und Böse ähneln. Die Reiche der Unterwelt, die sie regierten, waren Spiegel, die ihr Licht, oder ihre Dunkelheit, reflektierten.*

– *Das Buch Brin*

Die Krähe saß auf dem toten Gras und beobachtete sie. Zumindest glaubte Brin, dass es eine Krähe war. Der Vogel war groß, schwarz und verhielt sich so, wie Krähen sich sonst in der Nähe von Kadavern verhielten: Sie rührte sich nicht vom Fleck. Das Problem war nur, dass weit und breit keine Leiche in Sicht war. Doch der Vogel saß keine sechs Fuß von ihnen entfernt und funkelte sie mit der Verachtung eines tausendpfündigen Auerochsen an.

Allein ihre laute Ankunft hätte ihn aufschrecken müssen. Das Portal spuckte jeden von ihnen mit einem geräuschvollen Ploppen aus. Schreiend und keuchend stolperten sie durch die Tür in die Dunkelheit von Nifrel hinein. Brin weinte.

Moya und Tekchin sind fort!

Moya war Brins engste Freundin. Nach Audreys Tod hatte Sarah die frisch verwaiste junge Frau bei ihnen aufgenommen, und Moya war zu Brins frecher älterer Schwester geworden. Ihre Mutter hatte sie manchmal liebevoll »Nervensäge« genannt. Sie war ein schlechter Einfluss, hatte eine große Klappe und stellte ständig irgendetwas an – und sie war Brins unangefochtenes Vorbild. Moya hatte ihr Tanzen beigebracht, ihr zum ersten Mal Met zu trinken gegeben, sie auf verbotene Abenteuer in den Wald mitgenommen und Brin gelehrt, dass sie die Heldin ihrer eigenen Geschichte sein konnte. Moya hatte für Brin gelogen und Sarah erzählt, *sie* hätte das Pedal des Webstuhls abgebrochen. Daraufhin hatte sie ohne Abendessen zu Bett gehen müssen – und Brin hatte überhaupt nicht geschlafen. Moya hatte sie immer beschützt und in all ihren Jahren in Dahl Rhen hatte es niemand gewagt, Brin zu ärgern. Durch Moya an ihrer Seite war sie immer sicher gewesen. Nun, als sie den tiefsten Abgrund der Unterwelt erreicht hatte und in einem Furcht einflößenden, finsteren Wald kniete, fühlte Brin sich nicht mehr sicher.

Sie wischte sich über die Augen und sah, wie Gifford mit gezogenem Schwert zum Portal blickte, durch das sie gekommen waren. Wahrscheinlich befürchtete er, dass Drome oder der einäugige Riese hindurchkommen würden. Tressa stand mit in die Hüften gestemmten Armen etwas abseits und starrte in die andere Richtung, wo sich der düstere Wald voller blasser, laubloser Bäume in alle Richtungen erstreckte. Das war also Nifrel. Regen umklammerte seine Hacke, unsicher, in welche Richtung er sich drehen sollte, und Roan saugte an ihrer Unterlippe, wie sie es früher immer getan hatte, wenn jemand sie berührte.

»Ich glaube nicht, dass sie noch kommen«, flüsterte Gifford. Er schlich näher an das Portal heran, das von dieser Seite wie ein glatter Vorhang aus blassem Licht aussah. Er streckte seine freie Hand aus und fuhr mit den Fingern hindurch.

Plötzlich stieß er einen spitzen Schrei aus, als er unvermittelt nach vorn gerissen wurde.

Regen und Brin packten ihn hastig und zogen. Roan und Tressa schlossen sich ihnen an und gemeinsam gelang es ihnen, seinen Arm zu befreien.

»Jemand auf der anderen Seite hat nach meinen Fingern gegriffen.« Gifford drückte sich die Hand an die Brust und funkelte den leuchtenden Torbogen an. »Es sieht aber nicht so aus, als könnten sie hindurch.«

Brin nickte. »Ich hoffe, du hast recht.«

»Was ist mit Moya und Tekchin passiert?«, fragte er.

Brin versuchte zu sprechen, aber ihre Kehle war wie zugeschnürt.

»Das Schloss ist über ihnen zusammengekracht«, erklärte Regen an ihrer statt. »Tekchin ist darunter begraben, wir haben ihn nicht gesehen. Moyas Bein war unter einem Steinblock von der Größe eines Rundhauses eingequetscht. Ich habe versucht, sie zu befreien, aber kaum eine Kerbe schlagen können. Sie hat uns befohlen, ohne sie zu gehen.« Der Zwerg sah Brin an. »Ich musste Brin fast schon drohen, sonst wäre sie nicht gegangen.«

Gifford nickte ernst. »Also sind wir nun auf uns gestellt.«

Brin schniefte. »Sieht so aus.«

Gemeinsam wandten sie sich von der Tür ab, um sich im zweiten Reich von Phyre umzusehen.

Baumstämme ächzten und stöhnten, und die wenigen Blätter an den sonst kahlen, knochenweißen Ästen raschelten – das Wispern Tausender Geister. Brin spürte keinen Wind, obwohl die leeren Äste knarzten – ein hohler, klagender Laut.

Das ist kein schöner Ort.

Gifford starrte ebenfalls in die Dunkelheit. »Dagegen kommt einem der Sumpf von Ith fast schon angenehm vor, was?«

»Ist das derselbe Vogel, den wir in Rel gesehen haben?«, fragte Regen und befestigte seine Spitzhacke wieder in der Halterung auf seinem Rücken.

»Vielleicht«, antwortete Brin.

»Ich glaube schon«, grummelte der Zwerg. »Seltsam.«

»Machst du Witze?« Gifford sah ihn amüsiert an. »An diesem Ort findest du den Vogel am merkwürdigsten?«

Regen zuckte mit den Achseln. »Wenn nichts außer uns durch das Tor kann, warum dann der Vogel?«

»Wir sollten weiterziehen«, sagte Tressa, die nach wie vor in die Finsternis starrte.

»Was ist mit Moya?«, fragte Roan, deren Gesicht vom Schein des Portals erhellt wurde. Ihre Augen funkelten in dem matten Licht, das die Lichtung, auf der sie standen, in einen geisterhaften Schimmer tauchte. »Vielleicht, wenn wir … womöglich könnten wir –«

Tressa fiel ihr ins Wort. »Ihre Reise ist zu Ende. Weiter ist sie einfach nicht gekommen.«

Brin versteifte sich. Die kalte Abgeklärtheit in Tressas Stimme machte sie wütend, vor allem weil sie immer noch ein schlechtes Gewissen hatte, ihre Freundin zurückgelassen zu haben. Wieder einmal war Tressa zu der herzlosen Hexe geworden, die ihre Buchseiten in den Fluss geworfen hatte. »Was, wenn du an ihrer Stelle wärst, Tressa?«

Sie bedachte Brin mit einem fiesen Lächeln. »Wenn *ich* unter einem Felsen eingeklemmt wäre, hättet ihr mich längst zurückgelassen.«

»Das stimmt nicht«, entgegnete Gifford.

Tressa runzelte die Stirn. »Es hätte mir sowieso nichts ausgemacht. Ich hätte es sogar erwartet, weil es hier nicht um mich geht. Wir alle kannten die Risiken. Zumindest kannte ich sie, und wenn Moya sich nicht darüber bewusst war, dann ist sie dumm.«

»Wie kannst du so kaltherzig sein?«, fragte Brin.

»Ich friere«, warf Roan ein.

»Was?« Brin fuhr verwirrt und leicht genervt zu ihr herum. Da sie bereits vor Selbsthass und Zweifeln überzuschäumen schien, konnte sie Roans belanglose Einmischung nun nicht ertragen. Doch eine Sekunde später erinnerte sie sich daran, dass Roan niemals etwas Belangloses ansprach.

»Ich meine, im Gegensatz zu vorher empfinde ich hier auf einmal Kälte.« Roan rieb sich über die Arme.

Tressa schüttelte angewidert den Kopf. »Dein Ernst? Wie alt

bist du? Acht? Ich friere. Wir alle frieren. Finde dich damit ab. Wir müssen –«

»Nein, sie hat recht«, sagte Gifford. Er blickte sich misstrauisch um, als hätten sich die Dunkelheit und die Bäume gegen sie verschworen. »Seit ich gestorben bin, habe ich nichts gespürt. Und jetzt ist mir kalt. Es hat gerade erst angefangen. In Rel war es noch nicht so.«

Da fiel es auch Brin auf. Es war nicht kalt, wie sie es vom Winter kannte, doch ein Schauer kroch ihr den Rücken und Nacken herauf, tanzte über ihre Haut. Etwas hatte sich verändert, sie konnte es spüren …

Es knackte im Unterholz. Äste brachen, und sie fuhr herum. In dem Wald voller bleicher Bäume bewegte sich etwas. Etwas Großes.

Brin wurde nun wirklich eiskalt, während sie in den Wald starrte. Nifrel war ein düsterer Ort. Es war nicht pechschwarz, wie damals in Neith, als sie ihre eigenen Hände nicht hatte sehen können. Hier war das Licht eher düster und schummrig. Diese neue Welt bestand aus Grautönen. Dort, wo sich in der Welt der Lebenden der Himmel befunden hätte, war es hier jedoch schwarz wie Ebenholz. Brin entdeckte keine Lichtquelle, doch das war sowieso egal, da sie streng genommen keine Augen hatte. Ihre Umgebung war nicht länger etwas, das sie sah, sondern eher etwas, das sie wahrnahm.

»Was ist das?«, fragte sie.

Ein weiteres Krachen ertönte. Brin konnte nicht ausmachen, ob es sich bloß um einen großen Ast handelte, oder ob das Wesen nähergekommen war.

Gifford zog sein Schwert.

Da bewegte sich die Krähe. Sie flatterte mit den schwarzen Flügeln und flog zu einem niedrigen Ast in der Nähe. Selbst das seltsame Tier fühlte sich nicht mehr sicher.

Brin blinzelte in die Finsternis und konnte nichts als die schwachen Silhouetten der Bäume erkennen, doch plötzlich entdeckte sie eine Bewegung. Es war eine riesige, ungeschlachte Kreatur mit aufgestelltem Fell. »Was ist das denn?«

»Ich glaube, es ist ein Bär«, antwortete Gifford. »Ein wirklich großer Bär.«

»Ist das …?«, stammelte Tressa. »Ist es möglich, dass …?«

Aus den Schatten stapfte ein massiger brauner Bär. Er stellte sich auf die Hinterbeine und brüllte so laut, dass die Bäume erzitterten.

»Die Braune«, keuchte Brin. Sie hatte die Bärin nie gesehen, die Konniger und viele andere getötet hatte, doch sie hatte von ihr gehört: rötliches Fell von der Farbe getrockneten Blutes, ein riesiger Körper, gestärkt vom Menschenfleisch, das sie regelmäßig verschlang. Maeve war eins ihrer Opfer gewesen, und Suri wäre ebenfalls gestorben, wenn sie nicht …

»Feuer!«, rief Brin. »Wenn wir doch nur Feuer hätten.«

Roan warf ihr einen Blick zu. Eine Idee funkelte in ihren Augen. Ohne ein Wort zu sagen, rannte sie auf die Bärin zu.

»Roan!«, kreischten alle panisch.

Aber Roan lief nicht weit, sie hielt vor der ersten Baumreihe an und klaubte eine Handvoll gefallener Zweige vom Boden auf, bevor sie wieder zu ihnen zurückrannte.

»Was tust du denn da?«, rief Gifford.

»Feuer! Sie wird Angst davor haben.« Roan ließ die Zweige fallen und riss ihre Tasche auf.

Regen kniete sich neben sie und begann, das Feuerholz in kleinere Stücke zu brechen.

»Ich könnte noch ein paar größere Äste gebrauchen«, sagte Roan zu den anderen, während sie Rohwolle und ein Stück Stoff aus ihrer Tasche zog. Sie reichte Regen alles, bevor sie weiter darin herumkramte.

»Funktioniert das hier überhaupt?«, fragte Tressa.

Die knurrende Bedrohung näherte sich ihnen unaufhörlich. Brin konnte die schweren Schritte auf dem toten Laub knirschen hören.

Regen half Gifford, einen umgestürzten Baumstamm heranzuziehen, während Roan einen spitzen Stein gegen ein gezacktes Stück Metall schlug. Funken stoben auf. Sie hielt inne und pustete auf den Haufen, den Regen am Boden errichtet hatte. Eine warme gelbe Flamme schoss in die Höhe. Sie tanzte über das blasse Holz, während sie neue Schatten warf. Nun war die Lichtung zu ihrer Festung geworden, zu ihrem Lager, das sie gegen die Wildnis verteidigen konnten.

Gifford betrachtete die über die Bäume tanzenden Schatten. »Macht es größer.«

»Hoffen wir, dass sie Feuer immer noch fürchtet.« Tressa schnappte sich einen Ast und schwang ihn wie einen Knüppel. »Wird es funktionieren, oder ... locken wir sie mit dem Licht vielleicht sogar an?«

»Was? Glaubst du etwa, dass es eine riesige, knurrende Mottenbärin ist?«, fragte Gifford.

»Sieh dich doch mal um, ist die Vorstellung wirklich so abwegig?«

Gifford antwortete nicht, sondern sammelte weiter Holz. »Du hast nicht zufällig einen Speer in deiner Wundertasche, oder, Roan? Das wäre jetzt wirklich nützlich.«

Sie blickte auf. »Ich könnte einen machen.«

Gifford lächelte sie an. »Vielleicht nächstes Mal.«

»Hier, nimm das.« Roan steckte das Ende eines Zweiges in Brand und reichte ihn Gifford. Mit seinem Schwert in der rechten und der Fackel in der linken Hand näherte er sich dem Biest.

»Was hast du vor, Giff?«, fragte Tressa in einem Tonfall, in dem mitschwang, dass er lieber nichts dergleichen tun sollte.

»Ich hoffe, dass ich sie verjagen kann.«

Gifford schwang seine Fackel. Die Bärin, die sich noch etwas entfernt befand, schnaubte, fiel auf alle vier Pfoten und wich zurück. »Es funktioniert.« Gifford drang weiter vor und stieß seine Fackel in ihre Richtung. Die Braune knurrte zornig, und als Gifford die Bäume erreichte, drehte sie sich um und floh in den Wald.

»Ha!« Gifford schaute ihr hinterher. »Sieh einer an!«

»Wie überaus grausam.« Die Worte kamen zischend aus dem Feuer.

Roan und Regen sprangen zurück, als eine Stichflamme in die Höhe schoss. Alle zogen sich an den Rand des Lichtscheins zurück, als sich der zuvor tröstliche gelborangefarbene Schein in ein weißblaues Flackern verwandelte. In den Tiefen des nun hoch auflodernden Lagerfeuers erschien das Gesicht einer Frau: scharfe Wangenknochen, dünne, schwarz bemalte Lippen, eine spitze Nase und stechende Augen.

»Meine Bärin wollte euch lediglich willkommen heißen und das ist eure Art, sie zu begrüßen?«, tadelte die Frau im Feuer in gespielter Empörung. Dann umspielte ein Lächeln ihre Mundwinkel. »Na schön, vermutlich hätte sie euch auch fressen können. Sie kann nicht anders. Es liegt in ihrer Natur. Aber das war trotzdem äußerst grob von euch.«

»Wer seid Ihr?«, fragte Tressa.

Brin war beeindruckt, dass sie den Mut aufbrachte zu sprechen. Ihre eigene Stimme hatte sie irgendwo tief in ihrer Kehle verloren. Vielleicht war es nur eine Illusion, doch das Bild im Feuer war das Furchterregendste, was Brin je gesehen hatte.

Die Frau in den Flammen sah überrascht aus, sogar ein wenig verletzt. »Ich bin die Regentin dieses Reiches, meine Liebe. Ich bin Ferrol, drittgeborene Tochter von Eton und Elan, Herrscherin über die Dunkelheit, Göttin der Fhrey, Herrin der Verdammten, Königin des Weißen Turms. Ihr müsst vorbeikommen, zu dieser Jahreszeit ist es dort wirklich hübsch. Die Knochenmauern glänzen so schön vor dem dunkeln Himmel.«

Laut Drome waren er und seine Schwester Zwillinge, doch Brin erkannte keinerlei Ähnlichkeit. Im Vergleich mit dieser Frau war der Gott der Zwerge ein fröhlicher alter Onkel mit einem schrulligen Sinn für Humor.

»Ich dachte mir, ich sollte so aufmerksam sein, euch einzuladen. Wir könnten zusammen essen, oder zumindest so tun. Ihr könnt mich nicht verfehlen. Ich wohne in dem riesigen Turm in der Mitte des Reiches. Alle Straßen führen dorthin. Und bringt euren wundervollen Schlüssel mit.«

Hätte Brin noch ein Herz gehabt, hätte es nun einen Schlag ausgesetzt. Auf den vom blauen Feuer erhellten Gesichtern der anderen entdeckte sie dieselbe Reaktion.

»Schaut doch nicht so schockiert drein. Habt ihr etwa geglaubt, ihr könntet hier hereinspazieren und ich würde nicht über das kleine Schmuckstück Bescheid wissen, das *Turin* euch gab?« Ferrol sprach den Namen auf spöttische Weise aus. »Es stand ihm nicht zu, euch den Schlüssel zu geben, wisst ihr? Er hat ihn gestohlen, so wie er alles stiehlt. Es handelt sich hierbei also um einen Fall von unangebrachter Loyalität. Ihr arbeitet für die falsche Person.« Der Blick ihrer feurigen Augen legte sich auf Gifford. »Vor allem du. Bei Tressa verstehe ich es ja, aber nicht bei dir, mein armer Junge. Du bist aus einem viel edleren Holz geschnitzt. Du solltest es besser wissen, als einem bösen Gott zu dienen. Müsstest du solche Dinge nicht spüren? Verstehst du den Unterschied nicht? Wir sind die Guten, die Tugendhaften, jene, die an Freiheit, Liebenswürdigkeit, Mitgefühl und Liebe glauben. Turin ist ein Tyrann. Er mordet, lügt, betrügt, stiehlt und hat alle eingesperrt, die es wagten, sich ihm zu widersetzen. Das hier ist sein kleiner Ort des Vergessens, an den er all seine unangenehmen Wahrheiten, sein Schamgefühl und seine Ängste verbannt. Doch dieser Schlüssel – der rechtmäßig meinem Vater gehört – wird uns befreien. Damit werde ich Äonen der unrechtmäßigen Gefangenschaft ungeschehen machen. Bringt ihn mir.«

»Wir sind nicht hier, um Euch etwas zu bringen«, erwiderte Tressa.

»Und doch werdet ihr es tun. In diesem Reich bin ich die absolute Herrscherin.« Ferrol brachte das Feuer zum Auflodern, der blaue Schein entzog allen Gesichtern die Farbe und ließ die blassen Bäume schaurig glühen. »Ihr könnt nirgendwohin, euch nirgendwo verstecken. Und ihr solltet wissen, dass ich nicht mein Bruder bin. Er meint es gut, aber er ist ein Narr. Bringt mir den Schlüssel, und ich werde euch eure Verbrechen vergeben. Widersetzt euch mir, und ich werde ihn mir holen und euch zur Strafe in den Abgrund werfen, wo ihr eure Ewigkeit mit den Typhonen verbringen werdet.«

Abgrund und *Typhone.* Brin versuchte, sich diese Begriffe einzuprägen, doch es war schwer zu denken, während sie so entsetzt war.

»Ihr würdet nicht um den Schlüssel betteln, wenn Ihr wirklich so mächtig wärt«, sagte Gifford.

Die Feueraugen blitzten auf. »Komm her, lieber Junge«, sagte Ferrol. »Lass mich dir zeigen, wie ich Ungehorsam in meinem Reich bestrafe.«

Gifford machte einen seltsamen Schritt nach vorn. Selbst als Krüppel hatte er sich nicht so mühsam fortbewegt. Schritt für Schritt stolperte er auf die Flammen zu, das Gesicht vor Anstrengung verzerrt.

»Im Reich meines Bruders gibt es keinen Schmerz«, sagte Ferrol. »Nur die Ewigkeit, eine fade, graue Existenz. Doch hier in meinem Reich werdet ihr eure Fehler zu spüren bekommen. Denn was kann man schon gewinnen, wenn es nichts zu verlieren gibt?«

Das Feuer loderte heller, leuchtete im Inneren weiß, sodass Brin die Augen zusammenkneifen musste.

»Komm näher, du verzogener Krüppel, und du wirst spüren, was –«

Mit einem lauten Zischen und aufsteigendem Rauch verschwand Ferrols Gesicht mitsamt den Flammen. Roan stand mit ihrem nun leeren Wasserschlauch neben den rot glühenden Überresten. »Böses Feuer«, sagte sie.

Der Besuch der Königin des Weißen Turmes trieb sie zur Eile an. Niemand wollte in der Nähe der schwelenden Glut bleiben. Wie in Rel gab es auch hier eine Straße. Doch statt Dromes weißen Pflastersteinen hatte Ferrol einen ausgetretenen Pfad anlegen lassen, der sich zwischen den knorrigen Bäumen und zerklüfteten Felsen hindurchschlängelte. Trotzdem war der Weg unverkennbar, sodass sie ihm mit Leichtigkeit folgen konnten. Sie mussten keine Entscheidung treffen und sich auch nicht besprechen. Gifford übernahm die Führung, Roan an seiner Seite. Die anderen folgten in lockerer Formation, die sich je nach Beschaffenheit der Landschaft änderte. Brin fand sich oft am Ende ihrer kleinen Prozession wieder, wo sie ständig zurückblickte. Sie konnte nicht aufhören, an Moya zu denken.

Hat Drome sie gefangen genommen? Wird er sie foltern lassen? Ist das in Rel überhaupt möglich?

Nach ihrer ersten Begegnung mit der Königin vermutete Brin, dass er die eintönige Gefühllosigkeit seines Reiches verändern konnte, wann immer es ihm beliebte.

Und was ist mit Tekchin? Wird er für immer begraben bleiben?

Brin war überzeugt gewesen, dass es die schwerste Aufgabe ihres Lebens gewesen war, in den Tümpel zu waten, doch nun war sie sich nicht mehr so sicher. In Rel hatte sie noch fest geglaubt, sie würden es schaffen. Die Chancen darauf, zweimal zu sterben, standen nicht sehr noch und außerdem hatten sie den Gott Malcolm auf ihrer Seite. Sie hatte sich selbst auf einem großen Abenteuer gesehen, auf dem sie mit alten Freunden und Familienmitgliedern vereint wurde und noch dazu alles über die Beschaffenheit der Welt herausfinden würde, was ihr Buch noch umfassender machen würde, als sie es sich je erträumt hatte. Seitdem hatte Brin jedoch gelernt, dass es etwas Schlimmeres als den Tod gab, und sie vermutete nun, dass sie Malcolm nicht trauen konnten.

Arbeiten wir wirklich für einen bösen Gott? Haben Drome und Ferrol recht?

Brin hatte Malcolm immer gemocht. Er war liebenswürdig, freundlich, ruhig und ein bisschen verschroben, was ihn sehr umgänglich machte. Niemand hatte je ein schlechtes Wort über ihn verloren – bis sie Muriel getroffen hatten. Sie hasste ihn. Sie war die Hexe von Tetlin, aber ganz anders, als Brin sie sich immer vorgestellt hatte. Kein hässliches, niederträchtiges altes Weib, sondern eine wunderschöne, herzensgute Frau. Und dann war da Drome, den Arion als gutmütig beschrieben hatte. Er hatte von Malcolm als bösem Tyrannen gesprochen, der die Welt mit eisernem Griff regierte.

Nun hatte Ferrol dies ebenfalls bestätigt.

»Du solltest es besser wissen, als einem bösen Gott zu dienen. Müsstest du solche Dinge nicht spüren? Verstehst du den Unterschied nicht?«

Im Gegensatz dazu verehrten Roan, die Zwerge und Tressa Malcolm. Brin hatte keine Ahnung, was genau in jener Nacht in der Schmiede geschehen war, als Raithe gestorben war. Sie verstand nicht, warum ausgerechnet Tressa so sehr zu Malcolm aufschaute. Sie war nicht gerade dafür bekannt, rechtschaffen zu sein.

Ist es möglich, dass Tressa sich zu Malcolm hingezogen fühlt, weil er der Gott des Bösen ist? Hat er uns alle belogen?

Sie zog in Erwägung, ihre Gedanken mit den anderen zu teilen. Wenn Moya noch bei ihnen gewesen wäre, hätte sie sich ihr definitiv anvertraut. Doch nun, da sie durch einen düsteren Wald in Nifrel liefen und von einer Göttin und einem Bären verfolgt wurden, war die Stimmung der Gruppe sowieso bereits am Tiefpunkt angelangt. Brin wollte ihnen nicht das letzte bisschen Hoffnung stehlen, an das sie sich noch klammerten. Die Möglichkeit, dass Malcolm böse war, würde Roan und Regen verstören und Tressa brechen. Also schwieg Brin, obwohl sie sich längst nicht mehr sicher war, ob ihre Mission eine gute Idee war. Schließlich war es zu spät, um umzukehren.

Sieht so aus, als hättest du doch recht gehabt, Tesh. Bei Elan, wie sehr ich dich vermisse.

Sie fragte sich, was er wohl gerade tat.

Hat er den Sumpf bereits wieder durchquert? Hat er Nyphron getötet, weil er aus Trauer seinen Plan beschleunigt hat? War es Nyphrons Glocke, die wir läuten gehört haben? Vielleicht sind Jahre vergangen, seit wir Phyre betreten haben, und Tesh hat jemand anderen gefunden und mich vergessen.

Die Krähe blieb bei ihnen.

Brin konnte sie nicht immer sehen, da sie im Wald sowieso nicht viel ausmachen konnte. Die Welt war mit einem scheinbar rauchigen Nebel überzogen, der alles dämpfte. Und dann waren da noch die Bäume, Tausende tote weiße Stämme. Es war nicht schwer zu verstehen, warum die Braune so einen Radau gemacht hatte. Die Äste waren schwach und brüchig wie alte Knochen. Brin versuchte, sich zwischen zweien durchzuschieben, und beide brachen, zerstoben am Boden zu Hunderten von Splittern. Der Wald lebte nicht. Wie die Leute, die ihn durchstreiften, war er tot.

»Wohin wirst *du* gehen?«, fragte Roan ihren Mann scheinbar aus dem Nichts heraus, wie sie es oft tat.

»Was meinst du?«, fragte Gifford.

»Wenn das alles vorbei ist. In welchem Reich von Phyre wirst du bleiben? Ferrol hat gesagt, du wärst aus einem edleren Holz geschnitzt. Und das bist du auch. Ich habe nie jemanden getroffen, der so mutig, liebevoll und gut ist wie du. Ich glaube, du wirst nach Alysin kommen.«

»Nein.« Gifford lachte. »Das sagst du nur, weil du mich so siehst. Wahrscheinlich werde ich nach Rel kommen. Ich glaube nicht, dass ich für etwas anderes qualifiziert bin, nur weil ich mich an Naraspurs Mähne geklammert habe. Wir beide werden in einem Häuschen in der Nähe von Brins Familie leben. Wäre das nicht schön?«

»Was, wenn ich nicht nach Rel gehöre?«, fragte Roan. Sie

sprach immer leiser, sodass ihr Flüstern vom Rascheln einer Maus übertönt werden würde. »Was, wenn ich hierherkomme?«

»Hierher?« Gifford lachte erneut. »Warum solltest du … oh.« Er verstummte und senkte ebenfalls die Stimme. »Nein. Nein, du wirst nicht hier enden.«

»Dieser Ort ist doch für die bösen Leute, oder nicht?«

»Roan, du bist nicht böse.«

»Aber ich –«

Gifford blieb stehen, um sie anzuschauen. »Du bist nicht böse, Roan. Ganz und gar nicht.«

»Woher weißt du das? Wie kann es irgendjemand vorher wissen?«

Brin lauschte auf die Antwort, doch Gifford hatte keine.

Plopp, plopp, plopp. Ein Geräusch hallte laut in der dumpfen Stille wider, gefolgt von einem entsetzlichen Schrei, der Brin das Blut in den Adern gefrieren ließ.

»War das das Portal?«, fragte sie mit zitternder Stimme.

»Vielleicht sollten wir schneller gehen«, sagte Gifford.

»Und den Pfad verlassen«, fügte Tressa hinzu.

»Was, wenn wir uns verlaufen?«, fragte Gifford.

»Unmöglich. Wir haben schließlich keine Ahnung, wohin wir gehen. Und ich glaube, im Moment wäre es schlimmer, gefunden zu werden, als sich zu verlaufen.«

Sie verließen den Pfad und liefen durch den Wald. Brin erwartete, dass sie schwerer vorankommen würden, doch die Bäume waren so schwach, dass sie bei der leisesten Berührung zerbrachen. Das war gut und schlecht zugleich. Sie kamen schnell voran, hinterließen jedoch unübersehbare Spuren. Ganz zu schweigen von dem Lärm, den sie verursachten. Brin wusste nicht, ob dieser Ort einen Namen hatte, doch in ihrem Kopf nannten sie ihn den *Toten Wald*. Wenn sie es je in die Welt der Lebenden zurückschaffte, würde sie ihm in ihrem Buch offiziell diesen Namen geben.

Da entdeckte sie die Krähe, die weiter vorne auf sie wartete. Sie saß auf einem Ast, ohne dass er unter ihrem Gewicht brach. Der Vogel beunruhigte Brin, da er nicht normal war. Die Absurdität dieses Gedankens ließ sie beinahe laut auflachen – beinahe.

Was ist schon normal?

An diesem Ort hatte sie keine Antwort darauf. Trotzdem war sie sich sicher, dass der Vogel sie beobachtete. Egal, ob das normal war oder nicht, es gefiel ihr nicht. Seine schwarzen, perlenartigen Augen erinnerten sie an das Gesicht im Feuer. Vor ihnen lichteten sich auf einmal die Bäume. Sie hatten das Ende des *Knochenwaldes* erreicht. Brin dachte kurz darüber nach und entschied sich, dass ihr dieser Name besser gefiel.

In diesem Moment hörten sie eine Bewegung und hielten an. Jemand näherte sich ihnen von hinten und veranstaltete dabei viel Radau. Es waren schwere Schritte zu hören, unter denen etliche Zweige zerbrachen, untermalt von Grunzen und erstickten Schreien. Die gesamte Reisegruppe duckte sich augenblicklich und blickte zurück in die Düsternis des Waldes, wo ihre Spuren klar zu erkennen waren.

Tressa presste sich einen Finger auf die Lippen und funkelte jeden von ihnen warnend an. Sie warteten, lauschten. Die Geräusche brachen ab. Brin glaubte, entfernte Stimmen zu hören. Dann bewegten sie sich erneut, diesmal näher.

»Wir stecken in Schwierigkeiten«, wisperte Tressa. »Es hat gesehen, wo wir den Pfad verlassen haben, und folgt uns nun.«

»Geht weiter«, sagte Gifford leise und zog sein Schwert. »Ich bleibe hier und versuche, es aufzuhalten. Ihr solltet Hilfe suchen.«

Niemand rührte sich.

»Ich meine es ernst«, flüsterte er so streng er konnte. »Geht!«

Roan antwortete mit einem Kopfschütteln und umklammerte seinen Arm.

Während sie warteten, hielt Brin nach einem hellen Licht

Ausschau, konnte jedoch keins ausmachen. Das hieß, dass es nicht Drome war, der sich ihnen näherte. Doch was für ein Monster hatte er ihnen hinterhergeschickt?

Nach kurzer Zeit sahen sie ein Wesen mit zwei Köpfen und drei Beinen, das auf sie zuhumpelte.

Brin bereitete sich auf das Schlimmste vor. Sie griff nach dem robustesten Ast, den sie finden konnte. Roan ließ Gifford los, als er einen Schritt nach vorn machte und beide Hände um den Schwertknauf legte. Regen stellte sich breitbeinig auf und holte die Spitzhacke von seinem Rücken. Als die Kreatur aus den Schatten der Bäume trat, erkannte Brin, dass es zwei Personen waren. Ein Mann und eine Frau, die Mühe hatten zu laufen – der eine stützte die andere.

Brin starrte voller Verblüffung, als sie sich aus der Düsternis schälten.

»Tesh?«, entfuhr es ihr atemlos.

»Moya!«, rief Gifford.

Entweder war es eine Illusion des Nachlebens oder Tesh war wirklich hier und half Moya, die auf einem Bein hüpfte.

»Brin!«, rief Tesh. »Komm, hilf mir mal!«

Sie rannte los, während in ihr ein Sturm tobte, der zu gleichen Teilen aus Freude und Trauer bestand.

Moya hatte es herausgeschafft, doch sie war verletzt, und Tesh war hier, aber das bedeutete, dass er gestorben war.

»Moya!«, keuchte Brin. »Dein Bein. Was ist passiert?«

Moya biss sich vor Schmerz auf die Unterlippe. Ihr Gesicht war schweißüberströmt, und sie zitterte am ganzen Körper. Ihr linkes Bein war direkt über dem Knie abgetrennt worden. Blut durchtränkte ihre Hose und einen Arm, auch über ihr Gesicht zog sich ein roter Streifen. Daran klebte außerdem weißer Staub, der sich mit dem Blut vermischt haben musste, als sie auf dem Boden des Palastes gelegen hatte.

»Ich konnte den Felsbrocken nicht bewegen«, sagte Tesh entschuldigend. Er war ebenfalls blutbesudelt, schien aber nicht verletzt zu sein. »Sie steckte darunter fest, und er war zu schwer. Das«, er deutete auf Moyas Bein, »war das Einzige, was ich tun konnte. In Rel war es nicht schlimm, Moya hat nichts gespürt. Aber sobald wir durch das Portal gegangen sind, ist sie zusammengebrochen und hat vor Schmerz geschrien. Ich musste sie den ganzen Weg mit mir schleifen.«

Sie hatten Moyas Beinstumpf mit Teshs Gürtel abgebunden, doch das reichte nicht. Blut tropfte stetig auf den Boden.

»Leg sie hin«, befahl Brin. »Wir müssen mehr Druck auf die Wunde ausüben.«

»Padera hat immer einen Stock oder einen Axtgriff benutzt, um den Gürtel enger zu ziehen«, sagte Roan.

»Stimmt. Hier, nimm den hier.« Brin reichte ihr den Ast, den sie zur Verteidigung aufgehoben hatte.

Roan zog den Gürtel fester, sodass Moya aufschrie.

»Wir könnten ein Feuer machen und den Stumpf ausbrennen, um die Wunde zu verschließen«, sagte Tesh.

Roan schüttelte den Kopf. »Keine gute Idee.«

»Was sollen wir sonst tun?«, fragte Gifford.

»Holt Hilfe«, grunzte Moya durch zusammengebissene Zähne.

Tressa nickte. »In diesem verfluchten Reich muss es jemanden außer Ferrol geben, der etwas tun kann.«

»Ich werde gehen«, verkündete Brin.

»Brin, sei vorsichtig!«, rief Tesh ihr hinterher, als sie in die Richtung losrannte, wo sich die Bäume lichteten.

Brin war schon immer eine schnelle Läuferin gewesen, doch im Nachleben schien sie zu fliegen. Die Äste des Toten Waldes zerbröselten, während sie achtlos an ihnen vorbeisprintete und sich nach kurzer Zeit auf einer weiten offenen Hochebene wiederfand. Dahinter entdeckte sie ein orangerotes Glühen, das den Horizont wie ein Sonnenaufgang erhellte. In der grauen Welt war das bisschen Farbe eine willkommene Abwechslung, doch es handelte sich nicht um einen Sonnenaufgang. Das Glühen entsprang unter einer Steilklippe und sorgte dafür, dass alles andere noch dunkler wirkte. Die Felsen und die vereinzelten Bäume ragten als düstere Silhouetten davor auf. Von tief unter ihr hörte Brin ein sanftes Rascheln wie von Wind im Blätterdach eines Waldes, doch kein Lüftchen ging und es gab auch kaum Laub.

Brin drosselte ihr Tempo und schlich sich an die Kante des Felsplateaus, um hinunterzuspähen. Doch bereits bevor sie den Abgrund erreichte, ahnte sie, was sie dort sehen würde. Im Gegensatz zu Sonnenschein zuckte und flackerte das Licht. Bei dem Geräusch handelte es sich auch nicht um Wind, sondern um weit entferntes Brüllen aus vielen Kehlen. Und als Brin ein paar weitere Schritte machte, sah sie es. Feuer. Das Tal tief unter ihr war ein einziges Inferno. Inmitten der Flammen machte sie Gebäude aus – riesige Festungen, die sich auf beinahe jedem Hügel, jeder Klippe und jedem Felsvorsprung erhoben. Das größte und beeindruckendste der Gebäude aber war ein weißer Turm, der sich in der Mitte des Tals emporreckte. Er überragte alle anderen und leuchtete so hell wie der Vollmond. Wie ein einzelner blasser Finger reckte er sich dem vom Rauch der vielen Feuer geschwärzten Himmel entgegen. Zwischen den Festungen entdeckte Brin Bewegungen und ihre Kinnlade fiel herunter. Hunderttausende, vielleicht Millionen von Personen drängten sich im Tal. Sie kämpften miteinander.

Brin konnte nicht begreifen, was sie sah: eine wogende Masse aus Leibern; Frauen, Männer und zahlreiche Kreaturen. Wesen, die an riesige Auerochsen erinnerten, zogen massive Holztürme. Riesen schwangen brennende Klingen. Hunderte verschiedene Banner flatterten über den endlosen Soldatenmassen. Allerlei geflügelte Wesen flogen umher, stießen herab und pickten sich hilflose Opfer aus den Kämpfenden. Feuerbälle zischten über das Schlachtfeld und zogen düstere Schweife hinter sich her. Die Schreie, das Klirren der Klingen und das Gebrüll vermischten sich zu einem konstanten Hintergrundrauschen, wie das eines Wasserfalls. Alles war so gigantisch und aus dieser Ferne gleichzeitig so winzig, dass es Brin vorkam, als würde sie blinzelnd in die Glut eines sterbenden Feuers schauen.

Als sie eine Bewegung aus dem Augenwinkel wahrnahm, fuhr sie keuchend herum. Sie war so von dem schaurigen Anblick abgelenkt gewesen, dass sie nicht bemerkt hatte, wie sich ihr eine in einen schwarzen Umhang gekleidete Frau näherte. Lautlos und in Dunkelheit gehüllt, als wäre sie selbst nichts als ein Schatten, kam sie mit vor dem Körper verschränkten Armen auf Brin zu. Aus der Nähe erkannte Brin, dass diese Frau das schönste Wesen war, das sie je gesehen hatte. Sie hatte funkelnde, freudestrahlende Augen, und ein Lächeln umspielte ihre perfekt geformten Lippen. Ihre Augen waren blau, ihr Haar blond.

Nein, das ist keine Menschenfrau. Sie ist eine Fhrey.

»Wir brauchen Hilfe!«, rief Brin in der verzweifelten Hoffnung, diese Person möge weder böse noch eine Dienerin der Königin sein. »Meine Freundin ist schwer verletzt. Sie leidet furchtbare Schmerzen.«

»Wo?«, fragte die Fhrey.

Brin hatte keine Zeit, ihr alles zu erklären. Sie nahm die Fhrey bei der Hand und führte sie den von ihr geschaffenen Pfad durch den Wald zurück. Bald darauf trafen sie auf die anderen, die ihnen entgegenkamen.

Moya wurde von Tesh und Gifford gestützt. Als sie Brin sahen, setzten sie sie ab, und Moya stöhnte vor Schmerzen.

Aller Augen waren auf die fremde Fhrey gerichtet, dann richteten sie fragende Blicke an Brin. In ihrer Hast hatte sie nichts über die Frau in Erfahrung gebracht. Nun war sie sich plötzlich nicht mehr so sicher, ob sie richtig gehandelt hatte. »Könnt Ihr meiner Freundin helfen?«, wandte sie sich an die Fremde.

Als die Fhrey ihre Kapuze absetzte, sah Brin, wie entsetzt sie dreinblickte. Doch ihr Blick lag nicht auf Moya. Stattdessen starrte sie Regen an. »Bist du Regen?« Ihr Tonfall war neutral und sie hatte keinen erkennbaren Akzent.

»Ja, so heiße ich«, antwortete er.

»Also ist es wahr.« Die Fhrey schüttelte den Kopf. »Beeindruckend.«

»Könnt Ihr unsere Freundin retten?« Regen deutete auf Moya.

Die Fhrey warf Moya einen verblüfften Blick zu. »Wovor genau?«

»Bist du schwer von Begriff?«, knurrte Moya. »Mein Bein wurde abgeschnitten. Ich verblute!«

Bisher hatte Moya so gut wie alle Leute, denen sie begegnet waren, beleidigt – das war eben ihre Art. Doch nun, da sie Tekchin und ihr halbes Bein verloren hatte, hatte sie tatsächlich einen Grund, schlechter Laune zu sein.

»Könnt Ihr ihr bitte helfen?«, fügte Brin hinzu.

Die Fhrey lächelte sie amüsiert an. »*Bitte*? Das klingt doch schon besser.« Sie warf Regen einen weiteren Blick zu, sah dann wieder Brin und schließlich Moya an und zuckte mit den Schultern. »Wie könnte ich eine solch freundliche Bitte ablehnen?«

Die Fhrey legte ihren Umhang ab und breitete ihn mit einer raschen Bewegung aus dem Handgelenk über Moyas untere Körperhälfte aus. »Nun beruhige dich erst einmal. Entspann dich. Alles wird gut werden.«

Moya grunzte, eine Schweißperle tropfte von ihrer Nasenspitze, während sie keuchend einatmete und die Luft heftig wieder ausstieß.

»Mit deinem Bein ist alles in Ordnung, es gibt keinen Grund –«

»Mein Bein wurde abgetrennt, du blöde Kuh!« Moya zitterte vor Schmerz. Mit einer Hand klammerte sie sich so fest an Giffords Arm, dass ihre Fingerknöchel weiß hervortraten, mit der anderen zerquetschte sie beinahe Brins Hand.

»Nein, wurde es nicht.« Die Fhrey, deren atemberaubend

grünes Kleid nun zum Vorschein gekommen war, sprach mit beruhigendem, selbstbewusstem, wenn auch leicht autoritärem Tonfall.

»Du bist doch verdammt noch mal nicht ganz dicht! Mein Bein ist –«

»Ganz, gesund und überhaupt nicht verletzt.«

Brin hätte es nie gewagt, Moya zu widersprechen, wenn sie sich im Zustand glühender Wut befand, doch die wunderschöne Dame in dem grünen Kleid machte keine Anstalten, sich geschlagen zu geben. Sie zuckte nicht einmal mit der Wimper.

Der Tonfall der Fhrey wurde strenger, als würde sie langsam die Geduld mit einem verzogenen Kind verlieren. »Nun hör auf, so ein lächerliches Theater zu veranstalten.«

»Mein Bein …«, protestierte Moya.

»Es ist doch hier.« Die Fhrey deutete auf ihren Umhang.

Im selben Moment blickten alle hinab und keuchten. Der Stoff wölbte sich, als würden darunter zwei unversehrte Beine liegen.

Moya starrte mit offenem Mund.

»Na los«, sagte die Fhrey mit einem verschmitzten Lächeln. »Beweg deinen Fuß.«

Moyas Mund hing immer noch offen, als sie dabei zusah, wie sich ihr Fuß hin und her bewegte.

Da riss die Dame in Grün ihren Umhang fort, als hätte sie soeben ein Zauberkunststück vollführt. Darunter kamen Moyas Beine zum Vorschein – beide. Das Blut war verschwunden, und selbst ihre enge Lederhose war wieder intakt.

»Wie hast du das gemacht?«, fragte Moya, während der Schmerz aus ihrem Gesicht wich.

Die Fhrey lachte. »Ihr seid noch nicht lange in Nifrel, was?«

»Wir sind gerade erst angekommen«, antwortete Tesh.

Alle starrten Moya verblüfft an. Sie stand vorsichtig auf, versuchte, das neue Bein zu belasten. Dann lächelte sie. »Alles wieder gut.«

Brin zog sie an sich, umarmte und küsste sie. Dann warf sie sich auf Tesh. »Oh, Heilige Mari, wie sehr ich dich vermisst habe!« Sie bedeckte ihn mit Küssen und warf ihn dabei beinahe um. Als sich seine Arme um sie schlossen und sie seine vertraute Wärme spürte, wäre ihr Atem gestockt, wenn sie einen gehabt hätte.

»Schön, schön«, seufzte die Fhrey. »Körper wurden wiederhergestellt und Geliebte wiedervereint, also können wir uns jetzt den wirklich wichtigen Dingen zuwenden?« Sie starrte Regen an.

Der Zwerg straffte die Schultern. »Was willst du von mir?« Nach all der Aufregung wurde nun jegliche Höflichkeit in den Wind geschlagen.

»Ganz und gar nichts. Ich bin lediglich hierhergekommen, um meine Neugier zu stillen und anscheinend auch um eine Wette zu verlieren. Aber ich kenne eine Person, die schon sehr lange auf der Suche nach dir ist. Sie kann es kaum erwarten, dich kennenzulernen.«

»Ferrol?«, fragte Regen skeptisch.

»Das ist es also? Du arbeitest für die böse Königin?«, rief Tressa.

Da tauchte die Krähe wieder auf. Sie flog herbei und ließ sich auf einem nahen Ast nieder, der unter ihrem Gewicht hin und her schwang. Brin war einmal mehr beeindruckt, dass er nicht abbrach. Die Krähe musste kaum etwas wiegen.

»Ich halte der Königin des Weißen Turms nicht die Treue«, verkündete die Fhrey. »Apropos …« Sie warf der Krähe einen vielsagenden Blick zu. »Hallo, Orin.« Dann wandte sie sich wieder an die anderen. »Kennt ihr euch schon? *Er* ist der Diener der Königin. Einer von vielen. Ihre Augen und Ohren, um genau zu sein.« Sie sah ihn an. »Orin, ich hoffe, du verstehst das. Nimm es nicht persönlich.«

Ihre Worte schreckten den Vogel auf, und er erhob sich flatternd von dem Ast. Doch er schaffte es nicht weit, bevor er in einer Wolke aus schwarzen Federn explodierte. Alle keuchten auf. Brin machte einen Schritt rückwärts, während das ehemalige Federkleid des Vogels zu Boden segelte, wo es in einem Haufen zum Liegen kam.

Die Fhrey lachte, als sie den Fall der Federn verfolgte. »Das wird nie langweilig.«

Sie ging in die Hocke und hob die schwarzen Federn auf. Sie drückte sie zu einem Ball zusammen und warf sie in die Luft. Sie regneten in Form von totem Laub zu Boden.

Mit dem Vogel war auch das Gespräch gestorben. Brin fragte sich, ob die Fhrey sie und ihre Freunde ebenfalls explodieren lassen würde. Den Mienen der anderen nach zu urteilen, dachten sie dasselbe. Alle, außer Moya.

Sie stellte sich zwischen die Fhrey und den Zwerg. »Es ist mir egal, wer du bist und was du willst. Wenn du ein Problem mit Regen hast, hast du auch eins mit mir.«

»Beruhige dich. Ich habe nichts gegen Regen. Und übrigens: gern geschehen.« Sie schenkte Moya ein süßliches Lächeln.

Moya funkelte sie nur weiter an. »Wenn du nicht für Ferrol arbeitest … Wer bist du, und was willst du von Regen?«

»Ich heiße Fen, und ich bin nicht hier, um Ärger zu machen.«

Moya warf einen bedeutungsschweren Blick auf den Haufen toter Blätter am Boden, die einst Federn gewesen waren. »Warum bist du dann hier?«

»Weil ich gegen Beatrice gewettet habe, dass sich auf diesem Gebirgskamm in der Nähe des Tors nach Rel kein Belgriclungreianer namens Regen aufhält. Und ich bin hergekommen, um zu beweisen, dass ich recht habe.« Fen zog sich ihren Umhang wieder um die Schultern. »Danke, dass ich wegen euch einen Gefallen verloren und Beatrice die Möglichkeit gegeben habe, zu prahlen.«

»Beatrice?«, fragte Regen.

»Sie spricht bereits seit Jahrhunderten von dir.«

»Wer ist sie?«, fragte Regen. »Woher wusste sie, dass ich –«

»Das ist eine lange Geschichte, und wir haben im Augenblick keine Zeit dafür. Orin ist nicht Ferrols einziger Diener. Es wird nicht lange dauern, bis die Königin von eurer Ankunft erfährt und euch suchen wird.«

»Sie weiß es schon«, murmelte Roan.

»Verzeihung, was hast du gesagt?«

»Wir haben die Königin schon getroffen«, antwortete Gifford.

»In einer Welt voller Überflieger wird man wohl nicht Königin, indem man langsam oder schwer von Begriff ist. Aber wie kommt es, dass ihr immer noch hier seid, wenn ihr doch –«

»Roan hat sie vertrieben«, fiel Gifford ihr stolz ins Wort und nahm Roans Hand.

Fen machte einen Schritt auf sie zu und musterte Roan kritisch. »Ich will ja nicht unhöflich sein, aber du siehst nicht aus, als könntest du Ferrol besiegen.«

»Sie wollte Gifford verletzen«, erwiderte Roan. »Sie wollte ihn mit dem Feuer verbrennen, das ich entzündet habe, um die Braune zu vertreiben, also habe ich die Flammen gelöscht.«

Fen sah verwirrt aus. Sie sah Roan und Gifford, dann auch die anderen an, bis ihr Blick auf Moya zum Liegen kam.

»Was ist denn?«, fragte Moya.

»*Du* bist vor Schmerzen schreiend auf einem Bein durch den Wald gehüpft.« Sie deutete auf Roan. »Und *sie* hat ein Feuer gemacht und die Königin gelöscht.« Fen schüttelte den Kopf. »Ihr seid ein wirklich seltsames Grüppchen.«

Fen führte die Gruppe durch den Wald zurück zu dem Ort, an dem sie Brin getroffen hatte. Trotz ihrer anfänglichen Skepsis folgte Moya der Fhrey, und alle anderen folgten Moya. Sie gaben dem frisch vereinten Pärchen Privatsphäre, sodass Brin und Tesh das Schlusslicht bildeten.

»Tesh.« Sie umklammerte seinen Arm mit beiden Händen.

»Ich kann nicht glauben, dass du hier bist. Ich habe dich so vermisst. Ich wollte doch, dass wir zusammen sind, aber ich war grausam und egoistisch. Es tut mir leid ... so vieles tut mir leid. Aber was ist passiert? Wie bist du hierhergekommen?«

»Ich bin in den Tümpel gewatet.« Er ließ den Kopf hängen.

»Was ist denn los?«

»Ich schäme mich dafür, dass ich so lange gebraucht habe.«

»Warum hast du denn so lange gebraucht?«

»Du weißt, warum.« Tesh blickte zu den anderen, die vor ihnen liefen. »Hast du es ihnen erzählt?«

Brin schüttelte den Kopf.

»Warum nicht?«

»Wir mussten in Rel einbrechen, ich habe meine Familie wiedergesehen und herausgefunden, dass wir vom Herrscher des Nachlebens höchstpersönlich verfolgt wurden, da Moya ihn beleidigt hatte, und dann trafen wir auf einen Gott und haben gegen einen einäugigen Riesen gekämpft, dann zerstörten wir einen Palast und sahen uns schließlich Königin Ferrol und einem untoten Bären gegenüber.« Sie zuckte mit den Schultern. »Ich war ziemlich beschäftigt.«

Tesh nickte.

Brin wartete geduldig, während sie schweigend weitergingen. Er würde es ihr schon noch erzählen. Tesh war zwar der Schnellste im Kampf, aber schon immer langsam mit Worten gewesen.

»Als du gesagt hast, dass ich irgendwann wie sie werde ...«, begann er schließlich leise. »Ich konnte nicht verstehen, wie du so etwas Verletzendes zu mir sagen konntest und warum du mich auf einmal hasstest. Ich bin wütend geworden. Nachdem du im Tümpel versunken bist, war Muriel noch bei mir. Sie hat alles mitangesehen. Ich sagte zu ihr, dass ich dachte, du würdest mich lieben. Ich fragte mich, wie du mich nur verlassen konntest, mir so etwas antun konntest. Und dann hat sie gesagt: *Vielleicht konnte sie spüren, dass du sie nicht wirklich liebst.* Und ich habe gerufen: *Wie kannst du das sagen?*! Aber sie antwortete: *Die Liebe deines Lebens hat sich gerade selbst getötet, um eine andere Person zu retten, und alles, woran du denken kannst, ist, wie sich das auf dich auswirkt. Ich bin keine Expertin, aber ich glaube nicht, dass Liebe auf solch einem verbitterten Boden wachsen kann.*« Er seufzte. »Dann hat sie mich allein gelassen. Ich saß da und starrte den Tümpel an. Ich hatte nichts dort, außer die Erinnerung daran, wie du ertrunken bist. Das und meine eigenen Gedanken.«

»Warum bist du nicht zurück ins Drachenlager gegangen?«

»Ich wünschte, ich könnte sagen, dass mir klar wurde, wie recht du hattest, und dass ich einen Weg fand, meinen Hass zu überwinden, aber das wäre gelogen. Um ehrlich zu sein … Ich glaube, es war der Schmerz. Ich wollte, dass es aufhörte. Im Kopf bin ich immer wieder deine letzten Minuten durchgegangen, sah die Furcht in deinen Augen, bevor du versunken bist. Ich habe noch nie etwas so Schreckliches erlebt. Damit konnte ich nicht leben. Der Tümpel war da, und ich wollte sterben, also war der nächste Schritt klar. Aber das war nicht die beste Lösung, weil es bedeutete, dass ich in allem versagt habe. Ich habe meine Familie enttäuscht, meine Pflicht gegenüber meinem Clan vernachlässigt und dich im Stich gelassen, weil ich dich nicht davon überzeugen konnte, nicht zu sterben. Es tut mir leid, Brin.«

»Tesh, du musst dich nicht entschuldigen. *Mir* tut es leid. Ich habe dich da mit reingezogen und dir dieses schreckliche Ultimatum gestellt. Aber, bei Mari, ich bin so froh, dass du hier bist – obwohl das ganz falsch ist. Ich habe dich so vermisst.«

Tesh nickte, doch sein trauriger Gesichtsausdruck sprach Bände. Ihre Worte hatten ihm nicht geholfen. Anstatt weiterzusprechen, drückte sie seine Hand, küsste sie und ging mit dem Kopf an seiner Schulter weiter.

Sie ließen die Bäume hinter sich zurück und kamen wieder

zum Klippenrand. Tief unter ihnen war die Schlacht weiterhin zugange. Alle standen von Ehrfrucht ergriffen dort, genau wie Brin, als sie zum ersten Mal an den Rand getreten war.

»Das ist ja ein Krieg«, sagte Gifford, dessen Gesicht von dem orangefarbenen Glühen angestrahlt wurde.

Fen deutete auf die Kämpfenden. »König Mideon hat die stärkste Rebellenarmee in Nifrel. Die Festung der Belgriclungreianer ist unser Ziel. Dort werdet ihr sicher sein vor dem Sturm.«

Regen trat dicht an den Klippenrand. »König Mideon ist dort unten?«

»Ja. Und Beatrice zuliebe bin ich gewillt, euch dorthin zu führen.«

»Nach dort unten?«, fragte Tressa schockiert. »Da ist eine Schlacht im Gange – eine gigantische!«

Fen spähte in den Abgrund, als wäre es ihr gar nicht aufgefallen. Sie schob ihre Unterlippe vor und nickte beeindruckt. »Atella schlägt sich besser als sonst. Natürlich hat er jetzt Havar, also ist das nicht verwunderlich.« Dann sprach sie mit leiser Stimme und lockerem Tonfall weiter, als würde sie ein Spiel unter Freunden kommentieren. »Mideon hat Rhist gegen ihn eingetauscht, was ein wirklich schlauer Schachzug war, wenn ihr mich fragt. Aber es wird ihm nichts nützen. Sie kommen trotzdem nicht an Orr vorbei. Mideon ist der Einzige, der es mit dem Drachen aufnehmen könnte, und er verlässt seine Festung nie.« Mit einer angewiderten, hoffnungslosen Miene schüttelte sie den Kopf. »Solange Ferrol Orr auf ihrer Seite hat, wird niemand je ihre Mauern durchbrechen. Atella ist es egal. Er wird bis in alle Ewigkeit an ihre Tür klopfen. Aber das macht ihn eben zu Atella, nicht wahr? Dieser Kampf läuft bereits seit Tausenden von Jahren, doch für ihn scheint es immer wieder etwas Neues zu sein, wenn er verliert.«

»Das passiert jeden Tag?«, fragte Gifford.

Fen nickte. »Ja, aber wenn man es so betrachtet, ist hier sowieso immer der gleiche Tag, nicht wahr? Nun, da Ferrol Interesse an euch gezeigt hat, wird es nicht leicht werden. Wir können nur hoffen, dass sie nicht weiß, dass ich bei euch bin. Sie wird annehmen, dass ihr nur zu siebt durch den Wald wandert. Ihr könnt meine Hilfe ablehnen, aber wenn ihr Ferrols Fängen entgehen wollt, müsst ihr von diesem Felsplateau herunter, und ich kenne den schnellsten Weg. Natürlich könntet ihr springen, aber das wird schlimmer wehtun, als ihr es euch vorstellen könnt. Und wenn ihr wie sie seid«, sie deutete auf Moya, »werdet ihr zu lange brauchen, um euch wieder zusammenzusetzen.«

Sie starrten einander an, als spräche Fen eine Fremdsprache.

»Also, wollt ihr meine Hilfe?«

»Ich tendiere zu Ja«, sagte Gifford.

»Ich nicht.« Tressa verschränkte die Arme vor der Brust. »Wir wissen überhaupt nichts über sie.«

»Sie hat Moya geholfen«, warf Brin ein.

»Das sagt mir aber nicht, wer sie ist oder was sie vorhat.«

»Ihr wollt wissen, wer *ich* bin?« Fen sah überrascht aus, als wäre sie völlig unwichtig. »Na ja, ihr wisst bereits, dass ich Fhrey bin – oder es zumindest war, als ich noch gelebt habe. Dort unten habe ich sozusagen meinen eigenen Turm. Von hier könnt ihr ihn kaum sehen. Ich bin aber oft im Bollwerk zu Besuch, so heißt Mideons Festung. Ich bin eine der wenigen Fhrey, die ohne bewaffnete Eskorte hineindürfen. Wir sind … tja, man könnte es Freunde nennen. Zumindest haben wir eine gemeinsame Vergangenheit. Obwohl das ironisch ist, wenn man bedenkt, dass wir im Leben Todfeinde waren. Ich bin sehr stolz auf unser neu geschmiedetes Band.«

Regen keuchte und taumelte zwei Schritte rückwärts.

»Was ist denn los?«, fragte Moya.

»Ich weiß, wer sie ist.« Regen deutete anklagend auf die Fhrey. »Die Dunkle Zauberin der Ylfen. Sie tötete Zehntausende meines Volkes.«

»Habe ich nicht! Das ist absurd.« Fen schüttelte den Kopf, sprach aber mit trauriger Stimme weiter. »Ich habe Hunderttausende getötet.«

»Hunderttausende?«, fragte Tesh verblüfft.

»Jetzt weiß ich auch, wer sie ist«, sagte Brin. »Arion hat mir Geschichten erzählt. Für mein Buch. Sie hat sie verehrt.«

»Arion?«, fragte Fen überrascht. »Arion Cenzylor? Du kennst sie?«

»Sie war unsere Freundin und –«

»War?«

»Ja. Sie ist während der ersten Schlacht in unserem Krieg mit den Fhrey gestorben. Vor vielen Jahren.«

»Ach ja?«, fragte Fen. »Ich frage mich, warum ich nichts von ihrer Ankunft gehört habe.«

»Sie ist in Rel.«

»Wirklich? Was tut sie denn … Oh, ich nehme an, dass das Sinn ergibt. Trotz all ihres Talents war sie immer eine einfache Seele.«

»Und wer soll dann diese Fhrey sein?«, wandte sich Moya an Brin.

»Weißt du, ich stehe direkt neben dir«, sagte Fen sarkastisch und verschränkte die Arme vor der Brust, als wäre sie tief getroffen.

Brin machte eine auslandende Handbewegung in Richtung der Fhrey. »Das ist Fhan Fenelyus Mira, Arions hochgeschätzte Mentorin. Sie hat vor Lothian über die Fhrey geherrscht und war die erste Miralyith. Eigenhändig schuf sie den Berg Mador und den Turm von Avempartha.«

Fen lächelte. »Ich glaube, ihr werdet schnell herausfinden, dass wir die Dinge hier viel weniger formell angehen.«

»Ich denke, wir sollten ihr vertrauen.« Brin sah Moya fragend an. »Das ist meine offizielle Meinung als Hüterin.«

Moya leckte sich über die Lippen und blickte an ihren zwei gesunden Beinen herab. »Das reicht mir.« Sie sah Fenelyus an.

»Und übrigens danke für deine Hilfe. Also, wie geht es jetzt weiter?«

Fenelyus lächelte. »Wir müssen uns beeilen. Von diesem Moment an befinden wir uns in einem Wettlauf.« Sie warf einen Blick auf die Schlacht im Tal und sah dann wieder Regen an. »Wenigstens einmal werde ich ein wenig Spaß haben. Endlich mal ein Kampf, den ich gewinnen kann. Folgt mir.«

13

KEIN ZURÜCK

———◆———

Künstler können wunderschöne Dinge erschaffen. Suri beschrieb ihre Entwicklung zur Künstlerin oft wie die Verwandlung einer Raupe in einen Schmetterling. Also drängt sich mir die Frage auf, ob Suri vielleicht selbst ihre größte Schöpfung war.

– *Das Buch Brin*

»Das ist keine gute Idee«, sagte Makareta zu Imaly, als sie Vaseks Tür erreichten.

Imaly erkannte den ihr bereits vertrauten Anflug von Sorge auf dem Gesicht der jungen Miralyith. Als sie sie bei sich aufgenommen hatte, war Makareta nicht viel mehr als ein naives, verschrecktes Häschen gewesen. In den darauffolgenden sechs Jahren hatte sie sich beruhigt. Auf ihre Depression war eine melancholische Akzeptanz ihrer Lage gefolgt, die ihre Panik vertrieben hatte. Nun war das Häschengebaren zurück – doch sie war ganz und gar nicht harmlos.

»Wenn es sein muss, töte ich ihn.«

»Das wirst du nicht tun«, antwortete Imaly mit bemüht ruhigem Tonfall. Trotz ihrer äußeren Gefasstheit hatte sie große Angst, und zwar nicht nur, weil sie im Begriff war, dem Hauptgesetzesvollstrecker eine Verbrecherin vorzustellen, die sie seit Jahren bei sich beherbergte. Dies war der Moment der Wahrheit. Sie würde eine Grenze überschreiten, und danach würde es kein Zurück geben. »Behalte einfach deine Kapuze auf. Es ist

Winter und kalt draußen, also wird es niemandem auffallen. Überlass Vasek mir. Sag nichts und tu nichts. Er erwartet uns.

»Du meinst, er erwartet *dich*?«

»Nein, *uns*. Ich habe ihm gesagt, ich würde eine Miralyith mitbringen.«

»Aber nicht, dass es sich dabei um mich handelt?«

»Es wird schon gutgehen.«

»Das sagst du.« Makareta streckte unaufhörlich ihre Finger.

Imaly seufzte. »Hör mal, Mak. Das Ganze ist sowieso schon gefährlich genug. Wirst du kooperieren, oder sollen wir gleich wieder nach Hause gehen? Du hast eingewilligt, mitzukommen, aber deine Einstellung macht es nicht einfacher.«

Makareta sagte nichts, und Imaly nahm das als Zustimmung. Sie klopfte leicht an die Tür des Meisters der Geheimnisse. Kurz darauf öffnete er und winkte sie herein.

Vasek begrüßte sie nicht. Mit Worten ging er ebenso karg um wie mit seiner Einrichtung. »Also, wer ist das?«, fragte er, nachdem er die Tür hinter ihnen geschlossen hatte. »Was hat es mit all der Geheimniskrämerei auf sich?«

Imaly hatte die Frage vorausgesehen. Dies war die erste von mehreren lebensbedrohlichen Hürden, die sie vor Ende des Tages überwinden musste. Sie hatte ihre Möglichkeiten sorgfältig abgewogen und so grenzwertig leichtsinnig es auch klang, sie hatte vor, die Wahrheit zu sagen. Es war ein zu hohes Risiko, Vasek zu belügen. Wenn er nicht sicher auf ihrer Seite stand, würde ihr Plan nicht funktionieren.

»Sind wir allein?«, fragte sie.

Vasek nickte. »Außer der Rhune in meiner Schlafkammer ist niemand hier.«

»Zieh deine Kapuze ab«, wies Imaly Makareta an, die ihrer Bitte mit offensichtlicher Beklommenheit nachkam.

Ein Keuchen, Zurückweichen, vielleicht ein erschrockener Schrei – Imaly hätte mit all diesen Reaktionen gerechnet, doch Vasek nickte nur.

»Ich hatte mich bereits gefragt, was aus der Möchtegern-attentäterin geworden ist.« Er musterte Makareta eingehend und wandte sich dann wieder Imaly zu. »Hat sie die ganze Zeit bei dir gelebt?«

Die Miralyith funkelte ihn an. »Das geht Euch nichts an.«

Vasek verengte die Augen zu Schlitzen und presste die Lippen zusammen.

»Mak!«, fuhr Imaly sie an und zog ihren Winterumhang aus. Sie hatte darunter zu schwitzen begonnen.

Ja, selbstverständlich liegt es an dem Umhang.

»Makareta hat recht. Es geht dich nichts an, wie sie hierhergekommen ist. Ich habe dir gesagt, ich würde eine Miralyith mitbringen, und hier ist sie. Wenn wir fertig sind, kannst du vergessen, dass du sie jemals gesehen hast.«

Vasek starrte Makareta weiter an. »Ich werde mein Bestes geben.«

»Hoffen wir, dass es ausreicht.«

»Imaly.« Vasek sprach langsam und mit betont unheilvollem Tonfall. »Weißt du, wie gefährlich das ist? Wenn die Rhune wirklich über die Kunst verfügen kann, könnte dies eine Falle sein, die Nyphron die ganze Zeit über geplant hat: Sie nach Estramnadon einzuschleusen, damit sie uns alle vernichtet.«

»Makareta ist eine Miralyith – und eine mächtige noch dazu. Ich bin mir sicher, dass sie mit sämtlichen unvorhergesehenen Konsequenzen umzugehen weiß. Außerdem habe ich keine anderen Ideen mehr. Wir steuern sowieso bereits auf unsere Zerstörung zu, da ist es egal, welchen Weg wir einschlagen. Wenn du einen besseren Vorschlag hast, dann lass ihn hören.«

Vasek erwiderte nichts, sondern trat zur Seite.

»Mak, bist du bereit?«, fragte Imaly ihre Begleiterin.

Makareta nickte, während sie den Blick nicht von Vasek nahm.

»Nun gut, bringen wir es hinter uns, und möge Ferrol uns alle beschützen.«

Suri döste auf Vaseks Bett, als sich die Tür öffnete. Zwei weibliche Fhrey traten ein. Die erste war Imaly. Die zweite hatte Suri noch nie gesehen.

»Suri, dies ist Makareta«, sagte Imaly. »Sie ist eine Miralyith.«

Die beiden starrten sich an.

»Wie wäre es mit einer Begrüßung?«, drängte Imaly.

»Hallo«, sagte Makareta steif.

»Hallo«, antwortete Suri. »Schön, dich kennenzulernen.«

Makaretas Augen weiteten sich, und Imaly fuhr sich mit der Hand über das Gesicht. »Warum bist du so überrascht? Ich habe dir doch gesagt, dass sie eine Miralyith ist – oder zumindest die rhunische Variante. Suri war eine Schülerin von Arion Cenzylor, genau wie du. Und wir glauben, dass sie Drachen erschaffen kann. Das ist etwas, das selbst dem Fhan noch nicht gelungen ist. Und trotz alldem bist du schockiert, weil sie unsere Sprache spricht?«

»Es ist nur …« Makareta sah Imaly stirnrunzelnd an. »Verzeihung.«

»Entschuldige dich nicht bei mir, sondern bei ihr. Sie ist es schließlich, die du beleidigt hast.«

Suri fiel es schwer, die neu eingetroffene Miralyith zu lesen. Sie war nicht wie Arion, Jerydd, Lothian oder Mawyndulë. Sie hörte sich nicht gemein oder grausam an, doch bisher hatte sie noch nicht viel gesagt. Ohne ihren Zugang zur Kunst hatte Suri nicht viel, womit sie arbeiten konnte.

Makareta schaute Suri an. »Ich wollte nicht …« Ihr Blick huschte zu Imaly. »Sie sagt mir nichts, erwartet aber von mir, alles zu wissen.« Da fiel ihr Blick auf den Ring um Suris Hals und Neugier huschte über ihre Züge. »Also hast du normalerweise Zugang zur Kunst? Du kannst weben? Und das da hält dich davon ab?«

Suri nickte.

Makareta musterte das metallene Halsband und warf Imaly einen weiteren Blick zu. »Es ist mit einem Webmuster versiegelt. Unmöglich zu zerschneiden. Das Muster ist seltsam komplex, aber wie es scheint, nur von außen, als wäre es aufgemalt.«

»Orinfar-Runen befinden sich auf der Innenseite«, erklärte Suri.

»Das erklärt es.« Makareta nickte und blickte daraufhin mitfühlend drein. »Wie fühlt es sich an, den Ring zu tragen?«

»Als wäre ich blind, taub und völlig gefühllos. Und ich kann nicht so gut schlucken.«

»Kannst du ihn ihr abnehmen?«, fragte Imaly.

»Nichts leichter als das. Wenn ich das Webmuster erst einmal entfernt habe, kann ich den Ring öffnen.«

»Und was ist mit den Orinfar?«, fragte Imaly. »Kannst du sie loswerden?«

Makareta schüttelte den Kopf. »Nein. Die Orinfar haben zwei Funktionen: Sie blockieren die Kunst, lassen sich aber auch nicht von ihr manipulieren.« Sie wandte sich wieder an Suri und deutete auf das Halsband. »Darf ich?«

Suri nickte.

Makareta trat vor sie und begutachtete den Ring. »Er ist aus Bronze, die Symbole sind wahrscheinlich eingraviert. Das erklärt auch, warum er so eng an deinem Hals liegt. So ist es schwieriger, heranzukommen. Aber wenn der Ring erst einmal abgenommen wurde, sollte es nicht schwer sein, die Orinfar zu neutralisieren. Wir müssen nicht alle Symbole zerstören. Es reicht, ein paar unleserlich zu machen. Vasek hat bestimmt einen Meißel. Es wird nur ein paar Minuten dauern. Dann kann ich dir den Ring wieder umlegen und ihn verschließen, damit niemand den Unterschied bemerkt. Außer ...«

»Außer was?«, fragte Imaly.

Makareta nickte und deutete mit einer kreisenden Handbewegung auf Suri. »Im Moment wirkt es auf jeden Künstler, als wäre Suri von totem Raum umgeben. Die Orinfar erschaffen eine Art Leere. Sobald wir sie entfernen, wird sich das ändern.«

»Das ist nicht gut.« Imaly zog die Brauen zusammen. »Niemand darf wissen, dass wir – «

Makareta hob eine Hand. »Mit dem richtigen Webmuster kann sie die Leere imitieren. So werden Lothian oder andere Miralyith ihre künstlerischen Fähigkeiten nicht spüren können. Ich kann es ihr beibringen, wenn Arion das nicht schon getan hat.«

Imaly atmete tief durch, wobei sie gleichermaßen erleichtert und besorgt klang. »Suri, bei unserer ersten Begegnung habe ich jedes Wort ernst gemeint. Ich werde dir einen ebenso großen Vertrauensvorschuss geben, wie du mir. Im Namen des Friedens lege ich mein Leben in deine Hände. Ich werde dir vertrauen.« Sie holte tief Luft. »Mak wird nun den Ring von deinem Hals entfernen. Versprichst du, dass du weder mir noch Mak noch den anderen Bürgern von Estramnadon ein Leid zufügen wirst?«

Suri dachte kurz darüber nach. »Solange du deinen Teil der Abmachung einhältst … ja.«

»Und du wirst Lothian verraten, wie man Drachen erschafft?«

»Das werde ich, aber nur, wenn du mir außerdem versprichst …« Sie zögerte. Imalys angespannte Miene und die Tatsache, dass sie einige Details ihrer Abmachung ausgelassen hatte, wiesen darauf hin, dass sie Makareta nichts darüber verraten hatte. Suri wollte nichts Falsches sagen. »Dass du deinen Teil einhältst, bevor der Fhan seine Armee über den Nidwalden führt. Ich werde nicht zulassen, dass mein Volk angegriffen wird.«

Selbst ohne ihr Halsband war ihre Abmachung einseitig. Suri würde ihren Teil zuerst leisten müssen, was ihr einen Nachteil verschaffte. Doch sie wusste etwas, das weder Imaly noch der Fhan wussten. Gilarabrywns hatten eine begrenzte Reichweite. Sie vermutete, dass Lothian die ersten Drachen in der Stadt erschaffen lassen würde. Selbst wenn man sie am Ufer neben dem Turm erschuf, würde keiner von ihnen weiter als bis zum Harwald kommen. Das Drachenlager läge außerhalb ihrer Reichweite, und sämtliche Truppen könnten sich dorthin zurückziehen. Sollte Imaly ihren Teil der Abmachung nicht einhalten, hätte Suri Zeit, ihren Kurs zu wechseln ... Schließlich hätte sie dann wieder Zugang zur Kunst.

14

HINEIN IN
DIE DUNKELHEIT

———•✦•———

*In dem lodernden Feuer von Ferrols Reich sind Glaube, Lie-
be und Hoffnung drei zarte Schneeflocken, die nach einem
sicheren Landeplatz suchen, wo es keinen gibt.*

– *Das Buch Brin*

Der schmale Pfad schlängelte sich serpentinenreich nach unten. Hier und da taten sich Steilklippen neben ihnen auf. Die
zerklüfteten Felsen, verdrehten Wurzeln, herabhängenden
Zweige und das schwache Licht waren trügerisch, sodass höchs-
te Konzentration erforderlich war. Die größte Lichtquelle boten
die Kriegsfeuer unten im Tal. Tesh hatte nie etwas Vergleichba-
res gesehen.

Auf den Mauern von Alon Rhist hatte er die Schlacht von
Grandford verfolgt, bei der über tausend Elfen und Riesen auf
die vereinten Rhulyn- und Gula-Truppen geprallt waren. Über
die Jahre war diese Schlacht in den Köpfen aller gewachsen und
hatte an Bedeutung gewonnen, bis sie selbst in Teshs Gedächtnis zu einem Kampf geworden war, der das Schicksal der Welt
entschieden hatte. Doch die Schlacht von Grandford war nichts
als eine Rauferei unter Dorfkindern im Vergleich mit dem, was
sich tief unter ihnen abspielte.

Von dem Pfad aus – wenn man den zwei Fuß breiten Felsvorsprung so nennen konnte – konnte Tesh den Kampf nicht mehr

sehen, da der Weg sich um hoch aufragende Felsformationen und durch enge Schluchten schlängelte. So erkannte er nur noch am flackernden Feuerschein, dass die Schlacht im Tal weiter ausgefochten wurde, und das war gut so. Der Anblick der unzähligen Rauchwolken, die Hunderte Fuß in den Himmel aufstiegen, der gigantischen Kriegsgeräte und der Scharen von fliegenden Kreaturen, die aus der Ferne an Fischschwärme erinnerten, hätte ihn zu sehr abgelenkt. Die Kriegstreiberei dort unten war von einem Ausmaß, das er sich niemals hätte ausmalen können, absurd und völlig unglaublich, obwohl er doch sozusagen direkt danebenstand. Und wenn er bedachte, wie schmal der Pfad war und wie tief der Sturz über die Klippe sein würde, war Tesh wirklich froh, dass er die Schlacht nicht sehen konnte.

Fenelyus führte sie den gefährlichen Weg entlang, so gelassen, als würden sie über einen Strand am Ufer eines ruhigen Sees spazieren. Oft drehte sie sich um und beantwortete Fragen, während sie weiterlief – noch dazu *rückwärts!* Tesh, der stets eine Hand an der hohen Felswand behielt, schlurfte eher, als dass er echte Schritte setzte. Und selbst das wurde zunehmend schwieriger, da der Fels immer rauer und pockennarbiger wurde, je weiter sie kamen. Dadurch wurde es nicht nur immer kniffliger, sich festzuhalten, sondern es war auch noch schmerzhaft.

Zum ersten Mal, seit sie von zu Hause aufgebrochen waren, führten Brin und Regen ihre Gruppe an, während er und Tressa sich am Ende herumdrückten. Wie schon im Sumpf von Ith gefiel es Tesh nicht, dass Brin sich so weit von ihm entfernt hatte, doch er konnte auf dem schmalen Pfad nicht zu ihr aufschließen. Er traute sich nicht, sich an Tressa vorbeizuschieben, der es scheinbar ebenfalls schwerfiel, einen Fuß vor der anderen zu setzen. Als er einen Blick nach vorn wagte, stellte Tesh überrascht fest, dass Brin beim Gehen die Arme fröhlich hin und her schwingen ließ. Regen schien ebenso entspannt zu sein, und Tesh entwich ein erschrockenes Keuchen, als die beiden gelassen über eine Öffnung im Felsboden sprangen.

Tesh konnte seine eigene Furcht nicht verstehen. Er hatte gegen Sebek gekämpft, im Harwald tödliche Fhrey-Bogenschützen gejagt und sich in einem schleimigen Tümpel ertränkt. Er konnte sich nichts vorstellen, das schlimmer gewesen wäre. Trotzdem jagte ihm der Abgrund fürchterliche Angst ein.

Wie ist das möglich? Ich bin tot. Wovor fürchte ich mich?

Phyre hatte sich für Tesh als ein verwirrender Ort herausgestellt – nichts war, wie man es ihm sein Leben lang hatte weismachen wollen. Große Krieger sollten nach Alysin kommen, einem Land voll grüner Felder. Stattdessen hatte er sich in einer eintönigen, grauen Welt wiedergefunden, in der er die Geister seiner Eltern getroffen hatte. Er hatte erwartet, dass sein Vater ihm danken würde, nachdem er ihnen erzählt hatte, dass er ihren Tod mit einem geheimen Krieg gegen Nyphrons Galantianer gerächt hatte. Doch stattdessen hatte die Antwort seines Vaters ihn verwirrt: »Wenn ich einen Wunsch frei hätte, dann wünschte ich, dass du damals mit uns gestorben wärst. Dann hätten wir dich noch bei uns. Aber nun wird sie dich bekommen.«

Tesh hatte gefragt, wen sein Vater meinte, wer *sie* war, doch seine Mutter hatte zu weinen begonnen und war über die weiße Pflasterstraße davongerannt. Mit Tränen in den Augen und ohne ein weiteres Wort war sein Vater ihr gefolgt.

Nichts von alledem ergibt Sinn, aber wenigstens habe ich Brin gefunden.

Mehrere Leute hatten gesehen, wie sie die weiße Straße genommen hatte, also war er ihr bis zum Tor nach Nifrel gefolgt. Dort hatte er die Ruinen eines riesigen Steinschlosses vorgefunden. Es musste bei einem Angriff zerstört worden sein. Geröll drang aus dem Eingangstor, und weil er fürchtete, Brin könnte darin verschüttet sein, war er vorsichtig hineingegangen. Er hatte allerdings nur Moya gefunden, deren Bein von einem rie-

sigen Marmorblock zerquetscht worden war. Sie hatte ihm erzählt, dass Tekchin unter weiteren Trümmern begraben lag und
die anderen weiter nach Nifrel gereist waren. Jahre des Kampfes
hatten Tesh abgehärtet, sodass es ihm nichts ausmachte, Glied-
maßen abzutrennen. Als er sein Schwert zog und zuschlug, hatte Moya keinen Laut von sich gegeben. Sie musste sich in einem
Schockzustand befunden haben. Tesh hatte sie aufgehoben, aus
dem zerfallenen Schloss und durch das Portal nach Nifrel getragen. Erst auf der anderen Seite hatten ihre Schreie begonnen.

»Das ist doch wohl ein Witz.« Tressa blieb stehen, als sie die
Lücke im Pfad erreichte.

»Es ist nicht weit«, sagte Gifford von der anderen Seite.

Tressa kniete sich hin und robbte flach auf dem Bauch an den
Felsrand heran. »Ich sehe keinen Boden. Es gibt keinen verfluchten Grund.«

»Sieh nicht nach unten«, sagte Roan, die ebenfalls angehalten
hatte und über Giffords Schulter zu ihnen hinüberspähte.

»Bist du verrückt? Soll ich etwa mit geschlossenen Augen
springen? Wie, in Maris Namen, soll ich … wie soll ich … ich
kann das nicht.«

»Natürlich kannst du«, sagte Gifford leichthin. Sein verblüff-
tes Lächeln zeigte, dass er Tressas Protest für einen Scherz hielt.

»Nein, sie hat recht«, wandte Tesh ein. »Es muss einen anderen Weg geben.«

»Danke«, sagte Tressa.

Gifford wechselte einen schockierten Blick mit Roan.
»Aber … es ist doch nur ein winziger Spalt. Ihr könnt ihn mit
einem einfachen Schritt überqueren. So …«

Zu Teshs Entsetzen hüpfte Gifford wieder zurück. »Seht ihr.
Und vergesst nicht: Ich bin schließlich ein Krüppel.«

Er drehte sich auf dem Absatz um und sprang wieder zu
Roan. Dann winkte er Tesh und Tressa zu sich. »Jetzt seid ihr
dran.« Beim Sprechen kostete er jedes r voll aus, augenscheinlich fasziniert davon, dass er es nun problemlos sagen konnte.

Tressa und Tesh starrten einander an. Falls sie je daran gezweifelt hatten, dass Gifford ein Mann verblüffenden Mutes war, wurden sie nun eines Besseren belehrt. Außerdem war er offenbar tollkühn. Teshs Magen drehte sich allein bei dem Gedanken um, über die Öffnung im Boden zu springen. Tressa war so weit zurückgewichen, dass sie gegen ihn stieß. Er wusste nicht, wer von ihnen beiden mehr zitterte.

»Es ist einfacher, als es aussieht«, sagte Roan. Ihr Tonfall war viel ernster und mitfühlender, obwohl sie eindeutig genauso haarsträubend todesmutig war wie ihr Ehemann.

»Nichts zu verlieren, nichts zu verlieren, nichts zu verlieren«, wiederholte Tressa in einem Tonfall, der zeigte, dass sie genau das Gegenteil empfand. Sie wiederholte die Worte ununterbrochen, während sie auf wackeligen Knien weiter zurückwich. »Malcolm, gib mir Kraft.«

Plötzlich rannte sie vorwärts und sprang.

Tesh hielt die Luft an, als sie durch die Luft flog und sicher auf der anderen Seite landete, wo Gifford sie sofort in die Arme schloss. Tressa zitterte und weinte. Dann sah Gifford Tesh an. »Komm schon, Tesh. Du zuckst nicht einmal mit der Wimper, wenn du im Harwald unter Beschuss bist. Was ist dagegen schon ein kleiner Hüpfer über einen Riss im Gestein?«

Ein Riss? Ist das sein Ernst?

Gifford war nicht mutig, kein bisschen. Der Mann hatte den Verstand verloren.

Aber Tressa hat es geschafft, und sie ist nicht besonders athletisch. Warum erscheint es mir dann so schwer?

»Was ist denn los?«, rief Moya von weiter vorne.

»Wir warten darauf, dass Tesh über das Loch springt«, antwortete Gifford.

»Du meinst diese winzige Lücke?«, fragte Brin.

Winzige Lücke? Haben sie etwa alle *den Verstand verloren?*

Gifford trat um Tressa herum, die sich augenblicklich an die Felswand klammerte. Einmal mehr tat er das Unmögliche.

Er streckte die Arme über die Öffnung nach Tesh aus. »Ich fange dich auf, wie ich es mit Tressa getan habe.«

Tesh schüttelte den Kopf. »Wenn ich den Sprung schaffe, könnte ich dich umwerfen.«

Gifford grinste. »Ich bin mir ziemlich sicher, dass das unmöglich ist.«

»Ich wiege mehr als du, es könnte gefährlich sein.«

Gifford versuchte, sich ein Lachen zu verkneifen, und versagte. »Das Risiko gehe ich ein.«

Tesh atmete tief und zittrig ein.

Warum fürchte ich mich so sehr? Früher hatte ich nie Höhenangst.

Und trotzdem hatte er noch nie zuvor eine derartige Furcht verspürt – nicht, als er gegen Sebek gekämpft, und auch nicht, als er in den Tümpel gewatet war, nicht einmal, als er sich von Brin verabschiedet hatte. Er versuchte, einen Schritt zu machen, aber es gelang ihm nicht. Seine Füße gehorchten ihm nicht.

»Tesh?«, rief Brin. Sie kam zurück, lief auf dem engen Pfad mühelos um die anderen herum. »Was ist denn los?«

»Es ist … es ist zu weit. Ich glaube nicht … ich sehe nicht, wie ich das schaffen soll …«

Mit verwirrt zusammengezogenen Brauen musterte sie den Pfad. »Deshalb können wir nicht weiter? Es ist doch nur ein Riss im Boden.«

Sie ging an Gifford vorbei und trat direkt an den Rand der anderen Seite. Ihre Fußspitzen ragten über den Abgrund. Sie starrte Tesh besorgt an und streckte dann eine Hand nach ihm aus. »Nimm meine Hand.«

Ihre Hand? Die ist eine Meile entfernt!

Und selbst wenn er sie berühren konnte, würde er es nicht tun. »Nein, ich ziehe dich bloß mit runter.«

Sie sah ihn an, als wäre er es, der den Verstand verloren hatte. »Wirst du nicht.«

»Doch.« Er blickte in den dunklen Schlund unter sich, in die Tiefe, die unendlich schien.

»Tesh? Vertraust du mir?« Er sah zu ihr auf. »Vertraust du mir?«

Er wollte es, hatte ihr in der Vergangenheit immer vertraut, doch er erinnerte sich an die Abscheu in ihren Augen, als sie zu ihm gesagt hatte: »Du befreist die Welt nicht von einem Monster. Du nimmst seinen Platz ein.« In jenem Moment hatte es viel weniger wehgetan, doch nun war der Schmerz zurück. Die Worte stachen erneut zu, doch nicht in Teshs Körper, sondern irgendwo tiefer.

Brins Blick wurde intensiver. Das hatte sie so an sich. In einem Moment war sie eine herumalbernde, liebeskranke Frau, im nächsten verwandelte sie sich in eine andere Person: weiser, stärker. Ihre Züge wurden weicher, Liebenswürdigkeit und Verständnis spiegelten sich darin. »Tesh, du bist gestorben – du hast dich selbst getötet, um mir zu folgen.« Sie blickte auf den tiefen Abgrund, über den ihre Zehen ragten. »Willst du jetzt wirklich einfach aufgeben?«

Er zitterte.

»Nimm meine Hand, Tesh. Ich verspreche dir, dass es gutgehen wird.«

»Das kannst du nicht wissen.«

»Vertrau mir einfach.«

Er musste jedes bisschen Willensstärke aufbringen, um eine Hand zu heben und seine Füße näher an den Rand zu bringen. Es ging so tief hinab, und sie war so weit entfernt. Dann, als wäre es Magie, spürte er, wie sie seine Hand packte und zog. Er verlor das Gleichgewicht, befand sich im Fallen und schrie auf.

Einen Augenblick später lag er in Brins Armen. Sie hielt ihn fest, ihre winzigen Hände umklammerten ihn, sodass er sich sicher fühlte.

»Siehst du?«, flüsterte sie. »Das war doch gar nicht so schlimm, oder?«

Sie gab ihm einen Moment, um zu Atem zu kommen – auch wenn Atem in dieser Welt nicht existierte. Dann zog sie ihn mit sich. Tesh wagte einen Blick zurück. Er suchte nach dem tiefen Abgrund, entdeckte ihn jedoch nicht mehr. Dort gab es nur eine schmale Öffnung im Gestein, die sich über einen breiten, ausgetretenen Pfad zog.

Der übrige Abstieg war einfacher. Der Abhang auf der anderen Seite der Schlucht hielt keine weiteren Hürden für sie bereit. Tesh folgte dicht hinter Brin, die sich oft nach ihm umsah, als wollte sie prüfen, ob er noch bei ihr war. Irgendetwas hatte es ihm unmöglich erscheinen lassen, die schmale Spalte im Boden zu überqueren. Tesh vermutete, dass es sich um eine Art Zauber handelte, und er musste nicht lange nach der Quelle suchen. Regen hatte sie die Dunkle Zauberin genannt und sie war eine Fhrey – eine Elbin.

Er hatte Fenelyus nicht vertraut, als Moya ihre Hilfe annahm, und Tressa ebenso wenig.

Ist es etwa Zufall, dass wir beide, die wir uns gegen sie ausgesprochen haben, es plötzlich so schwer hatten?

Es war ein Fehler gewesen, Fenelyus zu folgen. Tesh hatte das schon vorher gewusst und wurde immer überzeugter davon, je mehr Zeit er in ihrer Gegenwart verbrachte. Mit jedem Schritt fühlte er sich schwerer, bis selbst das Gehen zur Qual wurde.

Noch mehr Magie?

Sie erreichten das Tal in einer dunklen Ecke. Einmal mehr befanden sie sich in einem Wald, dieser war von toten Kiefern bevölkert. Graue Nadeln klammerten sich an die Äste und erschufen die Illusion von Nebelschwaden, die zwischen den Stämmen waberten. Tesh glaubte, dass er einmal von einem ähnlichen Ort geträumt hatte. Wie die meisten Träume war die Erinnerung jedoch nicht viel mehr als ein verschwommenes Bild. Etliche Nadeln waren zu Boden gefallen, sodass ihre

Schritte von einem weichen Teppich verschluckt wurden und sie keinen Laut verursachten. Außerdem befanden sie sich nun außerhalb des Feuerscheins. Tesh konnte zwar sehen, sich aber nicht erklären, wie. Es war düster wie in einer wolkenverhangenen Nacht, die Gesichter seiner Gefährten wirkten geisterhaft, die Bäume wie Schatten und der Pfad war nicht mehr auszumachen. Es gab keinen Mond und keine Sterne, an denen er sich hätte orientieren können.

Auch wie in einem Traum.

Seit sie die Klippen verlassen hatten, scharten sich alle hinter Fenelyus zusammen wie Hundewelpen, die auf ein Leckerli hofften. Nur Tressa trieb sich am Ende der Gruppe herum. Bevor sie sich in Giffords und Roans Zelt getroffen hatten, war Tesh ihr nie begegnet. Er hatte lediglich von ihr gehört. *Schlampe*, *Mörderin* und *Verräterin* waren Worte, die man oft im Zusammenhang mit ihrem Namen hörte. Er wusste nicht warum. Es war ihm egal. Er mochte Tressa. Sie waren beide Kämpfer. Schon bevor sie auf die unüberwindliche Hürde in den Bergen gestoßen waren, hatte er gewusst, dass ihn etwas mit ihr verband. Vielleicht waren sie selbstzerstörerisch, doch sie würden beide niemals kampflos aufgeben.

»Darf ich dir eine Frage zu der Krähe stellen?«, fragte Gifford die Fhrey. »Du hast die Kunst benutzt, um Orin loszuwerden, aber seit ich gestorben bin, habe ich keine Quelle mehr gespürt, die ich hätte anzapfen können.«

»Du bist ein Künstler?«, fragte Fenelyus.

»So weit würde ich nicht gehen, aber mir sind ein paar Dinge gelungen. Und ich weiß, dass man Kraft braucht. Aber hier gibt es keine.«

»Ich habe nicht die Kunst benutzt. Es sah nur so aus. Du bist neu in Nifrel, also verstehst du noch nicht, wie dieser Ort funktioniert. Viele Dinge des Nachlebens müssen dich verwirren. Zum Beispiel, was der Unterschied zwischen den verschiedenen Reichen von Phyre ist?«

»Äh …«, stotterte Gifford.

»Die meisten Leute kommen nach Rel.« Brin antwortete an seiner statt. »Alysin heißt die Helden willkommen, und Nifrel ist …« Sie hielt inne und sah Fenelyus verlegen an.

»… wohin die Bösen kommen? Ist schon in Ordnung, das denken alle Neuankömmlinge.« Fenelyus schürzte die Lippen und legte den Kopf schief. »Und was du sagst, ist auf gewisse Weise richtig. Man sollte aber begreifen, dass Gut und Böse relativ sind. Niemand ist gänzlich gut oder vollkommen böse. In Wahrheit ist Rel der Ort für all jene, die sich im Leben mit den kleinen Dingen zufriedengegeben haben – oder die sich damit zufriedengegeben hätten, wenn das Leben ihnen wohlgesinnter gewesen wäre. Während Arion mächtig war, ging es ihr nie darum, diese Macht wirklich zu nutzen. Sie brauchte nichts und konnte sich mit völliger Stille zufriedengeben. Deshalb ist sie in Rel. Jene, die hierherkommen, sind hingegen die, die niemals zufrieden sind, egal, wie viel sie erreichen. Deshalb liebe ich Arion so sehr. Sie hatte Talent, aber keinerlei Veranlagung, nach mehr zu gieren.«

»Also ist Nifrel für die Gierigen gedacht?«, fragte Gifford.

»Das ist wiederum zu einfach ausgedrückt. Gier ist nur ein Symptom, wie Arroganz oder Eitelkeit. Sie sind das Ergebnis – eine Frucht vom selben Baum: dem Baum des Ehrgeizes. Nach Nifrel kommen diejenigen, die in Gegenwart von Herausforderungen, Konkurrenz oder Konflikt aufblühen. Im Leben waren wir Anführer – egal ob gut oder böse –, weil wir nicht aufhören konnten, nach Größe zu streben. Es ist ein Teil von uns. Also gibt es hier in Nifrel, wenn man so will, ein Übermaß an Entschlossenheit, immer zu gewinnen. Und das zeigt sich in Form einer gewissen Magie, fast zu vergleichen mit einem Klartraum.«

»Das Letzte verstehe ich nicht«, sagte Gifford.

»Hast du je geträumt und warst dir währenddessen bewusst, dass du träumst? Luzides Träumen oder Klarträumen bedeutet:

Du weißt, dass du schläfst und dass alles, was du erlebst, nur in deinem Kopf existiert.«

Gifford zuckte mit den Schultern. »Ich glaube nicht.«

»Manchen, denen das passiert, gelingt es, die Kontrolle über ihren Traum zu erlangen. Sie können also beeinflussen, was passiert – Magie wirken. Es ist nicht die Kunst, nicht real und hält auch nicht an. Es ist nichts als ein Traum.«

Gifford sah immer noch verwirrt aus.

»Stell es dir so vor: Wenn du in Phyre stark genug bist, kannst du den Traum, den wir alle träumen, verändern. Deshalb kann die Welt, in der wir uns hier bewegen, von anderen geformt werden.«

»Also bedeutet das, dass wir hier alle Magie wirken können?«, fragte Brin.

»Ihr tut es bereits. Gerade trägst du eine Art Überwurf, der von einer Brosche zusammengehalten wird. Du hast langes Haar und bist recht hübsch. Einige von euch tragen Waffen, obwohl ihr sie, genau wie eure Kleider und Körper, in Elan zurückgelassen habt. Ihr präsentiert euch so, wie ihr euch seht. Euer Aussehen spiegelt das Bild wider, das ihr von euch habt. Aber ich weiß, dass es schwer ist, das als Magie anzusehen. Denn ihr seht schließlich nur, was ihr immer gesehen habt. Ihr müsst erst verstehen, dass eure Fähigkeiten hier über euer Aussehen und das, was ihr bei euch tragt, hinausgehen. Das, was ich mit Orin angestellt habe, erscheint euch magisch, aber sie«, Fenelyus deutete auf Roan, »hat gesagt, sie hätte ein Feuer entzündet.«

Gifford warf seiner Frau einen Blick zu. »Aber das war keine Magie.«

Fenelyus kicherte.

»Was ist mir entgangen?«, fragte er.

»Wir sind nicht in Elan. Na ja, eigentlich schon, aber nicht im lebendigen Teil. Glaubt ihr etwa, dass es echte Bäume sind, an denen wir vorbeigekommen sind? Dass sie aus Holz bestehen? Was ihr seht, ist lediglich eine von Ferrol erschaffene Illusion. Alles hier ist ihre Schöpfung. Wir existieren in ihrem Traum, wenn man so will.«

»Eher ein Albtraum, wenn du mich fragst«, sagte Moya.

»Sie hat wirklich einen sehr speziellen Geschmack. Aber ich kann euch versichern, dass es in etwa so unmöglich ist, hier ein Feuer zu entfachen, wie eins im Traum einer anderen Person zu entzünden.«

»Aber …« Roan sah so ängstlich aus, als hätte man sie eines Verbrechens bezichtigt. »Ich wollte ihre Bäume gar nicht verändern. Ich wusste ja nicht einmal, dass sie ihr gehören. Ich habe bloß getan, was ich immer tue.«

Fenelyus nickte. »So funktioniert es. So funktioniert alles. Ich nehme an, wir könnten sogar fliegen, wenn wir nur fest genug daran glaubten. Unsere Willenskraft ist nur an unser Selbstbewusstsein gebunden. Wir können alles tun, von dem wir glauben, dass wir es können. Du wusstest, dass du ein Feuer machen kannst, also hast du es getan. Ich glaube an meine Fähigkeit, die Welt zu verändern, da ich es oft getan habe, als ich noch am Leben war. Hier benutzt man für diese Dinge nicht die Kunst, aber das Ergebnis ist dasselbe.«

Fenelyus wandte sich mit einem neugierigen Blick an Brin. »Und du …« Sie lachte leise, ein Geräusch, bei dem sich Tesh die Nackenhaare aufstellten. »Ich kann mir kaum vorstellen, was *du* hier erreichen kannst. Es ist offensichtlich, dass du nicht wie wir anderen bist. Irgendwie bist du hierhergeraten, was merkwürdig ist, weil alle anderen rauswollen.«

Brin sah verletzt aus, Tesh wusste jedoch nicht, warum.

Sie gingen weiter bergab, und da fiel Tesh auf, dass sie das Tal noch nicht erreicht hatten. Doch sie waren nah dran. Nun konnte er das feurige Licht der falschen Dämmerung sehen.

»Ihr müsst begreifen, dass jede Person aus zwei Teilen besteht«, fuhr Fenelyus fort. »Der lebendige Körper in Elan und der Geist, der uns von Eton geschenkt wurde. Der Körper braucht Elan, um zu existieren. Sie holt ihn sich nach einiger Zeit zurück und gibt den Geist frei. Unsere körperlosen Seelen werden gezwungen, hier zu weilen, tief unter Elan in Etons Gefängnis. Hier gibt es kein Licht. Kein Leben. Wir sind alles, was hier existiert, aber wir sind nicht machtlos. Denn wir sind schließlich Etons Kinder. Unser Wille, unsere Überzeugung, unsere Charakterstärke und das Bild, das wir von uns haben, verleihen uns Kraft.«

Sie liefen durch ein Senkloch, das wie ausgewaschen wirkte, als hätte es stark geregnet. Wenn Tesh den Worten der Fhrey Glauben schenkte, war nichts davon real. Der Hang und das Tal waren die Manifestation der Vorstellungskraft einer anderen Person. Oder eher: der Albtraum dieser Person. Tesh musterte den steinigen Boden. Alles sah echt aus.

»Und was ist mit Alysin?«, fragte er. »Wer kommt dorthin?«

»Ich würde sagen, die Besten aus beiden Welten«, antwortete Fenelyus. »Jene mit großartigen Fähigkeiten, aber keinem Ehrgeiz. Jene, die nie nach Ruhm und Ehre strebten und die stets anderen halfen, die ihre Hilfe brauchten. Euch sind sie als Helden bekannt. Ich nehme an, dass Arion dorthin gehen könnte, wenn sie wollte.«

»Und der Heilige Hain? Was muss man tun, um dorthin zu gelangen?«, fragte Brin.

»Der Hain gehört nicht zu Phyre. Er ist Teil der Welt der Lebenden, also könnt ihr nicht dorthin.« Fenelyus bedachte sie mit einem Blick, der Brin zurückweichen ließ. »Warum fragst du?«

»Ich … Es ist nur …«

»Brin ist unsere Hüterin der Wege«, erklärte Moya. »Sie ist neugierig und will immer alles wissen.«

Fenelyus musterte Brin noch eine Weile länger. Tesh war zu weit entfernt, um zu sehen, ob aus Neugier oder Misstrauen. »Ich habe nur einen flüchtigen Blick auf den Hain werfen können, doch ich kann dir sagen, dass er wahrlich heilig ist. Der

Geburtsort allen Lebens, auch wenn dort nur zwei weilen: Alurya und ihre Wächterin, die Einzige, die sich das Recht verdient hat – die größte aller Heldinnen.« Sie wandte sich ab und beschleunigte ihre Schritte.

Schnee fiel, als sie den Wald verließen und das weite Tal betraten, das Fenelyus die Ebene von Kilcorth nannte. Es war gnadenloser Schnee. Kleine Eispartikel der Größe von Sandkörnern wurden ihnen vom Wind entgegengepeitscht, obwohl es gar keinen Wind gab. An diesem Ort ohne Himmel konnte Tesh sich nicht erklären, woher der Schnee kam. Er vermutete, dass die anderen es ebenso wenig wussten.

Fenelyus blickte ständig verwirrt nach oben.

»Ist das nicht normal?«, fragte Moya schließlich, während sie sich durch die sich alsbald auftürmenden Schneeverwehungen kämpften. Sie hatte die Schultern hochgezogen und versuchte, ihren Nacken zu schützen.

Tesh tat dasselbe. Er spürte das eisige Beißen des Schnees, den brennenden Schmerz, wenn er auf seine Haut traf. Doch ihm war nicht kalt. Es war nicht wie im Winter, wenn einem die Kälte durch Mark und Bein ging. Diese war bloß grausam und bitter.

»In Nifrel habe ich bisher nie Wetter gesehen«, antwortete Fenelyus.

»Die Königin ist dafür verantwortlich, nicht wahr?«, fragte Moya.

Fenelyus zog ihre Kapuze auf und schob eine Strähne ihres goldenen Haars darunter. »Sie versucht, uns aufzuhalten, denn sie braucht Zeit, um ihre Truppen in Position zu bringen. Ihr seid zu einem für sie ungünstigen Zeitpunkt aufgetaucht. Ihr habt Glück.«

»Kein Glück«, entgegnete Tressa, obwohl Tesh nicht glaubte, dass jemand außer ihm sie gehört hatte. Sie ging hinter ihm, in sich zusammengekrümmt und den Mund vor Schmerz verzerrt. Ihre Stimme war nicht viel mehr als ein Keuchen, doch Tesh hatte nicht den Eindruck, als spräche sie mit ihnen.

»Ferrol versucht verbissen, sich euch in den Weg zu stellen«, erklärte Fenelyus. »Anscheinend kommen wir schneller voran, als ihr lieb ist.«

Die kriegerischen Horden waren vermutlich irgendwo vor ihnen, doch durch den heftigen Schneefall konnte Tesh sie nicht sehen. Er hörte auch nicht viel. Selbst ihre Schritte wurden von der frischen Schneedecke verschluckt. Der schwarze Schieferboden war voller Risse, die sich über das gesamte Tal zogen. Wie zerklüftete Mäuler öffneten sie sich in bodenlose Tiefen. Über die kleineren konnten sie springen, die größeren mussten sie umgehen oder mithilfe von behelfsmäßig gebauten Brücken überqueren. Die Ebene von Kilcorth war übersät mit unzähligen dieser scheinbar willkürlich aufgestellten Bauwerke. Einige waren akkurat gebaute Bögen, breit genug, dass eine Armee sie überqueren konnte. Andere waren nicht viel mehr als lang gezogene Felsnasen, die wackelten, wenn man sie betrat.

»Wenn die Königin alles kontrolliert, warum ... ich weiß nicht ... warum wünscht sie sich uns nicht einfach in ihren Turm oder hält uns in Stein gefangen oder so?«, fragte Moya.

»Sie kontrolliert nicht alles«, antwortete Fenelyus. »Ja, Ferrol ist die Stärkste in Nifrel, aber kein einzelnes Wesen hat absolute Macht. Die Distanz und unser Wille, der ihrem entgegengesetzt ist, schränken sie ein. Hier in Nifrel sind Arroganz und Gier recht genaue Indikatoren von Macht, und wenn es danach geht, können nur wenige mit König Mideon konkurrieren. Als er noch am Leben war, war dieser kleine Bastard der reichste und mächtigste Herrscher der Welt. Er begann einen Krieg zwischen seinem und meinem Volk, weil ich ihm keinen Zugang zu einem Baum gewährt habe, dessen Früchte ewiges Leben schenken. Dabei war es ihm egal, dass solche Früchte gar nicht existierten. Er opferte Hunderttausende seiner eigenen Leute, um seinen Willen durchzusetzen. Und er hatte nicht mal vor, die Unsterblichkeit zu teilen. Wollte sie nur für sich. Hier unten ist eine derartige Arroganz sehr mächtig. Mideon ist es gelungen, Ferrol ein beachtliches Stück Land abzunehmen, das er zu seinem Reich erklärt hat. Trotzdem kann er es nicht mit der Königin aufnehmen. Selbst wenn wir uns alle gegen sie erheben würden, könnten wir es womöglich nicht. Schließlich ist Ferrol eine der fünf Aesira und Etons Drittgeborene.«

Durch den Schnee wurde der Untergrund rutschig, und Tesh fühlte sich schwerer denn je. Wie bereits beim Abstieg fiel ihm das Gehen schwerer als den anderen. Zu seinem Erstaunen hüpfte Brin noch immer leichtfüßig voran. Gifford war nicht ganz so flink, doch weder er noch Regen schienen sich nennenswert anstrengen zu müssen. Roan ging langsam, während sie Giffords Hand hielt. Tressa hatte es am schwersten. Jeder Schritt schien ein Kampf für sie zu sein.

Sie kamen an einen Hügel, der ganz aus aufeinandergestapelten Steinen bestand. Fenelyus ließ sie anhalten und wischte ein wenig Schnee von der unebenen Steinwand. »Dies ist Eon Ver, was bedeutet, dass es ab jetzt erst richtig interessant wird.«

»Was soll das heißen?« Tesh beugte sich vor und versuchte, nicht existierenden Atem zu schöpfen.

Fenelyus grinste, und in ihren sonst so undurchdringlichen Augen entdeckte er ein fröhliches Funkeln, was der Grund sein musste, warum sie in diesem düsteren Reich weilte. »Zwischen diesem Punkt und dem Grauen Tor von Mideons Festung befindet sich ein Engpass mit drei Brücken. Ferrol wartet darauf, dass wir dort ankommen. Dann wird sie uns angreifen.«

»Gibt es einen anderen Weg?«, fragte Moya.

»Nifrel ist ein einziges riesiges Schlachtfeld. Hier wird gekämpft, und zwar seit Anbeginn der Zeit und auf jede nur erdenkliche Art. Es wird allgemein angenommen, dass es keine Taktiken oder Strategien gibt, die hier noch nicht angewendet wurden. Alles wurde unzählige Male versucht. Das ist eine der großen Enttäuschungen dieses Ortes. Alles wurde so sehr per-

fektioniert, dass es nur wenige Züge gibt, die noch Sinn ergeben, und nur eine Handvoll Gegenzüge. Alle wissen darüber
Bescheid, was einem den Spaß raubt. Wir können diesen Teil
nicht umgehen, doch sobald wir einen Fuß in den Engpass setzen, werden wir angegriffen.«

»Und ist es deiner Erfahrung nach wahrscheinlich, dass wir
Mideons Festung erreichen?«, fragte Tesh.

»Nein. Um ehrlich zu sein, haben wir kaum eine Chance.
Wir werden nahe herankommen, aber am Ende trotzdem verlieren.«

»Was für aufmunternde Worte«, sagte Moya. »Einen kurzen
Moment hatte ich doch wirklich so etwas wie Hoffnung.«

Fenelyus lächelte, doch es war kein warmes oder frohes Lächeln. Sie sah eher amüsiert und leicht ungehalten aus, als wollte sie sagen: *Herzallerliebst. Jetzt seid still und lasst die Ältere
reden.* Schneeflocken bedeckten Fenelyus, genau wie alle anderen, was sie jedoch nur noch mystischer und beeindruckender
wirken ließ. An diesem Ort schien es nicht nur um Macht zu
gehen, sondern auch darum, wer den beeindruckendsten Auf-
tritt hinlegte.

»Wir haben zwei Vorteile. Der erste ist, dass ich es hasse zu
verlieren.« Fenelyus zwinkerte, und da war es wieder, das ver-
wegene Funkeln in ihren Augen.

»Aber Ferrol ist deine *Göttin*«, sagte Brin. »Wie kannst du
dich so offen gegen sie stellen?«

Fenelyus lachte. »Ich glaube, ihr werdet bald herausfinden,
dass wir in Nifrel alle Götter sind. Zumindest sehen wir uns so.
Wenn dem nicht so wäre, würden wir nicht hierhergehören.«
Die Fhrey sah Brin auf eine Weise an, die Tesh nicht gefiel.

»Was ist unser zweiter Vorteil?«, fragte Moya.

Fenelyus schaute zu den wirbelnden Schneeflocken auf und
zuckte mit den Schultern. »Der Schnee.«

»Warum?«

»Es hat hier noch nie zuvor geschneit.«

Moya streckte ihre Handflächen aus und sah die anderen an. »Na und?«

»Ferrol weiß mehr als wir. Das war schon immer so. Alle Aesiras haben das gemeinsam. Also stellt sich mir die Frage: Warum schneit es auf einmal? Wenn mir klar ist, dass wir nur eine verschwindend geringe Chance haben, das Bollwerk zu erreichen, weiß Ferrol es auch. Trotzdem hat sie es für notwendig erachtet, Schnee zu schicken, um uns aufzuhalten. Warum?« Sie musterte Moya, als wüsste sie die Antwort. »Habt ihr irgendwelche besonderen Fähigkeiten, die ich nicht erkennen kann?«

Moya deutete mit dem Kinn ins Teshs Richtung. »Er kann ziemlich gut mit seinen Schwertern umgehen.«

»Wie gut?«

Moya runzelte die Stirn und flüsterte »Vermutlich ist er der Beste, den es je gegeben hat.«

Nun musterte Fenelyus Tesh eine Weile und schüttelte dann den Kopf. »Als er noch am Leben war, mag das zugetroffen haben, aber jetzt ist er tot.«

»Was soll das denn heißen?«, fragte Tesh.

»Du kannst nicht kämpfen. Du schleppst Gewicht mit dir herum.«

»Wovon sprichst du?«

»Alle haben eine Bürde zu tragen. Ich, Mideon, selbst Ferrol.« Sie nickte in Tressas Richtung. »Ihr Gewicht ist beinahe erdrückend.« Sie trat auf Tressa zu und lächelte sie mitfühlend an. »Du hast ein paar wirklich schwerwiegende Probleme, meine Liebe, und Ferrol macht es dir nicht gerade leicht.«

Tressa sah mit schmerzverzerrtem Gesicht auf und nickte.

Fenelyus wandte sich wieder an Tesh. »Du trägst ebenfalls eine schwere Bürde. Das wird dich langsamer und im Kampf nutzlos machen.«

»Ich verstehe es immer noch nicht«, warf Brin ein. »Woher kommt dieses Gewicht?«

»Schuld, Reue, Furcht.« Fenelyus zählte an ihren Fingern ab.

»Wenn man sein Leben damit verbringt, die Dinge lieber anzupacken, als nichts zu tun, macht man unweigerlich Fehler. Und die sterben nicht mit unseren Körpern. Genau wie die Liebe sind sie in unseren Seelen verankert, also nehmen wir sie mit hierher.«

Tesh deutete auf Moya. »Sie ist hervorragend mit ihrem Bogen.«

»Mit *was*?« Fenelyus betrachtete Moyas Waffe. »Was sollst du damit ausrichten können? Feuer machen?«

Moya lachte.

»Damit schießt sie kleine Speere ab, die man Pfeile nennt«, erklärte Gifford. »Sie fliegen sehr schnell und sehr weit.«

»Das Problem ist nur …« Moya zog die Brauen zusammen. »Ich habe fast keine *kleinen Speere* mehr.«

»Du hast keine mehr?« Fenelyus sah verwirrt aus, während sie den Bogen musterte. »Was willst du damit sagen?«

Moya hielt ihren Köcher hoch. »Es sind nur noch sechs übrig.«

Die Fhrey verengte ihre Augen und schüttelte den Kopf. »Na und?«

Moya streckte ergeben die Hände aus. »Alsoooo … womit soll ich sonst den Feind angreifen? Mit meinem atemberaubenden Lächeln?«

»Erschaffe mehr.«

»Es würde Tage dauern, wenn ich gutes Holz hätte, was nicht der Fall ist. Wie soll ich denn – «

»Wovon sprichst du?« Fenelyus' Stimme schraubte sich vor Ärger in die Höhe. Dann nahm sie einen tadelnden Tonfall an. »Erschaffe doch einfach, was du brauchst. Du hast schließlich diesen Bogen erschaffen, also kannst du auch mehr dieser kleinen Speere machen. Wie schwer kann es schon sein?«

»Ich habe den Bogen nicht selbst gemacht. Das glauben viele, aber Roan hat ihn vor vielen Jahren aus dem Holz von Magda gebaut.«

»Nein«, fuhr Fenelyus sie an. »Der Bogen, von dem du sprichst, befindet sich in Elan. Dieser hier wurde ganz allein von dir erschaffen.«

»Aber ich ...« Moya schnaubte frustriert. »Ich erinnere mich nicht daran, das getan zu haben. Und selbst wenn ... Wie soll ich jetzt Pfeile machen?«

»Erinnerst du dich daran, wie du dir ein neues Bein hast wachsen lassen?«

»Das war ich nicht ... Das warst du!«

»Ich habe nichts dergleichen getan, sondern lediglich meinen Umhang über dein Bein ausgebreitet, damit es so aussah, als befände sich darunter ein gesundes Bein. Du hast den Rest getan. Den Großteil deiner Existenz hast du mit zwei Beinen verbracht. Du wolltest glauben, ich hätte die Macht, dich zu heilen, und der Wunsch war so stark, dass du akzeptiert hast, dass es durch meine Tat passiert ist. Aber in Wahrheit hast du dir bloß vorgestellt, du hättest wieder ein Bein.«

Nun war es an Moya, ihre Augen zu Schlitzen zu verengen. »Das ist unmöglich.«

»Ihr seid jetzt in Nifrel. Hier gibt es nur wenig, das unmöglich ist. Als ich meinen Umhang wegzog, hattest du zwei Beine, weil du es dir so vorgestellt hast. Dein Glaube hat es real werden lassen. Selbstvertrauen, Überzeugung, Gewissheit, das sind eure Waffen an diesem Ort. Du hast den Bogen unbewusst erschaffen, genau wie deinen Körper und deine Kleider. Du musst nichts weiter tun, als dir viele kleine Speere in diesem Behälter vorzustellen, und es wird passieren.«

Moya beäugte ihren Bogen und Köcher nachdenklich.

»Hast du eine Ahnung, gegen was wir kämpfen werden?«, fragte Tesh. Es gefiel ihm nicht, wie die Fhrey über seine Kampfkünste gesprochen hatte, doch er konnte nicht leugnen, dass er sich seltsam schwerfällig fühlte, seit er Nifrel betreten hatte. Seit sie die Ebene erreicht hatten, hatte sich das Gefühl sogar noch verdoppelt. Moya war eine schlanke Frau und normalerweise hätte er sie mit ihrer Verletzung mühelos tragen, dabei vielleicht sogar rennen können. Doch er hatte es nicht einmal versucht. Seit seiner Ankunft in Nifrel hatte er seine Schwerter kein einziges Mal gezogen, und nun fragte er sich, ob er sie überhaupt schwingen, geschweige denn heben konnte.

»Bankore«, antwortete Fenelyus.

»Äh …«, stammelte Tesh. »Was ist das, und wie viele von ihnen werden uns angreifen?«

»Wahrscheinlich ein ganzer Schwarm.« Fenelyus wedelte mit einer Hand in der Luft herum.

»Ein Schwarm?«, fragte Gifford. »Also sind es kleine Wesen?«

»Klein? Nein, das würde ich nicht sagen. Stellt euch einen Luchs mit einer Flügelspanne von zwölf Fuß, größeren Zähnen und längeren Krallen vor.« Ihr fielen die schockierten Mienen der anderen auf. »Die Klauen und Reißzähne sind nicht das Problem … also nicht wirklich. Natürlich können sie schmerzhaft sein und euch außer Gefecht setzen, aber die wahre Gefahr ist es, wenn sie euch packen, sich in die Lüfte erheben und euch in den Abgrund werfen.«

»Den *was*?«, fragte Moya.

Fenelyus deutete auf eine der vielen tiefen Schluchten, die sich über die Ebene zogen. Sie stampfte mit dem Fuß auf. »Das hier ist nicht echt. Das meiste wurde von der Königin erschaffen. Als hätte sie den Boden in ihrem Haus verlegt. Ihr könnt ihn zertrümmern, verändern, ihr könnt damit tun und lassen, was ihr wollt, weil er allein ihrer Vorstellung entspringt. Darunter liegt allerdings ein Loch, ein sehr, sehr tiefes Loch, das den wahren Untergrund von Phyre darstellt. Wir nennen es den Abgrund, denn wenn man einmal hineinfällt, kommt man nicht mehr heraus. Nie.«

»Was ist da unten?«, fragte Brin.

Fenelyus zuckte mit den Achseln, doch ihr Gesichtsausdruck war ernst. »Niemand weiß es. Gerüchten zufolge hat Eton dort die Typhone eingesperrt. Und es ist auch der Ort, in den Trilos fiel. Aber wir haben keine Beweise dafür. Wie gesagt, niemand kommt von dort zurück.« Sie seufzte schwer, straffte dann die Schultern und deutete geradeaus. »Ich denke, wir sollten Ferrol nicht noch mehr Zeit geben.«

Der Schnee fiel gleichbleibend. Die eisigen Körner stürzten weiterhin unbarmherzig zu Boden, wo sie umherhüpften und sich auftürmten. Tesh verstand nicht, wie sich Verwehungen formen konnten, wenn es doch keinen Wind gab. Dann fiel ihm auf, dass der Schnee sich jeweils um die Spalten im Boden sammelte und so die gefährlichen Öffnungen verdeckte. Tesh konnte nicht noch mehr Furcht vor dem Fallen gebrauchen, und Fenelyus hatte recht: Er konnte nicht kämpfen. Hier war er so hilflos wie Sebek, als er ihn auf seinem Krankenbett erledigt hatte.

»Bleibt zusammen und macht euch bereit, jederzeit loszurennen«, sagte Fenelyus. »Und, Moya, schieße deine Speere nicht ab, bevor das blaue Licht verglüht ist.«

»Was denn für ein blaues Licht?«

Fenelyus antwortete nicht. Stattdessen machte sie drei Schritte vorwärts und streckte die Arme aus.

Einen Augenblick später ertönte ein Geräusch über ihren Köpfen. Es begann als Summen, wurde zu einem raschen Klopfen und dann zu einem Grollen. Als Tesh aufblickte, sah er, dass sich der Himmel, der nie hell gewesen war, noch mehr verdunkelt hatte.

»Oh, Große Mutter!«, keuchte Brin.

»Bei der Mutter von Tetlins Hexe«, fluchte Moya.

Eine Wolke kreiste über ihnen, nur erkennbar an den wenigen Lücken in dem dichten Gewimmel. Sie bestand aus so vielen fliegenden Wesen, dass sie sogar den Schneefall aufhielt.

Tausende.

Ein Schwarm aus zweihundert Pfund schweren Heuschrecken mit Reißzähnen senkte sich auf sie herab. Die Gefährten standen vor Unglauben und Entsetzen wie erstarrt da. Tesh hatte gefiederte Schwingen erwartet, doch die Bankore hatten eine dünne Lederhaut, die sich eng über ihre Knochen spannte. Ihre Gesichtszüge waren überhaupt nicht katzenhaft. Vielmehr ähnelten sie Fledermäusen mit flachen Schnauzen und rasiermesserscharfen Zähnen. Die kleinen rot glühenden Punkte, die ihre Augen sein mussten, verstörten Tesh am meisten.

Sie ergossen sich aus dem Himmel.

Moya hob ihren Bogen, und Tesh sah, dass sie bereits einen Pfeil aufgelegt hatte. Sie zielte und wartete. Gifford zog sein Schwert, und Tesh tat es ihm gleich, doch seine Klingen fühlten sich schwerer an als je zuvor.

Wir werden das nicht überleben.

Es wurde immer dunkler, während der Schwarm auf sie zuraste.

»Wann kommt endlich das Licht?«, zischte Moya frustriert und verängstigt zugleich.

Brin und Roan warfen die Arme in die Luft, um sich auf den Aufprall vorzubereiten. Tressa fiel auf die Knie. Tesh hob beide Schwerter an.

Mit einem Grunzen streckte Fenelyus ihre Hände aus.

Ein Donnerschlag erklang, als die Bankore gegen eine Kuppel aus schimmerndem blauen Licht prallten. Beim Aufprall verpufften sie zu kleinen Steinchen und Staub. So viele Ungeheuer trafen auf den Schild, das sich das Geräusch von einem raschen Trommelschlag in ein entsetzlich lautes, ununterbrochenes Donnern verwandelte.

Fenelyus zitterte, ihre Arme bebten. Schweiß sammelte sich auf ihrer Stirn. Stöhnend biss sie die Zähne aufeinander. Sie atmete keuchend durch die Nase, presste die Lippen so fest aufeinander, dass sie weiß wurden und ihr Gesicht sich rot färbte.

»Bereit machen«, knurrte sie.

Brin presste sich gegen Tesh. Sie war ihm so nah, dass sie

ihm im Kampf im Weg sein würde, doch es war ihm egal. Es fühlte sich gut an, und das Gewicht auf seinen Schultern ließ nach.

Was könnte das schon für einen Unterschied machen?

Das Trommeln wurde schwächer, und Fenelyus brach zusammen. Sie fiel auf die Knie, und die restlichen Bankore rasten unaufhaltsam auf sie herab. Jene, die beim ersten Angriff den Boden erreicht hatten, hüpften unbeholfen auf zwei Beinen umher und wurden dabei von ihren großen Flügeln beeinträchtigt. Sie flatterten auf und griffen an. Dies war eindeutig nicht ihre bevorzugte Kampfposition, denn sie waren langsam. Tesh stach zu und fand schnell heraus, dass ein einziger Treffer ausreichte, damit sich die Kreaturen in eine Staubwolke auflösten.

»Dort!«, rief Brin und deutete auf ein heranflatterndes Biest.

Tesh überkreuzte seine Klingen und verwandelte es in eine weitere Aschewolke.

Sein aufwallender Stolz währte jedoch nur kurz, als er sah, dass Gifford neben ihm drei Wesen gleichzeitig vernichtete.

»Bei allen Göttern – Moya!«, keuchte Brin.

Er glaubte, sie wäre in Gefahr, doch als er zu ihr hinübersah, bot sich ihm ein verblüffender Anblick. Nun, da die schimmernd blaue Kuppel verschwunden war, schoss Moya ihre Pfeile ab. Wie immer traf sie all ihre Ziele, doch diesmal mit einem entscheidenden Unterschied: Sie holte keine Pfeile aus dem Köcher und legte auch keine auf. Sie spannte lediglich die Sehne. Jedes Mal, wenn sie losließ, schoss ein Pfeil davon. Ihre Geschwindigkeit und Treffsicherheit waren auf einmal noch unglaublicher als zuvor. Moya drehte sich von rechts nach links, spannte Audrey beinahe wie in einem Fieberwahn, als spielte sie ein Instrument. Bald feuerte sie zwei, dann sogar drei Pfeile auf einmal ab.

Um sie herum türmten sich die Überreste der toten Bankore in Form von Schutthaufen auf – die Auswirkungen von Moyas vernichtendem Angriff und Fenelyus' Schild. Der Angriff kam ins Stocken und versiegte dann ganz. Die restlichen Bankore flogen eilig davon.

»Haben wir gewonnen?«, fragte Gifford schockiert und begeistert zugleich. Er grinste und zog Roan mit einem Arm an sich, während er mit dem anderen sein Schwert triumphierend in die Höhe reckte.

Fenelyus kam mühsam auf die Beine und schüttelte den Kopf. Sie deutete auf den Himmel. »Zwei Schwärme?« Sie schüttelte den Kopf.

Hoch über ihnen brauste bereits die nächste Angriffswelle heran.

»Es gibt überhaupt keinen Grund dafür, Ferrol!«, brüllte Fenelyus in den Himmel. »Jetzt machst du mich einfach nur wütend. Mideon hat das einmal geschafft und seitdem gibt es einen neuen Berg in Elan und Hunderttausend Belgriclungreianer weniger!«

Ihr entfuhr ein Schrei, bei dem Tesh und die anderen zusammenzuckten. Im selben Moment explodierte ein grelles weißes Licht aus ihrem Körper, das alle blendete. Mit zusammengekniffenen Augen erkannte Tesh, dass Fenelyus sich in einen weißen Feuerball verwandelt hatte, aus dem Blitze schossen. Winzige pulsierende Lichter zuckten umher. Als sie auf die Bankore trafen, rissen sie deren Körper entzwei, sodass sie auf die Gefährten herabregneten. Ihre schwelenden Überreste schmolzen den Schnee am Boden.

Moya ging auf ein Knie und schoss weiter Pfeile ab.

Sie zerstreuten die zweite Angriffswelle schneller als die erste, sodass die Schneeflocken einmal mehr auf sie herabrieselten.

Fenelyus atmete schwer und sah so erschöpft wie Tressa aus. »Lauft!«

Sie führte die zusammengewürfelte, undisziplinierte Truppe durch den Schnee. Obwohl Fenelyus, die eindeutig geschwächt war, nur langsam vorankam, fiel Tesh immer weiter zurück.

Tressa erging es noch schlechter, sie konnte sich kaum bewegen. Sie stolperte, wäre beinahe gefallen.

»Gifford!«, rief Roan. »Hilf Tressa!«

Jegliche Einschränkungen, die Gifford sein Leben lang gehabt hatte, waren in Phyre verschwunden. Tesh sah nun den echten Gifford, den unsichtbaren Mann, der im Körper eines Krüppels gefangen gewesen war. Tesh hätte es sich nie vorstellen können, doch er hätte es wissen müssen. Der ehemalige Töpfer war ein hervorragender Künstler und ein wahrer Held – und das alles hatte er in seinem geschundenen Körper erreicht. Es fehlte ihm nicht an Willensstärke. Mit einer kraftvollen, anmutigen Bewegung packte er Tressa, hob sie sanft auf und trug sie mühelos.

Damit bildete Tesh nun das Schlusslicht, und er wurde mit jedem Schritt schwächer.

Wer ist jetzt der Krüppel?

Geisterhafte Schemen der Größe von Bergen wurden durch den Vorhang des fallenden Schnees sichtbar. König Mideons Festung war das größte Bauwerk, das Tesh je gesehen hatte, ein Ungeheuer von einer Befestigungsanlage mit unzähligen Türmen in der Form von umgedrehten Bierkrügen mit flachen Kuppeldächern. Zwei riesige Säulen, die nicht viel mehr als verschwommene Schatten waren, flankierten ein hohes, graues Tor. Zwischen den fliehenden Gefährten und diesem Eingang tat sich eine breite Schlucht auf, ein Riss, der sich im Zickzack über den Boden zog. Eine letzte Brücke noch, dann hätten sie es in die Festung geschafft.

Die anderen rannten schnell, sprangen über Risse im Boden und kamen dem Bollwerk immer näher. Das offen stehende Tor gab Tesh Hoffnung, dass zumindest Brin es schaffen würde. Denn er selbst würde das nicht. Er verfluchte seine Schwäche, ballte die Hände zu Fäusten und mobilisierte seine letzten Kraftreserven. Das war ihm schon zuvor gelungen. Wenn er ahnte, dass er einen Kampf verlieren würde und über sich hinauswuchs, um doch noch zu gewinnen. Doch diesmal gelang es ihm nicht, seine innere Kraft anzuzapfen.

Da ist nichts.

»Tesh!« Brin blieb stehen.

»Lauf weiter! Ich schaffe es schon!«, log er.

Sie drehte sich zu ihm um.

»Wir hatten eine Abmachung, schon vergessen? Du hast versprochen, wegzurennen!«

»Aber ...«

Einen Moment später war alles egal, als alle von den Füßen geworfen wurden. Fenelyus wurde am schwersten getroffen und von der Kraft einer Explosion mitsamt Steinen und Schnee in die Luft geschleudert. Direkt vor ihr brach eine kolossale Kreatur aus dem Boden. Sie war so groß wie Suris Drache und sah ihm sogar ähnlich, nur dass sie länger war und einer Schlange ähnelte – einer hundert Fuß langen Schlange. Obwohl dem Wesen Beine fehlten, hatte es Arme. Sein Rücken war mit Hörnern und Stacheln überzogen. Es stieß einen ohrenbetäubenden Schrei aus, der die Welt gespalten hätte, wenn sie nicht schon von Rissen durchzogen gewesen wäre.

Alle kamen wieder auf die Beine, außer Fenelyus, die unbewegt vor dem Monster lag.

»Was ist das?«, fragte Gifford.

»Ein Gräber«, hauchte Regen. Es war keine Antwort auf Giffords Frage, sondern pure Verzückung.

»Fen?«, brüllte Moya, als sie mit ihrem Bogen auf das Biest zielte. Doch ihre Führerin lag weiterhin reglos im Schnee.

Die Kreatur reckte sich in die Höhe, wie eine Schlange es kurz vor einem Angriff getan hätte, doch sie griff nicht an. Stattdessen kreischte sie wieder und wieder.

»Was geht hier vor sich?«, fragte Gifford, der Tressa nach wie vor auf den Armen trug. Sein Blick zuckte immer wieder zur Brücke. Vermutlich fragte er sich, ob er es um die Schlange herumschaffen würde.

»Das Vieh tut gar nichts«, sagte Moya, die ihren Bogen weiterhing gespannt hielt, aber noch nicht gefeuert hatte. »Veranstaltet bloß einen Heidenradau.«

»Und warum?«

»Deswegen!« Tesh deutete hinter sie.

Es schneite nicht mehr, sodass sie freie Sicht hatten. Ein tiefes, rhythmisches Beben ertönte, als sich drei Armeen über die Ebene auf sie zuschoben. Menschen, Fhrey, Dherg, Riesen, Goblins und eine Handvoll anderer Wesen, die Tesh nicht benennen konnte, marschierten in perfekten Reihen von etwa einhundert Mann. Sie trugen Speere, Schilde und Helme mit den verschiedensten Wappen und Federn. Standarten hingen leblos von Stangen herab, an denen kleine Glocken klingelten. Riesige Trommeln, die auf den Rücken gigantischer Wesen befestigt waren, gaben einen gnadenlosen Rhythmus vor.

»Bei aller Liebe zu Elan!« Moya hob Audrey, zielte auf die große Schlange, die ihnen im Weg stand, und feuerte mehrere dunkle Pfeile ab. Sie flogen so schnell, dass bereits zwanzig durch die Luft schossen, als der erste das Biest traf. Moya hatte auf die Augen gezielt und traf sie mit sechs Pfeilen. Vier bohrten sich in die Schnauze. Doch das Wesen wischte sie mit einer Hand fort und kreischte erneut.

»Beim Arsch der Hexe von Tetlin!«, fluchte Moya.

»Regen! Halt!«, rief Gifford, als der Zwerg plötzlich auf den riesigen Wurm zurannte.

Aber Regen blieb nicht stehen. Während das Wesen kreischte und die Trommeln hinter ihnen donnerten, glaubte Tesh nicht einmal, dass der Zwerg ihn gehört hatte.

Der Wurm beäugte Regen mit gierigem Interesse, als der nur wenige Schritte von ihm entfernt stehen blieb. Regen zückte seine Spitzhacke und Tesh glaubte, er wollte gegen das Biest kämpfen. Dem Wurm schien derselbe Gedanke zu kommen, denn er versteifte sich. Doch stattdessen schlug Regen seine Hacke in den Steinboden. Rasend schnell schlug er wieder und wieder zu. Mit jedem Schlag flogen Steine und Staub auf. Dann hielt er inne. Im selben Moment hörte der Wurm auf zu kreischen und seine zuvor angespannten Muskeln lockerten sich. Er senkte den Kopf und musterte den Zwerg.

Moya blickte zwischen den sich nähernden Truppen und dem Wurm hin und her, der Regen auf wundersame Weise noch nicht verspeist hatte. Sie senkte ihren Bogen, rannte zu Fenelyus und schüttelte sie. »Wach auf! Wach auf!«

Die Fhrey hob den Kopf.

»Wir sind zwischen einer Streitmacht und einem riesigen Wurm eingeschlossen. Jetzt könnten wir deine Blitze wirklich gut gebrauchen, weil meine Pfeile verdammt noch mal nichts bewirkt haben.«

Fenelyus schüttelte schwach den Kopf. »Bankore sind reine Einbildung, keine Seelen.« Sie deutete auf die wurmartige Kreatur. »Der Arifaz ist genauso echt wie die Soldaten hinter uns. Sie werden sich nicht in Luft auflösen.«

Regen stand etwa eine Armlänge von dem Wesen entfernt und starrte es an.

Da tauchte Brin neben Tesh auf und nahm seine Hand. Sie zitterte. »Ich habe Angst«, flüsterte sie.

»Warst du es nicht, die in einen schleimigen Tümpel gesprungen ist?«

Brin versuchte sich an einem Lächeln, doch es war eher eine erschöpfte Grimasse. »Da hatte ich auch Angst.«

Tesh legte seine Hände auf ihre Schultern. »Hör mir zu, du hast mir ein Versprechen gegeben. Du hast gesagt, du würdest weglaufen und mich wenn nötig zurücklassen, erinnerst du dich?«

»Es gibt keinen Ort, an den ich fliehen könnte, Tesh.«

Tesh warf einen Blick über die Schulter, wo Regen sich dem Wurm langsam weiter näherte.

Tesh deutete auf die Armee. Die Soldaten waren nun nahe genug, dass er jenen in der ersten Reihe in die Augen schauen konnte. »Wir haben keine Chance gegen sie, aber es besteht die Möglichkeit, dass du an dem Schlangenwesen vorbeilaufen kannst.«

Brin schüttelte den Kopf. »Aber Tesh –«

»Sei still und hör mir zu. Ich schaffe es nicht. Verstehst du?« Er klang verzweifelt, seine Stimme brach. »Dir muss doch aufgefallen sein, wie langsam ich hier bin.«

»Tesh ...«

»Ich kann nicht rennen, Brin. Aber du ...«

»Tesh, ich kann doch nicht –«

»Doch, du kannst es! Du warst immer die Schnellste, aber nie so wie jetzt ... Ich habe dich beobachtet. Du hast dich bisher zurückgehalten. Was auch immer mich an diesem Ort runterzieht, verleiht dir Schnelligkeit. Du bist kein bisschen müde, oder? Ich sehe es in deinen Augen. Ich bin am Ende, kann mich kaum noch aufrecht halten, aber du siehst frisch aus wie ein neugeborenes Rehkitz. Ich glaube nicht, dass die anderen es schaffen werden. Verstehst du, was das bedeutet? Brin, du musst Tressa den Schlüssel abnehmen und zu dieser Brücke rennen.«

»Aber ich –«

»Nimm ihn und lauf so schnell du kannst.«

»Aber –«

»Du rennst zu der Brücke und bleibst nicht stehen, bis du durch das Tor auf der anderen Seite kommst.«

»Aber Tesh!«

»Versprich es mir!«

»Tesh!« Brin packte sein Gesicht und drehte seinen Kopf zur Brücke. Der Wurm war fort, der Weg war frei.

»Lauft alle zur Brücke!«, rief sie. Moya reagierte zuerst. Sie zog Fenelyus auf die Beine. »Los! Los! Los!«

»Möge Elan meine Zeugin und Eton mein Richter sein ...«, murmelte Fenelyus verblüfft.

Sie war die Einzige, die erkannte, dass sie noch eine Chance hatten. Hörner ertönten, und mit einem donnernden Brüllen rannten Tausende Soldaten los.

Mit Tressa im Arm sprintete Gifford an Roans Seite los. Moya war ihnen mit der erschöpften Fenelyus im Schlepptau dicht auf den Fersen. Brin zog Tesh mit sich, und er versuchte zu rennen, doch er schaffte nicht viel mehr, als langsam zu gehen. Seine Füße waren schwer und bewegten sich so ungelenk, als watete er durch Wasser. Es war hoffnungslos.

Tesh warf den Kopf in den Nacken. »Du hast es mir versprochen!«

»Tesh, wir schaffen es!«

»*Du* schaffst es. Ich nicht. Meine Füße funktionieren nicht mehr. Geh!«

»Aber Tesh!«

Jetzt konnte er die Gürtelschnallen der ersten Soldaten erkennen, das Klirren ihrer Rüstungen hören. Manche trugen gewöhnliche Speere, andere Wurfspeere.

»Brin, du brauchst mich nicht! Lauf!«

Sie rührte sich nicht. »Du liegst falsch. Ich brauche dich!«

»Nein, du bist nicht meinetwegen hier. Dafür bist du nicht gestorben. Geh und rette Suri. Ist schon in Ordnung. Ich kann nicht sterben, ich bin schon tot.«

Der erste Wurfspeer raste durch die Luft. Tesh sah ihn auf Brin zufliegen und schubste sie beiseite.

Schmerz explodierte in seiner Brust. Er hatte keinen Körper, er hätte das nicht spüren dürfen. Aber seine Beine gaben nach und er fiel auf die Knie.

Brin packte seine Arme. Sie zog, versuchte, ihn mit sich zu ziehen.

»Lauf!« Tesh hustete Blut und schubste sie von sich. »Bi-bitte. Du hast es ver–«

Voller Entsetzen und mit feuchten Augen sah Brin ihn ein letztes Mal an und dann tat sie endlich, was er von ihr wollte.

Sie rannte.

Einen Moment fürchtete Tesh, ein zweiter Wurfspeer könnte sie treffen, doch als er sie rennen sah, blieb ihm die Luft weg. Niemand würde sie je erwischen können. Er hatte recht gehabt, sie hatte sich bis jetzt zurückgehalten. Brin glich einem gleißenden Blitz.

15

DRACHENGEHEIMNISSE
UND MAUSSCHUHE

———•◆•———

*Die Unfehlbaren sind zu bemitleiden, denn nur indem wir
versagen, können wir wirklich wachsen.*

– Das Buch Brin

Suris zweites Treffen mit dem Fhan fand nicht im Thronsaal
statt. Sie wurde von zwei Wachen in eine kleinere Kammer im
Palast eskortiert. Ein langer polierter Holztisch dominierte
den Raum, und sie wurde angewiesen, auf dem Stuhl am Ende
der Tafel Platz zu nehmen. Das freute Suri, da es der Stuhl war,
der einem hohen Fenster am nächsten stand. Sie setzte sich
seitwärts, damit sie hinausschauen konnte. Bisher hatte sie
nicht viel Gelegenheit gehabt, Erivan zu sehen, und der Ausblick war wunderschön. Sie befand sich mehrere Stockwerke
über Estramnadon, sodass sie über den großen Platz blicken
konnte, hinter dem sich ein von einem weißen Gebäude mit
Kuppeldach gekrönter Hügel erhob. Überall standen Bäume.
Die meisten hatten ihr Laub bereits verloren, und das wenige
verbleibende war gelb und braun. Die Sonne fiel durch die
kahlen Zweige, erhellte Wohnhäuser, Geschäfte und taunasse
Straßen.

Suri trug zwar immer noch den Ring um ihren Hals, doch
die Orinfar wirkten nicht mehr. Sie war frei und hatte ihre Verbindung zur Welt der Kunst wiedererlangt. Bereits beim ersten

Versuch war ihr das Webmuster für den Schild gelungen, den Makareta ihr beigebracht hatte, um ihren Zugang zur Kunst vor anderen abzuschirmen. Die junge Miralyith hatte sie daraufhin erstaunt und leicht besorgt gemustert. Sollte der Fhan abermals versuchen, Suri zu hintergehen, würde sie ihn diesmal ebenso überraschen.

Lothian trat erst viel später ein, doch für Suri war es dennoch zu früh. Er wurde von denselben Leibwächtern flankiert wie bei ihrer ersten Begegnung. Dem Großen und der Kleinen. Der Fhan setzte sich Suri gegenüber an die lange Tafel, was ihr aufgrund der vielen leeren Stühle absurd vorkam. »Bist du bereit, mir das Geheimnis zum Erschaffen von Drachen zu verraten?«

»Ja«, antwortete Suri.

Der Fhan schickte seine Leibwächter aus dem Zimmer und wartete, bis sie allein waren. Dann beugte er sich zur Seite und stemmte seinen Ellbogen auf die Armlehne. Er wirkte gefasst, doch seine Augen strahlten so hell wie zwei Vollmonde. Nachdenklich rieb er sich über die Unterlippe. Der Fhan und die Seherin musterten einander schweigend. Durch die Fensterscheibe drang zwar Licht herein, jedoch kein Geräusch: kein Wind, kein Vogelgezwitscher, keine gemurmelten Unterhaltungen. Der Blick der Welt war auf Suri gerichtet, alles wartete darauf, was als Nächstes geschehen würde.

Suri dachte an Arion.

Hast du das hier erwartet? Ist es dieser Moment, den du vorhergesehen hast?

»Bevor ich Euch sage, wie man Drachen erschafft, muss ich verlangen, dass Ihr mich unter Ferrols Schutz stellt.« Suri erwartete, dass der Fhan explodieren und ihr sagen würde, es wäre ihr nicht erlaubt, Forderungen zu stellen, doch er tat nichts dergleichen.

Imaly hatte eindringlich darauf beharrt, dass Suri Lothian dieses Zugeständnis abnahm, *bevor* sie ihm etwas verriet. Sie hatte Suri außerdem gewarnt, auf die exakte Formulierung zu achten, damit der Fhan es ihr auf keinen Fall falsch auslegen konnte.

Der Fhan schwieg einen Moment. »Ich dachte, du wolltest lediglich Frieden aushandeln?«, sagte er schließlich.

Suri runzelte die Stirn. »Man hat mir schon klargemacht, dass das nicht passieren wird.«

»Ich verstehe. Und wer hat dir gesagt, du sollst um Ferrols Schutz bitten?«

Imaly hatte Suri zwar nicht befohlen, ihm dieses Detail zu verschweigen, doch Suri fand, es wäre besser, keine Namen zu nennen – zumindest keine von Personen, gegen die der Fhan vorgehen konnte.

»Arion hat mir viel über Eure Kultur beigebracht.«

Lothian stellte dies nicht infrage. Es wirkte vielmehr, als hätte er die Antwort erwartet. »Sollte ich deinem Wunsch nachkommen, würdest du zu einem geschätzten Mitglied unserer Fhrey-Gemeinde werden. Dabei sollte dir allerdings bewusst sein, dass es sich bei dem Schutz lediglich um die Regel handelt, dass du nicht von *anderen Fhrey* getötet werden darfst. *Ich* stehe hingegen über dem Gesetz.«

»Man hat mir gesagt, dass selbst Ihr niemanden ohne Grund hinrichten könnt.«

»Doch, das kann ich. Ich bin der Fhan, ich kann tun und lassen, was ich will. Es stimmt allerdings, dass es unklug wäre, eine Person zu töten, die unter Ferrols Schutz steht.« Lothian beugte sich vor. »Also schön, ich werde dir deinen Wunsch erfüllen. Du wirst dich allerdings weiteren Regeln beugen müssen. Erstens wirst du Estramnadon niemals wieder verlassen. Zweitens wirst du in die Obhut eines Fhrey gegeben und allzeit überwacht werden. Und falls du davon träumst, deinen Zugang zur Kunst zurückzuerlangen, solltest du wissen, dass dein Halsband magisch verschlossen wurde und niemals abgelegt werden kann.«

»Seid Ihr sicher, dass Ihr das Geheimnis wissen wollt? Denn was Ihr mir im Gegenzug versprecht, klingt nicht gerade verlockend.«

»Du wirst am Leben bleiben, in annehmbarem Maße frei sein und den Rest deiner Tage in unserer prachtvollen Stadt verbringen. Wäre dir der Tod lieber? Denn das ist die einzige Alternative. Bist du immer noch an Ferrols Schutz interessiert?«

»Ja.« Suri nickte.

»Nun gut.« Lothian wedelte mit einer Hand in ihre Richtung. »Ich verleihe dir Ferrols Schutz und erlasse, dass kein Fhrey dich töten darf, abgesehen von – wie zuvor erwähnt – mir selbst.« Er schenkte ihr ein teilnahmsloses Lächeln. »Mir ist es gleich. Nachdem du mir gegeben hast, was ich verlange, wirst du völlig belanglos für mich sein. Nach dieser Audienz werden wir uns nie wiedersehen.«

Suri fragte sich, ob sie ihn um mehr hätte bitten sollen, doch sie glaubte nicht, dass es weise wäre, Lothian zu sehr zu drängen. Sie hatte getan, was Imaly von ihr verlangt hatte, und wusste nicht genug über die Fhrey, um weitere Verhandlungen zu führen.

»Also sag mir: Wie erschaffe ich einen Drachen?«

Suri nickte und begann. »Na ja, zunächst muss Euch klar sein, dass es sich dabei streng genommen nicht um einen Drachen handelt.«

Nach dem Treffen mit dem Fhan wurde Suri zurück in Vaseks Obhut eskortiert, und er brachte sie zu einem Treffpunkt mit Imaly. Von dort ging es weiter zum Haus der Kuratorin.

Suri bekam kaum etwas von dem Spaziergang durch die frische Luft mit, denn sie gingen schnell und Suri war unter einem weiten Kapuzenumhang verborgen – dasselbe Kleidungsstück, das Makareta auf dem Weg zu Vaseks Haus getragen hatte. Suri sah so gut wie nichts, während sie durch die Straßen eilten und alle neugierigen Blicke mieden. Wenige Minuten später standen sie vor der Tür eines kleinen Hauses mit verglasten Fenstern und zugezogenen Gardinen.

Suri trat ein und war positiv überrascht. Dieses Haus war viel gemütlicher als Vaseks, ein echtes Heim. In die Tür war ein Relief in Form eines Baumes geschnitzt. Die vielen Holzbalken, die die Decke trugen, waren ebenso hübsch verziert. Auf einem waren Zweige zu sehen, hinter deren Blättern sich allerlei Tiere versteckten. Einen anderen zierten aufwändig gearbeitete, lächelnde Kreaturen, die übereinandersaßen. Die Kunstwerke waren von vielen Berührungen über die Zeit glatt poliert worden. Regale voller seltsamer Dinge säumten die Wände: Tassen, Teller, Kerzen und kleine Figuren. Die Möbel sahen bequem aus, und Suri hatte das Gefühl, einen Ort zu betreten, an dem jeder Winkel eine Geschichte bereithielt.

»Ich weiß, dass du davon nichts wissen willst«, sagte Imaly zu ihr, »doch es wäre wirklich am besten, wenn du hierbleibst und nicht rausgehst.«

In solchen Momenten wünschte Suri sich oft, sie könnte knurren wie Minna. Stattdessen biss sie die Zähne zusammen.

Imaly wedelte mit einer Hand durch die Luft, als wollte sie Suris aufwallende Wut beschwichtigen. »Ich sage ja nicht, dass du nicht darfst, sondern bloß, dass es nicht schlau wäre. Und es ist auch nicht für immer. Die Lage wird sich verändern. Sie *muss* sich verändern. Und das sehr bald.«

Suri wollte gerade zu einer Antwort ansetzen und ihrerseits ein paar Regeln aufstellen, als sich im hinteren Teil des Hauses etwas bewegte. Sie versteifte sich, als eine weitere Fhrey aus einem dunklen Zimmer trat. Dann aber erkannte sie Makareta. Ohne ihren Kapuzenumhang sah sie nicht wie andere Miralyith aus. Sie hatte sich einen bunten Schal um den Kopf gewickelt, der jedoch nicht all ihre Haare verdecken konnte. Hier und da lugten sandfarbene Strähnen heraus. Sie trug einen alten Kittel, der zerknittert und fleckig war. Ihre Hände waren schmutzig, als klebte getrockneter Schlamm daran, und auf der Nase hatte sie einen Fleck in derselben Farbe. Dieser Aufzug war ungewöhnlich für eine Miralyith, doch was Suri am meisten faszinierte, waren Makaretas Schuhe. Sie sahen weich aus, waren hübsch verziert und vorne auf ihren Zehen thronte je ein Mausgesicht mit Ohren und Schnurrhaaren. Bevor auch nur ein einziges Wort gesprochen worden war, beschloss Suri, dass sie Makareta mochte.

»Oh, da bist du ja, Mak. Komm her. Dasselbe gilt auch für dich, Suri. Zuallererst lasst mich sagen, dass ihr beiden hier friedlich zusammenleben müsst.« Imaly klang so autoritär wie eine Mutter. »Ich werde keine magischen Ausschweifungen dulden. Wenn du dich meinen Regeln widersetzt, fliegst du raus, Mak. Und du …« Sie wandte sich an Suri. »Wir haben eine Vereinbarung getroffen. Ich halte meinen Teil ein und erwarte dasselbe von dir.«

Suri war sich nicht sicher, was Imaly mit »magischen Ausschweifungen« meinte oder warum sie sich sorgte, dass Makareta und sie sich nicht verstehen würden. Vielleicht nahm Imaly an, dass Künstler ihr Revier verteidigten wie Eichhörnchen, Dachse oder Adler. Suri fand es seltsam, dass Imaly zwar in einem Wald lebte, jedoch keine Ahnung davon zu haben schien. Nur Männchen verteidigten ihr Revier, Weibchen waren selten aggressiv.

Imalys Züge wurden weicher. »Wir drei müssen zusammenarbeiten. So merkwürdig es auch scheinen mag, wir sind jetzt eine kleine Familie, weil wir mit derselben Gefahr leben – und dieselben Ziele haben. Das ist es, was uns verbindet, auch wenn es darüber hinaus nicht viel gibt.« Sie schüttelte den Kopf. »Zwei Miralyith, eine Rhune und eine Vogelfreie – da habe ich wirklich ein paar Streuner aufgelesen, was?«

Makareta starrte Suri weiterhin mit verblüffter Miene an.

Imaly wartete noch einen Moment, blickte von einer zur anderen. Dann atmete sie tief durch und ließ die Schultern sinken.

»Ich brauche etwas zu trinken. Seid nett zueinander und zerstört nicht das Haus.«

Nachdem Imaly durch einen der Türbögen verschwunden war, wandte Suri sich an Makareta. »Was ist eine *Vogel-freie*?«

Makareta sah zu Boden. »Wenn man die Regeln bricht, wird man bestraft. Wenn du davor wegläufst, schließt du dich selbst aus der Gesellschaft aus. Dann bist du zwar so frei wie ein Vogel, aber du gehörst nicht mehr dazu. Und die allermeisten sehen Vogelfreie als böse Personen an.«

»Du wirkst aber nicht böse«, sagte Suri. Von all den Fhrey, die sie bisher getroffen hatte, schien Makareta neben Arion die normalste zu sein. Sie war dreckig und trug Mäusegesichter an den Füßen. »Was hast du falsch gemacht?«

Makareta blickte nach wie vor zu Boden. »Ich … ich habe einen anderen Fhrey getötet.«

»Nur einen?«

Makareta schaute verblüfft auf. »Das reicht doch.«

»Was würde mit dir passieren, wenn du geschnappt wirst? Was ist die Bestrafung?«

»Sie würden mich hinrichten – langsam, qualvoll, öffentlich. Und dann … Was danach kommt, weiß ich nicht.« Makareta blickte finster drein. Sie rümpfte die Nase und presste die Lippen fest aufeinander. Dann sah sie erneut zu Boden.

Suri tat es ihr nach. »Ich mag deine Mausschuhe.«

Das schien Makareta aufzuheitern. Sie wackelte mit den Zehen und lächelte.

»Imaly findet sie doof. Sie fürchtet, ich hätte den Verstand verloren.«

»Ich finde sie toll.«

Makareta lächelte wieder. Dann musterte sie Suris nackte Füße und den Rest ihres Körpers. »Hast du … Kleiden sich Rhunes … Ist das deine normale Kleidung?«

Suri schüttelte den Kopf. »Ich bin in einer hübschen Asika hergekommen, aber sie haben sie mir weggenommen. Das hier war ein Geschenk von Vasek.« Suri zupfte an der einfachen Tunika.

»Oh.« Makareta runzelte die Stirn. »Die passt dir aber nicht, oder? Ich könnte …« Makareta bewegte ihre Hände flüchtig und Suri erkannte, dass es die Andeutung eines Webmusters war, das nach korrekter Ausführung ihre Tunika verändert hätte. »Aber …« Makareta warf einen Blick in die Richtung, in die Imaly verschwunden war. »Ich darf die Kunst nicht benutzen«, flüsterte sie. »Nie. Als ich deinen Halsring abgenommen habe, war es das erste Mal seit Jahren. Imaly hat Angst, dass Miralyith ihr Haus bewachen könnten. Sie glaubt, sie könnten die Kunst riechen und dann kommen, um hier herumzuschnüffeln.« Sie zuckte mit den Schultern. »Das ist zwar nicht unmöglich, aber es erscheint mir ein wenig extrem.«

Da spürte Suri sie. Makaretas Macht war warm, stark und vibrierte. Sie spürte außerdem Frust, und über alldem lag wie eine dünne Schicht Morgentau, Traurigkeit, gepaart mit Angst und Reue.

Makareta verzog das Gesicht, als sie abermals Suris Aufzug musterte, und winkte sie dann hinter sich her. »Ich habe auch nicht viel, aber wir finden bestimmt etwas Besseres. Vielleicht können wir dir auch ein paar Mausschuhe machen. Dann denkt Imaly, dass wir beide verrückt sind.«

Makaretas Zimmer war klein und vollgestopft. Auf dem Boden lag eine Matte, die sie eilig aufrollte und hinter einigen Tontöpfen verstaute. An einer Wand lag eine Matratze, in einer Ecke standen ein Kleiderschrank und ein kleiner Tisch, auf dem eine Schüssel mit Wasser und ein Klumpen frischer Ton bereitlagen. Außerdem entdeckte Suri einige hölzerne Geräte, manche klein und spitz, andere breit und flach. Suri hatte zuerst geglaubt, daneben einen Matschklumpen erkannt zu haben, doch nun fiel ihr auf, dass es sich um eine halbfertige Skulptur handelte. Zwei vage Personen schälten sich aus dem Ton.

Im Zimmer befanden sich noch weitere Skulpturen. Die meisten waren klein, aber alle waren schön. Suri entdeckte einen perfekt dargestellten Reiher und einen Hirsch. Aus einem höheren Regalbrett schien ein Baum aus Ton herauszuwachsen. Der Anblick einer der Dutzenden kleinen Figuren auf den Regalen ließ Suri innehalten. Es war die in Sonnenlicht gebadete Darstellung eines Wolfes auf der Fensterbank.

Als Kind brachte ich nur dann den Mut auf, drinnen zu schlafen, wenn mein Kopf auf Minna lag. Sie war mein sonnendurchflutetes Fenster.

Suris Magen verkrampfte sich. Sie biss die Zähne aufeinander.

»Alles in Ordnung?«, fragte Makareta.

»Nein«, antwortete Suri.

Die junge Fhrey wartete darauf, dass Suri es weiter ausführen würde, doch sie sagte nichts mehr.

Makareta nickte. »Ich verstehe.« Sie musterte die halbfertige Skulptur und wischte sich eine Träne aus dem Augenwinkel. »Das Leben ist schrecklich, nicht wahr? Und es wird immer schlimmer.« Makareta warf sich auf die Matratze. »Hast du schon mal jemanden verloren, den du liebst?«

»Ja.«

»War es deine Schuld?«

»Ja … ja, das war es.«

Makareta sah auf, weitere Tränen glitzerten in ihren Augen. Sie drückte sich eine Hand auf die Brust. »Bei mir auch. Ich fühle mich leer, hohl.«

Suri nickte und betrachtete wieder den Wolf auf der Fensterbank. »Ein Teil von mir ist fort. Für immer verloren. Vielleicht war es der beste Teil.«

Makareta starrte sie nickend an und biss sich auf die Lippe. »Ja … genau. Meine Seele fehlt, und ich weiß nicht, was ich dagegen tun soll. Imaly will, dass ich mich ablenke.« Sie deutete frustriert auf ihre Menagerie aus Tontieren. »Aber es fällt mir schwer, einen Grund zu finden weiterzuatmen. Geschweige denn zu töpfern. Früher hat es mir Spaß gemacht, aber jetzt nicht mehr. Alles fühlt sich so sinnlos an.«

Suri setzte sich neben sie und die beiden blickten aus dem Fenster. Dort lag Imalys privater Garten. »Ein Blatt ist kein Ort für einen Schmetterling.«

»Wie meinst du das?«

»Eine Raupe verbringt all ihre Zeit damit, über Blätter zu kriechen und zu fressen, aber das ist einem Schmetterling nicht mehr genug. Ich glaube, der Fehler ist, sich darauf zu konzentrieren, was man verloren hat, anstatt darauf, was man gewonnen hat.«

»Ich habe nichts gewonnen.«

»Verlust bringt immer etwas mit sich – die Raupe verliert zwanzig Beine, um zwei Flügel zu erhalten. Die Vergangenheit trägt etwas zur Zukunft bei.«

»Aber was, wenn die Zukunft nichts für mich bereithält? Was, wenn es keine Zukunft gibt?«

Suri sah Makareta an und lächelte. »Dann ist es unsere Aufgabe, uns selbst eine zu schaffen.«

Makareta dachte einen Moment darüber nach und nickte dann. »Ich mag dich, Suri.«

»Ich mag dich auch, aber das wusste ich schon, als ich deine Mausschuhe gesehen habe.«

Makareta sah auf ihre Schuhe. »Ach ja, Kleidung! Das hätte ich fast vergessen.« Sie ging zu ihrem Schrank, öffnete ihn und es kamen einige Kleidungsstücke zum Vorschein, die alle aus dem schimmernden Stoff bestanden, den Arion stets getragen hatte.

»Welche gefällt dir?«, fragte Makareta.

Suri gesellte sich zu ihr. Mit einer Hand berührte sie den blauen Stoff. Sie hatte noch nie ein Kleidungsstück in dieser Farbe gesehen. Die Falten der Asika bewegten sich wie Wasser.

Makareta grinste. »Gute Wahl.«

Sie zog die Asika heraus und half Suri beim Anziehen. Sie war zu weit, sodass Makareta ihr einen Gürtel umbinden musste. Doch das größere Problem war die Länge. Makareta stöberte in einigen kleinen Kisten auf ihrem Tisch herum. Dann kniete sie sich vor Suri, schlug den Saum um und steckte ihn mit Nadeln hoch.

»Wir müssen ihn abschneiden und umnähen, damit er die perfekte Länge hat.«

Währenddessen betrachtete Suri die unfertige Skulptur. »Was soll das sein?«, fragte sie.

Makareta zog sich einige Nadeln aus dem Mund, bevor sie antwortete. »Noch gar nichts.«

»Sieht aus wie zwei Personen, die sich gegenseitig festhalten.« Suri konnte es beinahe sehen. Ein Mann und eine Frau, die einander in den Armen lagen.

»Es ist ein Traum, eine Wunschvorstellung, die nie wahr werden kann. Alle anderen sind mir ziemlich egal, aber ...« Sie wischte sich mit dem Handrücken über die Augen. »Ich wünschte, ich könnte es ihm erklären. Weißt du? Warum ich es getan habe. Dann würde er vielleicht ...« Sie seufzte ergeben. »Er glaubt, ich wäre tot, und ich darf ihm nicht sagen, dass ich lebe. Ich kann nie um Vergebung bitten.«

»Dessen bin ich mir nicht so sicher«, sagte Imaly. Sie stand mit vor der Brust verschränkten Armen in der Tür und betrachtete nickend die Skulptur. »Vielleicht solltest du es ihm erklären. Ja, das ist eine hervorragende Idee.« Dann fiel ihr Blick auf Suri, und ihre Miene verfinsterte sich. »In Ferrols Namen, ist das etwa *meine* beste Asika?«

16

IN DER HALLE DES ZWERGENKÖNIGS

———•◆•———

Ich wusste nicht viel über Zwerge, über ihre Gesellschaft, Traditionen oder Kultur. Dafür gibt es einen Grund. Sein Name ist Gronbach. Mideon hat nichts dazu beigetragen, dass ich meine Meinung über das Volk änderte, das die Fhrey als niederträchtige Maulwürfe bezeichnen.

– Das Buch Brin

Brin rannte so schnell wie nie zuvor, so schnell, dass sie kaum etwas sehen konnte. Alles verschwamm, und das nicht nur wegen ihrer Tränen. Sie war viel schneller, als es mit ihren Beinen möglich sein sollte. Das Schlangenwesen war fort und der Weg zur Steinbrücke frei. Die anderen überquerten sie bereits – alle außer Tesh.

Brin schoss hinter ihnen her. Je näher sie der Festung kam, desto höher ragten deren Mauern vor ihr auf. Dieser Ort hielt sich nicht an Naturgesetze oder an die Grenzen des Möglichen der Oberwelt.

Plötzlich wurde das Gebrüll der Armee hinter ihr von Explosionen übertönt, die direkt vor ihr detonierten. Aus den düsteren Tiefen des Bollwerks erschallten ohrenbetäubende Schläge. Funken stoben perfekt synchronisiert von links nach rechts in die Luft, als Feuerbälle aus den Löchern schossen. Die flammenden Geschosse flogen hoch über Brins Kopf und zogen

Rauchschweife hinter sich her. Dann begann das Spektakel von Neuem. Doch die atemberaubenden Explosionen waren nicht das Faszinierendste, was Brin sah. Auf der Zielgeraden hätte sie schwören können, dass sich eine der hohen Festungswände zur Seite bewegte.

Brin passierte das schmale graue Tor, aus dem ein warmer Lichtschein nach draußen fiel. Die anderen hatten es bereits durchquert. Gifford, Tressa und Roan waren in dem dahinterliegenden Innenhof zusammengebrochen, aus Angst oder Erschöpfung oder beidem. Fenelyus war nirgendwo zu sehen.

Menschen, Fhrey, Belgriclungreianer und Genmorianer eilten an Brin vorbei. Die meisten rannten die Treppen zu den steinernen Zinnen hinauf, von wo aus sie durch schmale Fenster die Schlacht vor den Mauern verfolgten. Brin war der Kampf egal. Sie stand im Eingang, atmete tief ein und aus. Das musste sie zwar nicht tun, doch es fühlte sich trotzdem lebensnotwendig an, als wäre es die Bewegung ihres Brustkorbs, die sie im Hier und Jetzt verankerte. Alle Eindrücke flossen ineinander. Brin konnte an nichts anderes denken als an den Speer, der Teshs Körper durchbohrt hatte. Wieder und wieder sah sie das Bild völlig klar vor sich, bis hin zu den Blutstropfen, die auf sein Kinn gespritzt waren.

»Wo ist Tesh?« Moya eilte zu ihr.

Brin antwortete nicht. Sie konnte nicht.

»Brin?« Moya nahm ihre Hände, ihr Tonfall schraubte sich vor Angst in die Höhe, als sich das Tor schloss.

Brin versuchte erst gar nicht zu sprechen. Sie schüttelte den Kopf, und ihr Gesichtsausdruck schien auszureichen. Moya drückte ihre Hand.

Schließlich brachen die Worte doch noch aus ihr hervor, mitsamt einer Tränenflut. »Er hat sich vor mich geworfen, um einen Wurfspeer abzuwehren. Das ist das zweite Mal, dass er für mich gestorben ist.«

Moya zog sie genau in dem Moment in eine Umarmung, als

Brins Beine unter ihr nachgaben. Sie drückte sie fest an sich, hielt sie aufrecht – sie beide. »Er kann nicht sterben, weil er schon tot ist. Vergiss das nicht. Es ist nicht vorbei. Nicht für ihn … und auch nicht für Tekchin.«

»Tressa, geht es dir gut?«, fragte Gifford. Sie hatte sich nicht bewegt, seit er sie abgesetzt hatte.

Über ihren Köpfen dröhnte es weiterhin ununterbrochen, wenn nun auch leicht gedämpft, während Geschosse abgefeuert wurden. Gifford und Roan saßen neben Tressa. Er hielt eine Hand, sie die andere.

Tressa hob mühsam den Kopf und nickte. »Jetzt ist es schon besser. Weniger Gewicht. Da draußen hatte ich das Gefühl, zerdrückt zu werden. Es wurde immer schlimmer, als würde sich die Luft verdichten.« Sie ließ die beiden los und fuhr mit den Handflächen über den Boden. »Schau sich das einer an. Das ist ja Gras.«

»Und Sterne gibt es hier auch.« Roan deutete nach oben.

Alle hoben die Köpfe. Über ihnen erstreckte sich der Himmel, der ganz gewöhnlich aussah, an diesem Ort jedoch einem Wunder glich.

»Ist nicht echt«, murmelte Tressa, die weiter mit den Fingern durch das Gras fuhr. »Fühlt sich aber gut an.«

Ein Zwerg kam auf sie zu. Obwohl er eindeutig erwachsen war, handelte es sich um den kleinsten Belgriclungreianer, den Gifford je gesehen hatte. Ein zwergischer Zwerg, kaum größer als ein fünfjähriges Kind, mit kurzen Armen und Beinen, aber einem übergroßen Kopf. Er trat aus dem Chaos um sie herum auf sie zu.

Sein Blick fiel auf Regen, der gerade seine Kleider abklopfte. Gifford war nicht sicher, was aus dem riesigen Wurm geworden war, den Fenelyus als Arifaz bezeichnet hatte. Er wusste nur, dass Regen zu graben begonnen hatte und das Biest seinem Beispiel gefolgt war. Die beiden waren eine ganze Weile verschwunden gewesen. Dann war Regen hinter Brin durch das Tor gekommen, so staubig, als hätte er ein trockenes Feld gepflügt.

Der winzige Zwerg wandte sich direkt an Regen. »Wie heißt ihr, damit ich euch Seiner Majestät ordnungsgemäß vorstellen kann?«

»Äh ...« Regen sah Moya an.

»Sag es ihm ruhig. Von uns allen bist *du* hier derjenige mit Einfluss.«

Regen stellte alle vor und im Gegenzug stellte sich der kleine Zwerg vor. Gifford verstand nicht alles – es war ein sehr langer und komplizierter Name –, was ihn einmal mehr über die Gabe der Belgriclungreianer schmunzeln ließ, ellenlange Worte zu bilden.

»Seine Majestät König Mideon wünscht, euch unverzüglich zu treffen.«

»Na gut«, sagte Regen.

»Hervorragend.« Der zwergische Zwerg bedeutete ihnen, ihm zu folgen.

»Alles in Ordnung?«, fragte Moya Brin.

»Nein«, brachte sie mühsam hervor. »Aber ich kann gehen. Schließlich war nicht ich es, die von einem Speer getroffen wurde – es fühlt sich nur so an.«

Moya nickte mitfühlend. Brins Hand lag in ihrer, und sie schien fest entschlossen, sie nicht loszulassen.

Erst in diesem Moment fiel Gifford auf, dass Tesh nicht bei ihnen war. Als sie den Hof verließen, warf Brin einen Blick zurück zum Tor, wahrscheinlich in der Hoffnung, ihn dort zu sehen. Gifford spähte ebenfalls zurück. Er versuchte sich vorzustellen, wie Tesh hereinhumpelte, ihnen auf wundersame Weise folgte, wie er es bereits zuvor Nifrel getan hatte. Doch das Tor blieb verschlossen. Niemand war zu sehen.

König Mideons Festung war eine Höhle, riesig und atemberaubend, aber eindeutig eine Höhle. Alles hatte gigantische

Ausmaße. Während sie durch Türen, Kammern und Hallen liefen, versuchte Gifford sich vergeblich zu erklären, warum jemand Decken brauchte, die so hoch waren, dass das Laternenlicht sie nicht erreichte. Oder Räume, die so weitläufig waren, dass die riesigen Türen auf der gegenüberliegenden Seite wie reich verzierte Mauselöcher wirkten. Sie passierten schier endlose Flure mit polierten Böden, Treppen und Korridore voller Statuen von – ironischerweise – riesigen Zwergen. Schon bald hatte Gifford jegliche Orientierung verloren.

Als sie endlich stehen blieben, fanden sie sich in einem schlecht beleuchteten Vorzimmer wieder. Der kleine Zwerg gebot ihnen zu warten und verschwand durch eine weitere unnötig riesige Doppeltür aus Stein. Er schloss sie jedoch nicht vollständig hinter sich, sodass Licht durch den Schlitz herausfiel und die düstere Kammer erhellte.

»Was hast du mit der riesigen Schlange angestellt?«, fragte Roan.

»Nichts«, antwortete Regen. »Wir sind beide Gräber.«

»Was soll das heißen?«, knurrte Tressa. »Seid ihr in einem Verein, oder was?« Sie schien sich vollständig erholt und zu ihrem alten kratzbürstigen Ich zurückgefunden zu haben.

Regen nickte. »So ähnlich. Kommt nicht oft vor, dass man einen anderen Gräber trifft – einen richtigen, nicht einfach nur jemanden, der gräbt. Ganz egal, wer es ist, man spürt eine Verbindung, eine Vertrautheit, wie eine Art Bruderschaft. Schwer zu erklären. Wahrscheinlich ist es, als könnte man fliegen und würde einen Vogel treffen. Als hätte man eine gemeinsam Sprache, die der Fliegenden und die der Grabenden.«

»Das ist so ähnlich wie in der Geschichte über Rhen und den Löwen«, sagte Gifford. »Bevor er den Dahl gründete, veranstaltete Stammesführer Rhen auf seinen Reisen einmal eine Trauerfeier für einen Löwen, weil er seinen Mut im Kampf so sehr bewunderte. Nicht wahr, Brin?«

Sie antwortete nicht, sondern klammerte sich nur weiter an Moyas Hand.

»Also seid ihr jetzt so was wie Brüder, du und dieses Ding?«, fragte Tressa. Bevor Regen antworten konnte, öffnete sich die Doppeltür.

Was dahinter lag, war überwältigend. Die Halle des Zwergenkönigs erstreckte sich vor ihnen in all ihrer Pracht. Von der unglaublich hohen Decke mit goldenen Verzierungen, über die gigantischen Statuen bis hin zu der Ansammlung unzähliger Edelmetalle und -steine, die jede freie Fläche bedeckten, verkündete dieser Saal, dass Mideon nicht vor Überfluss zurückscheute. Seine Lieblingsfarbe musste Gold sein, seine liebste Oberflächenstruktur war alles, was glänzte. Und offenbar liebte er Feuer. Überall in der Halle waren Feuerschalen mit brennender Flüssigkeit verteilt, aus denen Flammen in die Höhe leckten und alles in tanzendes goldenes Licht tauchten.

Mideon saß auf einem erhöhten Thron in der Form eines Sonnenrades. Der Thron war so groß, dass Gifford Mühe hatte, den Monarchen darauf zu erkennen. Zuerst sah er die Axt. Mideon hielt eine der größten Waffen in der Hand, die Gifford je gesehen hatte. Der Kopf der Doppelaxt ruhte auf dem Boden, sicher konnte sie kein Mensch, Fhrey oder Belgriclungreianer vom Fleck bewegen.

Mideon selbst war ebenfalls riesig – gute zwölf Fuß groß.

Das soll ein Belgriclungreianer sein?

Gifford war zunächst verwirrt, doch dann fiel ihm ein, dass Mideon sich wahrscheinlich selbst so sah. Seine Erscheinung im Tod war anders als die im Leben. In seiner eigenen Vorstellung war der König ein Riese. Sein geflochtener Bart war dreimal länger, als er groß war. Er trug ein Hemd aus schimmernden Goldfäden, was keine Überraschung war. Um seine Schultern lag ein roter, fellbesetzter Umhang, der sich wie von selbst bewegte.

Der König war nicht allein. Neben vielen anderen, die am

Rand der Halle auf glänzenden Tribünen saßen, machte Gifford Fenelyus aus. Neben Arions ehemaliger Lehrmeisterin saß eine Person, die sich deutlich von den anderen abhob, eine wunderschöne Belgriclungreianerin mit langem weißen Haar. Sie blickte Gifford und seinen Gefährten mit einem erwartungsvollen Lächeln entgegen.

»Willkommen in Mideons Halle.« Der zwergische Zwerg begrüßte die Gruppe mit einer tiefen Verbeugung.

»Danke.« Moya führte sie mit laut durch den Saal hallenden Schritten über den polierten Boden. In einer Reihe stellten sie sich vor dem Thron auf. Hinter ihnen knisterten die Feuer, und das flackernde Licht verlieh allem eine unheilvolle Atmosphäre.

»Hallo.«

»Hallo?«, wiederholte der König und lachte. »*Hallo!* Habt ihr das gehört?«

Es folgte höflich unterdrücktes Gelächter. Der kleine Zwerg zuckte vor Verlegenheit zusammen.

Immer noch lachend sagte der König: »Höfische Manieren sind wohl nicht deine Stärke, was?«

»Ich glaube nicht«, antwortete Moya. »Selbst wenn ich wüsste, was das ist.«

Der König brach erneut in schallendes Gelächter aus. Er schlug sich auf den Oberschenkel, als wäre Moya die beste Unterhaltung seit Langem.

Moya selbst lachte nicht und sah auch nicht amüsiert aus. Gifford kannte diese Miene. Wie ein Kessel über dem Feuer war Moya langsam dabei, überzukochen.

»Die meisten, die vor diesem Thron stehen, knien nieder und sprechen mich mit *Euer Durchlaucht* an«, schalt sie der König. »Oder sie sagen: *Heil sei Seiner großen, wunderbaren, ehrehrbietungswürdigen Majestät.* Du solltest dir überlegen, wie du mit mir sprichst, kleines Mädchen.«

»Aha.« Moya nickte, schob ihre Hüfte zu einer Seite heraus und stemmte respektlos grinsend die Hand darauf. »Wisst Ihr, wenn Ihr es so toll findet, den Hintern geküsst zu bekommen, dann solltet Ihr besser nicht auf so einem hohen Stuhl sitzen.«

Stille breitete sich in der Halle aus. Niemand lachte, ein paar Höflinge atmeten scharf ein.

König Mideon funkelte Moya an, die buschigen Brauen so fest zusammengezogen, dass sie seine Augen verdunkelten. Die dicke Unterlippe hatte er verärgert vorgeschoben. Er stützte sich auf den Stiel seiner Axt und beugte sich vor, um die Truppe eingehend zu mustern. Dann nahm er sich die Zeit, sich an seinem bärtigen Kinn zu kratzen.

»Hmmm.« Er warf der weißhaarigen Frau einen Blick zu. »Vielleicht hast du recht.«

»Das habe ich immer«, antwortete die Frau hitzig.

Der König starrte weiter, ließ den Blick von einem zum anderen wandern. »Und du bist wirklich sicher, dass sie es sind, Fen?«

»Ich habe sie im Klippenwald aufgestöbert, nicht weit entfernt vom Tor nach Rel. Genau wie Beatrice vorhergesagt hat.«

Die weißhaarige Belgriclungreianerin rutschte von ihrem Platz auf einer der Bänke. Sie war zwar nicht groß, aber nichtsdestotrotz eine gigantische Erscheinung. Ihre Augen waren so tief und hell, dass sie wie Mondlicht glühten, das von einer unbewegten Teichoberfläche reflektiert wird. Ihr Haar leuchtete ebenso hell. Sie waren nicht aufgrund ihres Alters weiß, sondern wirkten wie Seide in der Farbe von Sternen. Sie ging direkt auf Regen zu. Als sie vor ihm stand, schlug sie sich die Hände vor den Mund und sah aus, als würde sie jeden Moment in Tränen ausbrechen.

»Das ist er also, Beatrice?«, fragte der König.

»Ja«, sagte sie voller Bewunderung. »Das ist Regen der Große.«

»Ich bin nicht groß«, entgegnete Regen. Seine Stimme war kaum hörbar in der weiten Halle.

»Widersprich meiner Tochter nicht, Bursche«, fuhr Mideon ihn an. »Beatrice hat die Gabe. Wenn sie mit dir spricht, dann hörst du ihr zu und glaubst ihr. Ich wünschte, ich hätte es getan, als sie mir riet, nicht gegen die Fhrey in den Krieg zu ziehen.« Mideon warf Fenelyus einen Seitenblick zu. »Was für eine Zeitverschwendung.«

»Wo wir gerade von Zeitverschwendung sprechen«, warf Moya ein. »Macht sich hier eigentlich niemand Sorgen über den Angriff vor Euren Toren? Falls Ihr es nicht bemerkt habt: Eine ziemlich große Armee versucht, Eure Festung zu stürmen.«

»Du bist schlagfertig, was?« Mideon leckte sich über die Lippen. »Das gefällt mir.«

»Beatrice«, sagte Fenelyus. »Solltest du es uns nicht erklären?«

»Was meinst du?«, fragte die Seherin zerstreut. Sie starrte weiterhin Regen an.

»Warum wir gerade so einen Spießrutenlauf über die Ebene zurückgelegt haben. Was die Königin dazu gebracht hat, ihr gesamtes Reich auf den Kopf zu stellen, um diese Gruppe aufzuspüren. Warum sie nun die Festung deines Vaters belagert. Hier geht etwas Wichtiges vor sich.« Fenelyus deutete auf Brin. »Sieh sie dir an. Sie sticht heraus wie Blut im Schnee.«

»Beatrice?« Auch der König sah seine weißhaarige Tochter an.

»Was?«, antwortete sie unschuldig, ohne den Blick von Regen zu lassen.

»Jetzt tu bloß nicht so! Du weißt *alles*.«

»Nicht immer.«

»Aber hierüber weißt du Bescheid. Du sprichst bereits so lange über diesen Tag, dass ich mich nicht an eine Zeit erinnern kann, zu der du es nicht getan hast.«

»Vorher war es dir aber immer egal.« Beatrice sprach mit bockiger Gleichgültigkeit, während sie weiter Regen anhimmelte.

»Bis jetzt war es nur eine Geschichte. Doch die Zeit ist gekommen und dein wirres Gefasel hat sich erfüllt. Du weißt, was hier vor sich geht – sag es uns!« Mideon schlug mit einer Hand auf die Armlehne seines Throns, was laut im Saal widerhallte.

»Ja«, antwortete sie. »Ich weiß es.«

Gifford musterte die kleine weißhaarige Schönheit. Sie war schlank, elegant, strahlend schön und völlig von Regen eingenommen, den sie anstarrte, als wäre er ein Fenster, durch das sie meilenweit blicken konnte.

Was weiß sie?

»Also?«, drängte der König.

»Also was?«

»Sag es uns!«

Beatrice schnaubte und drehte sich endlich zu ihrem Vater um. »Nein, das werde ich nicht tun.« Sie ließ den Blick über den Rest der im Saal Versammelten schweifen. »Ich werde niemandem erzählen, was gerade passiert. Nur so viel sei gesagt: Fenelyus hat wie immer recht.« Sie nickte der Fhrey zu. »Etwas geht vor sich … etwas von größter Wichtigkeit.«

»*Wie* wichtig ist es?«, fragte Fenelyus.

Beatrice hielt inne. Sie legte ihre Handflächen aneinander, bevor sie weitersprach. »Ich könnte sagen, dass alles auf den Schultern der Gruppe liegt, die hier vor euch steht – die Zukunft Elans, unser aller Seelenheil und selbst das Ergebnis des Golrok. Aber ihr würdet mir nicht glauben. Ihr würdet denken, dass ich übertreibe. Aber um ehrlich zu sein, wäre es nicht einmal die Hälfte der Wahrheit. Ihr werdet mir vertrauen müssen, weil ich nichts weiter verrate. Ich werde einzig und allein darauf bestehen, dass diesen Leuten sicheres Geleit gewährt wird.«

Gifford hörte jedes Wort, das Beatrice sagte, und er verstand auch die meisten davon, nur zusammengenommen ergaben sie keinen Sinn. Doch dann glaubte er zu begreifen.

Sie weiß gar nichts. Sie denkt sich alles nur aus. Aber warum?

»Sicheres Geleit wohin?«, fragte Mideon.

»Nach Alysin«, antwortete seine Tochter.

Alle in der Halle brachen in Gelächter aus. Nur Fenelyus, Beatrice und der König blieben still.

Auch Gifford lachte nicht. Denn nach diesen zwei Worten war er gezwungen, seine Einschätzung der Lage zu überdenken. *So viel weiß sie zumindest.*

»Der Eingang zum Paradies steht nur den größten Helden offen«, sagte ein glatzköpfiger, muskulöser Mann, der seine Füße auf ein umgedrehtes Fass gelegt hatte. »Und die da machen nicht den Anschein, als wären sie welche.«

»Ich verlange ja nicht, dass ihr das Tor für sie öffnet«, erwiderte Beactrice. »Sondern lediglich, dass ihr ihnen helft, es zu erreichen. Ferrol wird alles in ihrer Macht Stehende tun, um sie vom Überqueren der Brücke abzuhalten. Wir müssen dafür sorgen, dass sie es bis zum Tor schaffen.«

Der Glatzige schüttelte den Kopf. »Nur Dummköpfe glauben, sie würden im falschen Reich feststecken. *O nein! Ich sollte doch eigentlich im Paradies für Krieger landen*, sagen sie, ohne zu erkennen, dass sie dort bereits sind. Wenn keiner von uns nach Alysin kann, dann können *die* es schon gar nicht.«

»Darf ich fragen, wie du heißt?«, sagte Moya viel höflicher, als Gifford von ihr erwartet hätte. »Ich würde gerne wissen, wer mich hier beleidigt hat, falls es später mal zur Sprache kommt.«

Der Mann hob schockiert die Brauen. »Du weißt nicht, wer ich bin?«

»Sollte ich das?«

»Ich heiße Atella.«

Gifford sah, wie Brin unwillkürlich einen Schritt rückwärts stolperte.

Moya bemerkte es ebenfalls. »Brin?«, flüsterte sie ihr unauffällig aus dem Mundwinkel zu. »Sprich mit mir.«

Diesmal antwortete Brin. »Atella ist ein Mythos, zumindest dachte ich das bis jetzt. Ein Held aus einem lange vergangenen Zeitalter. Der größter aller Krieger. Auf dem Schlachtfeld konnte er weder besiegt noch getötet werden – nur von der Person, die er am meisten liebte.«

Moya verengte die Augen zu Schlitzen. »Deine Geliebte hat dich getötet?«

»War ein Versehen. Ich bin gefallen, und sie hat mich totgetrampelt.«

»Wie kann man sterben, indem jemand auf einen drauftritt?«

»Ihr Name war Yolan Og, eine wunderschöne Elefantendame.«

»Was ist denn ein Elefant?«, fragte Moya.

»Keine Ahnung«, antwortete Brin. »Ich meine, in den alten Geschichten werden sie als gigantische Kreaturen beschrieben, aber die Erläuterung ergab keinen Sinn: lange Nase, kurzer Schwanz, runzlige Haut und riesige Ohren.«

»Sie hört sich wundervoll an«, sagte Moya.

»Wer beleidigt hier nun wen? Und nur um das klarzustellen: Das war nie meine Absicht. Wenn ich euch beleidigen wollte, wüsstet ihr es. Ich sage immer, was ich denke. Und was ich zu euch sagte, war eine Tatsache. Es ergibt keinen Sinn, dass wir uns bis zur Tür nach Alysin durchkämpfen, wenn niemand sie öffnen kann.«

Beatrice trat einen Schritt zurück. Mit einer weitausholenden Armbewegung deutete sie auf die Gruppe vor dem Thron. »*Sie* können es.«

»Wie?« Mideon beugte sich weiter vor. Er musterte jeden Einzelnen von ihnen von Kopf bis Fuß. »Du willst doch wohl nicht sagen, dass sie Helden sind, oder?«

»Ich sage überhaupt nichts.« Beatrice schenkte ihrem Vater ein verwegenes Lächeln. »Wie schon erwähnt, wirst du mir einfach vertrauen müssen.«

Mideon hob seine Axt und ließ sie auf den Boden donnern, was die gesamte Halle zum Erzittern brachte. »Du kannst es nicht einmal deinem Vater verraten?«

»Um ehrlich zu sein: Gemeinsam mit Ferrol bist du der *Letzte*, dem ich es verraten würde.«

Der König straffte die Schultern. »Das hat mich schwer getroffen, Tochter.«

Beatrice stemmte die Hände in die Hüften und funkelte ihn an. »Du hast Hunderttausende unseres Volkes auf dem Gewissen und du hast Neith für einen Fruchtsalat zerstört!«

Mideon sah wütend aus. »Warum … Du hast dich noch nie so aufgeführt.«

»Wenn das kein Grund ist, mir nun zuzuhören, was dann? Hast du nicht gerade gesagt, du wünschtest, du hättest in der Vergangenheit auf mich gehört? Nimm deinen eigenen Rat an, Vater. Und was euch alle angeht«, sie wirbelte herum, sodass sich ihr helles Haar wie ein Fächer hinter ihr ausbreitete, und wandte sich mit noch heller funkelnden Augen und unheilvoller Stimme an die Leute auf den schimmernden Tribünen, »ihr müsst tun, was ihr könnt, um sicherzustellen, dass diese sechs Reisenden Alysin erreichen. Und zwar so schnell wie möglich. Glaubt mir diese eine Sache. Ich spreche nicht von Dingen, über die ich nichts weiß. Ich sage dies im Auftrag von Alurya, Elan und Eton und dem Chaos, aus dem sie geboren wurden. Hört mich an! Helft diesen Helden, sonst wird es schreckliche Folgen für uns alle haben.«

Der König funkelte seine Tochter immer noch an, doch sie blickte ebenso entschlossen zurück.

Fenelyus ging dazwischen. »Sie hatte recht, was Regen angeht.« Sie warf dem Zwerg einen Blick zu. »Er war wirklich dort im Wald. Ich bin dir einen Gefallen schuldig, Beatrice. Hoffen wir, dass es etwas Angemessenes ist.«

Die weißhaarige Zwergin lächelte. »Für dich wird es nur eine Kleinigkeit sein.«

Fenelyus wandte sich an den König. »Was auch immer hier vor sich geht, Mideon, Ferrol ist fest entschlossen, sie aufzuhalten. Wann hat sie dich das letzte Mal in deinem eigenen Heim angegriffen? Vor deinen Mauern steht eine feindliche Armee. Sie wird dir alles entgegenschleudern, was sie hat, und nicht aufhören. Deine Mauern sind stark, aber sie wird sie einreißen. Das ist offensichtlich.« Sie hob einen Finger, und in der daraufhin einsetzenden Stille hörten alle das ferne Donnern von Mideons Verteidigung. »Sollten diese sechs in deiner Festung bleiben, wird die Königin sie zerstören, sodass nicht viel mehr als Schutt übrig bleibt. Der Preis ist es nicht wert, sie hier festzuhalten.«

»Aber warum ist es Ferrol so wichtig?«, fragte der König. »Was ist an diesen Leuten so besonders?«

»Sie werden die Welt verändern«, sagte Beatrice. »Was zerbrochen ist, kann endlich geheilt werden.«

Das muss sie sich ausgedacht haben, dachte Gifford beeindruckt. *Ich könnte nie so überzeugend lügen, und auch noch vor so vielen Leuten. Sie werden ihr nicht glauben. Niemand könnte uns für Helden halten. Vielleicht Moya, aber …*

»Wird die Zukunft besser sein?«, fragte Fenelyus.

»Ja, dessen bin ich mir sicher.« Beatrice machte einen Schritt auf den Thron zu und wandte sich an den König. »Ich bin deine Tochter. Ich habe stets in deinem besten Interesse gehandelt. Du kannst mir vertrauen. Du weißt, dass ich die Zukunft sehen kann. Wie oft habe ich es bewiesen? Wie oft hast du meinen Rat missachtet und es im Nachhinein bereut? Nach dem Krieg mit den Fhrey hast du an meiner Schulter geweint. Du hast mich um Vergebung angefleht und mir geschworen, mich nie wieder zu verleugnen. Und hier sind wir nun, Vater. Einmal mehr. Wenn du schon nicht auf mich hören willst, dann wenigstens auf dich selbst. Oder bist du so tief gesunken, dass du nicht einmal das schaffst?«

Die Halle war still, während Mideon nachdachte. Er legte die Finger beider Hände aneinander und stützte sein Kinn darauf ab, während er seine Feuer betrachtete. Dann sah er sich um und wandte sich schließlich wieder an Fenelyus. »Es ist wahrlich eine schöne Festung, oder nicht?«

Die Fhrey nickte lächelnd. »Die stärkste in Nifrel. Es wäre eine Schande, wenn sie fallen sollte.«

»Das dachte ich auch gerade.«

»Das Bollwerk ist mir schnurzegal«, warf Atella lautstark ein und stand auf. Dann grinste er. »Aber mich durch die Armeen der Königin zu schlagen, wird mir ein wahres Fest sein.«

»Wäre mal was Neues«, stimmte ihm ein anderer Mann zu. Der Stoff seiner Kleidung sah für Gifford nach einem typischen Rhen-Muster aus. »Die Königin wird keinen Angriff unsererseits erwarten, und ihre Streitkräfte sind bereits versammelt. Wir könnten eine Schneise durch sie hindurchschlagen, einen Schwachpunkt finden und ...«

»Wirst du auch helfen?«, fragte Mideon Fenelyus.

Ihre Augen funkelten, als sie sich ein Lächeln verkniff. »Ich nehme an, ich könnte dazu überredet werden.«

Mideon nickte. »Wenn alle zusammenhalten, könnte es funktionieren.«

Beatrice warf die Hände in die Luft. »Es *wird* funktionieren. Mal ehrlich, alter Mann, du tust gerade so, als wüsstest du nicht, wer ich bin.«

17

DER ABSCHIEDSTRUNK

———•◆•———

Alle stellten Vermutungen über Persephones und Nyphrons
Ehe an. Von außen wirkte die Beziehung der beiden hart,
kalt und schwierig zu verdauen, aber dasselbe trifft auch auf
Austern zu und in manchen findet man Perlen.

– *Das Buch Brin*

»Ist sie dadrin?« Nyphrons Stimme drang durch die dünnen
Stoffwände des Zeltes.

Gerade hatte Persephone Nolyn in sein kleines Kinderbett
gelegt, das Frost und Flut gebaut hatten. Persephone hatte ihnen überschwänglich für das wunderschön gearbeitete Holz-
bett gedankt, während die beiden bescheiden gemurmelt hatten, dass sie sich bloß die Zeit hätten vertreiben wollen.

Die Zeltklappe wurde angehoben, sodass die leuchtende
Kohlenpfanne davor in Sicht kam. Nyphron trat ein. Er trug
einen dicken Umhang über seiner Rüstung, in einer Armbeuge
seinen Helm und in der anderen eine Flasche.

»Da bist du ja«, sagte er lächelnd.

»Scht!« Persephone hielt sich einen Finger an die Lippen.
»Nolyn ist gerade erst eingeschlafen.« Sie warf einen Blick über
die Schulter und zog Nyphron an der Hand mit sich nach draußen.

Außer Habet war niemand zu sehen. Er kniete vor dem Feuer und kümmerte sich eifrig darum. Nun, da es kalt geworden
war, hatte seine Aufgabe nicht mehr nur eine rein traditionelle

Funktion. Die Luft war frisch, das Feuer warm und über ihnen funkelten die Sterne hell.

»Wo sind die Wachen?«, fragte Nyphron. »Zu beiden Seiten des Eingangs müsste jemand stationiert sein.«

»Ich brauche keine. Als es noch wärmer war, habe ich sie dir zuliebe erduldet, aber ich werde niemandem befehlen, stundenlang in der Kälte zu stehen, wenn die nächste Bedrohung meilenweit entfernt ist.« Persephone setzte sich neben Habet auf eins der großen Kissen. Um die Kohlenpfanne herum lagen mehrere, da das Feuer früher oft als Treffpunkt gedient hatte. »Also, was bringt dich zu mir?«

Nyphron schien ihre Frage zu verwirren. »Braucht ein Mann einen Grund, um seine Frau zu besuchen?«

»Offenbar schon. Du kommst so selten vorbei.«

»Ich war beschäftigt.« Er setzte sich neben sie.

»Wirklich? Ich beneide dich. Ich wünschte, ich hätte etwas Sinnvolles mit meiner Zeit anzufangen.«

»Und ich dachte, der Junge hielte dich auf Trab.«

Persephone schüttelte den Kopf. »Justine kümmert sich gut um ihn, und er wird älter. Er braucht mich jetzt nicht mehr so viel wie vorher. Niemand scheint mich mehr zu brauchen.« Sie warf ihm einen vielsagenden Blick zu, doch Nyphron, der keine besonders aufmerksame Person war, schnappte solcherlei subtile Botschaften selten auf.

Persephone bohrte nicht weiter nach. Sie hatte sich schon vor langer Zeit mit ihrer Vereinbarung abgefunden. Sie war keine sittsame junge Braut mehr, die sich nach einem Mann sehnte, der sie wertschätzte. Diese Zeiten lagen weit hinter ihr. Den Frühling und Sommer ihres Lebens hatte sie mit Reglan verbracht, dann einen kurzen, intensiven Herbst mit Raithe. Nun war der Winter gekommen. Sie wusste, was sie von Nyphron zu erwarten hatte – es war weniger eine Ehe als vielmehr ein Handelsabkommen.

»Was hast du mit der Flasche vor?« Sie deutete darauf.

Nyphron sah auf die große, dunkle Flasche in seinem Arm, als wäre er schockiert, sie dort vorzufinden. »Oh, ja richtig.« Er stellte sie vor ihnen ab. Die Flammen ließen das Glas golden glühen, als befände sich Honig darin. »Das ist Erivitie, Alkohol, den wir aus Beeren gewinnen, die in einem geheimen Hain tief im Wald von Erivan gesammelt werden. Sie werden ausschließlich um Mitternacht bei Vollmond an Somershoh gepflückt. Dann sind die Beeren am besten gereift. In Estramnadon ist das Getränk sehr gefragt und auf dieser Seite des Nidwalden unmöglich zu bekommen.«

»Und trotzdem hast du eine ganze Flasche?«

»Nur eine halbe. Sie ist seit mehreren Jahren in meinem Besitz. Ich hatte gehofft, dass du mir heute Abend beim Trinken Gesellschaft leistest.«

Persephones Augen weiteten sich, und sie warf Habet einen Seitenblick zu, als erwartete sie, dass das Verhalten ihres Ehemanns ihn ebenso schockierte. Der Hüter der Flamme lächelte jedoch nur, wie er es immer tat. »Weißt du, ich trinke nicht besonders oft. Es wäre eine Verschwendung, mir diesen hochqualitativen Trunk anzubieten.«

»Aber es ist ein besonderer Anlass.«

»So? Was ist denn heute?«

»Dein Geburtstag.«

»Nein, das stimmt nicht.«

Nyphron schien verblüfft, dass sie ihm widersprach, und sah nun seinerseits zu Habet, der ihm ein ähnlich nettes, wenn auch nicht besonders hilfreiches Lächeln schenkte. Er dachte kurz nach. »Dann ist es eben unser Jahrestag.«

»Nein, damit liegst du ebenfalls falsch.«

»Wirklich? Hmm. Dann ist es eben *mein* Geburtstag.«

Sie musterte ihn zweifelnd, bis Nyphron mit den Schultern zuckte. »Könnte doch sein. Ich habe ehrlich gesagt keine Ahnung. Es erstaunt mich, dass du dich an deinen erinnerst. Wo wir gerade schon von unwichtigen Ereignissen sprechen.«

»Wie bitte?« Persephone setzte sich empört auf und warf Habet einen weiteren Blick zu. Doch der Hüter der Flamme war damit beschäftigt, in der Glut herumzustochern. Die Funken, die dabei in den Nachthimmel aufstiegen, lenkten ihn ab.

»Nimm es nicht persönlich«, sagte Nyphron. »Die Geburt einer jeden Person ist unwichtig. Es geht doch vielmehr darum, was man danach mit seinem Leben anstellt.«

Persephone musterte ihn erneut. Der Anführer der Galantianer, Befehlshaber des Bündnisses des Westens, hatte die Knie an seinen Oberkörper gezogen und die Arme darauf abgelegt, sodass seine Hände herabbaumelten. Er schwieg und starrte voller Melancholie auf die im Feuerschein glühende Flasche.

Nyphron war nicht die Art von Person, die grübelte oder Trübsal blies. Über Vergangenes nachzudenken, fiel ihm ebenso schwer, wie rückwärtszugehen. Die Vergangenheit war sinnlos, nur die Zukunft hatte in seinen Augen einen Wert. Demnach war es reine Zeitverschwendung, über etwas Abgeschlossenes nachzudenken. Mit diesem Wissen fiel es Persephone schwer, Nyphrons plötzlichen Sinneswandel nachzuvollziehen. Das einzige Mal, als er derart melancholisch geworden war …

»Oh«, sagte sie, als es ihr dämmerte. »Das soll ein Abschiedstrunk werden, nicht wahr?«

Nyphron nickte. »Ich habe die Flasche in Estramnadon gekauft, als ich meinen Vater zu seinem Kampf gegen Lothian um den Waldthron begleitete. Der Plan war, damit seinen Sieg zu feiern. Stattdessen ist er gestorben, und ich öffnete sie allein. Wollte die ganze Flasche auf einmal trinken. Mir gelang nur ein einziger Schluck, den ich ihm widmete.« Seine Finger schlossen sich um einen Stein am Boden und er warf ihn ins Feuer. Funken stoben auf, und Habet klatschte vergnügt in die Hände. »Seitdem wurde es zu einer Tradition. Es folgten Medak, dann Sebek, Grygor, Vorath, Eres und Anwir.«

Persephone sah ihn mit zu Schlitzen verengten Augen an.

»Und warum trinkst du jetzt? Warum willst du die Flasche mit mir teilen?«

»Du hast es vorhin auf den Punkt gebracht. Es gibt dieser Tage nicht viel für uns zu tun. Und wir beide hassen es, herumzusitzen und zu warten.« Nyphron atmete langsam ein und wandte sich ihr zu. »Die Männer, die du in den Sumpf geschickt hast, um nach Moyas und Tekchins Reisegruppe zu suchen … Ich habe sie begleitet. Wir sind gerade erst zurückgekehrt.«

»Und?«

»Naraspur stand am Rand des Sumpfes an einen Baum gebunden. Wir haben dort unser Lager aufgeschlagen und unsere Suche begonnen. Der Sumpf ist nicht besonders groß, und wir sind sehr gründlich vorgegangen. Wir fanden nichts als ein verlassenes Lager an einem schmalen Strandabschnitt, wo einige Dinge von ihnen lagen. Persephone, ich –«

»Sie sind ertrunken«, sagte sie. »Alle. Sie sind tot.«

»Du wusstest es?«

Sie nickte. »Malcolm hat es mir vor einiger Zeit gesagt, aber ich musste sichergehen.«

»Malcolm.« Nyphron sprach den Namen aus wie einen Fluch. »Also hast du auch mit ihm gesprochen? Er treibt mich in den Wahnsinn. Ohne Vorwarnung verschwindet er jahrelang und taucht dann wieder auf, um mich daran zu erinnern, dass ich ihm etwas schulde, aber er weigert sich, mir zu verraten, was er von mir will. Was hat er zu dir gesagt?«

Persephone schob ihre Unterlippe vor und blickte zu den Sternen auf. »Dass meine Freunde gestorben sind, es aber Hoffnung gibt, dass sie zurückkehren.« Sie sah ihn an und hob die Schultern. »Hört sich unsinnig an, was?«

Nyphron starrte sie eine ganze Weile an. Dann griff er nach der Flasche.

»Hast du nichts dazu zu sagen?«, fragte Persephone.

Nyphron schüttelte den Kopf. »Nein, wir sind an einem Punkt angelangt, wo auch das keinen Unterschied mehr macht.

Tekchin ist tot. Jetzt sind sie alle fort, meine Galantianer und deine.«

»Ich habe keine Galantianer.«

Mit einem lauten Plopp zog Nyphron den Korken aus der Flasche. »Natürlich hast du welche. Moya, Suri, Roan, Arion, Brin, Gifford und Padera sind deine Elitetruppe, deine Abenteurer, deine Freunde.«

»Suri ist nicht tot ... zumindest wissen wir das nicht mit Sicherheit.« Persephone beäugte die funkelnde Flasche. »Vielleicht werde ich doch mit dir trinken.«

Nyphron hielt ihr die Flasche hin.

»Auf die Helden, die ich liebte.« Die Flüssigkeit war warm und süß, anders als alles, was Persephone je getrunken hatte. Sie lief ihre Kehle hinab wie Sonnenlicht an einem wolkenverhangenen Tag. »Gut, dass dieser Trunk so schwer zu beschaffen ist. Sonst würde ich noch eine Vorliebe dafür entwickeln.«

Nyphron nahm ihr die Flasche ab und hob sie hoch über den Kopf. »Lebwohl, Tekchin. Bis wir uns wiedersehen, mein Freund, auf den grünen Feldern Alysins.« Dann nahm er ebenfalls einen großen Schluck.

Seite an Seite starrten sie ins Feuer, beobachteten schweigend die Flammen bei ihrem Tanz. Funken stoben zu den Sternen auf, bevor sie viel zu schnell in der weiten, kalten Dunkelheit verglühten.

»Das sind sie«, sagte Persephone schließlich und deutete auf die Funken. »Das da ist Moya und da sind Gifford, Roan und Brin. Ihre Seelen fliegen zu den Sternen. Suri ist bestimmt auch irgendwo da drin. Bald werden wir alle zu Asche zerfallen.«

»Du hattest recht«, sagte Nyphron. »Du verträgst wirklich nicht viel.«

»Was? Warum sagst du das?« Sie sah ihn an, und ihr fiel auf, dass sich die Welt ein wenig drehte.

Er lächelte sie amüsiert an. »Erivitie ist außergewöhnlich

stark und wirkt schockierend schnell, vor allem, wenn man vorher nichts gegessen hat.«

»Ich habe heute etwas gegessen. Glaube ich. Es war aber nur ein Keks.« Persephone drehte ihren Kopf zurück zum Feuer, bewunderte, wie es vor ihren Augen verschwamm. »Und du? Ich nehme an, du bist so geübt im Trinken, dass du gar nichts spürst.«

»Das würde ich so nicht sagen. Es gibt einen weiteren Grund, warum noch so viel in der Flasche ist. Nach einem Schluck wird dir schwindelig, nach dem zweiten kannst du nicht mehr laufen.«

»Und nach dreien?«

»Keine Ahnung. Alle, die es je versucht haben, leben nicht mehr.«

»Hast du gerade einen Witz gemacht?«

»Es war anscheinend kein besonders guter, wenn du fragen musst.«

Sie beobachteten weiter schweigend das Feuer. Persephone war zuvor nie aufgefallen, wie faszinierend Flammen sein konnten, wie komplex, wie magisch. Weitere Funken stoben auf, und sie konnte nicht umhin, sich zu fragen, ob sich weitere Seelen in die Lüfte erhoben.

»Was denkst du über Malcolm?«, fragte sie.

»Ich versuche, überhaupt nicht an ihn zu denken.«

»Warum?«

»Weil er mich zur Weißglut treibt.«

»Ich finde seine Gesellschaft tröstlich. Manchmal, wenn ich auf dem … wenn ich traurig bin, kommt er zu mir. Er findet, dass du nicht genug Zeit mit deinem Sohn verbringst.«

»Gutes Beispiel.«

»Nachdem er mir erzählte, dass alle meine Freunde tot sind, erwähnte Malcolm, er wolle ihnen Hilfe schicken. In derselben Nacht ist Padera gestorben. Glaubst du, das war ein Zufall?«

»Verdächtigst du ihn, sie getötet zu haben?«

Persephone rieb sich über das Gesicht. Es fühlte sich heiß an und sie wusste nicht, ob es an der Hitze des Feuers oder am Alkohol lag. »Ich weiß es nicht. Ich weiß gar nichts mehr.«

»Sieh mal.« Nyphron hielt einen Finger unter den Flaschenhals und drehte sie leicht. Er fing einen Tropfen auf und ließ ihn ins Feuer fallen. Augenblicklich schoss eine grellblaue Stichflamme in die Höhe.

Habets Lächeln wurde zu einem breiten Grinsen, und er klatschte freudig.

»Und *das* haben wir getrunken?«, fragte Persephone schockiert.

»Gut, dass wir es im Sitzen getan haben.«

Persephone lehnte sich zurück, in der Hoffnung, die Nachtluft würde ihre Haut kühlen. »Warum kommst du deinen Sohn nicht öfter besuchen? Bist du ... ekelst du dich vor ihm? Weil er halb Rhune ist? Wünschtest du, dass –«

»Ich habe keine Zeit.«

»Ach ja, du bist so beschäftigt. Wir beide. Seit Jahren geht der Krieg nicht voran und wir sind so gestresst von dem ganzen Herumgesitze, dem Warten und ins Feuer Starren, während jene, die wir lieben, aufgrund unserer Befehle sterben oder verschwinden.«

Nyphron lehnte sich ebenfalls auf die Ellbogen zurück. »Ich hasse es zu warten. Mochte ich noch nie. Mein ganzes Leben lang habe ich mich von einem Gefecht ins nächste gestürzt. Und jetzt ... ich weiß nicht, wann ich das letzte Mal mein Schwert gezogen habe. Wahrscheinlich würde ich mir Blasen holen, wenn ich es zu benutzen versuchte.«

»Vielleicht solltest du mehr Zeit mit Nolyn verbringen.«

»Nein.« Er schüttelte den Kopf. »So erzieht man seinen Sohn nicht.«

Persephone wollte, dass er zugab, dass er mehr Zeit mit Nolyn verbringen musste. Vielleicht wünschte sie sich sogar eine Entschuldigung dafür, dass er alles ihr überließ, doch vor allem wollte sie, dass er ihr versprach, sich mehr einzubringen. Seine Antwort machte sie wütend. »Woher willst du das wissen?«

»Es ist sicher schwer zu glauben, aber ich war auch einst ein Sohn, und bevor ich zehn wurde, habe ich meinen Vater kaum zu Gesicht bekommen. Dann wurde ich in die Garnison geschickt, um meine Ausbildung zu beginnen. Nolyn sollte auch bald damit anfangen. Dann werden wir ihn beide nicht mehr oft sehen. Er wird sein hartes, zermürbendes Kriegerleben beginnen.«

»Das klingt nach einer furchtbaren Erziehung.«

»Glaubst du, du könntest es besser?«

»Absolut.«

Nyphron schüttelte den Kopf. »Dann mache ich mir Sorgen um Nolyn.«

Persephone fuhr zu ihm herum. Dabei fiel ihr einmal mehr auf, wie dickflüssig die Luft geworden war, und überraschend auch, wie gut der Galantianer neben ihr im weichen Licht des Feuers aussah. »Warum?«

»Du sagst, dass meine Erziehung nicht gut genug war. Dass du dir Größeres für deinen Sohn wünschst. Aber sieh mich an. Ich bin noch in meinem ersten Jahrtausend und stehe kurz davor, die Welt zu regieren. Wie viel mehr könntest du dir für ihn wünschen?«

»Bist du betrunken?«, fragte sie.

»Ich hatte heute nicht mal einen Keks.«

Nyphron blickte zum Zelt. Sie fragte sich, ob der Alkohol sie in seinen Augen auch attraktiver machte.

»Du solltest wirklich besser beschützt werden. Denk nur mal an den Rauh.«

Anscheinend nicht.

»Jetzt, da Moya …« Er hielt inne und sie war dankbar dass er den Satz nicht zu Ende brachte. »Wie dem auch sei, du brauchst einen neuen Schild.«

»Ich habe Habet.« Sie tätschelte seine Hand, was ihr ein weiteres Lächeln und ein Nicken einbrachte.

»Der Krieg wird zurückkommen. Es dauert nicht mehr lang. Der Vorteil wird sich einmal mehr verschieben. Du spürst es doch auch, oder? Wir haben viele ruhige Jahre genossen, aber das hat bald ein Ende. Lothian wird nicht auf besseres Wetter warten. Sobald er seine Drachen hat, wird er zuschlagen. Die Keenigin braucht einen echten Schild – und meine Frau wird den besten bekommen. Nach Tekchins Verschwinden ist nach mir Sikar der beste Krieger. Ich werde ihn darüber informieren, dass er ab jetzt dieses ehrenhafte Amt bekleidet.«

»Sikar kann mich nicht leiden. Oder Menschen allgemein, glaube ich.«

»Ich verstehe nicht, warum das ein Problem darstellen sollte.«

»Es würde wahrscheinlich helfen, einen Leibwächter zu haben, der mich auch beschützen *will*.«

»Sikar ist ein hervorragender Soldat. Er wird tun, was ihm befohlen wird.«

»Na schön, ist ja gut«, sagte sie und spürte, wie sich ihr Kopf weiterhin drehte. »Wie lange hält die Wirkung des Erivitie an?«

»Nächste Woche sollte es dir besser gehen.«

Sie fuhr abrupt zu ihm herum und wäre beinahe umgekippt. Doch als sie ihn wieder klar erkennen konnte, sah sie Nyphron grinsen.

»Wir geben ein tolles Paar ab, du und ich. Sieh uns nur an. Wir trinken auf die Verstorbenen und spielen die Zukunft herunter. Genau so sollten die letzten Fhrey- und Rhune-Galantianer sich verhalten. Es ist, als wären wir die Helden in einer Geschichte, die eine Hüterin der Wege erzählt, nur …« Persephone starrte einmal mehr in die Flammen, Tränen traten ihr in die Augen und irgendwie, inmitten dieses verwirrenden Augenblicks, spürte sie Npyhrons Arme, die sie umschlangen und die Finsternis von ihr fernhielten.

18

REGEN DER GROSSE

———————•✦•———————

Während ich dies schreibe, habe ich keine Ahnung, ob die
Prophezeiungen wahr sind. Die über Regen, Malcolm, Suri,
über alle. Ich hoffe, sie sind es – schon allein aus dem Grund,
dass dann eine bessere Geschichte daraus wird.

– Das Buch Brin

»Warum habt Ihr gesagt, ich sei groß?«, fragte Regen, sobald sie
Mideons Halle verlassen hatten. Er sah verblüfft und verletzt
aus, als ob es sich bei Beatrices Worten statt einer Ehrbekun-
dung um eine Beleidigung gehandelt hätte.

Beatrice begleitete sie nach draußen. Die Tochter des Königs
wollte offensichtlich mit den Neuankömmlingen unter vier Augen sprechen. In der Halle hatten sie alle mit unverkennbarer
Ehrfurcht behandelt. Ihre Schönheit, ihr weißes Haar, das ju-
gendliche Gesicht und die schmale Statur ließen sie so rein erscheinen, dass Gifford sich fragte, ob das alles nur eine Scharade war. Selbst in der Welt der Lebenden konnte man andere mit
seiner Erscheinung blenden, aber hier in Nifrel konnte ein
Zwerg zu einem Riesen werden.

Beatrice sah zuerst Regen und dann die anderen an. »Wir
sprechen, wenn wir allein sind.«

Sie streckte eine Hand aus, als wollte sie seinen Arm berühren. Dann aber hielt sie inne, betrachtete ihre Hand und zog sie
unbeholfen wieder zurück. »Ihr habt eine lange Reise hinter
euch. Während sich die anderen vorbereiten, gewähren wir dei-

nen Reisegefährten etwas Ruhe, und wir beide können uns unterhalten.«

Sie lief los, doch Regen machte keine Anstalten, ihr zu folgen. Beatrice drehte sich zu ihm um. »Regen?«

»Das sind meine Freunde«, sagte er. »Vor ihnen habe ich keine Geheimnisse.«

»Aber –«

»Ohne sie wäre ich nicht so weit gekommen.«

Beatrice sah nicht glücklich aus. Sie starrte ihn einen langen Moment an, doch Regen wirkte hart wie Stein. Angesichts der Tatsache, dass er vor Kurzem eine Schlange von der Größe eines Hauses besiegt hatte, glaubte Gifford nicht, dass Beatrice ihren Willen durchsetzen würde.

Die weißhaarige Zwergin brauchte nicht lange, um das herauszufinden. »Na schön, aber lasst uns an einen anderen Ort gehen, bevor wir uns unterhalten. Es gibt einige Punkte, die nicht für andere Ohren bestimmt sind. Gehen wir in meine Gemächer.«

Gifford starrte Beatrice verblüfft an. *Sie weiß Bescheid!*

Regen nickte. Niemand sagte ein Wort, während die belgriclungreianische Prinzessin sie tiefer in das Bollwerk führte.

Ein Kaninchenbau, dachte Gifford, als sie durch endlose Flure liefen und riesige Treppen hinabstiegen. Die belgriclungreianische Vorliebe für Tunnel war allseits bekannt, und anscheinend hatten sie sie mit ins Nachleben genommen. Sie bewegten sich durch einen unglaublich weitläufigen Kaninchenbau. Anhand von Roans Erzählungen stellte Gifford sich vor, dass Neith ähnlich ausgesehen haben musste.

Beatrice führte sie zu einer Steinwand. Mit dem Edelstein an ihrem Ring tippte sie dagegen, und es zeigte sich eine Tür im Gestein. Sie drückte sie auf. Dahinter kamen mehrere Zimmer zum Vorschein. Tief hängende Decken, kleine Feuerstellen und unzählige Teppiche, Kissen und Wandteppiche verliehen Beatrices Heim die Gemütlichkeit, die dem Rest der Festung fehlte.

»Macht es euch bequem«, sagte Beatrice. »Hätte jemand gerne einen Tee? Oder Kuchen?«

Ihr fiel die Verwirrung auf den Gesichtern der anderen auf, doch sie musste sie vorhergesehen haben. »Nur weil wir nicht essen und trinken müssen, können wir es trotzdem genießen. In Nifrel geht es vor allem um Empfindungen: Schmerz und Vergnügen. Ich dachte, das hättet ihr mittlerweile verstanden.«

Beatrice verschwand in einem angrenzenden Zimmer und kehrte mit einem Tablett voller dampfenden Tassen und kleinen Küchlein zurück.

»Die sind wunderschön gearbeitet.« Gifford nahm sich eine der Tassen. Er zeigte sie Roan, die zustimmend nickte.

Die Küchlein waren saftig und süß, mit einem Hauch von Zimt. Beatrice bot allen etwas an. Selbst Brin nahm sich eine Tasse und einen Kuchen; es schien ihr wenigstens ein bisschen besser zu gehen. Nur als die Prinzessin vor Regen stehen blieb, lehnte er ab, und sie stellte das Tablett auf einen flachen Tisch, damit sich alle weiterhin bedienen konnten.

Regens Züge sahen immer noch wie in Stein gemeißelt aus. »Werdet Ihr mir nun meine Fragen beantworten?«, fragte er.

Sie nickte. »Kein Grund, so förmlich zu sein. Wir sind jetzt unter uns. Ich werde dir alles sagen, was du wissen willst, wenn du mir zuerst eine Frage beantwortest.«

Gifford dachte sofort, es ginge dabei um Tressas Schlüssel, doch er wurde eines Besseren belehrt.

»Warum bist du hierhergekommen?«, fragte die Prinzessin.

Regen antwortete nicht.

»Findest du nicht, dass deine Freunde es verdienen, die ganze Geschichte zu erfahren?«

Regen warf Gifford und Moya einen Blick zu. Dann nickte er. »Mein ganzes Leben habe ich von einer Frau geträumt – ich habe sie nie gesehen, nur gehört. Aus diesem Grund wurde ich Gräber. Irgendwie wusste ich, dass sie tief unter der Erde gefangen ist. Deshalb bin ich mit Frost und Flut nach Neith gegangen, und später noch einmal mit Persephone. Ich habe immer nach ihr gesucht, ohne zu wissen, warum. Als wir zur Agave kamen, wusste ich, dass ich den Grund der Welt erreicht hatte, doch sie war nicht dort. Sie befand sich noch tiefer. Da wurde es mir klar. Die Frau, die mich heimsucht, ist nicht gefangen, sondern tot – sie ist in der Unterwelt.«

Regen musterte die Prinzessin eingehend.

Beatrice nickte. »Ja, ich habe dich gerufen. Du musstest herkommen.«

»Warum?«, fragte Regen.

Beatrice lächelte, ging zur Tür und drückte ihren Ring abermals dagegen. Die Umrisse verschwanden, die Wand wirkte wieder undurchdringlich. Nun waren sie mit der perfekten weißhaarigen Prinzessin eingeschlossen.

»Was ich dir gleich sagen werde, ist nur für dich bestimmt, Regen.« Beatrice warf einen Blick auf die anderen. »Und anscheinend auch für deine engsten Freunde.«

Sie setzte sich in die Nähe des Feuers. Für Brin war dieses Zimmer der Ort, der dem Langhaus in Dahl Rhen am nächsten kam. Es gab Essen, ein Feuer und gleich würde sie einer wundersamen Geschichte lauschen – wäre Tesh an ihrer Seite gewesen, hätte sie es als Paradies bezeichnet.

»Wie ihr euch wahrscheinlich denken könnt, weiß ich, dass einer von euch Etons Schlüssel bei sich trägt.«

»Weißt du, wer es ist?«, fragte Moya.

»Nein. Ich kenne die Zukunft – ich habe sie schon immer gekannt –, aber mein Wissen ist nicht so präzise. Wie die Sterne am Nachthimmel sind nur die größten Ereignisse wirklich klar und deutlich. Die kleinen Dinge, winzige Details, gehen im Hintergrund verloren. Sie werden vom Strahlen des Rests übertrumpft.«

»Die Sterne«, sagte Roan. »Wir haben sie gesehen, als wir in die Festung kamen. Du hast sie erschaffen, oder?«

»Ja.« Beatrice lächelte. »Mein kleiner Beitrag zur Welt meines Vaters.«

»Sie gefallen mir«, sagte Roan.

Beatrice nickte. »Danke. Ich vermisse die echten. Früher habe ich mich oft an sie gewandt, wenn ich Führung brauchte. Sie sind konstant, wisst ihr? Alles verändert sich, nur die Sterne nicht. Mit ihrer Hilfe kann man seinen Weg finden.«

Brin hatte davon gehört, dass manche Leute mithilfe der Sterne reisten, doch sie vermutete, dass Beatrice etwas anderes meinte.

»Außerdem weiß ich, warum ihr hier seid. Oder besser gesagt, warum ihr glaubt, hier zu sein. Es ist nämlich möglich, dass ich mehr weiß als ihr.« Beatrice schenkte sich Tee ein, während sie weitersprach. »Ihr wurdet belogen.«

Brin schluckte schwer und wappnete sich für den Rest, doch Beatrice ging nicht weiter darauf ein. Seelenruhig gab sie Honig in ihren Tee.

Brin wusste nicht, was sie von der seltsamen weißhaarigen Zwergin mit den funkelnden Augen und dem kindlichen Gesicht halten sollte. Sie war auf eine ebenso merkwürdige Weise magisch wie Suri, die Brin immer fasziniert hatte.

Vielleicht ist es nur eine Fassade, aber die Gesichter, die wir anderen zeigen, sagen viel darüber aus, wer wir sind, da wir sie gewählt haben. Was für eine Person wählt eine solche Erscheinung?

Beatrice rührte ihren Tee um und hob dann die Tasse mit beiden Händen. Sie hielt sie sich unters Kinn, während Dampf vor ihrem Gesicht aufstieg. »Seid versichert, dass manche euch mit guter Absicht belogen haben, andere mit weniger guter, doch vor dem Ende wird sich alles aufklären. Was jedoch nicht offensichtlich sein wird, ist, wann das Ende kommt. Es wird nicht dann eintreten, wenn ihr es erwartet. Vorher muss noch viel mehr passieren. Eure Reise mag euch als das einzig Wichtige erscheinen, doch aus vielerlei Gründen ist sie erst der Anfang. Ihr – wie wir alle – seid nur ein Teil der verblassenden Mythologie der kommenden Welt. Viele unserer Namen werden vergessen werden, verloren im Staub der Zeit, doch was ihr jetzt tut, wird die Welt prägen bis zum Golrok, wenn alles endlich entschieden wird. Darauf läuft alles hinaus. Es gibt eine große Waage, und jede Seele wird eine Seite wählen. Alles hängt davon ab, auf welche Seite sich die Waage am Ende neigt. In beiden Richtungen liegt großes Unglück, auf die eine oder andere Weise. Die Hoffnung besteht darin, dass die Waage stets ausgeglichen bleibt. Aber ein solches Ergebnis wird nur eintreten, wenn ihm Mut vorausgeht, wie die Welt ihn noch nie gesehen hat.« Beatrice sah Brin an. »Und es kommt auf die Hilfe der unerwartetsten Personen an.«

»Ich verstehe nicht, was das mit mir zu tun hat«, sagte Regen.

»Oh wirklich?« Moya stopfte sich ein Stück Kuchen in den Mund. »Ich verstehe nämlich nicht, was das mit *irgendwem* von uns zu tun hat. Könntest du vielleicht noch mehr kryptische Andeutungen machen, Betty?«

Brin glaubte, die Prinzessin könnte sich beleidigt fühlen, doch das schien nicht in ihrer Natur zu liegen. Sie nickte nur. »Ich weiß, es tut mir leid. Ihr müsst glauben, dass ich euch absichtlich auf die Folter spanne.« Sie hob eine Hand und schüttelte sie. »Hört mal, ich kenne die Zukunft, werde euch aber nichts Wichtiges verraten.« Sie nahm einen Schluck Tee, zog die Tasse aber sofort zurück. »Heiß«, murmelte sie und fuhr sich über die Lippen. »Ha! Ich weiß über die Zukunft Bescheid, aber nicht, wann mein Tee zu heiß ist, um ihn zu trinken.«

»Und *warum* verrätst du uns nichts Wichtiges?«, fragte Moya.

»Die Götter haben mich gesegnet. Oder vielleicht ist es keine Gabe, sondern ein Fluch, oder ich bin einfach nur ein Unfall, ein Versehen. Ich weiß es nicht. Aber fest steht, dass ich hinter den Schleier blicken kann. Ich sehe alles, die Zukunft und die

Vergangenheit breiten sich wie eine Karte vor mir aus. Wie im Fall der Sterne könnt ihr euch Ereignisse als Punkte vorstellen, die vor einem riesigen schwarzen Hintergrund miteinander verbunden sind. Ich habe diese Gabe seit meiner Geburt, und ich habe natürlich versucht, sie zu benutzen. Wer würde das nicht tun? Doch es gelang mir nie, mein Wissen zu meinem Vorteil einzusetzen, denn sobald man agiert, verändert sich die Karte. Es ist, als würde man versuchen, Staubpartikel in einem Wasserbecken einzufangen. Man kann sie sehen, sie schwimmen darin herum, doch sobald man die Hand ins Wasser steckt, werden sie fortgetrieben. Sosehr ich mich auch bemühe, alles bleibt immer außerhalb meiner Reichweite. Also habe ich über die Jahre gelernt, dass es negative Auswirkungen hat, wenn ich versuche, den Staub zu packen. Man braucht viel Fingerspitzengefühl. Es reicht nicht, jemandem die Wahrheit zu verraten. Stattdessen muss ich die Leute vorsichtig in die richtige Richtung stupsen, und das ist am leichtesten, wenn sie unwissend bleiben. Nur dann ist es möglich, den Staub zum richtigen Zeitpunkt an die richtige Stelle zu bewegen. Deshalb kann ich euch nicht sagen, was ich weiß. Wenn ich es täte, würde sich mein Wissen verändern.«

»Hört sich nach einer lahmen Ausrede an«, sagte Moya.

»Das verstehe ich, aber es ist die Wahrheit, und es geht allen Seherinnen so.« Beatrice wagte einen weiteren Schluck und hatte diesmal mehr Glück. »Die gute Nachricht ist, dass ich zumindest Regen sagen kann, was genau passieren wird, weil es so vorgesehen ist, dass ich es ihm verrate.« Sie straffte die Schultern, setzte sich mit der Tasse in der Hand auf und grinste den Belgriclungreianer breit an. »Regen, du wirst diese Reise überleben. Du wirst in die Welt der Lebenden zurückkehren. Und dann wirst du in einen kleinen Fischerort namens Muldain in Belgreig gehen – einen Ort, der von der Zeit vergessen wurde. Am Ende einer Küstenstraße findest du dort ein kleines weißes Fischerhäuschen, sehr bescheiden, mit zerschlissenen Gardinen und einem faulenden Boot am Anleger davor. Doch im Inneren dieses Hauses wirst du einen großen Schatz finden: ein achtjähriges Mädchen namens Amica.«

Beatrice hielt inne, um von ihrem Tee zu trinken. Als sie die Tasse senkte, starrte sie Regen schweigend an.

»Und was dann?«, fragte er.

Beatrices Augen leuchteten auf. »Du wirst sie heiraten.«

Regens Brauen schossen in die Höhe. Es war die ausdrucksstärkste Emotion, die Brin je auf dem Gesicht des Zwerges gesehen hatte. Selbst wenn er betrunken war und sang, war ihm nicht mehr als ein Lächeln zu entlocken. »Ich soll eine Achtjährige heiraten?«

»Natürlich nicht sofort.« Beatrice warf ihm einen finsteren Blick zu. »Wenn sie älter ist.«

»Warum?«

»Amica ist meine …« Sie hielt inne, um nachzudenken, und zählte an den Fingern ab. »Ururenkelin. Ja, ich glaube, das ist richtig.«

»Sie ist deine … was?« Schock zeichnete sich auf seinen Zügen ab. »Ich dachte, Mideons Blutlinie wäre ausgestorben.«

»Nein, ist sie nicht.« Beatrice schüttelte langsam den Kopf. Sie beobachtete jede von Regens Reaktionen. »Und du wirst unsere Herrschaft neu aufleben lassen. Regen, du wirst König sein. Du wirst die Clans vereinigen und die einstige Größe der Belgriclungreianer wiederherstellen. Du, mein lange erwarteter Held, wirst ein Bündnis mit dem Ersten Imperium eingehen und uns endlich wieder stolz machen.«

»Du wirst mal König?« Moya schob ihre Unterlippe vor und nickte zustimmend. »Glückwunsch.«

»Hoffentlich wirst du besser als dieses Monster Gronbach«, warf Brin ein.

Regen schüttelte den Kopf. »Niemand wird mir glauben.«

»Oh, doch, das werden sie«, sagte Beatrice. »Vor allem, wenn du mit Lorillion wiederkehrst.«

»Mideons Schwert?«

Beatrice nickte. »Ganz genau.«

»Aber es ist verschwunden.«

»Richtig. Und wohin soll es verschwunden sein? Wird sich nicht erzählt, dass es Grabräuber waren?«

»Nein, es wurde bewiesen, dass die Grabkammer nie geöffnet wurde.«

»Aber sie haben ihn damit begraben, also wo kann es sein?«

Regen sah leicht pikiert aus. »Man sagt, dass der alte König so habgierig war, dass er einen Weg fand, es mit ins Nachleben zu nehmen.«

»Und das ist richtig.« Beatrice ging zu einer freien Wand und tippte einmal mehr mit ihrem Ring dagegen. Eine Schublade erschien. Sie zog sie auf und holte ein Schwert heraus. »Dies ist Lorillion – keine Replikation meiner Vorstellung, sondern das echte Schwert.«

Regen machte einen Schritt auf sie zu. »Wie ist das möglich?«

»Was weißt du über Lorillion, Regen?«

»Das, was jeder weiß. Es wurde von Meister Andvari Berling geschmiedet, aus einem Stück eines gefallenen Sterns.«

»Korrekt. Es gibt keine zweite Waffe wie diese.«

»Das erklärt aber nicht, wie die Klinge hierherkam.«

»Doch«, murmelte Roan, sodass sich alle zu ihr umdrehten.

»Und wie?«, fragte die Zwergenprinzessin breit grinsend.

»Was von Elan kommt, bleibt in Elan«, erklärte Roan. »Was zu Eton gehört, kommt nach Phyre. Was Teile von beiden in sich trägt, kann sowohl von den Lebenden als auch von den Toten berührt werden. Das Schwert ist wie der Schlüssel. Es kann in beiden Welten existieren.«

Beatrice nickte. »Sehr gut, meine Liebe, wirklich sehr gut. Andvari – der größte Handwerksmeister, den die Welt je gesehen hat – schmiedete Lorillion zu gleichen Teilen aus Metall aus Elan und den Überresten von Etons gefallenem Stern. Dies ist das wahre Schwert Mideons, und Regen wird es mitnehmen, wenn er dieses Reich verlässt.« Beatrice legte die Waffe zurück und ließ die Schublade wieder verschwinden.

»Warum gibst du es ihm nicht sofort?«, fragte Moya.

Beatrice sah ertappt aus. »Mein Vater weiß nicht, dass ich es habe, also könnte es schwierig werden, wenn er Regen damit sieht.«

»Glaubst du nicht, dass er wütend wird, wenn er es herausfindet?«

Beatrice lachte. »Er benutzt es nicht. Mein Vater bevorzugt seine große Axt. Das Schwert habe ich vor Jahrhunderten gestohlen, und es ist ihm noch nicht aufgefallen.« Sie sah Regen an. »Du kannst es abholen, bevor ihr diesen Ort verlasst. Und wenn du damit nach Elan zurückkehrst, werden alle wissen, dass du der rechtmäßige König bist.«

»Werden nicht alle glauben, dass Regen die Grabkammer ausgeräumt hat?«, fragte Moya. »Nur weil ein paar Leute behaupten, dass das Grab nie geöffnet wurde, heißt das nicht, dass alle seine Geschichte glauben werden.«

»Ja, aber vor Hunderten von Jahren gab es eine Prophezeiung über einen großen Helden, einen legendären Gräber, der in die Unterwelt reisen und das Schwert von Mideon von dort mitbringen wird. Es wurde vorausgesagt, dass der Held die lange verloren geglaubte Erbin Mideons heiraten und damit die Herrscherlinie der Belgreig-Könige wiederauferstehen lassen würde.«

»Das ist eine ziemlich genaue Vorhersage, wenn ihr mich fragt«, entgegnete Moya.

»Ich weiß, denn ich habe sie gemacht. Ich sorgte dafür, dass sie in eine Wand in Drumindor geschlagen wird.«

»Du hast sie aufgeschrieben?«, fragte Brin schockiert. »Du kannst schreiben? Und lesen?«

Beatrice schüttelte den Kopf. »Ich habe den Künstlern bei Hofe befohlen, die Geschichte in Form einer Wandmalerei anzufertigen. Ihr Rhunes seid nicht das einzige Volk mit Hütern.

Diese Geschichte wird seit Jahrhunderten von Generation zu Generation weitergegeben. Viele Belgriclungreianer kennen sie, und viele fragen sich, ob sie womöglich der vorhergesagte König sind. Wenn Regen unter der Darstellung des triumphierenden Helden steht und Lorillion in Drumindors Großer Halle in der Hand hält, wird es keinen Zweifel geben. Er wird die Wahrheit seiner und meiner Worte beweisen.«

»Aber selbst, wenn sie an die Prophezeiung glauben, wird es einige geben, die mich nicht allein aufgrund eines Schwertes und einer Vorhersagung akzeptieren werden.«

Beatrice nickte. »Aus diesem Grund nimmst du nicht Mideons Socken mit. Du wirst kämpfen müssen, um das Reich zu vereinen, aber dabei wirst du wissen, dass du am Ende siegen und der Erste Lord von Dumindor werden wirst. Dann wirst du Amica heiraten und ein Kind bekommen, das dein Erbe wird, sodass die Blutlinie Mideons wiederhergestellt ist. Daraus geht ein Silbernes Zeitalter für das belgriclungreianische Volk hervor. Für die nächsten tausendachthundertneunundsechzig Jahre werden die Lords von Drumindor mit Würde und Ansehen regieren, und jeder wird sich an deinen Namen erinnern. Regen der Große. Du wirst der einzige Herrscher in unserer gesamten Geschichte sein, dem dieser ehrenvolle Titel verliehen wird.«

Regen dachte eine Weile darüber nach, während er besorgt, beinahe ein wenig verängstigt aussah, was gar nicht typisch für ihn war. »Ist diese ... ist Amica hübsch?«

»Um ehrlich zu sein, ist sie ein hässliches kleines Ding mit übler Laune, aber Liebe wird sowieso überbewertet.«

Wäre Brin am Leben gewesen, hätte sie geschlafen.

Der Gedanke daran, wie schön das wäre, überkam sie, als sie die Wärme des Feuers und die Weichheit der Kissen am Boden spürte. Nach einer so langen Reise, nachdem sie so schnell gerannt war, nach ... *allem*, wollte Brin nichts lieber tun, als sich unter einer Decke zusammenzurollen, ihr Gesicht vor der Welt zu verstecken und sich in einen tröstlichen Schlaf zu flüchten. Doch wie die Sonne, die echten Sterne und ihr Herzschlag war selbst dieser kleine Trost weit fort. Brin vermisste es, am Leben zu sein. Zum ersten Mal, seit sie in den Tümpel gewatet war, fragte sie sich, ob sie die richtige Entscheidung getroffen hatte.

Wenn ich nicht mitgegangen wäre, säßen Tesh und ich wohl jetzt allein in unserem Zelt, würden Paderas Tod betrauern und uns fragen, was aus Moya und den anderen geworden ist. Würde es mir genauso schlecht gehen wie jetzt? Wahrscheinlich. Aber dann hätte ich wenigstens Tesh und könnte mich in den Schlaf flüchten.

Beatrice war gegangen, um zu sehen, wie weit ihr Vater und seine Verbündeten mit den Vorbereitungen gekommen waren. Das waren zwar ihre Worte gewesen, doch Brin vermutete, dass die Prinzessin ihnen eine Ruhepause gönnen wollte. Selbst tote Schatten brauchten Zeit, um nachzudenken und sich zu sammeln. Seit der Nacht im Sumpf waren sie ständig in Bewegung gewesen, und Brin erinnerte sich daran, dass sie in jener Nacht nicht gut geschlafen hatte.

Doch nun fiel ihr auf, dass es keine gute Idee war, zu viel Zeit zum Nachdenken zu haben. Sie saß allein in einer Ecke der Prinzessinnengemächer und begriff, dass ihr die ständige Bewegung gut getan hatte, obwohl sie erschöpft war und sich ihre Seele so substanzlos anfühlte wie nie zuvor. Keine Zeit zum Nachdenken zu haben war ein Geschenk gewesen, das sie nicht als solches erkannt hatte. Nun, da sie in einem warmen Raum auf weichen Kissen saß, konnte sie nichts anderes mehr tun, als zu denken. Und sie dachte nur an Tesh.

»Wie geht es dir?« Moya setzte sich neben sie. Auf seltsame Weise erinnerte sie Brin an Darby, den Hund aus ihrer Kindheit. Wann immer Brin traurig gewesen war, hatte Darby sich zu ihr gesellt und neben ihr zusammengerollt. Der Schäferhund hatte seinen Kopf auf ihren Knöchel gebettet, und Brin hatte ihm von ihren Sorgen berichtet. Er hatte gut getan, sich alles von der Seele zu reden.

»Nicht so gut.«

Moya zog die Knie an und legte Audrey darüber wie eine Brücke. Die Enden des Bogens reckten sich zu beiden Seiten wie Flügel.

»Moya? Wie hast du dich gefühlt? Als dein Bein zertrümmert und dann abgeschnitten wurde, meine ich. Ich weiß, dass du in Rel keinen Schmerz gespürt hast, aber als du durch das Tor gegangen bist ... war es ... schlimm?« In Brins flehender Stimme schwang die Hoffnung mit, Moyas Antwort würde ihr bestätigen, dass Tesh gerade nicht litt.

Moya lehnte den Kopf an die holzverkleidete Wand. Das gesamte Gemach war mit lackiertem Holz in der Farbe cremiger Butter dekoriert, weich und schlicht. Es war kein Prinzessinnengemach und auch nicht das Zimmer einer Frau, sondern eher das eines Kindes. Brin fragte sich, ob es hier immer so aussah oder ob Beatrice es für sie verändert hatte.

Moya runzelte die Stirn. »Ich weiß, was du von mir hören willst, Brin, aber ich weiß nicht, was besser wäre: die Wahrheit oder eine Lüge. Ich entscheide mich für die Wahrheit, weil du stark genug dafür bist. Du fühlst dich vielleicht nicht so, aber ich weiß, dass du es bist. In Rel fühlt man nichts. In Nifrel hingegen werden unsere Empfindungen verstärkt, fürchte ich. Die Zimtküchlein waren köstlich. Nichts hat mir jemals so gut geschmeckt. Aber so ist es auch mit dem Schmerz.«

Sie sah Brin mit von Herzen kommender Offenheit an. »Trotzdem. Es ist nicht alles schlecht hier. Mein Bein ist jetzt wieder heil. Tesh wird es schon herausfinden. Er weiß, dass er sich heilen kann. Und natürlich kann er kein zweites Mal sterben, nicht wahr? Er wird auf dich warten. Auf dem Rückweg können wir ihn –«

»Ich gehe nicht weiter.« Brin traf die Entscheidung, während sie die Worte aussprach. »Ich muss nach ihm suchen. Nicht erst auf dem Rückweg, sondern sofort.«

»Das kannst du nicht, Brin. Da draußen herrscht Krieg. Das weißt du doch.«

Obwohl das Donnern innerhalb der Mauern gedämpft klang, konnte Brin es immer noch hören. Die Explosionen hatten nicht aufgehört.

»Wenn die Schlacht geschlagen ist, gehe ich ihn suchen. Sie können sich nicht ewig bekriegen.«

Moya starrte sie schockiert an. »Brin, wir sind hier in Nifrel. Natürlich können sie ewig kämpfen, und höchstwahrscheinlich werden sie das auch tun. Außerdem müssen wir weiter nach Alysin.«

»Wie, Moya? Wie soll ich weiterreisen? Ich kann ihn doch nicht zurücklassen … Er ist für mich gestorben. Nicht nur einmal, sondern zweimal. Er ist in den Tümpel gegangen.« Brin atmete tief ein und hielt sich eine Hand vor den Mund, um ihre zitternden Lippen zu verbergen. »Er hat gesagt … Er hat gesagt, er hätte es getan, um den Schmerz loszuwerden, aber das glaube ich ihm nicht. Er war so darauf versessen, Rache zu nehmen, und dann hat er das einfach aufgegeben – für mich.«

»Also hat Mieks die Wahrheit gesagt?« Moyas Züge wurden hart.

Brin nickte.

»Wie hast du es herausgefunden?«

»Tesh hat es mir gesagt. Er hat es zugegeben, als er versuchte, mich davon abzuhalten, in den Tümpel zu gehen. Tesh hat sie alle getötet – einen Galantianer nach dem anderen. Aus Rache.« Sie senkte den Blick, und ihre Stimme wurde leiser. »Ich glaube, dass er deshalb mit in den Sumpf gekommen ist und nicht wollte, dass ich euch begleite. Hätte sich die Gelegenheit ergeben, dann hätte er, glaube ich, auch Tekchin zu töten versucht.«

Brin nahm Moyas Hände. »Bitte, Moya, hasse ihn nicht. Er hat einen Grund. Es waren nicht einfach irgendwelche Fhrey, die Dureya und Nadak zerstört haben. Es waren Nyphron und seine Galantianer. Ich weiß, dass du Tekchin liebst, aber er war daran beteiligt. Tesh hat sie gesehen – sie alle. Sie haben das ganze Dorf abgeschlachtet, alte Männer, Frauen und Kinder. An Tekchins Händen klebt auch Blut. Genau wie an Teshs.«

»Nyphron hat gesagt, er war der Einzige, der sich dem Fhan *widersetzt* hat – dass er und die Galantianer die einzigen Instarya waren, die keine Rhunes getötet haben.«

»Es gab keinen solchen Befehl, Moya. Nur Dureya und Nadak wurden angegriffen. Sie wurden geopfert, um uns alle davon zu überzeugen, dass wir kämpfen müssen. Der Fhan wollte diesen Krieg nie. Nyphron wollte ihn.«

»Willst du mir damit sagen, dass Nyphron den Krieg *angezettelt* hat?« Moya wiegte sich vor und zurück.

Brin sah ihr in die Augen. »Ich … glaube schon, ja. Er will Rache am Fhan üben, aber sein Gott verbietet es ihm, andere Fhrey zu töten, also hat er uns dafür benutzt. Er hat unsere Hände mit Blut besudelt, damit seine sauber bleiben konnten.«

Moya hielt in der Bewegung inne und starrte Brin an. »Und Tesh wusste es die ganze Zeit und hat niemandem etwas gesagt? Nicht mal Persephone? Wenn er den Mund aufgemacht hätte, anstatt auf einen persönlichen Rachefeldzug zu gehen, hätte sie vielleicht …« Moya schüttelte den Kopf. Ihr Blick huschte durch den Raum, während sie alles zu verarbeiten schien. »Oh, Brin … sie sind verheiratet und haben ein Kind!«

Brin schloss die Augen und Tränen rannen ihr über die Wangen. Moya hatte recht. Seit sie von Teshs Taten erfahren hatte, hatte Brin nicht die Zeit gehabt, darüber nachzudenken, was das alles wirklich bedeutete. Nun, da sie es begriff, fühlte sie sich überwältigt und verloren.

Moya legte ihre Arme um sie und zog Brin an sich. »Scht, scht, Brin, es ist schon gut. Alles ist gut.« Sie strich ihr übers Haar, während die beiden sich hin und her wiegten. »Tu dir das nicht selbst an. Du hättest es nicht wissen können.«

»Meine Mutter hatte recht … die Welt ist zerbrochen. Es ist wie eine Lawine, die immer größer wird und jeden noch so kleinen Stein in Bewegung bringt. Lothian hat Nyphrons Vater brutal ermordet, also begann Nyphron einen Krieg gegen ihn. Bevor Tekchin dich kannte, glaubte er, Rhunes wären nicht viel mehr als Tiere, also dachte er nicht weiter darüber nach, als er den Befehl seines Freundes erhielt. Tesh glaubte, es wäre seine Pflicht, seine Familie zu rächen, und nun hat Persephone ein Kind mit dem Mann, der für Tausende Tote unseres Volkes verantwortlich ist. Wann hört es auf? Sollten wir zu Persephone zurückkehren … und ihr die Wahrheit sagen? Oder wird das alles nur noch schlimmer machen? Wird es zu einem weiteren Stein werden, der ins Rollen kommt und alles mit sich reißt?«

»Damit würden wir sie vor eine unmögliche Entscheidung stellen«, sagte Moya. »Sie könnte seine Taten nicht ignorieren, aber Nyphron hat sich gleichzeitig als zu gefährlich herausgestellt, um ihn einzusperren oder ins Exil zu schicken. Also, was kann sie tun? Den Vater ihres Kindes hinrichten lassen? Würde das nicht zu einem Kampf um die Macht unter den Clans führen? Und wie können wir diesen Krieg ohne militärische Führung gewinnen? Oh, ich weiß auch nicht …« Moya wurde nun ebenfalls von Schluchzern übermannt.

Sie hielten sich aneinander fest, wiegten sich gegenseitig. Brin wusste nicht, wie lange sie so dasaßen. Als sie schließlich wieder denken konnte, setzte sie sich auf und wischte sich über die Augen. »Ich liebe ihn immer noch, Moya. Mari möge mir vergeben, aber ich liebe ihn. Trotz allem, was er getan hat. Ich kann nicht anders.«

Moya nickte traurig. »Mir geht es mit Tek genauso.« Sie legte beide Hände an Brins Wangen und beugte sich vor, bis sie deren Stirn mit ihrer berührte. »Tesh und Tekchin sind eindeutig nicht die schärfsten Zähne im Maul eines Wolfes, aber die Frauen, die sie lieben, sind es auch nicht.«

Beatrices Bett bestand aus Stein und hatte die Form eines riesigen Schlittens. Die Matratze war bequem, darauf lagen bunte Kissen, zwei Puppen und ein Stoffdrache. Die Decke war hellgelb. Ein Schwarm Hüttensängervögel und ein Berggipfel waren darauf gestickt.

Warum hat sie überhaupt ein Bett?, dachte Gifford. *Schläft man in Nifrel?*

Als Brin zu weinen anfing und Moya sich neben sie setzte, hatten Gifford und Roan die anderen leise in das angrenzende Schlafzimmer geführt, um ihnen etwas Privatsphäre zu verschaffen. Nun drückten sie sich an der Tür herum. Niemand wagte es, sich auf das Bett zu setzen.

Die Wände waren voller Regale mit hübschen Glaskugeln, die kleine Landschaften in einer Flüssigkeit enthielten: ein winziger Berg, ein Haus, Zwerge, die durch einen Wald spazierten. Gifford nahm eine Kugel in die Hand, und anhand der Bewegung rieselte auf einmal Schnee durch das Innere. »Ist euch auch aufgefallen, wie … na ja, kindlich hier alles ist?« Gifford deutete auf das Schlafzimmer. »Für eine Seherin, die von so vielen wichtigen Leuten in Mideons Halle respektiert wird, kommt es mir seltsam vor, dass ihr Schlafzimmer …«

»An eine Kinderstube erinnert?«, beendete Tressa seinen Satz. Sie nahm auf der Truhe am Fußende des Betts Platz, auf der ein mit Quasten versehenes Kissen lag.

Roan setzte sich auf den Boden, steckte sich eine Haarsträhne in den Mund und kaute darauf herum.

»Nicht ganz, aber es wirkt schon sehr mädchenhaft«, sagte Gifford. »Vielleicht ist sie jung gestorben.«

»Das ist sie«, sagte Regen. »Der Legende nach sah sie aus wie ein Kind, als Mideon sie einem Bräutigam versprach. Sie waren im Begriff, den Krieg zu verlieren, und brauchten ein starkes Bündnis. Viele glauben, er habe sie für Waffen verschachert.«

»Ganz so jung kann sie nicht gewesen sein, wenn sie eine Tochter hatte«, warf Tressa ein.

»Einige würden dir widersprechen«, sagte Regen. »Sie starb bei der Geburt.«

»Wie lange sollen wir hier drin bleiben?«, grummelte Tressa. »Es ist ein bisschen eng für uns vier. Regen hat nicht mal Platz, um ordentlich auf und ab zu gehen, und sein halbherziger Versuch nervt mich langsam.«

Regen blieb stehen und runzelte die Stirn. »Es hilft mir beim Denken.«

»Ach ja? Es macht mich kribbelig.«

»Moya ist hier«, murmelte Roan, während sie auf ihrem Haar kaute.

Die anderen sahen sie verblüfft an. Moya war immer noch bei Brin. Gifford hörte die beiden flüstern und schluchzen.

»Sie ist nicht hier, Roan, sondern im Nebenzimmer.«

»Ja ... Ja, das ist sie.« Roan schüttelte langsam den Kopf und schob eine Hand auf ihren Mund zu. »Die arme Brin.«

Gifford blickte die anderen an und fragte sich, ob jemand Roan verstand. Es sah nicht so aus. »Was ist denn los, Roan?«

»Moya und Tesh«, sagte sie. »Sie sind uns nach Nifrel gefolgt.«

»Aber das ist doch eine gute Sache, oder?«

Roan schüttelte den Kopf. »Sie hatten den Schlüssel nicht bei sich.«

Auf den Zügen der anderen zeichnete sich nun Verständnis ab.

»Wie haben sie es dann geschafft?«, fragte Gifford.

»Weil sie hierhergehören«, erklärte Roan. »Alle kommen über den Fluss zum Tor von Rel. Jene, die ihr Nachleben in Nifrel führen, folgen der Weißen Steinstraße hierher und können das Tor passieren.«

»Aber nur die Bösen«, sagte Tressa traurig. »Bei Moya verstehe ich es, aber ich dachte, dass Tesh – «

»Nifrel ist nicht nur für böse Leute«, sagte Gifford, als er sich an Fenelyus' Worte erinnerte. »Sondern für ehrgeizige, unerschrockene, mutige. Das ist gut, denn es bedeutet, dass Tekchin es ebenfalls durch das Tor schaffen müsste. Er wird uns finden.«

Roan nickte. »Ja, das wird er, und das ist erst mal gut, und ich freue mich für Moya. Aber wenn das alles vorbei ist und wir wirklich sterben – also für immer nach Phyre kommen –, wird Brin nach Rel gehen.«

»Aber das ist doch gut, oder nicht?«, fragte Gifford. »Sie wird bei ihrer Familie sein.«

Roan warf einen Blick zur Tür, hinter der Moya und Brin weinten. »Sie wird nicht mit Tesh zusammen sein. Du und ich, Moya und Tekchin, wir werden unsere Ewigkeiten miteinander verbringen, aber Brin … Sie wird ihn nie wiedersehen.«

Als alle das Ausmaß von Roans Entdeckung erkannten, sahen sie zur Tür, lauschten dem Schluchzen der beiden Frauen.

»Na gut, das ist wirklich verzwickt«, sagte Tressa.

19

OPFER

———◆———

Ich dachte immer, dass unendlich viele Drachen den Himmel über Rhulyn verdunkeln würden, sobald Suri dem Fhan das Geheimnis verriete. Doch ich war in jener Nacht nicht in der Schmiede, deshalb verstand ich es nicht.

– Das Buch Brin

»Es soll eine Auslosung geben.« Imaly schrie die Worte laut heraus. Im Airenthenon wäre dies nicht nötig gewesen, doch darin hätten sie nicht die riesige Anzahl der versammelten Leute unterbringen können. Imaly stand auf der Treppe vor dem Airenthenon und richtete sich an die Menge, die sich auf dem Florella-Platz versammelt hatte. Mawyndulë war sich nicht sicher, ob sie sie auch wirklich hören konnten. Doch die Stille, die auf Imalys Worte folgte, beantwortete seine Frage.

Mawyndulë stand unter ihr, jedoch eine Stufe über den übrigen Mitgliedern des Aquila, die sich ebenfalls auf der Treppe versammelt hatten. Vidar war unter ihnen, doch er hatte keinen Jungrat bei sich. Es hielten sich nur noch so wenige Miralyith in der Stadt auf, dass sie keine entbehren konnten. Mawyndulë war der Einzige, und Vidar hatte ihn abgelehnt. Der Prinz starrte auf den grauen Hinterkopf seines ehemaligen Mentors hinab.

Ein weiterer politischer Fehler, du Narr. Wenn diese Krise vorbei ist, werde ich meinen Vater daran erinnern, dich zu ersetzen.

»Es wird Ausnahmen geben«, verkündete Imaly in die entsetzte Stille hinein. »Selbstverständlich wird der Prinz von der Auslosung ausgenommen, ebenso wie die Mitglieder des Aquila.«

Eine tiefes Murmeln ging durch die Menge. Es waren keine Worte, sondern Keuchen und Stöhnen, und leises Wimmern aus den Reihen der Jungräte, die nicht an dem Treffen am Vortag teilgenommen hatten. Niemandem gefiel die Entscheidung, doch niemand lehnte sich auf, obwohl es doch um ihr eigenes Überleben ging. Mawyndulë war überrascht. Die Mitglieder des Aquila waren bekannt für ihre unverschämte Kritik an den Befehlen des Fhans. Doch an diesem Morgen schwiegen sie.

Harte Zeiten. Harte Maßnahmen.

Diese Worte hatte sein Vater benutzt, als er den Mitgliedern des Aquila persönlich erklärt hatte, dass Opfer gebracht werden mussten. Das war am Tag zuvor im kleinen Kreis geschehen, doch heute waren alle Bürgerinnen und Bürger Estramnadons eingeladen worden. Der gesamte Platz war voller Leute, die erfahren wollten, wie ihr Schicksal aussehen würde. Der Fhan hatte gelernt, wie man Drachen erschuf, doch dafür würde ein hoher Preis gezahlt werden müssen. Für jeden Drachen musste ein Fhrey-Leben geopfert werden. Alle wollten erfahren, wer das erste Opfer sein würde.

»Außerdem sind Palastangestellte ausgenommen sowie …« Imaly zögerte. »… alle Miralyith.«

Die Menge brüllte auf vor Wut. Sie schüttelten die Fäuste und stampften auf den Boden.

Imaly machte keine Anstalten, sie zu beruhigen. Sie wartete. Ein Wort durchdrang das aufgeregte Stimmengewirr. Es kam von einem Gwydry, der weit hinten stand. »Warum?«, fragte er. »Es ist nicht gerecht, dass der Fhan seine eigene Sippe von der Auslosung ausnimmt.«

»Die Miraylith werden im Krieg gebraucht«, antwortete Vidar mit dem Selbstbewusstsein einer Person, die gerade zweifach begnadigt worden war. »Würden sie nicht den Fluss bewachen, würden wir alle sterben. Vergesst nicht, dass die Rhunes nach unserem Blut lechzen. Sie sind wilde, unzivilisierte Barbaren, die unsere Kinder schänden und sich an unserer Schmach weiden werden. Sie werden jeden Einzelnen von uns abschlachten. Langsam und auf monströse Weise. Sie werden uns aufschneiden, uns bei lebendigem Leib über ihren Feuern kochen und mit dem Diebesgut vom Tisch des Fhans auf ihren Sieg anstoßen – mit dem Blut unserer Söhne und Töchter. Wenn ihr in einem Holzhaus erfrieren würdet, dann würdet ihr doch auch nicht die Wände, sondern zuerst die Möbel verbrennen.«

Mawyndulë runzelte überrascht die Stirn. Vidars Worte ergaben tatsächlich Sinn. Obwohl Mawyndulë es als leicht beleidigend empfand, dass er die Miralyith mit Möbelstücken verglichen hatte.

»Als Mitglied des Aquila und Vorsteherin der Nilnydd bin ich nicht unparteiisch«, sagte Imaly. »Es gibt nicht viele hier, die von sich behaupten können, unvoreingenommen zu sein. Und noch weniger, denen man eine solch belastende Aufgabe guten Gewissens überlassen könnte. Aus diesem Grund bitte ich Mawyndulë, den Prinzen von Erivan und Sohn unseres Fhans Lothian, den ersten Namen zu ziehen. Ich glaube, er ist die einzige Person, in die wir unser Vertrauen setzen können.«

Daraufhin schnaubte Vidar äußerst respektlos, was sich sehr danach anhörte, als stimmte er ihr nicht zu.

Schaufel dir nur weiter dein Grab, alter Fhrey.

Imaly deutete mit ausgestreckten Armen auf Mawyndulë. »Werdet Ihr uns helfen, Prinz?«

Langsam stieg er die wenigen Stufen zu ihr hinauf. Alle Ratsmitglieder applaudierten. Vidar ließ sich als Letzter dazu herab, und die Geste war alles andere als enthusiastisch. Auf dem Platz tat die Menge ihre Zustimmung durch lautes Klatschen kund.

Als Mawyndulë den obersten Treppenabsatz erreichte, wurde ihm eine Urne der Größe eines Fasses gebracht. »Die Namen der infrage kommenden Bürgerinnen und Bürger Estramnadons befinden sich in dieser Urne. Seine Hoheit wird nun einen dieser Namen ziehen.«

Mawyndulë wandte sich dem Gefäß zu. Am unteren Rand war sie mit geometrischen Mustern verziert, um den Hals zog sich das Bild einer fliegenden Gans. Er kannte es gut. Die Urne hatte viele Jahre im Talwara gestanden. Als Kind hatte er oft Spielzeug darin versteckt. Mithilfe der Kunst hatte sein Vater die Urne nun mit kleinen Steinen gefüllt, auf denen die Namen all jener standen, die an der Auslosung teilnahmen. Als Mawyndulë hineinschaute, sah er Tausende Kiesel. Zunächst bewunderte er seines Vaters Fähigkeit, all die Namen zu behalten. Doch dann wurde ihm klar, wie wenige es eigentlich waren.

Sind das etwa alle, die in der Stadt zurückgeblieben sind?

Es musste weitere Tausende in den Städten und Dörfern außerhalb geben und tiefer in den Wäldern im Osten.

Oder vielleicht sind das wirklich alle.

Der Gedanke versetze ihm einen Stich.

Was, wenn diese Steine alle noch lebenden Fhrey repräsentieren, außer die wenigen verbleibenden Miralyith und die Mitglieder des Aquila?

Es war nicht unmöglich, aber der Gedanke entsetzte ihn.

Wie nah ist unser Volk seiner Auslöschung tatsächlich?

Mit diesem Gedanken im Hinterkopf steckte Mawyndulë eine Hand in die Urne und wühlte in den Steinen herum. Selbst winzige Kiesel waren schwer, wenn sie in Massen daherkamen. Mawyndulë hielt seinen Kopf hoch und schaute in Richtung der Fresken von Gylindora und Caratacus. Dann schlossen sich seine Finger um einen Stein und zogen ihn heraus.

Ohne ihn anzusehen, übergab er ihn an Imaly. Sie nahm ihn mit ernster, ehrfürchtiger Miene entgegen, als hätte er gerade das Herz eines unschuldigen Kindes aus dessen Brustkorb geholt.

Vielleicht habe ich das sogar.

Imaly hielt den Stein zwischen zwei Fingern und präsentierte ihn den Versammelten. »Hat irgendjemand etwas an dieser Entscheidung auszusetzen?«

Köpfe wurden geschüttelt, doch niemand sprach ein Wort.

»Die Person, die ich nun verkünde, wird als großer Held gefeiert werden, der sein Leben gibt, um uns alle zu retten.« Imaly hielt sich den Stein vors Gesicht. Sie nickte mit finsterer Miene. »Amidea von den Gwydry.«

Ein Schrei ertönte aus der Menge. Köpfe drehten sich. Alle fuhren herum. Wachen waren bereits zur Stelle – Palastwachen.

Amidea war mittleren Alters, wahrscheinlich in ihrem tausendfünfhundertsten Lebensjahr, eine schlanke Arbeiterin mit geflochtenem Haar und entsetztem Blick. Sie schrie und schrie, trat mit den Beinen aus, als die Soldaten mit den Löwenhelmen sie abführten. Einer ihrer Zöpfe löste sich während des Kampfes. Doch nachdem sie sie vom Platz gezerrt hatten, gab sie auf, ließ sich schlaff herabfallen, sodass ihre Füße über den Marmorboden schlurften.

Schweigen senkte sich über die Menge, doch die Atmosphäre war spürbar lockerer als zuvor. Erleichterung. Die Hand des Todes hatte jemand anderen aus ihrer Mitte gepflückt.

Imaly hasste sich, doch gleichzeitig verspürte sie Erleichterung. Die Auslosung hätte jeden treffen können und sie kannte viele Leute. Amidea kannte sie nicht. Sie war eine Gwydry, eine gewissenhafte Arbeiterbiene, die nicht im selben Stock schuftete wie die Kuratorin des Aquila. Die Gwydry befanden sich am Rande der Gesellschaft, obwohl es nie so vorgesehen gewesen war. Gylindora hatte sich eine Welt vorgestellt, in der alle gleich waren, doch sie hätte sich ebenso gut eine Realität erträumen können, in der Öl sich in Wasser auflöste und Sahne nicht an die Oberfläche stieg.

Vielleicht war Amidea eine wundervolle Person, gütig, liebenswürdig und immer zur Stelle, wenn ihre Nachbarn Hilfe brauchten. Doch Imaly wollte sie sich nicht so vorstellen. Sie wollte lieber glauben, dass Amidea eine furchtbare Person war. Vielleicht hatte Ferrol sie aus einem bestimmten Grund gewählt. Womöglich trat Amidea heimlich nach Hunden, wenn sie an ihnen vorbeikam, und folterte Eichhörnchen. Dann wäre das alles in Ordnung, oder zumindest annehmbarer.

Ich bin so verlogen, dachte Imaly, während sie durch den leichten Schnee nach Hause ging, der kaum auf den Straßen liegen blieb. Ihr Leben bestand darin, vor Publikum zu sprechen, zu diskutieren, manchmal sogar Dingen Sinn zu verleihen, die eigentlich keinen Sinn ergaben. Stets benutzte sie Logik als Werkzeug, selbst wenn sie ihre Argumentation auf ein Fundament aus Sand bauen musste. Sie war so gut darin, dass es ihren Zuhörern trotzdem so vorkam, als stünden ihre Argumente auf festem Grund. Imalys größtes Talent war es schon immer gewesen, Leute von etwas zu überzeugen. Das Problem war, dass sie all ihre eigenen Tricks kannte – sie konnte sich nicht selbst an der Nase herumführen.

Das ist alles meine Schuld. Ich habe Suri dazu gebracht, Lothian das Geheimnis zu verraten, obwohl ich wusste, dass Unschuldige sterben würden. Ich dachte, es wäre die richtige Entscheidung, aber der Anblick der schreienden, sich wehrenden Amidea …

Blut klebte nun an ihren Händen. Und vor dem Ende würde noch viel mehr dazukommen.

»Wer ist es?«, fragte Makareta, als Imaly in ihr überfülltes Haus trat.

Früher einmal hatte sie hier Trost in der Einsamkeit gefunden. Nun wohnte sie mit einer starrköpfigen jungen Fhrey und einer rhunischen Miralyith zusammen.

Das Leben ist absurd.

»Eine Gwydry«, antwortete sie, während sie ihren Umhang an einen Haken neben der Tür hängte. Sie sah nicht genau hin, sodass er stattdessen zu Boden fiel. Imaly starrte den Haken an, als hätte er sich mit dem Rest der Welt gegen sie verbündet. Sie ließ den Umhang am Boden liegen und ging zum Kamin, in dem ein sterbendes Feuer brannte. Im Haus war es kalt. Anscheinend war es zu viel von Makareta verlangt, Feuerholz nachzulegen.

In Ferrols Namen! Das würde ja bedeuten, sie müsste etwas Nützliches mit ihren Händen anstellen.

»Wie heißt sie?«, fragte Makareta. Sie klang besorgt, als hätte es sie treffen können. Was seltsam war, da sie sowieso bereits zum Tode verurteilt worden war.

Imaly hob eine Augenbraue. »Liegt dir etwa eine Gwydry am Herzen?«

Da tauchte Suri auf. Sie trug Imalys blaue Asika, die sie mittlerweile für sie umgenäht hatten, und kam aus Imalys Leseecke. Die junge Rhune zog es vor, an den großen Fenstern zu sitzen. Trotz Imalys ursprünglicher Angst, dass sich beiden mächtigen Künstlerinnen aus verschiedenen Kulturen nicht verstehen würden, standen die beiden sich mittlerweile so nahe wie Schwestern. Sie schienen sich beruhigend aufeinander auszuwirken.

»Wie heißt sie?«, wiederholte Makareta.

»Amidea.«

Makareta dachte einen Augenblick nach und schüttelte dann den Kopf. »Ich kenne sie nicht.«

»Das hätte ich auch nicht erwartet.« Imaly rieb sich über die Arme, in dem Versuch, sich zu wärmen.

Suri lauschte ihrem Gespräch. Ihre von seltsamen Zeichen bedeckten Brauen zogen sich vor Sorge zusammen. »Kennt *der Fhan* denn die Person, die geopfert werden soll?«

Imaly nahm ein Holzscheit aus der Kiste neben dem Kamin und legte es auf. »Das glaube ich nicht. Ich meine, er hat vielleicht von ihr gehört. Habe ich zumindest. Auch ihr Gesicht habe ich schon einmal gesehen. Nach ein paar Jahrhunderten kennt man so gut wie jeden, aber wen man nicht oft sieht, vergisst man schnell. Trotzdem bezweifle ich, dass der Fhan Amidea kennt.

Ich kann mir nicht vorstellen … Ich meine, wie schwer muss es sein, jemanden hinzurichten, den man persönlich kennt?«

»Suri?«, fragte Makareta so besorgt, dass Imaly sich zu ihr umdrehte.

Die Rhune rannte zur Tür, riss sie weit auf und eilte hinaus.

»Suri!«, rief Imaly. »Was hast du vor?«

Suri rannte, so schnell sie konnte.

Schnee fiel, also musste es wohl kalt sein, doch sie spürte es nicht. Die Welt war hell und auf verschwommene Weise farblos, doch es fiel ihr kaum auf. Sie flitzte zum Palast – dem einzigen, von dem sie wusste. Suri vermutete, dass sie den Fhan dort antreffen würde. Wenn sie sich einen Moment genommen hätte, um nachzudenken, wäre sie darauf gekommen, dass der Fhan sicher keinen Drachen in einem Gebäude erschaffen wollte. Doch sie war sich sicher, dass er es sofort tun würde. Es wäre grausam, das Opfer warten zu lassen. Suri hatte zwar keine hohe Meinung von Lothian, doch sie glaubte nicht, dass er so tief sinken würde.

Sie schaffte es nicht bis zum Palast.

Ein in Blau und Gold gekleideter Fhrey fing sie ab, bevor sie den großen Platz erreichte, der von vielen Soldaten bewacht wurde. Würden sie sie schlagen, ihren Frust an der einzigen Rhune in der Stadt auslassen? Aus diesem Grund hatte Imaly ihr geraten, nicht nach draußen zu gehen, doch Suri musste es versuchen.

Mit festem Griff hielt der Soldat sie am Handgelenk fest, versuchte allerdings nicht, ihr anderweitig wehzutun.

»Lass mich los!«, rief sie, und zu ihrer Überraschung gehorchte er.

»Du darfst hier nicht durch.« Der Fhrey schubste sie zurück. »Auf Befehl des Fhans wurde der Platz abgeriegelt.«

Sie verfolgte, wie er eine Grimasse zog und sich die Hand, mit der er sie gepackt hatte, am Oberschenkel abwischte.

Es liegt an meiner Asika. Er hat gerade erst erkannt, wen er da berührt hat.

Vom Platz ertönte ein furchterregender Schrei. Die Wache drehte sich um, und Suri huschte an ihm vorbei. Sie sprang über eine immergrüne Hecke und ein paar Steinbänke, doch als sie aufschaute, erkannte sie, dass sie zu spät kam.

Der Fhan stand in der Mitte des Platzes. Seine cremefarbene Asika war am Kragen und um die Ärmel mit blutigen Handabdrücken besudelt. Mit dem Ärmel wischte er sich Spritzer aus dem Gesicht, was ihm nicht recht gelingen wollte. Zu seinen Füßen breitete sich eine überraschend große Blutlache aus. Darin lag eine Leiche, auf ihrer Brust ein Schwert.

»Du hast mich angelogen!«, brüllte der Fhan, als er Suri sah.

Da erreichte sie der Wachmann. Er versuchte, sie fortzuzerren, hielt jedoch inne, als er das viele Blut sah.

»Nein, habe ich nicht«, antwortete Suri dem Fhan, so gefasst sie es in Gegenwart der Leiche vermochte. »Ihr habt mir nicht richtig zugehört!«

»Wo ist der Drache? Es gibt keinen Gilarabrywn! Nichts ist passiert! Nichts! Ich habe alles getan, was du gesagt hast, habe es fast gespürt, aber ich konnte die tief liegenden Fäden nicht erreichen.«

Suri riss sich von der Wache los, die sie nicht weiter aufhielt. Den Blick auf die Leiche geheftet, machte sie einen Schritt nach vorn. Die Fhrey lag auf dem Bauch, Arme und Beine ausgestreckt. Sie trug keine Asika, nur eine einfache Bluse und eine Weste, die mit hübschen Blumen bestickt war. »Wer war sie?«

»Was?«, fragte Lothian.

»Die Fhrey, die Ihr getötet habt.« Suri deutete auf sie. »Wer war sie?«

Er schüttelte den Kopf. »Was macht das für einen Unterschied?«

»Es ist wichtig! Ich habe es Euch doch gesagt, aber Ihr habt nicht zugehört. Wisst Ihr überhaut, wie sie hieß?«

Der Fhan warf der Leiche einen flüchtigen Blick zu. »Amidea, glaube ich.«

»Ihr glaubt es? Also habt ihr sie nicht geliebt?«

Der Fhan sah verwirrt aus.

»Ich habe Euch doch erklärt, dass es ein Opfer sein muss!«

»War es doch! Ich habe eine meiner Untertanen getötet!«

Suri schüttelte den Kopf. »Wie schwer kann das schon gewesen sein, wenn Ihr nicht mal ihren Namen kanntet?«

»Wie kannst du es wagen –«

»Es war sicher keine leichte Sache, aber die Macht, die es braucht, um einen Gilarabrywn zu erschaffen, ist selbst größer als die, die in Avempartha generiert wird. Das schafft man nicht durch Unwohlsein oder Reue. Ich sagte doch, dass es einem *das Herz zerreißen* muss. Das passiert nicht, wenn man eine Fremde tötet. Nicht einmal bei einer Bekannten würde es funktionieren. Um es richtig zu tun …« Suris Stimme brach, und sie presste sich eine Hand auf den Mund, als sich ihre Kehle zuschnürte. Ihre Lippen zitterten, und ihre Sicht verschwamm.

»Es muss *beide* töten – die andere Person und auch einen Teil von der Person, die das Webmuster knüpft. Ihr opfert einen Teil Eurer selbst. Danach werdet Ihr nie wieder ganz sein. Es geht um den Verlust. Das Opfer erbringt Ihr genauso wie die andere Person. Um es zu schaffen, um die benötigte Kraft freizusetzen, müsst Ihr jemanden töten, der *Euch* etwas bedeutet. Jemanden, den Ihr liebt – für den Ihr sterben würdet. Es muss schlimmer wehtun, als alles, was Ihr bisher erlebt habt, sodass Ihr Euch nie wieder so fühlen möchtet.«

Der Fhan starrte sie immer noch an, doch sein Blick war jetzt nicht mehr hasserfüllt. Das Misstrauen und der Zorn verschwanden. Er ließ den Blick über den Platz, dann über seine blutbesudelten Hände schweifen. Dann nickte er langsam. »Ja … ja …« Er nickte weiter. »So funktioniert es. Der Tod, der Schmerz, die Qual – natürlich.«

Da war keine Freude in seiner Stimme, kein Sieg, den er in dieser Erkenntnis bejubelte.

Der Schnee fiel stärker, dichte Flocken an einem windstillen Nachmittag. Die kleine Welt, in der Suri und der Fhan standen, wurde zu einem stillen Ort.

Der Fhan wandte sich Suri zu. Zum ersten Mal sah er sie an, als wäre sie eine Person. »Es gibt nicht viele, die mir etwas bedeuten und die zu verlieren ich mir leisten kann.«

Suri nickte. »Jetzt wisst Ihr, warum Ihr es nur mit *einem* Drachen zu tun habt.«

20

IN DER GEGENWART
VON LEGENDEN

————•◆•————

Tesh war immer mutig, entschlossen und unbesiegbar im Kampf gewesen. Doch er war noch nie gegen einen Gott angetreten. Von den fünf Geschwistern war Ferrol – Etons und Elans drittgeborene Tochter, Herrscherin der Finsternis, Göttin der Fhrey, Herrin der Verdammten und Königin des Weißen Turms – die Letzte, mit der sich irgendjemand anlegen wollte, selbst Tesh nicht.

– Das Buch Brin

»Der Sieg hat seinen Preis.«

Draußen wurden wieder die Trompeten geblasen, und Tesh stellte sich vor, wie die Fhrey bereits im unteren Innenhof kämpften. »Können wir dieses Gespräch nicht später führen?«

»Nein, können wir nicht. Tesh, wenn – falls mir etwas zustößt, wirst du der letzte Dureyaner sein. Du solltest dafür sorgen, dass unser Volk nicht mit dir ausstirbt. Du magst Brin, oder?«

»Ich glaube wirklich nicht, dass jetzt der richtige Zeitpunkt … Hör mal, ich muss wirklich runter zum –«

»Jetzt ist der perfekte Zeitpunkt, weil ich nicht will, dass du auch nur in die Nähe des Kampfes kommst.«

»Was? Das kannst du nicht ernst meinen! Du hast mich schon letztes Mal aufgehalten – dabei kann ich doch helfen!«

»Du hilfst mehr, wenn du diese Nacht überlebst.«

»*Was willst du von mir? Soll ich mich etwa irgendwo verkriechen?*«, explodierte Tesh. »*Das ist doch bescheuert. Ich kann –*«

»*Ich will, dass du zum Kype gehst und Brin beschützt.*«

Tesh erinnerte sich an seinen Traum, und ein Teil seines Zorns verflog.

»*Und wenn diese Schlacht geschlagen ist*«, sagte Raithe, »*will ich, dass du eine Familie gründest. Zieh Kinder groß und leb ein gutes, glückliches Leben – irgendwo, wo es sicher und grün ist, wie zum Beispiel auf einem Hügel, von dem aus man einen Blick auf den Fluss Urum hat. Ich will, dass du tust, was ich nie konnte.*«

Warum erzählt er mir das alles gerade jetzt?

Tesh bemerkte, dass die anderen sie beobachteten, besonders Suri und Malcolm. Auf den Wangen des tätowierten Mädchens glitzerten Tränen. »*Warum – ?*«

»*Du hast besondere Gaben und du hast gelernt, sie zu nutzen, aber sie sollen nicht dein ganzes Leben beherrschen. Dureyaner waren immer als Krieger bekannt, aber du musst das ändern. Versprich mir, dass du etwas Gutes tun wirst, dass du deinem Leben mehr Sinn geben wirst, als immer nur zu töten.*«

»*Worum geht es hier eigentlich?*«

»*Versprich es mir.*«

»*Aber ich verstehe nicht, warum –*«

»*Versprich es mir.*«

Als Tesh die Augen öffnete, wusste er nicht, wo er war oder wie er dorthin gekommen war. Eine Realität, die ihm realer erschien als die, in der er sich befand, entglitt ihm. Er hatte mit Raithe gesprochen. Eine Erinnerung. Ja, es war nur eine Erinnerung.

Aber warum diese? Warum erinnere ich mich nach all meinen Lebensjahren und Erfahrungen gerade an dieses seltsame Gespräch? Vielleicht weil ich Raithe danach nie wiedergesehen habe.

Er hatte keine Zeit, weiter darüber nachzudenken, denn er war nicht allein.

Tesh lag auf einem harten weißen Boden. Ihm war eiskalt –

ein merkwürdiges, wenn auch vertrautes Gefühl. Er hatte es erst einmal zuvor erlebt – an dem Morgen, als er dabei zugesehen hatte, wie seine Familie abgeschlachtet worden war. Nyphron und die Galantianer waren in jedes Haus eingebrochen und hatten alle hervorgezerrt, die sich wie Tesh in den Schatten versteckten, in der Hoffnung, nicht entdeckt zu werden. Der einzige Unterschied zwischen ihm und den anderen war, dass er das bessere Versteck gehabt hatte. Von dort aus hatte er verfolgt, wie die wenigen anderen Überlebenden aufgespürt und ermordet worden waren.

Wie sie vor Schmerzen wie Tiere geschrien hatten, bis sie von einer Schwertklinge oder einem Speer zum Schweigen gebracht worden waren. Danach waren sie weder Tiere noch Menschen noch seine Freunde gewesen. Von ihnen blieb nichts als totes Fleisch und blutige Kleider.

Nachdem die Galantianer abgezogen waren, war Tesh zu verängstigt gewesen, um sich zu rühren. Er hatte in seinem Versteck ausgeharrt, halb vergraben im Dreck unter seinem Zuhause. Er war zu Sonnenlicht, Rauch und einer furchtbaren Kälte erwacht, die seinen gesamten Körper durchdrungen hatte. Seitdem war ihm nie wieder so kalt gewesen – bis er auf dem weißen Boden im Thronsaal der Königin des Weißen Turms erwachte.

»Das hat nicht lange gedauert«, sagte Ferrol. Tesh nahm an, dass sie es war und dass sie nicht mit ihm sprach. Andere befanden sich im Saal. Er sah sich nicht um, das war nicht notwendig. Er spürte, dass er beobachtet wurde, vielleicht von fünf, sechs oder zehn Personen. Und diese Leute waren ihm nicht freundlich gesinnt. Das spürte er ebenfalls.

Außerdem spürte er ein grelles weißes Licht auf sich. Es war unmöglich aufzuschauen. Das Licht war auf ihn gerichtet, entzog der Welt alle Farbe und hüllte jene, die außerhalb standen, in Schatten. Doch er konnte *sie* ausmachen – einen Teil von ihr. Die Königin saß nicht weit von ihm entfernt. Ihre Stiefel, die in gefährlichen Spitzen endeten, befanden sich auf einer Höhe mit seinem Kopf. Ihre langen, in Leder gekleideten Beine glänzten wie poliert, oder waren das noch ihre Stiefel? Tesh konnte es nicht mit Sicherheit sagen. Sie hatte die Beine übereinandergeschlagen und wippte mit dem oberen ungeduldig auf und ab.

»Geht es dir besser?«, fragte die Königin. »Vermutlich nicht.« Jetzt sprach sie mit ihm. Er wusste es, ohne ihr Gesicht zu sehen. Alles, was oberhalb ihrer Knie lag, wurde von dem grässlichen Licht verschleiert. »Du gehörst an diesen Ort. Das weißt du sicher, musst es gefühlt haben, sobald du einen Fuß in mein Reich gesetzt hast. Das Mädchen hat dich bloß verwirrt. Sie gehört nicht hierher, und doch ist sie hier. Ein Anzeichen von Betrug und Verrat. Lass mich die Erste sein, die dir ein wenig Mitgefühl entgegenbringt. Ich weiß, es muss schwer sein, herauszufinden, dass deine große Liebe nicht ebenso viel für dich empfindet.«

Tesh entschied sich, nicht zu antworten. Sie versuchte, ihn zu ködern, und er war schwach und nicht er selbst. Es war am besten, den Kopf gesenkt und seinen Schild hochzuhalten.

»Sie hat dich einfach zurückgelassen und sich selbst gerettet. Ich bin sicher, dass du sie darum gebeten hast, aber du musstest sie nicht lange überreden, was? Wenn sie dich *wirklich* lieben würde – so wie du sie –, wäre sie bei dir geblieben. Du hättest sie nicht allein gelassen, oder? Selbst, wenn sie dich angefleht hätte, wärst du geblieben. Aber sie ist fortgerannt. Was glaubst du wohl, warum? Wir kennen beide die Antwort, nicht wahr? Es gibt nur einen Grund.«

Ferrols Stimme fühlte sich ebenso grell und aggressiv an wie das Licht. Die Worte stachen Tesh wie eisige Nadelstiche, hieben von oben auf ihn ein wie das entsetzliche Strahlen.

»Havar, eines von Maris Kindern, hielt die Stellung im Angesicht der unzähligen Uber Ran, die aus Erebus herausströmten. Er stand allein auf dem Feld vor dem goldenen Tor. Als alle anderen flohen, blieb er bei seinem Hund, der eine tödliche

Wunde davongetragen hatte. Wir flehten ihn an, davonzulaufen, doch er blieb, wo er war. Und er starb dort. Der große Havar gab sein Leben, weil er diesen dämlichen Hund liebte – weil er ihn *liebte*.«

Das Licht bewegte sich. Tesh hörte eine Bewegung, dann sprach die Königin wieder, diesmal klang ihre Stimme näher. »Brin liebt dich nicht. Vielleicht früher einmal. Doch dann erfuhr sie, was du warst, was du bist und was du getan hast. Das hat einen Keil zwischen euch getrieben. Hat sie davon überzeugt, dass du nicht an ihre Seite gehörst – sondern an meine. Du bist einer der Meinen, Tesh. Du lebst nicht in einer Traumwelt. Du siehst die Welt so, wie sie ist – ein Kampf. Wir wurden alle in die Arena geworfen, und uns wurden Waffen gegeben, damit wir überleben, wenn wir können. Treue muss man sich verdienen und Grausamkeit rächen. So ist der Krieg, und er endet nicht, wenn man stirbt. Das Leben dient lediglich als Qualifizierungsprozess. Zu Lebzeiten entscheidet sich, auf welcher Seite du im Nachleben stehen wirst. Und du gehörst zu meiner. Sie nicht. Deine Gefühle für sie waren falsch. Wenn ihr noch leben würdet, hätte sie dich so schnell verlassen, wie sie es auf dem Schlachtfeld tat. Sie könnte niemals einen Mörder lieben.«

Ihre letzten Worte waren eisiger als die Nadeln auf Teshs Haut. Es war, als hätte sie ihm einen Eiszapfen ins Herz gerammt. Das hatte die Wahrheit so an sich. Tesh zuckte zusammen, keuchte und seine Fingernägel schabten vor Schmerz über den Boden – diesen weißen Boden, der nicht aus Stein, sondern aus gebleichten Knochen bestand.

»Sag mir, wo der Schlüssel ist, Tesh«, flüsterte die Königin nah an seinem Ohr.

Er zitterte.

»Wir haben dich durchsucht und ihn nicht gefunden. Hat Moya ihn? Brin? Oder vielleicht Gifford?«

Sie wartete.

Tesh schwieg.

Die Königin zog sich zurück und nahm das Licht mit. »Du bist jetzt hier, Tesh.« Sie sprach lauter. »Und zwar für immer. Das lässt sich nicht ändern. Also kann ich dir deine neue Familie vorstellen.«

Im schwächeren Licht konnte Tesh besser sehen, nicht besonders weit, doch gerade genug, um die Gesichter der umstehenden Personen zu erkennen. Die meisten kannte er nicht – die Galantianer jedoch schon. Das einzige Gesicht, das ihn überraschte, war Tekchins, der neben den anderen in einem Kreis um Tesh herum stand. Die meisten von ihnen hatte er selbst getötet, aus dem Hinterhalt, als sie schwach oder abgelenkt gewesen waren. Er bereute es nicht. Er würde sich nicht dafür entschuldigen. Sie hatten es verdient. Die Ermordung seines gesamten Dorfes war auch kein gerechter Kampf gewesen.

Sebek beobachtete ihn besonders eindringlich. Der Fhrey war nicht mehr verletzt, und seine Schwerter, Blitz und Donner, hingen unbeschädigt von seiner Hüfte.

»Tesh«, sagte die Königin. »Du wirst sowieso nicht mit Brin zusammen sein, egal, wie es ausgeht. Sie wird nicht hierbleiben. Du aber schon. Das verstehst du doch, oder? Und du musst begreifen, dass ich nicht von einem Jahr, einem Jahrzehnt, einer Lebensspanne oder selbst einem Jahrhundert spreche. Nein, ich beziehe mich auf die Ewigkeit. Du wirst hier sein – dies ist jetzt dein Zuhause und ich bin deine Herrscherin. Ich kann es hier für dich sehr angenehm machen. Meinem Reich mag es an pompösem Schnickschnack fehlen, es mag auf den ersten Blick dunkel, kalt und unwirtlich erscheinen, doch es gibt auch Freuden hier – *große* Freuden. Meine Welt hält Annehmlichkeiten bereit, die über jede Vorstellung hinausgehen, die dir nach dem elenden Leben, das du geführt hast, zustehen. Während deinen wenigen Jahren unter der Sonne hast du Abfälle gegessen, aber ich werde dir ein Festmahl aus exotischen Tieren und Vögeln servieren. Du hast schlammiges Wasser getrunken, aber hier wirst du deinen Durst mit Wein, Bier und Spirituosen stillen, von denen du bisher nicht einmal zu träumen gewagt hast. Ich werde dafür sorgen, dass du Bedienstete hast, dein eigenes Königreich, ein Schloss ganz nach deinen Vorstellungen. In deinem Leben hattest du nur eine Frau, ich werde dir Tausende zur Verfügung stellen, mit denen du tun und lassen kannst, was dir beliebt. Jeder Tag wird die Freuden des Kampfes für dich bereithalten, gefolgt von Nächten voll trunkener Abenteuer. Dies wird deine Ewigkeit sein, *wenn* … du mir hilfst, den Schlüssel zu bekommen.«

Tesh konnte sie nun sehen. Sie war das Licht, und es tat weh, sie anzuschauen. Ihre Züge waren scharf geschnitten und wunderschön. Während er sie betrachtete, verzog sie ihre dünnen Lippen missbilligend, und es fühlte sich an, als zerdrückte etwas sein Herz.

»Solltest du dich weigern, mir in dieser winzigen Angelegenheit zu Diensten zu sein, wird deine Zukunft nicht so rosig aussehen. Sebek hat mich darum gebeten, dass ich dich ihm ausliefere, damit du deine Ewigkeit als sein Sklave verbringst. Offenbar hat er große Pläne, die er selbst mir nicht verraten hat. Aber ich kann mir gut vorstellen, was er vorhat. So gut, wie ich ihn kenne, wird es dir nie langweilig werden.«

Die Königin kam näher an ihn heran, und das Licht erdrückte ihn schier. »Sag mir, wo der Schlüssel ist, Tesh.«

Er konnte ihr nicht widerstehen, konnte den Schmerz nicht aushalten, indem er die Zähne zusammenbiss. Er hatte keinen Körper, also war es ein Kampf der Willensstärke, Tesh gegen Ferrol. Er hatte keine Chance.

Sie zerquetschte ihn, sodass er glaubte, nichts weiter als eine Pfütze zu ihren Füßen zu sein. »Tressa … Tressa hat ihn … Sie trägt ihn an einer Kette um den Hals.«

»Er lügt«, sagte jemand – ein Mensch mit dickem schwarzem Bart und einem Umhang aus Bärenhaut. »Und ich hätte Euch vorher sagen können, dass er meine Frau verantwortlich machen würde. Alle hassen sie. Verabscheuen sie. Sie würden ihr nie dieses Ding überlassen, aber natürlich hat er sie zuerst verraten.«

»Stimmt das, Tesh?« Das Licht presste ihn zu Boden, ihm entwichen Laute, von denen er nicht gewusst hatte, dass er sie ausstoßen konnte. »Versucht du, mich zu hintergehen? Kannst du mir widerstehen? War das eine Lüge?«

Tesh hätte nicht antworten können, wenn er es gewollt hätte. Wenn der Schmerz zu stark wurde, verlor er für gewöhnlich das Bewusstsein. Diesmal nicht. Die Pein wurde immer stärker, und er wusste, sie würde nie enden. Er würde nicht in Ohnmacht fallen, konnte nicht einmal durch den Tod erlöst werden. Er schrie und heulte, doch der Schmerz war immer da. Er konnte ihn nicht loswerden, niemals.

Nach sieben Treppen waren sie ins tiefste Innere des Bollwerks vorgestoßen. Es war ein furchterregender Ort voller Feuer und Dunkelheit, in den sich Brin nie gewagt hätte, wenn Beatrice sie nicht dorthin geführt hätte. Riesige Zahnräder drehten sich quietschend, Stein schlug auf Stein. Massen geschmolzenen Metalls ergossen sich aus gigantischen Kesseln, die gelb leuchteten. Hammerschläge rangen kontinuierlich, Ketten rasselten und Dampf pfiff.

König Mideons Tochter wirkte in dieser feurig roten Welt wie ein blasser Geist. Sie führte sie durch ein Labyrinth aus Säulen und Bögen, bis sie zu einem kleinen, abgenutzten Tisch in einer Ecke kamen, weit entfernt von den grellen Lichtern. Nur eine kleine Laterne hing darüber. In ihrem Schein saß ein Zwerg mit langem, grauem Bart und hochgeschobenen Ärmeln auf einem hohen Stuhl. Er war tief über seinen Arbeitsplatz gebeugt. Brin dachte, dass er an etwas Winzigem arbeiten musste, da sein Kopf beinahe die Tischplatte berührte. Doch dann hörte sie sein Schnarchen.

»Est Berling?«, fragte Beatrice mit ehrfürchtigem Tonfall.

Langsam hob der Zwerg den Kopf. Er grunzte, dann hustete

er lange und heftig, als nistete ein ganzes Rudel Mäuse in seiner Kehle. Auf der Nase trug er ein dünnes Metallgestell, das je ein dünnes Stück Glas vor seinen Augen hielt. Dadurch spähte er sie an, während er leise schmatzte. Er deutete auf die Prinzessin. »Beatrice, richtig?«

Sie runzelte die Stirn, und der Zwerg lächelte.

»Das ist Alberich Berling«, sagte Beatrice mit einem Nicken und einer Geste in seine Richtung. »Est Berling, dies sind die Leute, von denen ich Euch berichtet habe.«

Er schob das merkwürdige Gestell auf seiner Nase tiefer und beäugte sie über die Ränder hinweg. »Die, für die Ihr Rüstungen braucht?«

»Ja, wenn es keine zu großen Umstände macht.«

»Er ist ... Ihr seid ... Ihr seid *der* Alberich Berling? Vom Brundenlin-Clan?« Regen stotterte, gab auf und starrte den Zwerg nur noch ungläubig an.

Der Zwerg auf dem Stuhl hob eine beachtliche Braue und grinste. »Jep, ich kenne keinen anderen, du etwa?«

»O nein, ganz eindeutig nicht«, antwortete Regen.

»Na, da hast du deine Antwort.« Er musterte Regen von Kopf bis Fuß, und seine Miene verfinsterte sich. »Soll das etwa die neuste Mode sein?«

Brin betrachtete Regens Kleider, fand jedoch nichts, was den anderen Zwerg verärgert haben könnte.

Regen, der an sich heruntersah, schien es ebenso zu gehen. »Ich habe alles selbst gemacht.«

Alberich nahm Regens Hände und spreizte seine Finger. »Seltsam.«

»Was?«

»Ich verstehe das nicht. Du hast zehn Finger wie alle anderen, und *das* kommt dabei heraus?« Er ließ Regens Hände los, schüttelte angewidert den Kopf, während er nochmals auf dessen Kleidung deutete, und wandte sich ab.

»Est Berling, könnt Ihr sie ausstatten?«, frage Beatrice.

»Selbstverständlich. Ich bin schließlich Alberich Berling, oder etwa nicht?«

»Es muss schnell gehen. Mein Vater bereitet einen Gegenangriff vor. Diese sechs werden die erste Angriffswelle begleiten.«

»Wirklich?« Abermals betrachtete Alberich sie über die kleinen Glasfenster vor seinen Augen hinweg. »Sehen mir nicht nach Kriegern aus.«

»Sind sie auch nicht, und deshalb brauchen sie Rüstungen – die besten, die Ihr herstellen könnt.«

»Die besten?« Erneut hob er eine Augenbraue. Dann nahm er sich das Gestell von der Nase, um Beatrice anzufunkeln. »Ich bin Alberich Berling, Kind. Das hatten wir doch bereits klargestellt.«

Beatrice nickte. »Verzeiht.«

Moya sah Brin erwartungsvoll an. Sie brauchte Informationen, doch Brin hatte keine für sie. Schließlich war sie eine Hüterin der Rhune-Clans. Sie wusste nichts über Zwerge. »Entschuldigt bitte«, sagte sie. »Sollten wir«, sie deutete auf sich selbst, Moya, Gifford und Tressa, »wissen, wer Alberich Berling ist?«

Diesmal hob der Zwerg beide Augenbrauen.

»Er scheint ein bekannter Handwerker zu sein«, sagte Roan. »Frost und Flut haben oft von ihm gesprochen.«

Alberich ließ das Gestell mit den Gläsern in seinen Schoß fallen.

Beatrice schlug sich die Hände vors Gesicht.

Regen schüttelte den Kopf, als wäre sein Haar feucht und er wollte es trocknen. »Alberich Berling ist kein einfacher *Handwerker*. Alberich Berling ist der *Meister* seines Handwerks.« Er sah die anderen an, als wartete er darauf, dass sie endlich verstanden, wer dort vor ihnen stand. »Er ist eine Legende.«

Die anderen hatten immer noch keine Ahnung.

»Er hat Juwelenschlösser erfunden und den Darkon Hart gefertigt. Man sagt, dass nur sein Vater Andvari sich mit ihm messen konnte, und Andvari Berling hat Drumindor geplant und mitgebaut, die größte Festung, die die Welt je gesehen hat.«

»Beim Bau von Drumindor war ich als Lehrling dabei«, sagte Alberich, bevor er sich die kleinen Fenster wieder vor die Augen schob.

»Oh!« Gifford lächelte, als wäre ihm ein Licht aufgegangen. »Er ist wie Roan.«

Regen öffnete den Mund, um zu protestieren, hielt dann jedoch verwirrt inne, während sein Blick zwischen dem Zwerg und Roan hin und her huschte.

»Wer ist diese ... *Roan*?«, fragte Alberich.

»Das ist sie.« Gifford legte stolz eine Hand auf die Schulter seiner Frau.

»Pah«, sagte Alberich abwertend, drehte sich um und verschwand in der Dunkelheit hinter seinem Laternenlicht.

Alle blickten ihm hinterher.

Bevor jemand etwas sagen konnte, kehrte er mit einem Maßband zurück. »Du, Roan, komm her.«

Roan warf Gifford einen nervösen Blick zu und näherte sich dann vorsichtig dem Zwerg.

»Fangen wir mit dir an«, sagte Alberich. »Es kann ja nicht sein, dass die rhunische Version von mir von etwas so Lächerlichem wie einem Bronzespeer durchbohrt wird, nicht wahr? Strecke deine Arme aus, als wärst du ein fliegender Vogel, und bewege dich nicht.«

Gifford wandte sich an Beatrice. »Wir sollen Rüstungen bekommen? Ich ... Wie ist das möglich? Ich meine, nichts existiert hier wirklich, oder? Selbst unsere eigene Kleidung entspringt unserer Fantasie. Was soll uns dann eine Rüstung nutzen, die nicht real ist?«

»*Nicht real?*«, rief Alberich. Er erhob sich und verschwand abermals in der Finsternis. Sie hörten Hammerschläge, und als er diesmal zurückkehrte, hielt er ein großes Schwert in der Hand, dessen Ränder blaues Licht verstrahlten.

Roan keuchte auf.

Anhand des zornigen Gesichtsausdrucks des Zwergs zog Gifford seine Waffe. Moya wich einen Schritt zurück und hob Audrey, doch der Zwerg sah es entweder nicht oder es war ihm egal. Sein Blick lag auf Gifford und dessen Schwert.

»Ha!«, rief er. »Da siehst du es!«

»Nein, nicht wirklich. Ich meine, ich sehe, dass Ihr mit einem Schwert auf mich zukommt«, sagte Gifford, seine Klinge weiterhin erhoben.

Berling seufzte, schüttelte den Kopf und warf Beatrice einen finsteren Blick zu. »Man könnte meinen, sie wären gerade erst hier eingetroffen.«

»Das sind sie«, antwortete Beatrice.

»Ach so.« Berling schien auf etwas zu kauen, bevor er sich abermals Gifford zuwandte. Er schwang die glühende Klinge, und Gifford trat einen Schritt zurück. »Warum hast du Angst vor meinem winzigen Schwert, Junge?«

»Winzig?«, fragte Gifford. »Das ist es ganz und gar nicht.«

»Pah! Aber es existiert doch nicht. Entspringt bloß der Fantasie? Nicht real? Warum hast du dann solche Angst davor?«

»Ich … ich weiß es nicht.«

»Ich glaube, du weißt vieles nicht.« Alberich legte das Schwert auf seinem Tisch ab und machte sich wieder daran, Roan abzumessen, die sich nicht gerührt hatte. »Hier besteht alles aus *Eshim*.«

»Alles … was alles?«, fragte Gifford. »Und *Eshim*? Was soll das sein?«

»*Eshim* ist *Eshim*«, antwortete Alberich und schlug sich auf die Brust. »Gibt es dieses Wort auf Rhunisch nicht?«

Alle schüttelten die Köpfe.

Alberich verzog das Gesicht. »Was für eine dumme Sprache. *Eshim* ist … es ist Herz, Verstand, Glaube.«

»Vertrauen und Zuversicht?«, fragte Moya. Sie hatte Audrey gespannt, doch kein Pfeil war erschienen.

Alberich zuckte mit den Achseln. »So ähnlich, aber es bedeutet noch mehr. Es kommt von hier.« Er schlug sich erneut auf die Brust. »Verstanden?«

Brin nickte gemeinsam mit den anderen, doch in Wahrheit war sie sich nicht sicher.

»Du hast dein Schwert gezogen, weil es dir mehr *Eshim* verliehen hat – dadurch hast du dich stärker, sicherer und mutiger gefühlt, nicht wahr?«, wandte er sich an Gifford. »Die Rüstungen, die ich für euch herstelle, werden noch viel mehr leisten. Damit wird euer *Eshim* so groß, dass es euch stark machen wird.«

»Also bestehen die Rüstungen nicht aus Metall, sondern aus Selbstvertrauen?«, fragte Gifford.

»Dadurch wird eure Willensstärke größer«, erklärte Beatrice. »So wird es anderen schwerer fallen, euch ihren Willen aufzudrängen.«

»Das ergibt wohl Sinn«, murmelte Gifford und schob sein Schwert zurück in die Scheide.

»Warte, warte, warte.« Alberich streckte eine Hand aus, öffnete und schloss sie. »Lass mich mal sehen, was du da hast.«

Gifford zögerte, doch Beatrice hauchte »Gib es ihm« und Moya nickte, also händigte er dem Zwerg sein Schwert aus.

Dieser hielt die Klinge näher ans Licht, klopfte mit zwei Fingerknöcheln darauf und leckte schließlich daran. Er verzog die Lippen nach rechts und links, als wäre er sich nicht sicher, was den Geschmack anging. »Dieses Schwert entstand durch dein *Eshim*, aber du hast es nicht selbst hergestellt. Es ist eine Erinnerung. Du hast die Waffe zu Lebzeiten benutzt. Woher kam das Original?«

Gifford warf Roan einen Blick zu. »Sie hat es geschmiedet.«

»*Roan*«, sagte Alberich und musterte sie mit neu erwachtem Interesse.

Roan hatte die Arme weiterhin ausgestreckt, doch sie sanken immer weiter herab.

»Sie nennt es Stahl«, erklärte Gifford.

Alberich bedachte Beatrice mit einem misstrauischen Blick. Die Prinzessin erwiderte seinen Blick, zeigte jedoch keinerlei Regung. Ihre ehrfurchtvolles Gebaren gegenüber dem Zwerg war verschwunden, ihr Gesicht war zu einer unbewegten Maske geworden. Sie starrten sich mehrere Minuten lang an, bis Alberich schließlich mit der stumpfen Seite der Klinge auf den Tisch hieb, sodass alle zusammenzuckten. Roan ließ ihre Arme herabfallen und sprang zu Gifford zurück, der sie festhielt.

»Der Eindruck, den das Original bei dir hinterlassen hat, ist stark.« Alberich musterte die Waffe. »Muss aus gutem Metall gefertigt worden sein.« Dann wandte er sich an Roan. »Aus gutem ... Stahl, Roan.« Er lachte wild. »Haha! Sie ist wirklich wie ich!« Er gab Gifford das Schwert zurück. »Und für euch alle werde ich die besten Rüstungen herstellen. Die besten aller Zeiten.«

Nachdem Alberich sie alle gemessen hatte, bot Beatrice an, ihnen den Ausblick von den Zinnen der Festung zu zeigen, doch Tressa, Roan und Regen blieben in Alberichs Werkstatt, um ihm beim Arbeiten zuzusehen. Es war verständlich, dass Roan und Regen dem Meister über die Schulter schauen wollten, doch Tressas Entscheidung kam überraschend. Obwohl sie sich innerhalb der Mauern von Mideons Bollwerk besser zu fühlen schien, war sie offensichtlich nicht bereit für einen langen Aufstieg. Also folgten lediglich Moya, Brin und Gifford Beatrice die Treppe zum höchsten Turm hinauf.

Oben angekommen, wurden sie mit einem Ausblick belohnt, den Brin unbedingt in Erinnerung behalten wollte, da sie wusste, sie würde nie wieder etwas Ähnliches zu Gesicht bekommen. Unter ihnen reckten sich die kolossalen Mauern des Bollwerks in die Höhe, die jedoch von ihrem luftigen Standpunkt auf dem Turm kleiner wirkten. An der gesamten Länge der Festung entlang loderten Feuer auf, während Mideons Soldaten unablässig flammende Geschosse abfeuerten. Sie rasten durch die Luft und explodierten inmitten der angreifenden Truppen.

Von hier oben sieht es wie ein Krieg unter Ameisen aus ... Wenn Ameisen brennende Geschosse hätten.

Brin entdeckte Leitern und Rammböcke. Riesige Kreaturen mit Hämmern schlugen gegen die Wälle der Festung, während Steine, Speere und kochende Flüssigkeiten von den Zinnen nach unten geworfen wurden. Sie befanden sich so hoch oben, dass die Kriegsgeräusche gedämpft klangen. Die donnernden Explosionen, die Trommeln, Schmerzensschreie und das Siegesjubeln wirkten auf diese Weise weniger Furcht einflößend.

»Da drüben ist der Weiße Turm«, sagte Beatrice und deutete auf eine einsam aufragende Säule. Aus der Ferne hätte Brin das Bauwerk mit einer ausgestreckten Hand verdecken können. »Das Heim der Königin von Nifrel.«

Der Turm erinnerte an einen Baum mit einem gigantischen Wurzelsystem, jedoch ohne jegliche Äste. Von seinem Fuß erstreckten sich Hunderte verästelte weiße Linien meilenweit in alle Richtungen. Das weite Netz aus weißen Straßen, Mauern, Außenposten und Festungen bestand augenscheinlich aus demselben Material wie das meiste in diesem Reich. Es erinnerte Brin an weißen Stein oder das ausgeblichene Treibholz, das an die Strände von Tirre geschwemmt wurde. Das Netzwerk beschrieb einen breiten Kreis, an dessen Rändern andere Festungen standen, darunter auch Mideons Bollwerk selbst.

Doch es waren nicht die Gebäude, Schutzwälle und Straßen, die am meisten herausstachen. Auch nicht die Berge, Hügel, Täler und Felsplateaus, von denen es unzählige gab. Am beeindruckendsten waren die Risse, die sich durch das Land zogen. Düstere, zackige Narben brachen überall den Boden auf, sodass Brin an ein trockenes Flussbett erinnert wurde. An vielen Stellen waren sie von Brücken überzogen, sodass Burgen und Türme nötig waren, um jeden Übergang zu überwachen.

»Da drüben«, Beatrice deutete nach links, wo sich der größte der Risse zu einer breiten Schlucht auftat, die von einer einzelnen, schmalen Brücke überspannt wurde, »befindet sich der Abgrund. Und die Brücke dort führt zur Tür nach Alysin. Wie ihr sehen könnt, befindet sich der Eingang oben auf einer dünnen Steinsäule, die sich in der Mitte von Nifrel erhebt. Manche nennen sie *die Nadel*, andere *die Zunge des Abgrunds*. Aber die meisten kennen sie als die Alysin-Säule.«

»Wie weit ist es bis dorthin?«, fragte Gifford.

Für Brin sah es so aus, als wäre es ein Marsch von mehreren Tagen.

»In Phyre können Distanzen täuschen. Obwohl es sich wie eine Ewigkeit anfühlen kann, die Tür zu erreichen.«

Moya betrachtete die Belagerung tief unter ihnen. »Wie sollen wir an den feindlichen Armeen vorbeikommen?«

»Dies ist König Mideons Festung, eine *Belgriclungreianische* Zitadelle.« Beatrice lächelte. »Euch ist vielleicht aufgefallen, dass wir eine große Affinität fürs Graben haben. Unter der Festung befindet sich ein Tunnellabyrinth – Wege, die in alle Ecken des Reiches führen. Die Königin kennt viele der Routen, aber nicht alle. Ihr nehmt den Zugweg, einen unserer geheimsten Pfade. Dann kommt ihr direkt an jenem rundlichen Hügel dort raus.«

»Dann hätten wir mehr als die Hälfte geschafft«, sagte Moya aufgeregt. »Von dort aus könnten wir das letzte Stück rennen.«

»Das würde man meinen, nicht wahr?« Beatrice schüttelte betreten den Kopf. »Aber ihr kennt die Königin nicht so gut wie wir. Sie ist die Älteste in diesem Reich – zumindest auf dieser Ebene. Ihr älterer Bruder Trilos und ihre Onkel, die Typhone, hausen angeblich unten im Abgrund, obwohl seit Äonen niemand von ihnen gehört hat. Aber hier bei uns regiert Ferrol. Sie ist eine der Fünf, und deren Macht geht über jegliche Vorstellungskraft hinaus.«

»Was sind die Fünf?«, fragte Brin.

»Die Aesira.« Beatrice sah verwirrt aus, als sie erkannte, dass

Brin mit diesem Wort nichts anfangen konnte. »Du weißt nichts über sie? Aber ihr wurdet doch von …« Sie hielt verwirrt inne. Dann breitete sich ein Lächeln auf ihren Lippen aus. »Er hat euch nichts verraten, oder?«

»Er?«, sagte Moya.

Beatrice verengte nachdenklich ihre Augen, als müsste sie die richtigen Worte finden. »Die Person, die euch hierhergeschickt hat.«

»Du meinst Malcolm.«

Beatrice gab keinen Hinweis darauf, dass sie diesen Namen erkannte. Sie dachte kurz nach und zuckte dann mit den Schultern. »Na gut, aber ich habe doch recht, oder? Er hat euch nichts erklärt?«

»Was soll er uns erklärt haben?«

Beatrice grinste schuldbewusst. »Ich frage mich, warum. Vielleicht hat er seine Gründe.« Sie sah weg, die Stirn nachdenklich gerunzelt.

»Womöglich hat er es ja vergessen«, entgegnete Moya ein bisschen ärgerlich. »Oder er hatte keine Zeit. Was ist *deine* Ausrede?«

»Ich habe bereits erklärt, dass ich nicht glaube, dass er es vergessen hat«, antwortete Beatrice.

»Also wirst du es uns sagen?«, fragte Brin.

Beatrice presste unentschlossen die Lippen aufeinander. »Es ist wahrscheinlich unwichtig. Er muss gewusst haben, wie das hier ausgehen würde. Ihr könnt unmöglich durch alle drei Reiche reisen und nicht die Wahrheit erfahren«, murmelte sie hauptsächlich zu sich selbst. Dann nickte sie. »Ich sage euch, was ich weiß, was nicht alles ist, aber eindeutig viel mehr, als ihr bereits wisst. Aber dafür brauche ich Tee.« Sie ging auf die Treppe zu.

Moya und Gifford folgten ihr, doch Brin blickte noch einen Moment auf den Krieg und das gezeichnete Land hinunter. Schwarz verkohlt, zerrissen und kahl – das war Nifrel, genau wie sie es sich vorgestellt hatte.

Bist du irgendwo da draußen, Tesh? Wenn ich fest genug an dich denke, kannst du mich dann hören? Kannst du mich spüren?

Sie legte die Hände auf den Stein von Mideons Mauer, beugte sich über die Brüstung, schloss die Augen und konzentrierte sich auf Tesh.

Ich weiß, dass du da bist. Ich weiß, dass du noch existierst. Ich möchte dir dafür danken, dass du mich gerettet hast und für mich gestorben bist, um hierherzukommen. Ich habe dir nie gesagt, wie viel mir das bedeutet. Das hätte ich tun sollen. Ich hätte dir so vieles sagen sollen. Ich schreibe Worte, aber ich denke nie daran, sie auszusprechen. Ich wünschte, ich wüsste, wo du bist. Ich weiß nicht, was ich tun soll – oder ob ich etwas für dich tun kann. Es würde mir so viel bedeuten, zu wissen, dass es dir gut geht.

In dem kurzen Moment, als sie die Augen öffnete und geblendet wurde, als sich ihre Augen an das Licht gewöhnen mussten, glaubte sie, ihn vor Schmerzen schreien zu sehen.

Tesh verlor nicht das Bewusstsein, doch er lernte, dass es eine Schmerzgrenze gab. Wenn er sie überschritt, war nichts mehr wichtig. Selbst die Zeit schien stillzustehen. Außerdem lernte er, dass er ohne einen Mund, einen Hals oder Lungen unendlich lange schreien konnte.

Doch die Ewigkeit nahm gnädigerweise irgendwann ein Ende. Der Schmerz verschwand, die Zeit lief weiter, und Tesh lag auf dem weißen Knochenboden in Nifrels Thronsaal wie ein freigelegter Nerv, der nur darauf wartete, was als Nächstes passieren würde.

»Ich weiß es nicht. Vielleicht«, sagte jemand. Die Stimme klang weit entfernt.

»Es sind nur noch sechs übrig, wie schwer kann es schon sein?«

»Was würdest *du* tun?«

»Wenn ich so belagert werden würde wie sie? Dann würde ich die Tunnel nehmen.«

»Welchen? Das ist das Problem mit den Belgriclungreianern. Die haben da unten ein ganzes Netzwerk. Sind nicht viel mehr als Ratten.«

»Können wir sie verschütten? Die Oberfläche dieses Reiches habt Ihr erschaffen, oder nicht? Der wahre Fels liegt darunter. Wenn die Dherg graben können, dann können wir sie verschütten.«

»Das würde … Ehrlich gesagt weiß ich nicht, was passieren würde und ich glaube nicht, dass die Situation eine so drastische Maßnahme erfordert.« Das war die Stimme der Königin. Tesh erkannte sie problemlos. Wahrscheinlich würde er sie nie wieder vergessen können. »Ich würde lieber davon absehen, die Karten völlig neu zu mischen. Wie du sagtest, sind nur noch sechs übrig, und wir wissen, wo sie hinwollen.«

»Also stellen wir ihnen eine Falle? Entweder vor oder auf der Brücke? Wir wissen, dass sie sie überqueren müssen. Man kann nicht unter der Schlucht hindurch, und auf die Brücke passen nur wenige Soldaten gleichzeitig. Sie ist nicht sehr breit. Dort wären sie uns schutzlos ausgeliefert.«

»Lieber vor der Brücke. Ich will nicht, dass sie ihrem Ziel so nahe kommen. Ich möchte meinen Preis nicht an die Tiefe verlieren.« Das war wieder die Königin, ihre Worte fühlten sich einmal mehr wie Eissplitter an. »Wir werden sie auf den Felsen zwischen den Monolithen angreifen.«

Tesh öffnete die Augen. Das Licht – *ihr* Licht – war von ihm abgewandt, weit entfernt. Dunkle Silhouetten standen im Kreis, angestrahlt von dem blassen Schimmer – kein warmes, Leben spendendes Strahlen, sondern ein leeres, kaltes, seelenzerfetzendes Glimmen wie von Edelsteinen in der Dunkelheit.

»Ich werde die Grenmorianer in einer Reihe aufstellen, sodass sie den Weg versperren. Alon Rhist kann die Galantianer ihre Flanke angreifen lassen.«

»Wir müssen uns außerdem um Fenelyus kümmern. Diesmal wird sie sich am Kampf beteiligen.«

»Dafür haben wir Gryndal.«

»Inerus kann von hinten angreifen, sie einkesseln. Wenn sie in die Enge getrieben werden, können sie nicht mehr breit aufgestellt kämpfen. Dann wird ihre Defensive verletzlich.«

»Das sollte mehr als ausreichen.«

»Es ist mir egal, was passieren *sollte*«, sagte die Königin. »Dieser Schlüssel darf mir nicht entwischen. Wenn ich nur wüsste, wer von ihnen ihn bei sich trägt. Und dieser Narr Mideon wird uns die Sache erschweren. Er schmiedet eigene Pläne in seinem Bollwerk, aber was hat er vor?«

Tesh spürte ihren Blick auf sich. Es tat so weh, dass er zusammenzuckte.

»Bist du sicher, dass er lügt?«, fragte sie Konniger.

»Tressa und ich sind uns so ähnlich«, antwortete er. »Würdet *Ihr* mir den Schlüssel anvertrauen?«

»Na schön, er wird es uns nicht verraten. Werft ihn ins Loch.«

»Aber Ihr habt ihn mir versprochen«, warf Sebek ein.

Die Königin lachte. Ein paar andere fielen mit ein. »Du kannst meinen Worten nie vertrauen, Kind. Nur meinen Taten. Werft ihn ins Loch. Wir haben Pläne zu schmieden.«

Tesh hörte sich nähernde Schritte und sah Sebeks unverkennbare Silhouette auf sich zukommen.

Beatrice saß mit einer Tasse Tee in der Hand auf einem weichen Sessel vor ihnen in ihrem Zimmer. So sah sie noch mehr wie ein Kind aus, ein Mädchen, das es sich vor dem Feuer gemütlich machte, die Tasse mit beiden Händen umklammert und auf ihren angezogenen Knien abgestellt. In ihren Augen lag ein Funkeln, der Hauch eines Lächelns zupfte an ihren Mundwinkeln. Beides gab Brin die Gewissheit, dass dies eine gute Geschichte werden würde. Sie hoffte es. Sie brauchte eine.

»Was wisst ihr über den Anfang der Welt?«, fragte Beatrice.

Roan, Tressa und Regen waren noch nicht von der Werkstatt zurück. Moya und Gifford sahen Brin an.

»Brin ist unsere Hüterin der Wege«, erklärte Moya. »Sie kennt und erhält die Geschichten über die Vergangenheit unseres Volkes.«

Beatrice sah Brin erwartungsvoll an.

Brin fühlte sich peinlich berührt. »Also, ehrlich gesagt bin ich mir über mehrere Dinge im Unklaren.«

Moya wirkte überrascht.

»Maeve hat mir vom Chaos erzählt, und von Eton und Elan. Und dann ist da noch, was ich in Neith gelernt habe, aber nach unserem Treffen mit Drome ... Ich weiß einfach nicht mehr, was ich glauben soll.«

»Was hat Maeve dir erzählt?«, fragte Beatrice.

»Das Chaos existierte als große Leere.« Brin wiederholte die Worte, die Maeve ihr beigebracht hatte. »Aus ihr entstanden Eton, der Himmel, und Elan, die Welt. Aus ihrer Vereinigung entsprangen ihre ersten Kinder: Licht, Wasser und Zeit. Aus der Vereinigung von Licht und Zeit wurden ihre Söhne, die Sonne und der Mond, geboren. Aus Zeit und Wasser entsprang ihre Tochter, das Meer. Die Sonne und der Mond hatten zwei Kinder: Tag und Nacht. Die Kinder des Meeres sind die Vier Winde, und auch sie hatten je ein Kind: Winter, Sommer, Frühling und Herbst.« Brin zögerte. »Auf den Steintafeln der Agave habe ich dann einiges über Ferrol, Drome und Mari gelesen, und ich weiß, dass ich dabei ein paar Fehler gemacht habe. Zum Beispiel dachte ich, Erebus wäre eine Person, aber Drome hat gesagt, es war ein Ort – eine Stadt.«

»Du hast *gelesen*?«, fragte Beatrice.

»Ja, ich habe mir Markierungen ausgedacht, die Laute repräsentieren.«

»Und du hast Steintafeln in der Agave gefunden? Mit Markierungen darauf, die du verstehen konntest?«

Brin lächelte verlegen. »Ja, aber der Mann, der uns hierhergeschickt hat, den wir als Malcolm kennen und andere als Turin, hat mir erzählt, dass die Person, die die Steintafeln schrieb, die Symbole benutzte, die ich erfunden habe. Das scheint unmöglich, weil die Tafeln lange vor meiner Geburt entstanden sind.«

»Der Name Turin und das Wort *unmöglich* passen nicht zusammen«, entgegnete Beatrice.

»Wie dem auch sei, es fiel mir nicht schwer, sie zu lesen.«

Die Prinzessin nickte. Dann weiteten sich plötzlich ihre Augen. »Oh! Also *du* bist das! Aha! Ich nehme an, das ergibt Sinn.«

Ich bin was?

»Auf jeden Fall hast du bis zu den Jahreszeiten alles richtig wiedergegeben«, fuhr Beatrice fort. »Ich bin wirklich beeindruckt. Es ist nicht leicht, diese Informationen über so viele Generationen fehlerfrei weiterzugeben. Ich glaube nicht, dass euer Volk je die ganze Geschichte kannte. Lasst uns noch einmal zurückgehen.« Sie stellte ihre Tasse auf einem kleinen Tisch ab, um die Hände frei zu haben.

Ein gutes Zeichen. Die besten Geschichtenerzählerinnen benutzen ihre Hände.

»Erst einmal müsst ihr begreifen, dass Eton unendlich ist – mit anderen Worten: Er hört nie auf. Wenn ihr in den Himmel schaut, seht ihr das. Das trifft jedoch nicht auf Elan zu. Sie ist ein Kreis, ein Kreislauf. Demnach stirbt alles, was von ihr kommt, irgendwann, wohingegen alles, was von Eton kommt, unsterblich ist. Eton und Elan hatten eine Tochter namens Alurya. Sie war wunderschön, und Elan liebte sie über alles – selbst mehr als Eton. Die beiden waren unzertrennlich, und Eton wurde eifersüchtig. Doch wie alle Dinge, die von Elan kommen, würde Alurya irgendwann sterben müssen. Als es passierte, war Elan so traurig, dass sie nicht mehr mit ihrem Mann oder irgendjemand sonst sprach. Es war die Zeit des großen Elends, als der Nordwind und sein Sohn Winter über Elan wachten, während sie weinte.

Beatrice machte eine kurze Pause, bevor sie weitersprach. »Als Eton seine Frau leiden sah, gab er nach und erlaubte ihr,

Alurya unsterblich zu machen. Er verlieh Elan die Macht, ihrer Tochter neues Leben einzuhauchen. Doch jedes Jahr muss Alurya für drei Monate sterben, um wiedergeboren zu werden. Während dieser Zeit verbringen Eton und Elan Zeit zu zweit. Alurya wurde zur Mutter des Lebens, der Pflanzen und Tiere.«

»Das habe ich noch nie gehört«, sagte Brin.

»Wahrscheinlich, weil die Geschichte hier ihren Wendepunkt erreicht«, antwortete Beatrice. »Die Leuten vergessen gerne die schrecklichen Dinge.«

Sie nahm einen Schluck Tee und stellte die Tasse dann wieder ab. »Eton und Elan bekamen weitere Kinder, die drei Typhone.« Beatrice hielt inne, als erwartete sie eine Reaktion, doch als keine kam, fuhr sie fort. »Die Drillinge hießen Erl, Toth und Gar.«

»Nicht Goll?«, fragte Brin, und die anderen nickten zustimmend.

»Nein, Goll ist kein Typhon. Goll ist Gars Sohn – aber das ist eine andere Geschichte, die uns zu der Entstehung der Gremorianer führen würde. Wir gehen in eine andere Richtung. Abermals liebte Elan ihre Söhne so sehr, dass es Eton ein Dorn im Auge war. Außerdem verhätschelte sie die Typhone, wodurch Eton sie nur noch mehr hasste. So sehr, dass er sie zurück in Elans Bauch schob und sie dort einsperrte.« Beatrice streckte die Arme mit erhobenen Handflächen aus und deutete auf die Wände, die sie umgaben. »Hier, inmitten von Elan, befindet sich der Ort, der als Phyre bekannt ist.«

Beatrice befeuchtete abermals ihre Lippen mit Tee, bevor sie fortfuhr. »Elan wurde einmal mehr ihrer Kinder beraubt, doch diesmal gab Eton nicht nach. Er weigerte sich, bei ihr zu liegen, um nicht noch mehr Unsterbliche zu schaffen. Wütend und einsam schmiedete Elan Pläne gegen ihren Ehemann. Während Eton schlief, stahl sie fünf seiner Zähne und pflanzte sie in ihren Boden. Daraus wurden die Aesira geboren: Turin, Trilos, Ferrol, Drome und Mari. Als Eton davon erfuhr, wurde er zornig, und Elan flehte ihn an, ihre neuen Kinder nicht auch in den Abgrund zu schicken. Zu deren Glück – und zu unserem – tat er es nicht. Zumindest nicht sofort. Eton erkannte, dass die Fünf nichts mit den Typhonen gemein hatten. Die Aesira zeigten ihrem Vater Respekt und Aufmerksamkeit, vermutlich auf Geheiß ihrer Mutter. Doch Eton hatte seinen Schwur nicht vergessen, dass nie wieder Unsterbliche zwischen ihn und seine Frau kommen würden. So gingen sie einen Handel ein. Elan weitete Phyre aus und schuf ein schönes Heim für ihre Kinder. Jene, die aus ihr entstanden waren, würden glücklich bei ihr wohnen, bis ihre Zeit gekommen war. Dann würde der Teil von ihnen, der von Eton kam, nach Phyre geschickt und dort eingeschlossen werden. Nur Eton besaß den Schlüssel. Das war der Plan, doch wie so oft schlug er fehl. Die Probleme begannen, als Turin, der Älteste der Aesira, krank wurde. Seine Zeit zu sterben und nach Phyre zu reisen, war gekommen und – «

Beatrices Zimmertür öffnete sich, und Mideon trat mit einer Gefolgschaft ein, die die Arme voller Rüstungsteile hatte. Darunter waren Roan, Tressa und Regen, die Brin kaum wiedererkannte. Sie waren von Kopf bis Fuß in Bronze gekleidet, die so poliert war, das sie glänzte. Das schien ihr nicht schlau zu sein. Tesh hatte ihr erklärt, dass Rüstungen glatt und möglichst ohne Öffnungen sein mussten, damit Schwerter daran abprallten und nirgendwo eindringen konnten. Doch diese Rüstungen waren vor allem eins: extravagant. Roans Helm wurde von einer langen roten Feder geziert, die Brin keinem Vogel zuordnen konnte. Auf Regens Brust prangten unzählige überlappende Schuppen in der Form von Tränen. Sowohl Roans als auch Regens Stiefel reichten ihnen bis zu den Knien und sahen aus, als wäre goldener Efeu aus dem Boden gewachsen und hätte sich um ihre Beine gerankt. Beide waren plötzlich größer. Die sonst zierliche Roan war nun zwei Fuß größer, ihre lange Helmfeder nicht mitgerechnet. Selbst ihre Hände, die nun in glänzenden Metallhandschuhen steckten, schienen zweimal so groß wie

Brins zu sein. Die schüchterne junge Frau, die oft auf ihren Haaren kaute und mit sich selbst sprach, hatte sich in eine Heldin epischer Ausmaße verwandelt.

Aber darum geht es ja. Die Rüstung soll nicht den Körper schützen, denn es gibt ja keinen. Sie stärkt stattdessen den Geist. Sie verkündet eine klare Botschaft: »Ich bin hier, denk nicht mal daran, dich mir in den Weg zu stellen!«

Als Brin ihre Freunde anstarrte, erkannte sie, dass Alberich Berling tatsächlich ein Genie und der wahre Meister seiner Kunst war.

21

KRIEGE IN EINEM KRIEG

Viel zu oft ist das, dessen wir uns am sichersten sind, gleichzeitig das, worin wir uns am meisten täuschen. Und das, worin wir uns täuschen, kann alles verändern.

– Das Buch Brin

»Heilige Mutter Ferrols!«, rief Imaly. Sie schleuderte ihren Umhang auf die Steinbank, verfehlte sie jedoch, sodass der Umhang zu Boden fiel.

»Das ist der falsche Zeitpunkt für Gotteslästerung«, sagte Volhorik. Er hielt einen Moment inne und starrte den Umhang so angewidert an, als betrachtete er eine Leiche.

»Beruhige dich, ich habe ja nicht Ferrol geschmäht, sondern seine Mutter.«

»Ferrol hat keine Mutter«, fuhr der Hohepriester sie an.

Imaly rieb ihre Hände aneinander. »Tja, dann ist ja auch niemand zu Schaden gekommen.«

Sie ging zu Gylindora Fhans Sarkophag und verneigte sich. Volhorik dachte vermutlich, dass sie zu ihrer großen Ahnin betete oder etwas derart Absurdes. Dabei musste Imaly bloß Atem schöpfen. Sie war nicht mehr jung, und die alte Gylindora bot ihr eine gute Tarnung.

Meine gute alte Urgroßmutter unterstützt mich, wenn ich sie brauche. Vielleicht bete ich ja wirklich zu ihr.

Als Nächstes stieß Nanagal, blass und händeringend, zu ihnen. »Ich dachte, er würde uns alle auf der Stelle töten.«

Imaly hatte mehrmals betont, wie wichtig es war, dass sie nicht direkt vom Palast zur Krypta kamen. Das Risiko, dass jemand sie entdecken und verraten könnte, war zwar gering, doch sie wollte trotzdem nicht, dass sie wie Enten in einer Reihe hintereinander her watschelten. Schließlich trafen sie sich in der alten Grabkammer, um ungesehen zu bleiben. Imaly war gezwungen gewesen, ihre Verbündeten aufgrund ihrer einflussreichen Ämter und nicht wegen ihrer Arglist zu wählen. Sie fragte sich, ob sie das früher oder später bereuen würde, tröstete sich aber mit dem Wissen, dass alle anderen es in diesem Fall ebenfalls bereuen würden.

Nanagal nahm seinen Umhang ab, faltete ihn ordentlich zusammen und legte ihn auf die Bank. »Schwitzt noch jemand? Meine Kleider sind geradezu durchnässt. Hätte ich es eine weitere Stunde mit dem Fhan in diesem Raum aushalten müssten, wäre ich zerflossen. Wisst ihr, ich habe die ganze Zeit über an Zephyron gedacht.«

Imaly nickte zwar nicht, doch sie hatte ebenfalls an Lothians ehemaligen Herausforderer gedacht, sowie an jene Mitglieder der Grauen Umhänge, die deren Revolution unglücklicherweise überlebt hatten.

»Ich glaube nicht, dass sie je ernsthaft versucht haben, den Fleck in der Carfreign-Arena zu säubern«, fuhr Nanagal fort. »Ich denke, Lothian will, dass wir die Überreste seines Gegners für immer erblicken müssen.«

Hermon trat ein. Er blieb einen Augenblick am Eingang stehen, halb in Tageslicht gebadet und halb in Schatten getaucht. Er starrte sie an, als wartete er darauf, hereingebeten zu werden.

»Komm schon rein, du Narr«, grunzte Volhorik und winkte den Anführer der Gwydry herein, wobei die Ärmel seiner Asika flatterten.

Hermon kam seiner Aufforderung eilig nach, nickte allen zu und nahm seinen Umhang ab. Er hob Imalys Umhang vom Boden auf und legte ihn ordentlich auf die Bank, bevor er seinen ebenfalls ablegte.

»Er hat völlig den Verstand verloren, nicht wahr?« Nanagal ließ den Blick über alle Versammelten schweifen, bis er an Gylindoras Gruft hängen blieb. »Ich weiß nicht, ob es mir gefällt, dass wir uns hier treffen. Es ist zu offensichtlich. Wie sollen wir uns erklären, sollte Vasek uns finden?«

»Das ist kein Problem«, erwiderte Imaly. »Außerdem müssen wir offen sprechen können, und dafür ist das hier der beste Ort.«

Imaly wollte gern glauben, dass Gylindora sich auf ihre Seite geschlagen hätte, dass Caratacus ihr Vorhaben gutgeheißen hätte, doch sie konnte es nicht wissen. In gewisser Weise waren die erste Fhan und ihr magischer Gefährte schuld an ihrer misslichen Lage. Sie hatten das System entwickelt, das dem Aquila nun die Hände band.

»Wir müssen es tun«, sagte Volhorik. Es hörte sich an wie das Fazit, das er nach einer langen Debatte mit sich selbst gezogen hatte. »Es ist unsere Pflicht.« Letzteres sagte er mit flehendem Tonfall, während er Imaly ansah.

Als ob es nur an mir hinge. Wirst du mich verraten, du alter Bastard, wenn Synne und Sile kommen, um dich zu holen? Wirst du schreien »Es war alles ihre Schuld! Sie hat uns korrumpiert!«?

Gylindoras Gruft befand sich nicht weit vom Florella-Platz entfernt. Wer auch immer hierherkommen wollte, musste an den verdorrten Überresten der einst majestätischen Bäume vorbei. Ähnlich wie der Fleck in der Carfreign-Arena waren die Stümpfe eine Erinnerung an all jene, die während der Rebellion der Grauen Umhänge gestorben waren. So hatte Lothian es vor vielen Jahren in seiner Rede vor dem Aquila verkündet. *»Lasst uns nie die mutigen und treuen Beschützer Erivans vergessen, die ihr Leben im Kampf gegen die Bösen gaben, die sich gegen Ferrols Wahrheit auflehnten.«*

Die Wahrheit Ferrols hatte ihm in jenem Moment als kaum

verhohlenes Synonym für die Herrschaft der Miralyith gedient. Die Baumstümpfe auf dem Platz waren kein Denkmal für die Verfechter des Glaubens, sondern eine Warnung an all jene, die es in Erwägung zogen, Lothian herauszufordern. Er hatte die Mitglieder der Rebellion grausam hingerichtet.

Alle bis auf eine, dachte Imaly.

»Lothian erwartet nicht wirklich von uns, eine Liste mit Namen zu verfassen, oder?«, fragte Osla. »Ich kenne keine Miralyith, und schon gar nicht so gut, dass ich bestimmen könnte, wen sie am meisten lieben.«

»Wenigstens sind nur die Miralyith betroffen«, sagte Hermon. »Das fühlt sich auf gewisse Weise gerecht an.«

»Ist das so?«, fragte Imaly. »Kein Miralyith wird sterben. Lediglich jene, die sie lieben. So funktioniert es. Und was, wenn sie keine Einzelperson stark genug lieben? Müssen sie dann mehrere umbringen? Und wie viele? Fünf? Zwanzig? Werden hundert Bekannte notwendig sein, um genug Macht für den Zauber zu generieren?«

»Warum stellt Vasek kein Problem dar?«, fragte Nanagal unvermittelt.

»Wie bitte?« Imaly konnte den Anführer der Handwerkersippe kaum sehen, da er in den Schatten außerhalb des Lichtkreises stand, den die ewige Flamme auf dem Altar verbreitete.

»Vasek«, wiederholte er. »Du hast eben gesagt, dass er kein Problem darstellt. Er fungiert als Lothians Augen und Ohren, also sollte er ein ziemlich großes Problem sein. Hast du Geheimnisse vor uns, Imaly?«

»Natürlich! Ich habe Geheimnisse vor allen. Manchmal, wenn ich vergesse, wo meine Schuhe stehen, glaube ich sogar, dass ich Geheimnisse vor mir selbst habe. Nur so kann ich alle beschützen. Ihr müsst mir vertrauen – und das tut ihr. Sonst wärt ihr nicht hier.« Sie starrte jeden einzeln an. »Ich habe einen Plan, der uns retten könnte, doch dafür muss Lothian sterben.«

»Wie wir befürchteten, wird Ferrols Gesetz also gebrochen werden müssen«, sagte Volhorik.

»Ja.« Stille folgte.

»Wer wird es tun?«, fragte Volhorik.

»Überlass das mir«, antwortete Imaly.

»Wieder eins deiner vielen Geheimnisse?«, fragte Nanagal.

»Die Liste ist lang, mein Lieber.«

»Und was ist mit seinem Sohn?«, warf Volhorik ein. »Mawyndulë wird nach Lothians Tod den Thron erben. Wir würden bloß einen Miralyith gegen einen anderen eintauschen.«

»Der spielt auch eine Rolle in meinem Plan. Aber als Konservator von *Gylindoras* Horn«, Imaly betonte den Name ihrer Vorfahrin besonders, um jeden Vorteil auszunutzen, den sie aufbringen konnte, »brauche ich dich, Volhorik. Du musst das Horn präsentieren und es mir überreichen, wenn ich dich darum bitte.«

Der Hohepriester nickte. »Ich schwöre es.«

Wenn alles nach Plan verlief, würde dies ihre letzte Zusammenkunft sein, bevor Imaly von der Klippe sprang und sie alle mit sich riss. Sie deutete auf die Versammelten. »Ihr müsst alle euren Teil beitragen und mir das Recht zusprechen, als Herausforderin im Kampf um den Thron zu agieren.«

»Niemand kann einen Miralyith im Kampf besiegen«, sagte Hermon. »Vor allem keine betagte Nilyndd, nichts für ungut, Imaly.«

»Nur wenn es auch wirklich einen Kampf gibt, was nicht der Fall sein wird.« Imaly entdeckte die Verwirrung auf ihren Gesichtern, hielt sich jedoch mit Erklärungen zurück. Je weniger sie wussten, desto besser. Verschwörungen funktionierten am besten, wenn nur eine Person wirklich Bescheid wusste. »Das Beste daran ist, dass keiner von euch auch nur ein einziges Gesetz brechen muss.«

»Und was ist mit dir?«, fragte Nanagal. »Kannst du dasselbe von dir behaupten?«

»Ein paar moralische Gesetze vielleicht.« Imaly fuhr herum und legte beide Hände auf den Steinsarkophag, der die Überreste der ersten Fhan enthielt. »Im Gegenzug hoffe ich, das Überleben unseres Volkes, unserer Kultur, unseres Erbes zu sichern. Ich finde, das ist ein gerechter Tausch.«

»Und sollte dein Plan fehlschlagen?«, fragte Hermon.

Imaly drehte sich zu ihm um. »Dann werden wir weiter unter einem Fhan leben, der seine Gefolgsleute zwingt, ihre Liebsten zu ermorden. Beten wir, dass es nicht dazu kommt. Seid ihr also dabei?«

Alle nickten.

»Gut. Als amtierende Kuratorin des Aquila berufe ich hiermit ein Quorum ein. Alle, die zustimmen, mir, Imaly Fhan, Enkelin von Gylindora Fhan, nach Lothians Tod und dem Abschluss des sechsten Uli Vermars das Recht zur Herausforderung zu erteilen, antworten bitte mit Ja.«

Wie so oft verfolgte Mawyndulë, wie der Goldfisch in der Glasschale auf seinem Nachttisch hin und her schwamm. Mawyndulë hatte ihm nie einen Namen gegeben, sondern ihn stets nur *Fisch* genannt. Die einzige Person, mit der er je über ihn sprach, war seine persönliche Dienerin Treya. Er erinnerte sie manchmal daran, den Fisch zu füttern oder das Glas zu säubern. Er fand, dass es sich falsch anfühlte, dem Goldfisch einen Namen zu geben. Wer war er schon, dass er einem Lebewesen einen Namen gab? Nun war er froh, dass er es nicht getan hatte. Ein Name hätte bedeutet, dass er Zuneigung für den Fisch verspürte, dass dieser ihm etwas bedeutete. Derzeit waren solcherlei emotionale Anwandlungen gefährlich.

Ein schockierend kurzes Klopfen ertönte an der Tür. Nur einen Wimpernschlag später stürmte Synne herein. Ihr Blick legte sich kalt, aggressiv und tödlich auf ihn wie eine gezogene Waffe. Hinter ihr trat Sile ein. Mit seinen riesigen Händen schob er Treya vor sich her.

Treya sah so verängstigt aus wie das eine Mal, als sie das Fischglas hatte fallen lassen. Sie hatte es gerade gesäubert und es war noch nass gewesen, sodass es ihr aus der Hand gerutscht und am Boden zerschellt war. Wasser und Glasscherben hatten sich über den Boden verteilt, der Fisch war hilflos auf und ab gehüpft. Treya musste damals erwartet haben zu sterben, das hatte er in ihren Augen gelesen. Nun erkannte er dieselbe Furcht in ihrem Blick.

Als Letztes trat Vasek ein. Der Meister der Geheimnisse schien lediglich als Zeuge zugegen zu sein. Er stellte sich diskret zwischen Mawyndulës Kleiderschrank und sein Waschbecken. Er schien der Einzige der drei Invasoren zu sein, dem die Störung leidtat. Mawyndulë hatte sowieso immer gewusst, dass Vasek neben Imaly der schlauste Fhrey in Estramnadon sein musste. Er wusste, dass Mawyndulë die Störung niemals vergeben würde. Seine zur Schau gestellte Betroffenheit würde ihn vielleicht retten, wenn Mawyndulë erst auf dem Waldthron saß, selbst wenn sie nur aufgesetzt sein mochte.

»Was hat das zu bedeuten?«, fragte Mawyndulë empört. Er wusste, warum sie hier waren, war jedoch gewillt, bei ihrer Scharade mitzuspielen. Er erhob sich, um seine Rolle besser zu erfüllen.

»Deine Dienerin wurde dabei erwischt, wie sie den Fhan bestohlen hat«, sagte Synne so wütend, dass es an eine Beleidigung grenzte.

Sie glaubt doch wirklich, dass ich keine Ahnung habe, was hier vor sich geht.

»Sie behauptet, sie wäre unschuldig«, fügte Synne hinzu.

»Ich habe es nicht getan«, sagte Treya an ihn gewandt. »Ich weiß nicht, wie es in meine Tasche kam!« Ihre Reaktion war keine Schauspielerei. Treya wusste nichts über ihr angebliches Vergehen, und sie war so verängstigt, dass ihr Tränen über das Gesicht liefen.

»Worum geht es?« Er gab sich alle Mühe, seine Antwort

nicht danach klingen zu lassen, dass er ihr ein Verbrechen vorwarf.

Es sollte nicht zu leicht für sie werden.

»Um den goldenen Kerzenhalter Eures Vaters aus dem Empfangssaal«, antwortete Synne rasch. Ihr Gebaren erinnerte ihn daran, wie sie die Kunst benutzte. Gewöhnlich spiegelte sich die Persönlichkeit der Künstler sowohl in ihren Handlungen als auch in ihrer Kunst wider.

Kerzenhalter? Ist das euer Ernst? Etwas Besseres ist euch nicht eingefallen?

Mawyndulë hätte beinahe die Augen verdreht.

Sie glauben doch nicht wirklich, dass ich ihnen abnehme, dass Treya illegalen Handel mit Palastgegenständen auf dem Florella-Platz treibt. Oder vielleicht soll ich glauben, dass sie den Kerzenständer auf ihren kleinen Nachttisch stellt, um ihn zu bewundern. Es würde mehr Sinn ergeben, würden sie ihr vorwerfen, sie hätte die Kerzen gestohlen. Damit könnte sie wenigstens etwas anfangen.

»Bitte, Eure Hoheit, bitte, *Mawyn*, sagt ihnen, dass ich so etwas niemals tun würde.« Obwohl Treya ihm bereits seit seiner frühesten Kindheit diente, sah sie nicht alt aus. Jedoch auch nicht jung. Sie war in dem undefinierbaren Dazwischen gefangen, doch in diesem Moment wirkte sie uralt. Während Sile sie mit seinen Pranken festhielt, bildeten sich Sorgenfalten um ihre Augen, die Mawyndulë nie zuvor bemerkt hatte. Dass sie seinen Spitznamen benutzte, zeigte noch deutlicher, wie verzweifelt sie war. Treya ahnte nicht, dass dies eine Scharade war – sie wusste jedoch sehr wohl, was auf dem Spiel stand. »Bitte sagt ihnen, dass ich Eure treu ergebene Dienerin bin. Ich habe Euch nie enttäuscht.«

Mawyndulë dachte an das zerbrochene Goldfischglas, und sein Blick huschte unwillkürlich zu der Fliese, auf der es zerschellt war.

»Wir haben sie dabei erwischt, wie sie den Palast mit dem

Kerzenständer verlassen wollte«, sagte Synne. »Der Fhan hat ihre Hinrichtung befohlen … es sei denn, Ihr sprecht euch für sie aus.«

»Oh, beim heiligen Ferrol«, klagte Treya.

Mawyndulë zeigte keinerlei Überraschung oder Sorge. Er runzelte enttäuscht die Stirn und sah Synne dann direkt in die Augen. »Warum sollte ich das tun?«

Alle wirkten schockiert, und Mawyndulë konnte sich ein Lächeln kaum verkneifen. Es bereitete ihm eine besondere Freude, Synne an der Nase herumzuführen. Sie dachte, sie wäre so schnell und schlau.

»W-w-was?«, fragte Synne und büßte dabei ihre einschüchternde Wirkung ein.

Mawyndulë schüttelte enttäuscht den Kopf und ließ sich auf sein Bett fallen. Er verschränkte die Hände hinter dem Kopf. »Um ehrlich zu sein, dachte ich, du wärst schlauer, Synne. Ich erkläre es dir mit einfachen Worten. Warum seid ihr mit diesem Anliegen zu mir gekommen? Warum habt ihr meinem Vater nicht gehorcht, wenn Treya schuldig ist und er ihre Hinrichtung befohlen hat? Warum seid ihr zu mir gekommen?«

Vasek trat vor. »Ich vermute, Euer Vater fürchtet, dass Treyas Hinrichtung Euch schmerzen könnte, da sie Euch großgezogen hat. Er möchte seinen Sohn nicht unglücklich machen und ist gewillt, ihre Strafe zu mildern, sollte dies der Fall sein.«

Er will mich nicht unglücklich machen? Vasek ist vielleicht doch nicht so schlau, wie ich dachte.

»Das ist nicht der Fall.« Mawyndulë drehte sich zu seinem Goldfisch und tippte gegen das Glas.

Treyas Lippen zitterten, Tränen liefen ihr weiterhin über die Wangen. »Bei Ferrol, Mawyn, ich bin deine …« Sie hielt inne, schlug sich die Hände vor den Mund und ihre Augen traten hervor. Ihr Blick war flehend.

»Seid Ihr sicher?«, fragte Vasek.

Mawyndulë sah ihn genervt an. »Normalerweise hörst du,

wenn Leute mit dir reden, Vasek. Anscheinend wird Synne allmählich schwer von Begriff und du wirst taub.«

»Aber Treya ist …«, stammelte Synne auf für sie untypische Weise. Sie zögerte, ihr Blick huschte zwischen Treya und Mawyndulë hin und her. »In Eurem Leben kommt sie einer Mutter am nächsten.«

»Versuchst du mich zu beleidigen, Synne? Treya ist eine Dienerin – eine Gwydry. Wir haben noch mehr davon, nehme ich doch an? Nachdem du ihr das Fleisch von den Knochen geschmolzen hast, oder was auch immer du mit ihr vorhast, suche mir gefälligst einen passenden Ersatz. Jemanden, der *nicht* klaut. Kriegst du das hin?«

Synne funkelte ihn böse an. Sie sah jetzt ziemlich gereizt aus. Treya schluchzte lautstark.

Mawyndulë wandte sich wieder dem Fisch zu und tippte abermals gegen das Glas.

Die vier standen mehrere Herzschläge lang reglos im Raum.

»Gibt es noch etwas anderes?«, fragte er entnervt.

»Nein, Eure Hoheit«, antwortete Synne.

Sie zogen sich zurück und nahmen die schluchzende Treya mit sich. Nachdem die Tür ins Schloss gefallen war, legte sich Mawyndulë auf den Rücken. Er fühlte sich erschöpft, geradezu krank. Es hatte ihm nicht gefallen, Treya so zu sehen. Er wollte gern glauben, dass er ihr gerade das Leben gerettet hatte, doch es war möglich, dass sie sie trotzdem hinrichten würden. Vasek würde vielleicht darauf bestehen, um so zu tun, als wüsste er nicht, dass alles nur gespielt war. Was für ein unfähiger Meister der Geheimnisse. Trotz Mawyndulës Bemühungen bestand also die Möglichkeit, dass Treya in dem Wissen sterben würde, dass sie ihm nichts bedeutete. Das wäre zwar schade, aber immer noch besser als die Alternative. Mawyndulë wusste nicht, ob sie ihm wichtig genug war, dass er durch ihre Ermordung genug Macht für die Erschaffung eines Drachen freisetzen könnte. Aber er wollte es auch nicht herausfinden.

Sie werden sie nicht töten, dachte er. *Das ergibt keinen Sinn. Sie ist in Sicherheit.*

Wieder und wieder sagte er sich diese Worte vor, während er auf seinem Bett lag und die Finger ins Laken grub.

Synne hatte recht, Treya war für ihn wie eine …

Mawyndulë setzte sich auf.

Warum dachten sie, dass ich traurig sein würde? Warum haben sie mich derart herausgefordert? Und warum mit ihr?

Mawyndulë blickte zur Tür, wo Treya gestanden hatte, und erinnerte sich daran, wie sie sich die Hände auf den Mund gepresst hatte – um die Worte aufzuhalten, die ihr beinahe entschlüpft wären.

Mawyndulë sah ihn im Garten auf der Bank vor der Tür sitzen. Der Mann, mit dem er sich vor Jahren unterhalten hatte, war zurück – oder vielleicht war er nie fort gewesen. Mawyndulë wusste es nicht, da er sich erinnerte, wann er selbst zuletzt den Garten aufgesucht hatte. Es mochte tatsächlich Jahre her sein. Mawyndulë war sich fast sicher, dass es derselbe Kerl war. Es konnte nicht viele wie ihn in Estramnadon geben. Nur Priester trotzten der Kälte, um die Tür zu betrachten, und Priester waren immer sauber. Der Kerl auf der Bank hatte hingegen wildes, ungekämmtes Haar, und sein verdreckter Umhang bestand nicht einmal aus dickem Winterstoff, sondern war dünn, wie für den Sommer gemacht.

Nach der Begegnung mit Synne und Vasek hatte Mawyndulë beschlossen, spazieren zu gehen. So würde er nicht Treyas Schreie hören müssen, sollten sie sie doch umbringen. Normalerweise ging er nicht raus, wenn es kalt war. Er hatte ewig gebraucht, um seinen schweren Winterumhang zu finden, und nachdem er vom eisigen Wind in Empfang genommen worden war, hatte er entschieden, nur einen kurzen Abstecher in den Garten zu machen, dann am Airenthenon vorbei, um den Florella-Platz und schließlich zurück zum Palast. Der Spaziergang würde weniger als eine Stunde dauern, doch selbst das kam ihm abenteuerlich vor.

Als er an der Tür vorbeikam, begann Mawyndulë sich allerdings zu fragen, ob er nicht doch lieber Treyas Schreie statt der Kälte ertragen wollte. Da sprach ihn der dreckige Kerl auf der Bank an.

»Sie werden sie nicht töten.«

»Wie bitte?« Mawyndulë blieb stehen. Es ärgerte ihn, dass sich diese Person anmaßte, das Wort an ihn zu richten.

»Dein Vater ist kein Feigling.«

»Bitte was?« Mawyndulë hatte keine Ahnung, was der Mann mit der abscheulichen Kleidung von ihm wollte. Es hatte sich wie eine Beleidigung angehört, und Mawyndulë war bereits so aufgewühlt, dass sich seine Verwirrung rasch in Zorn verwandelte. »Wer –«

»Es ist nicht so, dass dein Vater versucht, der Bürde zu entkommen, die das Töten seiner Lieben mit sich bringt. Tatsächlich geht es überhaupt nicht darum. Es ist nur so, dass Lothian schlicht niemanden liebt. Das sollte dich aber nicht belasten. Ist nicht deine Schuld, sondern seine. Eine lange Lebensspanne sorgt dafür, dass viele Fhrey im Leben kommen und gehen. Wie Löwenzahnschirmchen im Wind. Leidenschaft hält sich nie lange. Nach einer Weile entlarvst du Zuneigung als das, was sie wirklich ist – oder was du *glaubst*, das sie ist: Schwäche. Es ist schmerzhaft, geliebte Personen zu verlieren. Für euch Fhrey müssen sie nicht einmal sterben. Ihr verliert lediglich irgendwann das Interesse. Zuneigung und Nähe verlieren schnell ihren Reiz. Wenn du weniger investierst, hast du weniger zu verlieren – und zu verlieren gibt es immer etwas. Das staut sich über die Jahrhunderte auf. Die einst simplen Freuden des Lebens stumpfen ab. Nach ein paar Tausend Jahren beginnst du dich zu fragen, ob du jemals wirklich glücklich warst. Wahrscheinlich nicht, denkst du dir in deinem sicheren Kokon, in dem du nichts fühlst und alles fürchtest. Aber *du* bist natürlich noch jung und leidenschaftlich. Du wirst es schon noch lernen – bis du es besser weißt als irgendjemand sonst.«

Trotz seiner Abneigung näherte sich Mawyndulë dem Fremden auf der verschneiten Bank. »Du hast schon einmal mit mir gesprochen. Jetzt erinnere ich mich. Es ging um irgendeinen Unsinn über Hass und Rache. Wer bist du?« Mawyndulë verschränkte die Arme vor der Brust, um sein Missfallen auszudrücken.

Der Mann bemerkte es entweder nicht, oder es war ihm egal, dass er den Prinzen verärgert hatte. Ihm schien so ziemlich alles egal zu sein, wie beispielsweise dass gerade Winter war oder dass Baden eine Tugend war.

»Das willst du doch gar nicht wissen«, antwortete der Kerl. »Es ist dir eigentlich egal. Du willst bloß, dass ich dich in Ruhe lasse. Du wolltest nur einen Spaziergang machen, dem Palast eine Weile entkommen. Aber so funktioniert das Leben. Man sieht die großen Momente nicht kommen und erkennt sie erst, wenn sie an einem vorbeigezogen sind. Man sieht sie immer nur von hinten, nie von vorne, was die eigene Perspektive verzerrt. Von hinten sieht alles besser aus, wie das Abendrot, der letzte Nachhall des Sonnenlichts. Im Nachhinein erscheinen die Dinge größer, offensichtlicher und man denkt sich: *Wie habe ich das nicht sehen können?* Aber die Momente, die unser Leben verändern, sind nicht zu unterscheiden vom Rest, weil sie unbedeutend sind, bis sie bedeutsam werden. Verstehst du?«

»Nein!«, rief Mawyndulë. »Aber du hast recht, ich will nicht mir dir reden.« Er hatte sich umgedreht und wollte davonstürmen, doch da traf ihn etwas in den Rücken. Er fuhr herum. Der Mann auf der Bank grinste. Etwas leuchtete am Boden. Es war klein und rot und lag zu Mawyndulës Füßen im Schnee.

Eine Erdbeere?

Mawyndulë bückte sich, um sie aufzuheben. Sie war frisch, reif und perfekt.

»Jerydd hat dir beigebracht, mithilfe der Kunst aus der Ferne zu lauschen. Diese Fähigkeit wirst du später brauchen, aber nicht nur das. Du solltest etwas über Troth in Erfahrung bringen.«

Mawyndulë riss sich vom Anblick der Erdbeere los und sah ihn an. »Du bist sehr seltsam.«

Der Mann auf der Bank lächelte. »Troth ist der Faden der Schöpfung.«

»So etwas gibt es nicht.« Dies war ein Thema, über das Mawyndulë Bescheid wusste. Der merkwürdige Kerl gab vor, etwas über die Kunst zu wissen, und lag falsch, wie die meisten Laien. »Es gibt keinen Faden der Schöpfung.«

»Doch. Wie sonst wurde wohl alles erschaffen?«

»Er kann nicht mit der Kunst erreicht werden.«

»Wie, glaubst du, hat Jerydd wohl seine Erdbeere erschaffen? Woher kam diese?«

Mawyndulë starrte ihn an.

Woher weiß er von Jerydd und seiner mysteriösen Beere? Woher wusste er, dass ich einen Spaziergang mache? Und Treya und mein Vater? Es ist unmöglich, dass er von ihnen weiß. Wer ist er?

»Troth ist riesig – so gigantisch, dass es sich nicht wie ein Faden anfühlt. Deshalb glauben die meisten, wie du und deine Lehrer, dass er nicht existiert. Und selbst wenn … die Macht, die man bräuchte, um den Faden zu berühren, ist überwältigend. Jerydd brauchte die geballte Macht Avemparthas, um eine einzige, winzige Erdbeere zu erschaffen. Ein selbstständiges Wesen zu erschaffen, wie es dein Vater gerade versucht, ist noch schwieriger.«

Mawyndulë betrachtete die Beere in seiner Hand. »Aber du hast es geschafft. Ganz ohne … « Er sah sich im toten, verschneiten Garten um.

»Mich solltest du da lieber raushalten. Es würde dich nur verwirren. Ich bin anders, und ich spiele nicht nach den Regeln. Meine Präsenz hier ist das perfekte Beispiel. Dass ich dir beizubringen versuche, wie man Erdbeeren erschafft, ist ein weiteres.«

Mawyndulë sah wieder die Beere an. »Warum?«

»Weil zweimal nicht ausreicht.« Er deutete auf die Tür. »Ich brauche Spuren, die ich verfolgen kann, und meine Beute ist einfallsreich. Ich hoffe, dass es beim dritten Mal klappt. Der dritte wird der Schlüsselmoment.« Er lachte. »Verstehst du? Schlüssel?«

»Was du sagst, ergibt keinerlei Sinn.«

Der Mann auf der Bank lächelte, diesmal voll düsterer Belustigung. »Wenn du auf diesen Moment zurückschaust, wenn du ihn von hinten siehst, wird dir alles klar werden. Alle Teile sind an ihrem Platz oder werden es bald sein. Trotzdem musst du dich auf die Zukunft vorbereiten, dich rüsten. Du wirst nämlich alle Hilfe brauchen, die du kriegen kannst. Und jetzt hör mir genau zu.«

Mawyndulë war aus dem Garten entkommen. So sah er es, als er die Begegnung *von hinten* betrachtete.

Der Kerl auf der Bank hatte unaufhörlich von Troth und der Schöpfung gebrabbelt, während Mawyndulë gelächelt und genickt hatte, bis er sich schließlich winkend verabschiedet hatte und davongeeilt war.

Was war das denn?

Mawyndulë nahm sich vor, Vasek von dem Mann zu berichten. Als er durch das Gartentor schritt, überkam ihn eine Welle der Erleichterung. Der Fremde auf der Bank war beunruhigend.

Zweimal!

Er schien tatsächlich etwas von der Kunst zu verstehen, doch seine Ideen waren seltsam. Mawyndulë achtete nicht darauf, wohin er ging, und fand sich schließlich auf der Flussseite des Gartens wieder. Er hätte zurück zum Palast gehen sollen. Seine Füße waren kalt, und sollten sie Treya hingerichtet haben, wäre es längst vorbei.

Wer – oder was – ist dieser Kerl?

Während er noch versuchte, die merkwürdige Begegnung zu begreifen, lief Mawyndulë am Flussufer entlang in Richtung der berüchtigten Brücke, die heute vollkommen mit Schnee bedeckt war.

Und da sah er sie.

Zuerst war er überzeugt, dass er sich irrte. Sie musste eine Illusion sein, vielleicht eine Wunschvorstellung, eine Erinnerung oder ein Geist. Aber es war tatsächlich Makareta. Sie stand nicht unter der Brücke, wie er es gewohnt war, sondern auf dem Weg zwischen zwei laublosen Birken. Sie war ganz in Schwarz-Weiß gekleidet wie eine Umalyn. Doch selbst mit der ins Gesicht gezogenen Kapuze erkannte er sie. Angstvoll blickte sie ihm entgegen.

Mawyndulë starrte sie schockiert und ungläubig an.

»Ich hatte Angst, mich dir zu zeigen. Angst, dass du ... Aber jetzt ...« In ihren Augen funkelte tiefe Sorge.

Dieselbe Stimme. Alle Muskeln in Mawyndulës Magen zogen sich zusammen. Seine kalten Füße waren vergessen. »Wie ... wie kann es sein, dass du lebst?«

»Ich bin entkommen. Ich habe mich versteckt.«

»Wo?«

»Hier.« Sie machte eine vage Handbewegung.

»Du hast dich sieben Jahre lang in Estramnadon versteckt?«

Sie nickte, ihre Kapuze bewegte sich kaum.

Ist Vasek wirklich so schlecht in dem, was er tut? Wie ist es möglich, dass niemand sie gesehen hat? Wie hat sie sich ernährt? Wie hat sie überlebt?

Makareta sah nicht anders aus als zuvor.

Na ja, vielleicht ein wenig.

Ihr einst fröhliches Lächeln war fort, ihre Augen wirkten älter – erschöpft. Sie war immer noch hübsch. Ihre Traurigkeit und der ängstliche Blick standen ihr gut. Sie machten sie verletzlicher. Und noch begehrenswerter. Mawyndulë erinnerte sich, dass sie ihn verraten hatte, dass sie eine Mörderin war. Doch das war nur ein flüchtiger Gedanke, mit dem er sich ein andermal beschäftigen konnte, denn sie stand hier und jetzt vor ihm.

»Ich musste dich sehen«, sagte sie.

»Warum?«

»Um mich zu entschuldigen. Um dich wissen zu lassen, dass ich nie vorhatte ...« Sie atmete tief ein. »Ich wollte dir später alles erklären, aber es gab kein Später. Und ich dachte, wenn ich ...« Sie hob die Hände vors Gesicht, hielt aber auf halbem Weg inne. Die Ärmel ihrer Robe waren so lang, dass er lediglich ihre Fingerspitzen erkennen konnte. Makareta sah sich nervös um, rückte ihre Kapuze zurecht, um ihr Gesicht zu verdecken. »Können wir uns setzen? Gibst du mir die Gelegenheit, es dir zu erklären?«

»Du hast mich benutzt, um ein Attentat auf meinen Vater zu verüben. Was für eine Erklärung könntest du dafür haben?«

»Dass du nun Fhan wärst, wenn es uns gelungen wäre. Und dann wären die Miralyith nicht am Ufer des Nidwalden im Exil, und wir befänden uns nicht in einem sinnlosen Krieg mit den Rhunes.«

Mawyndulë warf einen Blick über die Schulter zum Palast. Er war sich nicht sicher, was er tun sollte. Er hatte sich geschworen, sie zu töten, sollte er sie jemals wiedersehen. Er konnte es tun. Da sie andere Fhrey ermordet hatte, stand sie nicht länger unter Ferrols Schutz. Sie war keine Fhrey mehr.

Er hatte sich diese Begegnung tausendmal vorgestellt. Er würde lässig daherreden, sie mühelos in Brand setzen oder ihr das antun, was Gryndal mit den Rhunes in dem niedergebrannten Dorf getan hatte. Er würde mit den Fingern schnipsen, und sie würde entzweigerissen werden. Diese Szenen hatte er sich so oft ausgemalt, doch in keiner hatte Makareta so traurig, so verletzlich und verführerisch ausgesehen. In seinen Tagträumen war sie ihm immer mit einem boshaften, wahnsinnigen Grinsen entgegengetreten.

Er hatte stets geglaubt, dass es Furcht einflößend wäre, sie wiederzusehen. Sie konnte ihn schließlich ebenso töten wie er sie. Ein weiterer Mord würde keinen Unterschied mehr machen. Er hätte angespannt und verängstigt sein müssen, doch er war es nicht. Makareta wirkte in keiner Weise bedrohlich auf ihn. Er musterte sie und sie ihn. Es fühlte sich an, als spähte er durch eine Tür in ihre Seele, die sie absichtlich offen gelassen hatte.

»Ja, wir können uns setzen«, antwortete er.

Makareta nickte, drehte sich auf dem Absatz um und führte ihn zu einem flachen Felsen neben der Brücke, nicht weit vom Ort des Verbrechens entfernt. Mit ihren langen, flatternden Ärmeln wischte sie über den Schnee, um Platz für sie beide zu schaffen.

Ihre Verkleidung war gelungen. Umalyn-Priester kleideten sich genauso und waren oft in der Nähe des Gartens unterwegs. Niemand außer ihm hätte sie erkannt, und auch ihm war es nur gelungen, weil sie sich ihm gezeigt hatte.

Mawyndulë ließ sich neben ihr nieder.

»Du kannst mich töten.« Ihre Worte schockierten ihn. »Ich werde nicht mal einen Schild errichten, aber ich hoffe, dass du mich vorher sprechen lässt. Ich weiß, dass du mich hassen musst. Vielleicht siehst du keinen Grund, warum du mir überhaupt zuhören solltest, aber ... na ja ...« Sie schüttelte den Kopf. »Ich weiß, dass du mir vielleicht nicht glaubst, aber meine Gefühle für dich waren immer echt und ja, ich glaube wirklich, dass du ein besserer Fhan wärst als dein Vater.«

Sie senkte den Kopf und schlug mit den langen Ärmeln frustriert seufzend auf ihre Oberschenkel. »Das alles hört sich so gestellt an. Alles, was ich jetzt sage, wird sich in deinen Ohren wie verzweifeltes Flehen anhören, und das ist es wohl auch. Aber das solltest du akzeptieren können.« Sie sah ihn an. »Ich lege mein Leben in deine Hände. Du musst mich nicht einmal selbst töten, nur deinem Vater erzählen, dass ich lebe. Dann wäre ich tot. So einfach ist es für dich, mich zu töten.«

»Vielleicht aber auch nicht. Wenn du den Suchtrupps bereits so lange entkommen bist –«

»Niemand hat nach mir gesucht. Zumindest nicht sehr lange. Alle glauben, ich wäre tot oder weit weg.«

»Also riskierst du dein Leben, nur um dich bei mir zu entschuldigen?«

»Nein. Auch, aber da ist noch etwas anderes.«

Mawyndulë wartete, doch Makareta sagte eine Weile nichts mehr. Sie saß mit gesenktem Kopf und aneinandergepressten Knien neben ihm und zitterte leicht. Er sah, wie sich der feine Stoff ihrer Robe bewegte.

»Was ist denn?«, fragte er schließlich.

Sie atmete scharf ein, und er glaubte, sie würde weinen, doch ihr Gesicht blieb hinter der Kapuze verborgen. »Das fällt mir schwer. Ich … ich habe große Angst.«

»Wovor?«

»Vor dir.«

»Wirklich?«

»Ich habe Angst, dass du mir nicht glaubst und mich hassen wirst.«

»Was du in Wahrheit fürchtest, ist, dass ich dich töte oder dich von jemandem töten lasse.«

Sie schüttelte den Kopf. »Früher mal, ja. Jetzt nicht mehr. Ich glaube, du hättest es schon getan, wenn du es tun wolltest. Nein, ich habe Angst, weil … Mawyn, *ich habe Fhrey getötet.*« Sie schob die Kapuze zurück, und er konnte Tränen in ihren Augen sehen. »Ich weiß nicht, was passiert, wenn ich sterbe. Vielleicht verschwinde ich einfach, löse mich auf. Aber ich weiß mit Sicherheit, dass ich Phyre nicht werde betreten dürfen. Niemand wird um mich trauern. Ich bedeute niemandem etwas – niemandem.« Die Tränen liefen ihr über die Wangen. »Du hast keine Ahnung, wie sich das anfühlt. Ich werde vollkommen vergessen werden und ich bin ganz allein. Ich will nur wissen, ob ich vielleicht doch noch jemandem etwas bedeute. Und im

Moment bist du der Einzige, auf den das zutreffen könnte. Aber wenn ich dich nicht überzeugen kann, bin ich wahrlich verloren. Also bitte, versuch mir mit offenem Herzen zuzuhören, und wenn du mich danach immer noch deinem Vater aushändigen willst, soll es so sein.«

Mawyndulë streckte eine Hand aus und berührte ihre bebenden Finger. Er wusste nicht warum. Er hatte nicht darüber nachgedacht, war jedoch froh, es getan zu haben. Sie fühlte sich noch genauso an – nein, besser. Früher war Makareta wild gewesen, eine Person, die er hatte beeindrucken wollen. Nun kam sie geschlagen und kapitulierend zu ihm, und ihm wurde bewusst, dass er sie niemals seinem Vater übergeben konnte, egal, was sie ihm sagen würde. Die Wahrheit verblüffte ihn, überraschte ihn allerdings nicht. Selbst seinen Goldfisch würde er Lothian nicht geben.

»Ich höre dir zu«, sagte er und meinte es ernst.

Makareta nickte und atmete zitternd ein, bevor sie zu sprechen begann. »Vor sieben Jahren habe ich mich einer Gruppe dummer Kinder angeschlossen, die die verrückte Idee hatten, den Fhan zu ermorden. Wir wollten Erivan für die Miralyith retten. Ich lag falsch. Erivan ist nicht nur für die Miralyith gedacht. Es gibt sieben Sippen, die alle eine Stimme verdienen. Sie alle verdienen Respekt. So hat Ferrol es vorgesehen, aber dein Vater steht dem im Weg. Außerdem hat er diesen Krieg zu verantworten. Ich habe gehört, dass er Miralyith dazu zwingen will, ihre Liebsten zu töten, um Drachen zu erschaffen.«

»Ja, das stimmt.«

»Wenn Lothian Fhan bleibt, selbst wenn er die Rhunes besiegt, wird nichts von Erivan übrig bleiben, das sich zu retten lohnt. Er zerstört alles Gute unserer Gesellschaft, um einen Krieg zu gewinnen, den *er* angezettelt hat. Er hat das Herz der Volkes verloren. Niemand glaubt mehr an ihn. Du lebst im Palast, also hörst du es vielleicht nicht, aber ich lausche hier draußen in den Schatten. Ich kann dir sagen, dass unser Volk sich nicht mehr sicher ist, wer die größere Bedrohung darstellt, die Rhunes oder dein Vater. Es war furchtbar, wie er die zu opfernde Person auslosen ließ – und noch dazu umsonst. Es ist ihm nicht gelungen, einen Drachen zu erschaffen, und er wird es wieder versuchen.«

»Er hat nicht verstanden, wie es funktioniert, aber jetzt weiß er es.«

»Glaubst du das wirklich?«

Mawyndulë nickte. »Nicht, weil er es mir gesagt hätte, sondern weil es Sinn ergibt. Für den Webspruch braucht man viel Kraft, wie man sie aus Schmerz, Furcht und Tod ziehen kann. Nur durch die Qualen des Verlustes einer geliebten Person von eigener Hand wird sie verdoppelt. Da mein Vater die Gwydry nicht kannte, konnte er nicht genug Macht auf den Plan rufen.«

Makareta nickte nachdenklich und er sah Sorge, gefolgt von Entschlossenheit auf ihren Zügen.

»Was ist?«, fragte er.

»Vor Jahren war es nicht richtig, dass ich den Fhan töten wollte, aber die Zeiten haben sich geändert. Das sehe ich jetzt.«

»Was willst du damit sagen? Willst du –«

»Mawyn, wie sehr wünscht sich dein Vater, Drachen zu erschaffen?«

»Er denkt an nichts anderes mehr.«

»Was hält ihn davon ab? Warum gibt es nicht bereits zehn Drachen?«

Mawyndulë dachte kurz darüber nach. Er hatte geglaubt, es läge daran, dass sein Vater ein Feigling war, dass er nicht selbst die Opfer bringen wollte. Aber …

»*Dein Vater ist kein Feigling … Es ist nur so, dass Lothian schlicht niemanden liebt. Das sollte dich aber nicht belasten. Ist nicht deine Schuld, sondern seine.*«

Mawyndulë neigte nicht dazu, Fremden auf einer Bank zu glauben, doch dies fühlte sich wahr an. Sein Vater konnte keine Drachen erschaffen, weil er das Troth nicht erreichen konnte.

»Ich glaube … Es sieht so aus, als könnte mein Vater nicht …
Ich denke nicht, dass ihm jemand genug am Herzen liegt.«

»Ich glaube, du liegst falsch«, sagte Makareta. »Die Frage ist
nur … was passiert, wenn er darauf kommt, dass er nicht zu alt
ist, um einen neuen Erben zu zeugen?«

Der Gedanke war Mawyndulë noch nie gekommen. Auch
jetzt fiel es ihm schwer, Makareta zu folgen. Als er es endlich
begriff, schüttelte er den Kopf. »Du verwechselst mich mit meinem Bruder Pyridian, dem Sohn, den mein Vater geliebt hat. Es
wäre kein ausreichendes Opfer, mich zu töten.«

»Das traf auch auf Amidea zu und sie ist trotzdem tot. Ich
vertraue deinem Vater nicht und ich glaube nicht, dass du sicher bist, solange er lebt.« Sie hielt inne und fügte schließlich
beklommen hinzu: »Mawyn, ich werde noch einmal versuchen,
deinen Vater zu töten. Für dich und für unser Volk. Und diesmal bitte ich dich um Hilfe.«

22

DAS LOCH

———•◆•———

Endlos, sinnlos, gewissenlos – Nifrel sollte nicht der Name
eines der Reiche des Nachlebens sein, sondern das Wort, das
wir benutzen, um einen Konflikt zu beschreiben, der nur um
des Konflikts willen ausgefochten wird.

– Das Buch Brin

Brin lief zwischen Tressa und Moya, während die Armee durch
den dunklen Tunnel marschierte. Tausende Köpfe waren im
schummrigen Licht zu erkennen, und doppelt so viele Füße
donnerten auf dem Boden. Das von den Wänden widerhallende Geräusch klang so unheilvoll wie Kriegstrommeln. Brin
hatte Rhunes, Fhrey und sogar einige Grenmorianer unter den
Belgriclungreianern entdeckt. Alle trugen Waffen und reich
verzierte Rüstungen, als wären sie auf dem Weg zu irgendeinem großen Fest. Brin fühlte sich sicher, auch wenn sie wusste,
dass das nur eine Illusion war. Sie hatte gesehen, was selbst mit
den beeindruckendsten Streitkräften geschehen konnte, wenn
sie das Schlachtfeld erreichten. Sie wusste, was dort draußen
auf sie wartete. Davor konnten sie alle großen Krieger der Welt
nicht beschützen. Obwohl Brin all das wusste, marschierte sie
mit ihnen durch den Tunnel und war optimistisch.

Wahrscheinlich liegt es an der Rüstung.

Alle sechs trugen nun maßgeschneiderte Rüstungen. Brin
hatte erwartet, dass die funkelnde Bronze schwer sein und sie
einengen würde, doch seit sie sie mit Roans Hilfe angelegt hatte,

fühlte sie sich leichter und freier als je zuvor. Mehr noch, sie fühlte sich stärker – und sie glühte. Sie alle leuchteten, doch Brin strahlte am hellsten.

»Wie machst du das?«, fragte Moya, die leicht die Augen zusammenkneifen musste, als sie Brin ansah. »Es kommt nicht von der Rüstung, oder?«

»Nein«, antwortete Roan von hinten. »Nicht wirklich.«

Die sechs Gefährten liefen in der Mitte der Armee. Beatrice hatte darauf bestanden, dass sie um jeden Preis beschützt wurden, und ihr Vater hatte zugestimmt.

»Die Rüstung verstärkt es nur«, erklärte Roan. »Das Licht ist die Manifestierung deiner Seele.«

Moya nickte in Brins Richtung. »Aber warum hat sie so viel davon? Willst du etwa sagen, Brin habe eine funkelnde Seele?«

»Unschuld«, rief Beatrice über die Schulter. Sie lief zwischen Regen und einem Mann, der ein Schwert auf dem Rücken trug. »Sie strahlt so hell, weil es keine Unschuld in Nifrel gibt. Daher wusste Fen, dass Brin nicht hierhergehört. Selbst bevor sie die Rüstung anlegte, hat Brin bereits geglüht. Das Mädchen besteht aus purem Licht.«

»So unschuldig bin ich nun auch wieder nicht«, erwiderte Brin. »Ich habe Dinge gesehen. Und *getan*.«

»Schon mal jemanden getötet?«, fragte Beatrice.

»Äh …« Brin hätte beinahe gelacht, hielt jedoch an sich, als sie erkannte, dass Beatrice nicht scherzte. »Nein.«

»Fast jeder hat schon mal getötet. Alle hier in Nifrel haben Erinnerungen, die sie vergessen möchten – Schatten, die unser Licht verschlucken.«

»Moment mal.« Moya schirmte ihre Augen mit der Hand ab. »Du strahlst wirklich hell. Wie unschuldig bist du genau, Brin?«

»Sie ist in etwa so unbefleckt, wie man es sich vorstellen kann«, antwortete Beatrice.

»Brin?«, sagte Moya. »Du und Tesh … ihr habt doch … Ihr

seid jetzt schon jahrelang zusammen. Habt ihr etwa noch nie … du weißt schon?«

Brin antwortete nicht.

Moyas Augen weiteten sich. »Im Ernst?«

Brin fühlte sich unbehaglich.

»Und das hat Tesh nichts ausgemacht?«

Brin runzelte die Stirn und schüttelte den Kopf. »Es lag nicht an mir. *Er* war es, der darauf bestand zu warten, damit wir vor dem Ende des Krieges keine Kinder in die Welt setzen. Er wollte mich nicht als Witwe mit ihnen allein lassen.«

»Der Krieg kam mir nie in die Quere, wenn es um Familie ging«, sagte der Mann neben Beatrice. »Der Krieg ist wie Schnee im Winter. Er macht alles schwerer, aber er wird immer da sein. Wegen ein paar Schneeflocken darf man nicht zu leben aufhören.«

Er kam Brin bekannt vor, trug keine Rüstung, sondern schlecht verarbeitete Wolle und notdürftig zusammengenähtes Leder sowie einen Leigh Mor. Das Muster war dureyanisch. Einen Daumen hatte er in seinen Gürtel gehakt, die andere Hand hielt einen Speer, als wäre es ein Wanderstab. Und dann war da noch das Schwert auf seinem Rücken. Brin war sich sicher, es schon einmal gesehen zu haben. »Entschuldigt, kenne ich Euch?«

»Ich glaube nicht. An eine hübsche junge Frau wie dich würde ich mich erinnern. Ich bin Herkimer aus Dureya.«

»Ihr seid Raithes Vater!«, rief Brin.

»Das bin ich. Kanntest du ihn? Seine Brüder sind auch hier.« Der Mann hob den Kopf und versuchte, seine Söhne über die vielen Köpfe hinweg ausfindig zu machen. »Irgendwo.«

»Wo ist Raithe?«, fragte Brin.

Herkimer zuckte mit den Achseln. »Er lebt noch, nehme ich an. Ist dort oben und tötet Gula, um den Familiennamen zu erhalten.«

»Er ist vor einigen Jahren gestorben«, sagte Moya. »Und die

Gula- und Rhulyn-Rhunes haben sich verbündet. Sie dienen jetzt alle unter Keenigin Persephone.«

Der Mann sah verdutzt drein, eher verwirrt als besorgt. »Seltsam. Dann ist er wohl in Rel. Er war schon immer ein merkwürdiger Junge. Den Kopf voller Träume. Sagte immer, er wolle etwas Großes mit seinem Leben anstellen – als ob es ihm nicht genug wäre, mit seinen Brüdern und mir im Gula-Tal zu kämpfen. Anscheinend hat er nichts erreicht. Zu schade.«

Brin blickte Roan an, in deren Schmiede Raithe sein Leben geopfert hatte. Aber natürlich hätte Roan nie etwas gesagt. Tressa hingegen sah erschöpft aus und schien gar nicht zugehört zu haben. Brin schwieg.

Das ist nicht der Grund, aus dem Raithe es getan hat. Er würde nicht wollen, dass ich mit seinen Heldentaten prahle.

Der Tunnel sah die meiste Zeit über gleich aus, doch ab und an weitete er sich, wo natürliche Höhlen entstanden waren. Sie kündigten sich stets durch unebenen, gesplitterten Boden an. Wenn der Weg an diesen Stellen breiter wurde, hätten zwanzig Personen nebeneinander marschieren können, doch sie taten es nicht. Die Armee war diszipliniert.

In den natürlichen Höhlen bemerkte Brin, dass sich der Fels unter ihren Füßen vom Rest des Tunnels unterschied. Das graue Gestein war hier härter und kälter. Sie wusste nicht, woher sie diese Gewissheit nahm, doch sie spürte den Unterschied – dieser Fels bestand nicht aus *Eshim*, er war echt.

Tressa, die ungewohnt schweigsam gewesen war, seit sie das Bollwerk verlassen hatten, stolperte. Brin drehte sich zu ihr um. »Alles in Ordnung?«

Tressa schüttelte den Kopf, sodass die Feder auf ihrem Helm hin und her schwang. Trotz der Rüstung sah sie nicht heroisch aus. Eher verdorrt.

»Tressa, liegt es an dem … was du bei dir trägst?« An einem Ort, an dem sich Gedanken und Gefühle manifestierten, musste eine große Verantwortung wie Tressas eine schwere Last sein.

»Nein«, antwortete Tressa. Sie hatte beide Hände vor der Brust verschränkt, presste sie auf den Schlüssel. Ihre Rüstung leuchtete nicht, sie reflektierte nicht einmal die Umgebung. Das Metall sah bereits abgenutzt und stumpf auf. »Es ist keine Bürde. Genau genommen ist es das Einzige, was mich gerade auf den Beinen hält.« Das Sprechen schien sie sehr anzustrengen.

»Was stimmt denn dann nicht mit dir?«

»Ich weiß es nicht. Ich fühle mich … so schwer. In der Festung war es nicht so schlimm, aber hier draußen …«

Die Soldaten wurden langsamer. Brin konnte nicht sehen, was vor ihnen lag.

»Was ist los?«, fragte Moya Beatrice, als sie schließlich mitten zwischen den in Rüstungen steckenden Zwergen und Menschen stehen blieben.

Beatrice blickte nach hinten, ihre weißen Haare und Augen leuchteten im Dämmerlicht. »Wir haben die erste Schlucht erreicht. Es wird eine Weile dauern, bis alle sie überquert haben.« Sie seufzte. »Wir müssen warten, bis wir an der Reihe sind.«

Moya sah auf. »Also befinden wir uns jetzt außerhalb der Schlossmauern?«

»Oh, ja, aber wir können nicht unter den Spalten im Boden hindurchgehen. Sie reichen bis hinunter in den Abgrund und ein Großteil des Gesteins hier unten lässt sich nicht bearbeiten.«

»Der Abgrund«, sagte Brin. »Wo die Typhone hausen?«

»Genau.«

»Du hast deine Geschichte nie zu Ende erzählt.«

»Stimmt.« Beatrice dachte einen Augenblick nach. »Und wie es scheint, haben wir gerade ein wenig Zeit.« Sie winkte die Gefährten heran. »Wo waren wir?«

»Turins Zeit zu Sterben war gekommen«, sagte Brin.

»Ach ja, richtig.« Beatrice überlegte kurz und nahm die Geschichte wieder auf. »Zu jener Zeit lebten alle Völker der Welt an einem Ort, in einer großen Stadt namens Erebus.« Sie zwinkerte Brin zu.

»Also hat Drome die Wahrheit gesagt. Es war tatsächlich eine Stadt.«

»Genau.«

»Das ergibt auch Sinn. Ich meine, alle Leute kommen aus einer Stadt oder einem Dorf – aber woher kamen die allerersten?«

»Wir alle sind Nachfahren der Aesira. Damals lebten die Leute viel länger und hatten unzählige Kinder.«

»In dieser Stadt – in Erebus – gab es also Fhrey und Menschen und …«

»Nein, es gab noch keine unterschiedlichen Völker. Alle waren mehr oder weniger gleich – außer die Grenmorianer, die wie schon gesagt eine andere Geschichte haben und nicht in Erebus lebten.« Beatrice wartete, um sicherzugehen, dass niemand mehr Fragen stellen würde, bevor sie fortfuhr.

»Alle lebten also in der großen Stadt und waren glücklich. Bisher war noch niemand je gestorben. Turin war der Älteste, also würde er der Erste sein. Er wusste nicht, was ihn erwartete, doch ihm war bewusst, dass er allein sein würde, und das ängstigte ihn. Er flehte Eton an, es sich noch einmal zu überlegen, doch Eton schlug all seine Bitten aus, und Elan wagte es nicht, sich abermals gegen ihren Mann zu wenden. Niemand war gewillt, ihm zu helfen. Niemand außer seiner engsten Freundin, Alurya. Sie benutzte ihre von Eton geschenkte Gabe und ließ Früchte wachsen, die Turin Unterstablichkeit verliehen. Er pflückte zwei, aß eine und bewahrte die andere für später auf.«

Die Soldaten bewegten sich vorwärts, und sie folgten ihnen. Brin fiel auf, dass es vor ihnen heller wurde. Das schwache sternenlose Leuchten, das in Nifrel als Himmel galt, wölbte sich über der Schlucht, auf die sie zuliefen.

»Das war der Anfang von allem«, sagte Beatrice im Laufen. »Indem er die Frucht aß, machte Turin seine von Elan kommende Hälfte – seinen Körper – unsterblich. Da er den Tod nun nicht mehr zu fürchten hatte, wurde er arrogant. Er sah sich als seinen Geschwistern überlegen an und begann, über sie und ihre Familien zu herrschen. Nachdem er Etons Willen umgangen hatte, sah er sich als Gott und änderte seinen Namen zu Rex Uberlin. Er wurde zu einem Tyrannen. Als sich schließlich sein Bruder Trilos in Turins Tochter Muriel verliebte, trennte Turin die beiden und befahl, dass sie sich nie wiedersehen durften. Er war ebenso egoistisch geworden wie sein Vater. Trilos und Muriel weigerten sich, ihm zu gehorchen, und planten, zusammen davonzulaufen. Turin kam ihnen auf die Schliche und tötete seinen Bruder in einem Wutanfall. So wurde Trilos das erste Lebewesen, das starb. Der Mord an ihrem Bruder erzürnte Ferrol, und sie verließ Erebus mit ihrem Volk. Sie zogen sich in die Wälder der westlichen Wildnis zurück. Kurz darauf folgte Drome ihrem Beispiel und führte seine Nachfahren zu einem riesigen kuppelförmigen Berg im Südwesten, wo sie ihre neue Stadt errichteten. Mari tat es ihren Geschwistern gleich und ließ sich an einem Fluss in einem Tal nieder. Turin war außer sich vor Trauer, weil er seinen Bruder getötet hatte, und ließ sie ziehen. Vielleicht glaubte er, sie würden irgendwann zurückkommen. Doch als sich herausstellte, dass sie keinerlei Interesse daran hatten, und er hörte, dass sie sich von ihren neuen Städten aus über ihn lustig machten, ging Turin einen Schritt weiter. Nach dem ersten aller Morde erfand er nun den Krieg.«

Je näher sie der Schlucht kamen, desto mehr dünnten sich die Reihen der Soldaten aus, bis sie schließlich im Gänsemarsch hintereinander herliefen. Beatrice sprach nicht weiter, da sie zu weit voneinander entfernt wurden. Aber Brin hätte sich sowieso nicht mehr auf die Geschichte konzentrieren können. Mit dem Rücken an die steile Felswand gepresst schoben sie sich seitwärts voran, während vor ihnen der finstere Abgrund gähnte. Die andere Seite der schmalen Schlucht war kaum auszumachen. Brin hörte ein surrendes Geräusch und entdeckte eine

Bewegung im Augenwinkel, als hätte sich ein Vogel in die Lüfte erhoben. Ihre Kinnlade fiel herab, als sie erkannte, was vor sich ging.

Zwölf Seile waren über den Abgrund gespannt worden. Die gegenüberliegende Seite war tiefer als die, auf der sie standen. Brin verfolgte, wie Herkimer sich seinen Speer um den Körper band. Dann warf er ein Stück Leder über das nächste freie Seil und wickelte beide Enden fest um seine Fäuste.

Er wird doch nicht ...

Bevor Brin den Gedanken zu Ende denken konnte, sprang Herkimer von der Felskante und baumelte von dem dünnen Stück Leder, während er mit den Füßen nach vorne austrat. Der Dureyaner schoss so schnell über das straff gespannte Seil wie ein Falke im Sturzflug – von einer Felswand zur anderen.

»Bei der Großen Mutter!«, keuchte Brin.

»Es ist nicht so furchterregend, wie es aussieht«, rief Beatrice über die Schulter. Sie war an der Reihe und folgte Herkimer, ohne zu zögern.

»Ich schaffe das nicht«, sagte Tressa.

»Du musst aber«, sagte ein Zwerg, der bei den Seilen stand und sie heranwinkte. »Das ist der einzige Weg auf die andere Seite.«

»Warum gibt es hier keine Brücke?«, fragte Moya, die ebenfalls nicht begeistert klang.

Der Zwerg deutete nach oben. »Die Diener der Königin würden sie entdecken und ... zerstören. Ihr habt Glück. Normalerweise werden wir an dieser Stelle mit Steinen beworfen. Offenbar haben sie uns noch nicht entdeckt.«

Ein Zwerg, der an einem anderen Seil stationiert war, reichte Moya ein Stück Leder. Sie sah Brin mit großen Augen an und zuckte mit den Schultern. »Du kannst nicht sterben, wenn du schon tot bist, schon vergessen?«

»In den Abgrund zu fallen ist schlimmer als der Tod«, sagte der Zwerg.

»Kannst du nicht mal die Klappe halten?«, knurrte Moya. Dann schlang sie den Lederfetzen um das Seil und tat es den anderen nach.

Brin hielt die Luft an, während sie ihr hinterhersah.

»Hier.« Der Zwerg reichte Brin ein weiteres Stück Leder. Ohne nachzudenken, nahm sie es entgegen. Es war etwa drei Fuß lang und nicht besonders breit, aber so dick wie ein Gürtel.

»Ist es so richtig?«, fragte sie und hängte es über das Seil. »Wie oft muss ich es um meine Hände schlingen?«

Der Zwerg sah sie leicht verärgert an. »Was denn für Hände? Na los, du hältst alles auf.«

Brin blickte finster drein. »Weißt du, ich konnte Zwerge noch nie leiden.«

»Was ist ein Zwerg? Ach, ist ja auch egal. Geh endlich!«

Wenigstens schubste er sie nicht. Doch da er kurz davor schien, brachte Brin den Mut auf zu springen.

Zu ihrer Überraschung war es leicht. Sie hatte erwartet, aufgrund ihres Körpergewichts hilflos an dem Seil herabzuhängen, doch sie schien nichts zu wiegen. Ihre Arme wurden nicht einmal schwerer, als sie über das Seil zischte. Im nächsten Moment war sie bereits auf der anderen Seite angekommen.

»Ich hab's dir ja gesagt«, sagte Beatrice. »Einfacher, als es aussieht. Aber ich denke, du wirst ohnehin noch feststellen, dass gerade *dir* die meisten Dinge hier leichtfallen werden.«

Soweit Tesh es beurteilen konnte, war keine der Gegenden von Nifrel schön oder auch nur angenehm. Kein Ort, den sich jemand freiwillig aussuchen würde. Und genau das fühlte sich für ihn merkwürdigerweise nach zu Hause an. Nifrel und Dureya waren sich überraschend ähnlich: trist, trostlos, kahl, voller streitsüchtiger Leute und ununterbrochen im Krieg. Und wie in Dureya waren trotzdem einige Gegenden weniger schrecklich als andere. Das Loch, in das sie ihn warfen, war allerdings mit Abstand der schrecklichste Ort, an dem er je gewesen war.

Es war tatsächlich nicht mehr als ein Loch: zwei Stockwerke tief, mit steilen Wänden aus feuchtem Stein und einer nicht definierbaren Pfütze am Boden. Es war kein Wasser, sondern etwas Dickflüssiges, Öliges, und es leuchtete. Nicht besonders stark, doch vom Grund des Lochs drang ein schwaches blaues Licht, was gut war, denn sonst wäre Tesh in vollkommener Dunkelheit gefangen gewesen, nachdem sie einen Stein vor die Öffnung des Lochs geschoben hatten.

Sie hatten ihm keine Leiter und kein Seil gegönnt, sondern ihn einfach hineingeschubst. Tesh prallte an einer Wand ab und blieb zusammengekrümmt am Boden liegen. Er hatte zwar keinen Körper, doch es tat trotzdem weh, wie er es von einem Fall auf felsigen Untergrund gewohnt war. Das mochte Teil des Problems sein: In Nifrel geschahen Dinge so, wie er es erwartete. Tesh fragte sich, ob der Schmerz real war oder ob er nur in seinem Kopf existierte. Womöglich empfand er ihn nur, weil er daran glaubte und ihn so zu seiner Realität machte. So funktionierten auch Albträume. Wenn er vor etwas davonlief, malte er sich aus, wie schrecklich es wäre, wenn die Tür vor ihm verschlossen wäre. Sobald er daran zog, stellte sich diese Angst als wahr heraus. Es fasste Nifrel perfekt zusammen und Tesh begriff nun, dass Feneylus ihnen genau das zu erklären versucht hatte.

Ihm kam ein neuer Gedanke. Was, wenn es nicht allein mit Nifrel oder Phyre zu tun hatte? Was, wenn es um seine Seele ging? Wenn die Seele, die Schmerz erlitt, egal, ob in Elan oder Phyre, diesen Schmerz in eine dem Bewusstsein verständliche Sprache übersetzte? Als Brin in den garstigen Tümpel im Sumpf von Ith gewatet war, als er sie sterben gesehen hatte, war der Schmerz in Teshs Brust und seinem Magen so schlimm gewesen, als hätte ihm jemand ein Schwert hineingerammt. Das war keine körperliche Wunde gewesen, sondern so hatte seine Seele den Schmerz empfunden und ihn durch sein Bewusstsein spüren lassen, denn sie war es, die verletzt worden war. Hier in

Nifrel musste er zwar nie Luft holen, doch das Atmen fiel ihm trotzdem schwer, als er am Boden des tintenschwarzen Lochs lag, wo die einzige Lichtquelle das Glühen der merkwürdigen Substanz am Boden war.

Vielleicht waren Bewusstsein und Seele auf eine Weise verbunden, die der Körper nicht teilte. Wenn sich seine Vermutungen als wahr herausstellten, wo war dann der Unterschied zu dem, was Suri mit der Kunst schaffen konnte?

Tesh zog die Beine unter seinen Körper.

Das Loch war schmal. Wenn er die Arme ausstreckte, konnte er beide Seiten gleichzeitig berühren. In der Länge war es breiter, und als er eine Hand ausstreckte, berührte er eine fremde Schulter.

Ich bin nicht allein!

Im Dämmerlicht konnte Tesh erkennen, dass sein Zellengenosse eine Glatze hatte, buschige Augenbrauen sowie eine krumme Nase und einen Bart, der fest wie ein Seil geflochten war – höchstwahrscheinlich ein Zwerg, und zwar ein ziemlich hässlicher. Er hatte die Beine angezogen und umklammerte sie mit den Armen. Mit großen, tief liegenden Augen beäugte er Tesh, als wäre dieser ein Monster mit gefährlichen Reißzähnen. Er rührte sich nicht, saß bloß reglos da wie ein Stein – was nicht zu schwer war, wenn man nicht atmen musste. Deshalb war er Tesh zuvor nicht aufgefallen. Nicht mal seine Augen bewegten sich.

Eine ganze Weile musterten sie einander. Tesh wusste nicht, wie viel Zeit verging.

»Wer bist du?«, fragte der Zwerg schließlich. Seine Stimme klang, als würde man raue Steine aneinanderreiben.

»Tesh vom Dureya-Clan.« Aus irgendeinem Grund fühlte es sich für Tesh wichtig an, den Namen seines Clans zu nennen, auch wenn alle vor Jahren gestorben waren.

»Und wenn diese Schlacht geschlagen ist, will ich, dass du eine Familie gründest. Zieh Kinder groß und leb ein gutes, glückliches

Leben – irgendwo, wo es sicher und grün ist.« Als Raithe diese Worte ausgesprochen hatte, hatten sie Tesh nichts bedeutet. Jahre später, als er im Harwald kämpfte, hatte sich daran nicht viel geändert. Doch als er nun neben dem hässlichen Zwerg in diesem Loch saß, bedeuteten sie ihm plötzlich alles.

»Was hast du getan?«, fragte der Zwerg.

»Was meinst du?«

Der bärtige Kerl warf einen kurzen Blick nach oben. »Um hier reingeworfen zu werden.«

Tesh dachte darüber nach. Er war hier, weil die Königin ihm nicht glaubte, dass Tressa den Schlüssel hatte. Weil er der Frau, die er liebte, in einen schlammigen Tümpel gefolgt war. Weil er als Dureyaner geboren worden war. »Nichts«, antwortete er.

»Jep, ich auch nicht.« Der Zwerg nickte mit einem falschen Grinsen. »Überhaupt nichts.« Er umklammerte seine Beine fester, als wollte er sich so weit von Tesh zurückziehen wie möglich. Immer wieder warf er Tesh verstohlene Blicke aus dem Augenwinkel zu.

Tesh bewegte sich nur so weit, bis er eine einigermaßen bequeme Position gefunden hatte. So gemütlich es in einem feuchten Loch eben werden konnte.

Der Zwerg atmete nun wieder, doch zu schnell. »Also?«

»Also, was?«, fragte Tesh, doch er antwortete ihm nicht.

Tesh lehnte seinen Kopf gegen die Felswand.

Tesh, du wirst sowieso nicht mit Brin zusammen sein, egal, wie es ausgeht. Die Königin hatte ihn mit diesen Worten verletzen und schockieren wollen.

Wenn er in der Lage gewesen wäre, ihr zu antworten – oder überhaupt zu denken –, hätte er ihr geantwortet: »Als ob ich das nicht längst wüsste. Ich heiße Tesh und ich bin Dureyaner.«

Tesh hatte gehofft, eine Zukunft mit Brin zu haben, so wie er hoffte, dass es irgendwann keinen Winter mehr geben würde. Es war schön, sich Tagträumen darüber hinzugeben, das brauchte er, um etwas zu haben, worauf er sich freuen konnte.

Doch es war immer ein Fehler, zu glauben, dass solche Träume in Erfüllung gehen würden. Denn dann würden sie sich Zähne wachsen lassen und zubeißen, wenn man sie nicht fütterte.

Tesh hatte nur einen Traum, den er mit Fangzähnen ausgestattet hatte. Er war so kurz davor gewesen, ihn zu verwirklichen, doch nun nagte dieser Traum an seinen Knochen. Ferrol wusste nichts von *diesem* Traum oder er war ihr egal. Sie glaubte, die Enttäuschung darüber, Brin zu verlieren, würde ihn am meisten verletzen. Doch damit stach sie nur in ein bereits taubes Bein. Tesh hatte immer gewusst, dass er keine Zukunft mit Brin hatte. Deshalb hatte er sie nie näher an sich herangelassen und so viel Zeit weit fort von ihr verbracht. Brin mochte ihn zu sehr und hatte etwas Besseres verdient.

»Also wirst du mir nichts antun?«, fragte der Zwerg.

Tesh sah ihn verdattert an. »Was sollte ich denn tun?«

Der Zwerg zuckte mit den Achseln. »Mich verprügeln, erstechen, mir die Augen ausquetschen?«

»Warum sollte ich?«

Der Zwerg sah ihn mit zusammengekniffenen Augen an und bewegte die Lippen, sodass sein Oberlippenbart auf lustige Weise tanzte. »Du bist neu hier, was? Wie lange bist du schon in Nifrel?«

»Keine Ahnung.« Tesh blickte auf. »Woher weiß man, wie viel Zeit vergangen ist?«

»Wann bist du gestorben?«

»Winteranfang.«

»Nein, du verrückter Hund.« Der Zwerg verdrehte die Augen und blickte finster drein, sodass sich seine Unterlippe kräuselte wie der Rücken eines wütenden Murmeltiers. »Rhunes ...«, murmelte er. »Keine Ahnung von Geschichte.«

»Was denn für eine Geschichte?«

Der Zwerg wandte sich ihm zu und sah Tesh ungläubig an.

»Wie lange bist *du* denn schon hier?«, fragte Tesh.

»Keine Ahnung.« Der Zwerg lockerte den Griff um seine

Knie und lehnte sich gegen die Felswand. »Hatte gehofft, du würdest es mir sagen. Ein paar Jahrhunderte, nehme ich an.«

»In Nifrel oder hier drin?«

»Jap.« Der Zwerg nickte. Er sprach das eine Wort wie beiläufig aus, seufzte danach schwer. Er streckte die Beine aus, so weit er konnte. »Mach es dir bequem, Junge. Von hier gehst du auch nirgendwo mehr hin.«

»Und warum?«

»Ferrol lässt nur Leute in meine Nähe, denen sie entweder vertraut oder für die jegliche Hoffnung verloren ist, und du siehst nicht sehr vertrauenswürdig aus.«

»Das verstehe ich nicht. Hast du eine ansteckende Krankheit oder so?«

»Schlimmer. Wissen. Sie kann mich nicht freilassen, will mich aber auch nicht an den Abgrund verlieren. Sie hat nicht mehr alle Zacken in der Krone.«

»Was?«

»Du weißt schon, sie ist …« Er deutete mit dem Finger auf seinen Kopf und drehte ihn mehrmals in der Luft herum.

»Verrückt?«

»Jap, das ist sie. Aus dem Abgrund ist niemand je zurückgekehrt, aber das Risiko ist ihr zu groß. Könnte mich ja irgendwann noch brauchen. Dieses Loch ist ihre Lösung für Leute, die sie nicht für immer auslöschen will, die ihr aber auch keinen Ärger machen sollen. Sie begräbt uns sozusagen an einem Ort, wo wir gut erreichbar für sie sind. Nur dieses Loch ist tief genug und besteht aus echtem Fels und hat eine Öffnung, die schmal genug ist, dass man sie mit flachen Steinen abdecken kann – die sind übrigens auch echt. Also stecken wir beide hier zusammen fest. Die gute Nachricht ist, dass sie noch nicht fertig mit dir ist … aber das ist gleichzeitig auch die schlechte.«

Tesh drehte sich und lehnte seinen Rücken an die Felswand, um seinen Zellengenossen besser sehen zu können. »Wer *bist* du?«

»Ich dachte schon, du würdest nie fragen. Ich heiße Andvari Berling. Das sollte dich beeindrucken, dein Mund müsste offenstehen, aber da du ein Rhune bist, hast du keinen Schimmer, was das bedeutet, was?«

Tesh schüttelte den Kopf.

»Egal.« Andvari machte sich daran, die Spitze seines Bartes neu zu flechten.

»Also, was ist es für ein wichtiges Wissen, das du mit dir herumträgst?«

»Nichts Weltbewegendes. Das ist ja das Schlimme daran. Wenn ich etwas von größter Wichtigkeit wüsste, etwas, das alles aus den Fugen reißen würde – aber so ist es nicht.«

»Was dann?«

»Hast du schon mal vom Golrok gehört?«

»Nein. Hört sich wie ein Grenmorianer an.«

Andvari schüttelte den Kopf. »Es ist keine Person, sondern ein Ereignis. Mideons Tochter besitzt die Sehergabe und hat allen davon erzählt, bevor sie erkannte, dass es einige Dinge gibt, die sie besser für sich behalten sollte. Der Legende nach wird sich die Tür nach Alysin eines Tages öffnen, und alle werden aus Nifrel ausmarschieren, um eine letzte große Schlacht zu schlagen, die das Schicksal der Welt entscheiden wird. Die Königin hat vor, die Brücke zu zerstören, um sich einen Vorsprung zu verschaffen, sobald sie mit ihren Leuten darübergezogen ist. Also hat sie ihre Festung so nah wie möglich an die Brücke gebaut. Dann hat sie Vorkehrungen vornehmen lassen, um sie schnell zerstören zu können.«

»Vorkehrungen? Kann sie die Brücke nicht einfach verschwinden lassen? Wurde nicht alles hier von ihr erschaffen? Aus purer Willenskraft?«

»Das meiste schon, aber es ist wie mit Teppichen und Vorhängen. Phyre ist ein realer Ort, der aus dem tiefsten Inneren Elans entstand. Stell es dir wie einen Behälter vor. Alles hier drin ist wie Sand in einer Grube, geformt von unserer Vorstellungskraft – wir nennen es *Eshim*. Der Boden, die Bäume, die Gebäude, das ist alles nur erfunden. Aber die Grube selbst ist real. Man kann sie nicht mit Willenskraft verändern. Der Fels, aus dem Elan besteht, ist es, der uns hier festhält. Wir können ihn mit unseren unechten Händen nicht verändern. Die Brücke, die zur Tür nach Alysin führt, besteht ebenfalls aus Elans Fels. Also kann selbst die mächtige Königin der Brücke ebenso wenig anhaben wie der Tür nach Alysin. Hier unten sind wir alle nur Seelen, die in dem Steingefängnis herumflattern, das zugleich Elans Mutterschoß ist.«

»Wie will sie es also anstellen? Welche Vorkehrungen hat sie getroffen?«

»*Sie* hat gar nichts getan. Das war ich.« Andvari sah aus, als wäre ihm übel. »Ich wollte es nicht, aber du weißt ja, wie sie ist. Man kann sich ihr nicht widersetzen, wenn sie einem ins Gesicht strahlt. Alle Fünf sind unglaublich mächtig, aber sie ist die Schlimmste. Ferrol ist das beste Beispiel dafür, was Hass mit einer Person anstellen kann. Einst war sie wunderschön, von außen und innen, aber ihr Hass hat sie zerfressen. Nun bleibt ihr nichts als Rache. Sie existiert allein dafür. Es verschlingt ihre Seele, sodass in ihr ein düsteres Loch klafft – so ähnlich wie der Abgrund, nehme ich an.«

»Wie hast du es gemacht? Du bist doch auch ein Schatten, oder?«

»Jap, korrekt.« Andvari lächelte stolz. »Aber ich kenne mich ein klein wenig mit Steinen, Mineralien, Metallen und Edelsteinen aus, musst du wissen. Und ich kann Sachen bauen.«

»Kannst du eine Leiter bauen?«

»Könnte ich, aber das würde dir nichts nützen. Wie schon gesagt besteht das Tor unseres Gefängnisses aus echtem Stein. Es ist zwar nur dünner Muscovit, der in Elan nicht viel mehr als ein Haufen Eichenlaub wiegen würde, aber wir können ihn nicht berühren.«

»Aber jemand hat ihn doch vor die Öffnung geschoben.«

»Ja, zwei Personen, um genau zu sein. Wenn man seine Willenskraft vereint, wird man stärker.«

»Wir sind doch auch zu zweit. Also –«

»Nein. Da oben befinden sich zwei Felsplatten übereinander. Von draußen könnte man sie einzeln bewegen, von hier unten müssten wir beide gleichzeitig verschieben – wenn wir es überhaupt schaffen, sie zu berühren. Ist schwer, etwas zu bewegen, wenn man keine Hände hat.«

Andvari schlug mit der flachen Hand gegen die Steinwand. »Das hier ist real. Der Schlamm, in dem wir sitzen, auch, aber mit sehr viel Willenskraft kann man es zumindest ein wenig beeinflussen.« Er streckte die Hand in die Flüssigkeit am Boden und bewegte die Finger rasch hin und her. Nichts geschah. Andvari atmete tief ein, biss sich konzentriert auf die Lippe und schob diesmal die Hand flach ins Wasser. Als er sie wieder anhob, sah Tesh ein wenig Flüssigkeit in der hohlen Handfläche schimmern, ehe sie wieder durch Andvaris Finger sickerte. Erschöpft ließ der Zwerg die Schultern hängen. »Es ist nicht leicht, aber machbar. So haben sie die Felsen über die Öffnung geschoben.«

»Wie hast du das gemacht?«

»Willenskraft und extreme Konzentration. Hast du schon mal gehört, wie Leute sagen, sie hätten etwas durch pure Willenskraft geschafft? Das ist nicht nur eine Redewendung. Die Fhrey haben Zauberer, die Elans Macht anzapfen und damit große Dinge vollbringen können, aber wir können das auch. Im Vergleich mit der Welt der Lebenden sind die meisten von uns schwach wie zitternde Flammen, doch unsere Seelen haben wir von Eton erhalten, und niemand kann behaupten, Eton sei schwach. Also können zwei oder drei Personen die Steinplatten gemeinsam bewegen. Oder vielleicht tut es die Königin eigenhändig.«

»Na gut.« Tesh betrachtete den schlammig feuchten Boden. »Aber auf diese Weise könnte man keine Brücke aus echtem Stein zerstören.«

»Natürlich nicht.« Der Zwerg schüttelte den Kopf. »Aber ich

sagte ja, dass ich mich mit Steinen und Mineralien auskenne. Manche entzünden sich, wenn sie mit Funken in Berührung kommen.«

»Das habe ich schon mal gesehen«, sagte Tesh.

»Aha!« Der Zwerg deutete mit einem Finger auf ihn. »Andere brennen sogar, und dabei verströmen sie Gas. Wenn dieses Gas im Gestein eingeschlossen ist, kann es stark genug werden, um es zu sprengen.« Advari runzelte die Stirn und lehnte sich zurück, zog die Knie abermals an und umklammerte sie. »Es hat sehr lange gedauert, bis ich alles beisammenhatte, was ich dafür brauchte, aber dann habe ich die Zutaten in Risse im Brückengestein gegossen. In der Mitte liegt eine Metallnadel auf einem Feuerstein. Wenn man mit genug Willenskraft darauf einschlägt, wird ein Funke entstehen, der die gesamte Brücke in die Luft jagt. Die Königin ist stark genug dafür.«

»Also hat sie dich hier eingesperrt, damit du niemandem von ihrem Plan verrätst.«

»Richtig. Das Loch ist mein Grab, in dem ich bis in alle Ewigkeit bleibe, weil sie ihren Kampf gewinnen will. Sie muss ihre Rache ausüben.«

»Rache ist ein sehr mächtiger Antrieb«, sagte Tesh.

Andvari nickte. »Sie bringt vernünftige Leute dazu, närrische Dinge zu tun.«

Als die Steine über ihnen bewegt wurden, blickten beide auf. In der Öffnung erschien Sebeks finster lächelndes Gesicht.

Brin hielt das Stück Leder immer noch in der Hand. Sie hatte es bisher dreimal benutzt und fragte sich, ob es ein viertes Mal geben würde. Die Enden waren bereits schweißfeucht, obwohl Brin ohne Körper gar nicht schwitzen konnte. Und sie hatte auch keine Hände. Während sie darüber nachdachte, kam sie zu dem Schluss, dass sie wahrscheinlich auch kein Stück Leder in der Hand hielt. Lediglich die Vorstellung davon.

Zum Glück bin ich nicht vorher darauf gekommen.

Der Gedanke daran, über die Schlucht zu gleiten, mit keinem Halt außer ihrer Vorstellung, war zu viel. Brin drehte und wendete das Lederband. Es fühlte sich so real an. Ihre Hände, Finger und das Leder – auf einer Seite glatt, auf der anderen rau. Sie stellte sich das alles vor, griff dabei auf Erinnerungen zurück. Sie passten ineinander wie Teile eines Mosaiks, sodass ein Fest für die Sinne entstand.

»Das wirst du nicht mehr brauchen«, sagte Beatrice. »Wir sind da.«

Die Armee war in eine große Höhle einmarschiert. Befehle wurden gebrüllt, und alle schienen zu wissen, wohin sie gehen mussten. Alle außer den sechs Gestalten, die wie verlorene Schafe herumstanden.

Fenelyus und der König kamen auf sie zu. »Das wird nicht leicht«, sagte Mideon an seine Tochter gewandt. »Ferrols Truppen haben uns kein einziges Mal mit Steinen beworfen.«

»Ich weiß«, antwortete Beatrice.

»Sie wissen, dass wir kommen. Haben es sich leicht gemacht und warten vor der Brücke auf uns. Sie werden sich ordentlich vorbereitet haben.«

»Ja«, sagte Beatrice. »Mehr als nur ordentlich.«

König Mideon bedachte seine Tochter mit einem finsteren Blick, und Brin wusste nicht, wie Beatrice einen solchen Blick ertrug. Der König war wie ein Gewitter über einer schäumenden See.

Wie hat Moya es geschafft, ihm die Stirn zu bieten?

»Das ist kein Witz, Kind. Wir werden am Rand des Abgrunds kämpfen. Wer hineinfällt, wird nie wieder gesehen werden. Die Typhone werden sie sich schnappen. Bist du dir sicher, dass es das wert ist?«

Beatrice schaute an ihrem Vater und den Soldaten vorbei, die ihre Rüstungen und Schilde zurechtrückten. Sie starrte die dunkle Felswand an, als sähe sie etwas, das niemand sonst sehen konnte.

Dann nickte sie. »Es wird das Zweitwichtigste sein, das wir alle jemals tun werden.«

»Das Zweitwichtigste?«

»Sieh es als eine Art Generalprobe für den Golrok.«

Der König stemmte die Fäuste in die Hüften und sein Blick wurde stetig finsterer. »Deine Worte verleihen mir nicht gerade viel Hoffnung, Kind.«

»Wir müssen sie nur sicher zur Brücke geleiten.«

»Das wird schwer genug werden.«

»Und was ist *unsere* Aufgabe?«, fragte Moya.

Der König machte eine ausladende Handbewegung. »All diese Leute, seht ihr sie? Jeder Einzelne von ihnen ist ein Held, ein Krieger, eine Legende. Sie sind einzig und allein hier, um euch sechs zu beschützen. Seht dort drüben!« Er deutete auf den Mann, den sie bereits im Thronsaal gesehen hatten. »Das ist Atella der Große, ungeschlagen im Kampf. Er wird eure linke Flanke schützen. Havar, der die Mauern von Erebus erstürmte und sie beinahe einriss, wird eure rechte Flanke übernehmen. Gath von Odeon, Bran von Pines und Melen der Hammer werden euch begleiten. Fhan Fenelyus, die erste Künstlerin, wird euch wenn nötig unterstützen. Und wie immer werde ich den Kampf anführen. Der Rest ...« Er ließ den Blick durch die Höhle schweifen und nickte. »Der Rest wird kämpfen und einmal mehr sterben.«

»Aber was ist mit uns?«, fragte Gifford. »Was sollen wir tun?«

»Haltet euch in der Mitte, bleibt in Gaths, Melens und Brans Nähe«, antwortete der König.

»Und wenn ihr zur Brücke kommt und seht, dass der Weg frei ist«, sagte Beatrice, »dann rennt los. Überquert sie so schnell ihr könnt und lauft durch die Tür auf der anderen Seite.«

»Ich verstehe immer noch nicht, was uns das bringen soll«, sagte Mideon.

»Du wirst mir einfach –«

»Vertrauen müssen?«, brüllte der König. Selbst an diesem

Ort unter dem Krach Tausender Helden, die sich auf die Schlacht vorbereiteten, hallte seine Stimme so laut, dass sich einige zu ihm umdrehten. »Das fällt mir nicht leicht. Ist keins meiner Talente.« Mideon fuhr herum und erhob die Stimme. »Formiert euch! Caldern, sieh zu, dass du die vordere Ecke diesmal länger hältst. Engels, vergiss nicht, dass Ducken immer eine Option ist.«

Lautes Lachen und Jubelrufe folgten.

Mideon schritt davon, und die gesamte Höhle setzte sich in Bewegung.

»Es wird alles gutgehen, oder?«, fragte Moya an Beatrice gewandt.

Die Prinzessin zögerte.

Moya starrte sie an. »Was verschweigst du uns?«

»Also, es ist so ... ähm ...« Beatrice seufzte.

»Was soll das Gestammel? Du kannst die Zukunft sehen. Du weißt, was passieren wird. Oder war das alles gelogen?« Moya funkelte die weißhaarige Zwergin an, die in diesem Moment wie ein schuldbewusstes Kind wirkte.

»Ich habe euch die Wahrheit gesagt – nur nicht die ganze Wahrheit. Ich kann euch garantieren, dass Regen überlebt. Er wird große Taten vollbringen, aber für euch alle wird es nicht leicht werden.«

Plötzlich verdunkelten sich ihre Augen. Ihre Mundwinkel fielen herab, und glitzernde Tränen sammelten sich in ihren Augenwinkeln. Beatrice wandte sich ab, blickte auf ihre Füße und biss sich auf die Unterlippe, als würde sie Schmerzen leiden.

»Bis jetzt war es ja auch nicht gerade ein Spaziergang über eine Blumenwiese«, sagte Tressa mit müder Stimme.

Beatrice hob den Kopf. Sie wischte sich über die Augen und schniefte. »Sobald wir die Treppe erklimmen und auf die Ebene treten, wird es ... schlimm ... sehr schlimm werden. Danach sogar noch schlimmer und dann ... na ja.« Sie lachte leise. Es klang ein wenig überdreht. »Ihr werdet es schon sehen.«

»Ja, nimm uns bloß nicht den ganzen Spaß vorweg«, blaffte Tressa.

»Ich will damit sagen«, sagte Beatrice, »dass eine Zeit kommen wird, in der ihr glaubt, dass alles, was ich euch gesagt habe, falsch ist. Dass ich verrückt bin. Wenn das passiert, erinnert euch daran: Ihr müsst nicht an mich glauben, denn ich glaube an euch.«

Sie umarmte Regen, der es peinlich berührt über sich ergehen ließ, doch es schien der Prinzessin nichts auszumachen. »Der Große Regen«, sagte sie und schüttelte fasziniert den Kopf. »Endlich habe ich dich kennengelernt.«

»Komm schon, Großer Regen«, sagte Moya. »Der König ruft uns.«

Sie folgten den Soldaten, die sich wie ein Fluss über eine sich windende Treppe ergossen, die durch mehrere verschiedene Löcher im Boden auf die Ebene führte. Als Brin hinaufkam, hatte sich der Himmel rot gefärbt, und um sie herum war nichts zu sehen als ein Wald aus Speeren.

»Wir haben eine Rechnung zu begleichen, du und ich«, sagte Sebek zu Tesh. Lediglich die Konturen seines Gesichts waren in dem durch die Öffnung fallenden Licht zu erkennen, doch seine Stimme war unverkennbar.

Kurz darauf ringelte sich ein Seil zu ihnen herab, das sich am Boden dreimal um sich selbst wand. Tesh dachte, Sebek würde hineinklettern, doch der ehemalige Galantianer verschwand wieder. Das Seil blieb.

Tesh sah Andvari an, der überrascht zurückblickte.

»Was für ein aufregender Tag für mich«, sagte er.

»Für mich auch.« Tesh betrachtete das herabbaumelnde Seil und rief dann zur Öffnung hinauf: »Warum sollte ich dir die Genugtuung verschaffen?«

»Wenn du mich schlägst, kannst du fliehen«, antwortete Sebek irgendwo über ihnen.

Tesh lachte bitter. »Aus Ferrols Schloss? Du hast wirklich keine hohe Meinung von mir, was?«

»Fast alle sind in die Schlacht an der Brücke gezogen. Die Festung ist so gut wie leer. Und selbst wenn nicht, wenn du mich besiegst, kannst du jeden besiegen.«

Tesh musterte weiterhin unschlüssig das Seil. Selbst wenn Sebek die Wahrheit sprach, konnte Tesh ihn nicht besiegen. Selbst nach Jahren im Harwald, selbst wenn Tesh ausgeruht wäre und sie sich in Elan befänden, wäre er nicht gut genug, war es nie gewesen. Und hier in Nifrel würde er sogar gegen Tressa im Armdrücken verlieren. Tesh war sich nicht einmal sicher, ob er die Kraft aufbringen konnte, an dem Seil emporzuklettern. Seine Arme waren bleischwer. Seine Beine auch. Er war müde, so furchtbar müde. Müsste er atmen, hätte er sich über die stickige Luft beschwert, denn ihm war schlecht.

»Also willst du bloß da unten rumsitzen?«, rief Sebek, dessen Tonfall ebenso verächtlich und höhnisch klang wie in Teshs Jugend. Er hatte ihn immer gehasst. »Selbst wenn ich lüge, besteht die Chance, dass du entkommen könntest. Sie ist gering, aber es ist nicht unmöglich. Willst du wirklich für immer da unten bleiben?«

»Was würdest du tun?«, fragte Tesh seinen Zellengenossen.

Andvari sah an sich herab. »Ich bin schon so lange hier, dass ich mich wahrscheinlich nicht mehr daran erinnere, wie man läuft. Aber wenn mir jemand ein Seil herunterließe, würde ich niemanden um Rat fragen.«

Tesh packte das Seil und warf Andvari einen letzten Blick zu. »Wenn ich ihn besiege, werfe ich dir das Seil runter.«

Andvaris Miene erhellte sich. »Kannst du ihn denn besiegen?«

»Nein.«

Seine Miene verfinsterte sich. »Danke, dass du einem alten Belgriclungreianer Hoffnungen gemacht hast. Was hast du zu Lebzeiten getan? Fliegen die Flügel ausgerissen?«

»Nein, ich war ein Krieger. Ich habe den Kerl getötet, der da oben auf mich wartet. Er war mein Lehrer, und ich konnte ihn nur besiegen, weil er verletzt und hilflos war.«

»Also, willst du damit sagen, dass ich in naher Zukunft kein Seil erwarten sollte.«

»Nicht wirklich.«

Seine Sorge darüber, ob er es hinaufschaffen würde, verflog, als Sebek das Seil hochzog. Tesh erwartete, dass Sebek ihm augenblicklich den Kopf abschlagen würde, doch er stand gar nicht bei der Öffnung. Stattdessen entdeckte Tesh ihn am anderen Ende der Kammer, wo er seine nicht existenten Muskeln streckte.

Es war das erste Mal, dass Tesh die Gelegenheit bekam, seine Umgebung in Augenschein zu nehmen. Sie befanden sich in einem großen runden Saal mit einem runden Säulengang und knochenweißem Boden, der ein aufwendiges Blumenmuster aufwies. Alles bestand aus Knochen. An einigen Stellen war das Material so glatt geschliffen, dass es sich um cremefarbene Teiche hätte handeln können. Es gab keine Fackeln oder Laternen, die Knochen selbst verströmten kühles, schimmerndes Licht.

Sebek war nicht allein. Laut Andvari hätte er die Steinplatten nicht allein fortschieben können. Tekchin stand neben ihm, in den Händen hielt er Teshs Schwerter. Er sah genauso aus wie bei ihrer letzten Begegnung, und für einen Augenblick wagte Tesh es zu hoffen.

»Hier!« Tekchin warf ihm die Schwerter zu. Die von Roan gefertigten Stahlklingen klirrten hohl auf dem polierten Knochenboden.

»Eres oder Vorath konntest du nicht zum Kommen bewegen?«, fragte Sebek an Tekchin gewandt.

»Die haben alle die Königin begleitet. Sie kämpfen wohl lieber, als zuzusehen.«

Sebek nickte. »Die alte Dame plant ein großes Fest. Ich verpasse es auch nicht gern.«

»Glaubst du wirklich, dass es lange dauern wird?«, fragte Tekchin. Er musterte Tesh mit einem verächtlichen Grinsen.

In seinen Augen las Tesh, dass Tekchin die Wahrheit kannte.

Natürlich weiß er es. Sie sind alle hier. Die Galantianer, seine besten Freunde, haben ihm alles berichtet – wie sie gestorben sind. Wie ich sie getötet habe.

»Hoffentlich nicht. Wir müssen es erledigen, bevor die Königin zurückkehrt.« Er wandte sich wieder an Tesh. »Ich möchte nicht in der Haut deiner Freundin stecken, Junge. Die Königin hat vor, sie mit ganzer Kraft zu zermalmen.«

Sebek zog Blitz und Donner. »Erinnerst du dich an sie? Na los, Junge. Heb deine Spielzeuge auf. Es ist an der Zeit, dass wir das ein für alle Mal klären.«

»Was klären?« Tesh machte einen Schritt vorwärts. Er wusste, dass er fürchterlich zugerichtet werden würde. Er mied Tekchins Blick. Die Schwerter waren tatsächlich seine – oder die Manifestation seiner Erinnerung an sie. Die echten lagen am Grund des elenden Tümpels, wo sich auch seine echten Hände befanden.

Lustig. Ich werde meine Ewigkeit mit Andvari in diesem widerlichen Loch verbringen, doch wenn ich die Wahl hätte, würde ich alles wieder genauso machen … Das sollte ich nicht vergessen. In einem oder zwei Jahrhunderten mag ich meine Meinung geändert haben.

Tesh hob die Schwerter auf. Er fühlte sich sofort besser, als er sie in Händen hielt. Als er Sebek ansah, schien alles so vertraut. Doch seine Arme waren immer noch schwer.

Habe ich das nicht schon einmal erlebt?

»Du kannst nicht von deinen Feinden erwarten, höflich zu sein und erst anzugreifen, wenn du bereit bist.« Grinsend trat Sebek vor. »Manchmal erwischen sie dich unvorbereitet, an unpassenden Orten, wo du keine Rückzugsmöglichkeit hast.«

Ja, aber als du diese Worte zum ersten Mal zu mir gesagt hast, stand ich auf einer Brücke, und Brin hat mich gerettet. Diesmal kann sie das nicht tun.

»Du hast also gesehen, wie ich damals deine Eltern getötet

habe«, sagte Sebek. »Deine Mutter – sie trug eine Art Schal, nicht wahr? Einen armseligen Umhang in der Farbe von Lehm, oder war er einfach nur dreckig? Ich erinnere mich, weil ich Blitz daran abgewischt habe, nachdem ich ihr den Kopf abschlug. Hast du das auch gesehen? Ich habe dagegen getreten. Hast du ihn davonkullern sehen? Ich erinnere mich, wie er auf und ab hüpfte und ihr langes Haar hinter sich herschleifte.«

Tesh packte die Schwertgriffe fester, seine Füße bewegten sich wie von selbst nach vorn.

Sebeks Grinsen wurde breiter. »Das war natürlich gelogen. Ganz ehrlich, Tesh, ich erinnere mich nicht. Wie sollte ich auch? Ich habe Hunderte wie sie getötet. Aber weißt du, was ich glaube? Ich glaube, dass du dich nicht mal selbst erinnern kannst. Nicht wirklich. Es ist dir so wichtig, aber es ist so lange her, und in deiner Erinnerung hat dieser Tag andere Ausmaße angenommen, damit du deine Taten rechtfertigen kannst. Du bist dir nicht mehr sicher, wie es ablief, oder? Trug deine Mutter diesen Umhang? Habe ich gegen ihren Kopf getreten? Hatte sie überhaupt langes Haar oder trug sie es kurz? War es an dem Tag zusammengebunden? Sag mir, Tesh, wozu dient Rache, wenn sich keiner von uns mehr daran erinnern kann, wofür sie steht?«

Sebek schlug ein paarmal in die Luft. Er war noch so schnell wie eh und je.

Tesh versuchte erst gar nicht, sich aufzuwärmen. Er wollte nicht, dass Sebek sah, wie schwach er war.

»Aber an *dich* erinnere ich mich. An jedes Detail deines Besuchs an meinem Krankenlager. Daran, wie du –«

Tekchin stieß sein langes, dünnes Schwert in Sebeks Rücken. Die Spitze trat aus seiner Brust hervor. Sebek erstarrte und stürzte dann zu Boden.

Tekchin trat Donner und Blitz aus dem Weg. »Ich hatte eigentlich vor, dich eine Weile mit ihm kämpfen zu lassen. Nur so zum Spaß, weißt du? Aber er hat einfach zu viel geredet. Was für ein *brideeth eyn mer*. Hilf mir, seinen Arsch zu dem Loch zu ziehen. Ich will nicht in seiner Nähe sein, wenn er aufwacht.«

»Wie lange dauert das normalerweise?«

»Aufzuwachen?« Tekchin zuckte mit den Schultern. »Keine Ahnung.«

Tesh musterte Sebek, der mit dem Gesicht voran zu Boden gegangen war. »Glaubst du, es dauert länger, wenn wir ihn enthaupten?«

Tekchin zuckte mit den Schultern.

Sie packten Sebeks Arme und drehten ihn um. »Werfen wir ihn einfach in das Loch. Dann ist es sowieso egal.«

Sie zerrten Sebek über den weißen Boden, bis zu der Stelle, an der die Knochen in raues Gestein übergingen. Die Anstrengung war beinahe zu viel für Tesh.

»Alles in Ordnung?«, fragte Tekchin.

Tesh schüttelte den Kopf. »Ich dachte …« Er hielt inne. »Warum hast du das getan?«

Tekchin grinste. »Ganz sicher nicht für dich, aber ich habe eine Frau, und sie hat diese Freundin, die für sie wie eine kleine Schwester ist und die ihr viel bedeutet, also … Na ja, und schließlich bist du mit uns durch den Tümpel gekommen.«

»Hat die Königin … hat Ferrol dich nicht verhört?«

Tekchin schüttelte den Kopf. »Die Königin weiß nur von dem Gerücht, das Gelston verbreitet hat. Er wollte, dass die Leute Tressa in einem besseren Licht sehen, und verkündete, dass sie und die anderen den Schlüssel nach Phyre bringen würden. Orin berichtete, sieben Gefährten in Dromes Palast gesehen zu haben – darunter einen Krieger. Nachdem du in Nifrel gesichtet wurdest, vermutete die Königin, dass du der in Dromes Palast gesichtete Krieger sein musst. Ich bin allein nach Nifrel gekommen. Niemand hat mich gefragt, wie ich herkam. Beim Tor habe ich Eres und seinen Bruder Medak getroffen. Sie suchten nach Tressa und den anderen. Sie nahmen an, du hättest mich getötet.«

Sie schubsten Sebek über den Rand. Von unten ertönte ein Schrei.

»Andvari!«, rief Tesh. »Alles in Ordnung?«

»Ja, aber ihr hättet mich beinahe erschlagen!«

Tesh fand das Seil und warf es hinunter.

»Was tust du da?«, fragte Tekchin.

»Halt dich daran fest, Andvari«, rief Tesh nach unten und wandte sich dann Tekchin zu. »Ich habe dem Zwerg versprochen, ihn zu retten, wenn ich überlebe.«

»Im Ernst? Dafür haben wir keine Zeit. Wir müssen hier weg.«

»Er hat es nicht verdient, da unten zu verrotten. Wenn du es so eilig hast, solltest du mir vielleicht helfen.«

Tekchin verdrehte die Augen, packte aber das Seil und sie zogen den Zwerg gemeinsam heraus.

Er war nicht schwer und klatschte bald darauf auf den weißen Boden wie ein Fisch.

»Kannst du laufen?«, fragte Tesh.

»Wer weiß das schon.« Der Zwerg kam auf die Beine.

»Vergiss laufen«, sagte Tekchin. »Es ist Zeit zu rennen.«

Der Zwerg sah elendig aus, doch Tesh konnte sich ein Lachen nicht verkneifen. Er hätte mehr Mitleid mit seinem Zellengenossen empfinden müssen, da es ihm ähnlich ergangen war.

»Schon gut«, sagte Andvari. »Ich bin seit Jahrhunderten hier und vergesse immer wieder: keine echten Beine. Ja, ich kann laufen.«

»Bereit?«, fragte Tesh.

Andvari schürzte die Lippen. »Ihr wisst aber, dass wir kaum eine Chance haben, der Königin zu entkommen. Wir befinden uns schließlich in ihrer Welt.«

»Nicht nur das«, sagte Tekchin, »sondern sie wird auch wirklich schlecht gelaunt sein, wenn sie diesen Kampf verliert. Und sie wird es an uns auslassen.«

Der Zwerg rang sich ein Lächeln ab. »Auch das noch.«

»Du könntest einfach im Loch bleiben«, sagte Tesh.

»Nein, das hier ist besser.« Andvari eilte hinter Tekchin her. »Wenigstens etwas Abwechslung.«

»Ja.« Tekchin lachte leise. »Das hier wird sehr abwechslungsreich werden.«

23

DAS SCHWERT DER WORTE

———•◆•———

Die Killian-Brüder brachten mich immer zum Lächeln. In meinen Augen waren sie gut aussehend und charmant. Sie umwarben Moya, nahmen jedoch nie Notiz von mir. Trotzdem liebte ich sie. Nach Jahren des Krieges waren alle außer Brigham tot, verloren an den Krieg. Wie ihr Vater. Jedes Mal, wenn ich Brigham Killian nun sehe, lächele ich nicht ... ich weine.

– Das Buch Brin

Brigham, der letzte lebende Sohn von Gavin Killian, tauchte das Leinentuch in die Ölschüssel und fuhr damit über das Schwert. Aus zwei Gründen rieb er besonders vorsichtig über die Klinge. Erstens war das sogenannte Schwert der Worte ein wertvolles Relikt und verdiente es deshalb, mit der größten Sorgfalt behandelt zu werden. Zweitens war es unglaublich scharf. Er hatte sich bereits einmal geschnitten und wollte es in Zukunft vermeiden.

Dies war das erste Schwert, das Persephone aus dem Land der Zwerge mitgebracht hatte, mit dem sie Shegons Klinge durchtrennt und sich als Keenigin etabliert hatte. Außerdem war es während der Schlacht von Grandford von dem mittlerweile legendären Helden Raithe, Sohn von Herkimer, auf der Ebene von Dureya geschwungen worden. Doch vermutlich hatte das Schwert seinen Namen durch die Magie erhalten, die die Seherin Suri ihm verliehen hatte. Mit der Klinge war einst ein

Drache getötet worden, die mysteriösen Markierungen waren noch immer darauf zu erkennen. Brigham spürte sie, während er mit dem Tuch darüberfuhr – kleine Einkerbungen und Linien auf der ansonsten makellosen Oberfläche.

Dies ist eine Waffe zum Erschlagen von Drachen, dachte er. *Wahrscheinlich die einzige.*

»Kümmerst du dich auch gut um das Schwert?«, fragte Atkins. Der große bärtige Rotschopf hockte sich zwischen Edgar und Vargus auf den Baumstumpf, der im Falkenkammlager als Sitzgelegenheit diente. Die Rinde war bereits abgeschabt von Hunderten Männern, die über die Jahre darauf gesessen hatten. Brigham saß allein auf der anderen Seite des Lagerfeuers, vielleicht weil er das scharfe Schwert quer über dem Schoß liegen hatte. Vargus hatte das kleine, von Steinen umrahmte Kochfeuer gerade erst entzündet und fütterte die schwachen Flammen regelmäßig mit kleinen Zweigen. Die Sonne war im Begriff unterzugehen, und das Abendessen würde heute später als sonst eingenommen werden.

Die Techylors waren nach einer Woche Bier, warmen Mahlzeiten, die von anderen für sie zubereitet wurden, und einer wohlverdienten Ruhepause gerade erst in den Harwald zurückgekehrt. Sie hatten auf Teshs Rückkehr aus dem Sumpf gewartet und seine Abwesenheit als Ausrede genommen, im Drachenlager zu verweilen. Tesh hätte lediglich ein paar Tage fortbleiben sollen, doch nach einer knappen Woche hatte Persephone Suchtrupps entsendet. Nyphron begleitete sie, doch vor dem Verlassen des Lagers hatte er Teshs Männer zurück zum Turm beordert. Niemand widersetzte sich Nyphron.

Zur einsetzenden Dämmerung hatte Edgar beschlossen, die Nacht am Falkenkamm zu verbringen. Alle waren müde und hatten es nicht eilig, ihr Lager zu erreichen, wo ihre Waffenbrüder sie ausfragen und gierig alles entgegennehmen würden, was sie aus dem Drachenlager mitgebracht hatten. Die anderen Techylors würden außerdem wissen wollen, was mit Tesh geschen war – ihrem Anführer, dem Gründer ihrer Elitetruppe und Befehlshaber der Ersten Legion. Die Männer hatten keine Antwort drauf.

»Kümmer dich bloß gut um das Schwert«, sagte Edgar. »Wenn Tesh rausfindet, dass sein Erbstück misshandelt wurde, wird er dich zum Übungsduell herausfordern.«

Tesh war als erbarmungsloser Ausbilder bekannt. Er hatte den Schwertkampf von Sebek gelernt, der den Ruf hatte, grausam zu sein. Tesh war offenbar der Ansicht, die anderen nur durch eine ebenso harte Ausbildung auf sein Niveau bringen zu können.

Und wie es damals bei Sebek gewesen war, traute sich nun niemand, gegen Tesh anzutreten.

»Wo ist er wohl gerade?«, fragte Brigham.

Atkins lachte. »Er ist mit seiner Freundin durchgebrannt. Ich an seiner Stelle hätte es nicht eilig, zu uns zurückzukehren. Obwohl Avempartha bei Sonnenuntergang kein schlechter Anblick ist.«

Brigham sah auf, um zu antworten, doch der Turm in der Ferne fing seinen Blick ein, und er vergaß, was er hatte sagen wollen. Bei Sonnenaufgang und Sonnenuntergang war Avempartha jedes Mal atemberaubend.

Die anderen drehten sich ebenfalls um. Sie befanden sich zwar noch etliche Meilen entfernt auf dem Bergkamm, doch von ihrer erhöhten Position konnten sie ihr Lager bereits ausmachen – ein Dorf aus weißen Zelten auf einer Lichtung – und den Turm, der sich dahinter erhob. Die letzten Sonnenstrahlen funkelten auf dem Wasserfall und brachten auch den Turm zum Schimmern. Avempartha war wunderschön, doch der Wasserfall war das beeindruckendste Naturschauspiel, das Brigham je gesehen hatte. Wie die Schneekrone auf einem Berggipfel oder das Lächeln einer hübschen Frau.

Vargus legte weiteres Feuerholz nach. »Hillmann hat gefragt, wann er seine Ausbildung im Vorath-Kampf abschließen kann.

Ihm fehlt nur noch diese letzte Lektion, dann ist er ein vollwertiger Techylor.«

»Warum bringst du es ihm nicht bei?«, fragte Edgar.

»Dachte nicht, dass ich das darf«, antwortete Vargus. »Hab doch selbst erst vor ein paar Monaten den Titel erhalten.«

»Du bist ein Techylor, also kannst du andere Techylors ausbilden. So funktioniert das.«

Brigham sah Vargus lächeln und beneidete Hillmann kein Stück.

Als er das überschüssige Öl fortwischte, das sich um die Parierstange gesammelt hatte, bemerkte er, dass Atkins immer noch den Turm betrachtete. Auch Edgar erhob sich und starrte ebenfalls in die Richtung. »Was im Namen von Tetlin ist das denn?«

Mit Schwert und Tuch in der Hand sprang Brigham auf. Inmitten des goldenen Dunsts des Wasserfalls bewegte sich etwas – etwas Riesiges.

»Ist das …« Atkins hielt inne und schirmte die Augen mit der Hand ab.

Es stieß durch den Nebel herab, zwei gigantische dunkle Schwingen breiteten sich aus, ein langer schlangenartiger Schwanz peitschte durch die Luft. Einen Augenblick später wurden die Zelte von einem Feuersturm niedergemäht. Das Flussufer verwandelte sich in ein Inferno, das auch auf den Wald übergriff. Große Bäume splitterten krachend, als sie schnell, wie trockenes Gras, Feuer fingen. Die fliegende Kreatur schnappte sich Zelte und fliehende Männer und warf sie von der Klippe wie Spreu im Wind.

Brigham umklammerte das Schwert fester und schnitt sich ein zweites Mal an der öligen Klinge.

»Sammelt ein, was ihr tragen könnt!«, befahl Edgar.

»Wohin gehen wir?«, fragte Atkins, während er sein Bündel aufhob.

»Zurück zum Drachenlager.«

»Was?«, fragte Brigham schockiert. »Dieses Ding tötet alle. Sie brauchen Hilfe!«

»Sie sind längst verloren«, rief Edgar. »Nichts kann einen Drachen töten.«

Dies ist eine Waffe zum Erschlagen von Drachen.

Brigham betrachtete das Schwert in seinen Händen. »Damit könnte ich –«

»Packt eure Sachen, Jungs! Das ist ein Befehl! Wir müssen es der Keenigin berichten.« Ein weiterer Feuerschwall brach über das Ufer herein, und eine dunkle Rauchwolke stieg in den Himmel auf. »Persephone muss erfahren, dass die Elfen jetzt Drachen haben.«

24

KÖNIGIN DES
WEISSEN TURMS

———•◆•———

Bei der wichtigsten Schlacht des Großen Krieges wurde kein einziger Grashalm zertrampelt, kein Tropfen Blut vergossen und kein Fußabdruck auf Elans Antlitz hinterlassen. Das Aufeinanderprallen legendärer Helden, das den Lauf der Menschheitsgeschichte veränderte, geschah tief unter den Füßen derjenigen, deren Leben dadurch für immer umgestaltet wurden.

– Das Buch Brin

Gifford wusste nicht, was er zu erwarten hatte, als er die Steintreppe erklomm. Es faszinierte ihn noch immer, dass er so schnell vorankam wie alle anderen. Es war, als würde er tanzen. Gifford hatte schon immer tanzen wollen. Oft hatte er sich ausgemalt, wie er Roan auf einer mondbeschienenen Lichtung im Sichelwald herumwirbelte. Nur sie beide, wie sie sich, abgeschieden vom Rest der Welt, im Sommernebel drehten und wiegten wie Glühwürmchen. Unter den funkelnden Sternen würde er sie im Arm halten, stark und sicher, und sie würde zulassen, dass er sie küsste. Er stellte sich diesen Moment perfekt vor, doch so etwas gab es nicht.

Gifford hatte Roan schon geküsst. Dabei hatte er sich weder stark noch sicher gefühlt, und sie hatten auch nicht unter den Sternen getanzt wie zwei Glühwürmchen. Wie alles in Giffords

Leben war der Kuss unbeholfen gewesen, und trotzdem hätte er diesen Augenblick nicht gegen alle mondbeschienenen Lichtungen der Welt eingetauscht. Er hoffte trotzdem weiter darauf, dass sich die Gelegenheit irgendwann ergeben würde.

Sie erreichten den obersten Treppenabsatz. Zuerst verstand Gifford nicht, was er sah. Sie standen auf einer trostlosen Ebene aus zerklüftetem Feuerstein. Der Schnee war verschwunden, sodass der Untergrund schiefergrau war. Nicht weit zu seiner Rechten ragte Ferrols Weißer Turm beängstigend hoch auf. Zu seiner Linken wirkte Mideons Festung aus der Ferne geradezu winzig. Vor ihm führte eine große Steinbrücke über ein weites Nichts. Sie endete in einer schmalen Steinsäule, die sich wie ein knochiger Finger in den Himmel reckte. Darauf schien sich eine kleine Höhle zu befinden.

Dies waren die Dinge, die Gifford verstand, und das war gut, weil sie ihm wenigstens ein bisschen Orientierung gaben. Was er nicht verstand, war alles andere.

Ein Stier mit langen Hörnern flog vor ihm durch die Luft. Gifford hatte keinen Schimmer, wer oder was das wutschnaubende Tier geworfen haben könnte, doch es krachte gegen einen Trupp angreifender Zwerge und mähte sie nieder.

Ein dunkelhäutiger, glatzköpfiger und äußerst stämmiger Mann, der nichts als mit Nieten verzierte Lederfetzen trug, schwenkte ein feuriges Schwert. Er hackte sich damit durch ein Fhrey-Kontingent, das ihm eilig auszuweichen versuchte.

Ein Riese – vielleicht hatte er den Stier geworfen – schleuderte Steine in der Größe von Rundhütten an die Stellen, wo sich die meisten Kämpfenden aufhielten. Schreie ertönten. Gifford konnte nicht erkennen, auf wessen Seite der Riese stand, da alles ein einziges Durcheinander war. Es gab keine sichtbare Grenzlinie zwischen den Armeen. Das schien dem um sich werfenden Riesen allerdings nichts auszumachen. Gifford packte Roans Hand mit seiner Linken und zog mit der rechten sein Schwert.

Selbst mit seinen nun perfekten Füßen und dem geraden Rücken wusste Gifford nicht viel über das Kämpfen. Er hatte nie gelernt, mit einem Schwert umzugehen.

Warum hätte jemand seine Zeit damit verschwenden sollen, es einem Krüppel beizubringen?

Alles, was er wusste, war, was er sich von anderen abgeschaut hatte: Er musste mit der scharfen Kante zuschlagen. Als er Roan während der Schlacht von Grandford hatte retten wollen, hatte er es versucht und war gescheitert. Es hatte sich herausgestellt, dass es schwieriger war, als es aussah.

Gifford hatte die Leute stets beneidet, die laufen konnten, ohne ein Bein nachzuziehen, oder sprechen konnten, ohne dabei zu spucken. Sie konnten die meisten Dinge mühelos bewältigen und nahmen es als selbstverständlich hin. Er war überzeugt gewesen, wenn er wie sie wäre, würde ihn nichts ängstigen, dann gäbe es nichts, was er nicht schaffen könnte. Aber als er nun auf seinen zwei perfekten Füßen auf dem Schlachtfeld voller fliegender Stiere und brüllender Männer stand, begriff er, dass er falschgelegen hatte. Er war immer noch Gifford der Krüppel, und es war egal, ob seine Beine ihn nun trugen oder nicht. Er konnte Roans Namen endlich aussprechen, sie jedoch nach wie vor nicht beschützen – nicht vor Menschen, Zwergen, Fhrey mit Schwertern, und ganz sicher nicht vor gigantischen Stieren.

»Galantianer von rechts!«, rief Melen, der über die meisten Köpfe hinwegblicken konnte.

»Techylors, Gegenangriff!«, befahl König Mideon, und sechzehn Männer in grünen Umhängen, die alle zwei Schwerter auf einmal schwangen, eilten auf die entstehende Öffnung zu.

Gath streckte lediglich eine Hand aus, um den sechs zu signalisieren, dass sie bleiben sollten, wo sie waren. Er war nicht besonders groß, was Gifford überraschte. Gath von Odeon galt als größter Held seiner Kultur. Er war der erste Keenig gewesen, der die Stämme vereint und sie über das Meer in eine unbekannte Welt geführt hatte. Es gab unzählige Geschichten darüber, wie er gemeinsam mit anderen Helden gegen Seemonster, Drachen und Goblins gekämpft hatte, bevor sie sich in Rhulyn niederließen. Nachdem er all diese Sagen wieder und wieder gehört hatte, hatte Gifford ihn sich als groß, kräftig und gut aussehend vorgestellt. Doch dieser Gath von Odeon erinnerte ihn eher an einen struppigen Hund. Er trug nichts als einen Lederschurz, hatte wildes dunkles Haar auf dem Kopf, den Schultern, Armen und Beinen. Seine Mähne war so dick und verfilzt, dass er mehr wie ein Tier als ein Mensch wirkte. Er fletschte die Zähne und knurrte, während er das Schlachtenchaos überblickte. Überall um sie herum krachten Krieger gewaltsam gegeneinander, nur durch eine Mauer aus Menschen und Zwergen von Gifford und seinen Freunden ferngehalten. Eine Handvoll schaffte es, sie zu durchbrechen, wurde jedoch von einem von Melens Hämmern und Brans Axt erschlagen. Die drei legendären Personen beschützten sie vor den wenigen Angreifern, die durch Mideons Defensive brachen. Fenelyus stand ebenfalls bei ihnen und blickte über die Kämpfenden hinweg. Wonach sie und Gath Ausschau hielten, konnte Gifford nicht sagen, doch er war sich sicher, dass er es lieber nicht wissen wollte.

Allein Beatrice, die mit ihnen in der Mitte stand, schien unbesorgt. Gifford sah immer wieder zu ihr hin, wonach er sich jedes Mal besser fühlte.

Sie weiß, dass alles gut ausgehen wird. Sie hat es gesehen.

»Lauft los«, befahl Gath. »Aber haltet euch hinter mir!«

Wie gehorsame Kinder folgten sie dem ersten Keenig mit gesenkten Köpfen. Bald darauf hatten sie sich so weit von der Treppe entfernt, dass sie sie nicht mehr sehen konnten. Sie schwammen in tiefem Wasser, das Ufer außer Sichtweite, ihre Zukunft hinter zahlreichen versteckten Gefahren verborgen.

»Man kann nicht sterben, wenn man schon tot ist«, sagte Moya. »Vergesst das nicht.«

Die Worte hätten helfen sollen, doch das taten sie nicht. Gifford verspürte den Drang zu atmen, sich zu bewegen, doch er hatte furchtbare Angst davor, getroffen oder enthauptet zu werden oder mitansehen zu müssen, wie Roan etwas Schlimmes zustieß. Vielleicht würden sie danach einfach aufstehen und sich den Staub von der Kleidung klopfen, doch die Vorstellung zu sterben ängstigte ihn nichtsdestotrotz. Etwa so, wie manche Leute Angst vor Bienen hatten. Ein Stich mochte wehtun, war jedoch nicht das Ende der Welt. Trotzdem verfielen einige in Panik, wenn sie das Brummen der Insekten hörten.

Und wie soll ein Körper ohne Kopf weiter funktionieren?

Gath ließ sie abermals stehen bleiben, und einen Moment später tauchte König Mideon mit finsterer Miene vor ihnen auf. Er wandte sich an Fenelyus. »Sie hat die Wellenbrecher vor der Brücke positioniert.«

»Wie viele?«

»Alle.«

»Alle?«, fragte Fenelyus verblüfft. »Hat sie etwa den Rest des Reiches schutzlos zurückgelassen? Warum sollte sie das tun? Warum so ein großes Risiko eingehen?«

»Schade, dass wir es nicht vorher wussten«, sagte Gath. »Dann hätten wir jetzt den Weißen Turm stürmen können.«

»Kannst du etwas gegen die Riesen ausrichten?«, fragte Mideon.

Fenelyus nickte. »Zieh deine Truppen zurück.«

Der König gab den Befehl, Trompeten ertönten, Banner wurden geschwungen und die Truppen zogen sich zurück. Nun sah Gifford, dass der Weg vor ihnen von einem Dutzend Riesen mit ineinander verschlungenen Armen versperrt wurde. Es waren keine gewöhnlichen Grenmorianer, sondern etwas Urtümlicheres. So wie Rundhäuser einfachere Versionen der Häuser der Fhrey waren, stellten diese Giganten eine primitivere Form des Riesengeschlechts dar, das allerdings nicht gerade für seinen hohen Entwicklungsstand bekannt war. Sie hatten ausdruckslose Gesichter, die Mäuler geöffnet und sahen sich mit leerem Blick ständig nach ihren Gefährten um. Sie waren gigantisch, stark und Furcht einflößend, standen Schulter an Schulter und erschufen so eine zwanzig Fuß hohe Mauer.

Fenelyus bewegte sich vorwärts. Dabei wuchs der Boden unter ihr in die Höhe und hob sie empor. Gleichzeitig wuchs sie selbst, ihr Strahlen verstärkte sich. Ihr Umhang verwandelte sich in einen flatternden Schatten, und ihre Hände glühten so hell wie Fackeln. Sie hinterließen Streifen in Nifrels Düsternis, während Fenelyus sie kreisförmig bewegte. Zwischen ihren Fingern formte sich eine große Kugel aus lilafarbenem Licht, die stetig wuchs. Ohne großes Aufhebens schleuderte Fenelyus sie von sich. Auf ihrem Weg zu den Wellenbrechern wuchs die Kugel weiter an. Gifford verfolgte ihren Flug gespannt, er konnte kaum erwarten zu sehen, was passieren würde, wenn sie auf die Riesen traf. Doch bevor sie auch nur in deren Nähe kam, verschwand die lilafarbene Kugel plötzlich, als hätte sie nie existiert.

Von rechts zischte ein Blitz über die Ebene heran. Er traf Fenelyus – beinahe.

Es war nicht das erste Mal, dass Gifford ein magisches Duell verfolgte. In Dahl Rhen war er dabei gewesen, als Arion gegen Gryndal gekämpft hatte. Doch in Nifrel wurde alles sichtbar gemacht, was in der realen Welt unsichtbar gewesen war. Kurz bevor der Blitz Fenelyus traf, entdeckte Gifford, wie sich ein blau glühender Schild um sie herum erhob und den Angriff abblockte. Der Schild war schlichter als die Rüstungen, die Alberich für sie hergestellt hatte, doch er leuchtete heller und war ebenso effektiv.

Während Gifford den beiden Miralyith zusah, verstand er endlich die wahre Natur von Nifrel, wenn nicht sogar von ganz Phyre. Macht kam aus der Kraft des Geistes, von Willensstärke und Verlangen – egal, ob es darum ging, etwas zu erschaffen oder schlicht zu existieren. Doch die Kraft, etwas Mächtiges zu befehligen, war jenen vorbehalten, die es bereits im Leben getan hatten. Niemand musste laufen, sich bewegen oder ein Schwert schwingen, um zu kämpfen. Alberich brauchte nicht auf nicht existierendes Metall einzuschlagen, um Rüstungen herzustellen, und Rüstungen waren eigentlich nicht nötig. Doch jeder hatte seine eigene Art, um Ziele zu erreichen oder Dinge herzustellen. Fenelyus zapfte dafür die rohe Kraft an, während der Zwerg auf eine andere Strategie zurückgriff. Sie erschufen ihre Rüstungen aus purer Willensstärke. Die Kunst in der Welt der Lebenden und die Willenskraft in Phyre mussten auf demselben Prinzip basieren, doch die Kunst in Phyre zu benutzen, war, als würde man ein Kunstwerk malen, ohne Farbe zu benutzen. Dazu brauchte man nichts als Vorstellungskraft.

Ein zweiter Blitz traf Fenelyus, doch ihr Schild hielt. Als Gifford in die Richtung blickte, aus der der Angriff gekommen war, sah er ein bekanntes Gesicht voller Ringe. Gryndal stand auf seinem eigenen erhobenen Steinpodest und schoss seine Blitz über die Köpfe der Armee hinweg. Ein Ruf ertönte, und einige Truppen stürmten auf Fenelyus zu. Sie würde sich von zwei Seiten verteidigen müssen.

»Los, kommt ihr zu Hilfe!«, rief Mideon Caldern, dem belgriclungreianischen Befehlshaber, zu, der daraufhin mit seinen gut gerüsteten Truppen zum Angriff überging.

»Wartet«, rief Fenelyus. Mit einer erhobenen Hand hielt sie ihren gleißenden Schild an Ort und Stelle, während sie die andere wieder und wieder zur Faust ballte und damit etwas Neues erschuf. Gifford erkannte nicht, was es war, bis sie es von sich schleuderte.

Ein dunkler Ball schoss über die Ebene auf das gegenüberliegende Podest zu. Gryndal riss seinen eigenen Lichtschild hoch, doch der dunkle Ball fuhr hindurch und der Schild erlosch. Ein grelles Strahlen blendete alle Umstehenden. Als es verebbte, war Gryndal fort, genau wie sein Podium. Es blieb nichts als ein flacher Krater.

Um Fenelyus herum trafen die beiden Armeen aufeinander.

Mit einem Grunzen breitete die ehemalige Fhan ihre Arme aus und schob die Kämpfenden mit einer Kraft auseinander, die in der Welt der Lebenden wie ein Sturmwind ausgesehen hätte. Hier in Phyre manifestierte sie sich als silberner Sprühnebel.

»Unglaublich«, flüsterte Roan.

»Fen! Die Wellenbrecher«, rief Mideon.

Mit zusammengebissenen Zähnen und funkelnden Augen stieß Fenelyus ihre Hand in Richtung der Riesen und sandte einen weiteren lilafarbenen Feuerball. Er raste immer schneller durch die Luft, gewann an Größe. Die Riesen bereiteten sich auf den Aufprall vor, verhakten ihre Arme fester ineinander und beugten sich vor.

Beim Aufprall geschah nichts, die riesige Kugel zerplatzte wie eine Blase. Doch im selben Moment klatschte Fenelyus in die Hände und der Boden unter dreien der Riesen neigte sich abrupt.

Sie stürzten rückwärts in den Abgrund.

Ohne loszulassen, rissen die Riesen einander mit sich, bis einer nach dem anderen über die Kante fiel. Es geschah langsam, mit einer beinahe unheimlichen Unausweichlichkeit. Die Armeen hielten inne, um das Spektakel zu verfolgen. Keiner der Riesen brüllte, keine Waffe hatte sie erschlagen. Die mächtige Mauer war allein durch ihre Unfähigkeit zu Fall gebracht worden, einander loszulassen. Fenelyus hatte auf raffinierte Weise einen Erdrutsch ausgelöst. Nun hielten alle im Kämpfen inne, um Zeugen der Tragödie zu werden.

Als die letzten drei Riesen mit ungläubigen Mienen nach hinten gerissen wurden, wirkte es, als würden alle eine Schweigeminute für die Wellenbrecher einlegen.

Doch es währte kürzer als eine Minute.

Dann stürmten die Krieger erneut aufeinander los, und Gath trieb die Gefährten zur Eile an.

Der Weiße Turm war so wunderschön wie Winternächte, in denen es so kalt wurde, dass Eis krachend brach. Es gab keine Stühle, keine Kissen oder Felle – alles war hart, weiß und kühl. Sebek hatte Tesh nicht belogen. Der Turm war verlassen. Treppen und Flure lagen still da, nur Andvaris, Tekchins und Teshs Schritte waren zu hören. Während er so schnell lief, wie er konnte, sah Tesh nichts als sein eigenes Spiegelbild. Beinahe alle Wände waren poliert, sodass sie wie Spiegel glänzten.

»Schaut nicht die Wände an«, rief Andvari, doch es war zu spät.

Er sah sich – nicht als den Helden im Harwald, nicht als Techylor, sondern als Dureyaner. Nein, als kleinen dureyanischen Jungen, dünn, dreckig und verängstigt.

Tesh blieb stehen, um sich anzustarren.

Bin ich wirklich so erbärmlich? So klein?

Er fühlte sich winzig. Seit er Phyre betreten hatte, hatte er sich so gefühlt – so, wie er sich von klein auf hatte fühlen sollen. Was er im Spiegel sah, war das Abbild dessen, wie er sich selbst sah, auch wenn er diesen Teil seines Ichs auszulöschen versucht hatte.

Vielleicht bin das einfach ich. Ich habe keinen falschen Körper, um die Wahrheit zu verbergen. In Phyre ist Gifford ein Athlet, und das ist es, was ich bin.

»Hör auf, die Wand anzustieren, und lauf«, rief Tekchin über die Schulter.

Tesh spürte eine Hand auf seinem Arm. Andvari zog ihn mit sich.

»Es ist ein Zauber«, erklärte der Zwerg. »Zwischen dem Bild, das du von dir selbst hast, und wie andere dich sehen, liegt die Wahrheit über dich. An der Stelle, wo die beiden sich überschneiden. Du siehst nicht dein wahres Ich. So sieht die Königin dich. Du siehst dich durch ihre Wände – ihre Augen. Es ist nicht wahr.«

»Aber es ist auch keine Lüge.«

»Es ist *eine* Wahrheit. Ihre Wahrheit.«

Tesh zwang sich, den Blick abzuwenden und sich aufs Rennen zu konzentrieren – es fiel ihm nicht leicht, da er nach wie vor das schreckliche Gewicht auf seinen Schultern spürte. Als sie das Erdgeschoss erreichten, entdeckten sie zwei Soldaten in schwarz-weißen Rüstungen.

Also sind doch nicht alle ausgeflogen.

Tesh wurde langsamer, als Tekchin den beiden Soldaten zuwinkte. Einer winkte zurück. Keiner von beiden nahm Notiz von Tesh, dem dreckigen dureyanischen Jungen.

»Beeilt euch lieber, das Fest nähert sich dem Ende«, sagte die Wache, die Tekchin gewunken hatte. »Die Königin hat Orr entfesselt.«

Tekchin fluchte, als er aus der Tür stürmte. Tesh folgte ihm. Niemand hielt ihn auf, niemand sah in seine Richtung. Er war allen egal.

Auf der felsigen Ebene warteten Tekchin und Andvari nicht länger auf ihn, sodass Tesh bald weit zurückfiel. Er wusste, wohin er gehen musste. Blitze zuckten über einer fernen Brücke, hinter der nichts anderes zu existieren schien.

Tesh fürchtete, dass die Soldaten der Königin ihn ohne Tekchin als entflohenen Gefangenen enttarnen würden, doch selbst als er an ganzen Trupps vorbeirannte, nahm niemand Notiz von ihm.

Vielleicht sehen sie bloß einen halb verhungerten Jungen in Lumpen. Keine Bedrohung.

Er kam an einen der vielen Risse im Boden, der nicht breit genug für eine Brücke war. Andere sprangen mühelos darüber, doch sie keuchten nicht vor Erschöpfung oder liefen vornübergebeugt wie ein Greis. Diesmal war Brin nicht da, um ihm hinüberzuhelfen.

Tesh hatte keine andere Wahl, als Anlauf zu nehmen und zu hoffen, dass es sich um eine weitere Illusion handelte, eine winzige Öffnung, die ihm größer erschien, als sie war. Es war keine. Trotzdem schaffte er es beinahe.

Nur sein linkes Bein nicht. Mit dem Schienbein schlug er gegen die scharfe Kante, hörte und fühlte, wie der Knochen brach. Er brüllte vor Schmerz, stürzte und rollte sich herum. Tränen traten ihm in die Augen, und seine Sicht verschwamm. Der Schmerz breitete sich in seinem Bein aus, schoss durch seinen gesamten Körper. Er umklammerte sein Schienbein und ertastete den gebrochenen Knochen, der durch die Haut ragte.

Als er zitternd vor Schmerz auf der Seite lag, fegte ein Windstoß über ihn hinweg. Ein riesiger Schatten mit zwei gigantischen Schwingen und einem langen Schwanz flog über ihm vorbei.

König Mideons Armee hatte beinahe die Pfeiler der Brücke erreicht, die wie Zwillingsspeere am Ende der Ebene emporragten. Ein Brüllen ertönte. Es war erstaunlich, dass Gifford überhaupt etwas über den Schlachtenlärm hören konnte. Der Kampf hatte seinen Höhepunkt erreicht. Er spürte es, wie er einst Elan durch die Kunst gespürt hatte, doch Gifford glaubte nicht, dass es besonderer Fähigkeiten bedurfte, um die Dringlichkeit in den klirrenden Schwertstößen und anschwellenden Schreien der verzweifelten Soldaten zu vernehmen. Es passierte in diesem Augenblick. Der letzte Ansturm. Die beiden Seiten gaben alles, was sie hatten – und Mideons Truppen standen kurz vor dem Sieg. Stück für Stück gewannen sie an Boden. Gath scheuchte Beatrice und die sechs Gefährten näher an die Brücke heran.

Ein monströses Wesen mit kleinem Kopf und winzigen Augen, Reißzähnen und einer Stachelkeule ging zum Angriff über, wurde jedoch von einem halben Dutzend Soldaten mit Speeren niedergestreckt. Ein Zwergensquadron, das für die Königin focht, brach durch die Reihen der Verteidiger. Als er sie kämpfen sah, verstand Gifford plötzlich, wie die Belgriclungreianer die Fhrey einst beinahe besiegt hätten. Die Zwerge gaben kleine Ziele ab und erholten sich von Schlägen, die einen Menschen zermalmt hätten. Sie schafften es bis zu Gath, der ihrem Vormarsch schließlich mit Brans Hilfe ein Ende setzte.

Sie waren der Brücke derweil so nahe gekommen, dass Gifford erkannte, wie schmal sie war. Sie würden sie einer nach dem anderen überqueren müssen. Er dachte an Tressa und fragte sich, ob sie es schaffen würde.

Wenn sie bereits bei einem kleinen Riss im Boden Probleme hatte, wie soll sie es dann über den Abgrund schaffen?

Trotz der erschreckenden Gewalt um ihn herum, kam Gifford nicht umhin zu denken, dass die Schlacht enttäuschend war. Er hatte mehr erwartet. Sie hatten ihr Ziel beinahe erreicht, und nur ein paar wenige Gegner standen ihnen noch im Weg. All die Warnungen hatten dafür gesorgt, dass er sich auf ein schwierigeres Unterfangen eingestellt hatte. Er lächelte Roan zu. Sie lächelte zurück. Sie würden es schaffen.

Da tauchte der Drache auf.

Er war weder eine von Suris Schöpfungen noch eine Manifestierung der Kunst, er war real – auch wenn er tot sein musste. Bis zu diesem Augenblick war Orr nur eine Geschichte gewesen, die man sich am Lagerfeuer in der Langhütte erzählte. Der Drache war die Verkörperung von Macht und Boshaftigkeit. Eine Kreatur der alten Welt. Orr hatte Gath von Odeon getötet und war im Gegenzug von Gaths Schild Bran erschlagen worden. Es war die epischste Geschichte im Arsenal einer jeden Seherin. »Das Lied von Gath« wurde stets zum Winterfest erzählt. Eine Legende, die die Älteren zu Tränen rührte und den Jüngeren Albträume bescherte. Als kleiner Junge hatte Gifford sich Orr immer als hässliches Monster vorgestellt. In seiner Fantasie war er ein Schatten mit Augen. Und obwohl Gifford keine Ahnung hatte, wie Orr einst in der Welt der Lebenden ausgesehen hatte, war der Drache nun furchterregend.

Er war größer als drei Gilarabrywn zusammen. Auf seinen mächtigen dunkeln Schwingen glitt er lautlos über die Köpfe der Soldaten hinweg. Mit einer beiläufigen Bewegung mähte er fünfzig von ihnen nieder, schleuderte sie durch die Luft wie eine Katze ihr Spielzeug, bevor er sich vor der Brücke niederließ. Er hatte Vorder- und Hinterbeine, einen mit Stacheln versehenen Schwanz, und seine Reißzähne waren so lang wie Bäume. Er reckte den Hals und sah mit brennendem Blick voll boshafter Heimtücke auf sie herab.

»Die Königin hat den Verstand verloren!« Fenelyus starrte den Drachen an. »Sie hat ihr Zuhause völlig entblößt zurückgelassen. Aber warum?« Sie fuhr zu den sechs herum. Ihr verwirrter Gesichtsausdruck verwandelte sich in Misstrauen, als sie Beatrice ins Visier nahm.

»Fen?«, rief Mideon aufgebracht.

»Ich kann nicht gegen Orr kämpfen«, rief sie zurück. »Das Ding ist …« Sie brachte den Satz nicht zu Ende, doch auf ihren Zügen zeichneten sich Frust und Furcht ab. Gifford verstand, dass sie aus Erfahrung sprach. »Du musst den Golem rufen.«

Die Miene des König verfinsterte sich, wütend schürzte er die Lippen.

»Er ist unsere einzige Chance«, sagte Fenelyus.

»Golem?«, fragte Brin.

»Alte Magie«, erklärte Beatrice. »Aus den Tagen, als unser Volk näher am Gestein lebte. Jene, die große Macht besaßen, konnten die Felsen anrufen und für sich in den Kampf schicken. Mein Vater tat es einmal, gegen Ende des Großen Krieges. In Neith rief er einen Steingolem, der Fenelyus aufhielt, sodass die meisten unserer Leute nach Drumindor fliehen konnten. Aber das hat Vater beinahe umgebracht.«

Der Drache schlug mit den Flügeln und warf die ihm am nächsten Stehenden um. Dann lachte er. Das entsetzliche Geräusch erinnerte eher an den Schrei eines hundert Fuß großen Hasen, der in eine Falle geraten war, doch Gifford spürte die grausame Freude, die darin mitschwang.

»Tu es, Mideon!«, brüllte Fenelyus. »Wenn nicht, sind wir erledigt.«

Orr atmete tief ein.

»Verdammt!« Fenelyus riss die Arme in die Höhe.

Gigantische Flammen schossen aus dem Maul der Bestie auf sie zu.

Gifford keuchte auf, stolperte rückwärts und stürzte. Die Welt war fort, ganz Nifrel in Feuer getaucht. Die Flammen befanden sich nur wenige Fuß von ihm entfernt, als würden sie von einer Glasscheibe abgefangen. Hitze. Gifford hatte das Gefühl, neben einem Lagerfeuer zu stehen, nur dass ihn diese Hitze in Wellen traf.

Fenelyus schrie vor Anstrengung, ihre Finger waren gespreizt, die Hände zitterten. Schließlich ging dem Drachen der Atem aus. Das Feuer verschwand und Fenelyus brach zusammen.

Abermals lachte der Drache. »Was für eine süße Frucht«, sagte Orr mit einer Stimme, die Gifford eher fühlte, als dass er sie hörte. »Und oh, was für ein Festmahl.«

Moya hob ihren Bogen. Beatrice berührte sie am Arm und schüttelte den Kopf »Warte. Jetzt noch nicht.«

Da hob sich der Boden.

Ein ohrenbetäubendes Krachen und Knacken ertönte, als riesige Felsblöcke aus dem Untergrund in die Höhe wuchsen. Sie verbanden und erhoben sich. Dunkler Fels in der vagen Form eines gigantischen Mannes wandte sich dem Drachen zu, der ihm entgegenblickte. Er war auf der Hut.

»Zurück!«, schrie Beatrice. »Zieht euch zurück!« Sie scheuchte sie davon, um dem Golem den Weg zum Drachen frei zu machen.

»Räume das Biest aus dem Weg«, befahl der König, kaum lauter als ein Flüstern. »Mach uns den Weg zur Brücke frei.«

Gifford sah den Zusammenprall nicht, da er wie alle anderen so schnell wie möglich aus dem Weg stolperte und den beiden gigantischen Gegnern das Feld überließ. Er musste es nicht sehen, denn das Geräusch sprach Bände. Der Untergrund bebte, der Drache brüllte und ein Schlag so laut wie Donner ertönte. Gifford und Roan, die sich an den Händen hielten, stürzten zu Boden, wo sie durchgeschüttelt wurden.

Beatrice hielt alle beisammen. »Kommt her!« Sie drehte sich zu den kämpfenden Ungetümen um. »Macht euch bereit zu rennen.«

Gifford schaute zurück, wo die beiden Monster wie hoch aufragende Berge im düsteren Licht miteinander rangen. Einer stolperte …

Brin war die Erste, die schrie, aber nicht die Einzige. Der steinerne Riese packte den Drachen und zog ihn in ihre Richtung. Ein gigantischer Steinfuß traf nur eine Armeslänge von ihnen entfernt auf den Boden. Sie wurden in die Luft geschleudert.

»Lauft! Jetzt!«, rief Beatrice. »Über die Brücke! Los!«

Moya führte sie an und rannte zwischen den Pfeilern hindurch. Gifford glaubte nicht, dass irgendjemand losgelaufen wäre, wenn sie es nicht getan hätte. Dem Golem war es gelungen, Orr von der Brücke fortzuzerren, sodass der Weg nun frei war. Doch der Drache war nicht erfreut darüber. Außerdem tanzten Beine der Größe von Steinsäulen zwischen ihnen und der Brücke.

Gifford hielt Roans Hand zu fest, doch sie beschwerte sich nicht. Wahrscheinlich spürte sie ebenso wenig wie er, während sie über den bebenden Boden rannten. Trotz der miteinander tanzenden Giganten tobte die Schlacht weiter.

Tote Galantianer kämpften gegen tote Techylors. In Eisen gekleidete Zwegenkrieger kreuzten Klingen mit in Bronze gekleideten Fhrey. Menschen in Lederrüstungen kämpften gegen andere, die in nichts als Felle gekleidet waren. Speere flogen, Schilde klapperten, während die letzten von Mideons Verteidigern den feindlichen Ansturm aufhielten.

Als sie die Brücke erreichten, sah Gifford, wie Gath zu Boden ging. Diesmal wurde er nicht von Orr, sondern von der schieren Masse der Angreifer überwältigt. Bran kämpfte tapfer an seiner Seite, fiel jedoch kurz darauf mehreren Gegnern zum Opfer. Nur noch Melen war auf den Beinen. Der riesige Kerl scheuchte sie vorwärts auf die Brücke hinaus und bezog Stellung zwischen den Pfeilern, um jegliche Verfolger abzuwehren.

Sie hatten es geschafft.

König Mideon tauchte an Melens Seite auf und schlug mit seiner Axt alle Angreifer nieder. Fenelyus war wieder auf den Beinen und positionierte sich neben Atella. Die vier Helden formierten sich zu einer Mauer, wo einst die Wellenbrecher gestanden hatten, während der Golem weiterhin mit dem Drachen rang.

Gifford sah die Brücke über dem Abgrund vor sich, der Weg nach Alysin war frei. Er entdeckte die Höhle auf der anderen Seite, eine finstere Öffnung, die den Ausgang von Nifrel darstellen musste.

Als er den ersten Schritt auf die Brücke setzte, wurde Roan von ihm fortgerissen und in den Himmel gezerrt.

Es ist nicht gebrochen. Es ist nicht gebrochen, wiederholte Tesh in Gedanken.

Als es nicht funktionierte, sprach er es aus. »Mein Bein kann nicht gebrochen sein. Ich habe kein Bein!«

Niemand hörte ihn, nicht einmal er selbst. Er spürte weiterhin den stechenden Schmerz unterhalb seines Knies. Er stemmte sich hoch, zuerst auf den Ellbogen, dann den Handflächen, und begann zu krabbeln. Er zog das *un*gebrochene Bein hinter sich her, das sich sehr wohl gebrochen anfühlte.

Es ist doch sowieso egal. Ist nicht alles egal?

Er konnte die Schlacht sehen, er war so quälend nah dran. Die Königin hatte ihren Turm auf einer Erhöhung errichtet, einem Hügel aus Stein, den sie selbst erschaffen haben musste. Die gesamte Felsebene war ihre Skulptur, das Wachs, das sie über das Fundament der Welt gelegt hatte, um es nach ihren Vorstellungen zu formen. Nicht weit unter sich sah Tesh, wie der Drache vor der Brücke landete. Aber er konnte Brin nicht entdecken. Er konnte keine einzelne Person ausmachen. Unter ihm wimmelten Tausende Schatten wie ein riesiges Monstrum mit vielen Köpfen. Hin und her wogte die Masse, nahm immer neue Formen an. Durch die Ankunft des Drachen veränderte sich das. Jene, die der Kreatur am nächsten standen, zogen sich zurück. An den äußeren Rändern wurde weitergekämpft, doch der Drache dominierte das Zentrum. Es dauerte nicht lange, bis Tesh verstand, warum.

Feuer explodierte aus seinem Maul, tobte von links nach rechts über das Schlachtfeld und verschluckte alle.

Ist Brin da drin? Ist sie ...

Er stemmte sich auf sein gesundes Bein, um besser sehen zu können. Das andere Bein protestierte, doch er zuckte lediglich zusammen, beachtete den Schmerz nicht.

Was passiert als Nächstes? Wird die Königin den Schlüssel an sich nehmen? Ich werde weiter an diesem Ort existieren, und Brin ... wird sie nach Rel gehen?

Er wusste nicht, wie es funktionierte. Womöglich würde sie von Wachen aus diesem Reich eskortiert werden oder sich einfach auflösen, um ihren rechtmäßigen Platz im Nachleben einzunehmen. Doch egal, wie es geschah, Tesh wusste mit Sicherheit, dass sie verschwinden würde.

Ich habe sie verloren.

Er verspürte Schmerz – nicht in seinem Bein, sondern seinem Herzen. Er war so real, dass Tesh sich an die Brust griff und erwartete, einen Speer vorzufinden, doch da war nichts, keine Waffe, keine Wunde. Und er war allein. Tesh verstand in diesem Moment, dass er an diesem Ort ein Wesen voller freiliegender Nerven war, die nicht von einem Körper geschützt wurden. Liebe, Hass, Furcht, Freude – diese Gefühle waren in Nifrel Eisen und Stahl, während Reue ein schweres Gewicht war.

»Du machst damit nichts wieder gut. Du machst nur noch

mehr kaputt und stellst es als etwas Besseres dar! Und du rettest die Welt nicht vor einem Monster, du nimmst nur seinen Platz ein«, hatte Brin gesagt.

Er erinnerte sich auch erneut an Raithes Worte. *»Und wenn diese Schlacht geschlagen ist, will ich, dass du eine Familie gründest. Zieh Kinder groß und leb ein gutes, glückliches Leben – irgendwo, wo es sicher und grün ist.«*

Brin wäre ihm sofort gefolgt, vielleicht zurück nach Rhen, um eine Familie zu gründen. Er hätte es tun können. Sie hätten sich irgendwo ein Heim schaffen können. Dann säße Brin vielleicht am Spinnrad im Haus, während er draußen Holz für ein Feuer hackte, anstatt dieses Feuer aus der Ferne zu betrachten, zuzusehen, wie die Flammen die einzige Person verschlangen, die …

»Wenn ich dich gehen lasse, werde ich dich nie wiedersehen.«

»Na klar wirst du mich wiedersehen. Wenn nicht in diesem Leben, dann im nächsten.«

Der Schmerz in seiner Brust wurde so groß, dass er grunzte und die Hände zu Fäusten ballte.

»Wenn ich einen Wunsch frei hätte, dann wünschte ich, dass du damals mit uns gestorben wärst. Dann hätten wir dich noch bei uns. Aber nun wird sie dich bekommen.«

Es war, als wollten seine Eltern gar nicht, dass er ihren Tod rächte.

Das Feuer ging aus.

Die Armee war in alle Winde verstreut. Einige brannten, andere flohen. Der Platz vor der Brücke war leer. In der Mitte, vor dem Drachen, stand eine kleine Gruppe – nicht mehr als zehn oder zwölf Personen.

Ist sie das? Ist sie unter ihnen?

Hoffnung stieg in ihm auf. Der Schmerz in seiner Brust veränderte sich zu einer anderen Pein, und sein Bein tat nicht länger weh. Ohne nachzudenken, rannte Tesh den Hügel hinunter, wich Speeren, Äxten, Zwergen und Elben aus. Er sprang über

Felsen, Risse und Spalten im Boden, hatte seinen Blick fest auf die kleine Gruppe zu Füßen des Drachen geheftet, die das Feuer überlebt hatte.

Das müssen sie sein – das muss sie *sein.*

Tesh rannte schneller. Er trug noch immer seinen Ballast mit sich, doch er warf ihn sich von einer Schulter auf die andere. Als er die Streitkräfte der Königin erreichte, trat die gesamte Armee keuchend einen Schritt zurück. Nicht seinetwegen, sondern weil sich der Boden plötzlich hob.

Aber nichts konnte Tesh jetzt noch überraschen, und selbst als der steinerne Riese mit dem Drachen kämpfte, konzentrierte er sich darauf, sich einen Weg durch die Menge zu bahnen. Sich an den Kriegern vorbeizuschlängeln, über Löcher im Boden zu springen und Leute wenn nötig aus dem Weg zu schubsen. Tesh wollte keine Aufmerksamkeit auf sich ziehen, doch er musste so schnell wie möglich durchkommen.

Der Steinriese riss den Drachen von seinem Platz vor der Brücke. Tesh war nahe genug, um zu erkennen, wie die kleine Gruppe nun versuchte, die Brücke zu erreichen. Und im selben Moment starb seine Hoffnung.

Das sind sie nicht – das ist nicht Brin.

Er sah starke Helden in prächtigen Rüstungen, die vor Kraft glühten. Diese Leute waren groß, mächtig und beeindruckend. In der Mitte lief die Person, die am hellsten strahlte, ein Leuchtstern in einer umwerfenden Rüstung.

»Lauft! Jetzt!«, rief ihnen jemand zu.« Über die Brücke! Los!«

Sechs der Helden stürmten in einer Reihe los, bahnten sich ihren Weg zwischen den Beinen des Drachen und des Steinriesen hindurch.

Die strahlendste Person unter ihnen war auch die flinkste, die schnellste Läuferin, die Tesh je gesehen hatte, außer vielleicht …

Brin!

Tesh machte einen Schritt nach vorn.

Mit ausgestreckten Ellbogen bahnte er sich einen Weg durch die Truppen der Königin, die nun stillstanden. Die Augen ließ er nicht von dem dahinrasenden Leuchtstreifen. Brin hatte vor allen anderen die Brücke erreicht und hielt nicht an. Sie rannte so schnell, dass sie die Mitte der Brücke erreichte, bevor sie sich umdrehte und feststellte, dass sie allein war. Sie blieb stehen und wartete auf die anderen.

Tesh fand sich im dichtesten Gewimmel wieder und verlor die anderen aus den Augen. Er war nicht der Größte und die Sicht wurde ihm von Köpfen und Schultern genommen. Er schubste und drängte. Die Männer um ihn herum sprachen einander mit Namen an, und er erkannte, dass Nifrel für diese Helden, die in unzähligen Schlachten Seite an Seite gekämpft hatten, wie ein Dorf sein musste. Sie kannten ihn nicht, doch in diesem Moment war es ihnen gleich.

Vier Krieger hielten den Eingang zur Brücke: ein großer Zwerg mit einer Krone und einer riesigen Axt, ein wilder Mann mit Kurzschwert und Schild, ein weiterer Mensch, der zwei Hämmer schwang, und die Fhrey namens Fenelyus.

Neben den vieren hatte sich bereits ein Berg regloser Leiber angehäuft. Niemand war erpicht darauf, sie anzugreifen, was es Tesh ermöglichte, sich ihnen zu nähern. Einige drückten ihn in ihrer Angst sogar weiter nach vorn.

Als der große Zwerg drei Männer gleichzeitig mit seiner Axt beiseitefegte, gelang Tesh der Durchbruch. Er nahm einen Platz an vorderster Front ein, stand Schulter an Schulter mit Ferrols mutigsten Soldaten, die daran verzweifelten, die Wächter der Brücke zu besiegen.

Tesh hoffte, Fenelyus würde ihn erkennen, doch die Fhrey schaute nicht in seine Richtung. »Fenelyus!«

Der Mann hinter Tesh drängte vor und schubste ihn mitten in den Kampf hinein. Er wartete darauf, einmal mehr zu sterben.

Der Zwergenkönig holte aus.

Tesh hatte keine Gelegenheit zurückzuweichen und seine Schwerter steckten in ihren Scheiden, also zuckte er zusammen, als die riesige Axt auf ihn herabsauste.

»Fen!«, brüllte der Zwerg wütend, als seine Axt mitten im Schwung erstarrte.

»Verzeihung«, sagte Fenelyus. Sie hatte die Hände ausgestreckt und die Finger aneinandergelegt. »Der da ist kein Feind. Er gehört zu *ihnen*.« Sie deutete mit dem Kopf in Richtung der Brücke.

Bevor Tesh reagieren oder antworten konnte, packte ihn der große Mann mit den Hämmern, zerrte ihn an den Verteidigern der Brücke vorbei und warf ihn wie einen Sack Wolle auf die Brücke. Tesh überschlug sich und wäre beinahe in den Abgrund gestürzt.

»Gut, dass du dabei bist, Junge«, rief ihm der König hinterher, bevor er einen Fhrey entzweiteilte. Er lachte, doch Tesh konnte Schweiß auf seiner Stirn und Schwäche in seinen Augen erkennen.

Als er sich umdrehte, entdeckte Tesh Tekchin, der im Schlachtengetümmel gefangen war.

»Beeil dich«, rief Tesh ihm zu.

»Geh schon!« Der Galantianer winkte. »Ich hole euch ein!«

»Da entlang!«, rief eine hübsche weißhaarige Zwergenfrau Tesh zu. »Über die Brücke. Beeilung! Die Zeit ist beinahe abgelaufen.«

Ihre letzten Worte beunruhigten ihn, während er über die Brücke eilte.

Was passiert, wenn die Zeit abläuft?

Seine Freunde sahen anders aus als sonst, doch außer Tekchin waren sie alle da. Brin führte sie an. Moya lief vor Gifford, der Roans Hand hielt. Dann kam Regen, und Tressa bildete wie immer das Schlusslicht. Der Weg über die Brücke war frei, und Tesh sah, dass sie aus natürlichem Stein und nicht aus dem schiefergrauen Fels der Ebene oder dem unebenen Gestein oben auf dem Berg bestand. Hinter Brin konnte er den düsteren Eingang einer Höhle ausmachen. Darin musste sich die Tür befinden. Brin hätte sie längst erreicht, wenn sie nicht stehen geblieben wäre.

Wir werden es schaffen!

Niemand bemerkte die Bankore, bevor es zu spät war.

Brin hörte, wie Beatrice Moyas Namen rief.

Sie blieb stehen, drehte sich um, und ihr fiel auf, dass die anderen weit hinter ihr zurückgeblieben waren. Da sah sie, wie Roan und Gifford von Bankoren geschnappt wurden. Beatrice stand am Rand der Brücke. Sie hatte einen Fuß darauf gesetzt, obwohl die anderen so schnell sie konnten darüberliefen.

»Los, Moya! Jetzt!«, rief Beatrice.

Moya, die Brin beinahe erreicht hatte, sah die Bankore nicht kommen. Doch beim Klang von Beatrices Stimme spannte sie ihren Bogen, bevor sie herumfuhr. Im Laufen schoss sie den Bankor ab, der Gifford festhielt. Das geflügelte Wesen explodierte.

Gifford stürzte zwölf Fuß herab und landete auf der Brücke. Ein zweiter Pfeil folgte einen Wimpernschlag später und traf den Bankor, der Roan trug. Es war ein unglaublicher Schuss und beinahe unmöglich, dass Moya Roan verfehlt hatte, während sie das Biest traf. Der Bankor zerfiel zu einer Wolke aus Dreck und Steinen, doch Roan war aus größerer Höhe und weiterer Entfernung gefallen. Sie verfehlte die Brücke. Da sie keinen Atem schöpfen musste, ertönte ihr Schrei unendlich langgezogen, als sie in den Abgrund stürzte. Erst nach einer Weile verklang auch das Echo.

»Nein!«, schrie Brin schockiert.

Gifford kam auf die Beine und rannte auf den Brückenrand zu. Er hätte sich hinuntergeworfen, wenn Regen ihn nicht fortgestoßen hätte. Die beiden gingen am Brückenrand zu Boden.

Ein weiterer Bankor stürzte sich auf Tressa, die weit hinter den anderen zurückgeblieben war. Moya starrte weiterhin in den Abgrund, in dem Roan verschwunden war.

»Moya, Tressa ist ...«, rief Brin und deutete ans andere Ende der Brücke. Doch sie brach abrupt ab, als der Bankor explodierte, bevor er Tressa erreichte.

Jemand reckte zwei funkelnde Schwerter in die Höhe. Es war ... »Tesh!«, schrie Brin.

Bevor er antworten oder sie ansehen konnte, erschütterte ein lautes Krachen die Welt.

Tesh fuhr gerade rechtzeitig herum, um zu sehen, wie der Golem explodierte. Felsbrocken flogen in alle Richtungen, regneten auf das Schlachtfeld herab und zermalmten viele der Kämpfenden. Nach dem damit einhergehenden Krachen legte sich eine Stille über alles, wie Tesh sie noch nie erlebt hatte. Der Kampf erstarb. Niemand sprach oder bewegte sich. Die Bankore brachen ihren Angriff ab und zogen still ihre Kreise über ihnen.

Aus der Dunkelheit schälte sich ein Tesh nur allzu bekanntes Licht und Reihe um Reihe der Soldaten fiel auf die Knie.

»Die Königin«, sagte Fenelyus fasziniert. »Ferrol selbst nimmt am Kampf teil.« Sie drehte sich mit verblüffter Miene zu Tesh um. »Wer *seid* ihr?«

»Sie gehören mir«, sagte Ferrol.

Tesh sah sie zum ersten Mal deutlich. Sie war hochgewachsen und schlank wie eine Gottesanbeterin, die Hände vor dem Körper verschränkt, gekleidet in ihren Umhang und das überirdisch weiße Kleid. »Ihr hattet euren Spaß. Das Spiel ist vorbei. Ich will meine Beute, und ich hoffe zum Wohle aller, dass sie nicht mit diesem unglücklichen Mädchen im Abgrund verschwunden ist.«

Die Königin beeilte sich nicht. Anmutig schritt sie zu den Brückenpfeilern, wo der Zwergenkönig kniete, jedoch nicht aus Verehrung. Die Zerstörung seines Golems schien sich auf ihn auszuwirken wie eine tödliche Wunde.

»Guten Abend, Mideon. Du hast ein wirklich süßes Spielzeug erschaffen. Wie viel hat es dich gekostet? Ich hoffe doch, nicht allzu viel. Geh mir aus dem Weg.«

Der König, die zwei Krieger und Fenelyus gaben den Weg zur Brücke frei.

Ferrol warf einen Blick über die Schulter. »Orr? Sei so nett und fange alle ein, die zu fliehen versuchen.«

Der Drache schlug mit den riesigen Flügeln und stieg in die Luft. Alle beobachteten, wie er so graziös wie ein Falke direkt über dem Höhleneingang auf der Säule landete.

Die Königin betrat die Brücke. »Ich empfehle euch, zurückzukommen, bevor Orr sich entschließt, dass ihr zu köstlich ausseht, um euch gehen zu lassen. Für alle, die neu in meinem Reich sind, lasst mich erklären: Jene, die in den Abgrund fallen, werden nie wieder gesehen, und so geht es auch all denen, die von ihm gefressen werden.« Sie warf einen Blick über den Rand und schüttelte den Kopf. »Es geht sehr weit nach unten. Niemand weiß wirklich, was in den Tiefen lauert.«

Sie machte einen weiteren Schritt vorwärts. »Alles, was ich will, ist der Schlüssel. Wer auch immer von euch ihn bei sich trägt, kann einfach zu mir kommen und ihn mir aushändigen. Dann sind wir fertig. Niemand muss mehr hinunterfallen oder gefressen werden. Verstanden?«

Sie wartete, doch niemand antwortete ihr. »Entgegen eurer Erwartungen bin ich nicht böse. Es bereitet mir keine Freude, anderen wehzutun. Ich genieße es nicht, Schönheit zu zerstören. Einst war ich die beliebteste Herrscherin der schönsten Stadt der Welt. Ich war eine Heldin – die Erste, die sich gegen das wahre Böse zur Wehr setzte. Die Erste, die glaubte, dass es einen besseren Weg geben muss, als sich Grausamkeit hinzugeben. Ich erhob meine Hand, um die Schwachen zu beschützen und gegen ein Monster zu kämpfen. Und ich war nicht allein.« Sie fuhr herum. »Alle, die ihr hier seht, sind meine Nachfahren, meine und die meines Bruder Drome und meiner Schwester

423

Mari, die während der großen Rebellion an meiner Seite kämpften. Ihr«, sie deutete auf sie, »gehört auch zu meiner Familie, und ich werde euch dementsprechend behandeln, da wir einen gemeinsamen Feind haben, der auf Elans Antlitz wandelt und uns hier eingesperrt hält. Bringt mir den Schlüssel und helft uns, ein Übel zu besiegen, das seit Äonen besteht.«

Niemand rührte sich.

Ferrol wartete, jedoch nicht lange. Geduld war keine ihrer Stärken.

»Bringt sie mir«, befahl sie, und die Bankore schossen erneut herab.

Im selben Moment begann Moya zu feuern. Mit verblüffender Schnelligkeit und Treffsicherheit schoss sie einen Pfeil nach dem anderen ab. Doch trotz ihres Talents und ihrer Entschlossenheit hatte sie dem Schwarm der Königin nichts entgegenzusetzen. Sie stürzten sich auf Regen, Brin, Moya und Gifford. Niemand beachtete Tressa oder Tesh. Ferrol wusste, dass die beiden nicht den Schatz bei sich trugen, den sie suchte. Regen tötete einen Bankor, doch zwei weitere kamen auf ihn zu. Brin war eine leichte Beute. Einer packte sie und erhob sich mit ihr in die Lüfte.

Moya, die gegen mehrere gleichzeitig kämpfte, gelang es, den Bankor abzuschießen, der Brin festhielt. Tesh keuchte auf, als Brin hart am Rand der Brücke auftraf, sich überschlug und beinahe hinuntergefallen wäre. Wie durch ein Wunder bekam sie im letzten Moment den Rand zu fassen, sodass ihre Beine in der Luft baumelten. Tesh konnte nur noch ihre Finger sehen.

»Tesh!«, kreischte Brin, während ihre Finger langsam abrutschten.

Er ließ seine Schwerter fallen und rannte auf sie zu, so schnell er konnte. Kopfüber sprang er vor, doch bevor er sie erreichte, verschwanden ihre Finger. Er hörte einen Schrei, ebenso lang und endlos wie Roans. Er zog sich bis an den Rand und spähte hinab. Er hörte sie, ihr Schrei wurde langsam leiser, doch sie war bereits von der Dunkelheit verschlungen worden.

Wie Roan war nun auch Brin verschwunden.

»Nein!«, donnerte die Königin. »Fliegt unter die Brücke. Niemand wird mehr fallen!«

Tesh starrte weiterhin in die endlose Schwärze, die gähnende Leere, die Brin verschluckt hatte. Seine Gedanken rasten, er versuchte zu begreifen, was geschehen war, doch sein Kopf weigerte sich. In seinem Inneren kämpften zwei Seiten um die Oberhand, während er auf dem Bauch lag und in den Abgrund, in das Unmögliche, stierte.

Sie ist fort. Wie ist das möglich?

Als Tesh schließlich aufschaute, waren Moya und Regen von den Bankoren geschnappt worden und lediglich er, Tressa und Gifford waren auf der Brücke übrig geblieben.

Gifford zerstörte fünf Bankore, bevor es einem gelang, seinen Schwertarm zu packen und ihn hochzuheben. Er flog in die Richtung der Königin. Gifford baumelte über dem Abgrund, als er sein Schwert in die andere Hand nahm und nach oben stieß. Der Bankor explodierte und Gifford fiel. Ein weiterer Bankor raste heran, um ihn aufzufangen. Gifford senkte den Kopf und hielt das Schwert vor sich, als wäre er ein fleischgewordener Speer. Der zweite Bankor löste sich auf, und Gifford stürzte unaufhaltsam in die Tiefe.

»Fangt ihn! Fangt ihn!«, befahl die Königin.

Zwei weitere Bankore versuchten ihr Glück. Es gelang ihnen beinahe, Gifford zu fassen, doch er zerstörte sie. Dann war er ebenfalls verschwunden.

»Tesh«, flüsterte Tressa. Sie fiel neben ihm auf die Knie. »Tesh, wir dürfen nicht zulassen, dass sie ihn bekommt.« Sie spähte in Richtung des Drachen, der an der Höhle auf sie wartete. »Ich werde springen.«

Wieder und wieder sah Tesh vor seinem inneren Auge, wie Brins Finger vom Rand rutschten.

»Wenn ich dich gehen lasse, werde ich dich nie wiedersehen.«

»Na klar wirst du mich wiedersehen. Wenn nicht in diesem Leben, dann im nächsten.«

Tressa kroch an den Rand, so schwerfällig, als trüge sie einen Felsbrocken auf dem Rücken.

»Die Bankore werden dich schnappen.« Tesh war überrascht, wie gefasst seine Stimme klang. Er schaute zu dem Rand, von dem Brin gebaumelt war.

»Dann hilf mir, Tesh«, flehte Tressa. »Bitte.«

»Ich kann nicht«, antwortete er und begann zu weinen. Etwas Scharfes bohrte sich in Teshs Wange und er zuckte zurück.

Sie hörten Moya schreien. Wieder und wieder, bis endlich …

»Tressa hat den Schlüssel!«, rief die Königin. Sie fuhr zu Konniger herum. »Und du hast behauptet, Tesh würde lügen!«

Die Bankore kommen, dachte Tesh. *Am besten gibst du dich nicht kampflos geschlagen.*

Seine Schwerter waren zu weit entfernt. *Vielleicht ein Stein?* Tesh sah sich um und entdeckte, was ihn in die Wange gepiekt hatte. Es war eine kleine Nadel aus Metall.

Tesh starrte sie verwundert an.

»Sie kommen«, sagte Tressa. Sie zückte den Dolch, den er ihr im Sumpf gegeben hatte. »Vielleicht können wir ihn einfach in den Abgrund werfen oder –«

»Gib ihn mir.« Tesh deutete auf die Waffe.

Tressa stellte seinen Befehl nicht infrage und schob ihm den Dolch zu. »Tesh, sie sind …«

»Tressa, sie wird ihn nicht bekommen, aber was ich gleich tun werde, könnte die Zukunft der Welt zerstören. Ist das in Ordnung für dich?«

Tressa sah ihn verwirrt an und zuckte dann mit den Schultern. »Klar.«

Tesh lächelte. »Für mich auch.«

Er nahm den Dolch in beide Hände und zielte mit dem Knauf auf die Nadel.

Wenn ich kräftig genug darauf schlage, wird ein Funke entstehen.

Die Bankore flogen wieder und zum ersten Mal bewegte sich auch Orr über die Brücke auf sie zu. Am Rande des Abgrunds sah Tesh all die alten Helden stehen, die seit ihrem Tod in einem endlosen Krieg kämpften und starben und kämpften und starben. Ihm fiel auf, dass er das nicht wollte.

»Versprich mir, dass du etwas Gutes tun wirst, dass du deinem Leben mehr Sinn geben wirst, als immer nur zu töten.«

Vielleicht ist es noch nicht zu spät.

Tesh erinnerte sich an Brin. Nicht an ihr panisches Gesicht, kurz bevor sie fiel, sondern an die Frau, die er liebte.

»Also, was schreibst du da genau?«

»Ich nenne es Das Buch von Brin. Es wird die Geschichte der ganzen Welt werden – wie alles begann bis heute.«

Doch nun würde es nie passieren. Alles war verloren. Brin war fort, nicht nur verloren für ihn, sondern für immer verschwunden.

»Wenn ich dich gehen lasse, werde ich dich nie wiedersehen.«

»Na klar wirst du mich wiedersehen. Wenn nicht in diesem Leben, dann im … «

Während ihm Tränen über die Wangen rannen und sich Bankore auf ihn stürzten und die Königin schrie, als sie erkannte, was er vorhatte, und ihren Drachen schickte, ließ Tesh den Dolchknauf mit aller Kraft, die er aufbringen konnte, auf die Nadel niederkrachen.

Eine Explosion. Schmerz. Dunkelheit. Das Gefühl zu fallen. Dann nichts, gefolgt von noch mehr nichts.

GLOSSAR

———•◆•———

AGAVE: Das Gefängnis des Älteren, das sich tief im Herzen Elans befindet und von den Zwergen entdeckt wurde, als sie Neith bauten. Während Persephones Reise nach Neith wurde die Agave wiederentdeckt, doch der darin Gefangene war bereits entkommen.

AGAVE-TAFELN: Steintafeln, die von dem Älteren geschrieben wurden und die Geschichte der Entstehung der Welt, viele Geheimformeln zum Umgang mit Metallen sowie die Webmuster zur Erschaffung eines unsterblichen Wesens mit der Kunst enthalten.

AIRENTHENON: Eines der ältesten Gebäude in Estramnadon. Der Ort, an dem der Aquila seine Sitzungen abhält. Wurde beinahe während der Rebellion der Grauen Umhänge zerstört und nur durch Mawyndulës tapferes Einschreiten gerettet.

ALON RHIST: Vierter Fhan der Fhrey, der im Dherg-Krieg starb. Gleichzeitig der Name des größten Grenzpostens zwischen Rhulyn und Avrlyn. Jahrhundertelang wurde die Festung von den Instarya gehalten und hielt die Rhunes davon ab, ins Land der Fhrey vorzudringen. Nach Zephyrons Tod ging der Oberbefehl über Alon Rhist an Petragar, der die Festung verlor, als Nyphron mit der Rhune-Armee zurückkehrte. Die gesamte Festung wurde durch Fhan Lothians Angriff während der Schlacht von Grandford zerstört.

ÄLTERE, DER: Auch bekannt als Die Drei. Ein Wesen, von dem die Dherg behaupten, es existierte vor den Göttern Elans. Er war tief unter der Agave eingeschlossen, wo er die Geschichte Elans auf Steintafeln aufschrieb. Nachdem die Zwerge sein Wissen für ihre Zwecke missbrauchten, floh er und hinterließ einen Dämon, der die Dherg von ihrem Zuhause ausschloss.

ALYSIN: Eins der drei Reiche des Nachlebens. Ein Paradies, in das mutige Krieger nach ihrem Tod eintreten.

ANWIR (Fhrey, Asendwayr): Ruhig und in sich gekehrt. Er ist der einzige der Galantianer, der nicht von den Instarya abstammt. Er hat eine Vorliebe für Knoten und benutzt eine Steinschleuder als Waffe.

ANYVAL (Fhrey, Umalyn): Heiler aus Alon Rhist, der Persephone nach dem Rauhangriff behandelte.

AQUILA: Wortwörtlich der Ort der Wahl. Ursprünglich entstanden als Formalisierung und Zeichen öffentlicher Anerkennung der Fhrey, die Gylindora Fhan mehr als ein Jahrhundert zur Seite standen. Anführer der einzelnen Sippen fungieren als Berater, machen Vorschläge und helfen bei der Verwaltung des Reiches. Ratsmitglieder werden von ihren Sippen gewählt. Der Aquila übt keine direkte Macht aus, denn der Fhan ist so absolut wie Ferrol selbst. Der Aquila übt jedoch großen Einfluss auf den Übergang der Macht aus. Kurator und Konservator bestimmen, wer Zugang zu Gylindoras Horn erhält.

ARIA (Rhune, Rhen): Giffords Mutter. Die Seherin Tura sagte ihr, dass sie zwar bei der Geburt ihres Sohnes sterben, er aber eines Tages der schnellste Mann der Welt werden und die Menschheit retten würde. Alles traf genau so ein.

ARION (Fhrey, Miralyith): Lehrerin des Prinzen Mawyndulë, frühere Studentin Fenelyus', von der sie liebevoll als Cenzlyor bezeichnet wurde. Arion wurde nach Rhulyn geschickt, um über den abtrünnigen Nyphron zu richten, wurde aber von Malcolm mit einem Stein am Kopf getroffen. Nach ihrer Genesung kämpfte sie mit Gryndal, als er drohte, Dahl Rhen zu zerstören und alle Bewohner zu töten. Sie blieb danach bei den Rhunes, in der Hoffnung, Frieden zwischen den beiden Völkern herbeizuführen. Während Persephones Reisen nach Neith wurde Arion schwer verletzt. Als sie sich wieder erholt hatte, kam sie nach Alon Rhist, um den Rhunes zu helfen, sich gegen Fhan Lothians Angriff zu verteidigen. Sie wurde während der Schlacht von Grandford von Mawyndulë getötet.

ASENDWAYR: Fhrey-Sippe, die auf die Jagd spezialisiert ist. Einige sind an der Grenze stationiert, um die Instarya mit Fleisch zu versorgen.

ASIKA: Ein langes Kleidungsstück, ähnlich einem Gewand, das mit mehreren Bändern und Überwürfen in verschiedenen Formen getragen werden kann.

AUDREY: Moyas Bogen, den sie nach ihrer Mutter benannte.

AVEMPARTHA: Von Fenelyus mit der Kunst geschaffener Turm der Fhrey oberhalb eines großen Wasserfalls am Nidwalden. Er kann die Kraft fließenden Wassers nutzen, um die Kunst zu verstärken. Kel Jerydd ist der Aufseher des Turms.

AVRLYN: »Grünes Land«; eine von den Fhrey kontrollierte Gegend westlich von Rhulyn. Begrenzt vom Galewyr im Norden und dem Urum im Westen.

BALGARGARATH: Kreatur, die von dem Älteren erschaffen wurde, um die Zwerge dafür zu bestrafen, ihr Versprechen, ihn im Gegenzug für sein Wissen freizulassen, nicht eingehalten zu haben. Das Wesen ist eine Manifestation der Kunst, mit einem unglaublich starken Webmuster geschaffen, weshalb man ihm mit Magie keinen Schaden zufügen kann. Persephones Reisegruppe gelang es, das Webmuster aufzuheben, indem sie eine Waffe erschuf, auf der sein wahrer Name stand, und ihn damit erstach.

BELGREIG: Kontinent auf der Südseite Elans, auf dem die Dherg leben.

BELGRICLUNGREIANER: Name, mit dem die Dherg sich selbst und ihre Art bezeichnen.

BELGRISCHER KRIEG: Ein Krieg zwischen den Fhrey und den Dherg. Die Fhrey siegten und schickten die Dherg ins Exil.

BERN: Ein Fluss, der die Grenze zwischen Rhulyn und Avrlyn bildet. Strömungsrichtung: Norden–Süden. Rhunes ist es verboten, auf die westliche Seite des Flusses zu kommen. Dieses Gesetz wurde jedoch nichtig gemacht, nachdem Nyphron sich mit den Rhunes zusammentat, um Fhan Lothian zu stürzen.

BRECKON MOR: Weibliche Version des Leigh Mor. Ein praktisches, mit Mustern versehenes Kleidungsstück, das auf verschiedene Arten gewickelt werden kann.

BRIDEETH: Fhreyanisch, Schimpfwort schlimmster Art.

BRIN (Rhune, Rhen): Hüterin der Wege von Dahl Rhen und Verfasserin des berühmten »Buch Brin«. Während des Riesenangriffs auf Dahl Rhen wurden Brins Eltern, Sarah und Delwin, getötet. Brin begleitete Persephone nach Neith, wo sie die Tafeln des Älteren in der Agave fand und einige davon übersetzte.

BUCH BRIN, DAS: Erstes bekanntes Buch des Rhune-Volks. Sein Ursprung geht zurück auf den ersten Krieg zwischen Rhunes und Fhrey.

CARATACUS: Berühmter Berater des ersten Fhans. Legendäre Gestalt, die Gylindora Fhan das Horn Ferrols brachte. Erschaffer des Waldthrons.

CENZLYOR: Auf Fhrey bedeutet es so viel wie »von flinkem Verstand«. Name, den Fhan Fenelyus Arion gab.

CRIMBAL: Ein magisches Wesen, das im Lande Nog lebt. Diese Wesen reisen durch Baumstümpfe nach Elan, wo sie der Legende nach Kinder stehlen und Festessen veranstalten.

DAHL (Hügel oder Grabhügel): Rhune-Siedlung, üblicherweise auf einem von Menschenhand errichteten Hügel und in der Regel von einer Art Mauer oder anderen Befestigung umgeben. Jeder Dahl hat in der Regel ein zentrales Langhaus, in dem der Stammesführer lebt, und eine Reihe von Rundhütten, in denen die Dorfbewohner leben.

DELWIN (Rhune, Rhen): Ein Schafhirte, der Sarahs Ehemann und Brins Vater war. Er wurde bei dem Angriff der Riesen auf Dahl Rhen getötet.

DHERG: Eine der fünf humanoiden Spezies Elans. Langlebige, geschickte Handwerker. Von nahezu allen oberirdischen Orten verbannt. Sind hervorragende Baumeister und Waffenschmiede.

DROME: Gott der Dherg.

DRUMINDOR: Eine von den Dherg gebaute Festung, die auf einem aktiven Vulkan an einer strategisch wichtigen Bucht beim Blauen

Meer steht. Die zwei riesigen Türme können Angriffen vom Meer standhalten.

DUREYA: Karge Hochlandregion im Norden Rhulyns, Heimat des gleichnamigen Rhune-Clans. Die gesamte Region wurde von Nyphron und seinen Galantianern zerstört, alle Bewohner getötet. Vor ihrer Ausrottung waren sie die stärksten Krieger der Rhulyn-Rhunes. Nur zwei Dureyaner überlebten: Raithe (nun ebenfalls verstorben) und Tesh.

DUREYANER: Bezeichnung der Mitglieder des Krieger-Clans der Rhunes.

DURYNGON: Ein Gefängnis unterhalb des Verenthenons in Alon Rhist, wo exotische Tiere gefangen gehalten und studiert wurden.

EILYWIN: Architekten und Handwerker der Fhrey, die Gebäude entwerfen und bauen.

ELAN: Die Große Mutter allen Lebens. Göttin der Erde.

ELBEN: Abfällige Bezeichnung für die Fhrey. Ein von den Dherg benutztes Schimpfwort. Auch Tesh und seine Truppe benutzen es oft, wenn sie von den Fhrey sprechen.

EREBUS: Vater aller Götter, was von Brin beim Übersetzen der Agave-Tafeln herausgefunden wurde.

ERES (Fhrey, Instarya): Einer von Nyphrons Galantianern. Er kämpft am liebsten mit Speeren.

ERIVAN: Heimat der Fhrey.

ERSTER STUHL: Ehrentitel für den Stammesführer eines Dahls.

ERVANON: Nördlichster Grenzposten der Fhrey.

ESTRAMNADON: Hauptstadt der Fhrey, in den Wäldern Erivans.

ETON: Gott des Himmels.

FENELYUS (Fhrey, Miralyith): Fünfte Fhan der Fhrey. Erste der Miralyith, die die Fhrey vor ihrer Auslöschung im Belgrischen Krieg bewahrte.

FERROL: Gott der Fhrey.

FERROLS GESETZ: Das unanfechtbare, dass Fhrey Fhrey nicht töten dürfen. Ausnahmen können in Notfällen durch den Fhan gemacht werden. Ferrols Gesetz zu brechen führt zur Verbannung und verwehrt dem Verbrecher den Zugang zum Jenseits. Da ihr Gott das Urteil spricht, gibt es keine Möglichkeit, Ferrols Gesetz zu entkommen, was Morde im Geheimen oder ohne Zeugen verhindert.

FHAN: Herrscher der Fhrey, dessen Amtsdauer bis zu 3000 Jahre betragen kann.

FHREY: Eine der fünf wichtigsten Spezies Elans. Fhrey sind langlebig, in technologischer Hinsicht fortschrittlich und nach Berufsbild in Sippen aufgeteilt.

FLORELLA-PLATZ: Großer, öffentlicher Platz mit großem Brunnen vor dem Airenthenon in Estramnadon.

FLUT (Dherg): Ein Bauer, Frosts Bruder und einer der drei Dherg, die den Balgargarath freigelassen haben. Persephone nimmt die drei mit nach Tirre. Flut war einer der Anwesenden in der Schmiede, als Suri Raithe zu einem Gilarabrywn machte.

FROST (Dherg): Ein Bauer, Fluts Bruder und einer der drei Dherg, die den Balgargarath freigelassen haben. Persephone nimmt die drei mit nach Tirre. Frost war einer der Anwesenden in der Schmiede, als Suri Raithe zu einem Gilarabrywn machte.

FURGENROK (Grenmorianer): Anführer der Grenmorianer, der Riesen von Elan. Er wurde von den Fhrey für den Angriff auf Dahl Rhen angestellt.

GALANTIANER: Instarya-Patrouille, angeführt von Nyphron. Berühmt für legendäre Heldentaten, Mut und Tapferkeit. Während die meisten glauben, dass sie aufgrund ihres Ungehorsams gegenüber dem Fhan ins Exil geschickt wurden, weiß Tesh, dass sie es waren, die auf Nyphrons Befehl hin die Dahls von Dureya zerstörten, um einen Krieg zwischen den Rhunes und den Fhrey anzuzetteln. Die Galantianer kehrten kurz vor der Schlacht von Grandford nach Alon Rhist zurück, um auf der Seite der Rhunes zu kämpfen. Seitdem bilden sie die Rhune-Armee im Kampf aus.

GARTEN, DER: Einer der heiligsten Orte im Zentrum Estramnadons. Hier ist »die Tür«. Ort der Meditation und Reflexion.

GATH (Rhune): Gründer Rhens. Erster Keenig, der alle Clans während der Großen Flut vereinte.

GELSTON (Rhune, Rhen): Schäfer, der während des Angriffs der Riesen auf Dahl Rhen vom Blitz getroffen wurde. Brins Onkel. Er hat sich nie von dem Angriff erholt, und seine Pflege wurde größtenteils von Tressa übernommen.

GIFFORD (Rhune, Rhen): Talentierter Töpfer aus Dahl Rhen, dessen Mutter bei der Geburt starb. Aufgrund seines deformierten Körpers hatte er ein hartes Leben. Gifford ist einer der ersten Rhune-Künstler und wird von Suri unterrichtet. Dank seines Ritts nach Perdif, wo er das Signalfeuer entzündete, spielte er eine entscheidende Rolle beim Sieg in der Schlacht von Grandford.

GILARABRYWN: Eine drachenähnliche Kreatur, die Suri erschuf, indem sie ihre besten Freunde opferte: zuerst Minna, dann Raithe. Um einen Gilarabrywn mit der Kunst zu erschaffen, muss das Webmuster der Tafeln in der Agave benutzt und eine dem Künstler nahestehende Person geopfert werden. Der erste Gilarabrywn rettete Persephones Reisegruppe in Neith das Leben und wurde von Suri wieder zerstört, als sie herausfand, dass er Neith nicht verlassen konnte. Der zweite führte die Rhune-Armee zum Sieg bei der Schlacht von Grandford und wurde seitdem noch nicht zerstört.

GOBLIN: Hässliche Spezies, die von allen in Elan gefürchtet und gemieden wird. Als wilde Kämpfer bekannt; die größte Gefahr geht aber von den Goblins aus, die die Macht der Elemente durch Magie beherrschen. Auf Dherg heißen sie Ghazel.

GRANDFORD: Steinbrücke über schmale Flussklamm des Berns; trennt Dureya von Alon Rhist. Schauplatz der ersten großen Schlacht im Krieg der Rhunes und Fhrey.

GRANDFORD, SCHLACHT VON: Erste Schlacht im Krieg zwischen Rhunes und Fhrey. Obwohl beide Seiten Siege errangen, wurde die Armee von Fhan Lothian am Ende durch das Auftauchen eines unbesiegbaren Drachen und die Ankunft der Gula-Horde zerschlagen. Trotz des Sieges der Rhunes wurde die Festung Alon Rhist während der mehrtägigen Belagerung zerstört.

GRAUE UMHÄNGE: Eine Geheimorganisation von Miralyith, die versuchte, Fhan Lothian zu stürzen und die Miralyith über die anderen Fhrey zu erheben. Die wichtigsten Mitglieder waren Aiden, der Anführer, und Makareta, die Mawyndulë dazu überredete, der Gruppe zu helfen. Alle starben jedoch während der Rebellion der Grauen Umhänge oder wurden danach von Fhan Lothian hingerichtet.

GRENMORIANER: Riesenrasse, die in Hentlyn im Norden Elans lebt.

GRONBACH (Dherg): Der Bürgermeister von Caric. Er hinterging Persephone auf ihrer Reise nach Neith und brachte sie und ihre Reisegefährten dazu, Neith vom Balgargarath zu befreien. Dies führte dazu, dass Suri Neith zerstörte und dass Brin ihn in ihrem Buch als Bösewicht darstellt.

GROSSER KRIEG: Bezeichnung des ersten Krieges zwischen den Rhunes und den Fhrey.

GRYGOR (Grenmorianer): Mitglied von Nyphrons Galantianern und der einzige Riese der Truppe. Er starb während des Angriffs auf Alon Rhist.

GRYNDAL (Fhrey, Miralyith): Erster Minister von Fhan Lothian. Als einer der mächtigsten Künstler angesehen. Er wurde bei seinem Angriff auf Dahl Rhen von Raithe getötet.

GULA-RHUNES: Rhune-Clan des Nordens, der seit langer Zeit im Kampf mit den südlichen Rhune-Clans liegt. Die Fhrey haben diese Feindschaft seit geraumer Zeit ausgenutzt und den gegenseitigen Hass geschürt.

GWYDRY: Eine der sieben Sippen der Fhrey. Bauern, die Vieh züchten und Felder bestellen.

GYLINDORA FHAN (Fhrey): Erste Anführerin der Fhrey. Ihr Nachname wird seitdem synonym für »Herrscher« verwendet.

GYLINDORAS HORN: Zeremonielles Horn, vom Aquila bewacht,

mit dem die Herausforderung um die Herrschaft der Fhrey verkündet wird. Das Horn kann nur beim Tod des Fhans oder während der Uli Vermar geblasen werden. Theoretisch kann jeder Fhrey eine Herausforderung aussprechen, aber der Aquila bewacht das Horn und entscheidet über die Kandidaten. Herausforderer müssen sich beim Aquila bewerben, der Rat entscheidet. Der regierende Fhan – sofern vorhanden – darf nicht anwesend sein; der gesamte Vorgang wird geheim gehalten. Bewerber dürfen sich dem Rat vorstellen, eine Rede halten und Geschenke überreichen, wenn sie es wünschen.

HABET (Rhune, Rhen): Hüter der Ewigen Flamme von Dahl Rhen, dessen Aufgabe es ist, darauf zu achten, dass die Kohlenpfannen und das Feuer des Langhauses stets brennen.

HAUS DER HOFFNUNGSLOSEN: Haus, in dem Gifford, Habet, Mathias und Gelston – die von allen am unwürdigsten Angesehenen – in Alon Rhist lebten. Auch Tressa verbrachte dort viel Zeit.

HEILIGER HAIN: Jenseitsvorstellung der Fhrey. Ein Land des Glücks, wo die Seelen der Würdigen nach dem Tod Ruhe finden. Nur wer Ferrols Gesetz bricht und das Leben eines anderen Fhrey nimmt, gelangt nicht dorthin. Die Angst davor ist so groß, dass niemand ein solches Verbrechen wagen würde.

HENTLYN: »Gebirgsland«; Bereich im Norden Avrlyns, größtenteils von Grenmorianern bewohnt.

HERKIMER: Rhune aus Dahl Dureya, Vater Raithes, getötet von Shegon.

HOCHSPEERTAL: Zuhause der drei Clans der Ghula-Rhunes.

HÜTERIN DER WEGE: Person, die alles über die Sitten und Gebräuche einer Gemeinschaft lernt und die Autorität in dieser Hinsicht ist. Hüter überliefern ihr Wissen mündlich.

IMALY (Fhrey, Nilyndd): Nachkomme Gylindora Fhans, Anführerin der Nilyndd und Kuratorin des Aquila. Nach der Rebellion der Grauen Umhänge nahm sie Makareta heimlich bei sich auf.

INSTARYA: Eine der sieben Sippen der Fhrey. Instarya sind die

Krieger-Sippe und in Grenzposten entlang der Avrlyn-Grenze stationiert.

JERYDD (Fhrey, Miralyith): Kel von Avempartha. Er führte den Angriff auf Dahl Rhen an.

KASIMER (Fhrey, Miralyith): Befehlshaber des neu ins Leben gerufenen Spinnenkorps von Künstlern, die ihre Macht bündeln können. Er starb in der Schlacht von Grandford.

KEENIG(IN): Eine Person, die in Krisenzeiten über alle vereinten Rhune-Clans herrscht. Seit Gath wurden nur wenige Rhunes zum Keenig ernannt. Persephone ist die erste Frau, die dieses Amt bekleidet.

KEL: Verwalter oder Gouverneur einer bedeutsamen Institution

KÖNIG MIDEON (Dherg): Wichtige Person im Belgrischen Krieg zwischen Dherg und Fhrey.

KONNIGER: Ehemaliger Schild des Stammesführers von Dahl Rhen. Stammesführer nach Reglans Tod, den er selbst verantwortet hat. Verstorbener Ehemann von Tressa.

KONSERVATOR DES AQUILA: Eine von zwei Personen, die für den Nachfolgeritus zuständig sind. Bestimmt gemeinsam mit dem Kurator, wer in das Horn von Gylindora blasen darf.

KUNST, DIE: Magie, die dem Künstler erlaubt, sich die Kräfte der Natur nutzbar zu machen. In der Fhrey-Gesellschaft wird sie von Mitgliedern der Miralyith-Sippe ausgeübt. Nur zwei Rhunes besitzen bisher die Fähigkeit, die Kunst zu nutzen: Suri und Gifford.

KÜNSTLER: Jemand, der die Kunst ausübt.

KURATOR DES AQUILA: Stellvertreter des Fhans. Hüter des Horns. Eins der sechs Ratsmitglieder des Aquila, bestimmt durch Wahl. Leitet Sitzungen des Aquila in Abwesenheit des Fhans. Leitet den Herausforderungsrat, der bestimmt, wer in das Horn von Gylindora blasen darf. Konservator und KURATOR gestalten gemeinsam den Nachfolgeritus und überwachen den Herausforderungsprozess.

LEIGH MOR: Großer Umgang. Praktisches Kleidungsstück für Rhune-Männer, das auf verschiedene Weise getragen werden kann, üblicherweise mit Gürtel. Leigh Mors lassen sich auch als Armbinde oder als Decke benutzen. Normalerweise mit Mustern des jeweiligen Clans versehen.

LIPIT (Rhune, Tirre): Der Stammesführer von Dahl Tirre, der bei der Schlacht von Grandford ums Leben kam.

LOTHIAN, FHAN (Fhrey, Miralyith): Herrscher der Fhrey, Vater Mawyndulës; Sohn von Fenelyus. Er kam an die Macht, indem er Zephyron, seinen Herausforderer, auf erniedrigende Art tötete. Er führte die Fhrey in die Schlacht von Grandford, floh aber nach ihrer Niederlage als einer der wenigen Überlebenden.

MACCUS (Rhune, Rhen): Dahl-Stammesführer und der Ururgroß-vater von Reglan. Herrschte über den Dahl gut hundert Jahre vor Reglans Amtsperiode.

MADOR, BERG: Ein Berg, der von Fhan Fenelyus während des Kriegs mit den Dherg erschaffen wurde, wobei Tausende Dherg starben.

MAEVE (Rhune, Rhen): Hüterin der Wege, Dahl Rhen.

MAGDA: Ältester Baum im Wald, Eiche.

MAHN: Sohn Persephones und Reglans. Getötet von bösartigem Bär namens »Grinsie die Braune«.

MAKARETA (Fhrey, Miralyith): Mitglied der Grauen Umhänge und Mawyndulës erste Liebe. Nach der fehlgeschlagenen Rebellion kam sie bei Imaly unter.

MALCOLM (nicht bekannt): Ehemaliger Sklave Zephyrons, der einst in Alon Rhist lebte, und Raithes bester Freund. Er hat zwei Fhrey mit Steinen angegriffen: Shegon und Arion. Außerdem hat er Nyphron Ratschläge gegeben und dafür gesorgt, dass Suri Raithe opfert, um den Gilarabrywn zu erschaffen, der Fhan Lothians Streitkräfte besiegte.

MANEN: Geister der Toten, die tief unter der Erde leben und durch eine Höhle, Schlucht oder einen tiefen Schacht an die Oberfläche gelangen. Manen suchen lebende Familienmitglieder auf und quälen sie für Missetaten (gerechtfertigt oder nicht), die die Manen in ihrem Leben erleiden mussten.

MARI: Die Schutzgöttin von Dahl Rhen.

MAWYNDULË (Fhrey, Miralyith): Prinz der Fhrey. Sohn Fhan Lothians und ehemaliger Schüler Arions und Gryndals. Er war in Dahl Rhen, als Raithe Gryndal tötete, und hat Rache geschworen. Für kurze Zeit repräsentierte er die Miralyith im Aquila als Jungrat und später als vollwertiges Ratsmitglied. Er wurde von den Grauen Umhängen dafür benutzt, Informationen über seinen Vater zu sammeln, war aber nicht aktiv an der Rebellion beteiligt. Er rettete Imaly und mehrere andere Fhrey während der Rebellion, als er die Wände des Airenthenons mithilfe der Kunst aufrecht hielt. Während der Schlacht von Grandford tötete er Arion.

MEDAK (Fhrey, Instarya): Galantianer. Spezialgebiet: Wurfmesser.

MELEN: Ein Rhulyn-Clan, der für seine Poeten und Musiker bekannt ist und von Stammesführer Harkon angeführt wird.

MENAHAN: Dahl der Rhunes, berühmt für seine Wolle.

MERREDYDD: Der am südlichsten liegende der vier Fhrey-Außenposten, bemannt von den Instarya, um die Grenze zu schützen.

METIS, MINISTER (Fhrey, Nilyndd): Hohes Mitglied der Nilyndd-Sippe, die für die Herstellung von Waffen und Rüstungen verantwortlich ist. Nach Gryndals Tod der neue Erste Minister.

MINNA: Wölfin und beste Freundin von Suri, die sie als weiseste Wölfin der Welt bezeichnet. Suri opferte sie, um einen Gilarabrywn zu erschaffen, der in Neith gegen den Balgargarath kämpfte, um Persephones Reisegruppe zu retten. Sie wurde danach mit einem Schwert getötet, auf dem ihr wahrer Name stand, da sie Neith nicht verlassen konnte.

MIRALYITH: Fhrey-Sippe der Künstler. Fhrey, die die Kunst einsetzen, um mittels der Naturkräfte Magie zu wirken. Die Sippe, der auch Fhan Lothian entstammt, ist derzeit die mächtigste der Fhrey, was sich in naher Zukunft nicht ändern wird. Viele Miralyith sehen sich selbst als Götter und stellen sich über die anderen Sippen.

MOYA (Rhune, Rhen): Schild von Keenigin Persephone. Moya tötete Udgar, den Stammesführer des Gula-Rhune-Clans Erling. Sie ist die Erste, die je Pfeil und Bogen als Waffe benutzte, und tötete Balgargarath mit einem Pfeil. Sie ist in einer Beziehung mit Tekchin, einem Galantianer, und wurde inoffiziell zu einer von ihnen ernannt.

MURIEL: Tochter des Erebus, wie Brin beim Übersetzen der Steintafeln in der Agave erfuhr.

NADAK: Region im Norden Rhulyns; Heimat des gleichnamigen Rhune-Clans.

NARASPUR: Pferd, auf dem Arion nach Alon Rhist reitet. Später ritt Gifford auf Naraspur nach Perdif, um die Gula-Armee zu rufen, was den Rhunes den Sieg bei der Schlacht von Grandford brachte.

NARSIRABAD: Ein langer Speer aus dem Langhaus in Dahl Rhen, der von Malcolm benutzt wird. Er gab ihm diesen Namen, der auf Fhrey »spitz« bedeutet.

NEITH: Eine unterirdische Stadt und das ursprüngliche Heim der Dherg in Belgreig. Jahrtausende konnten die Dherg die Stadt nicht betreten, da der Ältere den Balgargarath erschaffen hatte, der niemanden einließ. Neith wurde während Suris Wutausbruch nach Minnas Tod zerstört.

NIDWALDEN: Mächtiger Strom, der das Land der Fhrey von dem der Rhulyn trennt.

NIFREL: »Unter Rel«. Unangenehmste und trostloseste Region in der Jenseitsvorstellung der Rhunes.

NILYNDD: Fhrey-Sippe; Handwerker.

NOG: Heimat der Krimbal, in der Zeit anders vergeht als in Elan.

NYPHRON (Fhrey, Instarya): Zephyrons Sohn und Anführer der berühmten Galantianer. Nachdem er den neuen Befehlshaber Alon Rhists angriff, wurde er für vogelfrei erklärt. Er und seine Galantianer kamen daraufhin nach Dahl Rhen. Er wollte Keenig der Rhunes werden, was ihm aber verwehrt blieb, also heiratete er Persephone, die Keenigin. Während der Schlacht von Alon Rhist ging er einen Handel mit Malcolm ein, dem er nun einen Gefallen schuldet.

ORINFAR: Uralte Runen der Dherg, die gegen die Kunst schützen.

PADERA (Rhune, Rhen): Bauersfrau, älteste Bewohnerin Dahl Rhens und beste Heilerin.

PARTHALOREN-FÄLLE: Riesiger Wasserfall bei Avempartha. Das fallende Wasser ist die Quelle der Macht des Turms.

PERSEPHONE, KEENIGIN (Rhune, Rhen): Herrscherin aller Rhunes, ehemalige Stammesführerin von Dahl Rhen und Reglans Witwe. Sie führte eine Reisegruppe nach Neith, um den Balgargarath zu töten. Als Gronbach ihnen die versprochenen Eisenwaffen verwehrte, brachte sie ihn dazu, Roan das Geheimnis der Herstellung zu verraten. Während der Schlacht von Grandford wurde sie von einem Rauh schwer verletzt. Sowohl Raithe als auch Nyphron haben ihr Avancen gemacht (wobei Nyphron es nur auf Malcolms Drängen hin tat, Raithe sie aber aufrichtig liebte).

PHYRE: Das Nachleben, das in drei Reiche eingeteilt ist: Rel, Nifrel und Alysin.

PLYMERATH (Fhrey, Instarya): Die Wache, die in der Nacht Dienst hatte, als der Fhan mit seiner Armee vor Alon Rhist eintraf.

PRYMUS: Bezeichnung eines Militärkommandanten über eine große Truppe Männer innerhalb einer Legion.

PYRIDIAN (Fhrey, Miralyith): Erster Sohn Lothians, Mawyndulës Bruder und Gründer der Akademie der Künste in Estramnadon. Verstorben.

RAITHE (Rhune, Dureya): Rhune aus Dahl Dureya, Sohn Herkimers. Auch bekannt als Gottestöter. Er tötete Shegon aus Rache für den Tod seines Vaters und Gryndal, als dieser die Bewohner Dahl Rhens bedrohte. Er lehnte den Keenigstitel ab, da er glaubte, ein Krieg mit den Fhrey wäre unmöglich. Er liebte Persephone, doch sie erwiderte seine Gefühle nicht öffentlich. Er war der Erste, der Tesh im Umgang mit Waffen ausbildete. Suri machte ihn zu einem Gilarabrywn, und in dieser Gestalt verhalf er den Rhunes zum Sieg über Fhan Lothians Armee.

RAUH: Gefürchtetes Raubtier; verschlingt seine Beute vom Gesicht abwärts. Rauhs schlafen auf einem Knochenbett und müssen jede Nacht neue hinzufügen. Ein einzelner RAUH kann eine ganze Stadt auslöschen. Persephone und Sebek wurden von einem verletzt, der gekommen war, um Persephone und Nyphron zu ermorden.

REGLAN (Rhune): Ehemaliger Stammesführer Dahl Rhens, Ehemann Persephones. Verstorben.

REL: Eine der drei Regionen in der Jenseitsvorstellung der Rhunes.

RHEN: Bewaldete Region im westlichen Rhulyn. Heimat des gleichnamigen Rhune-Clans. Der Dahl wurde beim Angriff der Grenmorianer zerstört, woraufhin Persephone und ihr Volk fortzogen.

RHIST: Kurzform von Alon Rhist, der Festung der Instarya.

RHULYN: »Land der Rhunes«. Grenzt im Osten an die Heimat der Fhrey (Erivan), im Westen an die Fhrey-Grenzposten in Avrlyn.

RHUNES: Eine der fünf wichtigen Spezies Elans. Rhunes sind primitiv, abergläubisch und verehren eine Reihe verschiedener Götter. Leben normalerweise in kleinen Dörfern (Dahls) zusammen und werden von Stammesführern beherrscht. Es gibt grundsätzlich zwei große Rhune-Gruppen, die Ghula-Rhunes im Norden und die Rhulyn-Rhunes im Süden. Die beiden Gruppen führen seit Jahrhunderten Krieg.

RHUNISCH: Sprache der Menschen, die in Rhulyn leben.

ROAN (Rhune): Frühere Sklavin von Iver, dem Schnitzer. Begabte und kreative Erfinderin. Mithilfe der Dherg baute sie Räder und Wagen. Außerdem Pfeil und Bogen sowie Eisenschwerter. Sie begleitete Persephone nach Neith und war in der Schmiede dabei, als Raithe zu einem Gilarabrywn gemacht wurde.

SARAH (Rhune, Rhen): Brins Mutter, Delwins Frau, beste Freundin Persephones, bekannt als beste Weberin in Dahl Rhen. Sie kam beim Angriff der Grenmorianer auf Dahl Rhen ums Leben.

SCHILD: Auch bekannt als »Schild des Stammesführers«. Persönliche Leibwache und in der Regel der beste Krieger oder die beste Kriegerin des Dahls.

SEBEK (Fhrey, Instarya): Der beste Krieger der Galantianer. Er benutzte stets zwei Schwerter im Kampf, genannt Blitz und Donner. Er war Teshs erster Fhrey-Ausbilder, und Tesh tötete ihn während der Schlacht von Grandford, als er nach dem Rauhangriff verwundet war.

SEHER: Personen, die die Essenz der natürlichen Welt nutzbar machen können und den Willen von Göttern und Geistern verstehen.

SHAHDI: Militärische Truppe (keine Instarya), deren Auftrag es ist, für Ordnung in Erivan zu sorgen. Haupttruppen des Fhans in der Schlacht von Grandford.

SHEGON (Fhrey, Asendwayr): Aus Alon Rhist; versorgt die Krieger-Sippe mit frischem Fleisch. Von Raithe getötet.

SICHELWALD, DER: Ein riesiger Wald in Form eines Halbmondes bei Dahl Rhen.

SILE (Fhrey, Asendwayr): Einer der beiden Leibwächter Fhan Lothians, der nach der Rebellion der Grauen Umhänge angestellt wurde. Seine beträchtliche Größe führte zu Gerüchten, dass er grenmorianisches Blut habe.

SPINNENKORPS: Eine Gruppe Miralyith, die dazu ausgebildet wurden, koordinierte Angriffe auszuführen, indem einer die geballte Macht aller lenkt.

SURI (Rhune, Rhen): Reglans und Maeves uneheliches Kind, das als Baby im Wald zurückgelassen und von der Seherin Tura aufgenommen wurde. Sie ist eine der wenigen Rhunes, die die Kunst benutzen können, und die Erste ihrer Art. Ihre beste Freundin, eine Wölfin namens Minna, wurde in Neith in einen Gilarabrywn verwandelt. Danach zerstörte Suri aus Kummer den Eingang nach Neith. Während der Schlacht von Grandford machte sie auch Raithe zu einem Gilarabrywn, was den Rhunes zum Sieg verhalf. Arion glaubt, dass Suri der Schlüssel zum Frieden zwischen Fhrey und Rhunes ist.

SYNNE (Fhrey, Miralyith): Eine der beiden Leibwächter Fhan Lothians, die nach der Rebellion der Grauen Umhänge angestellt wurde. Bekannt für ihre schnellen Reflexe.

TALWARA: Offizieller Name des Palasts des Fhans. Residenz und Regierungssitz.

TECHYLOR: Wort aus der Fhrey-Sprache, das so viel wie »Flinkhand« bedeutet. Sebek war der Erste, der Tesh so nannte. Tesh benutzte das Wort später, um seine Spezialtruppe für den Harwald zu benennen.

TEKCHIN (Fhrey, Instarya): Einer von Nyphrons Galantianern, wüster Kerl, der nicht auf den Mund gefallen ist und am liebsten mit einer dünnen Klinge kämpft. Er ist in einer Beziehung mit Moya.

TESH (Rhune, Dureya): Der Waisenjunge, der gemeinsam mit Raithe der letzte Überlebende Dureyas ist. Sein Hass auf die Fhrey motiviert ihn dazu, der beste Krieger zu werden, und er wurde von den Galantianern persönlich ausgebildet.

TETLIN, HEXE VON: Unsterbliches Wesen, das der Ursprung aller Krankheiten, Seuchen und allen Unglücks auf der Welt sein soll.

TIRRE: Region im Süden Rhulyns; Heimat des gleichnamigen Rhune-Clans.

TRESSA: Ehefrau des Stammesführers Konniger, Dahl Rhen. Nun von allen gehasst, da ihr Mann für Reglans und beinahe auch Persephones Tod verantwortlich ist. Sie war eine der Anwesenden in der Schmiede, als Raithe zu einem Gilarabrywn wurde.

TREYA (Fhrey, Gwydry): Prinz Mawyndulës persönliche Bedienstete.

TRILOS: Geheimnisvolle Person, die häufig in der Nähe der Tür gesehen wird.

TÜR, DIE: Portal im Garten Estramnadons, das der Legende zufolge der Zugang zum Heiligen Hain ist, in dem der Erste Baum wächst.

TURA: Uralte Seherin, die im Sichelwald bei Dahl Rhen lebte. Sie sagte die Große Hungersnot voraus.

UBERLIN: Mythische Kraft in Elan. Der Legende nach die Quelle allen Übels und Vater der Hexe von Tetlin.

ULI VERMAR: Zeitpunkt, der alle 3000 Jahre eintrifft und zu dem jeder Fhrey den Fhan herausfordern kann. Es muss ein Antrag an den Aquila gestellt werden, und man muss Gylindoras Horn erhalten. Herausforderungen können auch nach dem Tod des Fhans ausgesprochen werden. Hat der Fhan keinen Erben, so kann das Horn zweimal geblasen werden, da es zwei Herausforderer gibt.

UMALYN: Fhrey-Sippe der Priester und Priesterinnen; widmen sich spirituellen Fragen und der Verehrung Ferrols.

URUM, DER: Fluss, der von Ervanon im Norden zum Blauen Meer im Süden verläuft. Rhunes ist es verboten, das westliche Ufer des Flusses zu betreten.

VASEK (Fhrey, Asendwayr): Meister der Geheimnisse am Hof von Lothian.

VERENTHENON: Riesiges Gebäude mit Kuppeldach in Alon Rhist, das für öffentliche Versammlungen benutzt wird. Von den Miralyith während der Schlacht von Grandford zerstört.

VIDAR (Fhrey, Miralyith): Eins der Ratsmitglieder des Aquila, das die Miralyith-Sippe repräsentiert. Er machte Mawyndulë zum Jungrat, wurde von den Grauen Umhängen benutzt und verlor daraufhin seine Position.

VOLHORIC (Fhrey, Umalyn): Eins der Ratsmitglieder des Aquila, das die Umalyn-Sippe repräsentiert. Konservator des Aquila.

VORATH (Fhrey, Instarya): Einer von Nyphrons Galantianern.

WALDTHRON, DER: Sitz des Fhans, im Talwara in der Hauptstadt Estramnadon.

WEISSDORNTAL, DAS: Suris und Turas Heim.

WOLFSKOPF, DER: Ein hoch aufragender Fels, der sich auf der dureyanischen Hochebene erhebt. Darum herum tobte die Schlacht von Grandford, und die Miralyith attackierten von dort aus. Nach der Schlacht ließ sich der von Suri geschaffene Gilarabrywn dort nieder.

ZEPHYRON (Fhrey, Instarya): Nyphrons Vater, von Lothian getötet, als er ihn nach Fenelyus' Tod zum Kampf um den Thron herausforderte.

ZWEITER STUHL: Ehrentitel für die Frau eines Stammesführers.

Der Auftakt zur High-Fantasy-Reihe »Fintans Sage«

KEVIN HEARNE

DAS SPIEL
DES BARDEN

ROMAN

Sechs Kennings sind in den Reichen des Kontinents Teldwen bekannt: magische Fähigkeiten, die Macht über die Elemente verleihen – für einen hohen Preis: Lebenszeit. Die Erzählungen des Barden Fintan führen bald zu einem Gerücht von einem siebten Kenning, das allen anderen überlegen sein soll. Auf der Suche danach fällt eine gigantische Armee bleicher Knochenriesen in die nördlichen Reiche Teldwens ein. Der Barde und seine Verbündeten geraten mitten in den alles verschlingenden Strudel eines Krieges, der ihre Welt zu vernichten droht – sollte es ihnen nicht gelingen, die letzten Geheimnisse der Kennings zu ergründen.

New York Times-Bestsellerautor Kevin Hearne fesselt mit einem neuen Fantasy-Epos über die Macht der Erzählung, finstere Magie und vernichtende Schlachten.